# Andreas Eschbach

# QUEST

Roman

# BASTEI LÜBBE TASCHENBUCH
## Band 24 381

1. Auflage: März 2009

Vollständige Taschenbuchausgabe

Bastei Lübbe Taschenbücher in
der Verlagsgruppe Lübbe

Deutsche Erstausgabe

Für die Originalausgabe:
© 2009 by Verlagsgruppe Lübbe GmbH & Co. KG,
Bergisch Gladbach
Titelillustration: getty-images, Deutschland
Umschlaggestaltung: Nadine Littig
Satz: Urban Satzkonzept, Düsseldorf
Gesetzt aus der Baskerville
Druck und Verarbeitung: CPI-Ebner & Spiegel, Ulm
Printed in Germany
ISBN: 978-3-404-24381-5

Sie finden uns im Internet unter
www.luebbe.de
Bitte beachten Sie auch: www.lesejury.de

Der Preis dieses Bandes versteht sich einschließlich
der gesetzlichen Mehrwertsteuer.

# Inhalt

Ouvertüre . . . . . . . . . . . . . . . . . . . . . . . . 7

Der Tempel allen Wissens . . . . . . . . . . . . . . . . 13

In der Namenlosen Zone . . . . . . . . . . . . . . . 69

Das Wrack . . . . . . . . . . . . . . . . . . . . . . . 119

Die Herrscher der Morgenröte . . . . . . . . . . . . . 181

Die Legende der Zwölf . . . . . . . . . . . . . . . . . 247

Die Sphäre . . . . . . . . . . . . . . . . . . . . . . . 295

Katapultpunkte . . . . . . . . . . . . . . . . . . . . . 353

Kettenreaktion . . . . . . . . . . . . . . . . . . . . . 407

Der Mittelpunkt des Mittelpunkts . . . . . . . . . . . 461

Protoleben . . . . . . . . . . . . . . . . . . . . . . . 511

Coda . . . . . . . . . . . . . . . . . . . . . . . . . . 555

# OUVERTÜRE

Die wohl erstaunlichste Entdeckung, die Menschen machten, als sie aufbrachen, um den Weltraum zu erkunden, war die, dass alles Leben im Universum miteinander verwandt ist.

Das heißt nicht, dass man nicht eine kaum fassbare Vielfalt an Lebensformen vorgefunden hätte. Leben existiert unter den extremsten Bedingungen, an den unerwartetsten Orten und in den absonderlichsten Erscheinungsformen. Doch auf der niedrigsten Stufe sind all diese Formen miteinander verwandt. Man hatte damit gerechnet, unendliche Fremdartigkeit anzutreffen, Leben auf Siliziumbasis etwa auf kochend heißen Planeten, denkende Steine, intelligente Magnetfelder, gasförmige Geistwesen und anderes, das auszudenken die Fantasie nicht ausreicht. Aber bei aller Fremdartigkeit, die man tatsächlich antraf und die tatsächlich oft alle Fantasie übertraf, fand man doch unerwartet stets Gemeinsamkeiten. Alles Leben im Universum basiert auf Kohlenstoffverbindungen. Mehr noch – alles Leben im Universum ist aus Aminosäuren gemacht. Sogar was darüber hinausgeht – Zellbildung, Strukturen innerhalb von Zellen, Fortpflanzung, Speicherung von Erbinformation –, weist hinreichende Ähnlichkeiten auf, um als verwandt bezeichnet zu werden. Das Leben im Universum ist eins.

Letztlich war dies ein glücklicher Umstand. Wäre es anders gewesen, hätten Menschen niemals andere Planeten zu ihrer Heimat machen können. Jede Lebensform wäre für immer eingesperrt gewesen auf dem Planeten, auf dem sie entstanden ist, für alle Zeiten an dessen Schicksal gekettet. So aber war es möglich, fremde Welten zu erschließen, zu terraformen, ihre Flora und Fauna genetisch zu adaptieren und zu einem Teil des menschlichen Lebensraumes zu machen.

Aber wie war das zu erklären? Die Gesetze der Evolution, soweit man sie kannte, galten überall, auf jedem Planeten, in jeder Galaxis. Doch sie reichten nicht aus, die offenbare Verwandtschaft allen Lebens zu erklären. Es war undenkbar, dass alle Formen des Lebens sich unabhängig voneinander so ähnlich entwickelt haben konnten. Hier mussten andere, umfassendere Gesetze am Werk sein.

Man kam einer Antwort auf die Spur, als man organische Moleküle in den Schweifen und Kernen von Kometen entdeckte, jenen Vagabunden des Alls, die jahrtausendelang durch die dunklen, kalten Abgründe zwischen den Sternen ziehen und oft nicht wiederkehren, weil sie auf ihrem Weg in das Schwerefeld einer anderen Sonne geraten und daraufhin ihre Richtung ändern. Es war nicht vorstellbar, dass sich organische Moleküle dieser Komplexität in Kometenköpfen hätten bilden können. Nicht nur, dass die für chemische Reaktionen erforderlichen Temperaturen nicht erreicht wurden, es war auch nicht ersichtlich, woher ein für die evolutionäre Entwicklung von Biomolekülen notwendiger Selektionsdruck hätte rühren können. Anders gesagt: Wenn sich in Kometen hätte Leben bilden können, wäre es ein auf Kometen beheimatetes Leben geworden, das sich mit Planeten nicht abgegeben hätte.

Die Herkunft der Biomoleküle in Kometen erklärte sich erst, als man feststellte, dass belebte Planeten einen feinen, aber ständigen Strom organischer Substanzen abgeben. Durch eine Vielzahl planetarer Prozesse – Vulkanausbrüche, Orkane, Meteoriteneinschläge – gelangen derartige Substanzen bis in die äußersten Schichten der Atmosphäre, wo sie von dem vom Zentralgestirn ausgehenden Sonnenwind erfasst und ins All hinausgetrieben werden. Durchquert nun ein Komet diese Wolke des Lebens, nimmt er die organischen Moleküle auf und speichert sie in seinem eisigen Kern.

Tiefgekühlt überstehen sie die unermesslich lange Reise, bis der Komet einst wieder in die Nähe einer Sonne gelangt. Vielleicht ist es eine fremde Sonne, vielleicht besitzt sie Planeten, und vielleicht ist einer davon für die Entwicklung von Leben geeignet. Bei der Annäherung des Kometen an die Sonne beginnt der Kometenkopf zu dampfen, der typische, durch den Lichtdruck stets von der Sonne wegweisende Schweif bildet sich, und mit etwas Glück durchquert ihn ebendieser für Leben geeignete, aber noch sterile Planet. Dann ist die Wahrscheinlichkeit hoch, dass einige der organischen Moleküle, die der Komet mit sich trägt, auf die Oberfläche des Planeten gelangen. Das Faszinierende ist, dass bereits ein einziges Molekül ausreicht, um eine fruchtbare Welt mit Leben zu infizieren.

Alles Weitere ist Sache der normalen Evolution. Durch Variation und Selektion bilden sich Einzeller, Mehrzeller, schließlich eine an die Verhältnisse auf dem Planeten angepasste, im ganzen Universum einzigartige Vielfalt von Arten, die so nur hier entstehen konnte.

Auf diese Weise verbreitet sich das Leben im All. Nur so lässt sich die Beobachtung erklären, dass es wesentlich mehr belebte Planeten gibt, als es selbst nach den optimistischsten Annahmen für die statistischen Grundlagen molekularer Evolution geben dürfte. Das Universum birst geradezu vor Leben. Es gleicht mehr einem Dschungel als einer Wüste. Die Sterne scheinen danach zu hungern, Leben bestrahlen zu dürfen.

Doch wie hat alles angefangen? Auch wenn es von Kometen und Magnetstürmen durch das All getragen wird und sich über unauslotbare Abgründe hinweg von Stern zu Stern fortpflanzt, muss das Leben ursprünglich doch auf einem Planeten entstanden sein. Tatsächlich zeigt eine nüchterne Rechnung, der man das bekannte Alter des Universums und die einigermaßen abschätzbare Zahl von potenziell lebensfreundlichen Planeten zugrunde legt, dass die Wahrscheinlichkeit für die spontane Entstehung von Leben knapp eins beträgt. Mit anderen Worten, nach allem, was wir wissen, kann es nur so sein, dass alles Leben im Universum sich ursprünglich auf einem einzigen Planeten entwickelt und von dort aus nach und nach über das All ausgebreitet hat.

Und hier betreten wir das Reich der Legenden. Jede Kultur, sei sie menschlich oder nichtmenschlich, kennt eine Sage, in der von einem – und nur einem – Ursprung allen Lebens die Rede ist. Solange diese Kultur nur ihren eigenen Planeten bewohnt, vermutet sie diesen Ursprung an einem sagenhaften Ort auf ebendieser Welt. Doch wird dieser Ort niemals gefunden, und so wandelt sich der Mythos, sobald die

*Schwelle zum Weltraum überschritten wird. Irgendwo im Universum, sagt die Legende fortan, auf irgendeinem der zahllosen Planeten, auf denen die Schöpfung experimentiert hat, muss vor unvorstellbar langer Zeit alles seinen Anfang genommen haben, muss das Leben ursprünglich entstanden sein. Niemand hat diesen Planeten je gefunden, aber die Überlieferungen aller Völker werden nicht müde, davon zu erzählen – von dem Ort, an dem einst die Dunkelheit endete und das Leben begann. Es ist ein sagenhafter Ort. Unvorstellbare Schätze, heißt es, warten dort auf den Entdecker. Manche Sagen wollen wissen, dass auf dieser Welt die Unsterblichkeit zu finden sei.*

*Eine Legende schließlich – die älteste von allen – behauptet, auf diesem Planeten sei es möglich, Gott zu begegnen . . .*

In diesen Stunden schien Eftalan Quests physische Präsenz auf fast unheimliche Weise zuzunehmen. Er lag in seinem Sessel, eine massige Gestalt ohnehin, aber in der Dunkelheit, die er dann bevorzugte, wie ein Gebirge von Mann wirkend, wie ungeheures Urgestein, mit grimmiger Entschlossenheit erduldend, was sie ihm zufügen musste.

Die Bewegung, mit der er den Vortrag unterbrochen hatte, war unerwartet gekommen. Vileena spürte, dass er sie erwartungsvoll ansah, auch wenn sie seine Augen in ihren Höhlen nicht ausmachen konnte. Seine Hand bebte. Sie lag im fahlen Lichtkegel der winzigen Kommunikatorlampe, den Finger auf der Unterbrechertaste, und sah aus, als gehöre sie nicht zu ihm.

»Verstehst du?«, fragte er.

Im Klang seiner Stimme war etwas, das sie an ein gequältes Tier denken ließ. In der unerwarteten Stille – sogar das unterschwellige, allgegenwärtige Flüstern der Schiffsmaschinen war leiser als sonst, weil sie seit Tagen antriebslos im Raum schwebten – schienen ihre Ohren empfänglich für die kleinsten Nuancen geworden zu sein.

Sie sah den Schweiß auf seinem Schädel schimmern wie einen frischen Anstrich. Anstatt zu antworten, griff sie nach seiner anderen Hand und fühlte den Puls. Der wütende, kraftvolle Schlag vom Anfang war einem gehetzten, jagenden Trommeln gewichen. Sie drosselte die lautlos arbeitende Apparatur, die sorgfältig dosierte Medikamente in Quests Körper pumpte.

Quest drückte eine andere Taste, setzte die Aufzeichnung zurück. Er liebte es, sich in diesen qualvollen Stunden mit Vorträgen abzulenken, aber dieser schien eine besondere Bedeutung für ihn zu haben.

*... die Überlieferungen aller Völker werden nicht müde, davon zu erzählen – von dem Ort, an dem einst die Dunkelheit endete und das Leben begann.* Die Stimme des Sprechers ließ einen vergessen, dass man sich in einem abgeschlossenen Raum befand; die Dunkelheit ringsum schien bei diesen Worten die Dunkelheit des Weltraums zu sein. *Es ist ein sagenhafter Ort. Unvorstellbare Schätze, heißt es, warten dort auf den Entdecker. Manche Sagen wollen wissen, dass auf dieser Welt die Unsterblichkeit zu finden sei ...*

Wieder unerwartet: ein Schlag der Kommandoglocke.

Quests Hand zuckte zurück in den Lichtkegel, unterbrach den Vortrag erneut.

»Verstehst du nun?«, fragte er noch einmal, drängender, mit einem Anflug von Heiserkeit.

Vileena starrte in das pulsierende Rot des Rufsignals. »Ich glaube nicht«, erwiderte sie zögernd. »Vielleicht weigere ich mich zu glauben, dass es so sein könnte, wie ich ahne.«

Eftalan Quest stieß ein heiseres Lachen aus. »Ja. Doch genauso ist es.«

Die Kommandoglocke wurde ein zweites Mal geschlagen, ein sonorer, metallischer Ton.

»Du bist ...« Sie hielt inne. Als Heilerin durfte sie so etwas nicht sagen.

»Wahnsinnig?«

Vileena holte Atem, so tief, als bekäme sie nie wieder Gelegenheit dazu. »Vielleicht gibt es Grenzen, die ein Mensch nicht überschreiten sollte.«

Nun tauchten seine Augen aus der Dunkelheit auf. Eine grausige Kälte schimmerte darin.

»Wenn man nichts zu verlieren hat«, sagte er, und es klang wie eine gewalttätige Beschwörung, »kann man alles tun.«

Ein drittes Mal schlug die Kommandoglocke, und nun hieb seine Hand, als führe sie ein Eigenleben, auf die Antworttaste. »Quest!«

Die Stimme aus dem Lautsprecher klang lärmend geschäftig. »Hiduu hier, Erhabener Kommandant. Wir haben soeben das Signal erhalten.« Im Hintergrund metallische Maschinengeräusche, das Sirren hochfahrender Triebwerke, eine Kakofonie verschiedener akustischer Signale.

»Gut«, erwiderte Quest. »Endlich. Dann gehen Sie vor wie geplant.«

»Ich bestätige, Kommandant. Der Einsatzbefehl ist erteilt.«

»Korrekt. Einsatzbefehl ist erteilt.«

Quest ließ die Taste los und sah Vileena an.

»Es beginnt«, sagte er.

# Der Tempel allen Wissens

# 1

Die Luft wurde dünner, je höher sie kamen, und der schneidende Wind, der durch das Tal zog, hatte die beiden Sucher verstummen lassen. Bailan führte ihre Jibnats an den Zügeln, er kannte den Weg, aber auch er hatte nur noch Augen für den Pfad. Gerade hatten sie den Schrein des fünften Gründers passiert. Die Strecke bis zum nächsten Schrein nannte man in der Bruderschaft das *Tal der Bewährung*. Wenn es Suchern, die mit ihren Fragen zum Pashkanarium kamen, nicht wahrhaft ernst war, kam hier meist der Punkt, an dem sie umkehrten.

Der Schrein und der Jibnat-Pfad waren die einzigen Landmarken menschlichen Ursprungs weit und breit. Nichts wuchs hier oben in den Bergen des Nordmassivs, abgesehen von dem mageren, blaugrünen Gras, das nicht einmal Jibnats satt machte. Die Berge rechts und links des unerbittlich ansteigenden Talbodens ragten empor, als müssten sie den Himmel stützen, schienen einen erschlagen zu wollen mit ihrer schieren Wucht. Tatsächlich fühlte man sich hier dem Himmel näher als der Erde. Dunkelblau spannte sich das Gewölbe über ihnen, ein majestätischer Dom, der den Wanderer Ehrfurcht lehrte.

Nicht *ganz* dunkelblau. Bailan kniff die Augen zusammen. Hier und da tauchten die orangeroten Schlieren am Himmel auf, die das Nahen des Winters ankündigten. Sie durften keine Zeit verlieren. Noch ein paar Tage, und ab dem Schrein des dritten Gründers würde Schnee fallen. Dann würde der Weg zum Pashkanarium wieder unpassierbar sein bis zum Frühjahr.

»Bailan!«, rief einer der beiden Männer. »Rast!«

Bailan blieb stehen und drehte sich zu den beiden um, vor

15

Anstrengung keuchend. Die Jibnats glotzten ihn mit geblähten Nüstern an. Auch sie spürten den Winter nahen.

»Schon wieder?«, rief er zurück. »Wir haben doch erst . . .«

»Nur einen Moment«, erwiderte der Mann. Er keuchte ebenfalls, obwohl er nicht selber gehen musste. Die dünne Luft machte beiden zu schaffen. »Ich muss mich erleichtern.«

Dagegen war schwer etwas zu sagen, auch wenn es dem Novizen merkwürdig vorkam. Sie hatten wenig gegessen auf dieser Reise; es wollte ihm nicht ganz einleuchten, wo das alles herkam, von dem sich in einem fort einer der beiden erleichtern musste.

Er veranlasste die Reittiere, sich hinzulegen, sodass der Mann absteigen konnte. Mit schiefem Grinsen löste der Fremde die kleine Schaufel von ihrer Halterung am Geschirr des Jibnats und stapfte los, auf der Suche nach einem geeigneten Platz hinter einem der zahllosen Felsbrocken. Bailan sah ihm zu, wie er ein kleines Loch in den harten Boden grub, und blickte weg, als er Anstalten machte, die pelzene Überhose herabzulassen.

Er warf dem anderen einen Blick zu. Der schien davon nichts zu bemerken. Die Hände fest um den Sattelknopf gekrallt, hockte er auf dem Rücken seines Jibnats und verrenkte sich beinahe den Hals bei der Betrachtung der Bergrücken, zwischen denen sie dahinpilgerten. Bailan fühlte Unbehagen, ihn dabei zu beobachten. Es war kein Staunen in diesem Blick, keine Ehrfurcht. Der Mann betrachtete die monumentalen Berge, als überlege er, wie man eine Brücke von einem zum anderen bauen könne.

Bailan war nun schon einige Jahre Novize und hatte, wie es eine der Pflichten eines Novizen war, schon oft Sucher den Pfad von der Ebene hinauf zum Tempel geführt. Manche Sucher hatten es sich anders überlegt und waren wieder umgekehrt, andere waren im Pashkanarium geblieben, um gleichfalls ein Novizat anzutreten. Manche hatten Antworten auf ihre Fragen gefunden und waren glücklich heimgekehrt, andere hatten den Weg umsonst auf sich genommen. Das konnte man nie vorher wissen.

Aber diese beiden Männer waren irgendwie anders. Sie hatten die samtbraune Haut der Zentralweltler, ihre für eine Welt wie Pashkan untaugliche Kleidung, ihre reichlich geziert wirkenden Umgangsformen. Aber woher sie tatsächlich stammten, war ihnen nicht zu entlocken gewesen. Es war Bailan auch nicht ganz klar, wie sie nach Pashkan gelangt waren; ein Landeboot habe sie abgesetzt, hatten die Leute am Raumhafen erzählt, das sofort wieder gestartet sei, mehr wusste man nicht. Und da waren sie dann gestanden und hatten einen Führer zum Pashkanarium gebucht. Seine Frage, ob sie von Gheerh kämen, hatten sie verneint, aber weiter nichts dazu gesagt.

Der eine, der sich unentwegt die Berge ansah, hieß Dawill oder so ähnlich. Er war etwas untersetzt, hatte dunkle Haare und schien derjenige der beiden zu sein, der das Sagen hatte. Der andere hatte sich mit dem Namen Kuton vorgestellt, aber Dawill nannte ihn Tennant, wenn sie miteinander sprachen. Tennant war groß und mager und unruhig. Man hatte das Gefühl, dass ihm die Pilgerfahrt ein schlechtes Gewissen bereitete. Bailan hatte sogar überlegt, ob Tennant möglicherweise ein Anhänger des Philosophen Phtar war, dessen Lehre jegliches Wissen als Quelle allen Unglücks verurteilte. Doch dann war ihm eingefallen, dass die Anhänger Phtars in der dritten Generation nach dessen Ableben sogar das Lesen und Schreiben aufgegeben hatten und nicht mehr imstande gewesen waren, Phtars Lehre weiterzugeben, sodass die Bewegung ausgestorben war. Das Pashkanarium war vermutlich der einzige Ort im Universum, an dem man Phtars Lehren noch kannte.

»Wie weit ist es noch?«, wollte Dawill unvermittelt wissen.

Bailan schrak beinahe zusammen. »Wir haben den Schrein des fünften Gründers passiert«, erklärte er.

»Den fünften?« Der Mann drehte sich mit gerunzelter Stirn

im Sattel um und musterte den Weg, den sie gekommen waren. Diese grandiose fadendünne Linie durch die Einsamkeit. »Wir haben doch schon jede Menge Schreine passiert – mindestens . . . zehn oder noch mehr . . .?«

»Sie werden in umgekehrter Reihenfolge gezählt. Wir werden noch vier Schreine passieren, ehe wir das Pashkanarium erreichen.«

Der andere, Tennant, war fertig mit seinem Geschäft. Aus den Augenwinkeln sah Bailan ihn die Hose hochziehen und das Loch wieder sorgfältig zuschaufeln. Einmal hatte er zu sehen geglaubt, wie Tennant einen kleinen Gegenstand in das Loch gelegt hatte, nachdem er seine Notdurft verrichtet hatte. Möglicherweise hatte er sich das aber auch nur eingebildet. So genau wollte er überhaupt nicht hinschauen.

»Noch vier Schreine, hmm?« Dawill nickte nachdenklich, betrachtete wieder die Felswände. »Und wie lange wird das dauern?«

Eine der Regeln der Bruderschaft besagte, dass der Weg zum Tempel dazu diente, die Entschlossenheit des Suchers zu prüfen, und dass man ihm deswegen keine Vorstellung von dessen zeitlicher Dauer geben durfte. »Das kann ich nicht sagen«, erklärte Bailan deshalb. »Aber wir müssen uns beeilen, um anzukommen, ehe es zu schneien beginnt.«

Dawill nickte Tennant zu, der müde herangestapft kam. Schon die wenigen Schritte bergauf hatten ihn völlig erschöpft. »Hast du gehört? Der Junge sagt, dass es möglicherweise schneit.«

Tennant war zu sehr außer Atem, um darauf zu antworten. Er blieb neben seinem Jibnat stehen, stützte sich auf den Sattel und rang nach Luft.

»Es müsste doch möglich sein, zum Pashkanarium zu fliegen, oder?«, fragte Dawill, Bailan eindringlich ins Auge fassend. Wie er es sagte, klang es, als wisse er genau, dass das nicht ging, und wolle nur hören, was der Novize darauf sagen würde.

»Nein«, erklärte Bailan ruhig. Jeder Sucher fragte das, und meistens in dieser Gegend, im *Tal der Bewährung*. »Der Schild zerstört alles, was sich dem Tempel über die Berge nähert.«

»Der Schild, soso. Das ist also keine Legende?«

»Nein.«

»Interessant«, meinte Dawill und sah seinen Begleiter an. »Oder, was meinst du?«

Tennant nickte nur. Sein Gesicht war aschfahl.

»Ich habe mal«, fuhr Dawill nachdenklich fort, »so eine Geschichte gehört . . . Irgendwas mit einem Krieger, der einen Ordensbruder verfolgt. Er hat ihn gerade eingeholt und will ihn umbringen, da geht der Schild herunter und sein Schwert verglüht daran. Oder so ähnlich, kennst du die? Ich dachte, das ist eine Legende.«

»Die Legende vom Speerwerfer, ja«. Bailan musste lächeln. Das war eine seltsam populäre Geschichte, die viele Sucher kannten, obwohl sie, wenn sie sich jemals tatsächlich zugetragen haben sollte, aus einer der ersten dunklen Epochen stammen und damit Tausende von Jahren alt sein musste. »Ob das je so geschehen ist, weiß man nicht, aber den Schild gibt es wirklich.«

»Und ein Schwert würde daran tatsächlich verglühen?«

»Genau wie ein Flugschiff oder eine nukleare Bombe. Nichts kann ihn durchdringen.«

»Und wer hat diesen Schild errichtet?«, wollte Dawill wissen.

»Die Gründer der Bruderschaft? Die in diesen Schreinen« – sein Finger huschte eine imaginäre Linie auf und ab, die ihren bisherigen Weg durch das Massiv darstellen sollte – »beigesetzt sind?«

»Ja. Die Geräte dafür haben sie allerdings von den Eloa erhalten.«

»Das ist dieses sagenhafte nichtmenschliche Volk, das die Pashkan-Bruderschaft initiiert hat, nicht wahr?«

»Die Bruderschaft der Bewahrer«, korrigierte Bailan, der allmählich ungeduldig wurde. Wollte Tennant ewig so stehen bleiben? Da sagte er ihnen, dass sie sich beeilen mussten, und sie taten, als sei das völlig ohne Belang. »Die Eloa gehörten zu den ersten Wesen mit Bewusstsein im Universum überhaupt, vor unsagbar langer Zeit. Sie haben uns Menschen in unserer Frühzeit beschützt und gefördert. Ehe sie gingen, haben sie die Gründer ermutigt, die Bruderschaft der Bewahrer zu gründen, um das Wissen der Menschheit zu sammeln in den hellen Zeiten und zu bewahren durch dunkle Zeiten. Denn Wissen ist ein kostbares, verderbliches Gut – wird es nicht bewahrt, geht es verloren, und mangelndes Wissen ist die größte Ursache von Leid.« Er nickte bekräftigend. »Das ist es, was wir glauben.«

Dawill nickte. Natürlich hatte er das gewusst. Das stand in jedem Buch über Pashkan und die Bruderschaft. »Du sagst, die Eloa gingen ... Weiß man, wohin sie gingen?«

»Nein.«

»Aber es gibt Informationen im Pashkanarium über die Eloa, oder? Und über andere nichtmenschliche Völker?«

Bailan hob die Augenbrauen. »Ich hoffe, ihr seid nicht deswegen gekommen. Diese Informationen gibt es, aber sie lagern im Allerheiligsten und sind nur unseren Hohepriestern zugänglich.«

»Warum das denn?« Er schien nicht beeindruckt. Endlich machte sich auch Tennant wieder daran, sein Jibnat zu besteigen. »Es gibt doch über Nichtmenschliche praktisch nur Gerüchte. So gut wie niemand hat jemals Kontakt mit einem nichtmenschlichen Volk gehabt. Da wären solche Informationen doch sehr nützlich, oder?«

Bailan zuckte mit den Schultern. »Das sind die Regeln. Allgemein zugänglich ist nur das Wissen der Menschheit.« Er schnalzte mit den Zügeln, und die zottigen Leiber der Jibnats erhoben sich schwankend. »Ich denke, dass es einen Grund für diese Regeln gibt. Auch wenn ich ihn noch nicht kenne.«

Dawill trat seinem Jibnat unerwartet in die Seite, worauf es erschrocken ein paar Schritte vorwärts machte und unmittelbar neben Bailan zu stehen kam, sodass er auf den Novizen herabsehen konnte.

»Es heißt immer, die Pashkan-Brüder erachteten Neugier als die größte Tugend«, meinte der Mann von einer fremden Welt. »Da sollte dich die Frage, was es in eurem Allerheiligsten zu erfahren gibt, doch bis aufs Blut quälen, oder?« Er lächelte ein schmales, schlaues Lächeln. »Und weißt du was? Ich wette, genauso ist es.«

Bailan antwortete darauf nicht, sondern zerrte an den Zügeln und setzte den Weg fort, so rasch es ging. Aber er hatte allerhand nachzudenken in den Stunden, die kamen.

Die Zeit verging, wie sie immer vergangen war. Sie folgten dem Pfad, Schritt um Schritt, Tag um Tag. Wenn es abends so dunkel war, dass man nichts mehr erkennen konnte, schlugen sie das Nachtlager auf, um morgens, sobald es hell wurde, wieder weiterzuziehen. Das Holz, das sie während des ersten, wärmeren Teils der Pilgerfahrt gesammelt hatten, war bereits aufgebraucht, weil sie zu früh angefangen hatten, abends Lagerfeuer zu entzünden. So schlüpften sie nur im Schein einer Lampe, die den beiden Suchern gehörte, in ihre Schlafsäcke – Bailan in seinen schlichten Fellsack, die beiden Fremdweltler in kompliziert aussehende Schlafsäcke aus einem seidig glänzenden Material – und schliefen wie die Toten. Die Jibnats grasten indes im Dunkeln den mageren Wuchs ringsum ab, soweit es ihre Anleinung erlaubte, und morgens standen sie schon wieder da, aus geblähten Nüstern schnaubend, als könnten sie es nicht erwarten, weiterzutrotten. Wenn man nicht gewusst hätte, dass sie nur wenig

21

Schlaf brauchten, hätte man meinen können, sie schliefen überhaupt nicht.

Als sie den Schrein des zweiten Gründers passierten, hing Tennant nur noch bleich und leidend im Sattel. Dawill dagegen musste in einem fort seine Notdurft verrichten, nach jeder Biegung des Tals beinahe. Die jäh aufragenden Klippen schienen ihn mehr denn je zu faszinieren.

Endlich kam der Schrein des ersten Gründers in Sicht. Bailan konnte nicht verhindern, dass sich ein breites Grinsen in seinem Gesicht ausbreitete – zum Glück wandte er den beiden Suchern den Rücken zu, sodass sie es nicht bemerkten. Unmittelbar nach dem Schrein war der höchste Punkt des Pilgerpfades überschritten, und an diesem Punkt bekamen die Reisenden das Pashkanarium auch zum ersten Mal zu Gesicht. Und das, fand Bailan, war immer der Höhepunkt des Weges und aller Mühen wert.

Schritte. Knirschen. Das Schaben der Jibnat-Hufe auf dem Geröll. Keuchen. Pfeifende Atemgeräusche. Und dann, ohne Vorwarnung …

Bailan trat beiseite, die Jibnats mit den Zügeln bremsend, und beobachtete die Gesichter der beiden Männer. Wie sie sich ruckartig in den Sätteln aufrichteten. Wie ihre Kiefer herabsanken, ihre Augen hervorquollen, wie ihre Lungen das Atmen vergaßen.

Jeder Mensch in dieser Galaxis wusste, was das Pashkanarium war, und wusste, dass es groß war. Aber niemand hatte auch nur annähernd eine Vorstellung davon, *wie* groß. Der bloße Anblick traf jeden wie ein Schlag mit dem Hammer.

Das Pashkanarium war ein Tempel, errichtet über einem Tempel, der wiederum über einem Tempel erbaut worden war – und immer so weiter, Dutzende von Schichten, errichtet in Tausenden von Jahren, jede größer als das gesamte bisherige Bauwerk, es umschließend wie eine kreisrunde Burg mit konkav gewölbtem Dach. Allein das Dach des äußersten Tempels, das zu überqueren zu Fuß Stunden gedauert hätte, war ein Wunder für sich. Doch unter dieser Hülle lag der nächste Tempel, genauso gebaut, nur kleiner, und der Raum zwischen diesem und dem umschließenden Tempel war ausgefüllt mit Archiven, in denen das Wissen der Menschheit lagerte. Das war es, was die Mitglieder der Bruderschaft taten: überall in der Galaxis Daten, Informationen, Wissen sammeln, um es zu archivieren und für kommende Generationen zu erhalten. Wer immer ernsthafte Forschung betrieb, war eingeladen zu kommen und zu bleiben, solange er wollte. Das Pashkanarium war die größte Bibliothek des Universums, der Hort allen Wissens, das Gedächtnis der Menschheit. Was hier nicht zu finden war, war unbekannt. Und eines Tages würden die Brüder darangehen und die nächste Schicht des Tempels errichten, die nächste Schale, die wieder Platz bieten würde für das Wissen weiterer Jahrtausende.

Doch all das sah man nicht, wenn man den Pass überquerte. Was man sah, waren Mauern, die zum Himmel zu reichen schienen. Was man sah, waren unfassbar hohe Tore, so groß, dass man zwischen ihren Portalen eine Stadt hätte errichten können. Was man sah, war, wie die schroffen Formationen mächtiger Bergzüge jäh an den Wänden eines Bauwerks endeten, das sie überragte und wie Attrappen aussehen ließ. Wolken regneten ab an den Zinnen dieser himmelstürmenden Mauern, die ein Dach trugen, das bis zum Horizont zu reichen schien. Was man sah, war ein Bauwerk von solchen Ausmaßen, dass man sich fragte, wie die Kruste des Planeten es tragen konnte, ohne einzubrechen und alles in Asche und Lava versinken zu lassen.

Die beiden Männer verharrten fassungslos, und während in Dawills Gesicht allmählich ein Leuchten entstand, schien Tennant, der ohnehin seit einigen Tagen krank und blass aussah, noch mehr in sich zusammenzusinken, geradezu zu verschrumpeln wie eine vertrocknende Gariqui.

»Das ist unmöglich«, ächzte er schließlich. »Das klappt nie und nimmer . . .«

»Tennant!«, zischte sein Gefährte. »Reiß dich zusammen!«

»Schau dir das doch an!«, jammerte Tennant und streckte anklagend die Hand aus. »Wie soll denn das . . .?«

Dawill packte ihn grob am Kragen und schüttelte ihn. »Tennant Kuton! Du wirst sofort schweigen!«

Worauf der hagere Mann tatsächlich schwieg.

Bailan runzelte die Stirn und wandte seinen Blick wieder dem erhabenen Anblick des Pashkanariums, des Tempels allen Wissens, zu. Merkwürdig. Einen Dialog wie diesen hatte er noch nie gehört in dieser Situation. Er hätte ein umfangreiches Kompendium schreiben können über alle Ausdrücke des Staunens, der Ergriffenheit, der Fassungslosigkeit, die in den verschiedenen Dialekten des Reiches gebräuchlich waren. Aber diese beiden Männer benahmen sich anders als alle Sucher, die er jemals geführt hatte.

Doch was konnten andererseits zwei Männer im Schilde führen, die nichts bei sich trugen als das, was sie in den Satteltaschen ihrer Jibnats hatten, und von denen einer zudem ernsthaft krank zu werden schien? Das Pashkanarium hatte die Überfälle der Bilderstürmer, Angriffe aus dem Weltraum und die Verfolgungen der Dunklen Jahrhunderte überstanden. Es würde auch diese beiden seltsamen Männer kommen und gehen sehen.

Er fasste die Zügel wieder fester und setzte den Weg fort, der von nun an nur noch abwärts führte. In wenigen Stunden würden sie am Ziel sein.


Der Pfad hinab ins Tal war dazu angetan, einen Sucher Ehrfurcht zu lehren. Die Mauern schienen nicht näher zu kommen, sondern nur größer zu werden, bis sie schließlich, dunkelgrau und schrundig, vor einem in den Himmel ragten wie das Ende der Welt. Wenn man dann an ihnen in die Höhe sah – und jeder Neuankömmling tat das, unweigerlich – und die Wolken in die richtige Richtung zogen, wurde der Eindruck, jeden Moment von der umstürzenden Wand erschlagen zu werden, übermächtig. Doch an diesem Punkt war es immer noch eine Stunde Wegs bis zu der Pforte, die Einlass ins Innere des Pashkanariums gewährte.

Irgendwann begannen auch die Felder und Gärten, von denen sich die Brüder ernährten. Winterhartes Getreide wuchs hier und bergfestes Gemüse, auf umzäunten Wiesen grasten wollige Jibnats, fette Scharnacken und allerlei Geflügel, dem die Flügel zu stutzen man sich hier oben in der Einsamkeit nicht die Mühe zu machen brauchte. Es war eine große Landwirtschaft, die die Bruderschaft hier unterhielt – unterhalten *musste* –, doch vor der Kulisse des Pashkanariums wirkte alles wie Spielzeug.

»Dieses Portal . . .«, meinte Dawill, als sie die befestigten Wege erreichten, eine Brücke über ein kleines Rinnsal, das an den Rändern bereits zuzufrieren begann. »Wird es jemals geöffnet?«

Sie bewegten sich direkt darauf zu. Bailans Blick wanderte an den Pfeilern und Kanten empor, und er versuchte, sich vorzustellen, was die gewaltigen Torflügel anrichten würden, würde man sie jemals aufstoßen. »Das Portal ist für die Eloa gedacht, falls sie je wiederkommen«, sagte er.

»Ah«, machte Dawill, und er klang zum ersten Mal beeindruckt. »Die sind aber nicht so groß, oder?«

»Es heißt, sie werden in ihren *Schwingenbarken* kommen. Die Portale und die Arkadengänge im Inneren sind so gebaut, dass eine Schwingenbarke bis ins Allerheiligste fliegen kann.«

»So eine Art Raumschiff?«

»Vermutlich.«

Ihr Weg führte an einem Jibnat-Gehege vorbei, und die Tiere

25

auf der Weide trotteten heran, als wollten sie ihre von Reitern geplagten Artgenossen begrüßen. Der Atem aus ihren beweglichen Nüstern verwehte als weißer Dunst im Wind.

Dawill nickte langsam, betrachtete die unglaublichen Mauern, die schwarzen Steine, die der Zeit zu trotzen schienen. »Und?«, fragte er. »Werden sie wiederkommen, die Eloa?«

Bailan zuckte mit den Schultern. »Wer kann das schon wissen?«

Die Pforte der Sucher war geradezu lächerlich klein und schmal: eher eine Schießscharte als eine richtige Tür, so niedrig, dass auch normal gebaute Menschen den Kopf einziehen mussten, und so eng, als wolle die Bruderschaft wohlbeleibten Leuten den Zutritt verwehren. Dawill und Tennant stiegen ab und starrten, einigermaßen verblüfft, den massiv ummauerten Zugang an, während Bailan die beiden Jibnats in ein nahe gelegenes Gatter führte.

Die stählerne Tür schwang beiseite, und von drinnen dröhnte der unverkennbare Bass Bruder Gralats: »Nur herein, und nennt Euer Begehr!«

Während er den Jibnats das Futter hinschüttete, das sie nach getaner Arbeit erwarteten, beobachtete Bailan die beiden Männer aus den Augenwinkeln. Seltsam. Einen Augenblick hätte man meinen können, sie würden jetzt noch umdrehen.

Aber dann machte Dawill den Anfang und trat zögernd durch die Öffnung, die mehr dem Zugang einer Höhle glich als der Tür zum Tempel allen Wissens. Tennant kam ihm nach und stieß sich prompt den Kopf am Türsturz. Bailan beeilte sich, ihnen zu folgen, denn das interessierte ihn mittlerweile brennend: was sie als Begehr nennen würden.

Die Pfortenkammer war ein einschüchternder, ungemütlicher Ort. Es roch nach Gruft, nach kaltem, feuchtem Fels und nach dem Ozon elektrischer Entladungen. Aus den Ecken richteten sich automatisch fokussierende Waffen auf die Neuankömmlinge, folgten mit verhaltenem Surren jeder ihrer Bewegungen. Bruder Gralat, ein großer Mann, der das Amt des Pfortenwächters bekleidete, seit Bailan sein Noviziat angetreten hatte, und der eine angesichts der kargen Ordenskost erstaunliche Körperfülle aufwies, stand hinter einem breiten, gemauerten, jahrhundertealten Tisch. Ein irisierend leuchtendes Detektorfeld in der Mitte des Raumes stellte unmissverständlich klar, welche Prozedur man über sich ergehen lassen musste, um durch das zweite Stahltor in der gegenüberliegenden Felswand gelassen zu werden.

Der Pfortenwächter maß die beiden Besucher mit einem Blick, in dem sich grundsätzliches Wohlwollen mit ebenso grundsätzlichem Misstrauen mischte. »Seid willkommen, Sucher«, sprach er die traditionelle Formel aus. »Zeigt mir, was Ihr mit Euch führt, und sagt mir, was Ihr zu wissen wünscht.«

Dawill schien dieses Ritual nicht sonderlich zu überraschen – im Gegensatz zu seinem Begleiter, dessen Blick immer wieder zu den dunklen Läufen der Waffen wanderte und der sich ziemlich unwohl unter ihnen zu fühlen schien. Aber er tat es Dawill nach, der seine Umhängetasche auf den Tisch hob und ihren Inhalt darauf ausbreitete.

»Bitte«, meinte Gralat mit einer einladenden Handbewegung zum Detektorfeld hin.

Dawill zögerte einen Herzschlag lang, trat dann aber entschlossen in den schimmernden Lichtzylinder. Nichts geschah. Keine Verfärbungen des Feldes, kein Alarmsignal. Das bedeutete, dass er keinerlei versteckte Waffen bei sich trug, keine Bomben, keine technischen Geräte, keine Gifte oder dergleichen. Der Detektor war in dieser Hinsicht nahezu unfehlbar.

Natürlich musste sich die Bruderschaft gegen Attentäter absichern. Immer wieder versuchten Abgesandte irgendwel-

27

cher dubioser Kulte im Pashkanarium Dokumente, die ihre Lehre als gottlos, verräterisch oder sonst wie verdammenswert erachtete, aufzuspüren und zu vernichten. Das war geradezu die klassische Art der Bedrohung in Zeiten der Dunkelheit. Aber wenn man den Überlieferungen glauben wollte – und Bailan sah keinen Grund, das nicht zu tun –, dann war dergleichen noch nie irgendjemandem geglückt.

Gralat nahm eines der Geräte aus Dawills Tasche und hielt es vor einen Analysator. »Das ist ein Funkgerät, nicht wahr?« Er drehte es in den Händen, bewunderte die moderne Machart. »Das wird Ihnen hier nichts nützen. Der Schild lässt keine Funksignale durch.«

»Es ist ein Kombinationsgerät«, erklärte Dawill und trat aus dem Detektorfeld, um Tennant Platz zu machen. »Ich will damit Bildaufzeichnungen machen. Soll ich es Ihnen zeigen?«

»Ein Kombinationsgerät?« Bruder Gralat wiegte anerkennend den Kopf. »Erstaunlich.« Er drückte einen zierlichen Knopf, und eine hektische Folge holografischer Bilder – Reproduktionen aus Büchern, Sternatlanten, naturkundlichen Darstellungen – entstand in etwa zwei Handbreit Abstand vor der Schmalseite des Geräts. »Wirklich erstaunlich ...«

»Sie entschuldigen«, meinte Dawill, nahm ihm das Gerät aus der Hand und schaltete die Wiedergabe ab. Offensichtlich hatte er es nicht so gern, wenn man mit seinen Sachen herumspielte.

Gralat hob die wild wuchernden Augenbrauen. »Ihr habt mir noch nicht gesagt, was Ihr zu wissen begehrt«, erinnerte er die Besucher und bedeutete Tennant mit einem Blick, das Detektorfeld wieder zu verlassen.

Dawill holte tief Luft und musste unwillkürlich husten. »Wir sind«, erklärte er, während er sich mit der flachen Hand auf die Brust klopfte, »an den ältesten Aufzeichnungen interessiert. Wir interessieren uns für die Ursprünge der Menschheit.«

Bruder Gralat tauschte einen raschen Blick mit Bailan, der vordergründig eine Aufforderung war, das Detektorfeld zu betreten. Aber der Novize konnte darin ein mühsam unterdrücktes Lächeln erkennen: die Ursprünge der Menschheit! Wie *originell!*

Jeder, der das Pashkanarium betreten wollte, gleich, ob er dem Orden angehörte oder nicht, musste ein Detektorfeld passieren. Das war unumstößliche Regel. Genauso unumstößlich wie die Regel, jeden Sucher mit seinem Anliegen ernst zu nehmen. Aber die Ursprünge der Menschheit waren nun einmal mit Abstand das beliebteste Thema. Bailan musste grinsen, während das Detektorfeld um ihn und in ihm zu *flüstern* schien. Bruder Illatu hatte ein komisches Talent, konnte einen zum Brüllen vor Lachen bringen, einfach, indem er sich hinstellte, mit harmlosem Gesicht und großen Augen und sagte: »Guten Tag, ich suche die Erste Erde . . .«

Bruder Gralat musste in diesem Augenblick bestimmt ebenfalls an Illatus Witze denken, aber er beherrschte sich mustergültig, führte die Gepäckkontrolle zu Ende und nickte mit einigermaßen ernsthaftem Gesichtsausdruck dazu. »Die Urspünge der Menschheit. Ein großes Thema . . .«

Bailan platzte fast, er musste sich wegdrehen. Das war von Bruder Illatu! Genauso ging es bei dem auch immer weiter!

»Ja«, erwiderte Dawill, während er seine Habseligkeiten wieder in seine Tasche stopfte. »Ich weiß.« Tennant sagte nichts. Er hatte genauso ein Kombinationsgerät wie Dawill auch.

»Im Pashkanarium«, erklärte der Pfortenwächter, »sollen sich Suchende nur in Begleitung eines Angehörigen unseres Ordens bewegen. Es ist ein großer und komplizierter Bau, in dem man sich ohne weiteres unrettbar verlaufen kann. Bruder Stem wird Euch in den Innersten Ring führen, der die ältesten Dokumente über die Menschheit enthält, und dort zu den Bereichen, die Euch interessieren. Der Novize, der Euch bisher begleitet hat, ist weiterhin für Euer leibliches Wohl zuständig, er wird für Unterkunft und so weiter sorgen … Bailan, du kannst jetzt das Detektorfeld verlassen. Oder glaubst du, es ersetzt die Dusche?«

Dawill und Tennant sahen einander verwundert an, als die beiden Ordensleute über diesen dürftigen Witz in schallendes Gelächter ausbrachen.


Bruder Stem war ein mageres altes Männchen, dem die Ordenskluft um die Knochen schlackerte, vor allem, weil er sich auf eine fahrige, abgehackt wirkende Weise bewegte. »Der Innerste Ring, ah ja. Verstehe«, sprudelte er los und nickte heftig mit dem Kopf dabei. »Dann hole ich uns mal einen Wagen, nicht wahr? Das ist weit. Zu weit zum Laufen. Besser, wir nehmen einen Wagen.« Sprach's und verschwand um die Ecke wie eine Flinkratte.

Der Pfortenwächter runzelte die Stirn. »Ich hatte ihm gesagt, dass Ihr einen Wagen braucht … Naja.«

Sie standen in dem breiten Gang, der hinter der Pfortenkammer parallel zur Außenmauer verlief. Es roch schon so, wie es überall im Pashkanarium roch – nach Staub, nach Leder, nach Jahrtausenden von Wissen.

»Jedenfalls«, fuhr Bruder Gralat fort und bedachte die beiden Sucher mit seinem wohlwollendsten Blick, »wünsche ich Euch, dass Ihr finden mögt, wonach Ihr sucht.«

»Danke«, sagte Tennant und hüstelte.

»Ich bin sicher, dass wir das werden«, setzte Dawill mit einem Nicken hinzu. Bailan meinte, den Schatten eines spöttischen Lächelns über sein dunkles Gesicht huschen zu sehen, so, als sei diese Bemerkung doppeldeutig gemeint gewesen – aber wie hätte sie das sein können?

Ein Surren wurde hörbar. Aus der Tiefe des Gangs kam Bruder Stem mit einem viersitzigen, elektrisch angetriebenen Wagen angebraust, rumpelte über die ausgetretenen Bodenplatten. Ein kleines spiegelndes Metallteil an der Lenkung blitzte immer auf, wenn er an einer der trüben, gelben Wandlampen vorbeifuhr.

»So«, machte er und brachte das Gefährt vor ihnen zum Stehen. »Alles eingestiegen und los geht's! Ist viel bequemer so, oder? Auf, auf, worauf wartet Ihr?«

Während sie einstiegen und Dawill unaufgefordert neben dem Fahrer Platz nahm, klopfte der Pfortenwächter Bruder Stem auf die Schulter und meinte: »Zügle dich ein bisschen, Bruder. Vielleicht wollen auch unsere Gäste ab und zu etwas erzählen, hmm?«

Bruder Stem nickte mit betrübter Miene, wollte etwas erwidern, ließ es dann jedoch.

Und los ging die Fahrt, kaum dass Bailan saß. Rumpelnd den Gang entlang und bei der nächsten Kreuzung im rechten Winkel ab, geradewegs auf das Zentrum zu. Türen, Treppen und schmale, dunkle Quergänge schossen vorbei. Kein Mensch war zu sehen. So groß die Bruderschaft auch war, sie verlor sich in dem endlosen Bau des Tempels.

»Und?«, hielt Bruder Stem das Schweigen schließlich nicht mehr aus. »Was gibt es Neues draußen im Reich? Der Pantap wohlauf?«

Dawill musterte den schmalen Alten amüsiert von der Seite, wie er da so saß, die Lenkung umklammernd, sagte aber nichts. Es war Tennant, der in die Konversation einstieg. Dem Pantap gehe es gut, ja.

»Trotz Krieg? Es ist doch noch Krieg, oder?«

»Ja, sicher.«

»Wir merken hier ja nichts davon. Ist weit weg. Aber man hat die beiden Schlachtschiffe abgezogen, die Pashkan bewacht haben. Jetzt ist nur noch das Wachfort übrig, das kann man nicht woanders hinbringen, jedenfalls nicht so leicht.« Er machte eine weit ausholende, wegwerfende Geste, mit der er Dawill beinahe ohrfeigte. »Was soll's, sag ich! Wir haben den Schild. Der schützt uns besser als alle Wachforts und Schlachtschiffe. Sollen sie uns doch Bomben auf den Kopf werfen, wir lachen da bloß.«

»Ich weiß nicht«, warf Dawill ein. »Der Schild reicht ja nicht überall bis zum Boden. Wenn die Bomben groß genug sind oder ungünstig fallen ...«

»Ach, das hatten wir doch alles schon! Der Überfall der Bilderstürmer, Bailan, wann war das? Um zwölftausend?«

»Zwölftausendneunzehn«, bestätigte Bailan. »Nach der Zeitrechnung des Zweiten Direktoriums.«

»Genau. Zwölftausend. Damals haben sie uns eine Bombe in den Zugang zum Tal geworfen. Der lag damals woanders, im Süden, aber der Schild war auch etwa dreißig Armlängen hoch geöffnet.« Wieder eine eruptive Geste, diesmal in die Höhe. »Und was geschieht? Die erste Bombe bringt die Felswände rechts und links zum Einsturz und schließt damit den Schild komplett ab. Wir mussten bloß warten, bis der Spuk vorbei war, und dann einen neuen Zugang graben. Durch den seid ihr gekommen.«

»Nicht schlecht«, meinte Dawill versonnen.

»Und genauso wird dieser Spuk vorbeigehen«, prophezeite Bruder Stem. »Man muss sich das bloß mal vorstellen – aus einer anderen Galaxis! Nicht zu fassen. Stimmt doch, oder? Die kommen aus einer anderen Galaxis? Sind auch Menschen, aber eben ...«

»Sie nennen es wohl das Kaiserreich«, sagte Tennant. »Niemand weiß, warum sie uns angreifen.«

»Was weiß das Pashkanarium eigentlich über das Kaiserreich?«, fragte Dawill und sah die beiden Ordensleute mit hintersinnigem Lächeln an. »Ich meine, bevor das alles losging, wusste ich nicht einmal, dass es in anderen Galaxien Menschen gibt.«

Bruder Stem lachte meckernd und bog wieder scharf in die Kurve. »Ja, ja – die Ursprünge der Menschheit. Ein großes Thema . . .«

Bailan musste unwillkürlich auch lachen, was ihre beiden Gäste wieder ziemlich irritierte.

Im nächsten Augenblick endete der Gang, spuckte sie aus in die Portalhalle, wo die beiden Sucher die Gesichter hoch- und die Augen aufrissen und alles vergaßen, worüber gerade gesprochen worden war. Jedem ging das so. Das Pashkanarium mochte von außen überwältigend wirken – von innen betrachtet sprengte es jedes Vorstellungsvermögen.

Hinter dem Portal lag – natürlich – eine Halle, eine große Schneise quer durch den ganzen Ring, die bis zum nächsten Portal im nächstinneren Ringwall führte. Groß? Es war ein Anblick, der einem den Atem rauben musste. Auf dem Weg bis zur Hallendecke schien die Sehkraft zu erlahmen. Die Portalhalle war so unfassbar groß, dass sich darin ein eigener Wetterkreislauf entwickelt hatte; im heißen, feuchten Sommer sammelte sich Luftfeuchtigkeit an, und sobald es Winter wurde, bildeten sich Wolken oben zwischen den titanischen Stützstreben, die von unten wie Haargespinst aussahen. Noch sah man nichts, aber in ein paar Wochen würde es *regnen* in den Portalhallen.

Und dazu diese Akustik . . . Es legte sich wie ein Druck auf die Ohren. Im ersten Moment, wenn man in die Halle kam, war jeder Widerhall verschwunden, sodass man das Gefühl hatte, sich im Freien zu befinden. Doch dann, ganz unmerklich, kamen die ersten Echos zurück, rollten mit so langer Verzögerung heran, von so weit entfernt, dass das Gehirn schier durchdrehte.

»Unglaublich«, hauchte Dawill. »Man hat mir davon erzählt, aber es zu sehen, ist wirklich . . . wie soll ich sagen . . .?«

Bruder Stem hielt mit vollem Tempo geradewegs auf die Pforte zu, die man nach dem Ausbau des Äußersten Rings so erweitert hatte, dass Fahrzeuge sie passieren konnten. »Weiter innen werden die Hallen kleiner«, verkündete er. »Aber auch die kleinen sind noch ganz schön groß, das kann ich Euch sagen!«

Auf halber Strecke legten sie eine Rast ein, setzten sich in einen leeren Versammlungsraum und verzehrten den Proviant, den Bruder Stem in einem Korb mitgebracht hatte.

»Riecht seltsam hier«, meinte Dawill und musterte die kahlen Wände. »Als wäre seit Jahren niemand hier gewesen.«

Bruder Stem nickte so heftig, wie er kaute. »Ist bestimmt so«, brabbelte er mit vollem Mund.

Er achtete darauf, dass die Beleuchtung abgeschaltet und die Tür wieder geschlossen wurde, ehe sie weiterfuhren.

Schließlich erreichten sie den Innersten Ring. Nach den Dimensionen, an die man sich in den äußeren Ringen gewöhnt hatte, kam einem hier alles sehr übersichtlich vor. Die Portalhalle war immer noch groß, gewiss, aber höchstens dreimal so groß wie der Thronsaal des Pantap. Die Gänge waren immer noch lang, gewiss, aber immerhin konnte man nun bei denen, die parallel zum Ringwall verliefen, eine Krümmung erkennen.

Zugleich jedoch war einem alles seltsam fremd, atmete ein Alter, das einen frösteln ließ. Türen trugen Aufschriften in alten, vergessenen Sprachen, in noch nie gesehenen Schriftzeichen. Man fasste an Wände aus massivem Sinit, jenem Gestein, das die Dichter als Metapher nahmen, wenn sie die Ewigkeit besingen wollten, und hatte nachher Felsstaub an den Fingern.

»Ich weiß nicht«, hörte Bailan Tennant murmeln. Dawill legte seinem Begleiter daraufhin die Hand aufs Knie, sagte aber nichts.

Auch Bailan wurde jedes Mal, wenn er in die Inneren Ringe kam, von einer eigenartigen Erregung erfasst. Von außen bis hierher zu fahren war, als mache man eine Zeitreise, und der Innerste Ring war so alt, dass man nicht anders konnte, als zu glauben, dass sich im Innersten, im Allerheiligsten, der Anfang aller Zeit finden musste. Wäre es nach Bailan gegangen, hätten die Sucher, die nach den Ursprüngen der Menschheit fahndeten, in hellen Scharen kommen können. Er würde nicht müde werden, sie hierher zu begleiten.

Sogar Bruder Stem wurde ein wenig ruhiger, zumindest für seine Verhältnisse. Er fuhr sie mit dem Elektrowagen so weit, bis die Gänge zu eng für Fahrzeuge wurden, und ließ sie aussteigen.

»Also, wie gesagt, Bailan wird sich um Euch kümmern«, meinte er dann, mit den Unterarmen auf die Lenkung gestützt und müde wirkend. »Er kann Euch sagen, wo welches Archiv zu finden ist und so weiter. Und die Zimmer und Waschräume, nicht wahr, Bailan?« Er zwinkerte wild mit den Augen.

»Alles klar«, nickte Bailan.

»Vergiss nicht, euch bei der Küche anzumelden«, erinnerte der Alte ihn und grinste die beiden Zentralweltler an. »Sonst kriegt ihr nichts zu essen, und die nächsten Sucher finden dann eure Skelette in den Bibliotheken . . .!« Unter wiehherndem Gelächter brauste er mit seinem surrenden Karren davon.

Da standen sie nun mit ihren paar Habseligkeiten. Die Stille und die Vorstellung, wie viel gemauertes Gestein auf ihnen lastete, konnten einen schier erdrücken.

Dawill räusperte sich und deutete mit einer Handbewegung in die Richtung, in die Bruder Stem davongefahren war. »Sagte der Pfortenwächter nicht, dass er . . . ich meine . . .?«

»Ich kenne mich hier gut aus«, beeilte sich Bailan zu versichern. »Wirklich. Und wenn Ihr eine Übersetzung benötigt, weiß ich auch, welcher Bruder welche der alten Sprachen beherrscht.«

»So.« Der stämmige Mann schien nicht restlos überzeugt. Er nagte ein wenig an seiner Unterlippe, musterte Bailan und sah wieder den Gang entlang. »Er macht auf deine Kosten frei, oder wie sehe ich das?«

Bailan zögerte. Wie sollte er das erklären? Es war offizielle Regel, dass Sucher im Pashkanarium von einem Ordensbruder betreut wurden. Also hatte der Pfortenwächter das so formulieren müssen. Sollte er, der Novize, ihnen nun sagen, dass man Sucher, die sich für Themen wie den Ursprung der Menschheit interessierten, nicht für voll nahm? Dass sich diese Geringschätzung schon in der Auswahl Bruder Stems gezeigt hatte, der schließlich auch beschäftigt werden musste, aber nicht imstande gewesen wäre, jemanden zu betreuen, der etwa über die Geschichte der Direktorien forschte oder sich für Landbaumethoden auf Sumpfplaneten interessierte?

»Er weiß, dass ich gern hier im Innersten Ring bin«, meinte er schließlich lahm. »Und dass ich Euch hier so gut assistieren kann wie ein Vollbruder.«

Dawill nickte. Zumindest schien er sich damit abgefunden zu haben. Er musterte Bailan mit einem raschen Seitenblick. »Na ja. Ich denke, wir werden zurechtkommen.«

War das nun anerkennend gemeint oder tadelnd? Schwer zu sagen. Bailan schulterte seine Tasche. »Ich nehme an, Ihr wollt zunächst ruhen nach der langen Reise? Die Unterkünfte befinden sich ...«

»Nein«, unterbrach ihn Dawill. »Wir wollen so schnell wie möglich mit der Arbeit beginnen.«

»Gut«, meinte Bailan verblüfft. »Wie Ihr meint.«

Tennant nestelte ein zusammengefaltetes Papier aus seiner Brusttasche und reichte es Dawill. Der faltete es auf und hielt es

Bailan hin, wobei er mit dem Finger auf eine Stelle zeigte. »Da wollen wir als Erstes hin«, erklärte er.

Bailan nahm das Blatt in die Hand. Die Zeichnung darauf war eine grobe, eine *sehr* grobe Skizze des Innersten Rings und seiner wichtigsten Archive. Die Stelle, auf die Dawill gezeigt hatte, war eine Bibliothek, die sowohl der Portalhalle als auch dem Allerheiligsten unmittelbar benachbart lag.

»Das Quolonuoiti-Archiv«, stellte Bailan fest. »Wieso ausgerechnet das?«

Dawill bleckte die Zähne zu einem freudlosen Lächeln. »Wir wollen natürlich anders vorgehen als alle, die vor uns da waren. Denn die sind ja zu keinem Ergebnis gelangt.«

»Aber das Quolonuoiti-Archiv enthält nur alte Gesänge, Lieder, Gedichte ... Kochrezepte ...«

»Wir wissen, was es enthält.«

»Woher?« Bailan hob das Papier in die Höhe. »Und woher habt Ihr diesen Plan?«

»Von jemandem, der schon einmal hier war«, erklärte Dawill. »Wir führen seine Arbeit fort.«

»Aber das ist nicht erlaubt.« Bailan drehte das Blatt mit der Skizze unschlüssig in den Händen. Irgendwie wollte ihm das alles überhaupt nicht gefallen. »Die Bruderschaft will nicht, dass der Bauplan des Tempels bekannt wird.«

»Schon gut«, meinte Dawill und zupfte ihm das Papier wieder aus den Fingern. »Du wirst das ja wohl kaum als Bauplan bezeichnen. Was ist – kannst du uns jetzt dorthin führen oder nicht?«


Es ging, zu Dawills Verblüffung, ein paar Treppen hinauf. Nicht weit, verglichen mit der Anzahl der Geschosse, die auch der Innerste Ring aufzuweisen hatte, aber immerhin. Das hatte auf Dawills Skizze nicht gestanden. Tatsächlich fanden sich in den weiter innen liegenden Ringen zu ebener Erde fast ausschließlich Funktionsräume. Das hatte vor allem damit zu tun, dass das Pashkanarium in seinen früheren Ausbaustufen noch von gelegentlichen Hochwassern bedroht gewesen war. Inzwischen hatte der Bau die meisten Flüsse und Bäche ringsum überwuchert, und es hätte wohl hundert Jahre ununterbrochen und in Strömen regnen müssen, um auch nur die erste Ebene unter Wasser zu setzen.

Dawill zeigte sich beeindruckt, als Bailan ihm diese Zusammenhänge erklärte. »Ich habe mich immer gefragt, warum die Bruderschaft das Archiv nicht unterirdisch angelegt hat«, meinte er.

»Oh«, machte Bailan. Was für eine Vorstellung! »Der Tempel steht auf massivem Sinit, der größten geschlossenen Felsplatte auf Pashkan. Das wäre . . .«

»Ziemlich in Arbeit ausgeartet«, nickte Dawill. »Verstehe.«

»Und wir haben ja den Schild.«

»Genau«, meinte der untersetzte Sucher mit seltsamem Lächeln. »Der Schild.«

Weite Gänge, schmale Gänge, Wandelhallen, Treppenschächte, Rampen, weite Aufgänge – die innere Struktur des Pashkanariums kam einem, wenn man das erste Mal versuchte, sich allein darin zurechtzufinden, wie der Albtraum eines Architekten vor. Nach einiger Zeit, vorausgesetzt, man war bis dahin nicht verloren gegangen, fielen einem bestimmte Muster auf, die sich zu wiederholen schienen. Und schließlich, ausgerechnet im Laufe des Studiums der alten Sprachen, begriff man: Die innere Architektur des Pashkanariums bildete die Zeichen des *Utak* nach, jenes uralten Alphabets, in dem die Gründer geschrieben hatten. Jede Ebene in jedem Ring verkörperte einen Spruch. Kannte man diesen Spruch, fand man sich zurecht. Sobald man alle Sprüche beherrschte, konnte man sich im gesamten Pashkanarium bewegen und hinfort darüber nachdenken, was die zum Teil sehr dunkelsinnigen Sätze bedeuten mochten.

38

Sie betraten eine Utak-Weisheit, die übersetzt in etwa »Wer eine Wahl hat, hat auch eine Verantwortung« lautete, bei der Spitze des Personen bestimmenden Lanta-Zeichens. Das Quolonuoiti-Archiv befand sich in der bauchigen Wölbung des letzten Nephots. Wenn man das wusste, war es leicht. Kein Wunder, dass die Bruderschaft dieses Geheimnis sorgfältig hütete.

»Bitte sehr«, verkündete Bailan, öffnete den Türflügel und schaltete das Licht ein. »Das Archiv des Fürsten Quolonuoiti.«

Die Köpfe der beiden Männer kippten nach hinten, ihre Münder klappten auf, ihre Blicke wanderten die Regale empor, die die Wände des Raumes komplett bedeckten, der so breit wie tief war und so hoch wie breit. Vier Galerien, durch schmale Treppen untereinander verbunden, liefen ringsum und erlaubten den Zugriff auf die Folianten, die gebundenen und gehefteten Bücher, die Handschriften, Drucke, Dokumente aus Papier, Folie, Glas und Metall. Hier und da hingen Gemälde an den Wänden, kostbare Kunstwerke, die schöne Frauen in verführerischen Posen darstellten. Der Fürst war den Annehmlichkeiten des Lebens sehr zugetan gewesen.

Bailan ging voraus, legte die Hand auf ein hölzernes Möbel. »Das ist der Katalog.« Die Archivräume in den inneren Ringen waren alle ähnlich aufgebaut, abgesehen vom Grundriss. »Und hier sind Arbeitstische, Lesepulte, Lesegeräte für Metallgravuren und so weiter.«

»Kolossal«, murmelte Tennant. Er schien nicht zugehört zu haben. Wie verzückt wanderte er die unterste Regalreihe entlang, strich mit ausgestreckten Fingern über Buchrücken, las murmelnd die Aufschriften.

*Er beherrscht Utak!*, erkannte Bailan verblüfft. Wieso erstaunte ihn das so? Irgendwie hatte er dem blassen, schmalen, fast krank aussehenden Mann nichts zugetraut. Dawill schien es zu sein, der bestimmte, wo es langging.

»Angenommen«, trat der murmelnd an seine Seite, »angenommen, einem von uns würde etwas passieren – könnten wir dann Hilfe rufen?«

»Etwas passieren?« Bailan riss die Augen auf.

»Krank werden, zum Beispiel«, erläuterte Dawill mit mühsam gezügelter Ungeduld. »Einer von uns könnte einen Anfall bekommen. Einfach umkippen.«

Bailan sah zu Tennant hinüber, der vor einem der Lesepulte im hinteren Teil des Raumes stehen geblieben war, auf dem, wer weiß, wie lange schon, ein Buch aufgeschlagen lag. Er hatte sein Kombigerät herausgezogen und begonnen, eine Art Tagebucheintrag zu sprechen: »... im Innersten Ring des Pashkanariums ...«, hörte Bailan ihn sagen, »... den Archivraum erreicht, den wir gesucht haben ...« Er sah wirklich aus wie ein Gespenst.

»Es gibt ein Interkomsystem«, erklärte der Novize beunruhigt. »Dort neben der Tür. Damit können wir Alarm ...«

In diesem Augenblick drangen fremde, krachende Geräusche aus Tennants Kombigerät. Bailan hielt inne, starrte den dünnen Mann erschrocken an. Dann hörte er zu seiner maßlosen Verwunderung Wortfetzen heraus.

»Er spricht mit jemandem!«, rief er aus. Er sah Dawill an, den Arm ausgestreckt, auf Tennant zeigend. »Er ... Ich dachte, das ist für Aufzeichnungen von ... Mit wem spricht er?«

Der stämmige Mann legte ihm die Hand auf die Schulter, und diese Hand wurde plötzlich erdrückend schwer, sodass Bailan sich auf den nächsten Stuhl setzen musste. Er schaute hoch in Dawills dunkles Gesicht, las Wohlwollen in diesen Augen, aber auch unerbittliche Entschlossenheit.

»Mein Junge«, sagte der Mann, »es ist besser, du bleibst jetzt ganz still hier sitzen. Ich kann dich gut leiden. Ich möchte nicht, dass dir etwas passiert.«

# 2

Der Planet hing in der Schwärze des Alls, wie eine kostbare Blase aus hauchdünnem, farbigem Glas – leuchtend, grün und blau und braun, von weißen Schlieren überhaucht.

Ein gewaltiger Anblick aus dem Cockpit eines kleinen, antriebslos dahintreibenden Raumjägers.

Aber der Mann an den Steuerkontrollen sah nicht mehr nach draußen. So etwas konnte man nur begrenzte Zeit anschauen. Er beobachtete die Instrumente und rührte sich ansonsten nicht. Er wartete. Und er wusste, dass er noch lange Zeit würde warten müssen, länger als jemals zuvor in seinem Leben.

Er war nicht der Einzige. Ein ganzer Schwarm Jäger trieb, aus der Richtung der Sonne kommend, auf den Planeten zu, tot, schweigend, kaltes Metall. Doch während er darauf wartete, dass die ereignislose Zeit vorüberging, lagen die anderen Piloten alle in einem chemisch induzierten Tiefschlaf. Sie würden schlafen, bis ihnen eine automatische Injektionsmanschette auf einen Funkimpuls hin einen entsprechenden Antagonisten spritzte. Und er war es, der diesen Impuls würde auslösen müssen.

Wenn es so weit war.

Auf den Instrumenten war der Planet beinahe dunkel. Geringe Emissionen auf den Funkfrequenzen, nahezu Stille auf den höherdimensionalen Frequenzen. Die Welt war dünn besiedelt, und ihre Bewohner legten nicht viel Wert auf Technik.

Doch einen hellen Punkt gab es – außerhalb des Planeten, ihn in geringer Höhe umkreisend. Dieser Punkt war der Grund, warum die Jets sich mit ausgeschalteten Triebwerken und minimaler Energieleistung näherten. Dieser Punkt war die Ursache seines schier unerträglichen Wartens.

Sie würden, wenn alles nach Plan verlief – nach diesem Plan, der sich so schlicht und raffiniert angehört hatte im Besprechungsraum, und von dem er jetzt erst erlebte, was er ihm Übermenschliches abverlangte –, niemals durch die Sichtscheiben ihrer Cockpits sehen, wofür dieser Punkt maximaler Energieemission stand: ein Wachfort. Ein kleines Wachfort, der geringen strategischen Bedeutung des Planeten entsprechend, aber immer noch so stark bewaffnet, dass es mit einer einzigen Salve seiner Geschütze den gesamten sich nähernden Schwarm von Jägern in eine Wolke ionisierter Moleküle hätte verwandeln können.

Doch wenn alles nach Plan verlief – nach diesem Plan, der an Wahnwitz grenzte –, würde das Wachfort niemals von der Existenz dieser Jets erfahren.

Der Mann schloss die Augen. Vielleicht konnte er ein wenig dösen. Und wenn nicht, war es dennoch besser, die Uhr nicht zu sehen, die so quälend langsam die Stunden zählte.

Tage. Es waren noch Tage, die er würde warten müssen. Tage, die er sich nicht richtig würde bewegen können, nicht waschen, nicht kratzen. Tage, in denen er Konzentratnahrung essen und für alle Körperausscheidungen die Einrichtungen des Raumanzugs beanspruchen musste. Tage des Gestanks, Tage abgrundtiefer Langeweile. Die Ablenkungen – Musik, Lektüre – waren längst ausgeschöpft. Auf ihn warteten Tage, die seine bebenden Nerven bis an den Rand der Belastungsfähigkeit spannen würden.

Aber sie würden auf diese Weise den Ortungsring unbemerkt passieren – einfach, indem sie nichts taten.

Der Mann konzentrierte sich auf die Beobachtung seiner Atemzüge. Das hatte er geübt, ehe sie aus dem Mutterschiff ausgeschleust worden waren, das auf der anderen Seite der Sonne wartete. Jemand hatte es als heißen Tipp gehandelt, als die einzige Chance, die Zeit durchzustehen.

Es war verdammt hart, nichts zu tun.


Jagdschwarmführer Hiduu beobachtete die Kontinente, wie sie über das beobachtbare Rund wanderten und von der schmalen Dämmerungszone aufgesogen wurden. Angenehme Stunden lang fiel er in einen Zustand zwischen Wachen und Schlafen und glaubte, Gesichter in den Wolken, den Seen und Bergen zu erkennen, die ihrerseits ihn beobachteten, ihm zuerst freundlich zulächelten, um im Lauf der Zeit immer grimmiger dreinzublicken, bis er hochschreckte.

Wieder ein Rundblick. Kontrolle der passiven Ortung. Die Formation war unverändert, von minimalen Verschiebungen abgesehen.

Er drehte den Kopf, nach rechts, nach links, bis die Verspannungen im Nacken spürbar wurden. Er hätte wer weiß was dafür gegeben, jetzt aufstehen und losrennen zu können. Nie wieder würde er so etwas wie das hier auf sich nehmen, nie wieder. Und wenn er zurück war, würde er jeden Tag rennen, das ganze Schiff entlang, vom Bug zum Heck und zurück.

Er malte sich aus, welche Route er nehmen würde. Start hinter der Fernortung ganz vorn. Dann durch die Labors, am besten den Gang zwischen dem astronomischen und dem planetologischen Labor entlang. Die Quartiere umrunden, entweder die Rampe zum Sektor der Niederen hinunter oder auf der Promenade. Die Lagerräume entlang. Den Beibootschächten ausweichen – dazu würde er die Treppe eins höher nehmen müssen, die auf den Gang hinter den Waffensystemen führte. Doch solange keine Alarmbereitschaft herrschte, war das unproblematisch. Und dann, endlich, der Maschinenraum, mit seinen endlosen Laufstegen. Ha, wie das dröhnen würde, tschapp-

tschapp-tschapp über die Metallroste! Nur nicht den Kopf anstoßen im Bereich der Energiestationen. Auf die Zustandsanzeigen achten im Triebwerksbereich. Den Abstrahlring umrunden und . . .

Das Signal.

Zuerst begriff er nicht. Hatte zu lange gewartet, um glauben zu können, dass es wirklich geschah. Da war nur ein gelbes Rechteck, das in regelmäßigen Abständen hell aufleuchtete. Ein seltsames, blinkendes Licht.

Dann, endlich, änderte sich die Interpretation. Er begriff, dass die Zeit der Qual vorüber war, und musste an sich halten, um nicht in Tränen auszubrechen. Sein Herz hämmerte plötzlich wild, als er die Taste unter dem Lichtsignal drückte.

»Wir befinden uns im Innersten Ring des Pashkanariums«, brach eine verzerrte Stimme überlaut aus den Lautsprechern. »Wir haben den Archivraum erreicht, den wir gesucht haben, direkt neben der Portalhalle, in der sich der Zugang zum Zentrum befindet. Die Frage ist im Augenblick, ob die Relais wie geplant funktionieren. Das wäre am besten durch eine Rückmeldung zu beweisen.«

Hiduu räusperte sich und griff nach dem Mikrofon. »Die Relais funktionieren. Ich kann Sie hören.«

»Dann sind die geforderten Bedingungen geschaffen«, kam die Antwort mit einem Herzschlag Verzögerung.

Hiduu fuhr sich mit der Hand über das Gesicht. Er schwitzte, seine Haut fühlte sich klebrig an und schmutzig. Er musste zu sich kommen, vollkommen wach werden . . . Die Ortung sah gut aus. Das Wachfort lag im Planetenschatten. Zeit zu handeln.

»Ich aktiviere den Jägerschwarm«, erklärte er und drückte die Taste, die das vorbereitete Aufwecksignal an die anderen Jäger abstrahlte. Er startete die Aktivierungssequenz, die seine eigene Maschine nach und nach aus einem scheintoten Metallklumpen in ein voll einsatzbereites Fluggerät verwandeln würde. »Ich melde mich nach Rücksprache mit dem Kommandanten. Ende.«

Schalter drehen, Knöpfe drücken. Routinierte, tausendfach geübte Bewegungen. Mit jeder davon fand er weiter zurück in die Wirklichkeit. Die Richtantenne veränderte ihren Vektor, peilte den winzigen Satelliten an, der unsichtbar über der Korona der Sonne kreiste und die Funkverbindungen zum Mutterschiff weiterleiten würde, das auf der anderen Seite wartete. Ein Tastendruck strahlte das Rufsignal ab, überlichtschnell, zeitlos.

Keine Antwort.

Hiduu starrte den Planeten an, der erdrückend groß schräg über ihm zu hängen schien. Sie waren schon verdammt nah herangekommen. Innerhalb der nächsten Stunden hätte er die anderen ohnehin wecken müssen. Sie mussten entweder losschlagen oder abbrechen.

Und der Mann, der das zu entscheiden hatte, reagierte nicht. Hiduu gab das Rufsignal noch einmal, kontrollierte dabei die Borduhr, die nach Gheerhzeit ging wie alle Uhren der Flotte. Nein, es war nicht Nacht. Ausgeschlossen, dass der Kommandant schlief.

Er sah sich um. Die anderen Jäger glitzerten winzig und silbrig in der Ferne. Der Verband war etwas auseinandergedriftet in den letzten Tagen, aber das machte nichts, und es wäre auch nicht zu verhindern gewesen. Was war mit dem Kommandanten? Ausgeschlossen, ohne sein Wort zu handeln. Aber in dem Augenblick, in dem sie ihre Triebwerke zündeten, musste entschieden sein, in welche Richtung es gehen sollte.

Hiduu presste die Taste ein drittes Mal, und da, endlich, krachte es aus dem Lautsprecher.

»Quest!«

Der Tonfall dieser Stimme jagte Hiduu einen Schauder über den Rücken. Der Kommandant klang, als habe er diesen Augenblick in tagelanger äußerster Anspannung herbeigesehnt.

»Hiduu hier, Erhabener Kommandant«, sagte der Führer des Schwarms. »Wir haben soeben das Signal erhalten.« Er musste schreien, um das Geräusch des hochlaufenden Energiereaktors zu übertönen.

»Gut!«, kam es zurück. »Endlich. Dann gehen Sie vor wie geplant.«

»Ich bestätige, Kommandant. Der Einsatzbefehl ist erteilt.«

»Korrekt. Einsatzbefehl ist erteilt.« Die Verbindung wurde so jäh unterbrochen, wie sie aufgebaut worden war.

Hiduu verharrte einen Augenblick. Seine Wahrnehmung schien sich zu verändern in diesem winzigen Moment – oder war es der Stahl ringsum, der plötzlich stählerner wurde, der endlose Raum außerhalb des Jägers, der noch endloser, das Dröhnen der Maschine, das noch dröhnender wurde? Er kannte dieses Gefühl, diesen Zustand. Es ließ ihn ganz da sein, alles andere vergessen. Der Einsatz begann genau jetzt, in diesem Augenblick.

»Hiduu hier«, sprach er in das Mikrofon des Normalfunks, der die anderen Jäger und, über die Relais, die Bodengruppe erreichte. »Wir haben Einsatzbefehl.«


Bailan saß gehorsam auf seinem Stuhl und fragte sich, worauf die beiden Männer warteten. Abgesehen davon, dass er sich fragte, was zum Buchfraß hier eigentlich vor sich ging.

Dawill saß auf einem anderen Stuhl, nur ein paar Schritte entfernt. Es war schwer zu erkennen, ob er ihn beobachtete oder Tennant, der die erste Galerie erklommen hatte und in den Büchern dort schmökerte, als sei überhaupt nichts und als hätten sie alle Zeit der Welt. Das Kombigerät lag eingeschaltet auf dem Tisch, Dawills dunkle, massige Hand gleich daneben.

»Man kann nichts stehlen aus dem Pashkanarium«, sagte Bailan in die Stille hinein.

Tennant raschelte weiter in den Büchern. Dawill schien ihn

nicht gehört zu haben, er saß weiter regungslos, in sich zusammengesackt da.

»Jedes Dokument ist markiert«, fuhr Bailan fort. »Das Detektorfeld entdeckt es unweigerlich.«

Er hörte Tennant leise lachen. Dawill drehte ihm seufzend das Gesicht zu. »Warum erzählst du uns das?«, fragte er.

Bailan erwiderte den Blick, schluckte schwer. »Ihr habt doch etwas vor!«

»Was denn?«

»Keine Ahnung.« Sein Bein fing an zu zucken, ohne dass er etwas dagegen hätte machen können. »Das will ich ja gerade herausfinden.«

Tennant lachte wieder. Es klang nervös. Das Blättern in den Büchern, erkannte Bailan, war reine Nervosität.

Dawill schüttelte den Kopf. »Lass es.«

»Nein!« Bailan sah die beiden an. Tennant, der an der Brüstung stand, die Hände so fest um den stählernen Handlauf geklammert, dass seine Knöchel weiß hervortraten. Dawill, der ihn lauernd beobachtete und offenbar zu atmen aufgehört hatte. Er hatte eine kleine Narbe an der Schläfe, die mitten durch sein Clanzeichen lief und es seltsam verzerrte – und jetzt gerade schien diese Narbe weiß zu leuchten. »Nein, ich lasse es nicht. Ich weiß zwar nicht, was Ihr vorhabt, aber vielleicht kann ich Euch davon abhalten.«

»Das kannst du nicht, glaub mir.«

»Ihr wisst nicht alles über das Pashkanarium. Ihr ahnt nicht einmal, auf wie viele Arten man Euch überwachen, durchleuchten, untersuchen kann. Und Ihr wisst nicht, welche Strafen auf Euch warten.« Bailan stieß die angehaltene Luft mit einem schmerzvollen Stoß aus. Es musste gesagt werden. »Ich kann Euch gut leiden. Ich will nicht, dass man Euch tötet.«

Eine Pause trat ein, in der die beiden einen überraschten Blick tauschten.

Tennants Gestalt straffte sich, was allerdings an seiner grundsätzlich schiefen Körperhaltung nichts änderte. Er murmelte etwas wie »Das ist ja reizend« und wandte sich wieder den Buchrücken zu.

Dawill griff nach dem Kombigerät, schob es ein wenig umher und meinte dann: »Ich mache mir eher Sorgen um dich, Bailan. Du bist noch Novize. Du begleitest zwei Sucher, und diese beiden Sucher verstoßen gegen die Gesetze Pashkans. Was werden sie mit dir machen?«

Bailan zögerte. Das wusste er tatsächlich selber nicht.

»Aber wenn es dich so brennend interessiert . . .« Dawill studierte die Anzeige des Kombigerätes. »Du wirst das nicht wissen als Novize, aber der Hohe Rat eurer Bruderschaft hat vor etlichen Zehntagen einen Brief erhalten, vom Pantap persönlich. Der Brief enthielt die Aufforderung, der Regierung von Gheera bestimmte Dokumente zur Verfügung zu stellen, die sich im Pashkanarium befinden. Dokumente, denen die Regierung entscheidende Bedeutung im Krieg gegen die Invasoren zumisst. Doch der Rat«, sagte Dawill grimmig und knallte das Gerät zurück auf die Tischplatte, »weigerte sich.«

»Pashkan ist exterritorial«, erwiderte Bailan und runzelte die Stirn. »Die Bruderschaft genießt seit jeher einen Sonderstatus. Niemand, nicht einmal der Pantap, hat ihr zu befehlen.« Er konnte kaum glauben, was er hörte. »Abgesehen davon hat noch nie ein Dokument den Tempel wieder verlassen. Das wäre . . . ich weiß nicht. Ohne Beispiel.«

»Das mag sein«, meinte Dawill unbeeindruckt. »Aber einmal ist immer das erste Mal.«

Das konnte doch alles nicht wahr sein. Der Novize merkte plötzlich, dass er schon seit einer ganzen Weile angefangen hatte, den Kopf zu schütteln, ganz leicht, mit winzigen, fast unsichtbaren Bewegungen, als hätte ihn eine Nervenkrankheit befallen. »Aber was . . .?« Sein Blick irrte die hohen Regale empor, Tausende von Buchrücken, Faltschachteln und Schriftrollen entlang. »Hier gibt es doch nur ... was weiß ich, Kochrezepte, Liebesgedichte, Trinklieder ... Briefe von fürstlichen Verwaltern ... Welche Dokumente hier könnten wichtig sein für einen *Krieg*?«

»Oh, Kochrezepte und Trinklieder können außerordentlich wichtig sein in einem Krieg«, lächelte der korpulente Mann, der auf seinem Stuhl hockte wie ein Sack nass gewordenen *Cuja*-Mehls. »Aber du hast recht. Es ist nicht dieses Archiv, das uns interessiert. Wir sind hier nur, weil es dem Zentrum des Pashkanariums unmittelbar benachbart ist. Was der Pantap benötigt, sind alle verfügbaren Informationen über die nichtmenschlichen Rassen.«

Das Begreifen des ungeheuerlichen Plans, in den er ohne sein Wissen verstrickt war, sprang Bailan an wie ein Tier, nahm ihm den Atem, brachte beinahe sein Herz zum Stillstand. »Das ... das Allerheiligste? Ihr wollt ins Allerheiligste eindringen?«

Dawill nickte langsam. »Um genau zu sein: Wir werden es mitnehmen.«

Sie hielten sich nicht damit auf, eine saubere Formation herzustellen. Für das, was sie vorhatten, waren Formationen ohne Belang. Viel entscheidender war, dass das Wachfort in wenigen Augenblicken wieder hinter dem Rund des Planeten auftauchen würde, und bis dahin mussten sie aus dem Orbit verschwunden sein.

Die Triebwerke zündeten, wie ein Gewitter blauweißer Blitze zuckte es vor dem dunklen Hintergrund der Sterne. Die Jäger, klobige, massive stählerne Kolosse, warfen sich herum wie leichtes Spielzeug und tauchten hinab in die Lufthülle, in weiten, eleganten Flugbahnen voller Kraft und Behändigkeit. Für wenige Augenblicke glühte die Atmosphäre entlang dieser Bahnen auf, dann verglomm die verräterische Spur, und die dunklen Maschinen stürzten fast senkrecht hinab auf die südlichen Steppen Pashkans. Niemand lebte hier, abgesehen von Millionen kleiner Wühler, von denen die, die sich gerade an der Oberfläche befanden, innehielten und mit mummelnden Backen hinaufsahen in den Himmel, aus dem ein vielstimmiger, röhrender Schrei herabbrüllte und immer lauter und lauter wurde.

Die vorsichtigeren Wühler machten, dass sie wieder in ihre Bauten kamen. Jene, deren Neugier überwog, sahen, wie dunkle Punkte am Firmament sichtbar wurden, herabstürzend, schneller als fallende Steine, rasch größer und lauter werdend. Mit gnadenloser Wucht schienen sie sich in den Boden bohren zu wollen, doch im letzten Moment geschah etwas, etwas grell Blitzendes, und die übermächtigen Gebilde schossen mit Weltuntergangsdonner über die pashkanischen Wühler hinweg, wirbelten sie in hohem Bogen durch die Luft und ließen sie für Tage taub werden.

Die Jäger schossen nordwärts, auf das Große Massiv zu. Nach und nach ordneten sie sich dabei zu einer Kette. Sie flogen so dicht über dem Boden, dass sie ihn mit ihrer bloßen Lautstärke umpflügten. Das Steppengras presste sich flach nieder wie eine riesige Schleifspur, und wenn sie Wasserläufe, Seen oder Meeresbuchten überflogen, zerstob das Wasser hinter ihnen zu Wolken feinen Nebels. Steine platzten in der Druckwelle.

Wie man auf die bloße *Idee* kommen konnte ...!

Bailan wusste nicht, was er sagen sollte. Er fuhr sich mit den Fingern durchs Haar, sah umher, musste sich vergewissern, dass er nicht träumte. Das Allerheiligste rauben zu wollen. Das war ... nicht nur vermessen. Das war schon lächerlich. Diese beiden Männer? Er musste unwillkürlich grinsen.

Aber er hatte recht gehabt mit seinem Gefühl. Die ganze Zeit. Er hatte die ganze Zeit geahnt, dass die beiden keine normalen Sucher waren.

»Ein galaktischer Krieg ist ein Phantom«, sagte Dawill in die gespannte Stille hinein. Was redete er da bloß? »Man hört nichts davon, man sieht nichts davon. Es wird nur darüber geredet. In dem Moment, in dem man etwas davon am eigenen Leib spürt, ist es bereits zu spät.«

Natürlich würden sie scheitern. Alle waren sie gescheitert. Es hatte Kriege um das Pashkanarium gegeben, planetare Kriege, ausgetragen mit nuklearen Waffen, mit Giftgas, mit riesigen Belagerungsheeren. Das war lange her, aber in den umliegenden Tälern konnte man noch Spuren davon finden – glasig verschmolzene Felshänge, giftige Quellen, vergessene Schädelstätten. In späteren Zeitaltern waren gewaltige Raumschiffe über dem Tempel erschienen, um am Schild der Eloa zu scheitern, der armdicke Energiestrahlen ebenso leicht abwies wie geschleuderte Felsbrocken. Die Chronik des Ordens verzeichnete unzählige solcher Vorfälle.

Aber das waren Geschichten, die einem die älteren Ordensbrüder abends beim warmen Wein erzählten, um sich an den ungläubig staunenden Gesichtern der Novizen zu weiden. Er hätte sich nie träumen lassen, einmal selbst in eine solche Geschichte verwickelt zu werden.

Wie es aussah, würde er es sein, der sich in Zukunft an ungläubig staunenden Gesichtern weiden konnte.

Dawill griff wieder nach dem Kombigerät, verfolgte die Anzeige darauf. »Die Invasion ist auch so ein Phantom«, meinte er nachdenklich. »Viele Leute denken, man macht Witze, wenn man davon spricht. Dein redseliger künftiger Ordensbruder zum Beispiel. Andererseits kann man ihm das kaum zum Vorwurf machen, wenn sogar euer Hoher Rat so denkt.«

Bailan betrachtete die beiden Männer und spürte einen

Stich bei dem Gedanken, mitzuerleben, wie sie ihr Leben verwirkten. Der Tempel war exterritoriales Gebiet, immer gewesen. Hier galten einzig die Gesetze der Bruderschaft. Und diese Gesetze sahen die Todesstrafe bereits für den Versuch vor, das Allerheiligste unerlaubt zu betreten.

»Aber die Invasion ist kein Witz«, versicherte der füllige Mann mit der dunklen Haut der Zentralweltler – der in naher Zukunft vor dem Ordensgericht stehen würde, vor dem auch er, Bailan, würde aussagen müssen. »Alles andere als das. Vermutlich ist es nicht einmal übertrieben, in ihr eine ernsthafte Gefahr für unsere gesamte Zivilisation zu sehen. Ernsthaft genug jedenfalls, um das zu tun, was wir tun werden.«

Tennant kam die Treppe herunter, seine Schritte scharrten klappernd auf dem Metall. »Was machst du da eigentlich?«, fragte er. »Dich vor dem Jungen rechtfertigen?«

»Ich vertreibe mir nur die Zeit«, erwiderte Dawill, der die Anzeige des Kombigeräts die ganze Zeit nicht aus den Augen gelassen hatte. »Aber ich glaube, es geht gleich los.«

»Ihr werdet es nicht schaffen«, erklärte Bailan. Vielleicht gab es noch einen Ausweg, noch eine Rettung für die beiden. Bis jetzt hatten sie immerhin nur davon *geredet*, gegen die Gesetze zu verstoßen, aber sie hatten noch nichts *getan*. Wenn er sie davon überzeugen konnte, aufzugeben ...

Dawill erhob sich schwerfällig und zog sich die Kleider zurecht, die ihn zu kneifen schienen. »Ich wundere mich, dass du nicht fragst, wie wir es überhaupt anstellen wollen«, sagte er. »Ich meine, das Allerheiligste forttragen – das kann man wohl kaum mit unseren zwei kleinen Umhängetaschen.«

Bailan spürte, wie sich seine Gedanken plötzlich verhaspelten. Was hatte er übersehen?

»In diesem Augenblick«, erklärte der Mann in beiläufigem Ton, »ist ein Schwarm Raumjäger hierher unterwegs. Sobald sie den Schild passiert haben, werden sie sich an unseren Peilsignalen orientieren. Natürlich ist auch ihre Ladekapazität beschränkt, doch für unsere Zwecke wird es genügen.«

»Den Schild passieren?«, hörte sich Bailan erwidern. Seine eigene Stimme klang ihm grässlich kieksend in den Ohren, und etwas an der Art, wie Dawill das sagte, ließ ihm ein vages Unbehagen kalt die Wirbelsäule hinaufkriechen. »*Niemand* kann den Schild passieren.«

»Wir haben ihn doch auch passiert.«

»Aber wir sind zu Fuß gekommen!«

Dawill lächelte kaum merklich, dann erklärte er ihm, was sie getan hatten und was sie vorhatten. Als Bailan begriff, schrie er unwillkürlich auf.


Die Jäger näherten sich dem Nordmassiv. Aus einem schmalen Strich am Horizont waren eindrucksvolle Berge erwachsen, die rasend schnell heranrückten. Das Kartenmaterial von Pashkan hatte sich als exakt erwiesen, wäre allerdings auch entbehrlich gewesen. Die Stadt mit dem Raumhafen war schon aus weiter Ferne auszumachen. Die Kette der Jäger schlug einen weiten Ausweichkurs ein. Natürlich würden sich die Menschen dort trotzdem wundern über den Lärm, der, scheinbar aus dem Nichts kommend, den Himmel erfüllte. Aber erstens lebten nach den langen Jahren des Friedens nur noch wenige, die das eigentümliche Geräusch tief fliegender Raumjäger auf Anhieb identifizieren konnten, und zweitens würden die Maschinen, bis der Schall die Stadt erreichte, diese bereits passiert haben. Es war nicht damit zu rechnen, dass man dort Maßnahmen ergreifen würde, und wenn, dann nicht schnell genug, um ihnen gefährlich zu werden. »Ich orte das Eingangsrelais«, gab Hiduu an seine Piloten durch, als ein farbiger Punkt auf seinen Schirmen aufleuchtete, genau an jener Stelle des symbolisch nachgezeichneten Terrains, an der er es erwartet hatte. »Achtet auf strenge Kettenformation. Tiefer gehen und das Programm der automatischen Steuerung aktivieren – jetzt!«

Er musste selber schlucken, als er seine eigenen Befehle befolgte. Die Felswände schienen nach ihm zu greifen. Alles in ihm wollte die Maschine hochziehen, fort von diesen zerklüfteten Hängen und gähnenden Schluchten, stattdessen drückte er sie hinab, hinein in eine Umgebung, für die sie nicht entworfen worden war.

Doch das Schlimmste war, den Steuerhebel loslassen zu müssen. Obwohl er sich sagte, dass Dawill ein erfahrener Pilot war, der wusste, worauf es ankam. Obwohl er wusste, dass kein menschliches Wesen imstande gewesen wäre, die Manöver zu fliegen, die in den nächsten langen Augenblicken geflogen werden mussten. Trotz alledem hielt er den Atem an, und er konnte die Hand nicht weiter als eine Spanne von dem Hebel wegnehmen, griffbereit – auch wenn jedes manuelle Eingreifen ihn unweigerlich an den Felsen zerschellen lassen würde.

So senkten sich die Kolosse aus dem All herab auf den Pilgerpfad, donnerten zwischen enger werdenden Bergschroffen dahin, eine Kette stählerner Albträume, alle nacheinander die exakt gleichen Flugbewegungen vollführend, so dicht über dem Boden, dass sie ihn zu streifen schienen. Ein Treck von Suchern, auf ihren Jibnats zurück zur Stadt unterwegs, erstarrte angesichts des unfassbaren Anblicks zur Bewegungslosigkeit – bis die Stoßfronten über sie hinwegfegten und sie bewusstlos zusammensanken.


»Du hast dich möglicherweise gewundert«, erklärte Dawill in diesem Augenblick einem fassungslosen Novizen der Bruderschaft von Pashkan, »dass wir auf der Reise hierher beide so große Probleme mit unserer Verdauung hatten. Wir hatten keine Probleme mit unserer Verdauung. Das war nur ein Vorwand, um ungestört kleine, batteriebetriebene Funkstationen, so genannte *Relais*, an den richtigen Stellen im Boden vergraben zu können.«

Sie jagten durch gähnende, steinerne Mäuler. Die Steuerhebel zuckten hin und her wie wahnsinnig. Felsen rasten heran und stürzten im letzten Moment aus dem Blickfeld. Mehr als einmal mussten die Jäger zur Seite kippen, um schmale Schluchten zu passieren. Sie streiften einen verkrüppelten Baum, alle an derselben Stelle, die danach nur noch Holzmehl war. Mehrere Piloten gaben später zu, die Augen zugemacht, zu den alten Göttern gebetet und mit dem Leben vorsichtshalber abgeschlossen zu haben.

»Es existiert eine ganze Kette solcher Relais von hier bis zum Eingang des Pilgerpfads. Über diese Relais können wir mit den Jägern Kontakt aufnehmen, trotz des Schilds. Und die einzelnen Relais sind so platziert, dass die Jäger anhand der Peilsignale, die in diesem Augenblick von den Relais ausgestrahlt werden, von der automatischen Steuerung durch die Schluchten des Felsmassivs geleitet werden – bis hin zu der Stelle, an der wir das Tal des Tempels betreten haben. An dieser Stelle ist der Schild ein Stück weit geöffnet. Die Öffnung ist verdammt klein – aber für einen Raumjäger gerade groß genug.« Dawill lächelte. »So passieren wir den Schirm – wir unterfliegen ihn.«

Wäre in diesem Augenblick jemand vor dem Schrein des ersten Gründers gestanden, er wäre getötet worden. Die Maschinen flogen nur noch hüfthoch, und die Druckwelle ihrer Manövriertragflächen pflügte rechts und links die spärliche Grasnarbe um. Es war Zufall, dass der Schrein nicht getroffen wurde. Kurz vor der Schirmöffnung gingen die Jäger noch einmal tiefer, setzten beinahe auf, immer noch mit beinahe Schallgeschwindigkeit. Niemand hatte jemals solche Manöver geflogen. Man hatte für die Programmierung dieses Kurses sämtliche Sicherheitsschaltungen der Automatik außer Kraft setzen müssen.

Aber die Jäger passierten den Schild des Pashkanariums.

Hiduu holte tief Luft, als das Tonsignal der Automatik ihn aufforderte, die Steuerung wieder zu übernehmen. Die Maschinen bremsten mit voller Kraft ab, der letzte Befehl des Programms. Vor ihnen erhob sich das unglaublichste Bauwerk der Galaxis.

Als einer der Piloten einen triumphierenden Schrei ausstieß, konnte Hiduu nicht anders, als es ihm gleichzutun.


Das Interkomsystem war uralt und klobig, für die Ewigkeit gebaut. Bailan stand mit dem Rücken davor, als könne er etwas retten, wenn er den beiden Männern den Zugang dazu verwehrte.

»Und wenn ich mich weigere?«

Dawill stemmte den ausgestreckten Arm gegen den Türstock. »Es ist nur zu eurem Besten«, erklärte er geduldig. »Die Jäger haben Partikelkanonen an Bord, Granaten, Strahler, Plasmakatapulte – alles, was du willst. Sie werden die Portale einfach aufschießen. Und ihr werdet hundert Jahre brauchen, um sie wieder zu reparieren. Gheerh-Jahre, wohlgemerkt.«

»Sie werden denken, ich mache mit Euch gemeinsame Sache.«

»In dieser Angelegenheit solltest du das auch. Aber ich kann selber mit ihnen sprechen, wenn dir das lieber ist.«

Bailan starrte den Mann an und spürte sein Herz schlagen. Im Blick dieser Augen war nichts Feindseliges. Dawill tat ein-

56

fach, was er für unumgänglich hielt, und er würde ihm nichts tun. Außer, es wäre ebenfalls unumgänglich.

»Ja«, brachte er hervor. »Das ist mir lieber.«

»Also.«

Bailan drehte sich um und betrachtete den Tastenblock. Er beruhte auf dem komplizierten siebenziffrigen Utak-Zahlensystem, und wenn man die Nummer des Hohen Sekretärs darin umrechnete, dann ... Schwierig. Das Gefühl von völliger Hilflosigkeit, von schwarzer Leere in seinem Kopf erleichterte die Sache nicht gerade. Er musste sich konzentrieren, musste einfach ...

Er hielt das massive Gehäuse umfasst, und gerade als er die erste Taste drücken wollte, spürte er das kalte Metall in seiner Hand vibrieren. Dann hörte er ein fernes, krachendes Grollen, wie von einem schweren Gewitter. Nur dass kein Gewitter dieser Welt im Inneren des Pashkanariums hörbar gewesen wäre.

»Tja«, meinte Dawill gleichmütig. »Ich fürchte, das war das erste Portal. Du solltest dich wirklich beeilen.«


Die letzte kriegerische Auseinandersetzung um das Pashkanarium lag über tausend Jahre zurück, und damals wie heute hatte sich die Bruderschaft hauptsächlich auf den unzerstörbaren Schild der Eloa verlassen. Man hatte oft gehungert und ausgeharrt, aber selber ernsthaft zu kämpfen war nicht Sache der Brüder. So gab es entlang der Zinnen des Tempels nur einige wenige schwache Energiewerfer, die auf einer veralteten Technologie beruhten und ihrerseits völlig ungeschützt waren. Als sie aktiviert wurden, orteten die wie ein Insektenschwarm umherflitzenden Jäger sie sofort und zerstörten sie ausnahmslos, noch ehe eine von ihnen das zum Feuern notwendige Ladungspotenzial erreicht hatte.

Dann versammelten sich die Angreifer im Schwebeflug vor

dem Außenportal. Was sie wollten, konnte niemand missverstehen. Doch der Gedanke, den Eindringlingen jenen Weg zu öffnen, der den Schwingenbarken der Erhabenen vorbehalten war, widerstrebte den Hohepriestern mehr, als vielleicht vernünftig gewesen wäre.

Jagdschwarmführer Hiduu übernahm die Arbeit höchstpersönlich. Nachdem er sich durch einen Blick auf die Uhr vergewissert hatte, dass sie eine angemessene Zeit gewartet hatten, fuhr er das auch für militärtechnische Laien unübersehbare Stirngeschütz aus, lud eine der kleineren Granaten und feuerte sie, als sich noch immer nichts regte, mitten auf das himmelhohe Portal ab.

Die Flügel des Portals mochten Wind und Wetter und der Zeit selbst widerstanden haben, gegen die Gewalt einer für den Sternenkrieg gedachten Waffe hatten sie keine Chance. Der Glutball der Explosion brannte ein Loch aus dem Metall, das allein ausgereicht hätte, um alle Jäger in Formation hindurchfliegen zu lassen, doch der Teil der Druckwelle, der in die Halle dahinter schlug und ringsum beträchtliche Verwüstungen anrichtete, wurde vom hinteren Ende reflektiert und blies einen Herzschlag später die Reste des Portals in hunderttausend Trümmern nach draußen.

In seinen Kopfhörern hörte Hiduu einen der Piloten bewundernd durch die Zähne pfeifen. Er verstand, wieso. Angesichts der gigantischen Größe des Bauwerks versagte jedes Gefühl für die wirklichen Proportionen, und man hatte den Eindruck, die Trümmerstücke in Zeitlupe durch die Luft wirbeln zu sehen.

Er befahl, vorzurücken und eine neue Schussposition einzunehmen. Und rasch, bitte. Die Schonfrist war vorüber, sie hatten keine Zeit mehr zu verlieren. Während sich die Jäger vorwärts bewegten, in die gähnende dunkle Höhle hinein, schob er den Regler des Geschützes um eins zurück. Noch kleinere Granaten hatte er allerdings nicht mehr.

Doch dann begriff ganz offensichtlich jemand jenseits dieser schwarzen, gebirgshohen Wände, worauf das alles hinauslaufen würde. Noch ehe sie die nächste Schussposition erreicht hatten, öffnete sich das zweite Portal.

Sie waren aus dem Archiv hinab in die Halle gegangen und sahen zu, wie sich die Portale öffneten. Der Lärm war unglaublich. Das Dröhnen von Hunderten von Motoren, die seit Jahrtausenden darauf gewartet hatten, die stählernen Flügel aufzuziehen, hallte von den turmhohen Wänden wider und prasselte auf sie nieder, schien ihnen die Zähne im Kiefer zerbröseln zu wollen. Als das erste fahle Licht durch die Torspalten fiel, gesellte sich das sirrende Fauchen der Raumschiffsmotoren dazu und trieb ihnen die Tränen in die Augen.

Und doch, fand Bailan, hatte es etwas Erhabenes. Wenn man sich dem anbrandenden Gebrüll ergab, schien es sich in Gesang zu verwandeln, in einen Chor himmlischer Mächte, vor denen die Menschen nichts waren. *Wenn die Eloa zurückkehren, ist das Ende der Zeiten nahe.* Er hatte niemals, nicht in seinen kühnsten Träumen, erwartet, jemals zu sehen, wie sich die Portale öffnen.

Die Jäger wurden sichtbar. Wie dicke Insekten, die sich in einen langen, unheimlichen Tunnel gewagt hatten, schwirrten sie umher. Draußen, ganz weit vorn in dem hohen, hellen Rechteck, schwebten zwei von ihnen, die wohl den Rückweg sichern sollten.

Und dann, wahrhaftig, begann sich auch das innerste Portal zu öffnen, der Zugang zum Allerheiligsten, zum Zentrum des Tempels, seinem ältesten Teil. Bailan hielt den Atem an, stand mit offenem Mund da und staunte. Riesenhafte Flügel aus schimmerndem Grau schoben sich hervor, verrieten ihre Pflicht, das Geheimnis des Ordens zu bewahren, entblößten das Mysterium vor den Eindringlingen, die mit Feuer und Schwert gekommen waren. Die Gründer selbst hatten diese Tore geschmiedet und versiegelt. Erst wenn das Ende der Zeiten nahe war, sollten sie wieder geöffnet werden. Doch nun geschah es, hier, jetzt, einfach so.

*Ich werde das Allerheiligste sehen!*, begriff Bailan unvermittelt. Es traf ihn wie ein Stromschlag. Dabei war es offenkundig, doch er hatte die ganze Zeit nicht daran gedacht. Er würde sehen, was er nie zu sehen erwartet hatte. Mehr noch, wenn Dawill und Tennant hineingingen, konnte er mit ihnen gehen, ohne weiteres. Er, der Novize, konnte das Allerheiligste betreten.

Und, verdammt noch mal, das würde er auch tun! Wie hatte Dawill im *Tal der Bewährung* zu ihm gesagt?

»Die Frage, was es in eurem Allerheiligsten zu erfahren gibt, sollte dich doch bis aufs Blut quälen, oder?«

Ja. Genauso war es. Der Mann von einer anderen Welt hatte ihn durchschaut.

Das innerste Portal gab zunächst nur namenlose Schwärze preis, eine Dunkelheit, die einem vor den Augen flimmerte, wenn man versuchte, sie mit Blicken zu durchdringen. Die Jäger surrten unruhig vor den quälend langsam auffahrenden Torflügeln hin und her und leuchteten mit Scheinwerfern durch den Spalt, dünne Lichtfinger, die vom Boden aus geradezu jämmerlich aussahen.

»Wir brauchen Licht!«, kommandierte Dawill in sein Kombigerät.

Die Jäger hatten entsprechende Gerätschaften an Bord, aber als hätte der Tempel selbst ihn gehört und beschlossen, keinen passiven Widerstand zu leisten, ging hinter den halb geöffneten Flügeln Licht an. Sie mussten die Köpfe wegdrehen, so plötzlich und übergangslos flammte eine Helligkeit auf, die in dem Halbdunkel des Einflugtunnels fast überirdisch wirkte.

»In Ordnung«, meinte Dawill mit tränenden Augen, »das genügt!«

Meckerndes Lachen kam aus dem Lautsprecher. Einer der Jetpiloten.

Die Augen brauchten eine Weile, bis sie sich an die Helligkeit gewöhnt hatten, doch dann bot sich ein atemberaubender Anblick. Das Innerste des Pashkanariums war ein einziger, mächtiger Dom, von dessen schwindelnd hoher Decke das Licht wie Gottes Segen herabflutete. Die Mitte des Raumes bildete ein großer, runder, freier Platz, offenbar der für die sagenhaften Schwingenbarken der Eloa vorgesehene Landeplatz, darum herum erhob sich eine Art Amphitheater, kreisrunde Stufen, die zuerst sanft, zur Außenwand hin dann immer steiler anstiegen und auf denen zahllose gläserne Vitrinen angeordnet waren, die wiederum zahllose geheimnisvolle Gegenstände beherbergten.

Das also war das Allerheiligste der Bruderschaft der Bewahrer.

»Jetzt müssten wir zwei Jahre Zeit haben«, murmelte Tennant Kuton. Der Blick des Wissenschaftlers hatte etwas verzweifelt Hungriges.

»Wir haben allenfalls zwei Gyr«, meinte Dawill und hob das Funkgerät wieder an die Lippen. »Hiduu! Zwei Jäger sollen im Tunnel patrouillieren, die beiden Maschinen draußen sichern weiter. Die anderen landen auf dem runden Platz und beginnen mit dem Einladen.«

So begann der Raubzug.


Niemand kümmerte sich mehr um den Novizen. Bailan wanderte zwischen den gelandeten Raumschiffen umher und beobachtete unschlüssig das Treiben der Männer, die ihnen entstiegen waren. Es roch intensiv nach Ozon. Wenn man in die Nähe der Triebwerke kam, die leise knackten und noch merklich Hitze abstrahlten, biss es einen in der Nase. Solche Raum-

61

schiffe hatte er noch nie gesehen – gedrungene, hässliche Metallkolosse mit Stummelflügeln, aus denen die kurzstumpfigen gläsernen Antennen von Strahlwaffen ragten und schwarze, löchrige Rohre, vermutlich Plasmakatapulte. Die Landeboote und Interstellargleiter, die man sonst auf dem Raumhafen bei der Stadt zu Gesicht bekam, waren dagegen elegante, ästhetisch gestaltete Gebilde.

Männer, die allesamt aussahen, als hätten sie sich seit Tagen weder gewaschen noch rasiert, öffneten Klappen und Luken, hinter denen leere Laderäume sichtbar wurden. Tennant stakste langbeinig die Ränge entlang, ging ab und zu in die Knie, um eine Inschrift zu studieren, und gab den Piloten Zeichen, wenn ein Gegenstand abtransportiert werden sollte. Abgesehen von der ungepflegten Erscheinung der Männer ging alles erschreckend nüchtern vor sich, beinahe geschäftsmäßig; ganz und gar nicht so, wie man sich einen Überfall kulturloser Piraten vorstellte.

Bailan beobachtete Dawill, der gerade einem der Piloten, offenbar dem Anführer, einem Mann mit teigigem Gesicht und Augen, die tief und erschöpft in ihren Höhlen lagen, die Hand schüttelte und ihm zum erfolgreichen Eindringen in den Tempel gratulierte.

»Es war knapp«, erklärte der Pilot. »Ich hatte Angst, man könnte unser Kommen bemerken und anfangen, den Schild zu senken. Zwei Handspannen hätten schon gereicht, und wir hätten ihn beim Durchflug gestreift.«

»Diese Angst hätte ich Ihnen nehmen können«, hörte Bailan Dawill antworten. »Der Schild wird von Hunderten einzelner Projektoren erstellt, und das Steuergerät dafür ist in der dritten dunklen Epoche verloren gegangen. Seither muss jeder Projektor einzeln eingestellt werden.«

Bailan musste daran denken, wie unwissend sich Dawill auf dem Weg zum Tempel gegeben hatte. Als sie über die Legende vom Speerwerfer gesprochen hatten, hatte Dawill überrascht getan, dass es den Schild wirklich gab. Doch später, als sie mit Bruder Stem zum Innersten Ring gefahren waren, hatte er gewusst, dass der Schild nicht überall bis zum Boden reichte!

Bailan hatte von Anfang an das Gefühl gehabt, dass etwas nicht in Ordnung war. Hätte er besser aufgepasst, wäre die Beobachtung einer solchen Unstimmigkeit beinahe ein Beweis gewesen, zumindest mehr als ein ungutes Gefühl. Würde man einst seinen Namen nennen wie einen Fluch, ihm Mitschuld geben daran, dass der Tempel entweiht worden war?

Denn entweiht war er. Es war ernüchternd, hier zu stehen. Das Licht hatte nicht nur das Dunkel vertrieben, sondern auch das Mysterium. Das Portal zum Allerheiligsten hatte sich geöffnet und nichts weiter freigegeben als ein weiteres Museum.

»Keine Gegenstände!«, rief Tennant quer über das geschäftige Treiben einem Mann zu, der sich anschickte, eine der Vitrinen zu öffnen. »Dafür ist kein Platz! Nur Speichereinheiten!«

»He!«, hörte Bailan eine keuchende Stimme hinter sich. »Du stehst im Weg, Junge!« Er fuhr herum. Zwei Männer, nach Schweiß stinkend, schleppten einen javuusischen Metalltafelspeicher heran, und er stand genau vor der Ladeluke. Er sprang beiseite und sah zu, wie sie das für die Ewigkeit gebaute, massive Gerät ins Innere des Raumschiffs wuchteten.

»Was ist das eigentlich für ein Teil?«, japste einer der beiden.

Der andere, der Bailan vorhin angeblafft hatte, wischte sich den Schweiß von der Stirn. »Keine Ahnung. Dem Gewicht nach müssen Steintafeln drin sein.«

Das Geschwätz von Barbaren! War das die Möglichkeit? Wozu stahlen sie denn diese unersetzlichen Schätze, wenn sie nicht einmal wussten, *was* sie da stahlen und was sie damit anfangen wollten?

»Das ist ein javuusischer Metallplattenspeicher der dritten

Kategorie«, mischte sich Bailan ein. »Er enthält vermutlich eine Billion mal mehr Informationen als der Speicher eures Raumschiffs, aber ihr werdet rein gar nichts damit anfangen können, wenn ihr nicht auch das entsprechende Lesegerät mitnehmt!«

Der Mann glotzte Bailan irritiert an, den Mund halb geöffnet, was ihn wie einen Kretin aussehen ließ. »Das musst du unserem Tennant sagen«, meinte er dann. »Er bestimmt, was wir mitnehmen und was nicht.«

Bailan war einen Moment irritiert. Das klang, als sei Tennant kein Name, sondern eine Art Titel? »Das sag ich ihm auch«, stieß er hervor und marschierte los.

Tennant? *Der* Tennant? Er ärgerte sich, während er eine der Treppen hochstapfte, deren Stufen nicht für Menschen gemacht schienen. Da gehörte er der Bruderschaft der Bewahrer an, jedenfalls so gut wie, wollte ein Hüter des Wissens aller Zeiten werden – und dabei gab es so viel, das er noch nicht einmal über die heutige Welt wusste!

»Bailan?«, empfing ihn Tennant – oder *der* Tennant, was immer das war –, den Blick unverwandt auf eine in Utak gravierte Metalltafel gerichtet, deren Übersetzung ihm offenbar Probleme bereitete. »Du entschuldigst, dass ich wenig Zeit habe, aber wir sind gerade dabei, das älteste Archiv der Menschheit auszurauben ...«

»Könnt Ihr denn überhaupt etwas damit anfangen?«, versetzte Bailan aggressiver, als er es beabsichtigt hatte. »Mit dem ältesten Archiv der Menschheit?«

Der hagere Mann sah erstaunt hoch. »Wie? Na, das denke ich doch. Sonst wäre das alles ja ziemlich sinnlos, oder?«

»Was ist das?«, fragte Bailan und zeigte mit ausgestrecktem Finger auf den mattgrau schimmernden Quader, vor dem der Tennant hockte.

»Ein metallkristallografischer Datenspeicher, nehme ich an.«

»Immerhin. Es ist ein javuusischer Metallplattenspeicher der dritten Kategorie. Besitzt Ihr ein Lesegerät dafür?«

»Ein Lesegerät?«

Bailan hob die Arme und ließ sie in einer entsagungsvollen Geste wieder fallen. »Ohne das richtige Lesegerät«, erklärte er, »könnt Ihr die Speicher genauso gut hier lassen.«

»Es ist mir klar, dass dir das am liebsten wäre. Aber die Technik der metallkristallografischen Speicherung ist uns durchaus bekannt . . .«

»Aber nicht die javuusische.«

»Zugegeben, aber da physikalische Prinzipien überall im Universum gleichermaßen gelten . . .«

»Ihr führt einen Krieg, oder? Deswegen seid Ihr gekommen. Aber bis Ihr das alles auf eigene Faust entschlüsselt habt, wird der Krieg längst vorbei sein.«

Der Mann sah ihn nachdenklich an, schwieg eine Weile und nickte dann. »Na gut. Komm.« Sie stiegen hinab zum Landeplatz, wo Dawill das Einladen überwachte. Der lächelte milde, nachdem der Tennant ihm den Sachverhalt dargelegt hatte, und meinte zu Bailan: »Und? Wie sieht dein Vorschlag aus? Du hast doch einen Vorschlag, nehme ich an.«

»Ihr nehmt mich mit«, erwiderte Bailan und spürte, wie sein Herz zu pochen anfing, als wolle es derartiger Kühnheit widersprechen. »Mich und noch ein paar Ordensbrüder. Wir helfen Euch bei der Entschlüsselung der alten Daten, und dafür erhalten wir alles, was Ihr von hier abtransportiert, vollständig wieder zurück.«

»Hmm«, machte Dawill. Er winkte den erschöpften Mann heran, dem er vorhin gratuliert hatte. »Hiduu? Wie viele zusätzliche Passagiere können wir notfalls mitnehmen?«

»Keine«, erwiderte der Pilot. »Das ist nicht vorgesehen. Und nach den Sicherheitsbestimmungen dürfen . . .« Er bemerkte Dawills säuerlichen Gesichtsausdruck und sagte: »Drei.«

65

Es kam dann doch alles ganz anders. Bailan setzte sich über den nächsten Interkomanschluss mit dem Hohen Rat in Verbindung, aber noch ehe er erklären konnte, was er vorhatte, wurde er mit wüsten Beschimpfungen übergossen, des Verrats bezichtigt und in wenig verklausulierten Formulierungen mit dem Tod bedroht. Dann unterbrach man die Verbindung.

»Ich schätze, einen Schrein wird man mir nicht gerade errichten«, meinte der Novize mutlos, nachdem die Schimpfkanonade aus dem Lautsprecher verstummt war.

Dawill blickte grimmig drein. »Jetzt können wir dich natürlich auf keinen Fall hier lassen«, erklärte er. »Vielleicht überlegen sie es sich noch einmal, wenn du die Heiligtümer in einiger Zeit wieder zurückbringst. Man kann natürlich verstehen, dass sie nicht gerade in der besten Stimmung sind.«

Der in den Jägern zur Verfügung stehende Platz reduzierte sich stärker als erwartet, da sie noch die Lesegeräte einpacken mussten, die Bailan ihnen zeigte. Die javuusischen waren klein – schmale, stabförmige Geräte mit einem Längsschlitz, die der Tennant für kultischen Schmuck gehalten hatte –, aber die Kristallabtaster der Utak-Epoche etwa nahmen ordentlich Raum weg. Im Zuge dessen erfuhr Bailan, dass die Jäger im Inneren unterschiedlich ausgestattet waren; zwei von ihnen hatten einen zweiten Sitz, den man als solchen bezeichnen konnte, ein dritter verfügte über einen Notsitz, der nun allerdings von einer Kiste voller Dokumentfolien beansprucht wurde. Schließlich ließ es sich nicht anders einrichten, als dass Bailan und Dawill sich den zweiten Sitz im Jet des Schwarmführers Hiduu teilen mussten.

»Hast du Platz?«, fragte Dawill, während sich das Ausstiegsluk herabsenkte.

»Nein«, ächzte Bailan.

»Aber atmen kannst du noch, oder?«

»Ja.«

»Bestens.«

Ringsum machten sich die anderen Jäger ebenfalls startklar. Das hohe Sirren der anlaufenden Antriebsmotoren, das einem bis auf die Knochen ging, erfüllte den Dom. Weit hinten im Einflugtunnel sah Bailan einige Ordensbrüder stehen, von denen viele wütend die Fäuste zu schütteln schienen. Zweifellos würde sein Name von heute an ein Schimpfwort sein.

Es war etwas gespenstisch, als der Jet abhob, weil man es nur sah, aber fast nichts davon spürte. »Andruckneutralisation«, rief Dawill ihm schmunzelnd zu. »Wenn dir schlecht wird, musst du einfach die Augen zumachen.« Aber davon wollte Bailan nichts wissen. Er war noch nie mit einem Raumschiff geflogen und würde sich keinen Moment davon entgehen lassen. Berauschend, wie sie vorwärts glitten, aus der lichten Tempelmitte in den langen, düsteren Portaltunnel.

Plötzlich fiel ihm etwas ein. »Wie kommen wir eigentlich wieder hinaus?«, rief er. »Bestimmt ist der Schild am Talausgang inzwischen herabgesenkt worden. Dazu war genug Zeit, mehr als genug!«

Dawill musterte ihn mit einem Blick, als käme ihm dieser Gedanke zum ersten Mal. »Wie meinst du das?«

»Na, Ihr könnt den Schild nicht abschalten. Ihr wisst nicht, wo die Projektoren sind . . . außerdem sind die unzerstörbar . . . Der Schild ist geschlossen. Wie sollen wir hinauskommen?«

»Heißt das«, vergewisserte sich Dawill ungläubig, »du *weißt* es nicht?«

»Weiß es nicht?« Nun war die Reihe an Bailan, verblüfft zu sein. »Was soll ich wissen?«

Warum lachte Dawill jetzt? So laut, dass sein Bauch regelrecht wabbelte? »Erinnerst du dich an die Legende vom Speerwerfer?«, fragte er, als er sich wieder beruhigt hatte.

»Ja. Natürlich. Die Verfolgungen im ersten dunklen Zeitalter . . .«

67

»Nein – was passiert in der Geschichte?«

Sie glitten den Tunnel entlang, bedächtig, wie es Bailan schien. Der helle Ausgang kam näher. »Ein Krieger des dunklen Fürsten verfolgt drei Bewahrer. Zwei von ihnen streckt er mit dem Schwert nieder und wirft einen Speer nach dem dritten, verfehlt ihn jedoch weit.« Es kam ihm dämlich vor, jetzt alte Legenden zu zitieren, was sollte das? »Der Bewahrer flüchtet auf den Tempel zu, doch der Krieger holt ihn ein, noch ehe er die Stelle erreicht hat, an der der Speer niedergegangen ist, und will ihn ebenfalls niederstrecken, als der Schild herabsinkt. Sein Schwert verglüht, der Bruder ist gerettet.«

»Und weiter?«

Bailan zuckte mit den Schultern. So weit konnte er sich gerade noch bewegen neben dem penetrant grinsenden Dawill. »Nichts weiter. Der Bewahrer will seine toten Brüder rächen, greift nach dem Speer am Boden und stößt ihn dem Krieger durch die ...« Er verstummte. So hatte er das noch nie betrachtet.

Das helle Licht des Tages flutete herein, als sie ins Freie kamen. Dawill lachte laut auf. »Ich finde das faszinierend«, rief er. »Da seid ihr Brüder derartige Geheimniskrämer – und lasst zu, dass so eine Geschichte überall in der Galaxis den kleinen Kindern zum Einschlafen erzählt wird.«

»Das heißt«, begriff Bailan mit heißen Ohren, »von außen ist der Schild unzerstörbar – aber von innen ...«

»Stellt er keinerlei Hindernis dar«, vervollständigte Dawill den Satz. »Nicht mal unlogisch für einen vollkommenen Schutzschild.«

Damit stiegen die Jäger hinauf in den makellosen Himmel über Pashkan.

# In der Namenlosen Zone

# 1

Sie stand am Heilmitteltisch, rührte in einem kleinen Tiegel etwas Paste Schwarz weich und beobachtete im Spiegel, wie Tennant Kuton sich auszog. Er bemerkte es nicht. Sorgfältig legte er sein Rüschenhemd über den Stuhl, auf dem schon die Überjacke hing, und zog eine Falte in deren Borten gerade. Jeder an Bord wusste, dass der Historiker sich seine Kleidung maßschneidern ließ. Man spottete hinter seinem Rücken über die Verbissenheit, mit der er sich bemühte, sich so weit wie möglich wie ein Edler zu kleiden, ohne die Standesregeln zu verletzen, aber Vileena sah darin nichts Spottenswertes. Schließlich war es sein Vater gewesen, der am Hof in Ungnade gefallen war, nicht er selbst. Aber so konnte das Leben sein – ungerecht.

Sie stellte den Tiegel auf das bereitstehende Tablett, legte ein Messer mit scharfer, kurzer Klinge dazu und wandte sich um. Nackt bis auf Socken und Schamhose sah er noch magerer aus als sonst. Sein ohnehin schmales Gesicht mit den weichen Zügen wirkte eingefallen, die Haut grau, glanzlos und trocken.

»Muss das wirklich sein?«, fragte er.

Vileena lächelte. »Nein, muss es nicht. Aber Sie wollen Ihre Verdauungsbeschwerden loswerden, oder?«

Kuton warf einen skeptischen Blick auf das Tablett mit dem Messer. »Und Ihr seid sicher, dass das hilft?«

»Ein Heiler ist sich seiner Sache niemals sicher«, erwiderte Vileena. »Aber mein Lehrer, Tennant Rabiri Siuda, hat wahre Wunder damit vollbracht.«

Tennant Kuton seufzte. »Also gut.« Er kletterte auf die Liege, drehte sich auf den Bauch und nahm ein, was er offenbar als eine entspannte Haltung ansah. »Es tut sicher weh.«

»Ein bisschen.« Vileena stellte sich das Tablett zurecht und fuhr dann mit den Fingern über seinen Rücken, auf der Suche nach den richtigen Punkten. An einigen Stellen musste sie eine Tastelektrode zu Hilfe nehmen, da manche Punkte nur über die charakteristische Veränderung des elektrischen Hautwiderstands aufzuspüren waren. Sobald sie einen Punkt identifiziert hatte, trug sie eine winzige Menge der Paste Schwarz auf und strich sie mit einem Spatel flach, sodass sie haftete.

»Wie geht es eigentlich Ihrem Schützling?«, fragte sie dann, um ihn abzulenken, und griff nach dem Messer.

Kuton tat ihr den Gefallen, kurz verwirrt zu sein. Sie setzte rasch den ersten Schnitt in die Haut, den zweiten gleich daneben, durch die Paste hindurch, die sie sofort in die schwach blutende Wunde rieb.

Der Historiker vergrub das Gesicht in seinen Armen. Offenbar wollte er sich den Schmerz nun doch nicht anmerken lassen. »Mein Schützling?«, kam seine Stimme dumpf und gepresst. »Ihr meint Bailan?«

»Den Jungen von Pashkan, ja.« Vileena dachte daran, wie sie den unerwarteten Gast hier gehabt hatte zur Untersuchung, eingeschüchtert von all der fremden Technik und dem Umstand, an Bord eines riesigen Raumschiffs zu sein. Große Galaxis – der junge Mann war ein Virenarsenal auf zwei Beinen gewesen, eine wandelnde biologische Attacke. Nur mit Mühe und großen Dosen von Staub Gelb hatte sie ihm eine Quarantäne ersparen können.

»Dem geht es gut. Hat sich gut eingelebt...« Der Tennant zog zischend die Luft ein, als Vileena den nächsten Schnitt setzte. »Er ist uns eine große Hilfe, wirklich. Ohne ihn hätten wir nicht einen Bruchteil dessen entziffert, was wir bis jetzt geschafft haben.«

»Und? Ist etwas Brauchbares dabei?«

»Ja, sicher! Wir haben doch dem Kommandanten schon drei große Berichte geschickt...?« Seine Stimme erstarb. Vileena hörte eine andere Art von Schmerz darin.

»So was zeigt er mir nicht«, erklärte sie sanft in die Stille hinein, die plötzlich herrschte.

Kuton schwieg eine ganze Weile, schien den nächsten Schnitt überhaupt nicht zu bemerken, obwohl der an der rechten Flanke saß, die weitaus schmerzempfindlicher war als der Rücken. Sie rieb die Paste ausgiebig ein, wartete.

»Es war so verdammt kalt«, murmelte Kuton schließlich. Er klang, als schliefe er halb. »Die Nächte, versteht Ihr? Ich hätte gern so einen Fellsack gehabt, wie der Junge einen hatte. Mir war so kalt... ich konnte nicht einschlafen vor Kälte...«

Vileena nickte langsam, obwohl er das nicht sehen konnte, und spürte, wie sich ein Lächeln auf ihr Gesicht schlich. Das war es wieder, dieses geheimnisvolle Phänomen, auf das ihr Lehrer so viel Wert gelegt hatte. *Irgendwann im Lauf der Behandlung,* hatte er immer betont, *steigt in dem Kranken eine Erinnerung hoch, die bis dahin wie eine Ladung in seinem Energiesystem gefangen war und so das Ungleichgewicht bewirkt hat, das ihn erkranken ließ. Die Erinnerung kommt – und mit ihr scheint die Ladung zu entweichen. Das ist der Punkt der Umkehr. Heilung setzt ein.* Sie wartete noch eine Weile, aber es kam nichts mehr.

»Geben Sie mir bitte noch Ihren linken Arm«, bat sie ihn.

Er tat wie geheißen und verfolgte die Prozedur des Auffindens, Einstreichens und Einschneidens mit zusammengebissenen Zähnen. »Ich kann mir beim besten Willen nicht vorstellen, was das bewirken soll. Mir kommt das vor wie Zauberei.«

»Die Paste«, erklärte Vileena, während sie die Schnitte rieb, »entzündet sich in der kleinen Wunde und gibt dadurch eine Zeit lang Signale in das Energiesystem des Körpers ab, die es wieder stabilisieren.«

»Aber dieses Energiesystem . . . Das ist doch alles unbewiesen. Kein Mensch weiß, um was für eine Energie es sich dabei handeln soll.«

»Heilung ist oft ein Mysterium – wie das Leben selbst«, meinte Vileena. »Tennant, Sie sind Historiker. Sie sollten doch wissen, dass jede menschliche Kultur, die wir kennen, irgendwann in ihrer Geschichte ein solches Konzept entwickelt hat. Also muss es etwas geben, was Menschen unabhängig von anderen immer wieder aufs Neue entdecken. Und was immer das ist, und wie immer es funktioniert – die Heilung ist mir Beweis genug.«

Kuton überlegte eine Weile. »Ein Mysterium«, meinte er schließlich. »Ja. Ihr habt recht. So vieles im Leben ist einfach ein Mysterium.«

Während er sich wieder ankleidete und Vileena den Tiegel und das Messer in den Reiniger räumte, räusperte er sich plötzlich und sagte: »Edle Vileena, darf ich Euch etwas fragen?«

Sie sah auf. Er stand stocksteif da, die Überjacke in der Hand. »Ja, natürlich.«

»Etwas . . .« – er holte tief Luft – »Persönliches?«

Die Heilerin zögerte.

Tennant Kuton schlüpfte mit einer heftigen Bewegung in die Überjacke. »Was ist es, das Euch an den Kommandanten bindet?«, stieß er hervor. »Was ist es, das jemand . . . sagen wir, jemand wie ich . . .?« Ihm gingen die Worte aus. Sie sah, wie sich seine Hände öffneten und wieder schlossen, als müssten sie Gummiballons pumpen. Der Blick seiner Augen schoss umher, wagte ihr Gesicht höchstens zu streifen, schien viel mehr interessiert zu sein an den anatomischen Übersichtstafeln, die an der Wand hingen, und an dem Heilmittelschrank im Eck. Selbst an ihrer Antwort schien er nicht interessiert zu sein, denn schließlich, nach heftigem Ringen, fuhr er fort: »Wenn es mir mein Stand erlauben würde, zu konkurrieren . . . wenn es mir mein Stand nur erlauben würde, in den Wettstreit zu treten ... ich würde ...«

»Kuton.« Sie legte ihm die Hand auf die Brust, was ihn sofort zum Schweigen brachte. »Ich weiß das alles.«

Er sah sie an, mit großen, fast kindlichen Augen. In seinem Gesicht zuckte es. »Ihr wisst ...?«

Vileena nahm die Hand behutsam wieder zurück und fragte sich zum tausendsten Mal, ob es richtig war, was sie tat und wie sie sich entschieden hatte. »Manche Dinge, Kuton«, sagte sie leise und hoffte, dass er den Schmerz in ihrer Stimme nicht hören konnte, »sind einfach, wie sie sind. Und alles Fragen kann nichts daran ändern. Sie wissen das doch auch.«

Er schluckte, sah blinzelnd zu Boden, trat einen Schritt zurück. »Bitte entschuldigt mein Benehmen, Edle Vileena«, murmelte er. »Es war ungehörig und aufdringlich. Ich bitte um Vergebung.« Vileena wusste nicht, was sie darauf sagen sollte, und sah nur stumm zu, wie er sich mit gesenktem Blick umdrehte und ging.

Das gewaltige Raumschiff trug den Namen MEGATAO, benannt nach jenem legendären Forscher, der seinerzeit den dritten Spiralarm praktisch im Alleingang erforscht und in einer Vollständigkeit kartografiert hatte, dass seine Karten bis zum heutigen Tag Verwendung fanden. Die MEGATAO war einer von zwei großen Fernerkundern der Reichsflotte, zwar weniger stark bewaffnet als ihr Schwesterschiff, die RELEFKAT, dafür aber mit einer hochkarätigeren wissenschaftlichen Abteilung ausgestattet. Auf dem Gebiet der Planetenerkundung gab es buchstäblich keine Untersuchung, die man an Bord der MEGATAO nicht genauso gut durchführen konnte, wie in den Instituten der Zentralwelten. Nicht einmal den Vergleich mit den Universitäten von Gheerh brauchte man zu scheuen.

75

Dafür gebaut, in jahrelanger Autarkie unabhängig von Versorgungspunkten und Basisstationen operieren zu können, war das Raumschiff eine fliegende Stadt, deren Bewohner sich in nie endender Arbeit selbst versorgten. Eine Besatzung von annähernd 1200 Männern und Frauen lebte im Wesentlichen auf vier Hauptdecks verteilt, wenn man das kleine oberste Deck, das die Kommandozentrale und die Wohnräume der Edlen umfasste und nur Mitgliedern des Führungsstabs zugänglich war, außer Betracht ließ. Ein für Flottenschiffe ungewöhnlich großer Teil der Besatzung, nämlich fast ein Drittel, waren Niedere, hauptsächlich damit beschäftigt, in den bionischen Zuchttanks auf der untersten Ebene die für die Versorgung der Mannschaft erforderlichen Nahrungsmittel zu erzeugen. Und die umgesetzten Mengen waren enorm. In den beiden Speisesälen wurden an die fünftausend Mahlzeiten pro Tag ausgegeben und zehntausend Glas Getränke. Dreihundertfünfzig Brote verließen jeden Tag die Öfen der Bäckerei. Allein der tägliche Wasserumlauf für Trinken und Waschen stellte eine Menge von zehntausend Kleinfass dar. Durchschnittlich vierzig Gebinde Müll waren jeden Tag zu sortieren und zu verwerten, was natürlich auch den Niederen oblag, ebenso wie die Reinigung aller Räume. Lediglich die oberste Ebene und Bereiche wie die Gefechtszentrale, das Waffenlager und so weiter wurden von Freien gereinigt und gewartet.

Insgesamt drei Heiler kümmerten sich um die Gesundheit der Besatzung. Die Genesungsbereiche waren mit fünfundzwanzig Betten und den modernsten Geräten ausgestattet, die Vorräte an Medikamenten so großzügig berechnet, dass selbst eine monatelange Epidemie nicht den Abbruch einer Mission erfordert hätte. Es gab eine Schneiderei und ein Gefängnis, einen Laden, der Süßigkeiten und kleine Dinge des täglichen Bedarfs feilbot, und zwei Scherenmeister, die jeden Tag fünfzig Köpfe schoren. Neben den Unterhaltungsmöglichkeiten, die man von jeder Kabine aus über das Kommunikationsnetz abrufen konnte, war eine kleine Bibliothek mit richtigen Büchern verfügbar, traf sich etwa eine Laiengruppe, die in den Raumjägerhangars Tänze der Gheerajdi-Tradition einstudierte, und fanden sich Interessenten jeder der beliebteren Sportarten in geeigneten Räumen zusammen.

Die MEGATAO folgte mit geringer Fahrt einem beliebigen Kurs durch den interstellaren Raum, während die wissenschaftliche Untersuchung der Artefakte von Pashkan andauerte. Für die meisten Besatzungsmitglieder machte das keinen Unterschied. Solange sie nicht selbst an Einsätzen beteiligt waren, bekamen die meisten kaum mit, was außerhalb des Schiffes geschah.

Der Erste Verweser Dawill betrat die Zentrale. Alles war ruhig, die Funktionen mit Ruhebesatzung versehen. Er trat an die Kommunikationsdyade. »Zweiter Kommunikator Ogur?«

Der Edle Ogur, ein untersetzter junger Mann mit krausem Haar, harmlosem Gesicht und einer etwas üppig bunt ausgefallenen Clantätowierung an der Schläfe, blickte großäugig zu ihm hoch. »Ja, Verweser?«

»Bericht. Wurde die Funkstille eingehalten?«

»Ja, Verweser. Keine Verstöße.«

»Was konntet Ihr an Nachrichten auffangen?«

Ogur konsultierte seine Notizen. »Um siebenundzwanzig Gyr wurde der Überfall auf Pashkan bekannt gegeben. Die Rede ist von, ähm, Piraten, und es heißt, der Überfall sei erfolglos abgebrochen worden . . .«

Dawill gestattete sich ein schmallippiges Lächeln. »Die Bruderschaft will natürlich den Mythos aufrechterhalten. Und weiter?«

»Gheerh hat einen Aufruf an die gesamte Flotte ausgestrahlt,

sich an der Fahndung nach den ... Piraten ... zu beteiligen.«
Ogur schaute verwundert drein. »Das verstehe ich nicht. Ich
dachte, der Pantap hat unsere Aktion selbst befohlen?«

»Er hat dem Kommandanten einen Geheimbefehl erteilt.
Das ist Politik. Offiziell darf er es sich mit der Bruderschaft
nicht verderben, also spielt er jetzt den Entrüsteten.« Beinahe
hätte er Ogur wohlwollend auf die Schulter geklopft, was reich-
lich unangemessen gewesen wäre. Ogurs Art löste öfters solche
Impulse in ihm aus. Er brachte es auch nicht über sich, ihn mit
*Edler Ogur* anzureden. Nicht ihn. »Wie gesagt, das ist Politik,
Kommunikator. Politik.«

Dawill wandte sich ab und trat an das große Sichtfenster. Die
Zentrale war ein Aufbau, der sich über den lang gestreckten
Rumpf des Schiffes erhob und einen fulminanten Überblick bot,
die Aussicht auf eine Landschaft aus Stahl. So weit entfernt von
der nächsten Sonne war es eine dunkle, nur von der schwach
glimmenden Außenbeleuchtung diverser Luken, Schächte und
Schleusen erhellte Landschaft, über der sich Myriaden von Sternen erhoben und nicht zu bewegen schienen. »Gibt es etwas
Neues von der Invasion?«, fragte er, den Blick nach draußen gerichtet.

»Nein. Nichts Neues.«

»Verstehe. Danke.« Die Hyperfunkverbindungen in das
Invasionsgebiet waren alle abgebrochen. Das verlieh dem Krieg
etwas Irreales. Selbst wenn dort Sonnen explodieren sollten,
man würde es erst in vielen Jahren bemerken.

»Verweser, wenn ich eine Bitte äußern dürfte ...«

»Ja?«

»Ich würde meinen Dienst gern schon um zweiunddreißig
Gyr abgeben. Wegen des Konzerts, Sie wissen ja ...«

Dawill riss sich vom Anblick der Sternennacht los und sah
den Zweiten Kommunikator an. »Nein. Weiß ich nicht. Was für
ein Konzert?«

»Das Dreiflötenkonzert heute Abend. Im Salon.«

Dawill betrachtete das Relief an der Rückwand der Zentrale, eine Nachbildung eines der berühmten Wandbilder im Palast von Gheerh, und die drei Türen, die darin eingelassen waren. Die rechte führte direkt in die Gemächer des Kommandanten, die linke in den Besprechungsraum des Führungsstabs, und die mittlere in den Wohntrakt der Edlen. Die linke Tür war die einzige, die er ohne explizite Aufforderung durchschreiten durfte.

Als Erster Verweser war er Stellvertreter des Kommandanten, in der funktionalen Hierarchie des Schiffes der zweite Mann. Aber er war dennoch nur ein Freier. Deshalb blieb ihm der Titel *Zweiter Kommandant* verwehrt. Deshalb hatte er seine Kabine unten im Mannschaftsdeck, obwohl im Bereich der Edlen noch großzügige Wohnräume leer standen. Sie nahmen Befehle von ihm entgegen, aber sie dachten nicht daran, ihn als ebenbürtig anzuerkennen. Es kam ihnen nicht einmal in den Sinn.

Immerhin hatte er seine Kabine ganz für sich allein. Das hatte sonst niemand. Wissenschaftler hatten Einzelkabinen, aber in denen arbeiteten sie auch, was im Prinzip darauf hinauslief, dass sie in ihren Büros schliefen. Der Rest der Mannschaft musste sich jeweils zu viert oder zu sechst eine Kabine teilen, die Niederen hatten zwei Schlafsäle mit je zweihundert Betten. Es ging ihm also gut. Kein Grund zur Klage.

»Verweser?«, riss Ogur ihn aus seinen Gedanken.

Dawill holte tief Luft. »Natürlich, Kommunikator«, sagte er. »Das ist kein Problem.«

Neben ihm gab es nur noch einen weiteren Gemeinen im Führungsstab, den Leiter des wissenschaftlichen Stabes Tennant Kuton. Das war schon beinahe selbstverständlich, da Edle höchst selten Neigung zu wissenschaftlicher Arbeit zeigten, von Befähigung ganz zu schweigen. Seine, Dawills, Berufung dage-

79

gen war damals so etwas wie eine Sensation gewesen, wenngleich sich die offiziellen Medien allenfalls skeptisch, in der Mehrzahl aber überhaupt nicht dazu geäußert hatten.

Gleichzeitig markierte dieser Posten sowohl Höhepunkt als auch Endpunkt seiner Karriere. Stellvertreter des Kommandanten der MEGATAO, des Edlen Eftalan Quest, Dritter Landmeister von Toyokan und Erbe eines Tischplatzes an der Tafel des Pantap, Patriarch des Schwemmhölzner-Clans, Held von Akotoabur, Held von Virijaga, Großer Held der Schlacht vom Rand – und einziger Überlebender der Invasion auf Toyokan. Der Mann war eine lebende Legende. Listenreich, verschlagen, von brachialer Intelligenz – von ihm zum Stellvertreter berufen zu werden war schon mehr, als ein Freier jemals hätte erhoffen können.

»Ich war davon ausgegangen, dass Sie das Konzert arrangiert hätten«, sagte Ogur. »Sie sind doch der Kenner von uns.«

»Ich bevorzuge die klassischen Aufnahmen«, erklärte Dawill beherrscht. »Von dem Konzert höre ich gerade das erste Mal.« Da würde sich bestimmt dieser so genannte Meister Liwiti produzieren, der nichts weiter war als ein plumper Clown, der auf ein paar Instrumenten mehr schlecht als recht dilettierte, einer jener Unterhalter, auf die die Flotte des Pantap offenbar nicht verzichten konnte. »Ganz zu schweigen davon, dass ich keine Einladung erhalten habe.«

Die einzige Hoffnung war, dass der Pantap ihn für seinen Beitrag an der Eroberung des Pashkanariums edelte. Natürlich konnte dies frühestens nach dem Ende dieser Mission geschehen, wo immer sie noch hinführen mochte – aber es war eine Hoffnung.

»Oh«, meinte Ogur erschrocken. »Das hätte ich fast vergessen.« Er zog einen Brief hervor und reichte ihn Dawill. »Das soll ich Ihnen geben, vom Kommandanten. Vielleicht ist das die Einladung.«

*Hoffentlich nicht,* dachte Dawill. Er nickte dankend, schlitzte den Umschlag mit dem Fingernagel auf und las.

»Ich glaube«, meinte er, während er den Brief ein zweites Mal durchlas, »das Konzert heute Abend wird doch nicht stattfinden.«


Das Leben an Bord eines Raumschiffs hatte Bailan sich ganz anders vorgestellt. Er hatte Bilder von runden Sichtluken vor Augen gehabt, durch die man Sterne vorbeiziehen sah und Planeten, die näher kamen, von Landungen, von auffahrenden Außenschotten und ausklappenden Rampen, die man hinabschritt auf die Oberfläche ferner Welten . . .

Tatsächlich war man im Bauch eines riesigen stählernen Bauwerks eingeschlossen, zwängte sich durch enge, nüchterne Gänge voller Kabelstränge, Schaltkästen und Rohre, hockte in beklemmend kleinen Räumen und wusste nicht, ob die Gesichter der Menschen um einen herum so krank und blass aussahen von der Platzangst oder einfach von dem kalten, seltsam unnatürlichen Licht der allgegenwärtigen Leuchtelemente. Wenn man den Weltraum sehen wollte, musste man in einen Aussichtsraum gehen, und dort sah man nur Schwärze und Myriaden unbeweglicher kleiner Lichtpunkte. Bisweilen kam es ihm vor, als wäre er immer noch im Pashkanarium, in den engen Archivgängen des neunten Rings. Der einzige spürbare Unterschied, das, was es körperlich erfahrbar machte, in einem Raumschiff zu sein, war das unablässige, feine Zittern des Bodens, der Wände, der Tischplatten. Es war ein unmerkliches Vibrieren, weit entfernt, weil sie, wie ihm jemand erklärt hatte, im Augenblick nur geringe Fahrt machten – »Wenn der Kahn Vollschub gibt, dann glaubst du, dir werden die Haare aus der Kopfhaut geschüttelt!« –, aber es war immer da. Manchmal, wenn er im Bett lag und nachdachte, legte er ein Ohr an die kalte Stahlwand und lauschte. Dann hörte es sich an, als stürze in abgründigen Tiefen ein mächtiger Wasserfall durch ein viel zu enges Rohr. Es war ein kraftvolles Geräusch, ein Klang von lauernder Kraft.

Tagsüber vergaß er, darauf zu achten. Dazu war keine Zeit. Die Wissenschaftler arbeiteten wie die Besessenen, und er war der Ansprechpartner für alles, was mit den antiken Datenspeichern zu tun hatte. Er kam kaum aus dem Staunen heraus darüber, was diese Männer und Frauen alles konnten und wussten – und darüber, was sie alles *nicht* wussten. Einfachste Dinge oft, die selbst dem einfältigsten Novizen der Bruderschaft geläufig gewesen wären. Sogar ihre Kenntnisse des Utak waren lückenhaft, hatte er feststellen müssen. Er verbrachte oft halbe Tage und länger damit, Übersetzungen zu überprüfen, die jemand anders erstellt hatte. Die Fehler, die er fand, hätten ihm im Tempel Schläge eingetragen. Oft waren es nicht einmal die üblichen Fehler der Subjektanzeige in den Vergangenheitsformen oder der relativen Aussagenzuordnung – für diese Schwierigkeiten war das Utak ja so berüchtigt, dass oft geargwöhnt worden war, es könne niemals wirklich eine gesprochene Sprache gewesen sein. Nein, es waren simple Fehler, falsche Wörter, falsch übersetzte Endungen, übersehene Modifikatoren, lauter Dinge, die den Sinn eines Textes fatal entstellen konnten.

Allmählich gewöhnte er sich auch daran, in den engen Räumen der wissenschaftlichen Abteilung zu sitzen und an einem zerkratzten Tisch zu arbeiten, während viel zu viele Leute um ihn herum redeten, Papier aus Schubfächern zogen oder in Schubfächer einordneten, auf Tastaturen hämmerten oder monotone Kommentare in automatische Schreibgeräte murmelten. Er gewöhnte sich an die schlechte Luft, das schwache Licht und den miefigen Körpergeruch, den die meisten Wissenschaftler ausdünsteten.

Die Übersicht, wie lange diese Arbeit nun schon ging, war

ihm irgendwann verloren gegangen. Zwanzig Tage, dreißig? Als er nachfragte, wussten es die Historiker auch nicht. Und immer noch war ihm nicht klar, worauf das alles hinauslief, was das alles sollte, was man sich von den alten Dokumenten versprach.

»Wir schreiben jeden Abend einen Bericht an den Kommandanten«, erklärte ihm Tennant Kuton auf seine Frage. »Und jeden Morgen erhalten wir eine Antwort, Anweisungen, wie es weitergehen soll. Was ihn interessiert. Was ihm unklar ist. Diesen Anweisungen folgen wir, so ist das.«

»Aber wozu?«, wollte Bailan wissen. »Was soll das bringen, zu wissen, auf welchen Planeten irgendwelche nichtmenschlichen Rassen vor Tausenden oder Millionen von Jahren gelebt haben?«

Der Tennant hob indigniert die Augenbrauen. »Das ist doch *äußerst* interessant, oder etwa nicht?«

Also wussten die Leute auch nicht, wozu sie das alles taten. Sie taten es eben. Weil der Kommandant es wollte, zum Beispiel. Oder weil sie nichts anderes mit sich anzufangen wussten.

Er kam mit einer Niederen ins Gespräch, die sein Quartier säuberte, eine Frau von Tiga, deren Haut die charakteristische Fleckfärbung aufwies, die die meisten Tiganer auszeichnete, sodass sie aussah wie ein wandelndes Schmuckstück. Ihre Nummer war Eintausendvier, eine Verkürzung, da man an Bord von Raumschiffen von der Registriernummer eines Niederen nur so viele Stellen verwendete, wie nötig waren, um ihn eindeutig zu bezeichnen. Auf Pashkan lebten keine Niederen, und Bailan fand es befremdlich, einen Menschen mit einer Nummer anzureden. Eintausendvier erzählte ihm, dass es auf ihrer Heimatwelt in den letzten Jahren wieder zu Menschenjagden gekommen sei; es hieß, dass gewisse Kreise auf den Zentralwelten neuerdings Geschmack an Geldbörsen, Kissen und Hemd-

83

kragen aus Tiganerhaut entwickelt hätten und enorme Preise dafür zahlten. Und dass die Sicherheitskräfte sich auffallend desinteressiert zeigten, die Wilderer zu stellen.

Bailan war entsetzt, doch als er den Wissenschaftlern davon erzählte, meinten die nur, es schicke sich nicht, mit Niederen zu verkehren. Es sei besser, er würde sich an die gesellschaftlichen Normen halten.

»Für mich gilt das nicht«, erwiderte Bailan darauf. »Ich bin Mitglied des Ordens der Bewahrer.«

»Ja, sicher«, erwiderte einer der Tennants und tätschelte ihm die Schulter. »Aber wer weiß, ob du das auch noch bist, wenn du zurückgehst?«

Diese Bemerkung löste einen akuten Anfall von Heimweh aus. Er lag abends wach und dachte an seine Eltern, seine Schwestern, seinen Clan und wie stolz sie alle gewesen waren, als er ins Noviziat aufgenommen worden war. Nachts wälzte er sich, träumte von den Schluchten des Nordmassivs, dem Blaugrün der Täler und dem Weiß der Berggipfel. Tagsüber konnte er sich kaum auf die Texte konzentrieren, weil er Sehnsucht hatte nach dem Himmel von Pashkan und wie er sich auf dem Kuppeldach des Tempels spiegelte, wenn es geregnet hatte.

An einem dieser Tage kam Tennant Kuton herein, einen Brief in der Hand. »Heute Abend findet die Konferenz statt«, erklärte er ihm. »Der Kommandant will, dass du dabei bist.«


Dawill überwachte die Vorbereitungen für die Besprechung persönlich. Da außer dem Führungsstab noch einige Wissenschaftler und der Junge von Pashkan teilnehmen würden, waren zusätzliche Stühle notwendig. Er ließ einen der Freien, die den Bereich der Edlen versorgten, Stühle aus dem Salon heranschaffen. Der Sternkartenprojektor war vorzubereiten. Die Notwache musste ausgesucht und eingewiesen werden, da der gesamte Führungsstab im Besprechungszimmer sitzen würde. Dawill beorderte die Besatzung des Beiboots in die Zentrale und ließ sie einweisen. Die Männer freuten sich sichtlich ob dieser Ehre. Man konnte nur hoffen, dass sie sich beherrschen würden, es bei der Beobachtung des Kurses zu belassen und nicht plötzlich mit der MEGATAO loszurasen.

Während der ganzen Vorbereitungen wurden ihm ständig Zettel mit neuen Anweisungen gebracht, die die Sitzordnung betrafen, die Auswahl der bereitzulegenden Unterlagen, die Art der Aufzeichnung der Sitzung, codiert, nicht codiert, mit Bild oder ohne, und so weiter. Der Handschrift nach hatte Vileena die Zettel geschrieben, lediglich die Signatur stammte von Quest selbst. Der Kommandant machte sich ausgesprochen rar in letzter Zeit. Und die Erste Heilerin wurde mehr und mehr zu seiner wahren Stellvertreterin.

Doch dagegen konnte er nicht anrennen. Dawill arbeitete die Listen ab, steckte die ärgerlichen Blicke ein, wenn er Filme und Bücher wieder fortschaffen ließ, die er kurz zuvor eilig hatte herbeischaffen lassen, beruhigte aufgebrachte Lagerverwalter, Mannschaftsobmänner und Verpfleger und nahm alle Schuld auf sich.

Um zweiunddreißig Gyr, als gerade die ersten Edlen ihre Plätze einnahmen, kam auf dem gleichen Weg die Nachricht, der Beginn der Sitzung verschiebe sich.

Also alles zurück. Niemand verzog ein Gesicht, das verbot der Kodex der Edlen, aber wenn man genau hinsah und wusste, worauf man achten musste, merkte man ihnen den Unmut an. Wieder war es Dawill, der alles abbekam, auffangen und abfedern musste. Und das, obwohl er allmählich selber ungehalten war. Die Notwache verließ die Zentrale wieder, hielt sich in der Nähe bereit. Die Erste Besatzung übernahm die Instrumente, stellte unlustig den Standardzustand fest und wartete dann.

Um dreiunddreißig Gyr kam wieder ein Bote mit einem

Briefchen. Die Konferenz, musste Dawill verkünden, werde nun endgültig um fünfunddreißig Gyr beginnen.

Verhaltenes Einatmen. Steinerne Blicke. Finger, die unnötig an Armaturen herumspielten. Und die Sterne draußen bewegten sich nicht.

Zum geeignetsten Zeitpunkt rief der Erste Verweser die Notwache wieder in die Zentrale. Diesmal übernahmen die Männer die Funktionen mit deutlich gedämpfter Stimmung. Um Schlag fünfunddreißig saß jeder an seinem Platz um den Konferenztisch, und nach einem letzten prüfenden Blick in die Zentrale schloss Dawill die Tür und setzte sich. Die beiden einzigen freien Plätze waren die des Kommandanten und der Heilerin.

Niemand sagte ein Wort. Die Stille wurde immer drückender, es war, als hätten alle aufgehört zu atmen. Die zweite Tür, die, durch die der Kommandant kommen würde, blieb verschlossen. Es konnte einem vorkommen, als beginne das blasse Weiß ihres Anstrichs allmählich zu glimmen und zu leuchten.

Die Wissenschaftler waren die Ersten, die die Nerven verloren. Kuton begann, sinnlos in seinen Unterlagen zu rascheln. Zwei andere Tennants, die Leiter der astronomischen und der biologischen Abteilung, schienen Atemnot zu bekommen. Der Junge von Pashkan, der mager und verloren zwischen all den Raumfahrern saß, sah sich mit unentwegt blinzelnden Augen um und schien nicht so recht zu wissen, wie ihm geschah.

»Möchte jemand etwas zu trinken?«, brach Ogur schließlich das Schweigen. Natürlich Ogur.

Der Zweite Raumüberwacher, der Edle Iostera, hob wortlos die Karaffe aus der Mitte der bereitstehenden Gläser hoch. Es war unverkennbar Frayjl darin, der tiefviolett leuchtenden Farbe nach von der edelsten Sorte. Es wäre unschicklich gewesen, davon vor dem Kommandanten zu trinken.

Muntak, der Erste Pilot, ein Hüne von einem Mann, in dessen Gesicht zahlreiche Narben von seiner Leidenschaft für die Kampfspiele der Edlen zeugten, sah angelegentlich auf die Uhr. »Es ist bald eher sechsunddreißig als fünfunddreißig Gyr«, stellte er lautstark fest. »Verweser Dawill – wollen Sie nicht einmal gehen und feststellen, wo unser Kommandant abgeblieben ist?« Er lächelte herablassend. »Ich lade Sie ein.«

Dawill behielt die Arme verschränkt. »Wenn der Kommandant vorhätte, nicht zu erscheinen, würde er uns das wissen lassen«, gab er zurück. Dem grimmigen Blick Muntaks hielt er stand. Er wusste, dass der Erste Pilot ihn nicht leiden konnte. Jemanden, der seinen gesellschaftlichen Rang so penetrant demonstrierte wie Muntak, musste ein Emporkömmling wie Dawill zutiefst verunsichern.

Nach diesem Wortwechsel herrschte wieder Schweigen, doch die Stimmung hatte sich verändert, war schärfer, spannungsgeladener. *Wenn jetzt jemand Gas hereinleiten würde,* dachte Dawill, *es würde sich von selbst entzünden.*

Vielleicht musste er tatsächlich etwas tun. Muntak hatte ihn eingeladen und die Einladung nicht zurückgezogen, also konnte er den Bereich der Edlen betreten. Nachsehen, weshalb Quest nicht erschien. Irgendetwas ging doch vor, das konnte man mit Händen greifen.

Er sah auf die Uhr. Mitte zwischen den Gyrs. Würde man das als Zeichen der Schwäche auslegen? Vielleicht nicht, wenn er etwas dazu sagte. Etwa, dass sie schließlich nicht ewig warten konnten.

Gerade in dem Augenblick, als Dawill sich vorbeugte, um aufzustehen, fuhr die Tür mit einem Schlag auf. Alle Köpfe drehten sich ruckartig, alle Augen starrten in das dunkle Geviert, aus dem zuerst Vileena, die Erste Heilerin, trat und dann Eftalan Quest, der Kommandant.

# 2

Für Bailan war es das erste Mal, dass er den Kommandanten sah, und er konnte es kaum glauben. Eftalan Quest war ein Koloss, ein müder, wuchtiger Fleischberg, der sich unter den atemlosen Blicken des Führungsstabes langsam in seinen Sessel sinken ließ und fast keinen Platz darin hatte. Er sah alt aus, älter, als er angeblich war, und verbraucht. Sein Gesicht war aufgedunsen, verwüstet von verbotenen Drogen, wie Gerüchte in der Mannschaft wissen wollten. Diese Gerüchte beharrten allerdings auch darauf, dass dieser riesige, hässliche, Furcht einflößende Mann eine Liebschaft mit der Ersten Heilerin habe, was dem jungen Novizen schlechterdings unvorstellbar war. Nicht diese Frau, Vileena, eine Edle des Salzner-Clans, die da ruhig neben ihm saß, anmutig und schlank, von prachtvollem Haar eingehüllt wie von einer Lichtflut. Sie war nicht mehr ganz jung, in der schimmernden Haut ihres Gesichts kündeten erste Fältchen um Mund und Augen davon, dass sie viel erlebt und erlitten haben mochte, dennoch war sie eine betörend schöne Frau. Warum um alles im Universum hätte sie sich zu jemandem wie Quest hingezogen fühlen sollen?

Er zuckte zusammen, als ihn der Blick des Kommandanten traf, stahlgrau, durchdringend und erschreckend. Man hätte ohne weiteres geglaubt, dass diese schlauen Augen, die unter schweren, knittrigen Lidern hervorsahen, imstande waren, Gedanken zu lesen. Bailan schrumpfte unwillkürlich in sich zusammen, sah zur Seite, die Gesichter der anderen, die Unterlagen und Geräte auf dem Tisch, die fleischige Pranke Quests, die schwer auf der Tischplatte lag.

Auch die anderen schienen sich unwohl zu fühlen, immerhin. Niemand sagte etwas, bis der Kommandant endlich das Wort ergriff.

»Wir sind hier versammelt«, begann Quest, ohne Begrüßung, ohne Entschuldigung oder wenigstens Erklärung seiner Verspätung, mit frostiger, befehlsgewohnter Stimme, »weil die Untersuchungen der Artefakte von Pashkan erste Ergebnisse erbracht haben. Zum ersten Mal in der Geschichte des Reiches wissen wir damit etwas über eine nichtmenschliche Rasse. Etwas, das mehr ist als ein Gerücht.« Er nickte dem Leiter der wissenschaftlichen Abteilung zu. »Tennant, wenn Sie so freundlich wären, den Anwesenden Ihre Erkenntnisse zu erläutern?«

Tennant Kuton, der direkt neben Bailan saß, erhob sich hastig, stieß dabei um ein Haar seinen Stuhl um, griff nach Stuhllehne und Unterlagen zugleich und ließ Letztere fallen, worauf diese sich breitflächig über den Konferenztisch verteilten. Einer der Edlen begann spöttisch zu lachen, brach nach einem Blick auf den Kommandanten aber abrupt wieder ab. Der Wissenschaftler raffte mit gemurmelten Verwünschungen und Entschuldigungen die Papiere und Folien wieder an sich, nestelte das erste Blatt seines Vortrags hervor und stand endlich, krumm und schief und so nervös, als ginge es um seinen Kopf.

»Wir hatten«, begann er mit gepresster Stimme, »erwartet, vor allem etwas über die Eloa zu finden, die ja bekanntlich eine besondere Rolle in der Geschichte der Bruderschaft von Pashkan spielen. Dem war erstaunlicherweise nicht so, tatsächlich finden sich in den geborgenen Unterlagen überhaupt keine Hinweise auf dieses Volk. Woran das liegt, wissen wir nicht. Möglicherweise – obwohl ich das eigentlich nicht glaube – haben wir die entsprechenden Datenspeicher nicht gefunden, als wir den innersten Tempelbereich untersuchten; möglicherweise wurden aber auch tatsächlich keine solchen Informationen archiviert ...«

»Erzählen Sie, was Sie gefunden *haben*«, unterbrach ihn Quest barsch.

»Ja. Ach so. Natürlich.« Kutons Blick schien zwischen dem Kommandanten und der Ersten Heilerin hin und her zu zucken. »Wir haben Aufzeichnungen gefunden über einen Kontakt zwischen Menschen und – nun ja, *anderen* Wesen ... Wir, ähm, können nicht genau sagen, wann dieser Kontakt stattgefunden hat, nur, dass es mit Sicherheit länger als zehntausend Jahre her sein muss. Tennant Leti, wenn ich um das Bild bitten ...«

Der Leiter der biologischen Abteilung, ein etwas dicklicher Mann mit schneeweißem, gewelltem Haar, drückte eine Taste am Projektor, der Raum dunkelte schlagartig ab, und über der Mitte des Tisches entstand das dreidimensionale Bild einer fremdartigen Kreatur, das sich langsam drehte, sodass alle es von allen Seiten betrachten konnten. Die erste Assoziation war: *ein Insekt!* Und dieser Eindruck, hatte Bailan festgestellt, schwand nie mehr ganz, selbst wenn man sich tagelang mit den Daten über diese Wesen beschäftigt hatte und klar war, dass sie mit den Insekten, die man aus der menschlichen Biosphäre kannte, absolut nichts gemeinsam hatten.

Ein glatter, grau schimmernder Schädel, eine flach gedrückte Kugel ohne besondere Merkmale, von der drei dünne Fühler in eine Richtung abstanden, die man unwillkürlich als *vorne* einschätzte. Unterhalb dieses Schädels wölbten sich vier dicke, ringartige Wülste, auf denen sich, in Dreiergruppen angeordnet, einige helle, knopfartige Strukturen abzeichneten sowie Reihen dunkler Striche, die man bei näherem Hinsehen als Öffnungen erkannte. Sinnesorgane? Vermutlich. Was aber die dünnen, fadenartigen Gebilde darstellten, die sich vom Schädelansatz in Richtung Körper zogen und an manchen Stellen wie Haare, an anderen wie glitzernde Speichelfäden aussahen, wusste niemand zu sagen.

»In den Aufzeichnungen von Pashkan«, ließ sich Tennant Kuton vernehmen, »werden diese Wesen *Yorsen* genannt, ein Wort, das einem utakischen Dialekt entlehnt ist und so viel bedeutet wie *die alten Mächtigen*. Das soll wohl ausdrücken, dass sie den Menschen in vieler Hinsicht überlegen sind. Es wird gesagt, dass die Yorsen über eine Technik von solcher Vollkommenheit gebieten, dass sie wie Zauberei erscheint, und dass ihr Wissen und ihre Weisheit sie fast den Göttern gleichstellt. Es heißt ferner, dass sie die Morgenröte des Universums bevölkerten. Als auf der ersten Erde die Menschen den aufrechten Gang erlernten, waren die Yorsen schon ein altes Volk, müde nach einer Existenz, die Jahrmillionen umspannen muss, aber immer noch unfassbar mächtig.«

Bailan sah Quest bedächtig nicken. Es schien ihm zu gefallen, was er hörte. »Worum ging es bei diesem Kontakt?«, wollte der Kommandant wissen.

Der Tennant kam nun, trotz der Dunkelheit, wieder ins Stottern. »Nun, in dem Bericht, der Euch vorliegt, Edler Quest, haben wir die, ähm, Umstände beschrieben, unter denen der Kontakt stattfand. Ein Erkundungsraumschiff hatte einen bewohnbaren Planeten entdeckt, wurde dann aber von unerklärlichen Kräften daran gehindert, ihn zu betreten. Im Verlauf dessen kam es zu einer Art Kommunikation mit bis dahin fremden Wesen, eben den Yorsen, die erklärten, auf dem Planeten lebe eine intelligente, sehr junge Spezies unter ihrem Schutz. Während der Vorbereitungen für diese Besprechung haben wir – wie gesagt, wir arbeiten mit allen Kräften und ohne, ähm, Unterlass – jedenfalls, wir wissen, *warum* die Yorsen diesen Planeten unter ihren Schutz stellten.«

Die Augen des Kommandanten leuchteten in der Dunkelheit auf. »Heraus damit.«

»Offen gestanden, Edler Kommandant, bin ich mir nicht sicher ...« Kuton schien sich regelrecht verschlucken zu wollen. »Also, ich bedaure sehr den Umstand, dass es zeitlich nicht möglich war, Euch vorab davon in Kenntnis . . . aber wie gesagt, es war erst vorhin, kurz bevor wir herauf . . .«

»Tennant Kuton«, orgelte das mächtige Organ Quests, »wir sind hier, um restlos *alles* darzulegen, was wir wissen. Nichts soll zurückgehalten werden. Es ist unnötig, dass Sie mir irgendetwas vor den anderen Mitgliedern des Führungsstabs mitteilen. Ich erlaube Ihnen, mich zu überraschen – aber reden Sie!«

»Gut. Also, die Yorsen . . .« Seine Stimme senkte sich zu einem Flüstern.

»Und bitte so, dass wir Sie auch *hören!*«

Der Kopf des Yorsen drehte sich unentwegt weiter, ein fahles, grausiges Antlitz aus einer versunkenen Epoche. Kuton sah hinab auf seine Blätter, sortierte sie raschelnd und sinnlos um, holte Luft. »Die Yorsen«, erklärte er dann, »betrieben ein Unternehmen, das sie als den *Großen Rückzug* bezeichneten. Sie organisierten und unterstützten den Rückzug aller nichtmenschlichen Völker aus dieser Galaxis.«

Einen Augenblick lang herrschte verblüfftes Schweigen. Niemand schien glauben zu können, was er gerade gehört hatte.

»Einen *Rückzug?*«, fragte schließlich jemand. »Rückzug wovor?«

Kuton sah ausgesprochen unglücklich aus. »Vor dem Angriff des Kaiserreichs.«


Vileena sah, wie sich die Hand des Kommandanten um die Lehne seines Sitzes krallte, und hoffte, dass nur die Erregung, die bei diesen Worten die gesamte Runde befiel, der Grund dafür war.

»Verstehe ich Sie richtig, Tennant – die Yorsen wussten von diesem Kaiserreich? Und sie wussten schon vor zehntausend Jahren, dass es uns eines Tages angreifen würde?«

Immer wenn Kuton in Richtung Quests blickte, hatte Vileena den Eindruck, dass er in Wirklichkeit sie ansah. »Aufgrund der vorliegenden Daten«, erklärte der Leiter des Wissenschaftlichen Stabes, »muss ich zu diesem Schluss kommen, ja.«

»Das ist doch völliger Unsinn«, warf der Erste Pilot Muntak ein. »Niemand macht Pläne über zehntausend Jahre hinweg. Nicht einmal dieser Sternkaiser, wer immer das sein mag. Mich würde interessieren, wie Sie zu diesem Schluss kommen, Kuton.«

»Sie haben es *gesagt*. Die Yorsen gebrauchten das Wort ›Kaiserreich‹ in der damals gebräuchlichen Verkehrssprache. Damals wusste niemand, was sie überhaupt meinten.«

»Ein offensichtliches Missverständnis«, winkte Muntak ab. »Was kann ein unbekanntes nichtmenschliches Volk schon von den politischen Strukturen der Menschen wissen?«

»Mit Verlaub«, wandte der Tennant sich in Richtung des Kommandanten, und wieder wurde Vileena den Eindruck nicht los, dass er sie anstarrte, »die Yorsen wussten sogar mehr über das Kaiserreich, als wir heute wissen. Das Kaiserreich, sagen sie, umfasst *mehrere Galaxien* – Millionen besiedelter Planeten, Billiarden von Menschen, ein unvorstellbar großes Imperium. Dass es uns eines Tages angreifen würde, war einfach eine Hochrechnung seiner Ausdehnungsweise. Und wenn auch nur annähernd stimmt, was wir erfahren haben, dann ... haben wir nicht den Hauch einer Chance, dagegen anzukommen.«

»Defätismus!«, hielt der Erste Pilot ihm erregt entgegen. »Als Gemeinem steht es Ihnen nicht zu, solche Einschätzungen –«

»Das ist jetzt doch wohl unerheblich.« Quests Stimme konnte wie ein Hieb mit einer Peitsche klingen. »Abgesehen davon teilt der Pantap diese Einschätzung. Unsere Situation, meine Herren – und damit meine ich die Situation des Reiches – ist absolut verzweifelt. Die Angreifer haben sich in der westlichen Randzone festgesetzt und sich seither nicht gerührt, aber wenn sie ihren Angriff fortsetzen sollten – und dass sie das tun werden, steht außer Zweifel –, dann haben wir buchstäblich nichts, was wir ihnen entgegensetzen können.«

Muntak starrte seinen Kommandanten fassungslos an. »Eine Flotte von über zehntausend schwer bewaffneten Schlachtschiffen nennt Ihr *nichts*?«

»Vor Toyokan hatten wir zwölf Schiffe – vier Bastionen, acht Schwere Exekutoren. Die Angreifer kamen mit zwölf*tausend* Schiffen. Wir hielten sie für Kampfjäger, für harmlos – aber der Kampf dauerte nicht einmal ein halbes Gyr. Sie fegten die Exekutoren aus dem All, als wären sie nichts. Von den Bastionen blieb kein Stück übrig, das größer gewesen wäre als dieser Tisch.« Vileena griff nach Quests Hand, konnte das Blut in seinen Adern toben spüren, wollte ihn bremsen – aber er schüttelte sie ab. »Ja, ich nenne die Flotte des Pantap *nichts*. Sie haben mehr Schiffe als wir, unendlich viel mehr, und bessere noch dazu. Sie werden uns hinwegfegen. Wir werden den Heldentod sterben, aber sterben werden wir.«

Quest ließ sich zurück in den Sitz fallen, schwer atmend. Niemand sagte etwas. Vileena blickte in die Runde, in bleiche, verstörte Gesichter.

Es war wohl an ihr, das lähmende Schweigen zu brechen.

»Tennant Kuton, Sie sagten, die Yorsen organisierten den Rückzug der nichtmenschlichen Völker aus dieser Galaxis«, begann sie. »Wie muss ich mir das konkret vorstellen?«

Sie sah, wie Kuton zusammenzuckte. Ganz leicht nur, sicher hatte das niemand außer ihr bemerkt, aber er erschrak. »Ähm, der Rückzug ...« Er knetete seine Papiere in einer Weise, die ihnen bestimmt nicht guttat. »Also, sie ... bewegten sie einfach fort. Aus dieser Galaxis. In eine andere, nehme ich an.«

»Die Yorsen siedelten ganze Völker um?«

»Ja.«

»Das heißt, sie müssen über eine große Anzahl von Raumschiffen verfügen.« Sie spürte die Hoffnung der Männer wieder erwachen.

Kuton schüttelte den Kopf. »Nein. Die Yorsen benutzen keine Raumschiffe mehr. Sie . . . haben irgendeine andere Art entwickelt, sich fortzubewegen. Und sie sind imstande, ganze Sonnensysteme zu versetzen. So haben sie die Völker umgesiedelt – sie versetzten ihre Sonnensysteme aus dieser Galaxis fort.«

Vileena hatte das irreale Gefühl, das Ausbrechen einer akuten Lähmung in ihrem Gesicht und ihrem Kehlkopf zu erleben. Was Kuton da sagte, war derart unvorstellbar, dass der bloße Versuch, es zu begreifen, zu geistigen Störungen zu führen schien.

»Aber die Heimatwelt der Yorsen ist noch da?«, warf Quest ein. »In Ihrem Bericht steht, dass Sie Koordinaten gefunden haben von einem Stern und dass dieser Stern noch beobachtbar ist.«

»Ja«, nickte Kuton. »Das ist richtig.«

Quest griff nach dem Steuermodul der Sternkarte, hob es hoch, überlegte es sich dann anders und ließ es über den Tisch schlittern, ungeschickt, sodass es fast am Ende heruntergefallen wäre. Der Erste Navigator Felmori fing es gerade noch auf. »Zeigen Sie uns den Weg dorthin, Tennant«, forderte Quest.

Kuton nahm das Steuermodul an sich, drückte ein paar Tasten. Das Bild des Yorsen verschwand und machte einem vertrauten Anblick Platz: die Karte des Reichs. Gheerh als leuchtender Stern im Mittelpunkt, die Provinzen, Legate und Clandomänen in zarten Farben voneinander unterschieden, Hunderte und Aberhunderte heller Sterne mit den Namen der bewohnten Welten. Der bisherige Kurs der MEGATAO war als rote, bizarr verknäulte Linie eingezeichnet, die zuletzt Pashkan berührt hatte und seither durch unbesiedelte Regionen verlief.

»Die Heimatwelt der Yorsen liegt etwas oberhalb der galaktischen Achse«, erläuterte Kuton umständlich, »und in der Nähe des Zentrums. Um sie hier zu zeigen, muss ich den Ausschnitt anders wählen . . . « Er drehte an den Rändelschrauben, die den Maßstab der Karte beeinflussten. Das stolze Reich des Pantap schrumpfte zu einem lächerlichen buntscheckigen Fleck am Rande eines unerforschten Sternenmeers. »Hier.« Einer der Punkte im Gewimmel begann zu blinken. Auf diesen Punkt zu begann sich die rote Kurslinie, kaum handspannengroß noch, zu verlängern, erbarmungslos, immer weiter und weiter.

Jemand atmete hörbar ein.

»Bei allen Ahnen«, hörte Vileena Muntak flüstern. »Durch die Namenlose Zone!«

Obwohl sie gewusst hatte, dass Quest den Planeten der Yorsen anfliegen wollte, fühlte sie sich ganz elend angesichts der gewaltigen Dimensionen dieses Fluges. Gewiss, die MEGATAO war ein Fernerkunder und gebaut für solche Strecken . . . aber sie war noch niemals so weit geflogen.

»Ist das der Plan des Pantap?«, fragte der Zweite Kommunikator Ogur. »Die Yorsen um Hilfe gegen das Kaiserreich zu bitten?«

»Darauf können wir nicht hoffen«, sagte Kuton mit leiser, düsterer Stimme. »Die Yorsen halten den Krieg für eine innere Angelegenheit der Menschen. Sie sagen, das Kaiserreich bestehe seit ungefähr zweihunderttausend Jahren, und sie glauben, dass es erst untergehen wird, nachdem es alle von Menschen besiedelten Welten erobert hat. Bis dahin können gut weitere hunderttausend Jahre vergehen. Sie haben nicht vor, in diese Entwicklung einzugreifen.«

Eftalan Quest richtete sich auf. Sofort wandten sich alle Blicke wieder ihm zu. »Der Plan des Pantap«, sagte der Kommandant, dem auf einmal das Sprechen schwerzufallen schien, »weiß natürlich nichts von den Yorsen und ihren Fähigkeiten. Und dass der Pantap niemals um Hilfe bitten würde, muss ich Ihnen wohl kaum erklären. Aber wir werden in der Tat die Heimatwelt der Yorsen anfliegen und versuchen, Kontakt mit diesen Wesen aufzunehmen.«

Er blickte in die Runde, mit einem jener Blicke, unter denen man zusammenfuhr. Als versuche er, Freund und Feind auszumachen. »Da ich nun den geheimen Befehl des Pantap offenbaren werde, muss ich alle Anwesenden, die nicht dem Führungsstab angehören, bitten, den Raum zu verlassen. Über das, was bisher besprochen wurde, haben Sie selbstverständlich äußerstes Stillschweigen zu bewahren.«

Die Wissenschaftler, bis auf Kuton, wie auch der Junge von der Pashkan-Bruderschaft standen gehorsam auf, sammelten ihre Sachen ein, grüßten ehrerbietig und gingen. Quest wartete, bis die Tür hinter ihnen versiegelt war. Auf seiner Stirn sah Vileena wieder Schweißtropfen schimmern.

»Das Reich ist bedroht«, fuhr der Kommandant schließlich fort. »Die Lage ist so verzweifelt, dass es gerechtfertigt ist, verzweifelte Maßnahmen zu ergreifen. Eine dieser Maßnahmen sind wir. Wir haben den Auftrag, eine alte nichtmenschliche Rasse aufzuspüren und Kontakt mit ihr aufzunehmen. Nicht um sie um Hilfe zu bitten, wie gesagt, sondern um Informationen.«

Alles starrte auf seine Lippen, die, dick und fleischig, innegehalten hatten. Nur Vileena sah das feine Zittern darauf. *Nicht jetzt!*, dachte sie. *Nicht jetzt . . .*

»Informationen?«, wagte Muntak es schließlich, die gespannte Stille zu brechen. »Über das Kaiserreich?«

Der Mund des Kommandanten schloss sich, er schluckte gewaltig und brachte schließlich wieder ein Wort hervor. »Nein.« Und mit einem zweiten Kraftakt: »Geschichtliche Informationen.«

Muntak setzte zu einer Erwiderung an, überlegte es sich dann anders. Ein unsicherer Blick glitt zu Dawill, ein zweiter zu Kuton hinüber.

Vileena überlegte, wie sie die Sitzung in diesem Stadium

abbrechen konnte, ohne Verdacht zu erregen. Nein, das war nicht zu machen. Aber Quest würde keine zwei Worte mehr herausbringen, und dann . . .

Die rechte Pranke des Patriarchen ohne Clan donnerte auf die Tischplatte herab. »Unser Auftrag lautet«, dröhnte Quest, »den Planeten des Ursprungs zu finden.«

Einen Herzschlag lang erstarrte alles, die Bewegungen, die Gedanken, die Zeit. Dann weiteten sich die Augen, und die ersten Kinnladen sanken haltlos abwärts. Noch nie zuvor hatte die Heilerin die Mitglieder des Führungsstabes so verdutzt gesehen. Man warf sich hilflose Blicke zu, wusste nicht, was sagen, wagte nicht, sich zu rühren – bis zu aller Erleichterung endlich Ogur in gewohnter Unbedarftheit fragte: »Vergebt mir, Kommandant, ich habe gerade verstanden, Ihr hättet *Planet des Ursprungs* gesagt . . .«

»Ganz recht«, grollte Quest mit Gewitterstimme, »und auch für die anderen wiederhole ich es gerne noch einmal. Wir, die Besatzung der MEGATAO, werden den Planeten des Ursprungs finden, den legendären Quell allen Lebens im Universum, den Punkt des Anfangs, *Amdyra*, den ersten Samen, *Tampsted*, den Beginn der Zeit – genau die Welt, die in den Märchen der Temuren *Gondwaina* heißt und in den Sagen der Gheiro *Eirado*, das Herz des Seins. Wir werden uns auf die Suche nach *Hiden* machen, wie die Urväter von Lantis den Planeten nennen, den Tausende Verrückter, Spinner und Träumer vor uns erfolglos gesucht haben. Wir werden ihn suchen, weil der Pantap es von uns verlangt, und wir werden ihn finden oder bei dem Versuch sterben.«

»Ist sich der Pantap sicher, dass es diesen Planeten überhaupt gibt?«, wagte Iostera einzuwenden. »Wo ich aufgewachsen bin, ist das ein Märchen für Kinder. Ich meine, genauso gut könnte er uns auf die Suche nach dem Windmann schicken oder nach dem Vogel der Tränen . . .«

»Bei uns zu Hause gibt es Dutzende von Gruselgeschichten,

wie jemand den Planeten des Ursprungs sucht und am Ende dabei umkommt«, pflichtete ihm der Erste Maschinenführer Grenne bei.

»Der Pantap«, erklärte Quest langsam, »glaubt, dass es diesen Planeten tatsächlich gibt. Ich glaube es auch. Und wir sind nicht hier versammelt, um zu diskutieren, *ob*, sondern nur, *wie* wir dem Befehl des Pantap folgen werden. Trotzdem – Tennant Kuton, was sagt die Wissenschaft dazu?«

Vileena schlug den Blick nieder, als der Wissenschaftler wieder sie ansah statt des Kommandanten. »Nach allem, was wir wissen, muss es in der Tat einen Planeten gegeben haben, auf dem alles Leben im Universum seinen Anfang genommen hat«, hörte sie ihn sagen. »Allerdings kann dieser Planet irgendwo sein, und vermutlich ist er heute längst ein toter, unbedeutender Felsbrocken, der um eine erloschene Sonne kreist. Wir haben keinen Grund anzunehmen, dass auf diesem Planeten irgendetwas Besonderes zu finden wäre, und, wie gesagt, wir wissen nicht, wo er ist. Er kann in irgendeiner weit entfernten Galaxie sein, weit außerhalb unseres Aktionsradius.«

»Aber wir wissen, dass es Rassen gibt, die unendlich viel älter sind als wir Menschen. Ist es nicht logisch, anzunehmen, dass die Ursprungswelten dieser Rassen ein gutes Stück näher am Planeten des Ursprungs gelegen haben müssen?«

Kuton hüstelte. »Ich bezweifle, dass man das so einfach schlussfolgern kann. Wir wissen nur wenig über die Inkubation von Stern zu Stern, und für die transgalaktische Inkubation existiert noch nicht einmal eine Theorie ...«

»Aber die alten Rassen sind nicht dümmer als wir. Sie werden zu den gleichen Schlussfolgerungen gelangt sein. Vielleicht haben sie den Planeten des Ursprungs gefunden, als er noch als solcher zu erkennen war.«

»Das ist nicht auszuschließen, aber ...«

»Was verspricht sich der Pantap davon?«, meldete sich Dawill zu Wort. Das Gesicht des Verwesers war eine starre Maske. »Was glaubt er auf dem Planeten des Ursprungs zu finden?«

Quest musterte seinen Stellvertreter abschätzig. »Das werden Sie erfahren, wenn wir dort sind.«

Einen endlosen Augenblick lang schien niemand mehr zu atmen. Vileena hatte das Gefühl, sich ansammelnde elektrische Energie im Raum zu spüren, als säßen sie in einem Kondensator. Dann, so schwerfällig wie ein alter Mann, erhob sich Dawill, richtete sich zu voller Größe auf, und alles zuckte zusammen, als sein Stuhl im Zurückschieben ein winziges, quietschendes Geräusch machte.

»Erhabener Kommandant«, sagte Dawill mit bebender Stimme, »in aller Form ersuche ich Euch hiermit, mir diesen Befehl des Pantap zu zeigen.«

»Setzen Sie sich wieder, Dawill«, erwiderte Quest ungehalten.

»Nach den Statuten habe ich als Euer Stellvertreter das Recht, in Zweifelsfällen Einblick in die geltenden Befehle zu verlangen. Und hiermit verlange ich es.«

Sein Blick loderte. Er blieb stehen und wich dem Blick Quests nicht aus. Unter den Edlen brach ein empörtes Raunen aus. »Unerhört«, schüttelte Muntak den Kopf und verschränkte die Arme. »Man sollte ihn ...« Aber dann schwieg er doch und behielt für sich, was man den stellvertretenden Kommandanten sollte.

»Heißt das, Sie bezweifeln, dass ich den Befehl des Pantap korrekt wiedergebe?«, fragte Quest.

Dawill biss sich auf die Lippen, aber er wich nicht. »Um es geradeheraus zu sagen, Ehrwürdiger Kommandant, erscheint mir dieser Befehl in der gegebenen Situation so absurd und unangemessen, dass ich ...«

»Ein Gemeiner!«, platzte Muntak heraus. »Sie wagen es, als Gemeiner derart die Autorität des Kommandanten anzugreifen?«

100

»... dass ich mich mit eigenen Augen vom Wortlaut und dem möglicherweise vorhandenen Interpretationsspielraum überzeugen will«, beendete Dawill eisern seine Stellungnahme. »Das ist alles.«

»Das ist schon zu viel, Dawill!«, röhrte Muntak. Er schien sich nur mühsam davon zurückhalten zu können, mit den Fäusten auf den Verweser loszugehen.

»Reißt Euch zusammen.« Nur ein Satz Quests, aber er ließ den Ersten Piloten zurückzucken wie von einem elektrischen Schlag. Der Kommandant sah sich mit umschatteten, tränenden Augen um. »Wer führt Protokoll?«

Tamiliak, der Erste Kommunikator, ein kleiner, grauer Mann mit einer so blassen *Syrta*, dass man ihn auf den ersten Blick für einen Clanlosen halten konnte und auf den zweiten auch noch, hob die Hand.

»Gut. Tamiliak, nehmt den Einwand des Ersten Verwesers in das Logbuch auf. Nehmt ferner auf, dass ich mich auf das dritte Kommandantenstatut berufe, das es mir erlaubt, beim Vorliegen besonderer Umstände alle sonstigen Statuten außer Kraft zu setzen. Ich verweigere dem Ersten Verweser Dawill die verlangte Einsicht in den Wortlaut der Befehle des Pantap.« Er fasste seinen bleichen, immer noch stehenden Stellvertreter ins Auge. »Wie immer diese Expedition verläuft, Dawill, in spätestens zwei Jahren müssen wir wieder eine Basis anlaufen, und dann steht es Ihnen frei, diesen Fall vor dem Flottengericht klären zu lassen.« Damit wuchtete sich Quest empor, gewaltig, schnaufend, einer Naturgewalt ähnlicher als einem Menschen. »Treffen Sie alle Vorbereitungen für den Flug in die Namenlose Zone. Unser nächstes Ziel ist der Heimatplanet der Yorsen. Die Sitzung ist beendet, ich danke Ihnen.«

Dann ging er, und Vileena folgte ihm wie ein leuchtender Schatten.

# 3

*Klar Schiff für Fernerkundung!*
Lange war dieser Befehl nicht mehr durch die Decks und Gänge der MEGATAO gehallt, weitergetragen von Mund zu Mund, von Obmännern verkündet, von Staffelmännern raunend wiederholt wie ein Gebet, während sie die hundertfach geübten Arbeiten verrichteten. Lautsprecher schallten den Befehl in Hangars und Maschinenräume, an Wandbretter wurde er geschrieben, in Tastaturen getippt, um auf Bildschirmen zu erscheinen. Mit einem Mal schien alles in Bewegung zu sein, beschleunigte jeder den Schritt, verkürzten sich Pausen und wurden Handgriffe rascher ausgeführt. Es war wie ein Erwachen aus langem, verschlafenem Warten.

*Klar Schiff für Fernerkundung!*

Das erste Signal war das Licht. Fernerkundung, das hieß, permanent in der Ersten Alarmstufe zu sein. Das sonst weiße Licht war nun von einem grünen Schimmer durchsetzt, jede einzelne Leuchtfläche an Bord, jede Lampe in jedem einzelnen Raum, in Gängen, Küchen, Schlafstätten und Aborten, überall war mit einem Mal dieses grünliche Licht, das Gesichter käsig aussehen ließ und das Essen unappetitlich, und denjenigen unter den Raumfahrern, die schon lange dabei waren und viel erlebt hatten, jagte allein schon dieses unverkennbare Licht das Adrenalin durch die Adern, ließ sie aufspringen und rennen und hellwach sein.

Und zu tun gab es mehr als genug. Die Anweisungen für alle Arbeiten, die ausgeführt sein mussten, ehe das Schiff in unerforschte Regionen aufbrach, hätten zusammengenommen siebenunddreißig dicke Bücher gefüllt. Piloten brachten ihre Jets auf Vordermann, Waffenmänner prüften die Funktionsbereitschaft ihrer Geschütze, Köche zählten ihre Vorräte noch einmal nach und Deckmeister ließen ihre Leute jede Ecke und jeden Winkel putzen, bis nirgendwo mehr ein Staubkorn lag, geschweige denn eine Schraube lose war.

*Klar Schiff für Fernerkundung!*

Schon oft war dieser Befehl für die MEGATAO gegeben worden, unter anderen Kommandanten, in friedvolleren Zeiten. Stets war es der Auftakt gewesen für eine aufregende Zeit voller Entdeckungen. Für manchen war es zur Reise ohne Wiederkehr geworden. Die Liste derer, die auf namenlosen Planeten bestattet lagen oder in Sonnen, die nur eine Katalognummer trugen, war lang. Jeder, ausnahmslos jeder wusste: Dort draußen lauerte Gefahr, folgte der Tod auf den kleinsten Fehler. Keine Entdeckung war zu haben ohne Blutzoll.

Zur Standardprozedur hatte es immer gehört, vor dem Aufbruch ins Unbekannte noch einmal einen Stützpunkt anzufliegen, eine Basis im Grenzland, wo man die Maschinen noch einmal mit Geräten, wie sie nur eine Werft hatte, durchleuchten und die Mannschaft noch einmal den Boden eines von Menschen besiedelten Planeten unter den Füßen spüren lassen konnte, ehe es für lange Jahre hieß, über bebende, knarrende Metallplanken zu rennen und beim Dröhnen der Aggregate in engen Kojen Schlaf zu suchen. Doch das war, wie gesagt, in friedvolleren Zeiten gewesen. Diese Zeiten waren vorbei. Kommandant Quest hatte strengstens verboten, einen Stützpunkt anzufliegen oder auch nur Kontakt mit einem aufzunehmen, da Gefahr bestand, dass die Invasoren das Nachrichtensystem der Flotte unterwandert hatten und auf diese Weise von ihrer Mission hätten erfahren können. Kein Funkspruch daher, keine Nachricht, keine Post.

Dieser Befehl beunruhigte die Mannschaft mehr als alles

andere. Wohin es ging, was sie suchten, das alles wussten sie nicht, wie gewöhnlich. Aber keinen Abschied nehmen zu können – das verhieß Unheil.

Quest ballte die Hand zur Faust, langsam, als wolle er genau beobachten, wie sich die Finger dabei bewegten, hielt sie einen Moment geschlossen und öffnete sie dann wieder. »Jetzt geht es wieder. Eigenartig. Bei der Besprechung . . . Ich wollte den Kartenprojektor selbst bedienen, aber ich konnte es nicht. Ich hätte nicht eine einzige Taste drücken können.«

»Ja«, sagte Vileena. »Ich habe es gemerkt.«

Die Gemächer des Kommandanten waren, wie es seinem Stand gebührte, die größten im ganzen oberen Deck, beinahe so groß wie die Gemächer der übrigen Edlen zusammengenommen. Licht aus goldgefassten Lampen verbreitete eine warme, behagliche Stimmung, unbeeinflusst von der Alarmstufe, die an Bord herrschte. Üppige Brokatvorhänge aus Quests toyokanischer Heimat zierten die Wände, bestickt mit den Siegeln seines Clans. Um einen großen, runden, mit aufwendigen Intarsien virijagischer Künstler veredelten Tisch, auf dem Bücher lagen, Berichte, Speicherfolien und ein akustischer Kommunikator, standen fünf niedrige Liegediwane, doch Quest hatte sich auf den Boden gesetzt und saß da, schwer atmend, den Rücken gegen den Sockel einer Steinskulptur gelehnt, deren Anblick Vileena zuwider war. Auf Akotoabur mochte man das für Kunst halten, aber ihrer Ansicht nach brachte jeder Vulkanausbruch Schöneres hervor.

Es tat ihr weh, Quest so elend dasitzen zu sehen. Er sah sie an, und nun, da er sich nicht mehr beherrschen musste, konnte sie die Angst in seinen Augen erkennen.

»Wie lange noch?«, fragte er heiser. »Wie lange kann ich das noch durchstehen?«

Sie zögerte. »Ich würde dir gern etwas versprechen. Noch ein Jahr. Oder ein halbes. Oder irgendetwas, aber ich weiß es nicht. Du gehörst in ein Heilhaus . . .«

»Ein Heilhaus! Als ob ihr das heilen könntet! Ins Sterbehaus gehöre ich, das meinst du doch, oder? Ihr habt ja nicht einmal einen Namen dafür . . . Ist das dein Ernst? Willst du wirklich, dass ich mich ergebe, einfach abwarte, bis ich völlig zerfalle?«

»Ich wollte damit nur sagen, dass es Krankheiten gibt, die deiner ähneln. Aber man hat keine Erfahrungen damit, wie sie unter Belastung verlaufen. Eine solche Expedition, ein solches Vorhaben wäre schon für einen Gesunden eine ungeheure Anstrengung. Für dich ist es Selbstmord.«

Seine Augen wurden zu schmalen Schlitzen. »Aber du hilfst mir dabei. Ohne dich könnte ich es nicht. Ohne dich wäre ich längst gescheitert, überführt, entlarvt.«

Vileena öffnete ihre Tasche, holte eine Spritze heraus. »Ich werde später bestreiten, je Zweifel daran gehabt zu haben, dass der Befehl zu dieser Expedition wirklich vom Pantap stammt.«

»Man wird dich für naiv halten.«

»Man wird deine Krankheit nach mir benennen«, erwiderte die Heilerin ungerührt und zog die Spritze mit wenig Flüssigkeit auf. »Willst du hier liegen bleiben, oder sollen wir es im Bett machen?«

»Muss das wirklich sein? Manchmal denke ich, du quälst mich einfach, weil es dir Spaß macht. Nein, ich bleibe hier, ich will den Boden unter mir spüren.« Er zog den Überwurf ein Stück hoch, sodass sein Rücken entblößt wurde, und ließ sich auf die Seite sinken.

Vileena trug Keimabweiser auf, tastete unter seiner schwammig gewordenen Haut nach der richtigen Stelle zwischen den Lendenwirbeln. Der Kommandant stöhnte auf, als sie die Spritze tief hineinstach und begann, Liquor anzusaugen. »Der Heiler muss Schmerz zufügen, um Qualen zu vermeiden«, mur-

105

melte sie das Credo ihres Lehrers. Manchmal bezweifelte sie, dass das stimmte.

Die Spritze füllte sich langsam mit klarer, wasserheller Flüssigkeit. »Mein Kopf«, ächzte Quest, als sie die Spritze herauszog und Wundverschluss auf die Einstichstelle gab. Er drehte sich auf den Rücken, hielt die Augen geschlossen, legte den Arm darüber. Sie deckte ihn zu.

»Du musst mindestens zehn Gyr so liegen bleiben«, ermahnte sie ihn. »Auf dem Rücken.«

»Ich bleibe liegen wie ein Toter«, versprach er dumpf. »Es ist ohnehin besser, ich übe das schon mal.«


Dawill stand ganz vorn in der Kommandozentrale, zwischen den großen Sichtscheiben. Von hier aus konnte man das halbe Schiff sehen und das halbe Universum. Er betrachtete die Sterne, die sich kalt und klar um das Schiff drehten, und wusste, dass es in Wirklichkeit die MEGATAO war, die sich drehte, sich ausrichtete auf ihren neuen Kurs ins Zentrum der Galaxis. Er glaubte den stählernen Leib unter sich ächzen und knarren zu hören, glaubte die Belastungen in den Traversen zu spüren und die Scherkräfte auf den Bolzen, aber das war natürlich Einbildung, eine romantische Illusion.

Niemand sonst hatte Zeit, hinauszusehen in das weite, leere All rings um das Schiff. Die MEGATAO schwebte im Leerraum, weitab jeder Sonne, fern jeder leitstrahlgesicherten Route und damit nach technischen Maßstäben unauffindbar, aber ihre Koordinaten lagen innerhalb des Reiches. Was immer ihr zustoßen mochte – und es gab eine erschreckende Zahl von Dingen, die einem Raumschiff zustoßen konnten: Kollisionen mit Dunkelmeteoriten oder Kometenkernen, Überfälle durch Piraten, Maschinenschäden, Havarien jedweder Art –, bis jetzt hätte es nur einer Aufhebung ihrer Funkstille bedurft, um in kürzester Zeit Hilfe zu erhalten. Das würde sich ändern, sobald sie die Grenze hinter sich ließen und außerhalb der Reichweite der Fernüberwachung flogen. Und das würde sehr bald der Fall sein. Dann würden sie auf sich allein gestellt sein.

»Klar Schiff bei den Maschinen«, erklärte endlich der Erste Maschinenführer Grenne, Edler von Husleiten.

Der Kurs des Schiffes würde direkt durch den Syriakis-Nebel führen. Der Bug zielte auf jene Zone der Verdünnung, die man auf den Randwelten der Ithonier *das Maul* nannte. Tatsächlich konnte man, wenn man an kalten Winterabenden in den Himmel von Ithonia blickte und die Verwerfungen in dem firmamentbeherrschenden, rosafarben glühenden Nebel betrachtete, glauben, ein unheimliches Maul zu sehen, das sich anschickte, den Planeten zu verschlingen. Durch *das Maul*. Ausgerechnet. Ihn schauderte, als er daran dachte, ohne dass er hätte sagen können, weshalb.

»Klar Schiff bei Navigation«, meldete der Edle Felmori, der Erste Navigator.

Denn sie würden nichts mitbekommen davon, weder vom Syriakis-Nebel noch von den ithonischen Sonnen. Sie würden beschleunigen, um mit exakt der richtigen Geschwindigkeit den berechneten Eintauchpunkt anzufliegen, exakt im richtigen Augenblick den Hyperkonverter zünden und dadurch in jener unbegreiflichen Dimension verschwinden, in der alle Grenzen des Normalraums aufgehoben waren. Sie würden später an einem Punkt wieder auftauchen, der auf einer gedachten Linie von ihrem augenblicklichen Standort aus mitten durch *das Maul* lag –, aber zu glauben, dass diese Linie ihrem Kurs entsprach, war, wie jeder Raumfahrer wusste, eine Illusion.

»Klar Schiff bei Raumüberwachung«, bestätigte der Erste Raumüberwacher Hunot, Edler und Patriarch von Suokoleinen.

Dawill drehte sich um, sah in das ausdruckslose Gesicht Muntaks. Falls es dem Edlen etwas ausmachte, dass nicht der Kommandant selbst den Befehl zum Aufbruch gab, ließ er es sich nicht anmerken. Und er, Dawill, würde sich nicht anmerken lassen, dass er darüber nachdachte.

»Euer Schiff, Erster Pilot«, sagte er nur.

Muntak nickte, griff nach der Steuerung. Ein Ruck war zu spüren, als die Triebwerke auf Vollschub schalteten, ein Zittern, das den mächtigen stählernen Leib der MEGATAO durchlief, wie ein Aufbäumen. Der Widerschein der Triebwerksstrahlen, das bisschen davon, das sich auf Querstreben, Antennen und anderen Aufbauten im unmittelbaren Gesichtsfeld spiegelte, loderte wie Feuer. Ansonsten war nicht zu erkennen, dass das Schiff sich bewegte. Es würde noch mehrere Gyr dauern, ehe bei den Sternen in Flugrichtung die ersten Farbverschiebungen messbar wurden, der einzige optische Beweis hoher Eigengeschwindigkeit.


»Warum muss man sterben?« In Quests Stimme bebte eine mühsam unterdrückte Wut. »Welchen *Sinn* hat das? Geboren werden. Aufwachsen. Alles ist mühsam, eine Qual. Man lernt und lernt, übt, trainiert, versucht zu verstehen, sich zurechtzufinden. Die ganze Jugend geht daran, allein sich selber zu verstehen, ein wenig zumindest. Die guten Jahre gehen daran, sich unter den anderen zu behaupten. Und wenn man etwas gelernt hat, etwas kann, ein bisschen angefangen hat, etwas vom Leben zu verstehen, endet es schon wieder, und alles, was man gelernt, erlebt, erfahren, verstanden hat, vergeht ohne eine Spur. Sag mir, was ergibt das für einen Sinn? Wozu das alles?«

»Jeder muss einmal sterben. Jeder Mensch, jedes Lebewesen. Es ist ein universelles Grundprinzip, dass alles, was entsteht, auch wieder vergehen muss. Sogar Planeten, Sonnen, Galaxien. Alles.«

»Aber *wozu?*« Quest drehte sich herum, griff nach ihrer Hand. »Ich akzeptiere das nicht, verstehst du? Es mag ein universelles Grundprinzip sein oder auch nicht, aber deswegen muss ich es nicht *gut* finden! Und ich finde es nicht gut. Ganz und gar nicht.«

Vileena lag neben ihm und betrachtete das glimmende Lichtspiel an der Decke, das den Schlafraum erhellte. Das Wummern der Triebwerke, die die MEGATAO seit Tagen durch die unbeschreibbare Dimension des Überlichtfluges jagten, war hier oben kaum zu hören. In den unteren Decks dröhnte es, dass die Leute sich schreiend verständigen mussten. Quest hatte Volllast angeordnet. So schnell wie möglich. Er hatte es eilig, und die Maschinen waren ihm egal.

»Die Lebenden müssen wieder Platz machen für die Ungeborenen«, sagte sie. »Die Alten müssen sterben, damit eine neue Generation entstehen kann. Nur so kann es Evolution geben, Entwicklung.«

Quest gab ein abfälliges Schnauben von sich. »Und wieso muss das so sein? Wieso muss eine neue Generation entstehen? Du sagst, damit es Entwicklung gibt. Aber was ist mit der Entwicklung des Einzelnen? Nimm einen Künstler wie Risuma Leke. Er hat Jahrzehnte gearbeitet an seinem Gesang, hat Lieder von unfassbarer Schönheit geschaffen – aber so wenige! Wie viele Jahre waren es denn, in denen man ihn erleben konnte? Fünf? Sechs? Und dann rascher Verfall, ein früher Tod – und Tausende von Versen, deren Melodien mit ihm dahingegangen sind. Wo ist da die Entwicklung? Ich sehe nur Verschwendung, vergeudete Mühsal, ein Universum, dem das einzelne Lebewesen abgrundtief gleichgültig ist.«

Vileena schwieg. Sie hätte ihm gerne widersprochen, aber was immer ihr einfiel, klang angelernt und einstudiert. Im Grunde wollte Quest keine Antworten von ihr; es genügte ihm, dass sie da war und seine Hand hielt. Das war alles, was je zwischen ihnen vorgefallen war. Die Gerüchteküche des Schiffs machte daraus eine heimliche Affäre, vermutete wilde Ausschweifungen und exzessiven Gebrauch jener Drogen, die nur den vornehmsten Kreisen der Edlen zugänglich waren. Sie kannte die Gerüchte, und manchmal wünschte sie sich, es wäre wenigstens ein wenig Wahres daran gewesen. Alten Bildern nach zu urteilen, musste Quest in seinen guten Zeiten, vor dem Überfall auf Toyokan, ein stattlicher Mann gewesen sein.

»Es tut mir leid, dass ich Dawill so heruntermachen musste«, sagte Quest leiser, versöhnlicher. »Ich wollte, er hätte das nicht getan. Einsicht zu verlangen! Keiner von den anderen hätte den Mut dazu gehabt, glaubst du nicht auch? Keiner. Deshalb ist Dawill so ein guter Verweser. Es ist eine Schande, dass man ihn nicht zum Kommandanten machen kann.«

»Du könntest beim Pantap ein gutes Wort für ihn einlegen. Vielleicht edelt er ihn.«

»Ein Wort einlegen? Du weißt genau, was der Pantap dann tun würde. Wahrscheinlich würde er seine Linie bis ins siebte Glied bannen, ihn selbst niedern und mich vom Hof jagen. Ganz bestimmt aber würde er Dawill nicht edeln.«

»Du kennst den Pantap besser. Ich habe ihn nur ein einziges Mal getroffen, bei meiner Einführung am Hof, kurz nach meiner Fraureife.«

»Der Pantap nimmt keine Ratschläge an, keine Empfehlungen, nichts, was auch nur entfernt danach aussieht, als wolle ihm jemand sagen, was er zu tun hat. Wenn man öfter am Hof verkehrt, lernt man schnell, seine Ideen für sich zu behalten und im Gespräch bei den Tatsachen zu bleiben. Keine schlechte Übung übrigens.«

»Bei Drohung der Ungnade? Na, vielen Dank.«

»Auf diese Weise ist dafür gesorgt, dass sich alle Mühe geben.«

Wieder senkte sich Schweigen herab. Ein hellerer Ton mischte sich in das weit entfernte Donnern, ein klagendes, pfeifendes Geräusch. Jemand hatte ihr einmal erklärt, wie das Gerät hieß, das dieses Geräusch machte, aber sie vergaß es immer wieder. Irgendwas mit Metaquanten. Es war jedenfalls der Ton, der die Rückkehr in den Normalraum verhieß. In einigen Gyr allerdings erst.

»Was, wenn doch herauskommt, dass du mich gedeckt hast?«, fragte Quest plötzlich. »Sie werden rasend sein vor Wut, weil sie mir nichts mehr anhaben können. Aber du ... Du kannst in Ungnade fallen. Geniedert werden sogar. Auf jeden Fall entzieht man dir die Schiffserlaubnis, womöglich sogar die Erlaubnis zu heilen.«

»Die Schiffserlaubnis werden sie mir nehmen, aber nicht die Heilerlaubnis.« Vileena überdachte ihre Vorbereitungen noch einmal. Quests Sorge wirkte ansteckend. »Nein. Wie sollen sie darauf kommen? Ich habe in meinem wissenschaftlichen Bericht festgehalten, dass du mir den Befehl des Pantap gezeigt hast und dass es darin heißt, dass der Pantap von deiner Krankheit weiß, du ihm aber versprochen hast, dein Möglichstes zu tun, diese Expedition zum Ziel zu führen. In meinem Tagebuch habe ich über mein Erlebnis geschrieben, zum ersten Mal im Leben einen Kommandantenbefehl zu sehen. Wer immer meine Unterlagen überprüft, wird zu dem Schluss kommen, dass du mich getäuscht hast.«

Quest atmete schwer. »Ja«, sagte er schließlich. Ein weiterer Atemzug, rasselnd, begleitet von einem ungut klingenden Pfeifen. »Da ist es wieder. Das Gefühl, dass Millionen Insekten über mich hinwegkrabbeln.«

»Schau mich an.« Vileena setzte sich auf, sah ihm ins Gesicht, suchte nach Asymmetrien darin, nach sich schief verziehenden Muskelpartien, und war erleichtert, nichts zu finden. »Siehst du mich klar? Oder verschwommen? Verschleiert?«

Er blinzelte. »Etwas verschwommen. Unscharf.«

Es konnte ein weiterer Schub sein. Dieselbe Krankheit, die sein Gewebe aufgedunsen und schwammig hatte werden lassen, zerstörte nach und nach die Nervenbahnen zwischen seinem Gehirn und seinem Körper auf eine Weise, gegen die alle Heilmittel wirkungslos waren. Noch waren es Missempfindungen, Schwierigkeiten beim Sprechen, Essen und Greifen und eine Veränderung der Schweißsekretion. Irgendwann aber würde er überhaupt nicht mehr schlucken, dann nicht mehr sprechen und schließlich nicht mehr atmen können, und dann würde er sterben. Auch wenn Quests Krankheit in ihren Einzelheiten einzigartig war, konnte man das voraussagen; dazu ähnelte sie weitgehend genug jener Krankheit, die man *Funukas Fluch* nannte. Vielleicht war es tatsächlich nur eine Variante. Vielleicht aber auch nicht. Quest hatte sich diese Krankheit mit hoher Wahrscheinlichkeit beim Überfall der Invasoren auf Toyokan zugezogen, was bedeuten konnte, dass es sich um Krankheitserreger aus einer anderen Galaxis handelte.

Wenn sie das beweisen konnte, würde man Quests Krankheit einmal *Vileenas Fluch* nennen.

Sie griff nach dem Injektor, zog drei Einheiten Sud Klar auf und spritzte sie in seine Halsvene. Dann beobachtete sie sein Gesicht, das hektische Flattern seiner Halsschlagader, das Zucken der Augäpfel unter den geschlossenen Lidern.

»Es wird besser«, flüsterte er.

»Gut.« Sie betrachtete ihn unverwandt weiter, dachte über die Untersuchung seiner Rückenmarksflüssigkeit nach, das eigenartige Bild, das die Zellen darin boten. »Den Planeten des Ursprungs – ist das nicht reichlich vermessen?«

»Für einen todkranken Mann?« Quest hustete. »Es ist völliger Wahnsinn.«

Der Pulsschlag an seinem Hals änderte sich, wurde langsamer und kräftiger. Es ging ihm tatsächlich besser. Die Phasen der Regeneration, die sich durch den fein aufeinander abgestimmten Einsatz von Sud Klar und Sud Blau immer wieder erreichen ließen, waren das Rätselhafteste an Quests Krankheit. Vielleicht morgen schon würde der Kommandant wieder in der Zentrale stehen, als sei nichts. Ein Ding der Unmöglichkeit, hätte er tatsächlich an Funukas Fluch gelitten.

»So viele haben den Planeten des Ursprungs schon gesucht«, sagte Vileena. »Und niemand hat ihn je gefunden. Waren die alle dümmer als du? Oder konnten sie ihn nicht finden, weil er nur eine Sage ist?«

»Ich habe alle Berichte gelesen, die es gibt. Keiner von ihnen hatte Zugriff auf das Archiv von Pashkan. Keiner von ihnen ist auch nur auf die Idee gekommen, Kontakt zu den alten Rassen aufzunehmen. Fast alle hatten eine bestimmte Lieblingslegende, der sie gefolgt sind, und die meisten haben sich unglaublich dämlich dabei angestellt. Doch«, meinte Quest und hustete wieder, »ich glaube tatsächlich, dass die alle dümmer waren als ich.«

»Aber du glaubst, dass es den Planeten des Ursprungs tatsächlich gibt. Dass er nicht nur eine Sage ist.«

»Es muss einen Planeten geben, auf dem alles Leben begonnen hat. Das ist eine wissenschaftliche Tatsache. Du kannst Kuton fragen, wenn du mir nicht glaubst.«

Vileena verzog unangenehm berührt das Gesicht. »Schon gut. Ich glaube dir.«

»Was allerdings sein kann«, räumte Quest ein, »ist, dass dieser Planet nichts von dem ist, was die Legenden behaupten. Dass er nur eine tote, kalte Steinkugel im All ist, verlassen und vergessen, einen erloschenen Stern umkreisend.«

»Und wie willst du dann feststellen, dass es einst der Planet des Ursprungs war?«

Quest holte tief Luft, atmete mit einem lang gezogenen, dünnen Seufzer wieder aus. »Wenn er nichts von dem ist, was die Legenden behaupten«, sagte er langsam, »dann muss ich nicht wissen, dass er es ist.«

Unter seinen Sohlen bebte der Boden. Unter seiner Haut bebten die Nerven. Dawill, Erster Verweser der MEGATAO, stand ganz vorn im Ausguck der Kommandozentrale, sah hinaus in das gestaltlose Nichts des Hyperraums und wartete auf den ersten Zwischenfall. Auf das erste Aggregat, das ausfiel. Auf den ersten Toten.

Es war Unsinn, und er wusste es. Die Wahrscheinlichkeit, dass etwas geschah, war außerhalb des Reichsgebietes nicht größer als sonst. Es war eine absolut irrationale Furcht, die ihn jedes Mal während der ersten Etappen einer Fernerkundung befiel. An Schlaf war nicht zu denken. Er würde hier stehen, hellwach, das Schiff unter seinen Füßen spürend, sich einbildend, jede Strebe und jeden Energieleiter zu fühlen, bis es irgendwann nachließ, nach der neunten Etappe vielleicht oder nach der zwanzigsten.

Insgesamt dreißig Etappen würden sie brauchen. Dies war die siebte. Das Schiff war in Hochform. Dass die Aggregate auf Volllast arbeiteten, war zwar außergewöhnlich, aber kein Problem.

Es war eine Erleichterung, sich im Anblick des Hyperraums zu verlieren, sich in der Betrachtung seiner schlierenden Muster zu vergessen. Wie grauer Schaum sah aus, was man zu sehen glaubte, eine körnige, turbulente, köchelnde Masse weißer Bläschen vor schwarzem Hintergrund, unsagbar weit entfernt. Manche Wissenschaftler sagten, dass man sich nur einbilde, etwas zu sehen. Andere behaupteten, jedes dieser unendlich vielen Bläschen in unendlicher Entfernung sei ein eigenes Universum, eines davon das, aus dem sie kamen. Aber wie konnte es sein, dass man jemals wieder dahin zurückfand? Man wusste so wenig über dieses Kontinuum, im Grunde nichts. Kein Messgerät lieferte Werte, kein Funkgerät empfing etwas außer der Störstrahlung des eigenen Schiffes. Alles, was man wusste, war, wie man es anstellen musste, sich durch den Hyperraum an weit

entfernte Orte zu bewegen – wie man Eintauchpunkte ausmachte, wie man sie anzufliegen hatte, welche Maschinen
erforderlich waren, den Sprung auszulösen. Doch schon die
einfache Frage, wozu eigentlich die Triebwerke im Hyperraum-
flug arbeiten mussten, war nicht zu beantworten. Es ging nicht
ohne, aber warum? Was bewirkten sie in einem Kontinuum, in
dem es keine Bewegung gab? Niemand hatte je eine Antwort
darauf gefunden.

»Verweser?«

Dawill drehte sich um. Der Zweite Pilot, der Edle Bleek, hatte
die Steuerung inne. Bleek war als Pilot so schlecht wie Muntak
gut war, aber für die anspruchslosen Hyperraumetappen reichte es. »Ja?«, fragte der stellvertretende Kommandant.

»Wiedereintritt in weniger als einem Gyr. Haben Sie besondere Anweisungen für die Orientierungsphase?«

Da war sie wieder, die Angst. Die Angst, dass etwas geschehen
könnte, was noch nie geschehen war.

Dawill schüttelte den Kopf. »Nein. Orientieren, so kurz wie
möglich, und sofort in die nächste Etappe. Wir haben es eilig.«

Bleek nickte nur. Er runzelte die dichten Augenbrauen,
deren Farbe ins dunkeloliv schimmerte, und sah dabei aus, als
könne er sich nur mühsam erinnern, wozu all die Schaltelemente an der Dyadenkonsole da waren. Ein erbärmlicher Gesichtsausdruck, von dem sich Dawill schaudernd abwandte.


Vileena erwachte mit einem Schrei, saß dann schweißnass im
Bett und versuchte sich zu erinnern. Nichts. Fallen und
Schmerz und schreckliche Dunkelheit, das war alles, was geblieben war. Und ein wie rasend schlagendes Herz, das sich kaum
beruhigen wollte.

Was nun? Sie hatte das Gefühl, unbedingt etwas tun zu müssen, jetzt, sofort. Sie tastete nach dem Schalter für das Licht,

drehte es heller. Das Gesicht ihres Vaters sah von dem großen Sandbild herab, die Augen noch kritischer als sonst – oder bildete sie sich das nur ein? Sie hielt die Hand auf die Brust gepresst, fühlte das Schlagen ihres panischen Herzens und hätte gern gewusst, warum. Ob sie einen der anderen Heiler herbitten sollte, ihr den Puls zu fühlen? Sie zog den Kommunikator heran, legte ihn wieder beiseite. Das war übertrieben. Sie konnte es erst einmal mit ein paar Schluck Trank Schwarz versuchen. Gleich, wenn sie wieder Luft bekam.

Da erst nahm sie die Stimmen wahr, draußen im Gang, das Getrappel von Schritten, die Unruhe, die um sie herum herrschte. Und die Triebwerke waren nicht mehr zu hören! Was bedeutete, dass sie entweder ausgeschaltet waren oder wenigstens auf Mindestfahrt reduziert.

Es musste etwas geschehen sein. Etwas Unvorhergesehenes.

Sie warf die Decke beiseite, sprang aus dem Bett und eilte zur Tür, wie sie war. Dann hielt sie inne. Nein, so konnte sie nicht hinaus, nur im Nachtschleier. Wenn Alarm gewesen wäre, vielleicht schon, aber so …

Sie zog ein Langhemd aus dem Schrank, schlüpfte hinein, kontrollierte den Anblick, den sie bot, im Spiegel. Das war den Männern schon eher zuzumuten. Bis auf Muntak vielleicht, dem man diverse Mätressen auf den unteren Decks nachsagte, waren sie seit Jahren mit keiner Frau mehr zusammen gewesen und entsprechend empfindlich.

Als sie die Tür öffnete und hinauslugte, lag der Mittelgang leer und verlassen. Von vorn aus der Zentrale waren Stimmen zu hören.

Sie zögerte. Auf einmal kam sie sich auch mit dem Langhemd unvollständig bekleidet vor. Vielleicht zog sie besser noch eine der unförmigen Schlupfhosen drüber, die sie normalerweise nur in ihrer Kabine trug.

Endlich erreichte sie die Zentrale. Mit Ausnahme Quests

waren alle Mitglieder des Führungsstabes versammelt. Sie standen um die Kommunikationsdyade herum und starrten auf einen Bildschirm, auf dem zwei helle Linien zuckten.

»Was ist los?«, wollte Vileena wissen und raffte unwillkürlich ihr Hemd über der Brust zusammen.

Der Zweite Kommunikator Ogur wandte sich ihr zu. »Wir empfangen Funksignale«, sagte er. »Menschlichen Ursprungs, wie es scheint.«

# Das Wrack

# 1

Quest stand in der Zentrale wie ein Berg. Peitschengleich schleuderte er Kommandos heraus, forderte Berichte, verlangte Auskünfte. Köpfe duckten sich, Finger huschten über Tasten und Schalter, Blicke wurden gesenkt.

»Wir glauben, dass wir den Code identifiziert haben, Erhabener Kommandant«, erklärte Dawill und reichte Quest einen Ausdruck der Analyse. »Unseren Aufzeichnungen zufolge handelt es sich um einen alten republikanischen Schlüssel. Und es scheint ein Notruf zu sein.«

»Ein republikanischer Code?« Quest nahm das Blatt in Augenschein. »Das heißt, das zugehörige Schiff wäre mindestens dreihundertsechzig Jahre alt. Existiert wahrscheinlich längst nicht mehr.«

»Das ist möglich, Erhabener. Aber genauso ist es möglich, dass es noch existiert.«

»Was schlagen Sie vor?«

»Eine kurze Etappe in Richtung auf das Signal, leicht schräg dazu, um über eine zweite Peilrichtung die genaue Position des Senders zu bestimmen. Dann Annäherung und Kontaktaufnahme.«

»Ist Ihnen klar, wie lange uns das aufhalten wird?«, schnappte Quest.

Dawill nickte. Ein Raumschiff über eine solche Distanz mit Hyperraumetappen anzufliegen war ungefähr, als wolle man einer Zwergmücke aus tausend Schritt Entfernung den linken Flügel abschießen. »Es entspräche den Vorschriften«, erwiderte er nur.

121

»Den Vorschriften, ja. Aber sind die Vorschriften auch auf dreihundertsechzig oder mehr Jahre alte Raumschiffe der alten Republik anzuwenden? Was wollen wir dort finden? Schrott, weiter nichts.«

»Meines Wissens«, beharrte Dawill, »verfügten viele Schiffe dieser Zeit über Kühlschlafkammern. Die Besatzung könnte noch am Leben sein.«

Quest gab ein grollendes Geräusch von sich, warf ihm unter den schweren Augenlidern hervor einen forschenden Blick zu. »Sagen Sie mir eins, Dawill – kommt Ihnen das nicht verdammt seltsam vor? Wir kommen aus dem Hyperraum, irgendwo in dieser riesigen Galaxis, und was empfangen wir? Einen Notruf. Ein ganz normales, einfach lichtschnell dahinkriechendes Funksignal. Den Notruf eines Raumschiffes, das vor fast vierhundert Jahren havariert ist. Kommen Sie, Dawill – das ist doch kein Zufall mehr. Das ist eine Falle. Irgendetwas stinkt an dieser Sache. So viel Zufall gibt es überhaupt nicht.«

Es war mit einem Mal sehr still in der Zentrale. Dawill sah sich um, sah alle Augen auf sich gerichtet. Er suchte den Blick Tennant Kutons, aber der Leiter der Wissenschaftler starrte betreten zu Boden.

»Verzeiht mir, Ehrwürdiger Kommandant«, begann Dawill und spürte seinen Unterkiefer und seine Zunge schwer werden, als hätten die beiden beschlossen zu meutern, »aber wir glauben ... *ich* glaube, dass wir diesen Einwand bereits entkräftet haben. Ich hatte einen ähnlichen Verdacht und habe, ähm, einige der Wissenschaftler diesbezüglich befragt. Was sie sagen, ist, dass tatsächlich nicht so viel Zufall im Spiel ist, wie es scheint.«

Er fühlte den Blick des Kommandanten auf sich ruhen. Eine ganze Weile geschah nichts, dann fragte Quest überraschend ruhig: »Kann man das auf eine Weise erklären, dass ich es auch verstehe?«

»Die Argumentation geht dahin«, beeilte sich Dawill zu erläutern, »dass es sich zwar um einfach lichtschnelle Funksignale handelt, sie aber offensichtlich seit über dreihundertsechzig Jahren ausgestrahlt werden. Das heißt, der Bereich, in dem sie zu empfangen sind, ist mittlerweile größer als eine mittlere Clanschaft.«

Der Kommandant nickte missmutig. »Ich verstehe.« Sein Blick wanderte zu den Sichtscheiben, hinaus in die Schwärze des Alls. Die meisten Händler entrichteten einer Clanschaft lieber Wegezoll, als das Gebiet zu umfliegen. Was Kuton ihnen vorgerechnet hatte, war, dass das Ziel nicht so klein gewesen war, wie man zuerst zu denken geneigt war. Wenn das republikanische Schiff damals auch nur annähernd auf ihrem heutigen Kurs geflogen war, dann hatte tatsächlich nur eine Chance von zwölf zu eins bestanden, den Notruf zu verpassen.

»Also gut«, erklärte Quest schließlich, nun wieder mit einer Stimme, die durch die Luft schnitt wie Klingenstahl, »wir orten das havarierte Schiff und bringen es auf. Verweser Dawill, Sie kommandieren die Annäherung. Verständigen Sie mich, ehe wir längsseits gehen.« Er zögerte, schien noch etwas sagen zu wollen, aber es wollte ihm nicht recht über die Lippen gehen. Schließlich ließ er es, verzog unwirsch das Gesicht und meinte lediglich: »Und wenn sich etwas Ungewöhnliches ergeben sollte, verständigen Sie mich natürlich auch.«

Damit ging er. Als sich die Tür zum Oberdeck hinter ihm schloss, war es, als verändere sich der Luftdruck in der Zentrale. Alles atmete auf, verstohlen natürlich.

»Erster Pilot?«, übernahm Dawill das Kommando, immer noch erleichtert, dass er mit seinen Widerworten diesmal glimpflich davongekommen war.

»Verweser«, nickte Muntak mit kaltem Blick.

»Wir fliegen die erste Etappe wie besprochen«, ordnete Dawill an. »Euer Schiff, Erster Pilot.«

Die Annäherung dauerte fast zwei Tage. Der erste Sprung und die anschließende Peilung bestimmten die Position des Senders. Die nachfolgenden Sprünge waren kürzer, zum Schluss kaum mehr wahrnehmbar, abgesehen von den normalen medizinischen Effekten, aber für jeden Sprung musste ein Eintauchpunkt gefunden, der richtige Anflugkurs berechnet und beschleunigt werden. Eine zermürbende Prozedur, zermürbend für Mannschaft und Material. In den unteren Decks wurde viel geflucht, wenn die Maschinen aufheulten und jeder sich innerlich anspannte für eine Etappe von nicht einmal einer Sekunde Dauer.

Und nach jedem Sprung die spannende Frage: Waren die Notrufe noch zu empfangen? Oder hatte das Raumschiff irgendwann aufgehört zu senden?

»Restdistanz dreitausend Spannen«, verkündete der Edle Iostera schließlich. Allgemeines Aufatmen. Das waren nur noch ein paar Gyr direkten Fluges. »Wir können bereits die Signatur des Reaktors anmessen.«

»Es existiert also tatsächlich noch«, stellte Kuton fest und studierte die Signatur, blendete verschiedene Aufzeichnungen aus der Datenbank darüber und nickte bedächtig dazu.

»Und?«, wollte Dawill wissen. Er hatte den Historiker in die Zentrale beordert, als sich abzuzeichnen begann, dass das havarierte Raumschiff die lange Zeit tatsächlich überstanden zu haben schien.

»Vermutlich ist es eine Rigg«, sagte der Tennant. »Das war ein relativ kleiner Schiffstyp, wie ihn damals auch wohlhabende Privatleute besaßen. Ungefähr so groß wie eines unserer Beiboote, mit zehn bis zwölf Kopf Besatzung.«

»Und Kühlschlafkammern?«

»Im Allgemeinen, ja.«

Der Erste Maschinenführer Grenne beugte sich über die Schirme der Raumüberwachungsdyade. »Der Amplitude nach ist der

Reaktor voll funktionsfähig. Die Systeme des Schiffs könnten also noch in Betrieb sein. Bloß die Überlagerungen im Hyperspektrum fehlen.«

»Alles klar«, warf Muntak ein. »Das heißt, es hat ihnen den Hyperkonverter zerblasen.«

»Sieht so aus«, nickte Grenne.

Tennant Kuton wiegte unschlüssig den Kopf. »Ich weiß nicht. Ich habe meine Zweifel, dass noch jemand an Bord lebt. Vierhundert Jahre ist eine lange Zeit für die damalige Technik.«

»Das werden wir uns einfach ansehen«, entschied Dawill. Nach dem mühevollen Annäherungsmanöver gab es dazu ohnehin keine Alternative. Er tastete eine Sprechverbindung zu den Mannschaften. »Räumen Sie den oberen Hangar und halten Sie sich bereit, ein havariertes Raumschiff an Bord zu holen. Alle Mann in Raumanzüge, sicherheitsverleint. Katapulte mit Fangleinen und Magnethaken aufbauen. Volle Messausrüstung, Überprüfung auf Strahlung, Gifte und Verkeimung. Alle Sicherheitsmaßnahmen der höchsten Alarmstufe einhalten.« Er hielt inne. Nun fühlte er doch eine innere Anspannung, als seien sie dabei, das leibhaftige Unheil an Bord zu holen. »Und Rückmeldung bei Vollzug der Vorbereitungen!«, fügte er hinzu.

Er wandte sich an Muntak. »Erster Pilot, wann werden wir das Ziel erreicht haben?«

»In viereinhalb Gyr, Verweser.«

»Danke. Erster Kommunikator, verständigen Sie den Kommandanten.«


Sie verfolgten die Annäherung von der Zentrale aus. Die Scheinwerfer rissen das havarierte Schiff aus der Dunkelheit des Alls, die auflodernden Partikelstrahlen der immer wieder feuernden Steuertriebwerke zauberten unheimliche, zitternde

Schatten darauf. Das Tor des oberen Hangars war geöffnet, klaffte wie ein schwarzer Schlund auf der dunklen Oberseite der MEGATAO, und Männer in Raumanzügen, klein wie Kinderpuppen, hielten die Fangkatapulte bereit, um das Wrack schließlich einzuholen.

»Es ist tatsächlich eine Rigg«, stellte Kuton zufrieden fest.

»Elegantes Schiff«, meinte der Erste Navigator Felmori anerkennend. »Was sie wohl hier draußen gewollt haben?«

»Mit etwas Glück können wir sie das bald selber fragen«, sagte Dawill.

Die Rigg drehte sich langsam um ihre Längsachse, und sie glich eher einem schlanken, stählernen Tier als einer Maschine. An einer Stelle war ihr Leib aufgerissen, enthüllte die Beleuchtung zerfetztes Metall und verbogene Streben. Der Position nach musste es tatsächlich der Hyperkonverter gewesen sein, der da explodiert war. Damit war dem Schiff der Weg in den Hyperraum versperrt gewesen, und es hatte auch keine überlichtschnellen Funksprüche mehr senden können. Der Albtraum eines jeden Raumfahrers hatte diese Leute ereilt.

Eine Biosonde wurde abgefeuert. Auf einem silbrig glimmenden Triebwerksstrahl glitt sie auf das Wrack zu, entfaltete unterwegs elegant ihre Federarme und landete geschmeidig auf der Hülle. Im Licht der Scheinwerfer sah man sie umherwuseln. Kurz darauf kam die Meldung aus dem Hangar, dass keine Kontamination vorlag.

»Danke«, erwiderte Dawill. »Fangleinen frei. Holen Sie es an Bord.«

Als er die Sprechverbindung unterbrach, ließ ihn ein Geräusch in seinem Rücken den Kopf wenden. Er sah, dass Quest die Zentrale betreten hatte. Er stand im Hintergrund, halb im Schatten, ohne ein Wort und ohne eine Regung, und beobachtete das Geschehen mit dunkler Miene.

Die Fangleinen zuckten aus dem dunklen Viereck des Hangars, nur für Momente aufblitzend wie lange Spinnweben. Die Rigg setzte sich in Bewegung, lautlos, und kam näher. Ein großes Tier, das ein kleines Tier fraß – so sah es aus, als der schimmernde Körper des Schiffs in die gähnende Öffnung sank. Die Stelle, an der der Hyperkonverter explodiert war, sah im Licht der Scheinwerfer aus wie eine klaffende Wunde. Die Männer in den Raumanzügen brachten sich in Sicherheit, als die Gravitation im Hangar abgeschaltet wurde für die Landung, und der Moment, als die Masse des fremden Wracks die MEGATAO berührte und in ihrer Bewegung gestoppt wurde, war im ganzen Schiff zu spüren wie ein Beben. Dann fuhren die Flügel des Hangartors wieder zu, langsam und unaufhaltsam, ein sich schließendes Maul.

»Unbekanntes Wrack hat aufgesetzt, ist vertäut und gesichert«, kam kurz darauf die Vollzugsmeldung aus dem Hangar. »Hangartore sind geschlossen, Bordschwerkraft ist wieder aktiv, Belüftung des Hangars läuft.«

»Danke«, sagte der Erste Verweser. »Sind irgendwelche Veränderungen in dem Schiff anzumessen? Energieverbrauch, Aktivierung von Geräten oder dergleichen?«

»Nein. Der Energiefluss ist unverändert. Wir . . . Moment, ich sehe da gerade etwas . . . « Die Stimme verschwand, im Hintergrund wurde getuschelt. »Erster Verweser? Die Sensoren der Vertäuung melden geringfügige Schwerpunktverlagerungen.«

»Was heißt das?«

Hörbares Zögern. »Es könnte bedeuten, dass im Inneren des Schiffes jemand umhergeht.«

Dawill sah alarmiert hoch, begegnete dem Blick Kutons, der ebenfalls aufgehorcht hatte. Also doch. Es lebte noch jemand an Bord der uralten Rigg. Dawill wandte sich um, um den Kommandanten vom Stand der Dinge zu unterrichten und seine Befehle einzuholen, aber der Platz, an dem Quest gerade eben noch gestanden hatte, war leer. Er war unbemerkt wieder gegangen.

127

»Höchste Alarmstufe im Hangarbereich beibehalten«, ordnete der Erste Verweser an. »Abschirmung. Notausstoßung vorbereiten. Falls der Energieverbrauch auf Kampfwerte ansteigen sollte, werfen Sie das Ding sofort raus, auch ohne meinen ausdrücklichen Befehl, klar?« Das würde sie die Hangartore kosten, aber sie durften kein Risiko eingehen. »Tennant Kuton und ich kommen zu Ihnen hinunter.«

»Ich habe gehört und folge, Verweser.«

Dawill sah Muntak an. »Erster Pilot, Ihr habt das Kommando.«

Der Edle nickte nur hochmütig, ohne den Befehl in der üblichen Form zu bestätigen, aber Dawill hatte jetzt weder die Lust noch die Zeit, sich damit aufzuhalten.


Der Hangar war leer bis auf das Wrack, das auf den rasch untergebauten Abstützungen ruhte, vertäut und verkabelt, wie ein großer, matt schimmernder Fisch aus schwarzem Stahl, der sich in einem Netz verfangen hatte. Über den Wänden lag das irisierende Schimmern der Abschirmungen, die die MEGATAO vor einer Explosion oder einem plötzlichen Energiewaffenangriff schützen sollten.

»Eine Rigg ist nicht bewaffnet«, erklärte Tennant Kuton. Sie standen im Kontrollraum und betrachteten den Hangar durch eine Scheibe aus einseitig durchsichtigem Glas. »Es handelte sich um einen Raumschiffstyp, den jeder Bürger erwerben und benutzen durfte. Bürger waren damals ungefähr das, was heute Freie sind.«

»Nicht bewaffnet, so. Dann sag mir doch mal, wofür du das dort halten würdest?« Dawill deutete auf ein tiefschwarzes, offenbar beweglich angebrachtes Rohr an der Vorderseite, das mit seinen Kühlrippen und Magnetrillen bedenklich an einen Plasmawerfer erinnerte.

»Au«, sagte der Tennant und verzog das Gesicht.

»Wir könnten das vorsichtshalber zerstören«, schlug der Hangarverweser vor, ein untersetzter Mann, der seine rostbraunen Haare zu einem Knoten zusammengesteckt hatte in der Art der Leute von Windwelt. »Ich habe Schützen bereitstehen . . .«

»Warten Sie noch«, meinte Dawill und überlegte. Immerhin bewegte sich das Ding nicht, und der Energiepegel entsprach in etwa dem Verbrauch der Lebenserhaltungssysteme und der Gravitationsprojektoren. »Was ist mit dem Funkgerät?«

»Sendet immer noch«, sagte der Hangarverweser. »Unverändert.«

»Seltsam, oder? Ich meine, wenn da drin jemand am Leben ist – warum schalten sie es nicht ab?«

Kuton wiegte das Haupt. »Dafür kann es alle möglichen Gründe geben. Vielleicht sind sie noch zu desorientiert, um daran zu denken. Vierhundert Jahre im Kälteschlaf . . . Stell dir das mal vor. Die müssen sich fühlen wie durch den Fleischwolf gedreht. Oder es ist ein automatisch arbeitendes Notsystem, und sie können es nicht abschalten. Oder sonst irgendwas.«

Dawill starrte die Rigg an. Abgesehen von der geborstenen Stelle am Rücken sah das kleine Schiff kraftvoll und elegant aus, wie geschaffen dafür, von Stern zu Stern durch den Leerraum zu schnellen. Er hatte nicht gewusst, dass die alte Republik so beeindruckende Raumschiffe gebaut hatte. »Sie müssen sich fragen, was mit ihnen geschehen ist«, überlegte er halblaut. »Oder? Der Annäherungsmelder hat Alarm gegeben und eine Aufweckprozedur der Kühlkammern eingeleitet, stelle ich mir vor. Sie sind zu sich gekommen und haben versucht, herauszufinden, was los ist. Und dann haben sie uns gesehen – ein riesiges Schiff, dessen Typ ihnen völlig unbekannt sein muss.«

»Das habe ich mir noch gar nicht überlegt«, gestand Kuton. »Sie wissen nicht einmal, ob sie es mit Menschen zu tun haben.« Er betrachtete den Hangar rings um das Schiff. Die Architektur

129

war definitiv anders als vor vierhundert Jahren. Die Hälfte der Geräte, die man von dem Wrack aus sehen konnte, waren erst nach dessen Unfall entwickelt worden. »Vielleicht sollten wir einen Roboter reinschicken mit einem großen Plakat, auf das wir einen Willkommensgruß schreiben.«

Dawill nickte. »Ja, so was in der Art.«

Der Kommunikator gab ein Signal von sich. Es war Vileena mit einer Nachricht für den Ersten Verweser. »Der Kommandant möchte gerne wissen, wie der Stand der Dinge ist, was das geborgene Wrack anbelangt. Und er will wissen, wann wir unseren Flug endlich fortsetzen.«

Dawill gab ihr eine knappe Zusammenfassung. »Solange die Ausstiegsschleuse geschlossen ist und wir nicht wissen, was an Bord tatsächlich los ist, will ich die Möglichkeit haben, das Ding jederzeit zurück in den Raum zu blasen«, fügte er dann hinzu. »Aber in der Beschleunigungsphase könnte eine Notausstoßung die Kommandozentrale beschädigen. Und während eines Sprungs ginge es überhaupt nicht.« Unnötig, ihr das überhaupt zu sagen. »Also gebt uns noch etwas Zeit.«

»Der Kommandant ist sehr ungeduldig«, sagte Vileena, und so, wie sie es sagte, mit dieser sanften Heilerstimme, klang es auf verwirrende Weise überzeugend und unglaubwürdig zugleich. »Was immer Sie vorhaben, tun Sie es schnell, Verweser.«

»Ja, Edle Vileena«, nickte Dawill.

Sie sagte nichts mehr, schaltete nur ab.

Der Hangarverweser räusperte sich. »Ich habe einen Roboter mit Werkzeug bestücken lassen, Plasmabrenner, Magnethaken, Koramantbohrer und so weiter … Wir könnten ihn hineinschicken und die Schleuse aufbrechen lassen.«

Dawill rieb sich den Hals mit der flachen Hand, während er nachdachte. »Nein. Wir sind ihre Retter, nicht wahr? Keine Piraten.«

»Aber es wäre der sicherste Weg, die Schleuse aufzubekommen«, wandte Kuton ein.

»Meinst du? Genauso gut könnten wir damit eine bewaffnete Verteidigung provozieren. Stell dir nur vor, sie fragen sich gerade, bei wem sie gelandet sind und was wir mit ihnen vorhaben ... Nein, lasst uns einfach hineingehen, sodass sie uns sehen können. Wenn sie die Schleuse dann immer noch nicht aufmachen, schicken wir den Roboter.«

Kuton schluckte. »Einfach hineingehen?«

»Schicken Sie einen Biosensor in den Hangar«, befahl Dawill dem Hangarverweser. »Die Quarantäne bleibt bestehen, der Sensor soll unablässig auf Erreger und Gifte prüfen, sobald sich die Schleuse öffnet. Die Schützen sollen in Position gehen. Sind die Heiler benachrichtigt?«

»Heiler Uboron ist da, zusammen mit seinem Assistenten. Heiler Karsdaro ist benachrichtigt.«

»Gut. Komm, Tennant!«


Sie betraten den Hangar durch die Schleuse, nicht weil ein Druckausgleich erforderlich gewesen wäre, sondern weil nur hier die Einrichtungen bestanden, eine Feldlücke in der Abschirmung zu erzeugen. Dawill wurde ein wenig mulmig, als er ziemlich genau in die beiden Triebwerke der Rigg blickte. Schon ein kurzer Schubstoß hätte sie in einem Augenblick zu Asche zerblasen. Zu weniger als Asche – keines ihrer Atome wäre heil geblieben.

Aber nichts rührte sich. Wenn man genau hinblickte, sah man, dass der innere Ausstoßring des Triebwerks angelaufen war, ein sicheres Zeichen, dass es schon lange Zeit nicht mehr benutzt worden war. Wahrscheinlich würde es ohne weiteres überhaupt nicht mehr anspringen, nicht ohne dass vorher jemand die Ausstoßringe wieder auf Hochglanz poliert hatte.

Eine einigermaßen beruhigende Überlegung, dennoch machte Dawill, dass er aus dem unmittelbaren Strahlbereich der Triebwerke herauskam.

Aus der Nähe und aus dieser tiefen Perspektive sah die Rigg aus wie ein dunkles Untier, das die Fangleinen und Magnettrossen mühsam gebändigt hielten. Von hier unten sah man auch, was man vom Kontrollraum aus nicht gesehen hatte: Dass hinter den kleinen Sichtluken Licht brannte, und eines dieser Lichter verdunkelte sich für einen Moment, als wäre jemand vor die Luke getreten und hätte hinausgeblickt.

»Hast du das gesehen?«, raunte Kuton ihm nervös zu.

Dawill nickte. »Ja. Sie sind wach.« Er behielt den Plasmawerfer im Blick. Der zumindest rührte sich nicht.

Die Hülle schimmerte matt – ein Schimmer, der, wie man aus der Nähe sah, davon herrührte, dass die Oberfläche von Myriaden winziger, mit hoher Geschwindigkeit auftreffender Partikel zerkratzt worden war. Natürlich, sie waren vierhundert Jahre lang ohne energetische Abschirmung dem Leerraum ausgesetzt gewesen. Und da hatte sich gezeigt, dass der Leerraum in Wirklichkeit alles andere als leer war.

»Und jetzt?«, fragte Kuton, als sie unterhalb der Ausstiegsluke standen und abwartend zu dem Schiff hochsahen.

»Jetzt warten wir ein halbes Gyr«, sagte Dawill ruhig und hob die Hand zu einem Gruß an einen möglichen Beobachter aus dem Innern der Rigg. »Wenn die Schleuse dann immer noch zu ist – und wir immer noch leben –, dann gehen wir wieder und schicken den Roboter mit dem Koramantbohrer.«

Kuton zog den Kopf zwischen die Schultern. »Ich kann es kaum erwarten.«

Sie hatten sich umsonst Sorgen gemacht. Sie hatten noch nicht einmal angefangen, ungeduldig zu werden, da ertönten über ihnen, vom Ausstieg her, dumpfe Schläge, die sie zwar zusammenzucken ließen, sich aber ganz so anhörten, als versuche jemand einen lange unbenutzt gebliebenen Mechanismus wieder in Betrieb zu nehmen.

»Aha«, sagte Dawill.

Eine Weile war es still bis auf ein merkwürdiges Schaben und Scharren, dann folgten wieder einige Schläge, lauter diesmal, sodass sie durch den ganzen Hangar hallten. Endlich hörte man einen Motor summen, und aus einer Öffnung unterhalb des Schotts schob sich langsam eine Rampe herab, ein schmaler Metallsteg mit dunkelgrüner, offenbar angerauter Lauffläche. Die Rampe war auf ganz erstaunliche Weise beweglich, und einen Moment kam sie Dawill vor wie die Zunge eines riesigen Tiers, bis sie schließlich genau vor ihnen auf dem Boden aufsetzte und das summende Geräusch erstarb.

Stille. Dawill und Kuton sahen einander an. Hinter dem Ausstieg begann etwas zu quietschen, aber nichts rührte sich. Das äußere Schott der Schleuse war von einem klobigen, eckigen Wulst umgeben, der auf den ersten Blick aussah wie ein primitives Schmiedeteil. Doch nun huschten seltsame Leuchtanzeigen darüber, die aus dem Inneren des Metalls hervorzuwachsen und wieder darin zu verschwinden schienen, ein eigenartiger, faszinierender Effekt, wie sie ihn noch nie gesehen hatten.

»Vielleicht«, überlegte Kuton halblaut, »können sie sich aus eigener Kraft gar nicht befreien. Womöglich warten sie darauf, dass wir ihnen zu Hilfe kommen.«

Dawill dachte an Quests Ungeduld, den Flug wie geplant fortzusetzen. »Wir warten noch. Das sollen sie uns zu verstehen geben.«

»Und wie? Mit Klopfzeichen?«

»Zum Beispiel.«

Ein pfeifendes Geräusch wie von schlagartig entweichendem Überdruck ließ sie hochblicken. Innerhalb des Wulstes war eine helle Linie aufgetaucht. Die Linie wurde zu einem schmalen Streifen, der sich langsam und ruckweise verbreiterte.

Dahinter wartete, schattenhaft und undeutlich zu sehen, eine menschliche Gestalt.

»Na also«, murmelte Dawill befriedigt.

Kuton warf einen Blick auf seinen Kommunikator, der ihm die Daten des Biosensors übertrug. Seinem Gesichtsausdruck nach war nichts daran Besorgnis erregend. Keine uralten Seuchen, die aus dem Spalt hervorströmten, keine fremden Lebensformen, keine unerklärlichen Emanationen.

Der Mann, der nach und nach hinter dem Außenschott zum Vorschein kam, war hager und trug schwarze Kleidung, fast wie jene, die den Lehrern des Infanten vorbehalten war. Doch auf den zweiten Blick sah man, dass die Einzelheiten nicht stimmten, dass es einfach schwarze Kleidung war. Seine Haare hatten ebenfalls einen dunklen Farbton und waren schlecht geschnitten. Aus einem schmalen, wächsernen Gesicht blickten schwarze Augen wachsam umher. Er betrachtete die beiden Männer, die vor dem unteren Ende der Rampe standen, und trat dann mit einer geschmeidigen Bewegung über den Rand der Einfassung. Überraschend geschmeidig für jemanden, der gerade aus einem mehrere Jahrhunderte dauernden Kälteschlaf erwacht sein musste.

Er kam langsam die Rampe herab, blieb aber dann auf halber Höhe stehen, als traue er sich nicht näher.

Dawill hob noch einmal die Hand zum Gruß. »Willkommen an Bord der MEGATAO. Ich bin der stellvertretende Kommandant Dawill, und mein Begleiter ist der Leiter des Wissenschaftlichen Stabes, Tennant Kuton.« Er senkte die Hand wieder. »Wie ist Ihr Name?«

Der Mann bewegte die Lippen, leckte sich mit der Zunge darüber, schluckte wie jemand, der sehr lange Zeit kein Wort gesprochen hatte und sich erst wieder in Erinnerung rufen musste, wie das Sprechen überhaupt ging. »Smeeth«, brachte er schließlich hervor. »Mein Name ist Smeeth.«

Seine Stimme klang dünn, wie Draht, den jemand über die Kante einer Glasplatte zog. Die Art und Weise, wie er die Worte artikulierte, wirkte fremdartig – rau und gestelzt. Hatte man früher so gesprochen? Dawill warf Kuton einen raschen Blick zu. Der Historiker schien nicht verwundert.

»Willkommen an Bord, Smeeth«, wiederholte der Erste Verweser und machte eine Handbewegung, von der er hoffte, dass der Mann sie als einladend interpretieren würde. »Wir haben Ihren Notruf aufgefangen und Sie schließlich im Raum treibend gefunden. Was ist geschehen?«

»Wir hatten eine Havarie. Unser Hyperkonverter ist detoniert.«

»Warum?«

»Ich weiß es nicht.« Der düstere Mann, der sich Smeeth nannte, blickte sich um, musterte die Wände des Hangars, die Tankeinrichtungen, Abschirmprojektoren, Sensoren und Fangleinenwerfer. »Welches Jahr schreiben wir?«

»Das Jahr 34 der Regentschaft des 191. Pantap«, sagte Dawill.

»Nach der Zeitrechnung der Republik«, fügte Kuton hinzu, »wäre dies das Jahr 18012.«

Smeeth stand reglos. Man hätte den Eindruck haben können, dass er nichts davon gehört hatte, aber vielleicht war er auch mit Berechnungen beschäftigt. »397 Jahre«, sagte er schließlich. »Es ist 397 Jahre her.«

Das entsprach den Berechnungen und Schätzungen, die sie angestellt hatten. Dawills Blick musterte noch einmal das Schiff, ein Sendbote aus einer fernen Vergangenheit. »Darf ich fragen, wie viele Besatzungsmitglieder überlebt haben?«

Smeeth sah ihn an, aus Augen, die leer zu sein schienen. Es war ein Blick, der Dawill bis auf den Grund seiner Seele erschreckte, ohne dass er hätte sagen können, warum.

»Niemand sonst«, sagte Smeeth. »Ich bin der Einzige. Alle anderen sind tot.«

Zwei Bewaffnete begleiteten sie, die Gewehre im Anschlag, als lauerten überall Feinde. In den Räumen und Gängen der Rigg hing ein eigenartiger Geruch, ranzig, an manchen Stellen beinahe beißend, ein Geruch nach Urin, nach Schweiß, nach Ozon und Metall und nach Gewürzen fremder Welten. Heiler Uboron, ein großer, muskulöser Mann mit schaufelartigen Händen, war der Einzige, der nicht die Nase rümpfte.

Eine der Kälteschlafkammern stand offen, weiße Schwaden abdampfender Kälte verströmend. Smeeth blieb zurück, als sie den Raum betraten. Die Kammern waren in zwei Reihen angeordnet, sechs auf jeder Seite eines schmalen Gangs mit einem Boden aus Gitterrost. Die ersten beiden Kammern waren leer, niemals in Betrieb gewesen, die gläsernen Türen klar und durchsichtig. Die Abdeckungen der übrigen Kammern waren von der Kälte von innen beschlagen, aber nicht so sehr, dass man nicht das makabre Grinsen der vertrockneten, mumifizierten Schädel dahinter gesehen hätte.

# 2

In den Händen des Heilers sahen die Instrumente klein aus, wie Spielzeug. »Er ist epidemologisch ohne Befund«, sagte Uboron halblaut zu Dawill, während er alles wieder in seiner Umhängetasche verstaute. »Keine Gefahr, ihn an Bord zu lassen.«

»Wäre es nicht angebracht, ihn auch sonst zu untersuchen?«, fragte Dawill. »Ich meine, er hat vierhundert Jahre in dieser Kältekammer überstanden, als Einziger . . .«

»Ja. Aber ich denke, das soll die Erste Heilerin machen.«

»Wieso das?«

Uboron blickte sich kurz nach dem Mann aus der Vergangenheit um, der wie eine verirrte Gestalt mitten im Hangar stand und das geborgene Schiff betrachtete, als habe er es noch nie gesehen. »Er ist der Kommandant des Schiffes«, sagte der Heiler. »Gemäß Zeremoniell ist er damit ein Edler.«

»Aber er stammt noch aus der Republik. Damals gab es keine Edlen.«

Der Heiler wich seinem Blick aus. »Wie gesagt, ich denke, die Erste Heilerin sollte das übernehmen.«

Dawill musterte den Hünen nachdenklich. Ob der Heiler ahnte, welchen Stich ihm das versetzte? Ganz bestimmt ahnte er das. »Na gut«, sagte er. »Benachrichtigen Sie sie.«

Uboron nickte erleichtert. »Ich habe gehört, Erster Verweser, und folge.«

»Ja, ja.« Dawill ließ ihn stehen und ging quer durch den Hangar hinüber zu dem Mann in Schwarz. Noch immer war die Abschirmung eingeschaltet und wirbelte ölig schillernde Muster um seine Schuhe, wo immer er auftrat.

137

Der Mann, der sich Smeeth nannte, wandte den Kopf und sah ihm abwartend entgegen, ohne sich zu rühren.

»Schönes Schiff«, sagte Dawill, als er ihn erreicht hatte.

»Ja«, sagte der Mann.

»Und Sie sind der Kommandant gewesen?«

»Kommandant und Eigentümer, ja. Und ich bin es noch.« Er sagte es in neutralem Ton, ohne jeden Tadel und ohne Aggression. Er stellte es einfach fest. Seine Sprechweise klang zunehmend weniger fremd, weniger antiquiert. Er schien sehr schnell zu lernen.

Dawill nickte. »Ich nehme an, Sie können das belegen.«

»Sicher. Sobald ich wieder an Bord darf.« Smeeth sah zu den beiden Bewaffneten hinüber, die die Rampe bewachten. Man hatte bereits Tragen mit Leichensäcken darauf bereitgestellt. Sobald der Heiler die Toten geborgen und untersucht hatte, würde man sie für eine Raumbestattung vorbereiten, wie es seit jeher vorgeschrieben war.

»Wir werden das klären, sobald die Untersuchungen abgeschlossen sind«, sagte Dawill.

»Wann wird das sein?«

»Das weiß ich noch nicht.«

»Wohin ist dieses Schiff unterwegs?«

»Das darf ich Ihnen nicht sagen.«

Smeeth blickte ihn ausdruckslos an, schien zu überlegen. »Ich verstehe«, nickte er schließlich.

Dawill erspähte Heiler Uboron, der seinen Kommunikator hob und ihm ein Zeichen gab. Vileena wusste Bescheid. Er winkte den beiden Bewaffneten, herzukommen.

»Ich lasse Sie zu unserer Ersten Heilerin bringen«, sagte er zu Smeeth. »Sie wird Sie eingehend untersuchen. Anschließend wird man Ihnen ein Quartier zuweisen.«

»Ich bin gesund«, sagte Smeeth. »Ich fühle mich wohl.«

»Sie haben einen Kälteschlaf überstanden, den neun andere

138

Menschen nicht überlebt haben. Es dürfte angebracht sein, dass Sie sich untersuchen lassen.« Er deutete auf die beiden Wachleute, die in angemessener Entfernung stehen geblieben waren und sehr beeindruckend aussahen mit ihren Körperpanzern, ihren Helmen mit den eingebauten Kommunikatoren und Visieren und vor allem ihren Strahlwaffen, die einsatzbereit in Unterarmspangen hingen. »Diese Männer werden Sie zur Ersten Heilerin begleiten.«

Smeeth lächelte flüchtig, ein spöttisches Lächeln. »Zweifellos werden sie das.« Aber er folgte den beiden ohne weiteren Widerstand.


Dawill sah ihm nach, bis er durch die Schleuse verschwunden war, dann kehrte er in den Kontrollraum zurück, um von dort aus dem Kommandanten Bericht zu erstatten.

Doch die Rettung eines Überlebenden aus Raumnot schien Quest völlig gleichgültig zu sein. »Lassen Sie den Flug fortsetzen«, befahl er. »Und hören Sie auf, Zeit und Energie auf dieses Wrack zu verschwenden.«

»Ich höre, Erhabener Kommandant. Allerdings bitte ich zu bedenken, dass es unsere Pflicht ist, festzustellen, ob wir es mit einem Verbrechen . . .«

»Das interessiert mich nicht«, unterbrach ihn Quest hart. »Wir befinden uns auf einer geheimen Mission für den Pantap. Dahinter muss alles andere zurückstehen. Die Toten haben Jahrhunderte in ihren Kühlkammern gelegen, da kommt es auf zwei Jahre mehr nicht an. Versiegeln Sie das Schiff und vergessen Sie es. Was immer darin geschehen sein mag, es hat Zeit bis zu unserer Rückkehr.«

»Ich höre, Erhabener Kommandant«, murmelte Dawill ergeben, »und folge.«

Wieder gellten die Signalglocken durch die Maschinendecks, flammten die Lampen auf, die den Beginn einer neuen Sprungetappe ankündigten. Die Maschinen fuhren hoch, dröhnend und donnernd, vom Bug bis zum Heck durchbebte die Gewalt der Triebwerke das Schiff und schleuderte es vorwärts, schneller als man einen Stein hätte schleudern können, auf den Eintauchpunkt zu, jenen unsichtbaren Schnittpunkt unverstandener Koordinaten, an dem das Schlupfloch ins Unbegreifliche wartete. Die MEGATAO setzte ihren Kurs fort, und die meisten hofften, dass es nun keine Unterbrechung mehr bis zu ihrem Ziel geben würde.

Smeeth hieß er also, der Mann aus der Vergangenheit, aus der Zeit der alten Republik. Vileena horchte auf das Geräusch der Atmung in seinen Lungen, aber sie konnte nichts feststellen, was nicht so gewesen wäre, wie es sein musste. Falls ihm der lange Kälteschlaf geschadet hatte, hätte man es an den Lungen merken müssen. Lungen und Gehirn waren die verletzlichsten Organe bei einem Kälteschlaf, und sein Gehirn war offenkundig intakt.

Mager sah er aus, wie er da saß, mit nacktem Oberkörper, geduldig wartend. Beinahe dürr. Als hätte er vierhundert Jahre lang gefastet. Was in gewisser Weise natürlich stimmte für jemand, der sich im Kälteschlaf befand.

Smeeth. Ein eigenartiger Name. Und er war der Kommandant des kleinen Schiffes gewesen. Uboron hatte das gesagt. Seltsam, dass der Kommandant ohne einen Kratzer überlebt hatte und alle anderen tot waren, oder? Vileena rief sich zur Ordnung. Das waren keine Gedanken, die hierher gehörten. Andere Leute würden sich dieser Tatsache widmen, erfahrene Leute. Sie nahm den Hörstab von seinem Rücken und studierte seine Körperhaltung. Einwandfrei, abgesehen von einem etwas beeinträchtigten Muskeltonus. Was sich zweifellos von selber geben würde.

Seine Haut war seltsam. Zuerst hatte sie sich rau angefühlt, doch dann hatte sie genauer hingesehen und festgestellt, dass sie zahllose kleine Narben aufwies, als habe er Schnittverletzungen davongetragen, die später fast, aber nicht ganz verheilt waren, und das immer und immer wieder, mehrfach übereinander und an jeder Stelle seines Körpers.

»Was ist mit Eurer Haut geschehen?«, fragte sie und fuhr tastend die Stelle zwischen seinen Schulterblättern entlang. Hier war es besonders deutlich zu sehen und zu spüren. Das blutige Ritual eines unbekannten Geheimbundes? »Sind das Narben?«

Er räusperte sich. »Zum größten Teil, ja.«

»Woher stammen sie?«

Smeeth stieß einen Laut aus, der wie ein unfrohes Lachen klang. »Von überall her.« Er drehte sich um und sah ihr direkt in die Augen. »Sagen wir einfach, das Leben hat mich gezeichnet.«

»Das Leben?« Irgendetwas im Ausdruck dieser Augen irritierte sie.

»Das Leben, ja. Das Leben verletzt einen. Es lauert auf jeden, um ihn zu verletzen. Habt Ihr Euch das noch nie überlegt?«

»Nun, wenn, dann habe ich das nicht wortwörtlich verstanden.« Wie kam sie dazu, so mit ihm zu reden? Bilder tauchten in ihr auf, vergraben geglaubte Erinnerungen, der Tod ihres Vaters, der düstere Landsitz der Salzner, ihr tot geborenes Kind, und wie Jugoveno sich abwandte und die Tür hinter ihm zufiel ... »Man erlebt vieles, das Narben in der Seele zurücklässt. Aber die sieht man nicht.«

»Manchmal sind es Narben in der Seele. Manchmal sind es Narben im Fleisch. Man kann es sich nicht aussuchen.« Er drehte sich wieder nach vorn, und Vileena hatte den Eindruck, dass er nicht weiter darüber sprechen wollte. »Was ergibt Eure Untersuchung? Bin ich gesund, oder bin ich es nicht?«

Vileena holte Luft, verscheuchte die Schmerzen ihrer eigenen Narben. »Ja«, sagte sie. »Ja, Ihr seid gesund. Ihr habt den Kälteschlaf bemerkenswert gut überstanden.«

Er schien leise in sich hineinzulachen. »Findet Ihr? Nun ja. Ich habe Euch ja gleich gesagt, dass ich gesund bin.«

Das klang reichlich eingebildet, fand Vileena. »Ihr werdet verstehen, dass ich mir diesbezüglich stets mein eigenes Urteil bilden muss.«

»Sicher. Kann ich mich jetzt wieder anziehen?«

»Ja.« Sie sah ihm dabei zu, die Arme verschränkt, den Hörstab noch in der Hand, gegen den Heilmitteltisch gelehnt. Er bot einen bemerkenswerten Anblick, fand sie, einfach nur wie er dastand, sein Hemd überstreifte und zuknöpfte. In seinen Bewegungen lag eine eigenartige Gelassenheit, wie Vileena sie bisher selten gesehen hatte, und wenn, dann nur bei wesentlich älteren Menschen. Smeeth machte den Eindruck eines Mannes, der sich von nichts und niemandem hetzen ließ.

»Was geschieht nun mit mir?«, wollte er wissen.

»Eftalan Quest, der Kommandant, will Euch sprechen. Er wird entscheiden, was zu geschehen hat.«

Quest erwartete sie im Besprechungsraum, die fleischige Pranke auf den großen, spiegelnden Tisch gestützt, die Augen kaum zu erkennen in seinem aufgedunsenen Gesicht. Vileena musterte den Kommandanten aufmerksam. Die Schwellungen kamen von dem Sud Blau, von dem sie ihm gerade viel geben musste, zu viel eigentlich. Aber davon abgesehen schien sein Zustand stabil.

»Setzt Euch«, begrüßte er den Überlebenden aus dem geborgenen Wrack.

Smeeth setzte sich, und Vileena tat es ihm gleich.

»Euer Name ist Smeeth?«

»Ja, Erhabener Kommandant«, kam die Antwort. Dafür, dass

142

er der Republik entstammte, hatte er die Grundregeln des Zeremoniells rasch begriffen.

»Woher stammt Ihr?«

Smeeth hob die Augenbrauen. »Ich fürchte, der Name der Welt, von der ich stamme, wird Euch nicht viel sagen . . . «

»Im Grunde interessiert es mich auch nicht«, unterbrach Quest ihn. »Also lassen wir das. Was mich beschäftigt, ist die Frage, was mit Euch geschehen soll. Wir befinden uns auf einer Mission, die keine Unterbrechung duldet. Ihr werdet uns also begleiten.«

»Ich habe es nicht eilig«, sagte Smeeth, und es klang, als meine er das ganz genau so. »Darf ich fragen, welches Ziel besagte Mission hat?«

»Das dürfen Sie fragen, aber Sie werden keine Antwort darauf erhalten.«

»Ich verstehe.«

Quest tippte mit den Fingern auf die Tischplatte. »Eine andere Frage ist die Eures Standes. Das Zeremoniell des Hofes hat keine Regelung vorgesehen für den Fall, dass jemand aus dunkler Vergangenheit auftaucht – natürlich nicht –, wir sind also gezwungen, herauszufinden, welche Regelung Eurem Fall angemessen ist.«

Vileena sah Smeeth von der Seite an. Der wiederum wirkte, als interessiere ihn das nicht im Geringsten.

»Man könnte sich auf den Standpunkt stellen, dass der Pantap Euch nicht an den Hof eingeladen hat und Ihr demnach lediglich ein Freier wärt. Auf der anderen Seite aber seid Ihr Kommandant eines Raumschiffs, eine Verantwortung, die nur einem Edlen zusteht. Das spricht dafür, dass es angebracht ist, Euch den Stand eines Edlen zuzubilligen, bis der Pantap darüber entscheiden kann.«

Smeeth nickte mit ausdruckslosem Gesicht. »Das klingt logisch.«

»Ich muss Euch aber warnen«, sagte Quest eindringlich. »Falls Ihr nicht wirklich und nachweisbar der Kommandant des Schiffes gewesen seid, solltet Ihr es jetzt und hier zugeben. Die Strafen, die das Zeremoniell für die Anmaßung eines Standes vorsieht, sind äußerst drakonisch.«

»Ich war der Kommandant, und ich bin es noch«, sagte Smeeth ruhig.

»Wohin wart Ihr unterwegs, als Euer Hyperkonverter detoniert ist?«

»Zurück in die Gheerh-Region.«

»Und woher kamt Ihr?«

»Von einer Prospektion. Ich habe mit seltenen Mineralien gehandelt, mit überschweren Metallen, biosphatischen Kristallen und dergleichen.«

»Wart Ihr erfolgreich?«

»Nein.«

Quest nickte nachdenklich. »Nun, dann sei es so. Ihr erhaltet eines der freien Quartiere im Oberdeck. Ihr dürft Euch im ganzen Schiff bewegen, lediglich der Zugang zur Kommandozentrale bedarf der Einladung eines Mitglieds des Führungsstabes. Und Euer eigenes Schiff bleibt versiegelt, solange wir unterwegs sind.«

»Kann ich einige persönliche Gegenstände daraus haben?«, fragte Smeeth.

»Wenn Ihr imstande seid, sie eindeutig zu beschreiben, und vorbehaltlich einer Untersuchung dieser Gegenstände. Ihr dürft Euer Schiff nicht betreten.«

»Es sind harmlose Dinge. Und ich kann sie genau beschreiben.«

»Ich werde Euch jemanden schicken, der sich darum kümmert«, sagte Quest und nickte Vileena zu. Das Gespräch war beendet.

Der Edle Iostera begegnete dem Gast beim Morgenmahl im Speiseraum des Oberdecks, wie er einigermaßen ratlos vor dem Buffet stand und die Inhalte der verschiedenen Teller, Körbe und Anreichplatten studierte.

»Edler Smeeth?«, begrüßte er ihn und deutete die zeremonielle Verbeugung der Ersten Begegnung an. Ob sie gänzlich angebracht war angesichts der Tatsache, dass der andere seinen Stand nur vorläufig innehatte, darüber war er sich nicht ganz schlüssig. »Gestattet, dass ich mich vorstelle. Iostera vom Zwirnweber-Clan. Darf ich mir erlauben, Euch einige Gepflogenheiten zu erläutern?«

Zu Iosteras Verblüffung erwiderte der Mann, von dem es hieß, dass er aus der Zeit der alten Republik stammte, die Verbeugung der Ersten Begrüßung fast gänzlich korrekt. »Ich danke Euch, Edler Iostera. Ich glaube, ich habe keine einzige dieser Speisen je zuvor gegessen.« Jemand musste ihm schon allerhand erklärt haben, allerdings nicht die wirklich lebensnotwendigen Dinge.

Also erklärte er sie ihm. Es war noch früh, und sie waren allein im Speiseraum, das erleichterte die Sache und vermied die Gefahr eines Gesichtsverlusts. Er zeigte ihm den Unterschrank, in dem die Teller warm und das Besteck feucht gehalten wurden, zeigte ihm den Stapel der Tabletts hinter dem bestickten Staubvorhang und erläuterte ihm die Gerichte. »Diese roten Schoten sind gesalzene Bruasi, eingelegt in Sternkümmelsud. Eine Delikatesse, aber mehr als eine oder zwei sind nicht bekömmlich. Hier, blaue Perwhorm-Früchte. Aromatischer als die grünen hier, finde ich zumindest. Das ist Geschmackssache – am besten, Ihr probiert beides. Hier, gekochter Rodnok, eine gute Grundlage für den Tag. Heute mit Giffi gewürzt, das wechselt jeden Tag. Als Getränk dazu bietet sich Fiar an, in dieser Karaffe, oder schlichtes Wasser. In dieser Dose müssten noch Zemmet-Kekse sein, die man ...«

Die Tür fuhr auf. Iostera unterbrach sich und wandte sich um. Muntak. Es war stets ein beunruhigender Anblick, dem Ersten Piloten irgendwo anders als in der Zentrale zu begegnen, da das bedeutete, dass das Schiff von Bleek gesteuert wurde.

»Ah«, ließ der Erste Pilot sich vernehmen und betrachtete Smeeth von oben bis unten. »Der *Bürger.*«

Smeeth erwiderte den Blick ausdruckslos. »Ich grüße Euch.«

Muntak zog ein Tablett hervor, nahm einen Teller und begann, Rodnok darauf zu häufen. »Sagt, wie ist das, in einer ganz neuen Welt aufzuwachen? Hat man da nicht enorme Probleme, sich zu orientieren?«

Iostera stockte der Atem angesichts von Muntaks Benehmen. Keinen Gruß zu entbieten, sich nicht einmal vorzustellen! Es war unerhört.

»Nun«, sagte Smeeth mit einem dünnen Lächeln, »so neu ist diese Welt auch wieder nicht.« Er nahm sich ebenfalls ein Tablett, bewundernswert gelassen, als sei alles in Ordnung.

»Wie meint Ihr das?«, fragte Muntak.

»Es ändern sich nur die Äußerlichkeiten. Die Menschen bleiben dieselben. Immer gibt es Menschen, die einem helfen wollen, und andere, die nur daran denken, wie sie einen unterdrücken können. Zumeist, weil sie voller Angst sind.«

Elegant. Iostera schmunzelte in sich hinein. Das war eine Spitze, die selbst Muntak verstanden hatte, seinem verdutzten Gesichtsausdruck nach zu urteilen. Seine Schaufelbewegungen erstarben, ganz offensichtlich wusste er nicht, was er darauf sagen konnte. »Aha«, machte er und sah Smeeth zu, wie dieser sich seelenruhig eine Bruasi nahm. »Interessant. Ähm, mein Name ist übrigens Muntak. Ich bin der Erste Pilot.«

»Smeeth«, erwiderte der Gast, ebenfalls ohne Gruß und Verbeugung, sozusagen nebenbei. »Ich bin der Kommandant des havarierten Schiffes.«

*Kommandant.* Muntak warf Iostera einen hilflos wirkenden Blick zu. Der Zweite Raumüberwacher behielt seine unbewegte Miene bei. Sollte der Rotbrauer sehen, wie er sich da herauswand.

In diesem Moment, wie um ihm zu Hilfe zu kommen, begann das ferne, klagende Pfeifen des Metaquanten-Injektors. Muntak blickte auf die Uhr, wollte überrascht erscheinen, wirkte aber nur erleichtert. »Die Rückkehrsequenz hat begonnen«, erklärte er wichtigtuerisch. »Ich denke, ich sollte besser in die Zentrale gehen.« Er stellte sein Tablett achtlos beiseite. »Entschuldigt mich, Ihr Edlen.«

Sie sahen ihm nach auf seiner Flucht. Als sich die Tür wieder hinter ihm geschlossen hatte, kam einer der Anreicher und räumte Muntaks Tablett schweigend fort. Smeeth deutete auf eine Schale mit gekochten Kreischvogeleiern. »Das müsste zu Bruasi passen, denkt Ihr nicht?«

»Ja«, beeilte sich Iostera zu antworten. »Doch, ich denke, Ihr habt recht. Eine gute Wahl.«

Sie würden in wenigen Tagen die Hälfte der Strecke hinter sich gebracht haben. Dawill saß in seinem Sessel, dem Sitz des stellvertretenden Kommandanten, rieb sich gedankenverloren das Kinn und verfolgte die gelassene, ruhige Routine in der Zentrale. In seinen Gliedern spürte er bleierne Müdigkeit. Ein gutes Zeichen. Vielleicht war die Sache mit dem Wrack die bewusste erste Komplikation gewesen, auf die sein Körper so angespannt gewartet hatte, und vielleicht war es damit ausgestanden. Heute Abend würde er versuchen, zu schlafen.

Die Männer an den Dyaden hatten wenig zu tun. Die Kontrollen leuchteten in Blau und Grün, das konnte er von seinem Platz aus sehen. Kaum Gespräche, jeder hing seinen Gedanken nach. Sogar der Zweite Pilot Bleek wirkte, als wisse er genau, was er tue. Was ausnahmsweise sogar stimmen mochte, denn Muntak war heute Morgen überraschend aufgetaucht, hatte Bleek die ganze Rückkehrsequenz hindurch assistiert und ihm dann geholfen, den Kurs zum nächsten Eintauchpunkt zu bestimmen.

Eigenartig. Denn man sagte dem Ersten Piloten nach, er betrachte allenfalls einen bevorstehenden Absturz als akzeptablen Grund, ihn aus seiner Freischicht zu holen. Dawill hatte sich seine Verwunderung nicht anmerken lassen, aber von dem Ersten Navigator Felmori war eine entsprechende Bemerkung gekommen, als Muntak die Zentrale wieder verlassen hatte.

Inzwischen merkte man, dass sie sich dem Zentrum der Galaxis näherten. Die Sonnen standen dichter, der Blick hinaus war wie der Blick in eine von Geschmeide überquellende Schatztruhe, und es gab geradezu verschwenderisch viele verfügbare Eintauchpunkte.

Das sanfte Summen der sich öffnenden Tür stellte so etwas wie eine Abwechslung dar. Es war Tennant Kuton, der sich, wie immer leicht windschief und von den Edlen kaum beachtet, dem Platz des stellvertretenden Kommandanten näherte.

»Tennant? Was gibt es?«

Der Tennant beugte sich zu ihm herab. »Der Kommandant hat mich angerufen. Der Mann, den wir geborgen haben, möchte einige Sachen aus seinem Schiff haben, aber Quest will nicht, dass er es betritt. Ich soll mir die Sachen beschreiben lassen und sie dann holen.«

Dawill nickte. »Und was willst du von mir?«

»Die Schlüssel zur Versiegelung.«

»Ach so.« Der Erste Verweser langte in die Tasche und holte die silbern glänzenden Stifte heraus. »Hier.«

»Danke.« Der Historiker richtete sich wieder auf, nickte ihm kurz zu und ging dann auf die mittlere der Türen zu, die Tür ins Oberdeck, zu seiner Verabredung mit dem Mann aus der Vergangenheit.

Wie gut es tat, wieder einmal hier zu sein. Kuton sog sehnsüchtig den Duft nach Perlenholz und Osyranth ein, genoss es, wie jeder seiner Schritte geräuschlos in dichtem, samtenem Teppich versank, konnte sich kaum sattsehen an dem bestickten Wandtuch und den schimmernden Schmuckstelen. Das war seine Welt, seine eigentliche Bestimmung. So hätte er leben können, wenn nicht sein Vater – die Ghulen des Leerraums sollten ihn holen – den Pantap beleidigt hätte.

Nur nicht darüber nachdenken. Er wollte nicht mit Tränen in den Augen in den Gemächern des Schiffbrüchigen ankommen.

Kuton wusste genau, wo welcher der Edlen wohnte. Man hatte Smeeth, wie nicht anders zu erwarten gewesen war, die erste Kabine im Bereich des Zweiten Kreises gegeben. Die Kabine, die nach dem Reglement dem Leiter des Wissenschaftlichen Stabes zugestanden hätte, wenn dieser ein Edler gewesen wäre.

*Seine* Kabine also. Kuton atmete langsam ein und wieder aus, bis er sicher war, sich in der Gewalt zu haben, ehe er anklopfte.

Smeeth öffnete ihm, er erklärte, weswegen er gekommen war, und wurde hereingebeten.

»Es sind nur ein paar wertlose Gegenstände, aber ich hänge nun mal an ihnen«, sagte Smeeth und deutete auf einen der Stühle am Tisch. »Bitte, setzen Sie sich.«

Nicht darüber nachdenken, dass dies *sein* Tisch, *seine* Stühle hätten sein können. Kuton zog einen Notizblock hervor. Weiße Lehnstühle mit gläsernen Foketten. Mindestens hundert Jahre alt, ein Vermögen wert.

Smeeth setzte sich ihm gegenüber, ohne die mindeste Ehr-

149

furcht angesichts der kostbaren Ausstattung seines Raumes an den Tag zu legen, beugte sich vor, die Unterarme auf der Tischplatte, die Hände gefaltet. »Wissen Sie, wo sich in einer Rigg die Kabine des Kommandanten befindet?«

»Unmittelbar hinter der Steuerkanzel, nehme ich an«, sagte Kuton. »Wie bei praktisch jedem Schiff.«

»Nicht bei einer Rigg. Durch ihre Form braucht sie einen zusätzlichen Abschirmprojektor, und der befindet sich hinter der Kanzel. Die Kabine des Kommandanten liegt daher *unter* der Steuerkanzel.«

Kuton nickte überrascht. »Ich muss gestehen, dass ich mich mit alten Raumschiffstypen nicht so eingehend beschäftigt habe.«

»Es gibt eine Wendeltreppe, die von der Kanzel hinabführt.«

Kuton notierte das. Smeeth begann, die Gegenstände aufzuführen, die er haben wollte. Es waren alles ausgesprochen banale Dinge. Eine bestimmte Haarbürste. Eine Dose mit Duftcreme. Ein Werkzeugset in einem ledernen Rolletui. Ein ganz bestimmtes Kurzhemd, natürlich ebenfalls schwarz. Ein paar weitere Kleidungsstücke. Ein in Straba gebundenes Notizbuch mit dem zugehörigen Schreibstift. »Und bitte versuchen Sie nicht, das Schloss des Umschlags zu öffnen.«

»Was passiert sonst?«, fragte Kuton und erwartete zu hören, dass sich dann das ganze Buch in Rauch auflösen würde oder dergleichen.

»Es würde kaputtgehen«, antwortete Smeeth einfach. »Und Sie könnten ohnehin nicht lesen, was darin steht.«

»Warum nicht?«

»Weil ich in einer ausgestorbenen Sprache schreibe. Es handelt sich um ein Tagebuch.« Er lächelte ein wenig. »Es wird wirklich Zeit, dass ich es weiterführe.«

Das war ja mal eigenartig. Eine ausgestorbene Sprache für

Tagebucheintragungen zu verwenden. Kutons wissenschaftliches Interesse war geweckt. »Darf ich fragen, um welche Sprache es sich handelt? Ich bin Historiker, müsst Ihr wissen.«

»Ich habe sie auf einem unbedeutenden Planeten gelernt, auf dem Menschen lebten, die glaubten, die einzigen intelligenten Lebewesen im Universum zu sein.« Smeeth schüttelte den Kopf. »Ich glaube nicht, dass Sie etwas mit dem Namen dieser Sprache anfangen könnten, selbst wenn ich ihn noch wüsste.«

Kuton fragte sich, wie man den Namen einer Sprache vergessen konnte, die man gut genug beherrschte, um seine persönlichsten Gedanken und Gefühle darin ausdrücken zu können, wie es ja wohl Sinn und Zweck eines Tagebuchs war. Aber er verzichtete darauf, deswegen weiter in ihn zu dringen. Wahrscheinlich hatte Smeeth einfach keine Lust, es ihm zu sagen. Er würde auf jeden Fall versuchen, einen Blick in dieses Notizbuch zu werfen.

Er hob die Liste hoch. »Ist das alles, was ich Euch bringen soll?«

»Im Augenblick, ja.«

Ein Moment peinlichen Schweigens trat ein. Kuton begriff, dass es Zeit war, zu gehen. Von diesem herrlichen Stuhl aufzustehen und hinauszugehen, zurück und hinab in die nüchterne Profanität des Mittelschiffs.

»Darf ich«, sagte Kuton langsam, und ein Teil des Mutes, den er dafür aufbringen musste, rührte von dem Verlangen her, noch ein wenig länger in diesem Raum sitzen zu dürfen, »eine Bitte äußern?«

Smeeth nickte, einigermaßen verwundert, zumindest kam ihm das so vor. »Ja?«

»Ob Ihr mir vielleicht einige Fragen beantworten würdet, die Zeit der Republik betreffend.«

»Gern«, sagte Smeeth sofort. »Wenn Sie mir erzählen, was seither geschehen ist. Was ich verpasst habe. Wenn Sie mir hel-

151

fen, vierhundert Jahre Geschichte aufzuholen, beantworte ich Ihnen jede Frage, die Sie beschäftigt.«

»Wirklich?« Kuton war verblüfft. Aus irgendeinem Grund hatte er erwartet, der hagere Mann würde seine Bitte rundheraus ablehnen. »Herzlich gern. Wann passt es Euch?«

Smeeth breitete die Hände aus. »Wann immer es Ihnen passt. Von mir aus sofort. Ich habe Zeit.«

Kuton sah zu der Lampe hinauf, die weiches, weißes Licht spendete, sah die Quervorhänge mit Spitzenbesatz an, den Schubfachkasten aus Perlenholz an der gegenüberliegenden Wand, dann wieder den Tisch, an dem sie saßen. »Ich auch«, sagte er.

»Ich glaube, man kann sich aus der Küche etwas zu trinken bringen lassen«, meinte Smeeth. »Möchten Sie etwas?«

»Ja. Sehr gern.«

Kuton hatte selten jemand getroffen, der sich wirklich für Geschichte interessierte. An Bord der MEGATAO niemanden. So saßen sie bei heißem Fiar und einer Schale Zemmet-Gebäck, sprachen über den Untergang der Republik, die Inthronisation des 183. Pantap und die Wiederherstellung des Reiches nach zweitausendjährigem Interregnum, und Kuton vergaß ganz, dass er seinerseits hatte Fragen stellen wollen, so gut tat es, zu reden und dabei einen so aufmerksamen und wissbegierigen Zuhörer zu haben.


Vileena hatte, wie es ihre Aufgabe als Heilerin war, ein Auge auf den Mann gehabt, den sie aus seinem alten Raumschiff geborgen hatte. Sie war ihm selten begegnet in den Tagen, seit sie ihn untersucht hatte, eines Mittags einmal im Speiseraum, und da hatte er sie höflich gegrüßt und nichts weiter, aber sie hatte Leute befragt, die ihn gesehen hatten, wie er durch das Mittelschiff gewandert war, um sich Maschinen und Einrichtungen anzusehen. Er beharrte darauf, weiterhin seine schlichte schwarze Kleidung zu tragen, und wäre sie nicht ausgerechnet schwarz gewesen wie die den Lehrern des Infanten vorbehaltene Tracht, er hätte unter den Edlen ausgesehen wie ein Bauer.

Die MEGATAO donnerte weiter durch die Namenlose Zone, durchmaß eine tagelange Sprungetappe nach der anderen, und endlich war die Hälfte der kalkulierten Strecke geschafft. An dem Abend fragte Quest, während sie seine Werte kontrollierte und ihm Sud Blau spritzte, ob sie glaube, dass Smeeth etwas vorhabe, das der Expedition schaden könne. Sie verneinte. Es kam ihr im Gegenteil so vor, als habe Smeeth überhaupt nichts vor. Als warte er einfach geduldig ab, was geschehen würde.

Als sie in ihre Räume zurückkehrte, befiel sie eine seltsame Unruhe. Da an Schlaf nicht zu denken war, schlüpfte sie in ein Ruhekleid und versuchte, ein wenig zu lesen. Doch sie konnte sich nicht konzentrieren, bildete sich ein, das Sandbild ihres Vaters beobachte sie. Die Unruhe wich nicht, sie zog an ihr und zerrte. Als hätte sie etwas vergessen, etwas übersehen, etwas Wichtiges, aber es wollte ihr nicht einfallen, was. Nur, dass sie noch einmal gehen musste und nachsehen.

Also ging sie hinüber in den Heilraum, blätterte die Aufzeichnungen des Tages durch, kontrollierte die Medikamente. Die Flasche mit dem Trank Schwarz sah verlockend aus. Sie hob den Verschluss, roch daran. Aber es war keine Lösung, sich zu betäuben.

Hier war alles in Ordnung. Sie sah sich noch einmal um, überprüfte die Notrufschaltung, die auf ihre Gemächer umgestellt war, löschte zögernd das Licht. Die Unruhe war immer noch da. Sie trat hinaus in den Mittelgang, der in nächtlichem Halbdunkel lag wie das ganze Oberdeck. Es war ein wenig kühler als während der Tagphase, und die Klimaanlage erzeugte einen sanften Luftstrom, der wie eine von einem Meer heranziehende Brise roch. Es gab keinen Grund, nicht den allerherrlichsten Schlaf zu finden, den ein Mensch haben konnte.

Etwas zog ihre Schritte zum Speiseraum, ein Geräusch vielleicht oder ein Duft oder eine Eingebung. Die Türflügel mit den handgeschnitzten Zierrahmen glitten fast geräuschlos zur Seite, ein Hauch von Gewürzen und Gesottenem wehte sie an. Die erloschenen Glutkristalle hingen von der Decke wie seltsame mineralische Abszesse, im Speiseraum war es dunkel bis auf das diffuse Licht, das von den halbrunden Vitrinen ausging und die mit zartgelbem Flockentuch bespannten Wände grau aussehen ließ. Die Anrichtetische waren leer bis auf das übliche Arrangement von Früchten und Gebäck für den Fall, dass einer der Edlen von nächtlichem Appetit heimgesucht wurde. Und die Abdeckung der Bar stand offen.

Jetzt erst bemerkte sie Smeeth, der schweigend an einem der vier Tische saß, einen mit sanfter Flamme glimmenden Jalada vor sich. Und irgendwie war sie nicht wirklich überrascht.

»Was tut Ihr denn hier?«

Er sah sie ruhig an. »Dasselbe könnte ich Euch auch fragen.«

Sie bedeckte den Ausschnitt ihres Kleides mit der rechten Hand. Mit einem Ruhekleid war sie nicht unbedingt passend gekleidet für diese Situation. »Ich konnte nicht schlafen«, sagte sie und fragte sich im selben Moment, wie sie dazu kam, über so etwas zu sprechen.

»Ich auch nicht.«

»Leidet Ihr daran öfter? An Schlaflosigkeit, meine ich.«

Etwas wie ein Lächeln schlich sich auf sein Gesicht. »Ich leide nicht an Schlaflosigkeit. Ich konnte nur einfach nicht schlafen.«

»Also geht es Euch gut.«

»Alles ist nahezu vollkommen.«

»Nahezu?«

Er nickte. »Nahezu.«

Sie wusste nicht, was sie darauf erwidern sollte, und er sagte weiter nichts dazu, sodass es zu einer Pause kam, die beinahe peinlich lang war. Sie stand nur da, sah auf ihn hinab und auf seinen Jalada, der in zarten gelben und grünen Farbtönen brannte. Den Ablagerungen auf dem langen Trinkrohr nach zu urteilen, hatte Smeeth so gut wie nichts davon getrunken, sondern ihm die letzten Stunden beim Verbrennen zugesehen.

»Darf ich Euch um etwas bitten?«, fragte er schließlich.

»Worum?«

Er deutete auf die Vitrinen entlang der Wände. »Das sind alles Kunstwerke, nicht wahr? Hättet Ihr die Liebenswürdigkeit, sie mir zu erklären?«

Vileena zögerte. Sie kannte die Stücke, die alle aus dem Besitz des Kommandanten stammten, aber sie verstand nicht viel von Kunst. Andererseits, was konnte es schaden, ihm das zu erzählen, was sie darüber wusste?

Sie deutete auf die Vitrine unmittelbar neben dem Tisch. »Das hier kommt von Fuosch, einem Planeten der Urga-Gruppe. Eine primitive Welt. Die Menschen dort sind wieder auf die Stufe von Jägern und Sammlern zurückgefallen, dreckig, abergläubisch, von Krankheiten und wilden Tieren geplagt und bereit, jedes Fluggerät für den Himmelswagen von Göttern zu halten. Die Weltschiffergilde macht dort ihre Geschäfte. Nun, und auf Fuosch gibt es ein Raubtier, das man Shuman nennt. Es gelingt den Fuoschi selten, einen zu erlegen, doch wenn, dann reißen sie ihm das Horn heraus und machen so etwas daraus.«

In der Vitrine stand ein spitz zulaufendes Horn, länger als ein Unterarm und am breiten Ende dicker als ein Oberschenkel, von metallisch grauer Farbe und über und über mit Rillen und eingekratzten Schriftzeichen bedeckt. Auf dem Kopf eines entsprechend gebauten Tiers musste es in der Tat eine verheerende Waffe sein.

155

»Das da ist die Schrift der Fuoschi?«, vergewisserte sich Smeeth und ging ganz dicht an das Vitrinenglas heran, um die Inschriften in Augenschein zu nehmen.

»Ja. Es sollen Zaubersprüche, Bannflüche und dergleichen sein.«

»Beeindruckend«, sagte Smeeth. »Aber was ist daran Kunst?«

»Ich weiß es nicht. Offen gestanden, verstehe ich nicht sehr viel von den Künsten. Ich bin Heilerin.«

Er deutete auf das Horn. »Aber Ihr wisst, was es in Euch auslöst. Welches Gefühl dieser Anblick in Euch wachruft.«

Vileena betrachtete das Shumanhorn blinzelnd, versuchte in sich hineinzuhorchen. »Ich spüre die Angst der Menschen, die es gemacht haben«, sagte sie schließlich. »Sie fühlen sich von dem Shuman bedroht, und sie ritzen ihre Beschwörungen in seine gefährlichste Waffe, um ihn zu bannen. Ihre ganze Hoffnung steckt in diesen Inschriften.«

»Und Ihr selber? Was fühlt Ihr?«

Sie zögerte. Wenn es Worte dafür gab, dann waren sie ihr im Augenblick entfallen. »Ehrfurcht«, versuchte sie es zu fassen. »Vielleicht auch Grauen. Ja, es ist ein Grauen.« Sie sah ihn an und sagte: »Jetzt Ihr. Was seht Ihr darin?«

Smeeth richtete seinen Blick auf die Vitrine, schien ganz zu versinken im Anblick des kolossalen grauen Horns. »Ich sehe ein blutrünstiges, gefährliches Tier. Ein Tier, das keine Skrupel kennt. Es tut, was es tun muss. Es folgt in allem seinen Instinkten. Es tötet. Es frisst. Es paart sich, wenn die Zeit dafür ist.«

Seine letzten Worte schienen in der Luft hängen zu bleiben, nicht zu wissen, wohin sie sollten.

Vileena spürte, wie ihr heiß wurde, unwohl beinahe, als breche genau in diesem Augenblick Blitzfieber bei ihr aus. Das war vielleicht keine so gute Idee gewesen. Sie schritt weiter zur nächsten Vitrine, in der auf einem gläsernen Ständer die vermutlich größte Kostbarkeit aus Quests Sammlung lag. Kaum so groß wie ein Handteller, sah es auf den ersten Blick aus wie ein Stück samtenen Pelzes, doch wenn man genau hinsah, entdeckte man changierende Muster in zarten Farben, auf vielfältige Weise ineinander verwoben.

»Das ist ein Haarteppich«, erklärte sie und versuchte, nicht so zu klingen, als sei ihr das eben peinlich gewesen. »Ein wahrhaftes Kunstwerk, wenn es so etwas wie Kunst gibt. Ich habe den Namen des Künstlers vergessen, aber er lebt auf Gheerh selbst, verkehrt bei Hofe und ist jedenfalls sagenhaft bedeutend.«

»Ein bisschen klein für einen Teppich, oder?«, meinte Smeeth und betrachtete das erlesene Stück stirnrunzelnd. »Ist das wirklich aus Haar gemacht?«

»Aus Frauenhaar, ja. Es gibt nur ganz wenige davon. Der Künstler sagt, dass es ein ganzes Leben lang dauern würde, einen Teppich von gewöhnlichen Abmessungen herzustellen. Schon an diesem kleinen Teil hat er fast ein Jahr gearbeitet.«

Smeeth wandte seinen Blick von der Vitrine ab und sah sie an. »Einen wahrhaft wunderbaren Haarteppich könnte man aus Eurem Haar knüpfen, Edle Vileena«, sagte er langsam. »Falls man nichts anderes zu tun wüsste.«

Sie schluckte. Das war ja ... Sie wandte sich ab, ging zur nächsten Vitrine, schauderte beim Anblick der vielen Vitrinen, die noch kamen.

»Eine holografische Skulptur«, sagte sie tonlos, »eine hervorragende Kopie des Originals, das in der Großen Galerie von Toyokan stand und beim Beginn der Invasion zerstört wurde. Der Titel lautet *Die Umschlingung*.« Und dieser Titel beschrieb genau, was zu sehen war, zwei verschieden gemusterte Bänder, die einander auf die fantastischste Weise umwanden und umschlangen, mit Übergängen und Perspektiven, wie sie nur in holografischen Skulpturen möglich waren.

»Umschlingung«, wiederholte der Mann aus einem versunkenen Zeitalter und trat dabei dicht an sie heran, dichter als

157

schicklich war, und sie hörte ihr Herz schlagen, als sie seinen Atem in ihrem Nacken spürte.

Sie holte Atem, wandte den Kopf zur Seite, sah ihn, Auge in Auge, aus nächster Nähe. »Ich habe das Gefühl, Ihr seid darauf aus, dass ich Euch die Umarmung gewähre.«

Smeeth lächelte. In seinen Augen loderte es, als würde er im nächsten Augenblick zum Shuman. Die Energie, die von ihm ausstrahlte, war überwältigend. »Ich habe nicht vor«, sagte er, »es bei einer Umarmung zu belassen.«

Vileena fühlte eine heiße Woge in sich aufsteigen. Sie spürte Dämme in sich bersten, fühlte sich der anbrandenden animalischen Kraft wehrlos ausgeliefert.

»Dann kommt«, sagte sie. Sie wunderte sich, wie rau ihre Stimme klang.

# 3

Als sie aus jenem köstlichen Dämmerzustand erwachte, in dem sie vergessen hatte, wie sie hieß und wo sie war und dass so etwas wie Zeit existierte, kam ihr als Erstes zu Bewusstsein, dass sie unbekleidet war. Dann, dass sie nicht allein war. Sie tastete umher und zog ein Laken über sich, ehe sie sich umdrehte.

Smeeth lag da, nackt, den Kopf gegen die Polster gelehnt, ein Glas halb voll mit Wasser auf dem Bauch balancierend. Die Augen hatte er geschlossen, aber nicht so, als schliefe er, sondern als horche er in sich hinein.

Vileena betrachtete ihn und fragte sich, was um alles in der Welt es gewesen war, das sie dazu bewogen hatte, ihm die Umarmung zu gewähren – und so rasch noch dazu. Dabei war er nicht einmal ein Edler, kein richtiger jedenfalls. Nicht dass sie es bereute, nein. Das waren nur Gedanken, die an der Oberfläche ihres Geistes dahinplapperten und sich mit Fragen der Schicklichkeit und der Standesehre beschäftigten, aber darunter war sie von einer geradezu archaischen Zufriedenheit erfüllt, einer animalischen Sattheit, wie sie sie nicht mehr gekannt hatte seit . . . seit . . . Sie konnte sich nicht erinnern, sich jemals so gut gefühlt zu haben.

»Was hast du mit mir gemacht?«, fragte sie leise, als er die Augen aufschlug und sie ansah.

Sein Lächeln schien mit wehmütigem Schmerz unterlegt. »Was hast du erwartet von einem Mann, der vierhundert Jahre lang keiner Frau beigelegen hat?«

Sie musste unwillkürlich lachen, obwohl sie den Witz nicht

besonders originell fand. Vielleicht, weil er ihn trotzdem machte. »Nichts anderes«, sagte sie und breitete das Laken noch etwas ordentlicher über sich.

Er sah ihr zu, ohne sich im Mindesten bemüßigt zu fühlen, seinerseits seine Blöße zu bedecken. Dann schaute er hoch zu dem Sandbild über dem Bett. »Wer ist das?«

»Mein Vater.«

»Du hast ein Bild von deinem *Vater* über dem Bett hängen?«

»Es ist ein *Sandbild*, ich bitte dich. Das wertvollste Kunstwerk, das ich besitze.«

Er betrachtete es noch einmal und wirkte dabei ausgesprochen unbeeindruckt. »Bist du eigentlich ... verheiratet? Oder wie immer man das heutzutage nennt?«

»Man nennt es noch so.« Sie betrachtete sein Gesicht, das immer noch traurig wirkte, und fragte sich, ob er wohl eine Familie zurückgelassen hatte in seiner Zeit. »Die Antwort ist nein. Ich bin zur Reichsflotte gegangen, um der Verheiratung mit einem wohlhabenden, angesehenen, widerlichen Präpatriarchen zu entfliehen.«

»Ich verstehe.«

Vileena drehte sich herum, zog ein Kissen unter sich, auf das sie die verschränkten Hände stützen konnte und darauf ihr Kinn. »Wie ist das?«, fragte sie neugierig. »Aufzuwachen und vierhundert Jahre verschlafen zu haben? Festzustellen, dass man nun mit einer ganz neuen Welt zurechtkommen muss?«

Smeeth betrachtete sein Glas, fuhr mit dem Finger an dessen Rand entlang. »Leider ist diese Welt nicht so neu, wie du denkst. Ihr habt die Republik abgeschafft und seid einfach zurückgekehrt zu den Edelständen, den Clanschaften, dem ganzen alten Unfug. Mit anderen Worten, wir sind wieder da, wo wir vor zweieinhalbtausend Jahren schon einmal waren.«

»Ja, du Republikaner. Bloß haben wir die Republik nicht abgeschafft, sie ist in sich zusammengebrochen, weil sie korrupt war bis auf die Knochen.«

»Was weißt du über die Republik?«

»Nicht viel.«

»Nenn mir den Namen eines Präsidenten. Nur eines einzigen.«

Sie zuckte mit den Schultern. »Keine Ahnung.«

»Komm. Es muss an die zweihundertfünfzig Präsidenten gegeben haben. Wenigstens einen davon wirst du doch kennen, wenn du so genau weißt, dass die Republik in sich zusammengebrochen ist.«

»Ich bin Heilerin. Was mich interessiert, sind Krankheiten und Heilmittel. Wenn du etwas über Geschichte wissen willst, musst du Kuton fragen.«

»Das habe ich gemacht. Und es war überaus enttäuschend.«

»Wieso das denn?«

Smeeth stellte sein Glas beiseite. »Der vorletzte Präsident, ehe ich zu meinem Flug gestartet bin, hieß Linipata. Er stammte von Khuswah und war Baumeister von Beruf, bevor man ihn zum Präsidenten wählte. Er ging nach Gheerh und regierte achtzehn Jahre lang. Als ein neuer Präsident gewählt wurde, kehrte er nach Khuswah zurück und arbeitete wieder als Baumeister, genau wie vorher. Man konnte sich vom ehemaligen Präsidenten sein Haus bauen lassen, und die Leute von Khuswah taten das, ohne dass sich irgendjemand etwas dabei gedacht hat. Es war normal.« Er seufzte. »Das ist die edelste Form der Regierung, die Menschen erreichen können. Das habt ihr weggeworfen, um ein verkommenes, archaisches System wieder zu errichten. Und diese Untat, glaub mir, wird sich rächen. Unweigerlich. Den Pantap wieder einzusetzen, war ein fataler Wendepunkt. Der Abstieg hat begonnen, und er ist nicht mehr aufzuhalten.«

Es fröstelte sie richtiggehend, ihn so reden zu hören. »Übertreibst du nicht? Ich meine, abgesehen von der Bedrohung durch die Invasion geht es dem Reich doch gut.«

»Das kommt dir so vor, weil du nicht weißt, wie es früher gewesen ist. Und weil du nicht weißt, wie die gemeinen Stände leben.«

»Ich habe viel Kontakt mit Gemeinen. Ich arbeite oft in den anderen Heilstationen.«

»Ja, sicher. Und der Erste Pilot hat auch viel Kontakt mit Gemeinen, wie man so hört.«

Vileena wollte etwas erwidern, als ihr Kuton einfiel und dessen verzweifelte Liebe zu ihr. Zum ersten Mal fragte sie sich, wieso die Standesregeln den edlen Männern zugestanden, sich Mätressen unter den Freien zu suchen, während den edlen Frauen Entsprechendes untersagt war.

»Es ist ein unausrottbares Streben in uns«, sagte Smeeth, »uns von anderen Menschen abzugrenzen und als besser zu definieren. Für diesen Traum werden wir bereitwillig blind und gefühllos. Sooft wir auch scheitern, wir geben nicht auf. Immer wieder und wieder suchen wir das süße Gift einer privilegierten Klasse, selbst um den Preis des Untergangs. Denn ihr habt keine Chance gegen die Invasoren, nicht einen Hauch, glaube mir. Nicht weil die Truppen des Sternenkaisers technisch überlegen sind, sondern weil die Kraft des Reiches erloschen ist. Den Freien ist das Schicksal des Reiches egal. Jeder von ihnen strebt nur danach, geedelt zu werden. Die Niederen hassen das Reich, weil sie ungerecht behandelt werden, weil die Gerichte sich nur daran orientieren, dass es immer genügend Niedere für alle notwendigen Arbeiten geben muss. Es ist das Reich des Pantap und seiner Edlen, und das ist nicht genug. Der Schlag des Sternenkaisers trifft ein Reich, das wie eine tönerne Schale ist, und er wird es in einem einzigen Streich zerstören.«

Sie streckte die Hand aus und presste ihm den ausgestreckten Zeigefinger auf die Brust. »Aber du hast dich bereitwillig unter die Edlen einreihen lassen, als es darum ging, oder?«

»Natürlich«, gab er ungerührt zu. »Ich bin ja nicht dumm.«


Als Iostera um vier Gyr morgens aufbrach, um die zweite Nachtwache abzulösen und die Morgenschicht zu übernehmen, steckte er die *Maximen des Ukoa* ein, denn die MEGATAO war immer noch in der Sprungphase und würde den ganzen Tag darin bleiben. Er würde vor seinen Instrumenten sitzen, die nichts anzeigen würden, während die Triebwerke unentwegt arbeiteten und jeder Blick hinaus einem das irritierende Gefühl vermittelte, sich nicht von der Stelle zu bewegen. Es war die ideale Gelegenheit, philosophische Studien fortzusetzen.

Als er den stillen, dunklen Mittelgang entlangging und gerade die zwei Zierstufen genommen hatte, die den Bereich des Zweiten Kreises von dem des Ersten trennten, öffnete sich zu seiner Überraschung weiter vorn eine Tür, und der Mann aus dem Wrack, Smeeth, kam heraus. Er trug nur Hose und Kurzhemd, das Langhemd hatte er über dem Arm hängen und die Schuhe hielt er in der Hand. Er wirkte verschlafen, bemerkte den Zweiten Raumüberwacher erst gar nicht, sondern schrak fast zusammen, als er näher kam.

»Ah«, murmelte er, »Edler Iostera, Ihr seid es. Seid gegrüßt.«

»Ich grüße Euch ebenfalls«, erwiderte Iostera. Aus der Nähe sah er, dass das Haar seines Gegenübers durcheinander war und sein Gesicht geschwollen wirkte.

Einen Augenblick standen sie einander im dämmrigen Schein der Nachtbeleuchtung gegenüber, in dem selbst die goldenen Wandstelen nur silbergrau schimmerten, und keiner wusste so recht, was er sagen sollte. Schließlich erklärte Iostera halblaut: »Ihr verzeiht, aber ich muss die Morgenschicht antreten.«

Smeeth nickte schlaftrunken. »Die Morgenschicht. Verstehe.« Er nickte noch einmal, dann steuerte er auf die Tür seiner eigenen Kabine zu und verschwand dahinter.

Iostera vergewisserte sich im Weitergehen, dass Smeeth nicht noch einmal auftauchte und dass der Schiffbrüchige in der Tat aus der Kabine der Edlen Vileena gekommen war. Das Buch mit den *Maximen des Ukoa* wog plötzlich schwer in seiner Hand. Es war zweifellos angebracht, über diese Begegnung Stillschweigen zu bewahren.

An den folgenden Tagen verbrachte Vileena mehr Zeit als gewöhnlich in der Heilstation auf dem Mitteldeck, half den anderen, Verletzungen zu verbinden und Unwohlsein zu untersuchen, reichte Tränke, füllte Pulver ab, gab Spritzen. Einmal kam eine ältere Niedere, die zwei Mördermale auf der Stirn hatte und mit verkniffenem Gesicht wartete, bis sie an der Reihe war, um dann ein Heilmittel zu erbitten für einen anderen Niederen, der mit Fieber im Bett läge und nicht heraufkommen könne.

»Ich kann dir nicht einfach einen fiebersenkenden Trank mitgeben«, erklärte Vileena, während ihr zu Bewusstsein kam, dass sie noch nie im Unterdeck gewesen war. »Er könnte eine Krankheit haben, die nur durch Fieber überwunden werden kann.«

»Aber er kann nicht heraufkommen«, wiederholte die Frau. Sie roch, als schliefe sie seit Wochen in ihren Kleidern, und ihre Hände waren rau und rissig.

Vileena griff nach dem Notizbrett. »Sag mir seine Bettnummer. Heiler Uboron wird zu ihm kommen und ihn untersuchen.«

Uboron, der gerade damit beschäftigt war, Staub Grün aus dem Vorratsbehälter in kleinere Gläser umzufüllen, warf ihr einen äußerst unbegeisterten Seitenblick zu. Den die Erste Heilerin selbstverständlich ignorierte. Er würde tun, was sie ihm sagte.

Und während sie all dies tat, während sie untersuchte, behandelte, Heilmittel richtete und Diagnosen mit den anderen Heilern besprach, war das köstliche Ersehnen der nächsten Nacht immer gegenwärtig, verzehrte sich ihr Körper nach der Berührung durch Smeeth, verlangte es sie nach seiner Umarmung wie einen Süchtigen nach seiner Droge.


Bailan stapfte einigermaßen schlecht gelaunt die Gänge zu seiner Kabine entlang. Allmählich war es kaum noch auszuhalten mit dem Tennant. Ihn Wände streichen zu lassen! Als ob es nichts Wichtigeres zu tun gäbe. Derweil blieben die ganzen Utak-Übersetzungen liegen. Das Material über die Yorsen war noch nicht einmal zur Hälfte gesichtet, geschweige denn übersetzt. Und die Tage bis zur Ankunft wurden immer weniger ...

Als Bailan die Tür der Kabine aufriss, fuhr Eintausendvier erschrocken zusammen, die gerade dabei gewesen war, unter dem Bett von Slebak hervorzuwischen, einem der drei Maschinenleute, mit denen Bailan sich die Kabine teilte.

»Entschuldige«, sagte Bailan.

»Schon in Ordnung«, keuchte die Niedere von Tiga, die Hand auf der Brust. »Ich hätte sowieso die Tür offen lassen sollen. Es war nur, weil vorhin das Desinfektionsteam durchgekommen ist und ... na ja.« Sie hob das Wischtuch auf, wusch es in ihrem Eimer, wrang es darüber aus und machte weiter.

Bailan sah ihr unschlüssig zu, blickte an sich herab, auf die paar Spritzer Farbe, die Tennant Kuton so gestört hatten, dass er ihn zum Umziehen geschickt hatte, sah den Schrank an mit seinen Sachen, der am Kopfende des Bettes stand. »Ähm ...

Macht es dir etwas aus, wenn ich mich rasch umziehe?«, fragte er.

Eintausendvier sah mit großen Augen hoch. Sie hatte Augen, die in ihrem zart gefleckten Gesicht wie rundgeschliffene schwarze Edelsteine aussahen. »Wie bitte?«

»Ich, ähm, sollte mich umziehen«, wiederholte Bailan und deutete mit einer Handbewegung, die ihm seltsam zappelig vorkam, ungefähr auf seinen Schrank. »Wegen dieser Farbflecken hier, die will der Tennant nicht sehen . . .«

Sie streifte sich mit dem Handrücken eine Strähne aus dem Gesicht. »Ja, natürlich. Ziehen Sie sich um. Das ist doch kein Problem . . .« Und sie wischte weiter, den Blick fest zu Boden gesenkt.

Bailan zögerte, machte dann aber seinen Schrank auf und schlüpfte aus seinem Überanzug. Ein immer noch ungewohntes, unbequemes Kleidungsstück aus schwerem, störrischem Stoff, aber sie wollten nicht, dass er an Bord die Kutte seiner Bruderschaft trug. Er stopfte das Ding in den Wäschekasten und zog einen frischen Überanzug aus dem Schrank, den letzten.

»Das ist wirklich das erste Mal, dass mich jemand das fragt«, sagte Eintausendvier plötzlich.

Bailan hielt inne, ein Bein im Hosenteil, das andere noch draußen. »Was fragt?«

»Ob es mir etwas ausmacht. Mir! Einer Niederen!«

»Wirklich?« Hatte er sich womöglich danebenbenommen?

»Sie würden sich wundern, was Leute schon gemacht haben, während ich in ihrem Zimmer war und den Boden gewischt habe. Wirklich. Als wäre man ein Möbelstück oder so was.«

»Tatsächlich? Was denn zum Beispiel?«

»Das wollen Sie nicht wissen, glauben Sie mir. Manchmal war ich ganz froh, nur ein Möbelstück zu sein.«

»Oh.« Er wusste nicht, was er sagen sollte. Sie putzte weiter, wischte den Boden, und er stand da, halb angezogen, und sah ihr zu wie ein Idiot.

Sie blickte hoch. »Ich kann auch rausgehen, wenn Sie wollen.«

»Wie? Oh, nein ... Nein, ich war nur in ... Nein, das ist nicht nötig. Kein bisschen.« Er bohrte das andere Bein in den Überanzug, zog den Stoff hoch, schlüpfte in die Ärmel. Wie zum Beweis, wie wenig nötig es war. »Ich war nur in Gedanken. Der Tennant ist ziemlich merkwürdig in letzter Zeit. Wir hätten jede Menge zu tun, aber er lässt die Arbeitsräume neu streichen und Wandbehänge aus Stoff anbringen, was absolut ... nicht gut aussieht. Und dann kocht er sich seit neuestem immer dieses grässliche dunkelrote Zeug, Fiar oder wie das heißt. Ein widerlicher Gestank. Und das jeden Morgen ...« Er merkte, dass er plapperte, aber irgendwie konnte er sich gerade nicht stoppen.

»Aber Fiar ist ein ziemlich teures Getränk«, meinte Eintausendvier. »Das trinken normalerweise nur die Edlen.«

»Keine Ahnung, wo er es herhat. Zu schmecken scheint es ihm jedenfalls nicht. Zumindest zieht er ein ziemliches Gesicht, wenn er es trinkt.« Er knöpfte den Anzug zu, Dutzende unsinnig kleiner Knöpfe, wie es gerade Mode zu sein schien. »Und zwar, seit wir dieses Wrack an Bord geholt haben. Seither ist er so seltsam.«

»Was für ein Wrack?«, fragte die Niedere.

Bailan hielt inne, sah sie verblüfft an. »Na, das Wrack, das vierhundert Jahre im All getrieben hat.«

Eintausendvier schüttelte den Kopf. »Ich weiß nicht, was Sie meinen.«

»Das Wrack. Das war vor, na, neun oder zehn Tagen. Man hat ein Funksignal aufgefangen und dann ein uraltes Raumschiff gefunden. Sie hatten Kühlkammern an Bord, aber es hat nur ein Einziger überlebt.«

»Davon weiß ich nichts. So etwas kriegt man im Unterdeck nicht mit.«

»Ehrlich?« Bailan wusste nicht, ob er das glauben sollte. Er hatte manchmal das Gefühl, die Tiganerin amüsiere sich über ihn. »Jedenfalls, seither ist der Tennant schlecht gelaunt. Seit das Wrack an Bord ist.«

Eintausendvier wrang plätschernd ihren Lappen aus. »Dann soll er besser nicht ins Unterdeck kommen.«

»Ins Unterdeck? Der Tennant?«

Die Niedere begann, emsig das Zuluftgitter abzuwischen. »Ich habe nichts gesagt«, murmelte sie.


Iostera verriet niemandem etwas, machte keine Andeutungen, ließ sich nichts anmerken. Vileena und Smeeth begegneten einander formell, wenn sie sich außerhalb ihrer Kabine über den Weg liefen. Trotzdem sickerte über geheimnisvolle Kanäle, die niemand jemals restlos kennen würde, das Gerücht in die unteren Decks, die Erste Heilerin und der geheimnisvolle Fremde hätten eine Affäre. *Man trommelt es über die Wasserrohre*, sagten die Raumfahrer der großen Schiffe dazu. Das Gerücht machte schnell die Runde, einer sagte es dem anderen weiter – »Hast du schon gehört?« –, und bald war es Thema und Tagesgespräch in den Kantinen, Maschinenräumen und Steuerstationen. Dass sonst nichts los war – die MEGATAO donnerte unentwegt durch den Hyperraum, unterbrochen von nur noch sehr kurzen Orientierungsetappen, da die Eintauchpunkte immer näher beisammenlagen – und niemand etwas Genaues wusste, trug zur Attraktivität dieser Art Gespräche bei.

Die meisten Besatzungsmitglieder kamen zu der Ansicht, dass diese Affäre, so es sie denn geben sollte, der Ersten Heilerin jedenfalls zu gönnen sei. »Der Mann sieht zumindest einigermaßen gut aus«, sagten die, die Iostera auf seinen schweigsamen Streifzügen durch die mittleren Decks begegnet waren. »Besser, sie hat was mit dem als mit dem Kommandanten.«

Auf eine solche Feststellung hin nickte für gewöhnlich jeder der am Gespräch Beteiligten. Die meisten hatten Eftalan Quest schon lange nicht mehr von Angesicht zu Angesicht gesehen, viele das letzte Mal bei der Ansprache vor dem Start. Sie erinnerten sich an einen von dem ungezügelten Wohlleben reicher Patriarchen aufgedunsenen Mann, der vermutlich grauen Drogen frönte und so berühmt und verschlagen sein mochte, wie er wollte – ein angemessener Partner für die schöne Edle Vileena war er nicht.


»Stimmt das?«, fragte Quest tonlos.

Vileena verabreichte ihm die fällige Ration Sud Blau, wieder in einer jener endlosen, qualvollen Prozeduren, in der sie einander im Dunkeln gegenübersaßen und sie seinen Puls zerfasern fühlte, während die Maschine das Mittel in seine Adern pumpte. »Was?«, fragte sie zurück. »Was stimmt?«

»Dass du eine Affäre mit dem Republikaner hast.«

Sie war froh, in diesem Augenblick ihre Finger nicht auf seinem Handgelenk zu haben. »Wer behauptet das?«

»Jeder. Das ganze Schiff redet von nichts anderem.«

»Lass sie reden.«

Er stieß einen kehligen Laut aus, als schmerze ihn etwas. »Ich muss das wissen.«

Vileena betrachtete seinen Schädel, die winzigen Perlen Schweiß darauf. Heute hatte Quest keinen Vortrag laufen lassen, nicht einmal Musik. »Bis jetzt hat das ganze Schiff geglaubt, wir beide, du und ich, hätten eine Affäre. Also, was soll's?«

»Du weißt nicht, ob er wirklich ein Edler ist. Du könntest gegen die Standesregeln verstoßen.«

»Du hast ihn selber anerkannt.«

»Nach einer Regel, die seit dreihundert Jahren nicht mehr angewendet worden ist. Seit der letzte Kommandant der Republik gestorben ist.«

»Der vorletzte, offensichtlich.«

Quests Augen blitzten im Dunkel des Raumes auf, in dem man nichts hörte von dem Schiff, seinen Maschinen und Bewohnern. Sie sah, wie er sie forschend musterte, und begriff, dass er längst Bescheid wusste. Dass er nur gefragt hatte, um herauszufinden, was Smeeth ihr bedeutete.

»Ich brauche dich, Vileena«, erklärte er, so ruhig er konnte. Sein Atem ging schwer, aber das kam von der Behandlung, und in seiner Stimme war eine Anspannung, die von der geheimnisvollen Vision herrührte, die ihn vorwärtstrieb. Und die es vielleicht war, die ihn in Wahrheit am Leben hielt. »Ich brauche dich, das weißt du. Ohne dich kann ich es nicht schaffen. Ich muss wissen, ob ich auf dich zählen kann.«

Sie presste die Lippen zusammen. So oft schon hatte sie sich gefragt, was es wirklich war, das sie an den Kommandanten band. Die wissenschaftliche Arbeit allein war es nicht. Sie machte sich etwas vor, wenn sie sich einredete, sie sei an ihm nur als Objekt der Beobachtung und Untersuchung interessiert. Wäre er jünger gewesen und gesund, sie hätte mit ihm das Lager geteilt, ohne einen Augenblick zu zögern. Aber nein, nicht einmal das war es, was da dicht unter der Oberfläche lag, in dem Tumult ihrer Gedanken und Gefühle. Es war nicht so, dass sie an einem Wunsch festhielt, der niemals erfüllt werden würde. Es war auch nicht Mitleid mit einem kranken Mann, nein. Es war etwas anderes. Aber sie wusste nicht, was.

»Kann ich auf dich zählen, Vileena?«, fragte Quest noch einmal.

»Sei nicht dumm«, sagte sie, beinahe ärgerlich, dass sie sich selbst so wenig verstand. »Ich werde dein Geheimnis wahren, was denkst du denn? Schon um meiner selbst willen.«

Das war unfreundlich und klang vermutlich auch so. Doch Quest sah sie nur an, lange, und schien zufrieden zu sein.

Kuton saß da und starrte die Wand an. Die weiße Wand. Die Wand, die sie frisch gestrichen hatten. Die sie schlecht gestrichen hatten. Man sah jeden Tropfen, jeden Rand, jeden Strich. Erbärmlich. Es war alles so erbärmlich.

Genau wie der Wandbehang, den er wieder heruntergerissen hatte. Ein albernes Stück Flockenstoff, hellblau, weil das Magazin ihm keinen anderen hatte verkaufen wollen. Einen halben Monatslohn hatte er dafür hingeblättert. Und jetzt lag das Ding in der Ecke, hatte den Müllkorb verfehlt, hing zerfetzt an dessen Rand. Er hätte schreien können.

Die andere Hälfte seines Monatslohns hatte er für Fiar ausgegeben. Er würde verschuldet zurückkommen, wenn er sich nicht endlich zwang, wieder Vernunft anzunehmen. Fiar zu kaufen, nur um ihn dann zu verhunzen mit einem schlichten Kochglas, auf einer absolut unzureichenden Wärmeplatte. Nur um so zu tun, als könne er hier unten im Mitteldeck, mitten in dieser elenden Mittelmäßigkeit und grauenhaften Zweckmäßigkeit so leben wie ein Edler.

Sie ließen ihn in Ruhe heute. Sie waren alle gegangen, hatten sich verzogen, alle Arten von Ausreden hatte er gehört. Vermutlich lachten sie irgendwo über ihn, und das zu Recht. Zu mehr taugte er ja doch nicht als dazu, das Gespött der Besatzung zu sein.

Am besten, er gab die Leitung der Forschung ab. Er würde alle Kraft zusammennehmen, noch einmal in die Zentrale gehen, einmal noch und dann nie, nie wieder, und den Kommandanten bitten, ihn aus dem Führungsstab zu entlassen. Und dann würde er seinen Frieden finden können, erst dann. Wenn er niemals wieder in die Zentrale hinaufgehen musste.

Wenn er niemals wieder *ihr* begegnen musste.

Sie hatten versucht, die Gerüchte von ihm fernzuhalten. So offen lag also sein Herz, sein Sehnen. Ein offenes Buch war er für alle um ihn herum. Sie hatten versucht, ihn abzulenken, hatten Besprechungen so weit gedehnt, dass man das Essen aus der Kantine holen lassen musste, nur damit er nichts hörte von dem, was durch die Gänge der MEGATAO raunte. Und als er es gehört hatte, hatten sie abgewiegelt, das seien nur dumme Gerüchte, und schließlich hieße es schon ewige Zeiten, Vileena und Quest ...

Aber er wusste, dass es stimmte. Wie ein entsetzlicher Schmerz, der in seinen Gedärmen wühlte und ihn von innen heraus zerfressen wollte, war diese Gewissheit, dass es stimmte. Da war einer gekommen, ein Mann aus der Vergangenheit, aus einer Zeit, als es keine Edlen und keine Freien gegeben hatte, nur Bürger, und so einer kam und nahm einfach ... nahm einfach ... tat, was er wollte, und ...

Eine heiß glühende Gewalt in ihm wollte etwas packen und zerreißen, wollte etwas an der Wand zerschmettern, die sie so erbärmlich gestrichen hatten, aber Tennant Kuton saß nur da und atmete keuchend, zwang sich zur Ruhe, wartete, bis das Schlimmste vorüber war. Er musste ruhig bleiben, wenigstens das. Er musste sich zwingen, einsatzbereit zu bleiben für die Mission, für den Pantap, für das Reich. Er musste einfach. In seinen Pflichten war kein Platz für Gefühle wie diese.

Als er auf den Tisch vor sich hinabsah, stellte er fest, dass er die Übersetzung, die Bailan für ihn angefertigt hatte, zu einem nur noch faustgroßen Ball zusammengeknüllt hatte.

Vor dem Ende der letzten Sprungetappe wechselte das Sublicht von blassem Grün zu kräftigem Orange. Erhöhte Alarmbereitschaft. Keine Freiwachen, niemand, der schlief. Alle Anlagen voll besetzt, Geschütze einsatzbereit und geladen.

Quest hatte seinen Platz in der Zentrale eingenommen, seine Augen folgten allen Bewegungen an den doppelt besetzten Dyaden. Die Luft schien zu knistern vor Anspannung. Man wusste, man würde in unmittelbarer Nähe des Yorsa-Systems ankommen, und die Kundschaftersonden lagen ausstoßbereit in ihren Rohren.

»Der Planet selber wird Yorsa genannt. Er ist der zweite von vier Planeten einer großen blauweißen Sonne namens Loy'mok«, fasste Tennant Kuton auf Geheiß des Kommandanten noch einmal zusammen, was man aus den Unterlagen von Pashkan erfahren hatte. Seine Stimme war ungewohnt kräftig, hatte beinahe Kommandoton, und sein Gesicht war auffallend bleich. »Der erste Planet ist ein mondgroßer Felsklumpen, dessen Name nicht überliefert ist. Der dritte Planet, Tsai'mok, ist ein Gasriese von dreihundertfacher Standardgröße, ein Gasgigant, der beinahe eine Sonne hätte werden können. Eal'mok, der vierte Planet, hat anderthalbfache Standardgröße und eine gefrorene Sauerstoffatmosphäre und befindet sich um den Faktor 13 außerhalb der Lebenszone.«

»Bisschen oft *'mok*, oder?«, fragte Muntak. »Was heißt das?«

»Wir vermuten, dass es ein Reihenfolgenattribut ist«, sagte der Historiker. »Allerdings wissen wir nicht einmal, in welcher Sprache.«

Durch die Sichtfenster war zu erkennen, dass plötzlich Bewegung in das sonst so reglose Milchgrau kam, eine schlierige Seitwärtsdrift, die dem Austauchen unmittelbar vorausging.

»Achtung«, sagte Muntak laut, den Blick auf die Kontrollen des Hyperkonverters gerichtet. Die Härchen auf der Haut schienen sich aufzustellen vom Klang seiner Stimme, in Wirklichkeit einer der biologischen Effekte des Austauchens. »Singularisierung . . .!«

Das körnige Grau draußen wurde zu einem Gespinst langer, glitzernder Fäden, die sich umeinander wanden und sich zu

173

einem immer enger werdenden Tunnel zusammenschnüren.

»Horizontkontakt . . .!«

Die Fäden zerstoben, man sah nur noch Blitze, die es in Wirklichkeit nicht gab, die nur quantenphysikalische Effekte auf der Netzhaut waren. Der Metaquanteninjektor trommelte nun in nervendem Stakkato, während das bis jetzt gleichförmige Tosen der Triebwerke erstarb.

»Austauchen!«

Mit einem Schlag war Schwärze ringsum, sternerfüllte Leere, und Nebel und Sterne schälten sich aus dem Dunkel. Die Hinterseite der Augäpfel schien zu brennen, und manchen Besatzungsmitgliedern würde in den nächsten Augenblicken schlecht werden, ohne dass man hätte voraussagen können, wem. Oder gar, warum. Es traf Frauen häufiger als Männer, Jüngere häufiger als Ältere, und aus irgendeinem Grund litten Edle so gut wie nie an Austauchübelkeit.

»Alle Aggregate stabil«, meldete der Erste Maschinenführer Grenne und rieb sich den derben Nacken. »Keine Schäden. Keine Ausfälle. Volle Einsatzbereitschaft.«

»Vorgesehener Zielpunkt erreicht«, sagte der Erste Navigator Felmori in der näselnden Sprechweise seiner Heimatwelt. »Die Sternpeilung und die Magnetfeldmessung ergeben identische Werte. Unter Berücksichtigung der galaktischen Drift müsste Yorsa in Normalflugreichweite liegen.«

»Raumüberwachung?«, fragte Quest.

Der Edle Hunot, Erster Raumüberwacher, nickte gemächlich. »Die Scanner haben das Yorsa-System beziehungsweise Loy'mok noch nicht ausgemacht.« Da für die Bestimmung der Entfernungen zu den nahe gelegenen Sternen ausreichend verschiedene Differenzialbilder nötig waren, würde das auch noch eine Weile dauern.

»Werden wir angepeilt?«

»Das ist schwer zu sagen. Wir messen natürlich zahlreiche stark strahlende Sender an … Bis jetzt scheinen alle natürlichen Ursprungs zu sein.« Hunot betätigte einige der Armaturen, betrachtete Frequenzbilder. »Ja. Sieht alles natürlich aus.«

»Da«, sagte der Zweite Raumüberwacher, der Edle Iostera, plötzlich. »Das könnte Loy'mok sein.« Er schaltete das Kamerabild eines Himmelsausschnitts für alle sichtbar auf den großen Hauptschirm. Ein zitternder roter Kreis markierte einen hellen Lichtfleck. »Blauweiße Sonne, Größenindex 1,2, Entfernung 46 Großspannen.«

»Der Größenindex stimmt«, bestätigte Tennant Kuton.

»Sonst irgendwelche Kandidaten?«, wollte Quest wissen.

Die beiden Raumüberwacher schüttelten einhellig die Köpfe. »Nein. Das muss Loy'mok sein.«

»Gut. Schickt zwei Kundschaftersonden los.«

Der Rückstoß, als die Sonden aus den Schächten geblasen wurden, war in der Zentrale nicht spürbar. Iostera klappte eine zusätzliche Konsole heraus, um die Kundschafter zu steuern. Die anderen Edlen stellten ihre Sitze zurück und atmeten aus. Das Austauchen war geschafft, unmittelbare Gefahr drohte nicht – nun begann erst einmal wieder ein langes Warten. Als Raumfahrer verbrachte man ziemlich viel Zeit seines Lebens mit Warten.


Gerade als die letzte Austauchübelkeit versorgt war, tauchte Smeeth in der Heilstation auf. Vileena hielt unwillkürlich den Atem an. Das hatte er noch nie getan, sie bei ihrer Arbeit zu besuchen, und in Anbetracht der kursierenden Gerüchte war dies der schlechteste Zeitpunkt, den er hätte wählen können.

»Seid gegrüßt, Edler Smeeth«, sagte sie betont formell, ehe Uboron sich um ihn kümmern konnte. Der hünenhafte Heiler versuchte, sich nichts anmerken zu lassen, aber sie konnte förmlich spüren, wie er lauschte. »Habt Ihr Austauchbeschwerden?«

Smeeth lächelte nachsichtig. »Nein.« Es klang, als amüsiere ihn die Vorstellung. »Ich bin nur auf der Suche nach jemandem, der mir sagen kann, was vor sich geht.«

»Was soll denn vor sich gehen?«

»Wir sind ausgetaucht und nehmen keine neue Fahrt auf. Die Warnstufe ist auf Orange angehoben worden. Falls sich nichts Gravierendes an den Standardroutinen geändert hat, heißt das, wir haben einen unerforschten Zielpunkt erreicht.«

»Nun, dann wird es so sein«, sagte Vileena. Sie ärgerte sich, dass er versuchte, sie auszuhorchen. Er wusste natürlich, dass sie dem Führungsstab angehörte, aber sie hatte nicht angenommen, dass er versuchen würde, sie zu einem Geheimnisverrat zu verführen, nur weil sie das Lager mit ihm teilte.

»Wir sind nahe dem galaktischen Zentrum, nicht wahr?«, fragte er. »Es sieht zumindest so aus, wenn ich in meiner Kabine aus dem Fenster blicke. Das galaktische Zentrum oder einer der großen Kugelhaufen.«

Vileena sah vor sich auf den Tisch hinab. Ihre Hände spielten mit einem Wundmesser. »Ich werde dazu nichts sagen, Edler Smeeth. Die Schweigeverpflichtung des Führungsstabes hat den Sinn, dass der Kommandant entscheiden kann, wann die Besatzung welche Einzelheiten über die Mission erfährt.«

Der Mann aus den Zeiten der Republik lächelte wieder. »Ja, natürlich. Bitte verzeiht mir. Es war nicht meine Absicht, Euch zu kompromittieren.«

Sie sah hoch in der Absicht, ihm böse zu sein. Aber als sie ihm in die Augen sah, war da etwas, das ihr durch und durch ging, die Wirbelsäule hinab wie ein elektrischer Schlag. Sie hielt den Atem an und konnte erst wieder ausatmen, als er gegangen war.

Als die in der Beschreibung genannten Planeten gefunden waren und feststand, dass sie das richtige Sonnensystem gefunden hatten, steuerten die Kundschaftersonden den zweiten Planeten, Yorsa, an. Auf dem Hauptschirm in der Zentrale der MEGATAO erschien ein blasser, gelblich weißer Fleck, der nur sehr langsam größer wurde.

»4,2-fache Standardgröße«, nickte der Tennant, als die Messwerte eingeblendet wurden. »Das ist Yorsa.«

»Der Planet hat einen Halo«, verkündete Hunot. Das war zumindest ungewöhnlich.

Der Fleck wurde größer, runder, blieb aber verwaschen. Nach und nach erkannte man einen großen, in eine diffuse Wolke gehüllten Planeten, mit einer dichten gelbweißen Atmosphäre ohne sichtbare größere Lücken. Wäre er nicht zu klein dafür gewesen, man hätte ihn für einen Gasplaneten halten können. Der Halo umgab Yorsa wie ein bleicher Schimmer, und ab und zu blitzte irgendwo darin etwas auf.

»Es scheint sich um Kristalle zu handeln«, sagte Iostera. »Was wir als Aufblitzen sehen, ist Sonnenlicht, das an einer ebenen Fläche reflektiert wird.«

»Vielleicht Eis«, überlegte Hunot.

»Gibt es schon Daten über die Planetenoberfläche?«, fragte Kuton.

»Nein«, erwiderte der Zweite Raumüberwacher. »Die Kundschafter sind noch zu weit entfernt.«

»Irgendwelchen Funkverkehr?«

»Nein, nichts. Nicht einmal Signaturen von Energieerzeugern.«

Angespanntes Schweigen verschluckte die Worte Iosteras. Keiner wagte, die wahrscheinlichste Erklärung dafür auszusprechen: dass sie zu spät gekommen waren. Dass die Yorsen entweder längst nicht mehr hier lebten – oder dass sie ausgestorben waren.

Der Planet wölbte sich ihnen größer und größer entgegen.

In der Melange aus fahlem Weiß und bleichem Gelb wurden fadendünne Wirbel aus Schwarz, Braun und Dunkelgrau sichtbar. Als hätte ein Gigant die dicke Atmosphäre mit einem riesigen, leicht verunreinigten Löffel umgerührt. Winzige Wölkchen verteilten sich auf dem gewaltigen Rund wie hingetupft, der Rand der Atmosphäre glomm golden auf, und die Helldunkelgrenze zog eine scharfe, leicht rissig wirkende Linie.

»Es sind tatsächlich Kristalle«, meldete Hunot und blendete ein vergrößertes Bild ein. Es zeigte eine Wolke nadelspitzer tetragonaler Kristalle von bläulicher Farbe.

»Es wundert mich, dass sie einen Halo bilden«, sagte Tennant Kuton, der vor lauter Staunen in jenen scheuen, behutsamen Ton zurückgefallen war, den man bei ihm gewohnt war.

»Stimmt«, sagte Felmori. »Sie dürften höchstens einen Ring bilden. Alle Partikel, deren Umlaufbahnen von der Hauptebene abweichen, müssten nach und nach mit anderen zusammenstoßen und im Lauf der Zeit verschwinden.«

»Aber sie bilden einen Halo«, konstatierte Kuton. »Was heißt das? Vielleicht, dass er noch nicht so lange existiert.«

Quests tiefe Stimme ließ sich vernehmen. »Edler Hunot«, sagte er. »Vergrößert einen der Kristalle so weit als möglich.«

»Sofort, Erhabener Kommandant.« Das Bild ruckte hin und her, bis einer der Kristalle im Zielkreuz lag, dann wurde die Vergrößerung hochgeschaltet. Maßangaben blendeten sich ein. Der Kristall maß in seiner Längsachse an die hundert Mannslängen, in der Breite etwa vierzig.

Und in seinem Schwerpunkt lag etwas Dunkles, ein großer Schatten . . .

»Holt das näher heran!«, befahl Quest.

Die Vergrößerung sprang, wurde körnig, stellte sich scharf. Das Blau des Kristalls füllte nun das ganze Bild. Der Schatten dahinter sah fremd aus und zugleich merkwürdig vertraut, als hätten sie ihn schon einmal gesehen.

»Können wir das klarer bekommen?«

»Sofort.« Die Finger des Patriarchen von Suokoleinen huschten über Tasten und Sensortafeln. Die Farben auf dem Schirm verschoben sich, ein Flimmern huschte die Bildkanten entlang, dann klärte sich das Blau, schälten sich die Konturen der Gestalt dahinter deutlich heraus . . .

»Oh nein«, sagte jemand.

»Bei der Gnade des Pantap«, murmelte ein anderer.

In der Mitte des Kristalls eingeschlossen, seit unbekannten Zeiten den Planeten umkreisend, befand sich ein Yorse, starr und steif wie versteinert.

Und er war unglaublich *groß*.

# Die Herrscher der Morgenröte

# 1

Millionen dieser Kristalle umkreisen den Planeten, vielleicht auch Milliarden – die Auswertungseinheiten waren noch dabei, sie zu zählen und ihre Bahnen zu errechnen –, und jeder Kristall bot das gleiche Bild: Ein Yorse schwebte so reglos in seinem Schwerpunkt, als wäre er eingegossen worden in die transparente blaue Substanz. Die Menschen in der Zentrale der MEGATAO verharrten schweigend und schauten, vergaßen ganz, dass sie selber noch weit von alldem entfernt waren. Dies also waren die Yorsen, die erste nichtmenschliche Intelligenz, der Untertanen des Pantap jemals begegnet waren.

Die Yorsen waren, abgesehen von ihrer erschütternden Fremdartigkeit, vor allem *groß*. Geradezu riesig. Allein der Kopf eines Yorsen war länger als der Körper eines Menschen lang, und der Kopf war zierlich im Vergleich zum Rest dieses Wesens. Ein Beinpaar und zwei Armpaare gab es, und die meisten derer, die sie zu Gesicht bekamen, hatten eines davon halb in die Höhe erhoben, ehe sie erstarrt waren. Weder Augen noch sonstige Sinnesorgane waren auszumachen, zumindest keine, deren Form einem bekannt vorgekommen wäre oder deren Funktion man hätte erraten können. Ein flacher, grauer, halb kugeliger Schädel, getragen von vier dicken, nach unten hin schmaler werdenden Wülsten, Fühler, warzenartige Strukturen, Reihen gerader Schlitze – nichts, das einen ansah, weder klagend noch sonst irgendwie. Nichts, an dem man hätte erkennen können, ob diese Wesen tot waren oder noch lebten.

»Was hat das zu bedeuten, Tennant Kuton?«, fragte Quest schließlich.

Der Wissenschaftler war offensichtlich ratlos. »Ich weiß es nicht, Erhabener Kommandant.«

»Vielleicht hat sich eine Katastrophe ereignet«, meinte der Zweite Kommunikator Ogur. »Eine Weltraumsiedlung, zerstört durch eine unbekannte ... ich weiß nicht ...«

Kuton schüttelte den Kopf. »So sieht es nicht aus. Absolut nicht. Eher wie ein ... Friedhof.«

»Wir nehmen Kurs auf Yorsa«, befahl Quest und erhob sich aus seinem Sessel. Wenn er stand, überragte er alle anderen. Das vergaß man leicht, solange er saß. »Erster Pilot Muntak, wann werden wir das Ziel erreicht haben?«

Muntak fuhr hoch. »Ungefähr morgen gegen zweiundzwanzig Gyr, Erhabener Kommandant.«

»Gut. Wir treffen uns morgen um achtzehn Gyr hier. Tennant Kuton, gehen Sie die Dokumente von Pashkan noch einmal durch. Vielleicht finden Sie einen Hinweis auf Sinn und Zweck dieses Kristallhalos.« Er nickte Kuton zu, dann Muntak. »Erster Pilot, Euer Schiff.« Damit ging er.


Na gut, er setzte sie nicht unter Druck. Er wollte sie auch nicht zu etwas verleiten. Er fragte einfach, und er fand sich auch damit ab, keine Antwort zu erhalten.

»Schau«, sagte Vileena in seinen Armen, mit den Fingern seine merkwürdig zugerichtete Haut abtastend, in einem beiläufigen, nicht bewussten Interesse, »ich kann dir nicht sagen, wo wir sind. Das sind die Regeln an Bord eines Sternenschiffs. Der Kommandant entscheidet. Er entscheidet auch, was der Führungsstab wissen darf. Letztlich ist er es ja, der dem Pantap verantwortlich ist, verstehst du?«

Seine Finger strichen durch ihr Haar. »Siehst du nicht, dass das unsinnige Regeln sind? Zu Zeiten der Republik wäre so etwas unvorstellbar gewesen. Die gesamte Mannschaft im Unkla-

184

ren zu lassen darüber, wohin die Reise geht und wo man sich befindet? Große Galaxis! Ein Kommandant, der das versucht hätte, hätte das letzte Mal in seinem Leben ein Schiff geführt.«

»Nun, die Zeiten haben sich eben geändert.«

»Aber das Universum hat sich nicht geändert. Die Gefahren der Raumfahrt haben sich nicht geändert. Angenommen, jemand von der Besatzung bemerkt eine Unregelmäßigkeit – woher soll er wissen, ob er eine entscheidende Beobachtung gemacht hat oder ob es sich um eine unbedeutende Sache handelt? Wie soll er das auch nur annähernd einschätzen können, wenn er keine Ahnung hat, worum es geht? Selbst wenn alle alles melden würden – was sie nicht tun werden, weil sie umgehend einen Dämpfer verpasst bekämen –, aber selbst wenn alles, was sie sehen, den Kommandanten erreichte, er würde ertrinken in einer Flut unbedeutender Information.« Seine Hand hielt in ihrer Bewegung inne. »An Bord dieses Schiffes könnten zwölfhundert Gehirne denken, wenn man sie ließe. Aber so, wie ihr es handhabt, kann nur eines denken, weil nur eines alle Daten hat – das des Kommandanten. Eine grandiose Verschwendung. Eine *gefährliche* Verschwendung.«

Vileena seufzte. Da lag sie, in den Armen eines Republikaners, seinen aufrührerischen Reden lauschend. Schon das hätte sie sich nie träumen lassen. Noch weniger, dass sie beinahe plausibel finden würde, was er sagte, obwohl es gegen alle Werte ging, zu denen sie erzogen worden war. »Ich weiß nicht«, sagte sie. »Findest du das nicht etwas überzogen? Ich meine, die Standesregeln kommen ja irgendwoher. Sie werden irgendeinen Sinn haben.«

»Wenn Menschen absichtlich in Unwissenheit gehalten werden, hat das immer den Sinn, die Privilegien derjenigen zu bewahren, die wissen. Noch etwas, das sich niemals ändert. Euer großartiger Kodex dient dazu, die Edlen als etwas Besonderes hinzustellen, innerhalb der Edlen den Kommandanten zu einem Halbgott zu machen und letztlich, da er ja dem Pantap Rechenschaft schuldet, den Pantap zu einem Gott. Das ist alles. Für dieses amüsante Spiel riskiert ihr euer Leben.« Er sagte es in einem Ton, als amüsiere es ihn tatsächlich. »Aber du brauchst mir nichts zu sagen. Ich kriege auch selber heraus, was ich wissen will.«

Als sie sich am nächsten Tag um achtzehn Gyr in der Zentrale versammelten, war Yorsa bereits durch die Sichtluken als großer, schmutzig weißer Himmelskörper zu erkennen. Die MEGATAO flog einen vorsichtigen Annäherungskurs, der sie in einen Orbit außerhalb des Halos bringen würde. Immer noch hatte sich kein fremdes Raumschiff gezeigt, hatte man keinerlei Funksignale aufgefangen, hatte kein anmessbarer Detektor das Fernerkundungsschiff erfasst. Nach allem, was ihnen die Geräte sagten, verlief ihre Annäherung unbemerkt.

Falls es in diesem Sonnensystem noch jemanden geben sollte, der ihre Annäherung hätte bemerken können.

Tennant Kuton hatte seinen jungen Schützling mitgebracht, den Novizen der Bruderschaft der Bewahrer, Bailan. Der Junge hielt eine Mappe mit Notizen umklammert und sah sich neugierig um, streckte den Hals – unauffällig, wie er wohl meinte –, um den Planeten besser sehen zu können.

»Erster Verweser Dawill«, schnarrte Quest grimmig, »ist der Junge auf seine Geheimhaltungspflichten hingewiesen worden?«

Der Stellvertreter Quests nickte. »Ja. Er kennt den Umfang der Geheimhaltung, hat die Begründung verstanden und weiß, welche Strafen ihm drohen.«

»Gut. Also, Tennant Kuton, was haben Ihre Nachforschungen ergeben?«

Der Leiter der Wissenschaftlichen Abteilung knetete wieder seine Hände. »Nun, wir haben die ganze Nacht, mehr oder weniger, die bisherigen Unterlagen –«

»Das will ich nicht wissen. Ich will wissen, was Sie haben.«

»Natürlich, Erhabener Kommandant. Wir, ähm, haben einen Hinweis auf den Halo gefunden. Was zugleich bedeutet, dass er schon länger als zehntausend Jahre existiert. Bailan, lies die Stelle vor.«

Der Junge klappte seine Mappe auf, straffte die Schultern und las: »*Die Umlaufbahnen aller Elemente des Halo sind in Orientierung, Höhe und Frequenz so aufeinander abgestimmt, dass sie verschiedene . . .* – hier kommt ein Wort, das wir nicht übersetzen konnten – *. . . repräsentieren. Die Yorsen, die im Halo leben, sind Gefangene, die nichts getan haben.*«

Einen Moment herrschte verdutzte Stille.

»*Gefangene, die nichts getan haben*«, wiederholte Quest. »Mit anderen Worten, die Yorsen in den Kristallen *leben*?«

Bailan nickte. »Ja. An anderer Stelle ist ausdrücklich davon die Rede, dass sie die Kristalle unter bestimmten Bedingungen wieder verlassen.«

»Was sind das für Bedingungen?«

»Das konnten wir leider auch nicht übersetzen.« Der junge Bewahrer duckte sich in einer um Nachsicht heischenden Geste. »Es ist eine schwierige Textpassage. Sehr schwierig.«

Quest blickte sich grübelnd um. Niemand sagte etwas. Das fahle Licht des nahenden Planeten spiegelte sich an der Decke der Zentrale.

»Felmori«, sagte Quest. »Ihr habt Euch die Umlaufbahnen der Kristalle näher angeschaut, nicht wahr?«

Der Erste Navigator nickte. »Ja, Erhabener Kommandant. Was wir als Halo wahrnehmen, sind in Wirklichkeit zahlreiche Höhenschalen um den Planeten, innerhalb derer sich die Körper in einheitlicher Richtung bewegen. Das Halo ist ein Ge-

187

spinst Hunderter verschieden hoher Umlaufbahnen, wie ein Knäuel Garn ungefähr. Das ist der Grund dafür, dass es stabil ist.«

»Mit anderen Worten, in diesem Punkt ist die Überlieferung korrekt?«

Felmori kratzte sich nervös an der Nase und senkte die Hand hastig wieder, als ihm seine Unschicklichkeit bewusst wurde. »Ja«, sagte er. »Die Umlaufbahnen sind in der Tat aufeinander abgestimmt.«

»*Gefangene, die nichts getan haben*«, wiederholte Quest noch einmal und schüttelte den mächtigen Schädel. »Das ist ein seltsamer Satz, oder? Was bedeutet das?«

»Verzeiht.« Der Junge flüsterte fast. »Ich habe nur zu übersetzen versucht, was geschrieben steht.«

»Sicher.« Der Kommandant war zu einem Entschluss gelangt. Man sah es daran, wie sich seine Haltung veränderte, und man spürte es an der veränderten Energie, die plötzlich den Raum beherrschte. »Dawill, stellen Sie ein Kommando zusammen. Unter Ihrer Leitung. Starten Sie mit dem Beiboot, fliegen Sie einen der Kristalle an und versuchen Sie, ihn zu öffnen und den Yorsen darin zu bergen.«

Dawills untersetzte, in Gegenwart des Kommandanten ewig gebeugte Gestalt straffte sich. »Ich habe gehört, Erhabener Kommandant, und ich folge.«


Als Bailan zurück in seinen Arbeitsraum kam, war ihm fast schlecht. Er warf die Mappe auf den Tisch, zog noch einmal den Originaltext hervor und das Utak-Wörterbuch, schlug dieselben Wörter noch einmal nach, die er die ganze Nacht über wieder und wieder nachgeschlagen hatte, deren Querverweise er studiert und deren Beispiele aus der bekannten Literatur er gelesen hatte. Es war sinnlos, er wusste es, und eigentlich hätte er sich endlich hinlegen und schlafen müssen, aber er konnte nicht schlafen, nicht mit dieser so wichtigen Übersetzung, von der er das Gefühl hatte, dass es die schlechteste Übersetzung war, die er jemals angefertigt hatte.

Eine Hand voll Sätze, und die Hälfte davon hatte er mehr oder weniger geraten. Hier, dieser Partikel. *Nood.* Es ergab überhaupt keinen Sinn, dass das da stand. Was um alles in der Galaxis hieß das?

Aber das hatte er natürlich nicht zugeben können. Der Tennant hatte ihm unmissverständlich zu verstehen gegeben, dass der Kommandant sich nicht dafür interessierte, auf welchem Weg man zu Erkenntnissen gelangt war – nur für die Erkenntnisse selbst. Und wehe, sie waren falsch. Dann würde einen der volle Zorn eines mächtigen, unduldsamen Mannes treffen.

Da konnte er nicht hergehen und seine linguistischen Zweifel schildern. Erstens hätte Quest ihm genauso das Wort abgeschnitten wie dem Tennant, der so etwas ja auch immer wieder versuchte. Zweitens wäre womöglich der Verdacht aufgekommen, er hintertreibe die Mission. Und wenn man ihn von den weiteren Arbeiten ausschloss, konnte er seinen Traum, eines Tages mit den geraubten Heiligtümern nach Pashkan zurückzukehren, begraben.

Er stützte den Kopf in die Hände. Seine Stirn fühlte sich fiebrig an, und seine Augen brannten. Wann hatte er eigentlich das letzte Mal etwas gegessen? Genau. Das war es. Er würde in die Kantine hinübergehen und sich etwas zu essen holen, ein belegtes Brot oder eine Schale Ruga. Kurz das Gehirn auslüften, ein paar Nährstoffe nachschieben, und dann weiter.

*Nood.* Was hatte dieser Partikel in diesem Satz zu suchen?


Das Beiboot verließ mit fünfzehn Mann Besatzung den unteren Hangar. Das Kommando hatte der Erste Verweser Dawill, neben der Stammbesatzung waren außerdem an Bord Tennant Leti, dessen biologische Kenntnisse eventuell von Nutzen sein würden, sowie der beste Werkmacher an Bord, Sumprada, ein Freier, der die Missionen der MEGATAO normalerweise in den Werkstätten vor den Maschinenräumen verbrachte und dem man nachsagte, Wunder vollbringen zu können. Manchmal zumindest. Er hatte einen Koffer voller Bohrer und Fräsen eingepackt und freute sich, einmal den freien Weltraum zu sehen.

Mit bloßem Auge sah man zuerst nichts. Nur einen großen, hellen Planeten mit dichter Atmosphäre. Doch wenn man eine Weile hinausblickte, sah man es wie Zauberstaub funkeln und glitzern entlang der Planetenkrümmung. Und dann, wenn sich der Blick darauf eingestellt hatte, sah man die Wolke aus Kristallen, winzig und zahllos, wie ein Schwarm gefräßiger Insekten, die im Begriff gewesen waren, über den Planeten herzufallen ...

Ein absurdes Bild. Dawill wandte den Blick ab, studierte die Bildschirme und die mit Ortermarkierungen überlagerten Bilder darauf. Ein Problem war die Größe der Yorsen. Ein Yorse war fast so lang wie das ganze Beiboot. Das hieß, sie würden ihn nicht an Bord nehmen können, wenn sie ihn befreit hatten. Im Grunde wäre es besser gewesen, ein Annäherungsmanöver mit der MEGATAO zu fliegen, einen ganzen Kristall in den oberen Hangar zu holen und dort erst zu öffnen. Aber das wollte Quest nicht riskieren. Also würde man den Kristall in eine Druckblase hüllen, ehe man versuchte, sich Zugang zu verschaffen. Man wusste nicht, woraus die Kristallhülle bestand oder was sich darin befand. Ob sich überhaupt etwas darin befand. Auf den Bildern sah es aus, als sei bis auf die Haut des Yorsen alles massiv, dieser sozusagen eingegossen in seiner Haltung.

Falls es sich tatsächlich um ein Gefängnis handelte, so war es die perfideste Konstruktion, von der jemals jemand gehört hatte.

»Die Yorsen sind Sauerstoffatmer, so viel wissen wir«, erklärte Leti dazu, als sie die Einzelheiten des Plans durchgingen. »Aber freilich, auf welche Weise Wesen zu atmen gelernt haben, die imstande sind, ganze Sonnensysteme zu versetzen – darüber können wir nur spekulieren.«

Dawill hatte kein gutes Gefühl bei der Sache. Er musterte die Kristalle in der nächsten Umgebung. Sie sahen alle gleich aus, waren nur verschieden groß, ebenso wie die Yorsen darin. Aber *zu* groß waren sie alle.

Schließlich wählte er mehr oder weniger willkürlich einen aus, deutete darauf und sagte zum Piloten des Beiboots: »Dieser.«


Bailan hatte sich gerade ein Brot und ein Glas Wasser von der Ausgabe geholt und sich damit an einen freien Tisch gesetzt, als ein ganz in Schwarz gekleideter Mann auftauchte und sich ihm mit ungefähr der gleichen Ausstattung schräg gegenübersetzte. Sie wünschten sich gegenseitig Genuss, dann biss Bailan auch schon in sein Brot und kaute genüsslich.

»Mein Name ist Smeeth«, sagte der Mann ihm gegenüber.

Genau. Jetzt fiel es ihm wieder ein, was man sich erzählte. Von dem Mann aus dem Wrack, der vierhundert Jahre Kälteschlaf überlebt hatte und ganz in Schwarz herumlief.

»Bailan«, erwiderte Bailan und entbot den üblichen Gruß, soweit er das mit dem Brot in der Hand konnte. »Ihr seid der Mann aus der Vergangenheit, nicht wahr?«

»Allerdings«, nickte der Mann lächelnd.

»Muss seltsam sein, sich plötzlich in der Zukunft wiederzufinden.«

»Nicht seltsamer, als plötzlich aus dem Pashkanarium entführt zu werden.«

Bailan verschluckte sich, musste husten und sich von dem

Fremden auf den Rücken klopfen lassen, um die Luftröhre wieder freizubekommen. »Wie bitte?«, japste er dann.

»Du arbeitest für Tennant Kuton«, sagte Smeeth. »Übersetzt Dokumente, die aus dem Heiligtum geraubt wurden.«

Bailan blieb der Mund offen stehen. »Woher wisst Ihr das?«, entfuhr es ihm, und er hätte sich im nächsten Moment ohrfeigen können für so viel Dämlichkeit.

»Man erfährt vieles, wenn man sich ein bisschen umhört.« Smeeth lächelte. »Es waren eine Menge Piloten beteiligt an der Aktion. Und Piloten können ihre Heldentaten nun einmal sehr schwer für sich behalten.«

»Ach so.«

»Ist das einer der Texte?«, fragte Smeeth und deutete auf das Blatt, das Bailan zusammengefaltet unter sein Tablett geschoben hatte. »Darf ich mal sehen?« Er streckte die Hand aus.

Bailan wollte es ihm nicht geben, wollte ablehnen, aufstehen und gehen, aber dann schob er es ihm doch hinüber. Warum auch nicht? Es war schließlich in Utak, der alten Sprache der Wissenschaft. Was würde der gestrandete Kommandant eines verunglückten Raumschiffs damit schon anfangen können?

Aber siehe da, der gestrandete Kommandant eines verunglückten Raumschiffs konnte eine Menge damit anfangen. »Utak, hmm?«, meinte er und studierte die Zeilen stirnrunzelnd. »Und ziemlich haariges dazu.«

»Ihr beherrscht *Utak*?«, entfuhr es Bailan.

»Einigermaßen. Ist ziemlich nützlich für einen Prospektor. Eine Menge alter Unterlagen sind in Utak verfasst worden, auch als es längst niemand mehr gesprochen hat.«

Bailan wusste nicht, was er sagen sollte. Also sagte er nichts, sondern biss ein großes Stück von seinem Brot ab, damit er zu kauen hatte.

Smeeth schob ihm das Blatt hin und deutete auf eine Stelle. Auf genau die Stelle, auf die es ankam. »Wie übersetzt du das?«

Bailan schluckte hinunter, spülte mit einem Schluck Wasser nach und nannte ihm die Übersetzung, die er auch Quest vorgelesen hatte.

»Gefangene, die nichts getan haben?« Der Mann lachte spöttisch. »Ich bitte dich. Was hätte in so einem Satz ein *nood* verloren?«

»Ja, daran rätsele ich auch herum. So, wie es dasteht, scheint es *abstoßen* oder *bedrohen* zu heißen, aber das ergibt absolut keinen Sinn. Ich habe schon überlegt, ob es einfach ein Fehler des Schreibers ist.«

»Es ist kein Fehler des Schreibers«, sagte Smeeth. »Es ist ein Fehler des Übersetzers.«

»Ach ja?« Starkes Stück. Bailan hieb die Zähne in sein Brot und überlegte, ob er es wagen konnte, ihm einfach zu sagen, wohin er sich verziehen solle.

»Überleg mal. Welche Hauptdeklinationen kennt das Utak? Zunächst natürlich die narrative, aber dann hieße es *nulu*, nicht *nood*.«

»Genau«, nickte Bailan kauend.

»Außerdem gibt es, in der Reihenfolge absteigender Häufigkeit des Vorkommens, die reflektive, die demonstrative, die induktive und ...«

»Und die sakrale!« Bailan hatte plötzlich das Gefühl, dass ihm die Augen aus den Höhlen quollen. Er riss das Papier an sich. »Bei der Rückkehr der Eloa – *nood* ist kein Partikel, sondern sakral dekliniert ...!« Er las den Text noch einmal, las ihn wie im Fieber.

»Das ändert einiges, nicht wahr?«, schmunzelte Smeeth.

»Einiges? Das ändert alles. Dann sind es keine Gefangenen. Und statt Nichtstun heißt es ...« Ihm wurde plötzlich heiß und kalt vor Schreck. Er ließ das Brot auf das Tablett sinken, unfähig, noch einen Bissen zu nehmen. »Ich muss sofort in die Zentrale.«

Vileena war an seiner Tür gewesen, dreimal mindestens, hatte geklopft, aber er war nicht da gewesen. Zumindest hatte er nicht aufgemacht. Dann hatte sie jemand erwähnen hören, dass er im Schiff gesehen worden sei. Im Observatorium.

Sie hatten sich seit ihrer letzten gemeinsamen Nacht nicht mehr gesehen, zu den Mahlzeiten nicht und auch sonst nirgends, aber Smeeth war im Speiseraum gewesen, das hatte der Anrichter ihr bestätigt. Er habe einen Notizblock dabeigehabt und während des Essens Berechnungen angestellt.

Also führte er auf eigene Faust eine Positionsbestimmung durch. Nicht zu fassen. War das überhaupt möglich? Sie hatte eine verschwommene Vorstellung davon, wie das gehen mochte, glaubte sich aber zu erinnern, dass man diese alten Verfahren nicht einmal mehr an den Raumakademien lehrte. Sie bezweifelte, dass zum Beispiel der Erste Navigator Felmori imstande gewesen wäre, die Position der MEGATAO durch bloße Sternenbeobachtung und händische Berechnungen zu bestimmen.

Dass es Smeeth dennoch versuchte, beunruhigte sie nicht wenig, auch wenn sie nicht hätte sagen können, warum.

Sie klopfte ein weiteres Mal bei ihm an, energischer diesmal, und als er wieder nicht öffnete, blickte sie nach rechts und links, sah niemanden, holte tief Luft und zückte ihren Generalschlüssel, der jede Tür im Schiff öffnete mit Ausnahme der Gemächer des Kommandanten – für die Quest ihr einen eigenen Schlüssel gegeben hatte, verbotenerweise. Genauso verboten, wie den Generalschlüssel ohne Vorliegen eines dringenden Notfalls zu benutzen.

Smeeth war tatsächlich nicht da. Seine Räume wirkten, obwohl sie genauso ausgestattet waren wie alle Kabinen des Oberdecks, seltsam kahl und unbelebt.

Was daran liegen mochte, überlegte Vileena, dass er die meisten Nächte in ihrem Bett verbrachte.

Auf dem Tisch am Sichtfenster, dessen Blende offen stand und das die gleißende Sternenfülle des galaktischen Zentrums zeigte, lagen Papiere. Tatsächlich vollgekritzelt mit Formeln, die sie nicht verstand, und Zahlen in ungewohnter Schreibweise. Das konnte alles Mögliche sein. Sie starrte ratlos darauf, kämpfte mit dem Impuls, die Blätter ordentlich zusammenzuschieben. Es war nicht nötig, ihn merken zu lassen, dass sie hier gewesen war. Sie hob behutsam einige der Seiten hoch, doch auch darunter nichts als Formeln, Zahlen, Skizzen. Sie wollte schon aufgeben, alles wieder so hinlegen, wie sie es vorgefunden hatte, als sie es sah.

Auf ein Blatt hatte er eine Liste mit vermuteten Positionen geschrieben. Cajasteen-Sektor. Furkhat-Region. Astari-Haufen. Und so weiter. Nach und nach hatte er alle wieder verworfen, hatte die Namen durchgestrichen bis auf einen.

Einen, den er überhaupt nicht hätte kennen dürfen.

*Yorsa.*


Bailan rannte den Gang entlang, an Leuten vorbei, die ihm schimpfend auswichen oder auch nicht, rannte und fluchte über seinen Fehler. Tausendmal verdammtes Utak! Wer war das noch gleich gewesen, der einmal den Verdacht geäußert hatte, das Utak sei eine künstliche Sprache gewesen, mit Absicht so kompliziert und verwirrend und voller Fallstricke gestaltet, dass ihr Gebrauch nur den Klügsten vorbehalten sein würde? Er hatte recht, unbedingt.

Bailan hatte versucht, die Zentrale oder den Tennant über den Kommunikator zu erreichen, aber er kam mit diesen Geräten immer noch nicht zurecht, hatte bloß irgendwelche Maschinisten erreicht oder Bordschützen. Also rannte er, was das Zeug hielt.

Man blickte ihm nach. Man schimpfte. Man sprang zur Seite.

Und an der Treppe hoch zur Zentrale hielt man ihn auf.

Der Arm des Wachmannes war mindestens so dick wie Bailans Oberschenkel und gab so wenig nach wie ein Stahlträger. Den Unterkiefer hatte der Mann grimmig vorgeschoben. Er sah aus, als esse er Eisen zum Frühstück. »Keine Passage«, grollte eine Stimme wie ein verrosteter Baggermotor.

»Ich muss in die Zentrale«, rief Bailan. »Sofort, oder es geschieht ein Unglück.«

»Im Augenblick keine Passage«, wiederholte der verrostete Baggermotor.

»Aber Sie kennen mich doch. Ich war erst vor kurzem in der Zentrale. Vor einem Gyr bin ich hier heruntergekommen, daran müssen Sie sich doch erinnern ...«

Stählern glänzende Augen betrachteten Bailan unbeeindruckt. »Ich erinnere mich. Du bist heruntergekommen. Das heißt, der Kommandant hat dich fortgeschickt. Wenn er dich wieder braucht, wird er dich rufen lassen. Und das werde ich dann wissen.«

Bailan musterte den Koloss, schätzte die Chancen ein, mit einem kühnen Sprung an ihm vorbeizukommen. Das konnte er vermutlich vergessen. »Hören Sie«, versuchte er es noch einmal, »Tennant Kuton muss noch in der Zentrale sein. Das ist mein Vorgesetzter. Ich muss ihm dringend etwas sehr, sehr Wichtiges sagen.«

»Ist das alles?« Der Wachmann zog einen Kommunikator hervor, der in seinen Pranken wie Spielzeug aussah, drehte kurz und gekonnt an den Rädchen und hielt ihm das Gerät hin. »Bitte. Tennant Kuton.«

»Tennant?«, rief Bailan. »Hören Sie mich?«

Die Stimme des Tennant klang verwundert. »Ja, Bailan. Was gibt es denn?«

Bailan schluckte. »Ich habe einen Fehler in der Übersetzung gemacht. Ich habe die Deklination verwechselt. Ein Wort, das

196

ich für einen bedeutungsfreien Partikel gehalten habe, ist in Wirklichkeit ...«

»Bailan? Lass uns das ein andermal diskutieren, ja?«

»Nein, halt, warten Sie«, schrie Bailan. »Stoppen Sie die Aktion des Beiboots, sofort. Bitte. Man darf nicht versuchen, einen der Kristalle zu öffnen. Hören Sie, Tennant? Auf keinen Fall darf einer der Kristalle beschädigt werden, sonst sind wir alle tot.«

# 2

Wir sind bereit, die Druckhülle um den Kristall aufzubauen und dann hinüberzugehen«, erklärte der Erste Verweser. Seine Stimme klang leicht gereizt, und das lag sicher nicht nur an der Funkverbindung. »Bis jetzt haben wir keinerlei energetische Aktivität festgestellt, weder aus dem Kristall selbst noch aus dem Raum ringsum oder vom Planeten her.«

Quests Blick lastete auf Bailan, als er antwortete. »Wir dürfen nicht davon ausgehen, dass wir energetische Aktivitäten der Yorsen überhaupt feststellen können.«

»Aber von irgendetwas müssen wir ausgehen. Sonst wird es unmöglich, überhaupt etwas zu unternehmen.«

»Gedulden Sie sich noch. Wir werden uns erst anhören, was der junge Pashkani zu sagen hat.«

»Ich habe gehört, Erhabener Kommandant«, kam es zögernd aus den Lautsprechern. »Und ich folge.«

Eine erdrückende Stille trat ein, in der das lauteste Geräusch, fand Bailan, das heftige Schlagen seines Herzens war. Er merkte, dass er die ganze Zeit unruhig mit dem Ausdruck des Originaltextes gewedelt hatte und dass das Blatt an der Stelle, wo er es hielt, schon ganz feucht war. Und nun richteten sich alle Augen auf ihn. Plötzlich kamen ihm seine Schlussfolgerungen vor wie blanker Unsinn.

»Es sind keine Gefangenen«, erklärte er nervös.

»Sondern?«

Bailan sah am Kommandanten vorbei, durch das Fenster hinaus, wo in der Ferne der Planet zu sehen war, eingehüllt in eine verhalten schimmernde Wolke. »Die Yorsen in den Kristal-

198

len«, sagte er, »sind mehr oder weniger die Gesamtheit des yorsischen Volkes. Alle Yorsen, die es gibt.«

Er konnte die Skepsis beinahe körperlich spüren.

»Was soll das für einen Sinn ergeben?«, fragte Quest. »Ein ganzes Volk, das regungslos in einer Wolke von Kristallen lebt?«

Tennant Kuton war zusehends nervöser geworden. »Das kann nicht sein. Zeig mal her.« Er nahm ihm den Text aus der Hand, überflog ihn selber, las die unterstrichenen Stellen genauer. Aber Bailan merkte, dass der Tennant Utak zu schlecht beherrschte, um seine Übersetzung wirklich nachvollziehen zu können.

»Das Verweiswort bezieht sich auf die Beschreibung der molekularen Versorgungsmaschinen«, beeilte sich Bailan zu erklären und deutete dabei auf den entsprechenden Partikel. »Aus dem zweiten Text, Ihr erinnert Euch?«

»Ja«, nickte der Tennant, auf seiner Unterlippe kauend, den Blick fest auf das Blatt gerichtet.

Quest hakte nach. »Was sind das für Maschinen? Molekular? Was heißt das?«

Bailan deutete auf den großen Bildschirm, auf dem das Antlitz des Ersten Verwesers wieder dem Anblick des eingeschlossenen Yorsen gewichen war. »Das, was wie ein Kristall aussieht, ist ein Zusammenschluss von Milliarden molekülgroßer Maschinen. Sie nehmen Energie aus dem Raum auf, wandeln sie um, versorgen den Yorsen mit allem, was er zum Leben braucht.«

»Eine Art Lebenserhaltungssystem?«

»Im Grunde die perfekte Maschine«, sagte Tennant Kuton. »Wenn wir den Beschreibungen glauben dürfen, können sich diese Maschinen innerhalb unvorstellbar kurzer Zeit neu anordnen, um neue Funktionen auszuführen. Würde man versuchen, das, was wir für einen Kristall halten, anzubohren, würde der Bohrer sofort in seine Atome zerlegt werden. Würden wir versuchen, Gewalt gegen einen der Kristalle anzuwenden, würde das zu unserer völligen Vernichtung führen.«

Man hörte, wie Dawill sich in dem fernen Beiboot räusperte. »Das soll alles in diesem Text stehen? Wie sicher ist denn das, wenn es zuerst heißt, wir haben es mit unschuldigen Gefangenen zu tun – und wegen eines einzigen Wortes bedeutet es nun das vollkommene Gegenteil?«

»Die Beschreibung der molekularen Maschinen stand in einem anderen Text«, rief Bailan aus. »Einer der ersten Texte, die wir übersetzt haben. Die Yorsen haben im Grunde nur noch zwei Arten von Maschinen – molekulare und stellare. Mit den stellaren Maschinen versetzen sie Sonnensysteme und so weiter.«

»Und Utak verwendet ganz andere Begriffe als wir«, fügte Tennant Kuton hinzu. »Es war eine Sprache der Wissenschaft, und ihre Struktur reflektiert die Weltsicht der damaligen Zeit. Es ist wirklich so kompliziert.«

Quest gab einen bedrohlich klingenden Knurrlaut von sich. »Also gut. Das habe ich verstanden. Ich kann es mir zwar nur schwer vorstellen, aber ich habe verstanden, dass das da draußen das gesamte Volk der Yorsen darstellt. Sie umkreisen ihren Planeten in vollkommenen, unzerstörbaren Maschinen, um – *was* zu tun? Zu welchem Zweck? Was soll das alles?«

»Das war es, was ich zuerst falsch übersetzt hatte«, erwiderte Bailan. »Nichts. Sie tun nichts.«

Einer der Raumüberwacher, ein Mann mit silberbuschigem Haar und vornehmer Haltung, schüttelte verwundert den Kopf und sagte: »Ich hatte erwartet, dass die Begegnung mit einer fremden Rasse befremdlich sein würde. Aber das ist wirklich extrem.«

»Das gibt es nicht«, sagte Quest. »Jedes Lebewesen tut etwas. Das ist geradezu die Definition des Lebens, dass man ständig etwas tut. Weil man etwas tun *muss*. Man muss sich Nahrung

200

beschaffen, muss sich reinigen, sich entleeren, nach einem sicheren Platz suchen, sich fortpflanzen und so weiter.«

»Die Yorsen«, erklärte Bailan, »sagen von sich, dass sie die höchste Stufe der Existenz erreicht haben. Sie müssen nichts mehr tun, weil alle Probleme gelöst sind. Also tun sie nichts mehr. Sie ruhen.«

»Sie ruhen?«

»Ja. Sie ruhen in fortwährender Ekstase.«

Das Geräusch kollektiven Einatmens erfüllte die Zentrale.

»Was? In *Ekstase?*«, schnappte einer der Kommunikatoren, ein untersetzter Mann mit einer viel zu bunten *Syrta.*

»Was heißt das, in fortwährender Ekstase?«, murmelte ein anderer.

Alle starrten plötzlich den großen Bildschirm an und den Yorsen darauf. Neiderfüllt, so kam es Bailan vor. »Nun ja«, sagte er und spürte, wie er rot wurde. »So steht es geschrieben. Dass die Yorsen ihr Leben in fortwährender Ekstase verbringen. Ich nehme an, das heißt genau das . . .«

»Du meinst«, vergewisserte sich der Pilot mit wedelnden Handbewegungen, »so wie bei der Umarmung zwischen Mann und Frau? Dass die das *ständig* haben . . .?«

»Muntak!«, mahnte jemand. »Wahrt die Form!«

»Ich frage doch nur«, verteidigte sich der Erste Pilot. »Und ich meine, dann wäre verständlich, dass sie ungehalten werden, wenn man sie stört, oder?«

Bailan fühlte regelrechte Hitze in sich brennen. Er hatte noch nie eine Frau umarmt, aber er kannte natürlich gewisse Gefühle aus gewissen heimlichen Betätigungen . . . »Ich kann nur sagen, was in den Texten geschrieben steht«, erwiderte er lahm und hätte gewettet, dass ihm in diesem Moment seine Verfehlungen gegen die Regel der Keuschheit von der Stirn abzulesen waren.

Einen Moment lang sagte niemand etwas. Aber jeder blickte

das Bild des Yorsen an. Der in fortwährender Ekstase lebte. Einige atmeten so heftig, dass man es hörte.

»Unglaublich«, hörte er Muntak murmeln.

Quests Gesichtsausdruck verdunkelte sich zusehends. »Tennant«, wandte er sich an Kuton, »können Sie bestätigen, was der Junge sagt?«

»Also, ich bin schon etwas verblüfft, muss ich gestehen. Seine Kenntnisse des Utak sind wesentlich besser als meine, ich müsste mich erst mit einem Übersetzerprogramm eine Weile hinsetzen ...« Der Tennant wand sich, fuchtelte mit dem Blatt herum. »Aber ich denke, er hat recht. Er hat bis jetzt immer recht gehabt, wenn es um Übersetzungen ging.«

»Mit anderen Worten, es ist tatsächlich so, dass das gesamte Volk der Yorsen seinen Planeten umkreist, eingeschlossen in unzugängliche Wundermaschinen und in niemals endende Ekstase versunken?«

»Ich, ähm, also ... ja.« Tennant Kuton nickte. »Ich denke, das ist es, was hier geschrieben steht.«

»Schön.« Quest nickte grimmig. »Schön für die Yorsen. Wirklich beneidenswert.« Er sah sich um. »Und wie bitte sollen wir sie nun nach dem Planeten des Ursprungs fragen?«

Bailan zuckte zusammen. Wenn die Mission der MEGATAO schon an dieser Stelle scheiterte, was würde dann aus den Heiligtümern werden?

»Ich darf daran erinnern«, fuhr Quest donnernd fort, »dass wir hierhergekommen sind, um mit den Yorsen Kontakt aufzunehmen. Wir sind gekommen, um von ihnen zu erfahren, was sie über den Planeten des Ursprungs wissen.« Seine Pranke hieb auf die Lehne seines Sitzes, dass es krachte. »Ich erwarte Vorschläge, wie wir diesen Kontakt herstellen können. Tennant, gehen Sie mit Ihrem Stab alle Unterlagen noch einmal durch. Ich nehme doch stark an, dass die Yorsen, wenn sie mit ihren stellaren Maschinen Sonnensysteme versetzen, das nicht im

202

Zustand der Ekstase tun. Es muss also Gelegenheiten geben, bei denen sie ihre Kristalle verlassen oder jedenfalls mit ihrer Umgebung in Kontakt treten. Finden Sie es heraus!«

»Ja, Erhabener Kommandant«, nickte der Tennant eifrig. »Ich habe gehört, und ich werde folgen.«

In diesem Augenblick hob Vileena die Hand, die bisher so unbeteiligt im Hintergrund gestanden hatte, dass Bailan sie erst jetzt bemerkte. »Eine Frage, Bailan, wenn es gestattet ist«, bat sie. »Wie bist du auf die Idee gekommen, deine Übersetzung noch einmal zu überprüfen?«

Bailan blinzelte. »Ich hatte ein ungutes Gefühl wegen des Partikels *nood*. Anfangs hielt ich es ja noch dafür.«

»Du hast also noch einmal nachgeschlagen und bist darauf gekommen, dass der Absatz sakral dekliniert ist? So heißt es doch, oder?«

»Ja. Sakrale Deklination. Da ist *nood* der infinitive Verweis. Aber ganz so war es nicht. Ich war im Speiseraum, um etwas zu essen, und dann setzte sich der Mann aus dem Raumschiff zu mir, das die MEGATAO geborgen hat, Smeeth. Wir ...«

»Einen Moment, damit ich das richtig verstehe – Smeeth setzte sich im Speiseraum der Mittleren Ebenen zu dir an den Tisch?«

»Ja.«

»Wunderte dich das nicht?«

»Doch. Mich wunderte auch, was er alles wusste. Und dass er Utak beherrschte.« Bailan schilderte die Unterhaltung, die sie geführt hatten.

Die Augenbrauen der Ersten Heilerin hoben sich. »Er warf einen Blick auf den Satz, an dem du die ganze Nacht gearbeitet hattest, und sah sofort, dass deine Übersetzung falsch war?«

»Ähm ...« War es klug, das zuzugeben? Bailan schluckte. »Ja.«

Vileena wandte sich dem Kommandanten zu. Ihr Gesicht war fast unnatürlich ausdruckslos.

203

Quest nickte langsam. »Ich glaube, wir müssen diesem Mann mit den hervorragenden Kenntnissen alter Sprachen einige Fragen stellen.«

Die Gelassenheit, mit der Smeeth den Besprechungsraum betrat, war bewundernswert. Offenbar hatten die bewaffneten Wachen vor der Tür nicht den mindesten Eindruck auf ihn gemacht. Er kam herein, betrachtete die Sitzordnung, und so etwas wie ein spöttisches Lächeln huschte über sein Gesicht. »Das sieht ja aus wie ein Verhör«, sagte er.

Quest hatte die mächtigen Arme vor sich übereinandergelegt und schien nicht gewillt, auf den lockeren Ton des Schiffbrüchigen einzugehen. »Setzt Euch«, sagte er. »Wir haben Euch einige Fragen zu stellen.«

Vileena saß, wie immer, links neben dem Kommandanten, und links von ihr saß Dawill, gerade erst mit dem Beiboot zur MEGATAO zurückgekehrt. Zur Rechten des Kommandanten saßen der Tennant und der junge Pashkani. Die restlichen Stühle waren weggeräumt worden bis auf einen. Auf der gegenüberliegenden Seite des Tischs.

Es war eindeutig ein Verhör.

»Wie Ihr meint, Erhabener Kommandant«, nickte Smeeth, setzte sich und schlug die Beine gemütlich übereinander.

»Der junge Bailan hier«, begann Quest langsam, fast lauernd, »hat uns erzählt, dass Ihr ihm geholfen habt, einen Fehler in einer wichtigen Übersetzung zu korrigieren, was uns wiederum möglicherweise davor bewahrt hat, angegriffen zu werden.«

Smeeth ließ sich Zeit mit der Antwort. »Das freut mich zu hören.«

»Ihr habt dabei ein erstaunliches Maß an Kenntnissen an den Tag gelegt, die man bei Euch nicht vermutet hätte.«

»Das höre ich bisweilen«, nickte Smeeth sanft. »Es muss wohl so sein, dass ich keinen allzu gebildeten Eindruck erwecke.«

»Ich rede nicht von Bildung«, grollte Quest. »Ich rede davon, dass Ihr Dinge über unsere Mission wisst, die der Geheimhaltung unterliegen. Man muss sich fragen, woher Eure Kenntnisse stammen.«

Vileena warf dem Kommandanten einen raschen Blick zu. Ein dünner, unmerklicher Schweißfilm bedeckte seine Haut. An seinen Armen bemerkte sie winzige Spasmen, wie sie manchmal den Beginn eines neuen Krankheitsschubs ankündigten.

Smeeth lehnte sich zurück. »Man muss sich fragen, was Eure Geheimhaltungsvorkehrungen taugen. Ich habe die Zentrale nie betreten, wie man es mich geheißen hat. Ich war nur im Schiff unterwegs, habe zugehört, was die Leute reden, und meine Schlüsse gezogen.«

»Wie kommt es, dass Ihr Utak beherrscht?« Vileena sah Quests linke Hand sich zitternd schließen. Sie hörte ihn anders atmen als bisher, also spürte er bereits etwas. Er schien es auf einmal auch eilig zu haben.

»Ich habe es gelernt. Vor langer Zeit.«

»Habt Ihr einmal von einem nichtmenschlichen Volk gehört, das man die *Yorsen* nennt?«

»Ja«, sagte Smeeth.

Unruhe kam in die Reihe der Männer. Tennant Kuton beugte sich vor, ein seltsames Glitzern in den Augen, und zischte: »Wann? Und wo?«

»In einem alten Schriftstück, das ich auf dem Verbotenen Markt von Korkorum erworben habe.« Er sah hoch, blickte sie der Reihe nach an, schien etwas in ihren Augen zu suchen und seufzte schließlich. »Das sagt Euch nichts. Mit anderen Worten, ein weiteres Kleinod menschlichen Zusammenlebens ist verloren.«

»Was war das für ein Schriftstück?«, fragte Quest, das ungebührliche Verhalten des Tennant ignorierend.

»Ein handgebundenes, handgeschriebenes Tagebuch aus der Sezessionszeit. An sich schon eine Kostbarkeit. Und wer immer es geschrieben hat, er war schon einmal hier. Er hat die Yorsen und ihre Welt genau beschrieben.«

»Besitzt Ihr dieses Buch noch?«

»Nein. Ich habe es kopiert, übersetzt und wieder verkauft, um meine eigene Expedition nach Yorsa zu finanzieren.«

Vileena hörte Dawill neben sich schnauben. Kuton ließ die Hand mit einem klatschenden Geräusch auf die Tischplatte fallen. Quest nickte nur, seine Augen verengten sich. »Also wart Ihr auch schon einmal hier ...«

»So ist es.«

Kuton konnte sich schon wieder nicht im Zaum halten. »Warum habt Ihr uns das nicht gesagt?«

»Man hat mich nicht gefragt. Und ich wusste ja nicht, wohin die MEGATAO unterwegs war. Das war doch so furchtbar geheim«, sagte Smeeth mit einem dünnen Lächeln.

Diesmal räusperte sich Quest so vernehmlich, dass Kuton begriff und zurückzuckte. »Vermute ich richtig«, fragte der Kommandant dann bedächtig, »dass Ihr auf dem Rückweg von Yorsa wart, als Euer Schiff havarierte?«

Smeeth nickte anerkennend. »So ist es.«

»So viel also zu Zufällen und Wahrscheinlichkeiten«, meinte Quest und wiegte den Kopf. »Was wolltet Ihr auf Yorsa?«

»Mich interessierten die Kristalle. In dem Tagebuch hieß es, sie bestünden aus der seltsamsten Materie des Universums.«

»Und Eure Mitreisenden?«

»Einige waren Privatgelehrte und hatten ein wissenschaftliches Interesse, eine nichtmenschliche Rasse kennen zu lernen. Die anderen waren Prospektoren wie ich oder Händler.«

Dawill hob die Hand, um dem Kommandanten anzuzeigen, dass er eine Frage stellen wollte, und fragte, als Quest ihm zunickte: »Welchen Erfolg hattet Ihr auf Eurer Reise?«

»Überhaupt keinen«, gestand der Mann aus der Vergangenheit.

»Ich nehme an, Ihr habt ebenfalls versucht, einen der Kristalle zu öffnen.«

»Ja. Als sich alle unsere Werkzeuge daran aufgelöst hatten, hat einer der anderen Prospektoren auf den Kristall geschossen. Wie man es manchmal macht, um eine Ader anzubrechen. Das hat eine Verteidigungsreaktion ausgelöst.«

»Wie sah diese Verteidigungsreaktion aus?«

Smeeth hob die Hände und ließ sie wieder fallen. »Schwer zu erklären. Der Kristall veränderte sich. Als würde er plötzlich größer werden. Dann traf uns etwas wie ein Schlag, und wir fanden uns in der Nähe des vierten Planeten wieder.«

Der Erste Verweser hob die Augenbrauen. »Die Yorsen hatten Euch und Euer Schiff an einen anderen Ort versetzt?«

»Ja.«

»Ist dadurch Euer Hyperkonverter beschädigt worden?«, wollte Quest wissen.

Smeeth wiegte den Kopf. »Das habe ich mich später oft gefragt. Ich weiß es nicht.«

»Gab es weitere Reaktionen der Yorsen?«

»Nein. Ich denke, es war eine automatische Verteidigung. Wir konnten uns danach dem Planeten ein zweites Mal nähern, ohne dass die Yorsen sich rührten.«

»Welchem Planeten?«

»Yorsa. Wir konnten landen, ohne behelligt zu werden.«

Dawill fuhr auf. »Gelandet? Ihr seid mit Eurem Schiff auf einem Planeten mit über vierfacher Schwerkraft gelandet?«

»Es ging gerade noch. Es ist notwendig, auf so schweren Planeten landen zu können, weil manche interessanten Materialien sich nur unter hoher Schwerkraft entwickeln. In diesem Fall war es notwendig, weil wir Kontakt mit den Yorsen suchten.«

Jetzt merkten sie alle auf. Selbst Quest, der wie immer groß und schwer in seinem Sessel hing, schien sich aufzurichten. »Das klingt interessant. Erzählt weiter.«

»Der Planet selber ist eintönig, viel Wasser und viel kahles Land. Keine größeren Erhebungen natürlich, hier und da etwas, das wie Pflanzenbewuchs aussieht, flache Moose und Gräser oder dergleichen. Langweilig. Aber wir fanden in der Nähe des Südpols etwas, das wie eine kleine Siedlung aussah – winzig, ein Dorf. Dort lebten eine Hand voll Yorsen, die mit der Steuerung irgendwelcher Maschinen beschäftigt waren. Mir kam es so vor, als seien sie ausgesprochen schlechter Laune gewesen.«

»Habt Ihr etwa mit ihnen gesprochen?«

»Ja. Allerdings nur kurz.«

»Heißt das, Ihr beherrscht am Ende auch die Sprache der Yorsen?«

Smeeth betrachtete Quest aus verschleierten Augen. »Das ist nicht nötig. Sie beherrschen unsere.«

»Die Yorsen beherrschen unsere Sprache? Welche?«

»Jede. Die Yorsen kennen uns Menschen. Und sie scheinen uns nicht besonders zu mögen.«

Quest knetete seine Hände. Vileena beobachtete es erstaunt. »Aber Ihr habt mit ihnen gesprochen?«, vergewisserte sich der Kommandant noch einmal.

»Ja. Sie sind nicht feindselig, falls Ihr das meint.«

»Gut. Dann werden wir ebenfalls landen.« Quest sah Dawill an, der den Blick mit steinerner Miene erwiderte. »Prüfen Sie, welche Maschinen wir verwenden können. Ich nehme an, mit dem Beiboot wird es nicht gehen, aber sicher mit den Jägern. Notfalls müssen die Triebwerke nachgerüstet werden.«

»Wer soll hinabgehen?«

»Sie werden die Expedition leiten. Tennant Kuton, bestimmen Sie jemanden aus Ihrem Stab für die Kontaktaufnahme.

Außerdem will ich«, sagte der Kommandant und sah Smeeth an, »dass Ihr mitgeht.«

»Ich?« Smeeth schien verblüfft.

»Ihr seid der Einzige, der schon einmal einem Yorsen gegenübergestanden hat.«

Vileena beobachtete ihn. Smeeth wusste zweifellos, dass er gehorchen musste. Der Kommandant war Herr über Leben und Tod, solange das Raumschiff unterwegs war. »Wie Ihr befehlt«, erwiderte der Schiffbrüchige schließlich, die alte Formel aus den Zeiten der Republik gebrauchend.

»Damit Ihr versteht, worum es geht und was wir von den Yorsen erfahren wollen, werde ich Euch nun in das Ziel unserer Mission einweihen«, erklärte Quest.

Smeeth hörte aufmerksam zu, ohne zu unterbrechen, ohne eine Frage zu stellen und ohne eine Miene zu verziehen. Auch als der Kommandant mit seiner Erklärung fertig war, sagte er kein Wort.

»Und?«, fragte Quest nach. »Was denkt Ihr?«

»Mit allem nötigen Respekt, Erhabener Kommandant«, sagte Smeeth, »das ist das Verrückteste, was ich je gehört habe.«


Als Smeeth an diesem Abend an ihre Tür kam, wies sie ihn zum ersten Mal zurück. Er dampfte wieder vor mühsam gebändigter, animalischer Energie, die Ekstasen verhieß, auf die selbst die Yorsen neidisch werden konnten, aber aus irgendeinem Grund sträubte sich alles in ihr. Das hätte geheißen, loszulassen, die Kontrolle aufzugeben, und nichts wollte sie gerade weniger. Also wies sie ihn ab. Blieb in der Tür stehen und ließ ihn nicht ein.

Sie hatte erwartet, dass er aggressiv reagieren würde oder verletzt, wie sie es von Männern in solchen Situationen kannte, aber er nahm ihre Ablehnung mit einem Gleichmut hin, der sie fast irritierte. Manchmal schien ihr, als sei unerschöpfliche

Geduld das Fundament von Smeeths Wesen. »Dann wünsch mir alles Gute für den Flug nach Yorsa morgen«, sagte er.

»Das tue ich.«

Er zögerte. Ganz so leicht konnte er sich offenbar doch nicht losreißen. Immerhin. »Das ist wirklich verrückt. Der Pantap muss ziemlich verzweifelt sein, wenn er in so einer Situation eines seiner größten Schiffe auf eine derart irrsinnige Suche schickt.«

»Die MEGATAO ist ohnehin kein Kriegsschiff.«

»Aber sie ist groß. Man könnte sie leicht zu einem Trägerschiff umbauen.« Smeeth schüttelte den Kopf. »Obwohl das auch nichts nützen würde gegen die Invasoren. Nein, was man jetzt tun müsste, wäre, die Yorsen um ihren Beistand zu bitten. Das wäre vernünftig.«

»Du hast doch selber gesagt, dass sie die Menschen nicht leiden können.«

»Schon, aber vielleicht wollen sie ja keinen Krieg in ihrer Galaxis. Der könnte nämlich früher oder später ihre Kontemplation stören.«

Vileena schwieg. Quest hatte Smeeth nichts von dem erzählt, was sie aus den Dokumenten von Pashkan über den *Großen Rückzug* wussten. Mit anderen Worten, der Kommandant wollte nicht, dass er darüber Bescheid wusste. »Ich bin müde, Smeeth«, sagte sie nur.


Am nächsten Tag waren die Vorbereitungsarbeiten an den drei Jägern abgeschlossen. Als Dawill im Hangar eintraf, um sich für die Mission umzuziehen, war Tennant Leti bereits da. Der Mann mit den babyblauen Augen und zahllosen Lachfalten im unbeschwert wirkenden Gesicht trug die Tätowierung des Kupfertreiber-Clans, und erst jetzt bemerkte Dawill darin zu seinem Erstaunen das Familienzeichen der Cremoni. Die Cremoni hat-

ten eine erstaunliche Anzahl berühmter Tennants hervorgebracht, aber alle Mitglieder dieser Familie, die er bisher kennen gelernt hatte, hatten eine so dunkle Haut gehabt, dass sie
die *Syrta* in weißer Farbe tätowiert trugen.

»Das denke ich mir schon, dass sie uns verschweigen«,
grinste Leti, als Dawill ihn darauf ansprach. »Der hellhäutige
Zweig unserer Familie lebt im Süden von Telusa Crema und
zeichnet sich dadurch aus, dass in jeder Generation jemand
geniedert wird, aber noch nie jemand geedelt wurde.« Er war
mit seinem Anzug und dem Schwerkraftreduktor beschäftigt.
»Sagen Sie, wie ist das? Ich muss diese Kabel hier an jedem
Gegenstand befestigen, den ich mit mir tragen will?«

»Nur wenn er zu schwer ist, um ihn unter vierfacher Schwerkraft tragen zu können«, nickte Dawill. »Es sind übrigens keine
Kabel, sondern Gravitonenleiter. Und Sie sollten den Schwerkraftreduktor erst einschalten, wenn wir aus den Jägern steigen. Die Aufladung hält nicht besonders lange.«

»Ach so.« Er schaltete das Gerät ab, das unbequem groß auf
der Brustseite des Anzugs hing. »Heißt das, innerhalb der Jäger ...«

»Haben wir Andruckneutralisation«, erwiderte Dawill und
zog seinen Anzug aus dem Fach, hoffend, dass er noch hi-
neinpasste. Er hatte wieder ein wenig zugenommen in letzter
Zeit. Als wolle er dem Kommandanten zumindest gewichtsmä-
ßig ähnlich werden. »Andruck ist ein bisschen was anderes als
Schwerkraft.«

Die Tür ging auf. Sie blickten beide hoch. Es war, wie nicht
anders zu erwarten, Smeeth. Der Mann aus der Vergangenheit
nickte ihnen stumm zu und sah sich dann aufmerksam um,
jede Einzelheit des Raumes musternd. Als habe er vor, ihn später einmal aus dem Gedächtnis zu zeichnen. »Es hieß, für mich
stünde ein Schutzanzug mit Schwerkraftreduktor bereit«, sagte
er dann.

»Da«, erwiderte Dawill und deutete auf die Reihe der Halterungen mit ihren grauen Staubschutztüren. »Das Gerät mit den zwei Linsen dort hinten ist der Körperscanner. Ich schätze, Ihr braucht einen Anzug der Größe 60 B . . .«

»Hören Sie«, unterbrach Smeeth ihn, »können wir den ganzen Quatsch mit dem Edeltum lassen, solange wir unter uns sind?« Er streckte ihm die Hand hin. »Mein Name ist Smeeth.«

Dawill starrte die Hand eine ganze Weile an, bis er endlich begriff, dass er es mit dem Bürgergruß der Republik zu tun hatte. Wie antwortete man darauf? Man ergriff die dargebotene Hand. Er streckte behutsam seine eigene Hand aus, umfasste die Smeeths und zuckte zusammen, als der zupackte und ihre Hände kurz schüttelte, ehe er wieder losließ.

»Dawill«, sagte er hastig. »Mein Name ist Dawill.«

*Den ganzen Quatsch mit dem Edeltum lassen?* Er konnte es nicht fassen. Da kam einer aus grauer Vorzeit an und wurde in die Reihen der Edlen aufgenommen, ohne besondere Verdienste, nur weil er zufällig ein Raumschiff besaß – und dann *verachtete* er seinen Stand? War so viel Undankbarkeit zu fassen?

# 3

Es war, wie zu fallen. Ein endloser, köstlicher Sturz aus unvorstellbarer Höhe. Es war so wie *damals* . . .

Dawill hielt den Atem an, als der Jäger aus dem Leib der dunklen MEGATAO geschleudert wurde. Der Anblick des freien Weltraums durch die großen, spiegelfreien Sichtscheiben war immer wieder dazu geeignet, seine Atmung zu behindern. Für einen Moment sah er die gleißende Pracht der Sterne des galaktischen Zentrums, doch dann senkte sich die Schnauze des Raumschiffs, und der Planet schräg unter ihnen, dieser gelbweiß verhangene Gigant, dessen Krümmung fast nicht vorhanden war, überstrahlte alles. Durch die sanfte Melange aus fahlem Gelb und schmutzigem Weiß schimmerte es bläulich, grünlich, bräunlich hindurch, winzige Farbflecken, die verrieten, dass sie es nicht mit einem Gasriesen zu tun hatten, sondern mit einem richtigen Planeten, mit einer Sauerstoffwelt sogar, deren Atmosphäre für sie atembar sein würde.

So war es gewesen, als er jung gewesen war. Sein erster Raumflug, genau wie jetzt, auf dem Rücksitz eines Landeboots, gesteuert von seinem Vetter Quertuo. Ein Hüpfer über die Atmosphäre hinaus, gerade hoch genug, dass man die Kugelgestalt des Planeten erahnen konnte, aber doch ein richtiger Raumflug, wenn es wieder hinabging auf die Oberfläche, ein atemberaubender Sturz, und nichts um sie herum als die dünne Hülle der Maschine, die Kälte und Leere abhielt und den Kräften der Schwerkraft trotzte. Sein Herz hatte gerast, seine Hände hatten sich in die Polster von Quertuos Sitz gekrallt, und es war einfach herrlich gewesen. Danach hatte er gewusst, dass er nichts ande-

213

res machen wollte in seinem Leben, als den Weltraum zu befahren.

»Hiduu spricht«, hörte er die Stimme des Piloten vorne. Der Schwarmführer war seine Wahl gewesen. »Erbitte Meldung der Einsatzgruppe.«

Knacken in den Lautsprechern. »Jäger 2 klar und in Position.«

»Jäger 3, ich warte«, sagte Hiduu, als eine Pause eintrat.

»Hier Jäger 3, alles klar«, kam krachend die Antwort. »Ich hatte bloß grade ein kleines Problem mit einem der Geräte des Tennant, das beim Start verrutscht war.«

»Bist du einsatzbereit?«

»Absolut einsatzbereit. Keine Probleme. Jäger 3 klar und in Position.«

Hiduu drehte sich zu Dawill herum. »Verweser? Ich würde dann runtergehen.«

»Ja«, nickte Dawill. »Bringen Sie uns runter.«

Während der Schwarmführer den Landeanflug koordinierte und das Triebwerk in seinem Rücken aufheulte, betrachtete Dawill die Wolke aus Kristallen, die den Planeten einhüllte. Immer wieder blitzte es darin auf, wenn einer der Kristalle Sonnenlicht in ihre Richtung reflektierte. Im Schatten des Planeten glommen sie wie ein Schwarm dunkelblauer Glühmücken. Wie viele hatte der Computer der Astronomischen Station gezählt? An die vierzig Millionen. Vierzig Millionen Satelliten. Vierzig Millionen Wunderwerke einer unvorstellbar weit entwickelten Technik, jeweils ein Wesen einer fremden intelligenten Spezies beherbergend, seit wer weiß wie langer Zeit.

Und doch – wenn es stimmte, dass sich praktisch das ganze Volk im Orbit aufhielt, sich seiner seltsamen Ekstase hingebend, dann war es ein zahlenmäßig sehr kleines Volk. Kein Vergleich mit den Billionen von Menschen, die allein die bekannten Welten des Reiches bevölkerten.

Die Jäger näherten sich dem Planeten, sanken tiefer, und der sanft schimmernde Halo löste sich auf in einzelne leuchtende Punkte, die sie in so weitem Abstand umgaben, dass man sich wundern musste, wie je der Eindruck einer zusammenhängenden Wolke hatte entstehen können. Bald waren sie eingehüllt von Lichtpunkten, schweigend, leuchtend, aufblitzend, aber es bestand nicht im Ansatz die Gefahr, versehentlich mit ihnen zu kollidieren. Im Gegenteil, man hätte sich anstrengen müssen, einen der Kristalle zu *treffen*.

Brennschluss. Das Vibrieren der Rückenlehne erstarb, das unterschwellige Dröhnen verstummte, die plötzliche Stille war fast erschreckend. Man konnte zusehen, wie der Planet heraufkam, emporquoll zu ihnen, aber natürlich war es in Wirklichkeit die elementare Gewalt seines Schwerefeldes, die die Jäger in steilen Sinkbahnen herabzerrte.

»Jetzt werden wir 's gleich wissen«, hörte Dawill den Piloten wie im Selbstgespräch sagen. Er wusste, was Hiduu meinte. Sie hatten darüber spekuliert, ob sie es auf dem Planeten mit Abwehreinrichtungen der Yorsen zu tun bekommen würden. Smeeth hatte behauptet, seiner Beobachtung nach gäbe es keine, man könne nach Belieben überall landen. Aber das war eine vierhundert Jahre alte Beobachtung, und niemand konnte wissen, ob das immer noch so war.

Aber vielleicht, überlegte Dawill, war das Fehlen von Abwehreinrichtungen beeindruckender, als ihr Vorhandensein es je hätte sein können. Denn das hieß nichts anderes, als dass die Yorsen sich vor niemandem fürchteten.

Die ersten Wolken tauchten auf, gewaltige kochende Strudel aus weißem und gelbem Dampf. Die Sterne und die Kristalle blieben über ihnen zurück. Die Triebwerke arbeiteten wieder. Der Ritt hinab begann.

»Ich spüre den Tod, Vileena«, sagte Quest.

»Unsinn«, erwiderte die Heilerin.

»Tu es nicht ab. Ich meine es ernst.«

»Ich auch. Dein Zustand ist schon lange nicht mehr so stabil gewesen.«

Quest gab ein kurzes, freudloses Lachen von sich. Er lag wieder einmal auf seinem Bett, mit bloßem Rücken, ein Tuch zum Schutz des brokatenen Überwurfs untergelegt, und atmete zischend ein, als sie die Nadel aus seiner Wirbelsäule herauszog. »Ja, mein Zustand ist stabil«, keuchte er. »Wie wunderbar. Ich muss mehr als die Hälfte des Tages liegen, obwohl ich kaum schlafen kann. Meine Hände fühlen sich taub und pelzig an, als ob sie nicht mehr zu mir gehören. Mir wird schwarz vor Augen, wenn ich länger als ein Gyr in der Zentrale stehe. Und ich sehe aus wie einer dieser traumdampfsüchtigen Höflinge, die ich so verabscheue.«

»Das ist der Sud Blau«, erklärte Vileena, während sie die Probe der Rückenmarksflüssigkeit in das Untersuchungsglas laufen ließ. »Er ist dem Traumdampf chemisch sehr verwandt.«

Quest schnaubte nur. »Würdest du mich bitte zudecken?«

Sie zog die Decke über seinen aufgeschwemmten Körper. Obwohl es warm war im Zimmer, schien er zu frösteln.

»Nachts, wenn ich wach liege«, sagte er dann, »kann ich spüren, wie die Krankheit in mir frisst und nagt wie tausend kleine Maden. Wie sie mich aushöhlt. Nein, ich spüre den Tod, Vileena, ich spüre ihn kommen. Er greift nach mir. Es ist kein Dritteljahr mehr, das mir bleibt.«

Vileena saß auf der Kante seines Bettes, das Untersuchungsglas in der einen und die Probennadel in der anderen Hand und fühlte sich mit einem Mal leer und hilflos. »Niemand kann das wissen, Quest«, sagte sie leise.

»Niemand kann das wissen, ja. Aber man kann spüren, ob die Kraft, die man aufbringt, wieder nachwächst, oder ob man sich verzehrt. Und ich, Vileena, ich verzehre mich. Ich bin wie eine Kerze, die noch ruhig brennt, aber deren Docht jeden Augenblick umkippen und verlöschen kann.« Er hustete leicht und stöhnte im nächsten Moment auf, weil sein Rücken geschmerzt haben musste dabei. »Und was habe ich gemacht in meinem Leben? Wie sieht die Bilanz aus? Alle, für die ich hätte sorgen sollen, sind tot. Ich könnte einen Sohn haben, der bei Hof zusammen mit dem Infanten erzogen wird, aber ich habe zu lange gewartet. Toyokan ist eine tote Welt, seine Städte liegen in Schutt und Asche, seine Lebenssphäre wird sich in Millionen Jahren nicht vom Angriff der Invasoren erholen. Was wird also bleiben? Nichts. Nichts wird bleiben. Ich habe gelebt und werde sterben, ohne eine Spur zu hinterlassen.«

»Dein Name steht in den Annalen der Akademie ...«

»Pah! Die Akademie wird bald selbst in Trümmern liegen. Und ein Name – was ist schon ein Name? Wenn derjenige, der den Namen getragen hat, tot ist, nur noch ein sinnloser Laut. Und wie wir uns anstrengen, unser Leben lang, um unseren Namen in die Erinnerung der anderen zu gravieren! Als gäbe es nichts Wichtigeres auf der Welt als unseren Namen. Wir starren auf unseren Namen wie auf ein Heiligtum und vergessen zu leben.« Er hob eine Hand, betrachtete sie. Im dämmrigen Licht der Seitlampe sah sie bleich, aufgedunsen und grau aus. »Sieh dir das an. Ich kann es immer noch nicht fassen. Wo ist die Hand hin, die ich kannte? Das ist nicht die Hand, mit der ich aufgewachsen bin. Das ist nicht die Hand, mit der ich meine Frauen berührt habe. Ich war einmal gesund und voller Kraft, und jetzt bin ich ein Wrack. Ich hätte noch gute vierzig Jahre haben können ...«

»Vierzig?«, echote Vileena verwundert.

»Toyokanjahre, meine ich.«

»Du kannst nichts dafür.«

»Ja.« Er schwieg, und eine Weile hörte sie nur seine schweren, angestrengten Atemzüge. »Ja, ich kann nichts dafür. Aber wer dann? Wer kann denn etwas dafür?«

Sie sanken in einer weiten Bahn abwärts, ein ungetarnter Anflug mit donnernden Triebwerken, die sich gegen das Schwerefeld des Planeten stemmten. Für irgendwelche Manöver wäre auch nicht genug Energie gewesen. Hiduu steuerte so hochkonzentriert, dass Dawill seine Hände unwillkürlich um die Armlehnen krallte.

Als die Wolken wichen, sahen sie eine weite, flache Landschaft unter sich, graubraune Hügel hier und da, viel Wasser und nichts sonst. Ein gelber Himmel spannte sich über eine weite Ebene, die an Eintönigkeit kaum zu überbieten war. Die hohe Schwerkraft, überlegte Dawill, hatte vermutlich verhindert, dass hohe Berge entstanden waren, und die Erosion der Jahrmillionen, die das Volk der Yorsen zählte, musste ein Übriges getan haben, alle Erhebungen einzuebnen und alle Vertiefungen aufzufüllen.

»Verweser«, bat Hiduu, »wir brauchen nun Koordinaten.«

Dawill nickte. Der Pilot wagte nicht, Smeeth selber zu fragen, sei es, weil ihm der Schiffbrüchige nicht ganz geheuer war, sei es, weil ihm nun nicht klar war, wie er ihn anreden musste. *So viel zu Sinn und Nutzen der Stände*, dachte Dawill. Er griff über die Schulter des Piloten hinweg nach dem Funkgerät. »Smeeth«, sagte er und registrierte, dass es ihm selber auch merkwürdig vorkam, ihn anzureden wie einen Gemeinen, »können Sie uns schon eine Richtung angeben?«

»Weiter nach Süden auf jeden Fall«, kam die Antwort. Etwas war in Smeeths Art zu sprechen, das an Dawills Nerven kratzte, aber er hätte nicht sagen können, was. »Die Siedlung war fast genau am Südpol.«

»Hoffen wir, dass sie noch da ist.«

»Sie sah jedenfalls ziemlich stabil aus.«

Dawill antwortete nicht, sondern lauschte dem Klang der Stimme nach. Auf eine schwer zu fassende Art wirkte Smeeth unbeteiligt, so, als ginge ihn das, was um ihn herum geschah, nicht wirklich etwas an. Als sei diese Mission für ihn nur ein großer Witz und als müsse er sich ständig das Lachen darüber verkneifen.

Er sah aus dem Fenster, hinab auf das graugrüne Meer, das sie gerade überflogen. Faserige Wolkenschatten zogen darüber hinweg, ziemlich zügig, also musste ein ordentlicher Wind gehen. Trotzdem kräuselte sich die Wasseroberfläche kaum, wirkten die Bewegungen des Wassers ölig und zäh. Das musste ebenfalls an der hohen Schwerkraft liegen.


Das durfte er nicht ungenutzt verstreichen lassen – dass die drei Maschinenleute an diesem Nachmittag gleichzeitig Schicht hatten und die ganze Kabine ihm allein gehörte. Also war er besonders früh aufgestanden und hatte den ganzen Vormittag mit den Übersetzungen verbracht – die nicht viel Neues ergeben hatten –, um die Erlaubnis des Tennant zu bekommen, den Nachmittag freizunehmen. Und endlich einmal in herrlicher Ruhe zu schlafen.

Doch als er in die Kabine kam, war da Eintausendvier und putzte.

Sie wischte die Wände ab, mit langsamen Bewegungen. Die Wände. Bailan fand es merkwürdig, dass jemand auf die Idee kam, die Kabinenwände zu reinigen. Außerdem fand er es merkwürdig, dass Eintausendvier die Kabine schon wieder putzte, schließlich war sie erst vor ein paar Tagen da gewesen. Und so langsam, wie sie es machte, würde sie noch fünf Gyr brauchen, bis sie fertig war. Er schnappte sich seufzend ein Buch und verkroch sich auf sein Bett.

Nach einer Weile merkte er, dass sie ihn beobachtete. Und als sie merkte, dass er es merkte, lächelte sie. Aber sie sagte nichts, wischte nur weiter, immer über die gleiche Stelle.

Er begriff, dass sie darauf wartete, dass er etwas sagte. Dass es die Regeln offenbar so verlangten. Er räusperte sich. »Ähm, sind wir eigentlich derart dreckig? Weil du doch erst neulich sauber gemacht hast.«

Sie lächelte wieder. »Das geht alles nach Plan, weißt du. Wenn auf dem Plan steht, putzen, dann putze ich. Egal, wie dreckig es ist.«

»Verstehe. Dann haben wir vielleicht einen Preis gewonnen. Ein Jahr lang die sauberste Kabine des Mitteldecks.«

»Kann gut sein.«

»Großartig.« Dann war an Schlaf nicht zu denken. Aber im Moment war ihm das gar nicht so wichtig. Sie lächelte, und er lächelte auch, und die faszinierende Scheckung ihrer Haut verfeinerte sich um Mund und Nase zu einem Muster winziger, schimmernder Flecken.

»Gefällt es dir hier?«, fragte sie.

Bailan schluckte. »Ja. Doch. Das heißt – na ja, da wo ich herkomme, hatte ich ein Zimmer für mich allein, mit einem großen Studiertisch. Größer als das hier. Aber das war auf einem Planeten, und dafür, dass wir auf einem Raumschiff sind, ist es gut, denke ich.«

»Kommst du gut aus mit den anderen?«

»Ich denke schon. Sie sind ziemlich nett zu mir. Ein bisschen rau allerdings. Es sind halt Maschinenleute, und ehrlich gesagt, nachts stinken sie nach Öl und Alkohol.«

»Waschen sie sich denn nicht?«

»Das frage ich mich auch«, erwiderte Bailan und musste unwillkürlich lachen. Eintausendvier lachte auch. Sie gefiel ihm, wenn sie so lachte.

»Wo wohnst du eigentlich?«, fragte er.

»Im Unterdeck«, erwiderte sie und senkte den Blick, tauchte den Lappen in ihr Wischwasser ein. »Im ersten Schlafsaal. Nicht so schön wie hier.«

In diesem Augenblick wurde die Tür krachend aufgerissen, ein hässlicher Mann mit der Figur eines Kampfringers platzte herein, entdeckte Eintausendvier und bellte los: »Was soll das? Was zum Niederloch machst du hier?«

Das Mädchen sah erschrocken hoch. »Ich putze . . . ?«

»Bist du blöde? Gang siebzehn und achtzehn, habe ich gesagt. Weißt du, wie eine Siebzehn aussieht?«

»Ja, Vormann.«

»Also, du dummes Stück, worauf wartest du dann noch?« Aus seinem Mund sprühten Speicheltröpfchen, so schrie er.

Bailan war völlig versteinert vor Schreck. Ehe er begriff, was überhaupt vor sich ging, hatte Eintausendvier ihren Eimer und ihre Putzutensilien zusammengerafft und hastete mit demütig gesenktem Kopf auf den Gang hinaus, ohne ein weiteres Wort zu wagen. Der Aufseher sah sich noch einmal schnaubend um, entdeckte Bailan auf seinem Bett und meinte: »Dieses niedere Pack ist dumm wie Zemmetstroh. Entschuldigen Sie die Störung.« Damit knallte er die Tür wieder zu und war verschwunden.

Bailan saß da wie betäubt. Schließlich raffte er sich auf und räumte sein Buch wieder weg, aber sein Herz pochte immer noch wie wild. An Schlaf war nicht zu denken.


»Da. Die Siedlung.«

Seit einigen Gyr waren sie nur noch über kahlen, grauen Fels geflogen, von Erosion glatt geschmirgelt und von erbarmungsloser Schwerkraft flach gedrückt, ohne Landmarken, ohne Berge und ohne Täler. Eine polare Wüste, kalt und öde, nur hier und da hell schimmernd, wo sich Eis gebildet hatte, oder dunkelgrau, wo feiner Kies angesammelt lag.

War es eine Siedlung? Aus der Ferne erkannte man drei flache, wuchtige Kegelstümpfe, ungefähr an den Eckpunkten eines imaginären gleichseitigen Dreiecks angeordnet, verbunden durch eine Art Wall oder Mauer.

Hiduu wandte den Kopf. »Sollen wir sie erst einmal umfliegen?«

»Ja«, sagte Dawill und griff nach dem Funkgerät. »Smeeth, wo sind Sie damals gelandet? Innerhalb des Walls oder außerhalb?«

Es krachte in den Lautsprechern. Die Funkverbindung war schlecht, die Stimmen unterlegt mit einem Geräusch, das wie das Dröhnen eines riesigen Generators klang. »Außerhalb«, kam die Antwort. »Landen Sie dicht davor. Das, was wie ein Wall aussieht, ist in Wirklichkeit eine Reihe einzelner Gebäude. Man kann problemlos dazwischen durchgehen.«

»Danke«, nickte Dawill knapp. Er tätschelte dem Piloten die Schulter. »Sie haben's gehört.«

Die Jäger umkreisten die Anlage. Aus der Nähe erkannte man, dass der Ringwall in der Tat aus einzelnen Elementen bestand, die man für seltsam geformte Gebäude halten konnte, wenn man davon absah, dass sie keine Fenster oder sonstigen Öffnungen aufwiesen. Alles schien aus dem stumpfen grauen Fels der Umgebung erbaut zu sein, lediglich auf der Oberseite der Kegelstümpfe waren jeweils zwei ineinanderliegende, konzentrische Ringe aus einem rötlichen, metallisch schimmernden Material angebracht, deren Anblick einen an Antennen denken ließ.

Der von dem Wall umschlossene Innenbereich der Anlage sah auf den ersten Blick aus wie eine Baustelle. Alle möglichen dunklen und hellen Kästen lagen da durcheinander, Löcher waren in den Boden gegraben, Dämme und Hügel aufgeschüttet und Mulden ausgehoben. »Ihre Yorsen bauen um, Smeeth«, meinte Dawill.

»Wenn ja, lassen sie sich viel Zeit«, erwiderte Smeeth. »So sah es auch schon aus, als wir damals ankamen.«

»Möglicherweise ist es also doch keine Baustelle.«

»Ich glaube, es ist so was wie eine Wohnlandschaft.«

Das Dröhnen im Funkverkehr war nervenzerfetzend. Man bekam das Gefühl, sich über einer Hochenergieanlage zu befinden, die kurz vor der Explosion stand. Die Jäger formierten sich wieder, und Hiduu verabredete mit den anderen Piloten einen Landepunkt. Es tat gut, als die Lautsprecher wieder schwiegen.

»Fällt Ihnen was auf, Verweser?«, fragte Hiduu, während der Jäger tiefer sank, langsam, damit es nicht wie ein Angriff aussah. »In der Anlage, meine ich.«

Dawill nickte. »Wenn Sie damit andeuten wollen, dass niemand zu Hause zu sein scheint – das ist mir schon aufgefallen.«

»Vielleicht sind sie alle drinnen. Weil es ihnen draußen zu kalt ist.«

»Vielleicht.« Dawill spähte hinab. Wenn es sich tatsächlich um eine Wohnlandschaft handelte, wohnte jedenfalls gerade niemand darin. »Im schlimmsten Fall stellen wir fest, dass sie sich in diese grauen Klötze eingeschlossen haben und in Ekstase sind.«

Die Landestützen fuhren singend aus, krachten in ihre Verriegelungen, dann setzte der Jäger auf. Das Tosen der Triebwerke erstarb in einem winselnden, schabenden Geräusch. Es gab eine ungewohnte Bewegung, dann schlug Metall auf Metall, wie Dawill es noch nie gehört hatte. »Was war das?«

»Die Federung der Landestützen«, sagte Hiduu. »Die ist nicht für vierfache Schwerkraft ausgelegt.«

Ach ja, richtig. Dawill schaltete den Schwerkraftreduktor auf seiner Brust ein. Der war offenbar auf einen geringfügig anderen Wert justiert gewesen als der Absorber des Jägers, denn es durchzuckte ihn, als habe ihn unvermittelt eine Geisterhand am Anzug gepackt. »Was sagen die Sensoren?«

Hiduu legte ein paar Schalter um, studierte sich einpendelnde Skalen. »Sauerstoffatmosphäre. Hoher atmosphärischer Druck natürlich, aber ungefährlich. Kalt. Keine giftigen Beimengungen. Atembar.«

»Gut«, nickte Dawill. »Das vereinfacht die Sache. Steigen wir aus.«

Hiduu legte den Verriegelungshebel des Cockpits um und schob das Kanzeldach nach oben. Ein kalter Windstoß fegte herein, ließ sie frösteln und die Heizungen ihrer Anzüge aufdrehen. Dann machte Hiduu sich daran, hinauszuklettern, und Dawill folgte ihm.

Er hatte erwartet, dass die Luft nach irgendetwas riechen würde. Das war meistens der erste Eindruck: der Geruch. Pashkan hatte nach Dung, Gewürzen und Blüten gerochen. Seine Heimatwelt Jerdoba roch nach Schwefel und verhüttetem Eisen, wenn man auf dem Haupthafen Kuriu'doba landete, und nach feuchten Wiesen und Beriblüten-Tee, wenn man Erlaubnis für den kleinen Hafen Shemm bekam. Und Gheerh roch nach Macht und Reichtum und Größe, auch wenn er nicht hätte sagen können, wie dieser spezielle Geruch zustande kam.

Doch Yorsa roch nach nichts. Die Luft biss in die Innenseite der Nase, war kalt und trocken, und sie roch nach nichts. Hier standen sie neben ihrem Jäger, der schwer und müde in seinen Stützen hing, legten die Köpfe in die Nacken, um zu den Firsten der stumpfgrauen Bauwerke vor ihnen hochzublicken, und alles wirkte so steril wie eine Theaterkulisse.

Die Sonne stand dicht über dem Horizont, eine fahle weiße Scheibe, die den gelben Himmel mit mattem Licht erfüllte. Vermutlich ging sie zurzeit überhaupt nicht unter, wanderte nur am Horizont entlang. Das Sonnenlicht war nicht einmal kraftvoll genug, um nennenswerte Schatten zu werfen.

Ein Aufschrei ließ Dawill und Hiduu herumfahren. Neben Jäger 3 lag einer der Männer flach auf dem Boden, der andere kniete neben ihm.

»Es ist Tennant Leti«, rief der Pilot. »Er hat vergessen, den Schwerkraftreduktor einzuschalten.«

Im Nu standen sie um den nach Luft ringenden Biologen versammelt, der auf dem Rücken lag und stöhnend seinen Körper mit der rechten Hand abtastete.

»Sind Sie verletzt?«, fragte Dawill.

Leti sah ihn mit bleichem Gesicht an. »Ich glaube nicht. Ich hätte mir alles Mögliche brechen müssen, oder?«

»Vermutlich hat die Übergangszone des Absorberfeldes Sie gerettet. Es hört nicht abrupt auf, wissen Sie? Sonst wären Sie jetzt tot.«

»Bei den Geistern Lepharas . . . Ich bitte um Verzeihung, Verweser, dass ich die Mission derartig störe.« Er rappelte sich mühsam auf, schaffte es in die sitzende Position und mithilfe des Piloten schließlich, aufzustehen. Eine Menge blauer Flecken würde er vermutlich zurückbehalten.

»Schon gut.« Dawill sah sich um, deutete dann auf den Piloten des zweiten Jägers, Freigoro. »Sie bleiben bei den Maschinen. Normale Vorsicht. Es geht mir hauptsächlich darum, dass keine Tiere hineinklettern oder dergleichen. Wenn die Yorsen uns vernichten wollten, hätten wir vermutlich ohnehin keine Chance.«

Freigoro nickte zackig. »Ich habe gehört, Erster Verweser, und folge.«

»Wir anderen sehen uns die Bauten einmal aus der Nähe an. Wir bleiben zusammen, und falls wir doch getrennt werden sollten, treffen wir uns wieder hier. Laufen die Aufzeichnungen?« Die Träger der Rekorder, Hiduu und der Pilot des dritten Jägers, Crevel, nickten. Auch Tennant Leti würde einen Rekorder tragen, allerdings einen für fortlaufende biologische Analysen. »Dann los.«

Smeeth ging voraus. Es hatte etwas Beruhigendes, ihn auf die großen grauen Klötze zumarschieren zu sehen, als mache er sich nicht die geringsten Sorgen. Dawill hielt sich hinter ihm, dann folgten Hiduu, Leti und schließlich Crevel.

Es ging sanft abwärts. Wenige Schritte vor der Phalanx der Bauten veränderte sich die Beschaffenheit des Bodens, sah der bisher raue, unebene Fels plötzlich aus wie flach geschliffen und poliert. Die nach außen gerichteten Seiten der Bauten waren rau, allerdings wirkte diese Rauheit künstlich. Die Durchgänge zwischen ihnen waren kaum breiter als eine Armspanne, die steinernen Wände rechts und links waren wiederum glatt und glänzten beinahe metallisch.

Und nichts rührte sich ringsum.

Die Durchgänge maßen an die zweihundert Mannslängen, dann betraten sie den Innenbereich. Die seltsamen Hügel und Rampen, die vereisten Mulden und dunklen Löcher taten sich vor ihnen auf wie eine bizarre Gebirgslandschaft. Aus der Nähe sah man, dass in die Rampen kunstvolle Muster eingraviert waren und dass die hellen Kästen aus einem durchscheinenden, perlmuttfarbenen Material bestanden. Doch abgesehen davon schien alles verlassen zu sein.

*Vielleicht*, schoss es Dawill durch den Kopf, *ist ihr Projekt längst beendet. Der Große Rückzug abgeschlossen. Alle nichtmenschlichen Arten aus dieser Galaxis entfernt.*

»War bei Ihnen damals mehr los?«, wandte er sich an Smeeth.

Der schüttelte den Kopf. »Nein. Wir müssen warten. Das Schwerste ist, überhaupt ihre Aufmerksamkeit zu erregen.«

»Gehen wir ein bisschen umher«, meinte Dawill.

Sie wandten sich nach rechts, gingen langsam an der Innenseite des Walls entlang.

Da rührte sich plötzlich etwas. Ein Wirbeln war in der Luft, etwas wie Rauch, wie ein Tanz grauer Schatten, die über einem der Hügel aufstiegen und mit dem Wind vergingen. Ein klagender, kratzender Laut ertönte. Dann war wieder Stille.

Sie standen wie erstarrt. Unwillkürlich hatten sie sich Rücken an Rücken gestellt, blickten aufmerksam in alle Richtungen. Ihre Hände tasteten nach den Waffen, doch sie hatten keine mitgenommen, und so fassten die Hände ins Leere.

»Hat jemand eine Idee, was das war?«, fragte Dawill. »Smeeth?«

Der Mann aus der Vergangenheit schüttelte den Kopf. »Auf jeden Fall ist jemand hier.«

Die Stille war erdrückend. Es schien auf merkwürdige Weise stiller als still zu sein, als beginne eine Art negative Stille sie einzuhüllen, die imstande war, Laute aufzusaugen.

»Gehen wir in die andere Richtung«, sagte Dawill, und seine Stimme klang dumpf.

In diesem Augenblick erscholl wieder dieser klagende Laut, näher diesmal und lauter, und im nächsten Moment hob sich direkt vor ihnen der gewaltige Kopf eines Yorsen aus dem Boden.

# 4

Einen Yorsen auf dem Bildschirm zu sehen, selbst in einer dreidimensionalen Projektion, war eine Sache. Einem Yorsen leibhaftig gegenüberzustehen, eine ganz andere.

Der Kopf war riesig – ein stumpfgrauer, flach gedrückter Ballon, übermannshoch, fleckig an manchen Stellen und schrundig an anderen. Die drei Fühler wippten auf und ab wie die Äste jerdobanischer Peitschenbäume, und sie liefen in dürre, graue Haarbüschel aus. Die knopfartigen Knubbel auf den Wülsten unterhalb des Kopfes pulsierten, immer drei nebeneinander, als bahne sich darunter gerade ein Parasit den Weg ins Freie. Aber dann bewegte sich der Kopf weiter, zur Seite, und der restliche Körper kam aus dem Loch hervor. Der Yorse beachtete die fünf Menschen überhaupt nicht, schien sie nicht einmal zu bemerken.

Zu Dawills maßloser Überraschung bewegte sich das fremde Wesen *kriechend* fort. Das, was sie für ein zweites Armpaar gehalten hatten, waren in Wahrheit vordere Beine, das hintere Beinpaar stand in einem absurden Winkel in die Höhe, und die Bewegung wurde von mehreren Kränzen dicker Borsten unterstützt, die aus Falten der Bauchseite hervorkamen und von denen bisher niemand etwas gewusst hatte. Mit erstaunlicher Geschwindigkeit, schneller als ein Mensch hätte rennen können, wuselte der Yorse eine der Rampen hinauf, die wie eine Sprungschanze über einem zugefrorenen Becken endete, und hielt an deren oberem Ende abrupt an.

»Bei allen Sternstraßen«, murmelte Hiduu, »ist der riesig.«

»Er ignoriert uns«, sagte Tennant Leti.

»Er hat uns überhaupt nicht bemerkt«, meinte Smeeth.

Es war nach jedem denkbaren Maßstab ein riesiges Lebewesen. Der Körper maß wenigstens acht Mannslängen, wenn nicht zehn, und der Körperumfang war beachtlich, größer als bei jedem anderen Yorsen, den sie je in einem der Kristalle oder auf einer Abbildung gesehen hatten. Dawill fragte sich, ob die Yorsen bei all ihrer Weisheit womöglich doch noch mit persönlichen Problemen wie Übergewicht oder dergleichen zu kämpfen hatten.

Sie setzten sich in Bewegung, unwillkürlich, ohne dass es eines Befehls dazu bedurft hätte. Erst zögernd, dann immer strammer marschierten sie am Innenrand des Walls entlang, um einen besseren Blick zu bekommen auf das, was der Yorse tat. Die zugefrorene Mulde war anscheinend doch nicht das, wofür man sie auf den ersten Blick gehalten hatte, jedenfalls glommen in der Luft darüber plötzlich helle Lichtpunkte in verschiedenen Farben auf, große und kleine Kugeln, wie Seifenblasen, die einander umtanzten, dann wieder alle auf einmal innehielten, um sich darauf gemeinsam in eine andere Richtung zu bewegen. Manche von ihnen pulsierten, andere blinkten, und ab und zu blitzten helle Linien und Ebenen auf und vergingen wieder.

Und der Yorse machte irgendetwas. Sein linker vorderer Arm mit drei dünnen Fingern und einem krallenförmigen Fortsatz am Ende bewegte sich durch das Ballett der leuchtenden Kugeln und Blasen, schien sie zu berühren, sie fangen zu wollen. Als wären die Lichtpunkte Armaturen, das yorsische Gegenstück zu Tasten und Hebeln.

»Wissen Sie, was er da macht?«, fragte Dawill.

Smeeth schüttelte den Kopf. »Ich bin kein Yorsen-Experte, falls Sie das meinen. Ich habe keine Ahnung.«

»Wie haben Sie sie damals auf sich aufmerksam gemacht?«

»Wir haben gerufen«, sagte Smeeth. »Und mit den Armen gefuchtelt.«

»Gerufen«, echote Dawill. Nun ja. Wie auch sonst. Er hob

den Arm und winkte zaghaft. »Hallo!«, schrie er. »Hallo, dürfen wir Euch etwas fragen?« Er kam sich ausgesprochen dämlich dabei vor und war beinahe froh, dass der Yorse ihn weiterhin ignorierte.

»Nicht so«, meinte Smeeth. »Wir müssen näher herangehen. Und dann alle auf einmal.«

Dawill betrachtete das unebene Gelände vor ihnen. Es erschien ihm wie Hausfriedensbruch, einen Schritt über die Grenze des glatt polierten Felsens hinaus zu tun. »Also gut. Versuchen wir es. Tennant, passen Sie auf, dass Sie nicht stürzen. Der Schwerkraftreduktor bewirkt nur, dass Sie nicht zerquetscht werden, aber er kann Sie nicht davor schützen, hinzufallen.«

»Ja, ja«, knurrte Leti säuerlich.

Smeeth ging wieder voran. Gespenstisch, wenn man daran dachte, dass er vor vierhundert Jahren schon einmal hier gewesen war. Dawill folgte ihm und stellte fest, dass es noch schwieriger war, sich über das unebene Gelände zu bewegen, als es ausgesehen hatte. Mehrmals war er selber in Gefahr zu stolpern, und er wusste, dass die anderen es sahen. Hoffentlich waren sie dadurch wenigstens gewarnt.

Vor der Mulde blieb Smeeth stehen, und Dawill gesellte sich zu ihm. Ob es sich bei dem milchig weißen Material in der Vertiefung tatsächlich um Eis handelte, war auch aus der Nähe schwer zu sagen. Der Yorse beachtete sie immer noch nicht, so wenig wie ein Mensch, der völlig von einer komplizierten Aufgabe in Anspruch genommen ist, eine Reihe von Fluginsekten beachtet hätte, die sich entlang seines Schreibtischs aufstellten.

Tennant Leti gelangte ohne Sturz an Dawills Seite und warf ihm einen triumphierenden Blick zu, ehe er sich und die Sensoren seines Rekorders wieder auf den Yorsen konzentrierte. Hiduu und Crevel kamen rasch nach; für die durchtrainierten Piloten war das schwierige Gelände auch unter mehrfacher Schwerkraft kein wirkliches Hindernis.

»Also, auf drei«, sagte Dawill, als sie alle nebeneinanderstanden, keine vier Mannslängen vor der Nase des Yorsen, wenn er ein solches Organ besessen hätte. »Eins . . . zwei . . .«

Sie rissen alle zugleich die Arme in die Höhe, wedelten wild damit herum und schrien »Hallo! Hallo!«, wie Geisteskranke. Wenn der entsprechende Abschnitt der Aufzeichnung, dachte Dawill mit Unbehagen, jemals in die Kanäle der Bordunterhaltung gelangen sollte, dann war es vermutlich vorbei mit seiner Autorität.

Nichts geschah. Der Yorse rührte sich nicht.

»Noch einmal«, befahl Dawill grimmig. »Und etwas auffälliger, wenn ich bitten darf. Eins . . . zwei . . .«

Wieder sprangen sie hoch, fuchtelten mit den Armen und brüllten sich die Lunge aus dem Leib.

Diesmal war die Wirkung verblüffend. Der Yorse hielt inne, die Lichter erloschen, und mit einer geradezu blitzartigen Bewegung drehte sich das fremdartige Wesen auf dem Fleck herum und war im nächsten Augenblick verschwunden.

»Wir haben ihn verscheucht«, stellte Crevel verdutzt fest.

Leti schüttelte den Kopf. »Das kann ich mir irgendwie nicht vorstellen.«

»Wir könnten . . .«, begann Hiduu, aber er kam nicht mehr dazu, fertig zu sprechen, denn in diesem Moment war hinter ihnen eine Bewegung, ein Schatten, ein Geräusch, das sie schneller herumfahren ließ, als unter der Schwerkraft Yorsas ratsam gewesen wäre.

Da stand der Yorse. Keiner von ihnen hatte gesehen, wie er dahin gekommen war, aber jedenfalls stand er vor ihnen, die drei Fühler auf seinem gigantischen Schädel bebend auf sie gerichtet, den Kopf langsam hin und her wiegend. Die länglichen Schlitze in den Wülsten unterhalb des Schädels bewegten sich, gaben schmatzende, schnaubende Geräusche von sich. Die fadenartigen Gebilde an seinem Hals und Oberkör-

per, die auf Bildern wie dünne, schleimige Haare ausgesehen
hatten, waren zu silbernen Klumpen gefroren, die leise klin-
gelnd gegeneinanderschlugen, während der Yorse langsam
näher rückte.

Alles, woran Dawill denken konnte, war, dass sie nicht wussten, ob die Yorsen so etwas wie ein Maul hatten. Ob sie Zähne
besaßen. Ob sie Menschen fraßen ...

Dann erscholl diese Stimme, tief, machtvoll, die Stimme
eines Gottes.

»Was«, fragte sie donnernd, »wollt Ihr?«

Quest fiel endlich in – wenn auch unruhigen – Schlaf. Vileena
deckte ihn noch einmal zu, mit einer Decke in toyokanischer
Handstickerei, die seit der Invasion eine Kostbarkeit war. Dann
stand sie leise auf, sammelte alle ihre Utensilien auf und verließ
das Schlafzimmer. Draußen im Empfangsraum stand ihre
Tasche, in der sie immer alles verstaute. Niemand sollte sehen,
dass sie Quests Räume mit Gerätschaften eines Heilers betrat
oder verließ.

Als sie die leere Heilstation betrat, leuchtete das Signal am
Analysator, das anzeigte, dass die Untersuchung der Flüssigkeit
aus Quests Rückenmark abgeschlossen war. Sie nahm das Pro-
benglas heraus, verschloss es und stellte es in den Gefrierer,
dann nahm sie das Ergebnis zur Hand.

Sie fühlte, wie ihr Gesicht zur Maske erstarrte, während sie
die Ergebnisse in die Diagramme eintrug. Die entsprechende
Mappe war nicht beschriftet, und sie führte alle Daten von
Hand. Nur sie wusste, was die Aufzeichnungen zu bedeuten
hatten. Selbst wenn jemand das Unvorstellbare getan hätte und
in die Heilstation eingebrochen wäre, um die Daten zu durch-
wühlen, er hätte nichts damit anfangen können. Er hätte vor
allem niemals erfahren, dass der Kommandant krank war.

Und Quests Krankheit verschlimmerte sich zusehends. Der Zerfall der Zellen hatte sich beschleunigt. Das passte zu ihrer Beobachtung, dass immer höhere Dosen von Sud Klar nötig waren, um Quest arbeitsfähig zu halten, und dementsprechend immer höhere Dosen von Sud Blau, um die Schadwirkung von Sud Klar abzumildern.

Lange würde auch das nicht mehr funktionieren. Die Erste Heilerin saß vor ihren Unterlagen, bemühte sich, die Trendlinie durch die Messwerte nicht allzu weit in die Zukunft zu verlängern, und dachte darüber nach, was sie sonst noch machen konnte. Es würde ihr nichts anderes übrig bleiben, als anzufangen, Paste Grün zu geben. Ihr Blick wanderte über die Tiegel, Gläser und Flaschen des Heilmittelschranks. Paste Grün. Manche Heiler verwendeten es überhaupt nie. Um ihre Patienten nicht zu erschrecken. Paste Grün, wusste der Volksmund, war das Mittel für Todeskandidaten.


Dawill trat vor. Dies war seine Aufgabe, und er würde sie erfüllen, selbst wenn ihm das Herz den Brustkorb zu zersprengen drohte.

»Wir suchen den Planeten des Ursprungs«, sagte er und hoffte, dass der Yorse entweder wusste, was damit gemeint war, oder nachfragen würde, falls er diesen Ausdruck nicht kannte.

Der Kopf des Yorsen legte sich schräg. Die knubbeligen Knöpfe seiner Wülste pulsierten, dass einem schlecht werden konnte von dem Anblick. »Dies hier ist er nicht«, erklärte die machtvolle Stimme.

»Ja. Aber wisst Ihr, wo er ist?«

»Nein.«

Damit wandte sich der Yorse ab und einem der Hügel zu. Seine Fühler schienen eine Art Takt zu schlagen, worauf der Hügel rötlich aufleuchtete und ein Schattenmuster anzeigte, das eine Weile zu sehen war und dann verblasste.

Der Kopf des Yorsen zuckte wieder zu ihnen zurück, schien sie förmlich rammen zu wollen.

»Was wollt Ihr noch?«

Diese Stimme, die aus dem Himmel auf sie herabzustürzen schien, wie ein Hagelschauer, deren Klang einem durch und durch ging, die einen von den Zehenspitzen bis zum Schädeldach mit Vibration füllte.

Dawill hob die Arme. »Bitte«, sagte er, »Ihr seid das älteste und weiseste Volk, das wir kennen. Bitte helft uns, den Planeten des Ursprungs zu finden. Den Planeten, auf dem alles Leben im Universum seinen Anfang genommen hat.«

»Wir kennen diesen Planeten nicht«, erwiderte der Yorse. »Wir denken, es ist nur eine Legende. Geht wieder.« Damit wandte er sich ab und wuselte zwischen zwei Hügeln davon, eine Rampe hinunter und war verschwunden.

Die Männer standen da und sahen einander ratlos an.

»Der ist ja vielleicht wortkarg«, meinte Crevel schließlich.

Dawill nickte und sah noch einmal in die Richtung, in der der Yorse verschwunden war. »Das kann man wohl sagen.«

»Oh, er hat sich geradezu ausgiebig mit Ihnen unterhalten«, sagte Smeeth mit spöttischem Grinsen. »Verglichen mit dem Gespräch, das ich damals hatte.«

»Das ist nicht Ihr Ernst. Geht es noch kürzer?«

Smeeth nickte. »Ich fragte, ob ich ein Stück Kristall bekommen könnte. Und sie sagten nein.«

»Und?«

»Nichts und. Das war es. Sie schickten mich fort.«

»Sie sind durch die halbe Galaxis geflogen, um dann nach einem einzigen ›Nein‹ aufzugeben?«

»Oh, ganz so war es nicht«, lächelte Smeeth und sah sich um. »Es ist nicht so, dass die Yorsen einen darüber im Unklaren lassen, wann es Zeit ist, zu gehen. Da, sehen Sie? Es geht schon los.«

Dawill blickte in die angegebene Richtung und entdeckte nichts als ein paar Steinchen, die aus unerfindlichem Anlass, wie aufgeregte Jungtiere in die Luft hüpften, wieder und wieder. Und Sandkörner, die sich ähnlich verrückt benahmen. Und wenn er es recht besah, fanden alle diese Hüpfereien entlang einer unsichtbaren Linie statt, die langsam auf sie zuwanderte. »Was hat das zu bedeuten?«, fragte er.

»Sagen wir es einmal so«, meinte Smeeth, »mit künstlicher Gravitation kann man jemandem eine gehörige Tracht Prügel verpassen.«

»Das klingt, als wollten Sie mir raten, nicht auszuprobieren, wie das ist.«

»Ja, nach allem, was ich gehört habe, ist es nicht zu empfehlen.«

Die Linie kam tatsächlich näher. Ein Rausschmeißer, ganz klar.

»Rückzug zu den Jägern«, ordnete Dawill an. In seinen Augen war die ganze Suche nach diesem Planeten des Ursprungs ohnehin eine Idiotie. Wenn die Angelegenheit nach dieser kargen Auskunft erledigt sein sollte, umso besser.

Tennant Leti war neugieriger als Dawill. Als sie schon im Durchgang durch den Wall waren, drehte er um und ging der Linie, die auf dem polierten Fels tatsächlich unsichtbar war, mit ausgestreckten Händen entgegen.

Bis er unvermittelt aufschrie. »Oh! Oh verdammt!« Die rechte Hand unter die linke Achsel geklemmt schloss er hastig zu den anderen auf. »Bei allen Sternteufeln«, fluchte er leise, »die sind nicht zimperlich.«

Als sie die Jäger erreicht hatten, sahen sie, dass es keine Linie war, die sie verfolgte, sondern ein Kreis, der sich um sie schloss. Eisfetzen, Staub und winzige Kiesel stoben auf einer sich enger und enger schnürenden Bahn in die Höhe und spritzten klackernd davon.

»Alles an Bord«, befahl Dawill. »Senkrechtstart.«

Der Anblick der hüpfenden Steinchen war tatsächlich ungemein beeindruckend. Selbst bei Gefechtsalarm kamen Jetbesatzungen selten schneller an Bord, und der Alarmstart hätte für beste Bewertungen bei den Akademieprüfungen genügt. Sie schossen hinauf in den gelben Himmel über Yorsa und hinaus ins All, die Triebwerke bis an die Schmerzgrenze überlastend, und als sie hinter sich blickten, sahen sie noch, wie der ganze Planet unter einem blau leuchtenden Energieschirm verschwand.

»Wie ich schon sagte«, meinte Smeeth, »sie lassen einen nicht im Unklaren darüber, wann es Zeit ist, zu gehen.«


Die Teilnehmer der Yorsa-Expedition saßen um den Konferenztisch versammelt, außerdem der Erste Führungskreis. Die Aufzeichnungen wurden abgespielt, mehrfach, und als das Projektionsfeld über der Mitte des Tisches schließlich verblasste und das Licht im Raum sanft heller wurde, herrschte betretenes Schweigen. Man merkte den Piloten an, dass sie in diesem Moment lieber woanders sein würden. Der Erste Verweser war bleich und schwitzte sichtlich. Nur Tennant Leti, der Quest noch nie toben gesehen hatte, zeigte keine sonderliche Gemütsregung, und Smeeth war ohnehin immer die Gelassenheit in Person.

Der Kommandant hockte dumpf brütend in seinem Sessel und sagte kein Wort. Solange er schwieg, wagte niemand sonst etwas zu sagen.

»Auf unsere Funksprüche«, fragte Quest schließlich unerwartet leise, »reagieren sie immer noch nicht, nehme ich an?«

Tamiliak blinzelte nervös mit seinen Schlitzaugen. »Nein, Erhabener Kommandant. Keinerlei Reaktion.«

»Hmm.« Wieder Schweigen. Der einzige Unterschied war, dass Muntak angefangen hatte, ungeduldig mit den Fingerspitzen auf die Tischplatte zu trommeln, leise, aber nervtötend. Quest warf ihm unter seinen schweren Lidern hervor einen Blick zu. »Ihr habt einen Vorschlag zu machen, Erster Pilot?«

Muntak zuckte zusammen. Aber er überspielte seinen Schrecken rasch. »Wir sollten Rücksprache mit Gheerh nehmen«, schlug er vor. »Vielleicht, wenn wir den Yorsen eine Botschaft des Pantap übermitteln ...« Er sah sich um und verstummte. Ohne Zweifel hielt das niemand für eine sonderlich überzeugende Idee.

Immerhin hörte er auf zu trommeln.

»Tennant Kuton«, wandte Quest sich an den Wissenschaftlichen Leiter, »haben Sie bei Ihren Auswertungen Hinweise auf andere alte Völker gefunden, die möglicherweise weniger ungehalten auf Fragen reagieren?«

Kutons hagerer Oberkörper zuckte vor, seine Hände griffen nach den Unterlagen, die er vor sich hingelegt hatte, und raschelten damit. »Wir, ähm, haben in der Tat Angaben über einige andere Völker entdeckt. Allerdings handelt es sich um Völker, die alle wesentlich jünger sind als die Yorsen. Die meisten von ihnen dürften altersmäßig ungefähr uns Menschen entsprechen ...«

»Sie wissen doch gar nicht, wie alt die Menschheit als Art ist«, warf Tennant Leti ungehalten ein.

»Richtig, aber das wenige, das wir wissen, rechtfertigt meine Einschätzung, glaube ich«, beharrte der Wissenschaftliche Leiter, was Leti mit missbilligendem Kopfschütteln kommentierte. »Überdies haben wir allen Grund zu der Annahme, dass sich keines dieser Völker mehr in unserer Galaxis befindet. Die Yorsen dürften sie längst umgesiedelt haben.«

»Sicher wissen wir das aber nicht.«

Kuton zog einen Sternhimmelausdruck aus dem Stapel vor sich. »Eines der Völker, eine Art intelligenter Flugwesen, die in den Dokumenten von Pashkan *Brotori* genannt werden, besiedeln nach diesen Angaben etwa zwanzig benachbarte Sternsysteme, ungefähr viertausend Lichtjahre von hier entfernt.« Er schob die Grafik in die Mitte des Tisches. Eine leere Stelle darauf war mit Rotstift eingekreist. »Sterne, die um diese Position herum zu sehen sein müssten.«

Die Edlen des Ersten Kreises starrten verdutzt auf den Ausdruck. »Das heißt ja«, begriff der Erste Raumüberwacher Hunot schließlich und rieb sich erschüttert die ehrenwerte Stirn, »dass diese Sterne seit mindestens viertausend Jahren verschwunden sein müssen.«

»Richtig«, nickte der Tennant.

Als sich erneut bedrücktes Schweigen auf die Runde herabsenkte, streckte Kuton die Hand aus und nahm die Grafik behutsam wieder an sich.

Muntak fuhr sich mit der Hand durch seine beeindruckende Haarmähne. »Und wenn wir versuchen, ein paar Kristalle als Geiseln zu nehmen?«, schlug er vor. »Ich meine, sie werden ganz sicher mit uns Kontakt aufnehmen, wenn wir –«

»Vergesst das«, unterbrach ihn Smeeth.

»Habt Ihr etwa einen besseren Vorschlag, Bürger?«

Smeeth sah den Ersten Piloten mit ausdruckslosem Gesicht an. »Habt Ihr Euch schon mal gefragt, *warum* die Yorsen uns Menschen nicht leiden können?«

In Muntaks Gesicht arbeitete es. Er schien sich nicht sicher zu sein, ob er diese Bemerkung als Beleidigung auffassen musste. Ein paar der anderen Edlen grinsten unverhohlen.

Doch bevor der Erste Pilot etwas erwidern konnte, hieb die Hand des Kommandanten schwer auf die Tischplatte. »Euer Vorschlag ist idiotisch, Muntak. Wir werden uns auf keinen Fall mit den mächtigsten Lebewesen des bekannten Universums anlegen. Kein weiterer Gedanke mehr in diese Richtung.«

Muntak nickte grimmig, innerlich kochend vor Ärger. »Ich habe gehört, Erhabener Kommandant.«

Die Stille, die sich nun ausbreitete, war geradezu unwirklich. Die Piloten, zeit ihres Lebens nur dröhnende Mannschaftsräume zwischen Hangars und Maschinenanlagen gewöhnt oder Quartiere in den billigen, lauten Vierteln rund um die Raumhäfen, hatten das Gefühl, plötzlich taub geworden zu sein. Jedes Atemgeräusch klang wie ein Unwetter.

Dawill räusperte sich, verhalten zunächst, dann noch einmal kräftiger. Es schien ein mächtiger Brocken zu sein, den er da von seinen Stimmbändern zu wälzen hatte. »Erhabener Kommandant«, sagte er mit bebenden Lippen, »ich fürchte, die Situation lässt keinen anderen Schluss zu als den, dass unsere Mission gescheitert ist.«

»Denken Sie?«, fragte Quest knapp. Seine Stimme klang wie ein zuschnappendes Fangeisen.

»Ja, Erhabener Kommandant. Ich denke, dass es unsere Pflicht ist, den Pantap über die gewonnenen Erkenntnisse zu unterrichten und seine weiteren Befehle zu erwarten.«

Es war ausgerechnet Muntak, der grimmig nickte und murmelte: »Er wird uns als Kundschafter ins Reich des Sternenkaisers schicken, jede Wette.«

Quest sah mit auffordernd funkelnden Augen in die Runde. »Hat noch jemand eine Meinung hierzu?«

Niemand sonst hatte eine Meinung dazu.

»Na schön. Dann will ich Ihnen etwas zeigen. Pilot Hiduu, lassen Sie die Aufzeichnung Ihres Rekorders noch einmal laufen«, befahl der Kommandant.

Hiduu beeilte sich, die entsprechenden Tasten am Abspielgerät zu drücken. Das Licht im Raum erlosch bis auf sanfte Dämmerung, das Projektionsfeld leuchtete auf, und sie sahen wieder, wie die Männer durch den Wall gingen, Smeeth vorneweg, gefolgt von einem argwöhnisch nach allen Seiten sichernden Dawill, sahen die eigentümliche Bodenformation des Innenraums und zuckten wieder zusammen, als plötzlich der Kopf des

Yorsen vor ihnen aufragte. Sie sahen, wie er die Rampe hinauf-wuselte, sahen die leuchtenden Kugelformationen vor ihm auf-tauchen und ...

»Halt!«, rief Quest. »Halten Sie das an.«

Hiduu gehorchte. Das Bild, wie der Yorse nach einer der leuchtenden Kugeln griff, fror ein.

»Was«, stellte Quest bedächtig die Frage, »macht er hier eigentlich?«

Zögern in der Runde. »Es sieht aus, als würde er irgendetwas steuern«, sagte Dawill schließlich.

»Ja. Er arbeitet. Ein Vertreter einer Spezies, die die höchste Stufe der Entwicklung erreicht hat und sich seit undenklichen Zeiten nur noch dem Nichtstun und der Ekstase hingibt ... arbeitet.« Quest fuhr sich mit der Hand über das Gesicht, wischte sich Wangen und Stirn und starrte die ganze Zeit unver-wandt auf das stillstehende Bild. »Man fragt sich natürlich, wo-ran. Wir wissen, dass die Yorsen nur noch zwei Arten von Maschi-nen kennen, und da das hier entschieden zu groß ist, um eine molekulare Maschine zu sein, darf man vermuten, dass wir die Kontrollen einer stellaren Maschine sehen. Ich wage sogar zu behaupten, dass Sie ihn bei Arbeiten am *Großen Rückzug* gestört haben. Für meine Augen sieht das, woran der Yorse hantiert, wie ein Modell einer Sternkonstellation aus. Lassen Sie es einmal weiterlaufen, Hiduu. Langsam.«

Ein unterschwelliges Keuchen ging durch die Runde. Im langsamen Modus war der Ton abgeschaltet, und so verfolgten sie in gebannter Stille, wie die schimmernden Kugeln, den Bewegungen des Yorsen folgend, einander umkreisten.

»Halt. Seht Ihr den Punkt in der Mitte, der seine Position nicht ändert?« Allgemeines Nicken. Das war jedem aufgefallen, peinlicherweise erst jetzt im langsamen Modus. »Was, frage ich mich, wenn das der nächste Stern ist, den die Yorsen in eine andere Galaxis versetzen wollen? Dann leben auf einem der

Planeten dieser Sonne nichtmenschliche Intelligenzen. Dann sind die Yorsen in diesem Sonnensystem in irgendeiner Weise aktiv. Und wenn ich mich recht an die Geschichte erinnere, die Tennant Kuton über die erste Begegnung zwischen Yorsen und Menschen gefunden hat, dann waren die Yorsen darin erheblich auskunftsfreudiger, als Sie es erlebt haben.«

»Aber wir wissen nicht, welcher Stern das ist«, wandte Kuton zögernd ein.

Quest schüttelte langsam den Kopf. Im Dunkeln wirkte er wie ein lebendes Gebirge. »Wir haben diese Aufzeichnungen. Daraus lässt sich das Modell dreidimensional rekonstruieren. Dann haben wir relative Abstände zwischen Sternen, und wir haben Winkel. Mehr als ausreichend, um einen Stern eindeutig zu identifizieren. Und wir haben eine Datenbank sämtlicher Sterne dieser Galaxis, die jemals von einem Schiff der Flotte vermessen wurden.« Er streckte die Hand aus, deutete auf das fahle Bild über der Mitte des Tisches. »Edler Felmori, Tennants – geht unverzüglich an die Arbeit. Ich will wissen, welcher Stern das ist.«


Seit Jahrhunderten war es vorgeschrieben, dass die Schiffe der Reichsflotte während ihrer Sprungetappen Aufnahmen des umgebenden Sternhimmels anfertigten, die während des nächsten Aufenthalts auf einer Basis zusammen mit den jeweiligen stellaren Koordinaten an das Kartografische Institut auf Gheerh weitergeleitet wurden. Diese Aufnahmen der Galaxis aus unterschiedlichsten Blickwinkeln erlaubten es, die absoluten Positionen der registrierten Sterne zu errechnen, aus dem Vergleich mit älteren Daten ließ sich die Drift jedes Sterns ermitteln, und unter Berücksichtigung der Geschwindigkeit des Lichts, die einen Sterne an Stellen sehen ließ, wo sie vor langer Zeit einmal gewesen waren, ergaben sich schließlich Positionen und Bewegungsvektoren praktisch aller Sterne, die jemals von mehr als zwei Raumschiffen der Flotte gesichtet worden waren. Es war ein gut eingeübter, automatischer Vorgang, der den seltsam anmutenden Sachverhalt erklärte, dass man sehr exakte Sternkarten der Namenlosen Zone besaß, obwohl diese zum größten Teil noch nie von Raumschiffen beflogen worden war. Nicht erfasst waren lediglich Sterne, die sich hinter ausgedehnten Dunkelwolken verbargen, besonders lichtschwache Sterne und solche, die so weit entfernt waren, dass ihre Parallaxen zu gering ausfielen, um ihre Positionen mit einiger Genauigkeit bestimmen zu können. Die Akademie ging davon aus, dass über drei Viertel der Galaxis kartografiert war. Achtzig Milliarden Sterne. Verglichen damit war die Zahl der Sterne, über die man mehr wusste als Koordinaten und Leuchtkraft geradezu lächerlich klein.

Da die MEGATAO eine Kopie dieser Sterndatenbank besaß, war die Idee des Kommandanten zwar tollkühn, aber auch geradezu peinlich naheliegend. Böse Zungen erzählten, die Navigatoren, die sich zusammen mit den Astronomen unverzüglich an die Arbeit machten, hätten rote Ohren gehabt und immer wieder fassungslos die Köpfe geschüttelt, während sie die Aufzeichnungen der Yorsa-Exkursion kopierten und bearbeiteten, die Abbildungen, bei denen es sich um Sternkonstellationen handeln mochte oder auch nicht, herausfilterten und gegeneinander abglichen und schließlich aus allen vorhandenen Blickrichtungen vermaßen, bis die relativen Abstände und Winkel eindeutig feststanden. Dann kam ein speziell erstelltes Suchprogramm zum Einsatz, das der Reihe nach jeden einzelnen Stern in der Datenbank daraufhin überprüfte, ob sich zu ihm Nachbarsterne in entsprechenden Winkeln und Abstandsverhältnissen finden ließen. Für einige Gyr kam die Arbeit an Bord der MEGATAO, soweit sie auf Rechnerunterstützung angewiesen war, nahezu zum Erliegen. Das bordeigene Unterhaltungsprogramm wurde unterbrochen, das Kommunikationssystem leitete nur noch Nachrichten mit Vorzugsstatus weiter, und bizarrerweise mussten einige Türen im oberen Mitteldeck auf Handbetrieb umgeschaltet werden. Dann stand das Ergebnis fest.

»Eine kleine gelbe Sonne«, erläuterte der Edle Felmori, Erster Navigator, die Ergebnisse. »Registriernummer 1202–1179–004. Entfernung von hier aus etwa zwölftausend Lichtjahre.« Er ließ die Projektion der Sternkarte aufleuchten. Der hypothetische Kurs zum Zielstern würde in nahezu rechtem Winkel zum bisherigen weiterführen, wieder auf den Rand der Galaxis zu.

»Sonstige Daten?«, fragte Quest.

Felmori schüttelte den Kopf. »Keine bekannte Expedition ist jemals auch nur in der Nähe gewesen.«

Auf einen Tastendruck wurde das Zielgebiet vergrößert und die Konstellation der Sterne mit einem Bild des daran arbeitenden Yorsen überblendet. Die Navigatoren hatten an dieser Sequenz sorgfältig gefeilt, um den Erfolg ihrer Arbeiten ins rechte Licht zu rücken, aber der Effekt, den sie erzielten, war, dass es jedem kalt den Rücken hinablief bei dem Gedanken, dass die Yorsen imstande sein sollten, über eine Distanz von zwölftausend Lichtjahren hinweg die Existenz eines ganzen Sonnensystems zu kontrollieren.

»Fliegen wir hin«, sagte Quest. »Solange der Stern noch da ist.«

Alles duckte sich, nickte, am eifrigsten Muntak, der Erste Pilot. Nur Dawills untersetzte Gestalt straffte sich. »Verzeiht, Erhabener Kommandant«, sagte er, »aber was versprechen wir uns davon? Nur weil wir *möglicherweise* dort auf andere Yorsen treffen und diese uns *möglicherweise* mehr über den Planeten des Ursprungs erzählen könnten ...?«

»Verweser Dawill«, unterbrach Quest müde, »ich bin im Augenblick nicht dazu aufgelegt, mit Ihnen zu diskutieren. Ein Gefühl sagt mir, dass wir keine Zeit verlieren sollten. Wir können diskutieren, sollten wir keinen Erfolg haben, einverstanden?« Er sah Muntak an. »Erster Pilot, es ist Euer Schiff.« Er erhob sich, blickte in die Runde. »Ihr Edlen!« Damit ging er, wie immer gefolgt von Vileena.

Kurz darauf verließ die MEGATAO das System der Sonne Loy'mok und steuerte den nächsten Eintauchpunkt an. Das Sublicht an Bord war immer noch orange.

Nach Bordzeit war es später Abend. Seinen Mitarbeitern hatte Kuton längst freigegeben, doch er selbst fand nicht zur Ruhe. Und wozu auch? Er fand keinen Gefallen an den Vergnügungen, die an Bord angeboten wurden, und er hatte keine Freunde, mit denen er gern Zeit verbrachte. Ihm war eine anspruchsvolle geistige Aufgabe wie diese lieber: Die Zeittafeln, die sie in den javuusischen Speichern entdeckt hatten, verwendeten einen völlig unbekannten Kalender. Wenn es gelang, die darauf genannten Ereignisse mit bekannten historischen Zeitpunkten zu verbinden, konnte das wertvolle Informationen liefern. Und wenn nicht, war es zumindest eine spannende Knobelei. Kuton mochte es, zu knobeln, sich durch Bücher und Datenbanken zu wühlen und den Gedanken freien Lauf zu lassen, während in der Tiefe des Schiffs Triebwerke tosten und Generatoren wummerten, während in der Trennwand das Wasserrohr gluckerte und vom Deck darüber das Klappern von Schritten zu hören war. Das war alles so vertraut, schuf eine Stimmung von Behaglichkeit, die ihm half, sich zu konzentrieren.

Und zu vergessen …

Als es klopfte, sah er höchst ungern auf. »Ja, bitte?«

Die Tür ging auf. Er wollte es nicht glauben, wer den Kopf hereinstreckte. »Edler Muntak! Ihr?«

»Ist es gestattet, einzutreten?«, fragte der Erste Pilot mit ungewohnter Höflichkeit. »Oder störe ich?«

»Oh, nein, natürlich nicht. Kommt herein, kommt herein, wartet . . .« Kuton war schon aufgesprungen, fegte Kleider und Papiere von seinem zweiten Stuhl, klopfte hastig mit der Hand die Sitzfläche ab. Ein Edler! In seiner Kabine! Das war hier doch alles eines Edlen nicht würdig, wie kam er dazu . . .? »Ihr müsst vielmals entschuldigen, wie es hier aussieht, aber ich hatte nicht damit gerechnet . . . und schon gar nicht . . .«

»Schon gut.« Muntak nahm ihm den Stuhl aus der Hand und setzte sich. »Niemand erwartet das.« Er verschränkte die Arme, sah Kuton an und bedeutete ihm schließlich, sich ebenfalls zu setzen. »Und niemand weiß, dass ich hier bin. Verstehen Sie?«

»Ja«, beeilte sich Kuton zu nicken. Dann überlegte er, ob er wirklich verstand, was der Edle meinte. »Ich glaube schon.«

»Darf ich Sie etwas fragen, Tennant?«

»Ja, sicher, ich meine . . . Ja. Bitte.«

»Ich nehme an«, sagte Muntak, und seine Kinnpartie spannte sich plötzlich an dabei, »es ist Ihrer Aufmerksamkeit nicht entgangen, dass dieser Mann, den wir aus seinem Wrack aufgelesen haben – Smeeth – und die Erste Heilerin . . .«

Da war es wieder. Das, was er vergessen wollte. Da war es wieder und tat immer noch weh.

»Ja«, sagte Kuton, nicht darauf achtend, dass er dem Edlen das Wort abschnitt. »Es ist mir nicht entgangen.«

Muntak nickte. »Und? Was denken Sie darüber?«

»Es steht mir nicht zu, darüber ein Urteil abzugeben.«

»Aber Sie müssen doch irgendetwas darüber denken. Es bleibt unter uns, keine Sorge.«

»Verzeiht mir, aber ich will trotzdem nichts dazu sagen«, der Wissenschaftler hatte Angst, der Erste Pilot könnte seine Stimme beben hören. »Die Erste Heilerin ist eine Edle, und Smeeth ist ebenfalls ein Edler. Was also soll ich dazu sagen?«

Muntak holte tief Luft, lehnte sich zurück. »Glauben Sie, dass das stimmt? Dass Smeeth ein Edler ist, meine ich.«

»Der Kommandant hat es so entschieden, habe ich gehört. Und ich habe das fraglos zu akzeptieren.«

»Ja, ja, schon. Aber Smeeth war ein Bürger der alten Republik. Normalerweise wäre er damit ein Freier, nicht wahr? Sie als Historiker müssten das doch wissen.«

Kuton merkte, dass ihm das Atmen schwerfiel. »Sicher. Aber er war Kommandant eines Raumschiffes ...«

»Hat er uns erzählt.«

Kuton fühlte seinen Unterkiefer herabsinken, ohne dass er etwas dagegen hätte tun können. Vermutlich sah er aus wie ein sabbernder Idiot, starrte Muntak an, endlos, und das plötzliche Schweigen war wie ein Abgrund. »Ihr meint ...?« Mühsam gewann er die Kontrolle über seine Stimme zurück. »Ihr meint doch nicht etwa ...?«

»Ich frage bloß«, sagte Muntak kalt. »Er hat es uns *gesagt*. Aber wir *wissen* es nicht. Was wir wissen, ist, dass von zehn Kühlkammern an Bord der Rigg neun versagt haben, und zwar so vollständig, dass die Leute darin nur noch gefriergetrocknete Mumien sind. Einzig Smeeth ist gesund wie nur irgendjemand. Bei den dunklen Sternen, er *hustet* nicht einmal!« Er beugte sich vor und sah Kuton an. Seine Augen glitzerten zornig. »Haben Sie sich noch nie gefragt, ob dabei alles mit rechten Dingen zugegangen ist?«

# Die Legende der Zwölf

# 1

Der obere Hangar lag um diese späte Nachtzeit dunkel und verlassen, jeder Schritt darin hallte, dass man hätte meinen können, das halbe Schiff müsse davon aufwachen. Die Rigg war ein unheimlicher, bedrückender Schatten und größer, als Kuton sie in Erinnerung hatte, aber das mochte am Licht liegen. Auch im Dunkeln sah das Schiff elegant aus, ein gewaltiges schlafendes Tier mit einer klaffenden Rückenwunde: Die nach außen gebogenen Teile der Hülle dort, wo der Hyperkonverter explodiert war, glänzten matt im Restlicht.

»Vergesslichkeit hat manchmal auch etwas Gutes«, meinte Muntak halblaut.

Kuton sah die silbernen Stiftschlüssel in seiner Hand an. »Ich hatte an so vieles andere zu denken«, sagte er. »Ich meine, der Verweser hätte sie ja auch zurückfordern können.«

Muntak ging ein paar Schritte, inspizierte den Steg zur Einstiegsschleuse hinauf eingehend, soweit er etwas erkennen konnte. »Es ist mir aufgefallen, dass er das nicht getan hat, ja.«

»Jedenfalls erspart es uns, ihn darum bitten zu müssen.«

»Genau.«

Sie gingen den Steg hinauf, Kuton voran. Er entfernte den klobigen Versiegelungsbolzen und betätigte den Öffnungsschalter des Schotts. Nervenzerfetzendes Quietschen hallte durch den Hangar, während es sich zur Seite schob. In dem Schleusenraum dahinter ging sanft das Licht an, ein helles, bläuliches Licht, vermutlich der Sonne Gheerhs nachgebildet.

Die Luft an Bord roch immer noch schlecht, derart gesättigt von Körperausdünstungen, dass man meinen konnte, eine

249

ganze Großgruppe Niederer hätte ein Dritteljahr eng gedrängt darin ausgeharrt. Auf dem Weg in die Kanzel konnte Kuton den Ersten Piloten hinter sich angewidert keuchen hören. »Bei allen Dämonen der Sternstraßen, das ist ja *fürchterlich* ...«

In der Kanzel vergaß Muntak den Geruch. Er stand da, sah sich um, mit großen Augen wie ein Kind, bis sein Blick auf das fiel, was nur der Sitz des Piloten sein konnte. Er ging langsam darauf zu wie auf ein Heiligtum. »Eine integrierte Steuerung«, hauchte der Edle ehrfürchtig. »Ich habe so eine einmal im Museum gesehen. Damit ist ein einziger Mann in der Lage, das Schiff zu fliegen, können Sie sich das vorstellen? Steuerung, Navigation, Raumüberwachung, Maschinenführung, Kommunikation – alles in einem Pult.« Er ließ sich auf den Sitz gleiten und legte behutsam die Hand um einen eigenartig aussehenden Steuergriff, der zahlreiche Rändelschrauben und Drucktasten an verschiedenen, mit den Fingerspitzen leicht erreichbaren Stellen aufwies. Er bewegte ihn behutsam, fuhr sachte mit den Fingern über die Instrumente, die ihn entlang des halb elliptischen Pultes umgaben. Schließlich schüttelte er seufzend den Kopf. »Auch wenn die Republikaner korrupte Bastarde waren – Raumschiffe konnten sie bauen, das muss man ihnen lassen.«

Kuton bemühte sich, angesichts eines derart eindimensionalen Geschichtsverständnisses nicht abfällig das Gesicht zu verziehen. »Wollt Ihr auch sehen«, fragte er, »wie sie Kommandantenkabinen eingerichtet haben?«

Muntak schien unsanft aus einem Traum zu erwachen. »Richtig, ja.« Er sah sich um. »Bei einer Rigg müsste die sich unter uns befinden, oder?«

»Exakt.« Kuton registrierte, dass sich der Pilot überraschend gut mit historischen Raumschiffstypen auszukennen schien. Er trat an ein kreisrundes Geländer, das nur ein gewöhnliches Stück Boden zu umzäunen schien, und drückte einen Schalter, worauf das Stück Boden sich wie eine Irisblende öffnete und eine schmale, abwärts führende Wendeltreppe freigab. »Soll ich vorangehen?«


Manchmal war Smeeth wie ein halb verhungertes Tier, und sie war die Beute, über die er herfiel. Es hatte Zeiten gegeben, in denen sie das, was sie taten, unschicklich und unakzeptabel gefunden hätte, aber irgendwie waren diese Zeiten vergangen und jene Begriffe mit ihnen. Sie überließ sich willig seiner Wildheit und seiner Raffinesse, vergaß Raum und Zeit und ihren eigenen Namen, und manchmal kam es ihr vor, als sei sie es, die in Wahrheit hungrig war, nicht er.

»Ich weiß gar nichts über dich«, sagte sie später, während ihr Kopf auf seiner haarlosen, warmen Brust ruhte, sie seinen Samen roch, seinen Schweiß glitzern sah und das Schlagen seines Herzens hörte. »Bist du ... ich meine, *warst* du verheiratet?«

Sie spürte, wie sein Atem für einen winzigen Moment stockte. »Was würde das für einen Unterschied machen?«, fragte er dann leise, während sein Atem schon wieder gleichmäßig ging.

»Ich weiß nicht. Ich würde es eben gerne wissen.«

»Ob ich eine Frau zurückgelassen habe in der Republik?«

»Ja.«

»Nein, habe ich nicht.«

»Und Kinder?«

»Du bist heute reichlich neugierig, muss ich sagen.«

»Das sind Frauen nun mal, so viel solltest du schon gemerkt haben. Du erweckst nämlich den Eindruck, als ob du einige Erfahrung mit Frauen hättest.«

»So. Tue ich das?«

»Ja, tust du.« Sie lächelte, obwohl er das nicht sehen konnte – vielleicht konnte er es fühlen –, und ließ ihre Hand anzüglich

251

zwischen seine Beine wandern. »Also, was ist? Wie viele Kinder hast du?«

»Mindestens dreihundert.«

»Oh. Reife Leistung. Wie alt, sagtest du, bist du?«

»Ich sagte überhaupt nichts. Ich habe keine Ahnung mehr, wie alt ich bin.«

»Jedenfalls hast du dich beneidenswert gut gehalten.« Sie spürte ihn schon wieder reagieren. »Dreihundert Kinder, das müssten inzwischen ganz schön viele Nachkommen sein ...«

»Millionen«, sagte er mit belegter Stimme. Sie spürte seine Hand in ihrem Haar, auf ihren Schultern, streifte das Laken zurück, das seine Blöße bedeckte, und erhob sich über ihn, langsam, genussvoll, und sie suchte seinen Blick, während sie es tat. Das hungrige Tier und die Beute.

Danach lag sie schwer auf ihm, doch er trug sie, und in sein Keuchen hinein fragte sie leise: »Liebst du mich eigentlich?«

Eine Veränderung in seinem Atmen ließ sie aufhorchen. Sie hob den Kopf und sah ihn an, sah einen schmerzlichen Ausdruck in seinem Gesicht.

»Das würde ich niemals wagen«, flüsterte er.


Sie fanden zerlesene Bücher in seltsamen fremden Sprachen, Notizbücher voller Aufzeichnungen in einer unbekannten Schrift, vielfach geflickte Kleidungsstücke und ausgetretene Schuhe. Doch sie fanden keinerlei Dokumente, die Smeeth als Kommandanten oder wenigstens Eigentümer der Rigg ausgewiesen hätten. Nichts.

»Und Sie sind sicher, dass keine Dokumente in den Sachen waren, die Sie ihm gebracht haben?«, fragte Muntak mehrmals.

»Absolut sicher«, erwiderte Kuton. »Ich habe alles genau untersucht, wie der Kommandant es angeordnet hat. Ich habe sogar das Schloss seines Tagebuchs öffnen und die Seiten darin fotografieren lassen. Keine Dokumente.«

»Und Sie hätten republikanische Dokumente erkannt?«

»Verzeiht, aber ich bin Historiker. Wenn mir ein Dokument der Republik entgangen sein sollte, dürft Ihr meine Verstoßung aus der Akademie beantragen.«

»Schon gut. Ich meinte ja nur.«

Kuton musterte zum wiederholten Mal die Wände. Kein versteckter Safe, keine Umrisse eines Geheimfachs. »Die Dokumente sind hier irgendwo. Oder es gibt sie nicht.«

»Es muss sie geben. Kein Schiff darf ohne entsprechende Ausweise starten oder landen, das war früher auch nicht anders.«

»Wenn Smeeth nicht der ist, der er zu sein behauptet, und die Ausweise ihn belasten würden, kann er sie vernichtet haben.« Kuton sah den Edlen an. »Das war doch Eure Theorie, oder?«

Muntak erwiderte den Blick finster. »Das ist sie immer noch. Eine Hypothese. So gesehen ist das Fehlen der Schiffsdokumente eher belastend.«

»Vielleicht sind sie ja anderswo im Schiff.«

»Vielleicht.«

Alles an Bord sah reichlich abgenutzt aus. Die Kabinen im hinteren Teil waren regelrecht verwohnt, die Matratzen der Betten durchgelegen, die Decken durchgescheuert. Selbst die Sitzflächen der Stühle in dem kleinen Speiseraum waren abgewetzt.

»Wissen Sie, wie das alles aussieht?«, meinte der Erste Pilot schließlich. »Als hätten die Leute ewig gewartet, ehe sie in die Kühlkammern gestiegen sind.«

»Ihr meint, sie haben den Geräten misstraut?«

»Jedenfalls scheint mir, sie haben jahrelang gezögert, sie zu benutzen.« Muntak zog ein Fach auf, nahm einen metallenen Teller heraus und hielt ihn ins Licht. »Sehen Sie sich das hier an. Der Boden. Von tausendfacher Benutzung zerkratzt.«

Sie lösten die Abdeckung vor der Wiederaufbereitungsanlage, inspizierten die verschiedenen Zählwerke und den Abnutzungsgrad der diversen Filter. Ohne Zweifel, diese Anlage war über alle Maßen stark beansprucht worden.

»Das ist merkwürdig«, meinte Muntak plötzlich und deutete auf einen großen Tank aus einem halb durchsichtigen, grauen Material, in dem etwas Schattiges wallte und brodelte.

»Was ist das?«, fragte Kuton.

»Das sind Nahrungskulturen. Spezielle Bakterienkulturen, die aus den Abfallstoffen der Wiederaufbereitung unter ultraviolettem Licht eine Art synthetische Notnahrung herstellen. Schmeckt widerlich, hält aber am Leben. Das ist so ungefähr das Beste, was man darüber sagen kann.«

»Notnahrung?«, wiederholte Kuton konsterniert. »Haben wir etwa auch so etwas?«

»Jedes Langstreckenraumschiff hat das. Ist ein normaler Teil der Wiederaufbereitung. Normalerweise wirft man die Notnahrung weg, aber zumindest stinkt die nicht so, wie normaler Abfall das täte.«

»Aha.« Kuton betrachtete die sich zäh bewegenden Schatten im Inneren des grauen Behälters. »Aber wenn das ein normaler Teil der Wiederaufbereitung ist, was ist dann daran merkwürdig?«

»Na, dass die Kulturen noch leben. Sie müssten längst abgestorben sein.«

»Wieso das?«

Muntak sah ihn an, wie nur ein Edler von der Gnade des Pantap einen geistig minderbemittelten Gemeinen ansehen konnte. »Diese Kulturen haben seit Jahrhunderten keinen Nachschub an Rohmaterial erhalten. Weil die Menschen, die dieses Rohmaterial erzeugen, im Kälteschlaf lagen oder tot waren. Verstehen Sie?«

»Ja.« Kuton beeilte sich zu nicken. »Ja, ich verstehe. Das ist allerdings merkwürdig.«

Muntak ging in die Hocke, zog einen Metallkasten unter dem Tank hervor, öffnete ihn und kramte darin herum. »Smeeth könnte natürlich eine neue Kultur angesetzt haben, nachdem das Annäherungssignal ihn aus dem Kälteschlaf geholt hat. Schwer zu sagen. Hier ist jedenfalls keine leere Tüte ... Und wo hat er die Reste der alten Kultur hingetan? Wann hat er den Tank gereinigt? Er müsste vor dem Tiefschlaf daran gedacht haben, ihn trockenzulegen ... Schwer vorstellbar das alles.«

Kuton hätte gern eine scharfsinnige Bemerkung gemacht, bloß fiel ihm nichts ein. Muntak wirkte etwas ratlos, wie er da hockte und in das Geflecht aus Röhren, Kabeln und Aggregaten starrte. Schließlich schüttelte er den Kopf. »Ich glaube, wir sollten uns mal die Kühlkammern genauer ansehen.«

»Ja«, sagte Kuton.

»Wenn er etwas manipuliert hat, dann da.«

»Ja.« Kuton rührte sich nicht. Muntak auch nicht. Keiner von ihnen hatte besondere Lust auf den Anblick neun tiefgefrorener Leichen.

Der Pilot stemmte sich hoch, als fiele ihm plötzlich jede Bewegung schwer. Er griff schweigend nach der Abdeckung, hob sie zurück in die Passnuten und ließ die Verriegelungen klackend wieder einschnappen. »Gehen wir«, sagte er.

»Was ich nicht verstehe«, gestand Kuton auf dem Weg hinab in den Maschinenbauch des Schiffes, »ist, wofür ein relativ kleines Schiff wie dieses überhaupt Kühlkammern hatte. Im Normalfall, meine ich. Eine Rigg war ein Schiff für Privatleute. Die wenigsten werden sonderlich weite Strecken damit zurückgelegt haben. Ich meine, die MEGATAO hat schließlich auch keine Kühlkammern, und wir fliegen *wirklich* weit.«

»Das hat mit einem Phänomen zu tun, das man *Größenparadoxon* nennt«, erklärte Muntak. Eine quer verlaufende Rohrleitung zwang sie, sich zu bücken. »Je größer das Schiff, desto kleinere Eintauchpunkte kann es benutzen. Und zwar, weil es sie *anpeilen* kann. Wenn Sie die entsprechenden Formeln studieren, sehen Sie, dass die Schiffseigenmasse darin vorkommt. Ein unendlich großes Raumschiff würde alle Eintauchpunkte anpeilen können, die es gibt. Ein beliebtes Thema in den Grundkursen an der Akademie, um die Neulinge aufs Glatteis zu führen. Jedenfalls, ein Schiff von der Größe der MEGATAO braucht selten länger als drei Tage zum nächsten Eintauchpunkt. So eine Rigg kann dagegen durchaus mal ein Fünfteljahr oder länger brauchen.«

»Ein Fünfteljahr! Nur um den Eintauchpunkt zu erreichen?«

»Ja. Oder noch länger. In den Randzonen kann das richtig abenteuerlich werden. Deshalb auch die integrierte Steuerung. Einer bleibt wach und steuert das Schiff, der Rest der Besatzung verschläft die Zeit in den Kühlkammern. Außerdem gibt es auf diese Weise weniger Streit.«

Den Raum mit den Kühlkammern zu betreten war, als dringe man in eine Gruft ein. Die Glasdeckel waren von innen beschlagen, die indirekte Beleuchtung ließ die mumifizierten Überreste der Besatzung dahinter nur schemenhaft erahnen. Der Gitterrostboden klapperte unter ihren Schritten, als sei er Teil einer Alarmvorrichtung. Und es war deutlich kälter als im Rest des Schiffes.

»Ich hasse so was«, meinte Muntak, trat an eine der Kühlkammern und tastete mit der Hand am oberen Rand entlang. »Helfen Sie mir mal, Tennant?«

Gemeinsam zogen sie das Aggregat samt seinem grausigen Inhalt ein Stück hervor, in die Mitte des schmalen Gangs, gerade so, dass sie an die Rückwand herankamen. Ein armdickes Kabel führte unten aus der Verkleidung und verschwand in einem abgedichteten Zugang in der Wand; zum Glück war es lang genug. *Öffnen Sie die Rückwand nicht, während die Kühlkammer in Betrieb ist – Lebensgefahr* stand auf einem kleinen farbigen Warnschild, aber Muntak zog einen Universalschraubendreher aus der Tasche, um genau das zu tun.

Wenige Augenblicke später starrten sie erneut in ein Gewirr aus Kabeln und Schläuchen. Einige Instrumente mit kleinen Anzeigeskalen waren zu erkennen: Sie standen alle auf Null. Ein kleines rotes Licht blinkte, vermutlich schon seit hundert Jahren.

»Wir brauchen«, sagte Muntak endlich, »jemanden, der sich mit solchen Geräten auskennt.«

Zwei Phuwara-Kerzen auf dem Tisch im Schlafzimmer brannten, verbreiteten ein sanftes Licht und einen sanften Duft. An diesem Morgen waren die Vitalwerte des Kommandanten besser als sonst. Vileena hatte den Tiegel mit Paste Grün und die zugehörigen Messer schon in ihrer Tasche, aber nachdem sie seinen Pulsdruck gemessen hatte, beschloss sie, noch damit zu warten.

»Und?«, wollte Quest wissen. »Wie lange gibst du mir noch?«

»Ich habe dir nichts zu geben«, sagte sie. »Nichts außer einigen Heilmitteln und Ratschlägen.«

»Noch ein Dritteljahr? Was meinst du?«

Sie hob nur die Augenbrauen, schwieg aber.

Quest seufzte. »Nein, kein Dritteljahr mehr. Ein Fünfteljahr, höchstens.« Er beugte sich vor, zog das Kurzhemd zurecht, begann das Langhemd überzustreifen. »Soll ich dir etwas sagen? Ich beginne, meinen Körper zu hassen. Schau nicht so. Er lässt mich im Stich. Er hat die Unverschämtheit, einfach zu zerfallen. Jeden Morgen wundere ich mich, dass ich noch lebe, und ich sehe als Erstes nach, was noch funktioniert. Heute Morgen habe ich mein rechtes Bein nicht mehr gespürt. Es war noch da. Es war nicht abgedrückt gewesen oder so etwas, ich habe es einfach nicht mehr gespürt. Unmöglich, aufzustehen oder zu gehen. Gut, es ist wieder aufgetaucht, aber es kommt mir immer noch vor wie ein Fremdkörper. Als würde es nicht zu mir gehören. Denkst du, das bleibt jetzt so?«

»Das weiß ich nicht«, sagte Vileena. Beeinträchtigung der sensorischen Nerven. Noch etwas, das sie prüfen musste.

Der Kommandant hob seine rechte Hand und betrachtete sie. »Ist das nicht merkwürdig?«, meinte er versonnen. »Jetzt, in diesem Augenblick, lebe ich. Ich sehe. Ich sehe diese Hand, kann sie bewegen, fühle ihre Bewegungen. Ich atme. Ich rieche diesen Raum, den Duft der Phuwaras, den Geruch deiner Essenzen ... Ich *bin*. Jetzt, in diesem Moment, *bin* ich. Und ich kann darüber nachdenken, wie es sein wird in einem Dritteljahr, wenn ich nicht mehr bin. Ist das nicht völlig abstrus?«

Vileena musterte ihn, überlegte, ob sie die Äußerungen des Kommandanten als beginnende Depression auffassen musste oder nicht. »Das ist unser aller Schicksal«, sagte sie, weil sie das Gefühl hatte, er erwarte eine Antwort. »Das Wissen um unsere Sterblichkeit ist es, was uns über Tiere erhebt.«

»Erhebt es uns, ja? Im Augenblick kommt es mir eher wie eine Last vor, dieses angeblich so erhebende Wissen. Und was wissen wir denn eigentlich? Nichts. Wir beobachten nur etwas, das wir nicht verstehen. Und je mehr wir versuchen, es zu verstehen, desto weniger begreifen wir.« Er stand auf, nahm seine Hose vom Stuhl, stieg hinein. »Mein Oheim starb, als ich ein Kind war. Ich entsinne mich noch an die Festlichkeiten damals, das Begräbnis, die Einsetzung meines Vaters ins Patriarchat, all die Menschen und die Musik und die geschmückten Säle ... Und wie ich mitten darin stand und darüber nachdachte, wie das wohl ist, tot zu sein. Ich sah den toten Körper aufgebahrt liegen, ruhig, glatt, das Gesicht wie grauer Stein, so reglos ... Irgendwie war es mein Oheim und war es auch wieder nicht. Es war, als wäre er ausgetauscht worden gegen eine Statue, eine Puppe aus Wachs. Bis zu diesem Zeitpunkt hatte ich mir immer vorgestellt, Tod sei wie Dunkelheit, aber da wurde mir klar, Dunkelheit, das hieße, jemand ist da, der Dunkelheit wahrnimmt, jemand oder etwas, das imstande ist, zu denken: ›Es ist dunkel‹. Ich starrte auf die Gestalt auf der Bahre, und mir wurde klar, dass Tod noch weniger ist als das. Dass da niemand mehr ist, der irgendetwas wahrnimmt, weder Dunkelheit noch sonst etwas. Dass Tod genau das sein muss: das Erlöschen desjenigen, der wahrnimmt.«

Quest trat an den Tisch, barfuß, mit unverschnürtem Gürtel und offenem Wams, hob eine der Kerzen vor das Gesicht und betrachtete sie, als erwarte er, nie wieder eine zu sehen. »Das ist es, was mich erwartet. Der Tod. Ich, in diesem Augenblick noch ein Jemand, werde zum Niemand. Nichts wird mehr übrig sein von einem ganzen langen Leben. Nicht einmal eine Erinnerung. Nicht einmal das Bedauern, dass nichts mehr ist, wird übrig sein. Ich – derjenige, der jetzt noch sagen kann: ›ich‹ – werde verlöschen. Einfach so.« Er blies die Kerzenflamme mit einem raschen Stoß Luft aus und sah den dürren schwarzen Docht an, von dem einen Moment noch eine winzige Rauchfahne aufstieg und dann nichts mehr. »Was ergibt das für einen Sinn?«

Vileena wollte etwas antworten, etwas entgegensetzen, aber sie wusste nicht, was. Etwas in dem, was er sagte, zog ihr den Boden unter den Füßen fort. Sie wäre am liebsten gegangen, fortgerannt, nur um nichts mehr davon hören zu müssen.

Doch Quest wartete nicht auf eine Antwort. Zu wem auch immer er sprach, sie war es nicht. »Ich muss an all die einsamen Tage im Patriarchenpalast denken«, sagte er. »Wie ich über Büchern hocke, während draußen die Sonne auf die Flussebene und die Wälder scheint. Mich in Redekunst übe, um den Clan einst in den Räten und am Hof vertreten zu können. Wie ich mich vorbereite auf die Würde des Patriarchen. Wie ich mich vorbereite auf das Amt. Wie ich mich vorbereite auf die Verantwortung für den Clan. Wie ich mich vorbereite, vorbereite, vorbereite. Mein ganzes Leben war Vorbereitung. Und kaum dass es endlich beginnen könnte, endet es schon.«

Er hatte eine Hand zur Faust geballt, anscheinend, ohne sich dessen bewusst zu sein. Sein Blick ging in eine unnennbare Ferne, seine Stimme auch. »Nach all der Mühe des Aufwachsens sollte das Leben länger dauern.« Er hielt inne, dachte nach. »Eigentlich«, fuhr er dann fort, »ist nicht einzusehen, warum es überhaupt enden sollte.«

Als sie sich am frühen Morgen wieder im Hangar trafen, kam Muntak in Begleitung einer sanften kleinen Frau mit rauchblauen Augen und goldenem Haar. »Das ist Kikimana«, stellte er sie vor. »Sie ist Technikerin im Bereich Klimakontrolle. Kikimana, das ist Tennant Kuton.«

Sie begrüßten einander. Kuton fand die Technikerin attraktiv, vermutete aber, dass es sich bei ihr um eine Konkubine Muntaks handelte, eine Vermutung, die sich gleich darauf bestätigte, als sie die Rampe hochgingen und er hörte, wie sie dem Ersten Piloten nervös zuraunte: »Ich verstehe nicht, wie du auf die Idee kommst, ich würde mich mit Kältekammern auskennen.«

»Besser als wir auf jeden Fall«, gab Muntak leise zurück. »Außerdem bist du vertrauenswürdig.«

Sie stiegen hinab zu den Kühlkammern. Alles stand noch so, wie sie es zurückgelassen hatten. Kikimana ging vor der geöffneten Rückwand des Gerätes in die Hocke, rollte ihr Bündel mit Werkzeugen und Diagnosegeräten neben sich aus und machte sich daran, das verschlungene Gewirr von Leitungen, Kabeln und Stellreglern zu untersuchen.

»Was wir wissen wollen«, erinnerte sie der Erste Pilot, »ist, ob jemand daran herumgefummelt hat.«

Die Technikerin nickte. »An diesem Gerät hier auf jeden Fall.« Sie deutete auf ein paar Stellen, wo Kratzer im Metall zu sehen waren, Kabel lose herausstanden, Regelschrauben auf unzulässigen Werten standen. »Hier ist die Sicherung entfernt worden. Da hat jemand den Kühlkondensator verstärkt. Was das hier soll, weiß ich nicht genau, aber jedenfalls ist es nicht so, wie es sein sollte.«

»Aha«, machte Muntak triumphierend.

»Verzeihen Sie die dumme Frage, Kikimana«, sagte Kuton, »aber können Sie mir erklären, wie Kühlkammern funktionieren? Ich habe nur eine ungefähre Vorstellung, was ein Kälteschlaf eigentlich ist. Ich bin Historiker, müssen Sie wissen. Von Technik verstehe ich wenig. Eigentlich nichts.«

Die Technikerin fuhr sich mit der Hand durch die Haarpracht, blies die Backen auf und entließ die Luft wieder mit einem abgrundtiefen Seufzer. »Puh. Dann nehme ich an, Sie glauben wie die meisten, dass man im Kälteschlaf mühelos Jahrhunderte übersteht?«

»Etwa nicht?«, fragte Kuton verdutzt.

»Eben nicht.« Sie blickte Muntak hilfesuchend an, aber der Erste Pilot sah drein, als interessiere ihn die Antwort auf diese Frage genauso und als habe er sich nur nicht die Blöße geben wollen, sie zu stellen.

»Also, fangen wir mit den Grundlagen an. Die sollte ich noch zusammenkriegen«, sagte Kikimana schließlich seufzend. »Zunächst: Es gibt grundsätzlich zwei Arten von Kälteschlaf. Zwei Stufen, sozusagen. Die erste, leichte Stufe ist tatsächlich ein Schlaf. Man will damit in erster Linie eine ereignislose Zeitspanne hinter sich bringen, die allerdings nicht zu lang sein darf – ein Siebteljahr, maximal ein Fünfteljahr. Dafür erhält man von der Automatik Mittel injiziert, die es ermöglichen, dass die Körpertemperatur weit über die natürliche Grenze hinaus abgesenkt werden kann. Das Herz schlägt noch, aber unglaublich langsam. Atmung, Verdauung, alles funktioniert weiter, aber so langsam, dass man ein Fünfteljahr verschlafen kann und es einem nur wie ein etwas längerer Nachtschlaf vorkommt.«

»Und die zweite Stufe?«, wollte Muntak wissen. »Es geht hier ja nicht um Fünfteljahre, sondern um beinahe vierhundert ganze Jahre.«

»Die zweite Stufe ist die vollständige Hibernation. Das ist kein Kälteschlaf mehr, das ist ein richtiges physikalisches Einfrieren des Körpers auf eine Temperatur nahe dem absoluten Nullpunkt. Das vollständige Anhalten aller Körperfunktionen. Der Herzschlag, der Stoffwechsel, die Vorgänge in der Zelle, jedes einzelne Molekül – alles kommt zum Stillstand. Daran denken die meisten Leute, wenn sie von Kälteschlaf reden. In diesem Zustand kann ein Mensch theoretisch tatsächlich unbegrenzte Zeit überdauern. Aber das ist dann eine Hibernation, kein Kälteschlaf mehr.«

Kuton blickte sich um. Hinter den beschlagenen Glastüren waren die fratzenhaften Mumiengesichter zu erahnen. »Aber diese Leute hier sind tot. Warum?«

»Weil sie zu langsam eingefroren wurden.«

»Aha«, machte Muntak wieder.

»Zu langsam? Was heißt zu langsam?«, hakte Kuton nach.

Kikimana stand auf, trat an eine der anderen Kühlkammern und klopfte gegen die von innen vereiste Glastür. »Daran sieht man es. Das Eis. Das ist Wasser aus ihren Körpern. Bei einer richtigen Hibernation wäre die Scheibe fast klar.«

»Ich verstehe es trotzdem noch nicht.«

»Das Einfrieren und Auftauen aus einer Hibernation muss schnell erfolgen – innerhalb weniger Augenblicke. Nicht das Einschlafen und Auftauen aus der ersten Stufe des Kälteschlafs, wohlgemerkt, das dauert jeweils etwa ein halbes Gyr. Aber die Tiefkühlung, die geschieht innerhalb von Augenblicken. Ich weiß nicht mehr genau, wie, aber jedenfalls spielen Magnetfelder dabei eine wichtige Rolle. Den Atomen wird blitzartig die Bewegungsenergie entzogen, das ist das Prinzip. Und beim Auftauen erhalten sie sie genauso blitzartig zurück.«

»Und was ist dann schiefgegangen?«

»Sie wurden in Kälteschlaf der ersten Stufe versetzt und dann einfach immer weiter abgekühlt. So wie ein Laie sich das eben vorstellt. Aber das funktioniert nicht. Man kann einen lebenden Körper nicht über Wärmeleitung homogen abkühlen, das geht nur über ein Feld. Wenn man es über Abkühlung macht, bilden sich in den Zellen Eiskristalle, spitze, große Stacheln, die die Zellwände zerstören. So ist der größte Teil des Wassers im Lauf der Zeit aus ihren Körpern diffundiert. Und deswegen sind die Innenseiten der Abdeckungen beschlagen.«

Kuton hob fragend den Finger. »Verstehe ich das richtig – sie sind während des Einfrierens gestorben? *Durch* das Einfrieren?«

»Genau.«

Muntak nickte wohlgefällig. »Mit anderen Worten, derjenige, der das Feld sabotiert hat, hat sie ermordet.«

»Was?« Die Frau sah den Edlen verwundert an. »Wieso sabotiert? Diese Geräte enthalten überhaupt keine Feldgeneratoren.«

»Bitte?«

»Für eine Hibernation braucht man richtig schweres Gerät, das geht nicht mit diesen paar Kühlaggregaten.« Sie maß die Größe des Raumes mit den Augen. »Hier drinnen hätten höchstens zwei Hibernatoren Platz, wenn überhaupt.«

Muntak deutete auf die Reihe der Kühlkammern, die für Kuton plötzlich aussahen wie zwölf aufrecht stehende Särge. »Und was sind das dann?«

»Kühlkammern für Kälteschlaf der ersten Stufe«, erklärte

die goldblonde Technikerin blinzelnd. »Das habe ich doch erklärt, oder? Das sind keine Hibernatoren. Man hat bloß versucht, sie dazu umzubauen.«

»Man hat . . . was?« Der Erste Pilot sah drein, als hätte sie ihn geohrfeigt.

»Hier, diese ganzen Manipulationen.« Sie wies mit der Hand auf die aufklaffende Maschinenrückseite, das Gedärm der Kabel und Röhren. »Entfernte Sicherungen. Verstellte Regler. Alles, um die Kammern auf Hibernationstemperatur zu bringen.«

Kuton hatte plötzlich das Gefühl, zu träumen. Das alles geschah nicht wirklich, oder? Er hatte sich nicht wirklich die Nacht um die Ohren geschlagen. Das war nur ein fiebriger, eifersüchtiger Traum.

»Halt«, sagte Muntak entschieden. Auf seiner Oberlippe glänzten feine Schweißtröpfchen. Sie sahen sehr real aus. »Einen Moment. Entschuldige, wenn ich das sage, Kikimana, aber du irrst dich.«

»Ich irre mich sicher oft«, räumte sie mit zusammengekniffenen Augen ein, und Kuton hatte den Eindruck, dass sie das durchaus doppeldeutig meinte, »aber in diesem Fall nicht.«

»Doch. Auch in diesem Fall«, versetzte Muntak nicht minder heftig. »Denn ein Mann hat in einer dieser Kühlkammern überlebt. Dort vorne, die zweite. Die leere. Darin hat er fast vierhundert Jahre übersprungen.«

»Unmöglich.«

»Smeeth. Der Mann, der ganz in Schwarz herumläuft, als sei er der Lehrer des Infanten. Hast du den noch nicht gesehen? Er ist oft halbe Tage lang in den Mitteldecks unterwegs.«

»Der?« Offenbar hatte sie ihn tatsächlich schon einmal gesehen. »Ich habe mich schon gefragt . . . Aber das kann trotzdem nicht sein.« Sie zerfurchte grübelnd die Stirn, rieb sich nachdenklich die Schultern. »Nein. Unmöglich.«

»Als er losgeflogen ist, gab es die Republik noch. Und er

steigt jede Nacht zur Ersten Heilerin ins Bett. Erklär mir das«, forderte Muntak.

»Ich habe keine Ahnung.« Kikimana beugte sich hinab und rollte ihr Bündel mit den Werkzeugen wieder zusammen. »Ich weiß nicht, wie er das fertig gebracht hat. In diesen Kühlkammern jedenfalls nicht.«

## 2

Das ist ja noch viel abenteuerlicher, als ich gedacht habe«, meinte Muntak. Sie hatten alle Kühlkammern herausgewuchtet und umgedreht, sodass man bei jeder einzelnen die Rückseite abnehmen und die Aggregate dahinter untersuchen konnte. Trotz der Kälte im Kühlraum waren sie dabei ins Schwitzen gekommen.

Doch dann konnten sie erst einmal nicht weitermachen, weil Kikimanas Schicht begann und Muntak wieder in die Zentrale musste. Die Injektionsphase hatte unüberhörbar schon eine ganze Weile begonnen, das Austauchen stand unmittelbar bevor. »Wir treffen uns heute Abend wieder hier«, sagte der Erste Pilot und zupfte sein Kurzhemd zurecht. »Und zu niemandem ein Wort.«

So mussten sie die Rigg zurücklassen, groß und schwarz und rätselhaft. Der Hangarverweser blickte misstrauisch drein, fuhr sich durch seine braunroten, hochgeknoteten Haare und sagte drohend: »Ich berufe mich auf Sie, Tennant!«, ehe er Kutons Bitte folgte und die Versiegelung durch eine andere ersetzte. Nur für den Fall, dass Dawill die Schlüssel zurückhaben wollte.

Den Tag über war der Wissenschaftler reizbar und unleidlich; er scheuchte seine Mitarbeiter davon, weil er seine Ruhe wollte, und konnte sich dann doch nicht auf die Arbeit konzentrieren. Und wenn schon. Es gab ohnehin nichts zu tun oder unendlich viel, je nachdem, wie man es betrachtete. Gegen Mittag ertappte sich Kuton dabei, dass er nur dasaß und eine der dünnen javuusischen Speicherplatten in den Händen drehte, gedankenverloren. Was wussten sie eigentlich über die Kultur der Javuusier, diese alte menschliche Hochkultur, die lange vor der Republik und den ersten Pantaps existiert hatte? Nichts. So gut wie nichts. Man kannte Javuus, das in irgendeinem vergessenen Krieg zerstört worden war, man hatte Artefakte, eine Hand voll, alles fremd und unpersönlich anmutende Zeugnisse einer Epoche, die glanzvoll gewesen sein mochte oder auch nicht, aber die Träume dieser Menschen, ihre Hoffnungen und Legenden, all das war verloren, als hätten sie nie gelebt.

Er warf die Speicherplatte auf den Tisch, wo sie scheppernd auf dem Stapel der anderen liegen blieb. Müde war er. Müde und verwirrt. Er drehte das Licht und den Temperaturregler herab, hängte ein Schild vor die Tür, dass man ihn nicht stören solle, und ging zu Bett, wo er bis zum Abend schlief und klatschnass aus gewalttätigen, aufwühlenden Träumen hochfuhr.

Die MEGATAO donnerte schon wieder durch den Hyperraum, ihrem geheimnisvollen fernen Ziel entgegen, als sie sich vor dem oberen Hangar trafen, wo sie ein missmutiger Verweser einließ.

»Wir fressen die Lichtjahre«, berichtete Muntak, der natürlich kein Auge zugetan hatte und bleich und ungesund aussah. »Wir fegen durch den Raum, dass die Aggregate glühen, aber Quest ... Die Etappen sind ihm zu kurz. Die Orientierungsphasen dauern ihm zu lang. Er ist wie besessen. Man hat das Gefühl, am liebsten würde er hinausgehen und schieben.«

»Glaubt Ihr, er hat recht? Dass wir auf Yorsen treffen werden?«

Muntak zuckte die Schultern. »Ich weiß es nicht. Er hat fast immer recht, oder?«

Während eine gleichfalls durchnächtigt aussehende Kikimana – Kuton bekam fast ein schlechtes Gewissen, dass er sich einen ausgedehnten, wenngleich wenig erholsamen Nachmittagsschlaf erlaubt hatte – die Kältekammern der Reihe nach aufschraubte und untersuchte, durchkämmten Kuton und Muntak die Rigg nach einem richtigen Hibernator. Sie gingen die Laderäume ab, fanden aber außer leeren Regalen aus filigranem Metallschaum nur ein paar Kisten, die jedenfalls zu klein waren, um auch nur einen Menschen aufzunehmen, geschweige denn eine Maschine, die einen Menschen schadlos einfrieren konnte. Dann arbeiteten sie sich durch die Maschinenbereiche, zwängten sich vorbei an armdicken Kabeln und bauchdicken Rohren, stiegen über schwere Kühlrippen und farbig schillernde Isolatoren und fanden nichts. Kuton kam sich vor wie in einem Dschungel aus Stahl und Keramik, und er staunte nur, was Muntak alles erkannte: »Das muss der Energieverteiler sein. Aha, und hier haben sie den Stützstofftank hingesetzt, nicht dumm. Der Impulsdiffusor des Haupttriebwerks, klar.« So ging das in einem fort. Kein Bauteil, das größer war als ein Mensch, gab dem Ersten Piloten Rätsel auf, und die meisten der kleineren Bauteile auch nicht. Schließlich vermaßen sie den Wohnbereich in der Hoffnung, einen versteckten Hohlraum aufzuspüren, aber auch diese Anstrengung blieb ergebnislos.

Doch Kuton fiel etwas auf. »Es gibt keine Uhren«, stellte er fest und blickte sich um. »Seht Ihr? Nirgends eine Uhr.« Er ging rasch die Kabinen ab, die Kanzel, den Wohnbereich. Überall dasselbe. »Man sieht noch die Stellen, wo sie abmontiert wurden.«

»Verrückt.« Muntak schüttelte erschöpft den Kopf. »Was soll das nun wieder . . .? Sie haben recht. Schauen Sie, sogar die Uhr der Kücheneinheit fehlt.«

Kuton starrte die Frontblende an, das dunkle Loch darin. Er hatte das Gefühl, dass die fehlenden Uhren eine tiefe, eine geradezu schreckliche Bedeutung hatten, aber er hätte um nichts in der Welt sagen können, welche.

Schließlich stiegen sie wieder hinab in die Gruft der Kühlkammern. Kikimana schraubte gerade die letzte Rückwand wie-

268

der an, dunkle Ringe unter den Augen. »Also«, sagte sie müde, »die neun Kammern, in denen die Toten liegen, sind alle manipuliert. Die übrigen nicht.«

»Die zehn Kammern, meinst du«, korrigierte Muntak sie. »Es waren zehn Leute an Bord.«

»Hörst du mir zu?« Ihre Augen funkelten. »Ich sagte *neun*.«

»Aber . . .«

»Ja, ich weiß. Diese Kammer. In der Smeeth war. Sie ist nicht verändert. Eine normale Kälteschlafkammer.«

Muntak war sichtlich konsterniert. »Wie kann das sein?«

»Keine Ahnung.« Kikimana schien mit ihrem Schraubendreher ein Loch in ihre linke Hand bohren zu wollen. »Und willst du noch etwas wissen? Diese Kältekammer war in Betrieb. Die ganze Zeit, ununterbrochen. Aber ich glaube, es hat nie jemand darin gelegen.«


Bailan langweilte sich. Er hatte nichts mehr zu tun, und Tennant Kuton schien das Interesse an weiteren Übersetzungen aus den Utak-Dokumenten verloren zu haben. Zweimal war er bei ihm vorstellig geworden, zweimal hatte der Tennant zerstreut von seiner Arbeit hochgeblickt und gemurmelt: »Ja, ja. Ich überlege mir etwas.« Dabei war es geblieben.

Er war in den Lesesaal gegangen, hatte halbe und ganze Tage in Büchern und Berichten gelesen, die von der Gegenwart handelten, von der wirklichen Welt, über die er so gut wie nichts erfahren hatte im Pashkanarium. Das war interessant gewesen und zugleich erschlagend in seiner Fülle, und die Lesegeräte waren nicht die besten, schwer und unbequem und umständlich zu bedienen. Als seine Augen begonnen hatten, weh zu tun, hatte er wieder aufgehört.

Aber er konnte schließlich nicht den ganzen Tag im Bett liegen und an die Decke starren. Also strich er durch das Schiff,

269

das mit bebenden Aggregaten unterwegs war zu einem unbekannten Ziel. Das Sublicht glomm wieder grün, was die Gesichter der Leute, die in den Gängen unterwegs waren, fahl und angespannt aussehen ließ. Niemand von der Mannschaft wusste Genaueres über den Flug. Nur, dass das Sublicht auf rot gehen würde, sobald sie da waren. Höchste Alarmbereitschaft. »Was heißt, dass die oben auch nicht wissen, was uns am Ziel erwartet«, hörte Bailan einen stämmigen Jägerpiloten mit ballonartigem Bizeps am Nebentisch in der Kantine sagen.

»Wird gut sein, wir polieren schon mal unsere Strahlröhren«, nickte sein Gegenüber, und seine metallschwarzen Augen funkelten.

Eines Morgens tauchte Eintausendvier auf, nachdem Bailan sie schon lange nicht mehr zu Gesicht bekommen hatte. Er kam gerade aus der Kabine und wäre beinahe in sie hineingerannt.

»Hallo«, sagte sie leise, aber etwas außer Atem, als wäre sie ein ganzes Stück gerannt. Sie lächelte und strich sich die Haare aus der Stirn, und Bailan gefiel es, dass sie lächelte.

»Hallo«, sagte er. Weil ihm im Augenblick nichts Gescheites einfiel, fragte er, nur um irgendetwas zu sagen: »Ist es mal wieder so weit mit unserer Kabine?«

Sie schüttelte den Kopf. »Nein, nein. Ich, ähm, bin woanders eingesetzt und wollte nur … also, nicht dass du denkst, ich meine …« Sie seufzte und verdrehte die Augen zur Decke. »Ich rede Unsinn, nicht wahr?«

Bailan betrachtete sie. Am liebsten hätte er überhaupt nicht aufgehört, sie anzusehen, aber das wäre natürlich unschicklich gewesen, also blickte er zwischendurch immer wieder auf den Boden oder den Gang entlang, nur kurz allerdings.

»Ich weiß nicht«, bekannte er.

Sie legte die Hände über Kreuz auf die Brust, sah zu Boden, wie um sich zu sammeln, und sah ihn dann wieder an. »Ich möchte dich gern etwas fragen, aber es ist vollkommen in Ordnung, wenn du ablehnst.«

»Ablehnst?«, echote Bailan. »Was denn?«

»Weil ich, wie du weißt, eine Niedere bin.« Sie gestikulierte mit den Händen. »Es ist unstatthaft, dass ich dich so etwas frage. Du kannst mich anzeigen deshalb.«

Bailan blinzelte. »Wieso soll ich dich anzeigen?«

Sie blickte ihn an, mit zusammengepressten Lippen, und schien schließlich zu einem Entschluss zu kommen. »Also gut. Es ist so, dass ein paar von uns demnächst ein Fest machen – zumindest so etwas Ähnliches –, nur eine kleine Party, heimlich, weil wir das ja eigentlich nicht dürfen . . . ein paar von uns, also, ich auch. Und ich wollte . . . « – sie holte Luft, als sei sie am Ersticken –, ». . . also, ich wollte dich fragen, ob . . . ob du . . . «

»Ob ich . . . ?« Bailan starrte sie an, und seine Gedanken verhedderten sich dabei in eigenartigen Knoten und Schleifen.

»Ob du kommen möchtest.«

»Zu eurem Fest.«

»Als . . . na ja, als mein Gast.«

»Du lädst mich ein?« Diese Schlussfolgerung kam ihm wie die überspannteste Kühnheit des Universums vor, kaum dass er sie über die Lippen gebracht hatte, aber sie nickte! Heftig sogar!

»Es wäre natürlich«, schränkte sie mit einem erschrockenen Ausdruck im Gesicht ein, »bei uns unten. Im Unterdeck. Nicht die feinste Umgebung, ich meine . . . «

»Und wann?«

»Sobald das Schiff am Ziel ist. Wenn roter Alarm ist, müssen wir ohnehin im Unterdeck bleiben und haben praktisch nichts zu tun. Ein guter Zeitpunkt.« Sie sah ihn an, schluckte. »Was denkst du? Möchtest du kommen?«

»Ja, natürlich«, erwiderte Bailan entgeistert.

Sie stieß einen leisen Schrei aus. Einen Herzschlag lang

dachte Bailan, sie würde ihm um den Hals fallen, aber dann trat, nein, sprang sie einen Schritt zurück und umarmte sich selber.

»Aber wie finde ich euch?«, fragte er.

»Kennst du die Scherenmeisterei? Im untersten Hauptdeck?«

»Ja.« Nie im Leben würde er die vergessen. Dort hatte er seine prächtige Novizenmähne verloren, als er an Bord gekommen war. Es durchzuckte ihn jedes Mal, wenn er den Ort nur von weitem sah.

»Komm dorthin, vor den Eingang, sobald das Sublicht rot ist. Ich hol dich ab.« Ohne seine Antwort abzuwarten, wandte sie sich ab und eilte davon.


»Wisst Ihr, was ich nicht verstehe?«, fragte Kuton, als sie ein paar Tage später in seinem Arbeitszimmer beisammensaßen, immer noch an dem Rätsel der Kältekammern knabbernd. »Warum sie nicht einfach beschleunigt haben. Je mehr sie sich der Geschwindigkeit des Lichts genähert hätten, desto langsamer wäre ihre Eigenzeit geworden. Natürlich wären trotzdem vierhundert Jahre vergangen, aber für sie selber nur ein paar Jahre, vielleicht sogar weniger.«

»Wie die Auswanderschiffe der verlorenen Welten, meinen Sie?«, erwiderte Muntak.

»Ja. Der ganze Unsinn mit Kälteschlaf und Hibernation wäre völlig überflüssig gewesen. Sie wären alle noch am Leben. Ich kann mir nicht vorstellen, dass sie daran nicht gedacht haben ...«

Der Erste Pilot reckte sich. »Oh, ich bin sicher, dass sie daran gedacht haben. Aber es war nicht durchführbar. Diese sagenhaften Auswanderschiffe ...«

»Vor vierzehn Jahren ist eines gesichtet worden, das die

Ölpresser-Clanschaft durchquerte«, unterbrach Kuton ihn. Seine Hand wedelte Richtung Außenbord. »Und man schätzt, dass noch Hunderttausende unterwegs sind.«

»Ja, ja. Sicher. Aber haben Sie sich die Aufnahmen einmal angesehen? So ein Auswandererschiff ist riesig, und es besteht zu neunundneunzig Prozent aus Treibmasse. Muss es auch, wenn es auf konventionellem Weg die Geschwindigkeit des Lichts erreichen und wieder abbremsen will. Das ist primitive Technik. Der Hauptantrieb der Rigg, genau wie unserer, arbeitet mit virtuellem Impuls. Deshalb kann sie so schön klein und elegant sein und trotzdem die Galaxis durchqueren. Aber den virtuellen Impuls holt man aus dem Hyperraum. Das heißt, nachdem der Hyperkonverter zerstört war, blieb ihnen nur treibmassengestützter Antrieb, und mit dem bisschen, was sie an Bord hatten, hätten sie selbst einen Orbit um einen Planeten nur mit Mühe erreicht, ganz zu schweigen von eigenzeitreduziertem Flug.«

Kuton seufzte. »Na schön. War nur so ein Gedanke.«

»Außerdem hätten wir uns unmöglich auf ein Abfangmanöver bei Lichtgeschwindigkeit einlassen können. Bis wir das Schiff an Bord gehabt hätten, wäre die Abwehrschlacht gegen die Invasoren schon alte Geschichte gewesen.« Muntak schnippte imaginären Staub von seinem Ärmel. »Wissen Sie, was mir zu denken gibt? Dass die zehnte Kältekammer in Betrieb war, aber niemand darin lag. Ich hab's mir nochmal von Kikimana zeigen lassen. Das Depot mit dem Kälteschlafmittel ist noch voll, und das Rückenlager weist keinerlei Liegespuren auf. Eindeutig. Sie waren doch dabei, nicht wahr?«

»Ja«, nickte Kuton. »Die Kammer war offen, als wir an Bord gekommen sind, und ist abgedampft.«

»Es sah also so aus, als sei Smeeth gerade aus dem Kälteschlaf erwacht. Als hätte ihn eine Automatik beim ersten Ortungskontakt aufgeweckt.«

»Genau.«

»Und genau so war es eben nicht!«, rief der Edle aus. »Das wissen wir jetzt. Smeeth wollte, dass wir das glauben und nicht weiter darüber nachdenken.« Sein Finger hämmerte auf die Lehne seines Stuhls. »Wir haben es mit einem Betrug zu tun. Ich weiß nicht, wer oder was dahintersteckt, aber wo eine Lüge ist, ist auch noch mehr.«

Kuton nickte langsam. Ja, zumindest so viel war eindeutig. Es war eindeutig, dass Smeeth ihnen etwas vorgegaukelt hatte. Und er musste einen Grund gehabt haben, das zu tun. »Was wollt Ihr unternehmen?«

»Dem Kommandanten können wir damit noch nicht kommen. Aber ich denke, es ist Zeit, mit dem Ersten Verweser zu sprechen.«


Die Aufgabe, die der Tennant endlich für ihn gefunden hatte, hatte Bailan reichlich verblüfft. Die javuusischen Archivplatten reinigen und ölen und zurück in den Kasten ordnen – das klang, als habe man kein Interesse mehr an den Aufzeichnungen. Womöglich hieß das, dass man ihn bald zurückkehren lassen würde, mitsamt den Heiligtümern der Bruderschaft. Oh ja, er würde die kostbaren Metallplatten voller Inbrunst säubern und voller Behutsamkeit einölen und mit äußerster Akribie zurückordnen, das würde er. Kein Makel würde an ihnen sein, wenn er sie zurückbrachte ins Allerheiligste von Pashkan.

Ebenso verblüfft war er, als er den Arbeitsraum des Tennant betrat und darin den Ersten Verweser Dawill, den Ersten Piloten Muntak und Tennant Kuton vorfand, offenbar in eine ernste Besprechung vertieft, die er nun gestört hatte. Er wollte sich schon mit einer Entschuldigung zurückziehen, als der Tennant aufstand und ihm bedeutete, zu bleiben.

»Wenn Ihr nichts dagegen habt«, meinte er zu den anderen gewandt.

Die Männer runzelten beide die Stirn, als hätten sie durchaus etwas dagegen, aber sie sagten nichts. Dawill nickte sogar. Er saß wieder so zusammengesunken da wie damals im Archiv des Fürsten Quolonuoiti.

Der Tennant nahm Bailan beiseite. »Ich habe alles da drüben hingelegt«, erklärte er leise. Bailan fielen fast die Augen aus dem Kopf, als er die unersetzlichen Speicherplatten auf dem Bett des Tennant wild durcheinanderliegen sah. Der Archivkasten stand davor auf dem Boden, daneben eine Ölflasche und ein paar weiße Lappen. Bei den Ahnen der Javuus! »Versuch, dich zu beeilen. Ich will das Zeug so rasch wie möglich los sein.«

»Ja, Tennant.«

»Und du hörst nichts und du siehst nichts, verstanden?«

»Ja, Tennant.«

Natürlich spitzte er nun erst recht die Ohren und beobachtete die drei Männer verstohlen, während er sich ans Werk machte. Die Archivplatten wurden nicht ganz so inbrünstig gereinigt, nicht ganz so behutsam geölt und nicht ganz so akribisch einsortiert – dafür bekam er rasch mit, worum es ging.

»Ich habe Berichte gelesen über alte Langstreckenflüge mit hibernierten Mannschaften«, erzählte Dawill. »Es war gang und gäbe, dass ein Teil der Leute nicht wiederbelebt werden konnte. Schlechte Isolation, Wärmebrücken, Kriechwärme – die Körper tauten langsam auf und waren nur noch matschiger Brei.«

»Brei, ja – keine vertrockneten Mumien. Das in der Rigg sind nämlich keine Hibernatoren«, sagte Muntak. »Wir sollten das nur glauben. Wir haben feststellen müssen, dass selbst erfahrene Raumfahrer wie wir den Unterschied zwischen Hibernatoren und Kälteschlafkammern nicht kennen. Woher auch? Hibernation spielt in der Raumfahrt keine Rolle mehr.«

»Die Frage bleibt, wieso diese Leute dann versucht haben, sich zu hibernieren.«

275

»Falls sie gewusst haben, was mit ihnen geschieht«, meinte Muntak. »Vielleicht wollten sie einfach nur einen Kälteschlaf machen.«

Dawill zog skeptisch das Kinn ein. »Aber wozu?«

»Die Hauptfrage ist doch wohl, wie Smeeth die Zeit überlebt hat«, warf Kuton ein. »Fast vierhundert Jahre.«

»Könnte er einfach einen Kälteschlaf nach dem anderen gemacht haben?«, wollte Dawill wissen. »Ich habe allerdings keine Ahnung, wie ein Kälteschlaf auf die Alterung wirkt.«

»Ich habe mich kundig gemacht«, erklärte Muntak und zog einen Zettel hervor. »Im Kälteschlaf wachsen Haare und Nägel nicht, aber das heißt nicht, dass deswegen der Alterungsprozess gestoppt wird. Kälteschlaf ist gut gegen unreine Haut, Allergien und Gelenkerkrankungen, er ist manchmal schlecht für das Gehirn und meistens schlecht für die Lunge . . .«

»Das ist ja sprichwörtlich«, nickte Dawill. »Wie war das? Die Hälfte aller Leute, die eine Hibernation überstanden haben, sind nachher lungenkrank?«

»So ungefähr. Beim Kälteschlaf ist es nicht ganz so schlimm. Das ist eben, was allgemein bekannt ist. Aber selbst Leute, deren Kälteschlafzeit sich auf mehrere Jahre addiert, sterben nicht merklich später deswegen.«

»Kälteschlaf ist also verlorene Zeit.«

»Ja. Selbst wenn es nicht so wäre, allein in den empfohlenen Wartezeiten zwischen zwei Kälteschlafphasen wäre Smeeth zum alten Mann geworden. Abgesehen davon, dass er dann weit über tausend Kälteschlafperioden hätte machen müssen. Kein Mensch würde das überleben.«

Nachdenkliches Schweigen kehrte ein. Bailan beugte sich tiefer über seine Platten, wischte und ölte und bemühte sich, kein Geräusch zu machen. Sie schienen seine Anwesenheit vergessen zu haben – gut so. Er wollte unbedingt mehr über diese geheimnisvolle Geschichte erfahren.

»Also ist Betrug im Spiel«, sagte der Erste Verweser endlich mit dumpfer Stimme. »Die Frage ist, welcher Art und zu welchem Zweck. Wie könnte die Erklärung lauten? Smeeth könnte zu einem späteren Zeitpunkt an Bord gekommen sein. Ein Raumschiff könnte ihn hingebracht haben. Aber wozu? Es will mir nicht in den Kopf, dass es eine abgekartete Sache war, uns das Wrack finden zu lassen. Derjenige, der das inszeniert hat, hätte ja wissen müssen, wo wir uns befinden und dass wir nach Yorsa fliegen, und das wussten wir selber erst in dem Moment, in dem wir gestartet sind.«

»Und das Wrack selber – der Unbekannte hätte wissen müssen, dass es da ist, oder es hinbringen müssen«, sagte Muntak. »Oder er hätte es irgendwie herstellen müssen.«

»Der Einzige, der im Augenblick ein Interesse haben könnte, uns einen Spion an Bord zu setzen, dürfte der Sternenkaiser sein«, überlegte Dawill. »So es ihn tatsächlich geben sollte. Aber man muss sich fragen, wozu jemand, der das alles weiß und das alles kann, noch einen Spion braucht.«

Eine verrückte Idee schoss Bailan durch den Kopf. »Vielleicht ist Smeeth einer der Zwölf«, sagte er laut.

Im nächsten Augenblick schlug er sich erschrocken die Hände vor den Mund, stocksteif auf dem Bett sitzend, mit schreckgeweiteten Augen verfolgend, wie die drei Männer sich unwillig zu ihm umdrehten.

»Wie bitte?«, fragte Dawill frostig.

»Entschuldigt«, flüsterte Bailan entsetzt. »Bitte entschuldigt vielmals. Das ist mir nur so ... herausgerutscht ...«

In Dawills Augen war wieder dieser unerbittliche Glanz. »Bitte wiederhole, was du eben gesagt hast.«

»Verweser, bitte, ich habe nicht gelauscht. Ich habe nicht absichtlich ... bitte ...«

»Natürlich hast du gelauscht. Ich hätte an deiner Stelle auch gelauscht, das ist doch ganz normal. Also – wie war das eben?«

Bailan nahm die Hände herab. Er war auf einmal schweißge-
badet. »Ich sagte, vielleicht ist Smeeth einer der Zwölf.«

»Einer der *Zwölf*. Zwölf was?«

»Mir ist eine alte Geschichte eingefallen, die man die *Legende
der Zwölf* nennt. Nur eine verrückte Idee, nichts weiter.«

»Das ist mir schon klar. Aber du weißt, dass wir bereits einer
Legende folgen, der Sage vom Planeten des Ursprungs. Da
kommt es auf eine verrückte Idee mehr oder weniger auch
nicht mehr an. Also sag – was hast du gemeint? Was ist die
*Legende der Zwölf*?«

»Ich meinte die Legende, dass es unter den Menschen zwölf
Unsterbliche geben soll«, sagte Bailan und zog unwillkürlich
den Nacken ein, als erwarte er, geschlagen zu werden. »Wenn
Smeeth einer davon wäre, würde das alles erklären.«

Dawill lehnte sich zurück, mit einem Blick, als sehe er den
jungen Pashkani zum ersten Mal. Er klopfte sanft mit der Hand
auf die Lehne des freien Stuhls neben sich. »Komm«, sagte er
bedächtig. »Komm her und setz dich, mein Junge, und erzähle
uns von dieser Legende.«

# 3

Auf einer Welt, deren Bewohner vergessen hatten, dass ihre Vorfahren einst als Siedler gekommen waren und zahllose andere Planeten ebenfalls von Menschen bewohnt sind, beging eines Tages ein Mann eine furchtbare Tat, eine Tat so unaussprechlich, dass sie nicht überliefert werden darf. Doch war es so, dass er sich durch diese Tat das Geheimnis der Unsterblichkeit verschaffte. Er hatte sechs Frauen, die gebaren ihm jede zwei Kinder, Zwillinge, immer einen Jungen und ein Mädchen, zwölf Kinder insgesamt, und die waren unsterblich. Sie wuchsen heran, wurden erwachsen, aber sie alterten nicht und starben nicht. Sie lebten im Verborgenen auf der Welt ohne Namen, bis der Kontakt zur übrigen Menschheit wiedergefunden wurde, dann zerstreuten sich die sechs Männer und sechs Frauen in den Tiefen des Weltraums. Bis auf den heutigen Tag ziehen sie durch das Universum auf der Flucht vor den Menschen, die keine Unsterblichen in ihrer Mitte dulden. Es heißt, dass die Tat ihres Vaters die gesamte Existenz unwiderruflich aus dem Gleichgewicht gebracht hat und sie deshalb niemals Erlösung finden werden, aber dass sie die Sehnsucht danach behalten haben, und weil sie nicht sterben müssen, sind sie die glücklichsten und unglücklichsten Menschen zugleich.«

Er schwieg, und ein Moment tiefer Stille trat ein, tiefer als ein Abgrund. Bailan musterte beklommen die Männer, die vor sich hin starrten wie in Bann geschlagen.

»Das ist die Legende der Zwölf«, fügte er leise hinzu. »Eine sehr alte Geschichte. Ein Märchen . . .« Aber das stimmte nicht.

279

Er wusste es. Er hatte es in dem Moment gewusst, in dem er die Legende erzählt und gesehen hatte, wie die Männer reagierten.

Dawill war der Erste, der sich räusperte und mit rauer Stimme fragte: »Und ... weiß man etwas darüber, ob diese Geschichte einen wahren Kern hat? Gibt es diese Unsterblichen?«

»Wir in der Bruderschaft glauben, dass sie so wirklich sind wie die Eloa.«

»Das heißt alles und nichts.« Der Erste Verweser fuhr sich mit der Hand über das Gesicht. »Freilich, eine Erklärung wäre es ... aber was für eine! Unsterblich Vierhundert Jahre in einem Raumschiff, allein! Wie soll das jemand aushalten, ohne verrückt zu werden?«

Der Tennant fuhr sich durch das Haar, wie er es manchmal tat, wenn er tief in Gedanken versunken war. »Ich kenne diese Geschichte«, murmelte er. »Ich habe sie schon einmal gehört, als Kind noch ...«

»Aber Smeeth, ausgerechnet!« Dawill schüttelte den Kopf. »Natürlich, merkwürdig ist er schon. Aber ich hätte mir vorgestellt, ein Unsterblicher ... obwohl, ich weiß nicht ...«

»Das ist doch Unsinn«, polterte Muntak und schüttelte den Kopf, als wollte er ein Tier abschütteln, das sich in seinen Haaren festkrallte. »Das kommt davon, wenn man anfängt, Legenden zu folgen. Erst suchen wir den Planeten des Ursprungs, den noch nie jemand gefunden hat, von dem niemand weiß, ob es ihn überhaupt gibt, aber von dem die Hälfte aller Sagen behauptet, dort sei die Unsterblichkeit zu finden. Und jetzt ein Märchen, das uns einen Unsterblichen an Bord dichtet ... Nein, für meinen Geschmack ist das zu viel Unsterblichkeit auf einmal.«

»Es ist nur eine Geschichte«, sagte Bailan zaghaft. »Eine verrückte Idee von mir ...« Er hätte es begrüßt, wenn sich in diesem Moment der Boden unter ihm aufgetan und ihn geräuschlos verschluckt hätte.

Keiner hörte auf ihn. »Vielleicht gibt es zwischen beidem einen Zusammenhang«, überlegte Dawill. Er zückte seinen Kommunikator. »Auf jeden Fall kommen wir mit Grübeln allein nicht weiter. Es wird Zeit, dass wir den Kommandanten informieren.«

Bailan rutschte langsam von seinem Stuhl herunter. »Ich geh dann mal wieder an die Arbeit . . .«, meinte er so beiläufig wie möglich.

Die Hand Dawills schloss sich um seinen Arm wie ein Schraubstock. »Nichts da, junger Freund. Du kommst natürlich mit.«


Der Kommandant empfing sie in seinen Privatgemächern. Bailan fielen fast die Augen aus dem Kopf, als er die verschwenderische Pracht sah, mit der die weitläufigen Räume ausgestattet waren. Der Pantap selbst konnte kaum herrlicher wohnen, zumindest nicht in der Vorstellung des in dieser Hinsicht nicht sehr erfahrenen Novizen. Sie durften um einen großen runden Tisch aus kostbar glänzendem Holz sitzen, auf dicken Kissen mit Rukanta-Mustern und schimmernden Troddeln, ein schweigsamer Diener servierte heißen Fiar, dunkelrot glühend und duftend und wirklich gut, und der Erhabene Kommandant Eftalan Quest saß da wie ein menschliches Bergmassiv, eine seiner mächtigen Hände schwer auf der Tischplatte ruhend, und hörte sich an, was Muntak und der Tennant zu berichten hatten. Es war das erste Mal, dass Bailan ihn ohne die Erste Heilerin sah.

»Ich werde nicht umhinkommen, Sie alle zu bestrafen«, sagte er schließlich schwerfällig. »Und den Hangarverweser. Mein Befehl war unmissverständlich – keine Untersuchung der Rigg.« Er sah in die Runde, die ihn schweigend und entsetzt ansah. »Aber«, fuhr er fort, »mögen Ihre Beweggründe auch nieder gewesen sein, Ihre Resultate sind zweifellos überaus bemerkenswert. Sagen wir, ein Vierzigstel Gyr Strafwache für jeden.«

Erleichtertes Seufzen am Tisch. Bailan saß starr, das Fiarglas in der Hand, und verstand kein Wort, bis sich der Tennant zu ihm beugte und ihm flüsternd erklärte: »Das ist nur eine symbolische Strafe. Um die Autorität des Kommandanten zu wahren.«

Da ruhte auch schon der Blick des Kommandanten auf ihm. »Wie es aussieht, haben wir diesem jungen Mann erneut allerhand zu verdanken. Er wird uns fehlen, wenn er nach Pashkan zurückkehrt.«

Bailan riss die Augen auf und konnte nur mit Mühe einen Jubelschrei unterdrücken: Hatte ihm der Kommandant doch gerade versprochen, dass er zurückdurfte! Und natürlich mit den Heiligtümern, sonst würde die Bruderschaft ihn ja verstoßen!

»Gut«, fuhr Quest fort. »Zu diesem Smeeth, dieser rätselhaften Gestalt. Verweser – was schlagen Sie vor?«

»Ein Verhör«, erklärte Dawill. »Wir fragen ihn, wieso er am Leben und die übrigen Besatzungsmitglieder tot sind. Und wenn er uns etwas von Kälteschlaf erzählt, konfrontieren wir ihn mit unseren Untersuchungsergebnissen. Dann soll er uns erklären, wie er die vierhundert Jahre an Bord der Rigg überlebt hat.«

Quest schüttelte düster den schweren Kopf. »Nein. Das interessiert mich nicht. Von mir aus kann er die Leute alle umgebracht und ihr Blut getrunken haben, was soll's. Das Einzige, was mich interessiert, ist, ob er einer dieser sagenhaften Unsterblichen ist oder nicht.« Er richtete den Zeigefinger wie eine Waffe auf Dawill. »Weil das bedeutet, dass er den Planeten des Ursprungs gefunden hat.«

»Aber die Legende sagt . . .«

»Ich habe gehört, was die Legende sagt. Jetzt will ich hören, was Smeeth sagt. Muntak, wir sind in der letzten Etappe, nicht wahr?«

Der Erste Pilot nickte beflissen. »Ja, Erhabener Kommandant. Wir werden das Ziel in weniger als fünf Gyr erreicht haben.«

»Das sollte reichen. Ruft den Ersten Kreis im Besprechungsraum zusammen. Der Junge soll auch dabei sein, als Beobachter. Sie werden das Verhör führen, Dawill.«

»Ich? Aber . . .«

»Erzählen Sie ihm, was wir gefunden haben, und knallen Sie ihm sofort die Legende der Zwölf hin. Überrumpeln Sie ihn. Keine Sorge, ich schalte mich ein, wenn ich etwas wissen will, aber ich will ihn in erster Linie beobachten.«

»Ich habe gehört, Erhabener Kommandant«, nickte Dawill.

Muntak grinste. »Ich bin gespannt, wie er sich da herausreden will.«


Diesmal war es wirklich ein Verhör. Zwei Bewaffnete brachten Smeeth herein, begleiteten ihn zu seinem Stuhl und bauten sich mit grimmigem Gesicht hinter ihm auf. Die Halteschlaufen an den Halftern ihrer Strahlwaffen waren geöffnet, die schwarzen Griffe schimmerten bedrohlich. Eisige Stille herrschte, aus der das Rascheln der Kleidung und das Scharren der Schuhe regelrecht herausdröhnte.

Vileena saß im Halbkreis der Edlen auf der gegenüberliegenden Seite des Konferenztisches, starr wie ein Stein, blind und taub durch den Tumult, der in ihrem Inneren tobte. Smeeth, ein Unsterblicher? Dem sie die Umarmung gewährt hatte, mit dem sie Nächte verbracht hatte, die sie ihr Leben lang nicht vergessen würde? Ihr Leben, das so kurz war gegen seines, wenn es stimmte, was der Kommandant vorhin erklärt hatte. Ein

Unsterblicher, einer der legendären Zwölf – ja, sie kannte die Sage, hatte sie ihrer Nichte vorgelesen, damals im elterlichen Palast, noch nicht ahnend, mit welcher Wucht die Erwartungen der Familie sie einst treffen würden. Smeeth ...? Wie sie ihn jetzt hereinkommen sah, erschien ihr die Vorstellung völlig irreal. Er hätte genauso gut der Windmacher sein können, der am Nordpol wohnt und die Sommerstürme schickt, oder der König der Träume, der auf den Strahlen des Mondlichts gehen kann ...

Sie zwang sich, den Blick abzuwenden und die anderen Mitglieder des Ersten Führungskreises anzusehen. Sie sah Muntak, wie er den Schiffbrüchigen feindselig musterte: warum? Dawill schaute angespannt drein, Felmori sichtlich konsterniert, und während Hunot die würdevolle Haltung eines Patriarchen bewahrte, glotzte Grenne stier vor sich hin. Tamiliaks Gesicht war ausdruckslos, verschlossen wie immer, in das Kutons dagegen stand regelrechte Qual geschrieben. Und Quest neben ihr, der todkranke Kommandant, wie musste es für ihn sein? Er saß reglos da, die buschigen Brauen verfinstert, den Blick unverwandt auf Smeeth gerichtet, und plötzlich kam es Vileena so vor, als habe sie die wahre Quelle der Spannung entdeckt, die im Raum herrschte, als sei Smeeth ihr positiver Pol und Quest ihr negativer.

Diesmal schlug Smeeth nicht locker die Beine übereinander, sondern blieb einfach sitzen, die Arme vor sich auf dem Tisch, die Hände locker übereinandergelegt. Es war eine Körperhaltung, aus der sich rein gar nichts ablesen ließ, außer, dass dieser Mann sich vollkommen unter Kontrolle haben musste. Er blickte in die Runde der Edlen, ohne jemand Bestimmtes zu fixieren, nicht einmal sie, und nun sahen sie – oder bildeten sich ein zu sehen –, dass dies wissende Augen waren, Augen, die schon unfassbar viel geschaut haben mussten.

Dawill begann. In knappen Worten berichtete er, dass sie

sein Schiff untersucht, was sie bei den Kühlkammern gefunden und wie sie versucht hatten, sich das Ganze zu erklären. Und dann erzählte er noch einmal die Legende der Zwölf. Sie zu hören, den Mann vor Augen, der Teil dieser Legende sein sollte, ließ Vileena frösteln.

Smeeth betrachtete seine Hände, nickte, sah dann hoch und sagte: »Ja.«

Niemand begriff. »Was heißt das?«, wollte Dawill wissen.

»Sie haben recht«, erwiderte Smeeth.

»Soll das heißen, Sie sind tatsächlich einer der zwölf Unsterblichen?«

»Sie brauchen meine explizite Aussage für das Protokoll, nehme ich an. Also, für die Kameras: Ja, das soll heißen, ich bin einer der zwölf Unsterblichen.«

Einatmen in der Runde, Zusammenzucken, Keuchen. Vileena starrte ihn an. Dreihundert Kinder habe er, hatte er gesagt. Und sie hatte es für einen Scherz genommen, ahnungslos, aber wer hätte so etwas ahnen können?

Sie sah, wie ein Ruck durch den gewaltigen Leib Quests ging. »Heißt das«, gewitterte es aus ihm, als er sich wie eine schnappende Feder nach vorn beugte, »dass Ihr schon einmal auf dem Planeten des Ursprungs wart?«

»Nein. Es ist so, wie die Legende berichtet. Ich verdanke die Unsterblichkeit meinem Vater.«

»Kannte *er* den Planeten des Ursprungs?«

»Nein.«

Die beiden Männer blitzten sich an, ein Kräftemessen. »Ich weiß nicht, ob ich Euch glauben soll«, sagte Quest schließlich.

Smeeth hob eine Hand und ließ sie wieder auf die andere zurückfallen, sagte aber nichts. *Ihr werdet es müssen*, schien die Geste zu sagen.

Quest sank zurück in seinen Sessel. »Ich komme darauf zurück. Fahren Sie fort, Verweser.«

Dawill hatte sich auf einem Block Notizen in Kurzschrift gemacht. »In der Legende heißt es, Ihr Vater hätte etwas Unaussprechliches getan, um Ihnen und Ihren Geschwistern die Unsterblichkeit zu verschaffen. Was genau war das?«

Smeeth nickte langsam. »Mein Vater«, sagte er, und mit einem Mal war etwas in seiner Stimme, das sie noch nie gehört hatten, etwas Stählernes, Jenseitiges, etwas, in dem die unausmessbare Kraft kollidierender Galaxien und die unauslotbare Tiefe des leeren Raums mitschwang, »hat etwas für uns getan, das die Existenz aus ihrem Gleichgewicht gebracht hat, unwiderruflich und für alle Zeiten. Nicht einmal mein Tod und der meiner Geschwister könnte es ungeschehen machen. Es darf nie wieder getan werden, nirgends und niemals. Und es war leider nicht wirklich etwas Unaussprechliches. Deswegen haben sich alle, die davon wussten, mit einem Schwur gebunden, Stillschweigen darüber zu bewahren. Auch ich. Ich kann es Ihnen nicht sagen. Es wäre zu gefährlich.«

»Es tut mir leid, aber ich kann mir darunter nichts vorstellen. Was ist das Gleichgewicht der Existenz? Und wie kann man es stören? *Was* kann man daran stören?«

Smeeth schwieg, so lange, dass Vileena schon glaubte, er würde einfach nicht antworten, dann aber sagte er plötzlich sanft: »Was würde geschehen, wenn jemand die Gravitationskonstante verändern würde? Wenn er das Maß der Bindungskräfte zwischen Protonen und Elektronen beeinflussen würde? Die Folgen wären drastisch, nicht wahr? Doch was mein Vater getan hat, war tiefgreifender als das.«

Dawill hob die Augenbrauen. »Das klingt wie ein faszinierendes Rätsel.«

»Dessen Auflösung Sie niemals erfahren werden, Verweser.«

Seine Haut! Vileena begriff plötzlich, was es damit auf sich hatte. Das, was aussah wie Tausende kleine Narben, übereinander und durcheinander – waren *tatsächlich* welche! Verletzungen, die er sich im Laufe eines unausdenkbar langen Lebens zugezogen hatte, die verheilt waren ... und irgendwann, vielleicht tausend Jahre später, hatte er sich zufällig an derselben Stelle noch einmal verletzt oder dicht daneben ... Sie überlegte, wie viele Narben ein Mensch im Durchschnitt besaß, angesammelt über ein halbes Leben hinweg, und ahnte schaudernd, wie alt dieser Mann sein musste.

Dawill merkte, wie Smeeths dunkle Andeutungen die Edlen beschäftigten, wie sie darüber nachdachten, was um alles in der Galaxis das sein konnte, das einem Dutzend Kindern die Unsterblichkeit gab und dafür die Existenz aus dem Gleichgewicht brachte. Was nur, was nur? Und so gefährlich, dass man nicht einmal davon reden durfte? Die *Existenz*, meine Güte ...!

Ihm dagegen kam das alles auf einmal vor wie leeres Gerede, wie ein Manöver, mit dem die zwölf Unsterblichen von irgendetwas anderem ablenken oder sich einfach einst hatten wichtigmachen wollen. Womöglich waren sie selbst es gewesen, die die Legende in die Welt gesetzt hatten. Er würde sich nicht weiter darum kümmern, beschloss er und blickte auf die Fragenliste, die er vor dem Verhör eilig zusammengestellt hatte.

»Es gibt einige Punkte, die für das Protokoll zu klären sind«, sagte er. »Zunächst – die Rigg. Handelt es sich dabei tatsächlich um Ihr Raumschiff, und können Sie belegen, dass Sie der Kommandant waren?«

Smeeth griff in seine Hemdtasche, zog ein kleines Etui heraus und ließ es quer über den Tisch schlittern, direkt in Dawills Hände. »Die Eigentumsurkunde mit genetischer Beglaubigung, das Kommandantenpatent und die Codekarte.«

Dawill klappte das Etui verblüfft auf und betrachtete die Dokumente, die das Emblem der Republik trugen. Woher hatte er die plötzlich? »Ich erinnere mich, dass Sie gründlich durchsucht wurden.«

»Ich war etwas unfair Ihren Sicherheitsleuten gegenüber.«

»Sie hatten dieses Etui die ganze Zeit bei sich?«

»Im Laufe der Zeit habe ich gewisse Tricks entwickelt, nicht alles finden zu lassen, was ich bei mir trage.«

»Gewisse Tricks. Soso.« Dawill nahm die Urkunden heraus und reichte sie an Kuton weiter, der sie intensiv in Augenschein nahm.

»Echt«, nickte der Historiker schließlich. »Lediglich die genetische Beglaubigung müsste man natürlich überprüfen ... Ich würde gern eine Frage stellen, wenn du gestattest.«

»Bitte«, nickte Dawill.

»Auf Eurem Kommandantenpatent«, wandte Kuton sich an Smeeth, »ist als Geburtsjahr 17574 angegeben. Das ist nicht Euer wirkliches Geburtsjahr, nehme ich an.«

»Natürlich nicht.«

»Das habe ich mir gedacht. Mich würde interessieren, wie alt Ihr tatsächlich seid.«

Smeeth hob die Hände in einer Geste der Hilflosigkeit. »Gerechnet nach welchem Kalender? Ich habe auf so vielen Welten gelebt, nach so vielen Zeitrechnungen, dass ich, ehrlich gesagt, den Überblick verloren habe. Ich habe eigenzeitreduzierte Flüge mitgemacht, wie wollen Sie das zählen? Die Antwort ist: Ich weiß es nicht. Und es interessiert mich auch nicht. Es ist eine bedeutungslose Zahl.«

»Und ungefähr? Welches ist das erste historische Ereignis, das Ihr persönlich miterlebt habt?«

»Ein Ereignis, das in Euren Annalen längst nicht mehr verzeichnet ist.«

Dawill sah, wie Kuton weiß wurde bei dieser Antwort, wie er plötzlich krank und elend dreinschaute. »Tennant«, sagte er leise, »lass es gut sein. Das ist im Augenblick nicht so wichtig.«

Kutons Lippen bewegten sich, aber es war kaum zu erahnen, was er sagte. »Das kann nicht sein. Wie kann das sein? Mehr als zehntausend ... mehr als zwanzigtausend ... Wie nur...?« Auch der Junge, Bailan, neben ihm, der sich schüchtern halb unter die Tischplatte duckte, starrte den Unsterblichen mit weit aufgerissenen Augen an.

»Ich glaube«, sagte Dawill, »wir sollten mit naheliegenderen Fragen weitermachen. Sie haben gesagt, dass Ihr Hyperkonverter auf dem Rückflug von Yorsa explodiert ist.«

Smeeth nickte. »So war es.«

»Was geschah dann?«

»Wir erlitten einen erzwungenen Rücksturz mit den bekannten schmerzhaften Begleiterscheinungen. Nachdem wir uns davon erholt hatten, versuchten wir, den Schaden zu beheben, doch es stellte sich rasch heraus, dass uns das nicht gelingen würde. Also begannen wir, Notrufe zu senden, und warteten auf Hilfe. Wobei uns klar war, dass es lange dauern würde, bis die kam. Unerträglich lange.« Er spreizte die rechte Hand und betrachtete seine Fingernägel. »Sie müssen sich vor Augen halten, dass sich nicht eine Mannschaft im üblichen Sinne an Bord befand, sondern ein Haufen äußerst, sagen wir einmal, eigenwilliger Individuen. Schon auf dem Hinflug war es ständig zu Streit gekommen, und nach dem Unfall dauerte es keine zehn Tage, bis die erste Prügelei ausbrach. Es war klar, dass wir nicht jahrelang zusammen überstehen würden.«

»Und da beschlossen Sie, in Kälteschlaf zu gehen?«

»Der Gedanke kam relativ bald auf, ja. Da diejenigen, die der Astrogation kundig waren, sich ausrechnen konnten, dass unser Notruf nicht mehr zu ihren Lebzeiten empfangen werden würde, wurde der Plan entwickelt, alle einzufrieren, um so die Zeit bis zur Rettung zu überdauern.«

»Wussten Sie, dass Ihre Kältekammern dazu nicht geeignet waren?«

»Ich kannte mich damals mit den technischen Einzelheiten nicht aus. Ich wusste nur, dass Hibernatoren und Kälteschlafkammern grundsätzlich unterschiedliche Geräte waren. Ich sagte ihnen also, dass es nach meinem Kenntnisstand nicht funktionieren würde. Aber ein Mann namens Ulemorka, ein Händler von Groß-Theria, der bankrottgegangen war und sich mit seinem letzten Geld an meiner Expedition beteiligt hatte, war technisch bemerkenswert versiert, hatte früher mit Kältekammern gehandelt, zumindest behauptete er das, und war sich sicher, dass er sie zu Hibernatoren umbauen konnte. Er überzeugte die anderen, und ich muss zugeben, ich habe es nicht für ausgeschlossen gehalten, dass er es schaffen würde.«

»Warum haben sie nicht erst einmal einen Freiwilligen eingefroren, um zu sehen, ob es funktioniert?«

»Oh, das haben sie. Natürlich. Aber wie unterscheiden sich ein Hibernierter und ein Toter? So gut wie gar nicht. Ich habe erst, ich weiß nicht, fünfzig Jahre später oder so gesehen, dass sich das Eis bildete und die Körper mumifizierten. Bis dahin dachte ich, sie würden es schaffen.«

»Man hätte den Freiwilligen wieder auftauen können.«

»Ulemorka hat von Anfang an klargestellt, dass das nicht möglich sein würde. Er glaubte, dass er das Einfrieren schaffen konnte, aber zum Auftauen würde man die technische Ausstattung eines Hibernationslabors benötigen. Um dieses Feld aufzubauen, das man dazu braucht, und so weiter.« Smeeth hob die Hände. »Es war eine verzweifelte Aktion. Die einzige Chance, die sie sahen. Und was das anbelangt, hatten sie recht.«

»Warum haben Sie sich nicht einfrieren lassen?«

»Dazu traute ich der Sache nicht genug. Da ich es außerdem nicht nötig hatte, um zu überleben, sah ich keine Notwendigkeit, das Risiko einzugehen.«

»Und was haben Sie stattdessen gemacht?«

»Nichts. Gewartet.«

»Wie muss man sich das vorstellen?«

»Ich habe geschlafen und gegessen, mich körperlich in Form gehalten und mich durch die Datenbank gelesen. Nichts weiter.«

»Die ganze Zeit?«

»Die ganze Zeit.«

Dawill beugte sich vor. »Verraten Sie mir, wie man das macht. Vierhundert Jahre. Vierhundert lange Jahre allein in einem Raumschiff. Wie kann man das aushalten, ohne mit dem Schädel gegen die Wand zu rennen?«

Smeeths Gesicht blieb unbewegt. »Indem Sie Ihr Gefühl für das Verstreichen der Zeit eliminieren. Sie schrauben alle Uhren ab. Sie führen kein Tagebuch mehr, kein Logbuch, nichts. Sie gehen zu Bett, wenn Sie müde sind, und stehen auf, wenn Sie erwachen, und Sie verbringen jeden Tag in genau der gleichen Weise, tun jeden Tag dieselben Dinge in derselben Reihenfolge. Sie essen jeden Tag dasselbe, gezwungenermaßen, weil bald nur noch die Notnahrung zur Verfügung steht. Irgendwann erleben Sie nicht mehr eine Folge von Tagen, sondern nur noch einen Tag. Irgendwann vergessen Sie die Zeit. Sie merken nicht mehr, wie Jahre verstreichen, weil Sie vergessen haben, dass es so etwas wie Jahre überhaupt gibt.« Er sagte es so unbeschwert, als sei das eine seiner leichtesten Übungen. »Ein sehr interessanter Zustand, wie ich festgestellt habe. Wenn ich auch zugeben muss, dass ich den normalen Lauf der Dinge vorziehe.«

»Aber was hat Ihnen die Zuversicht gegeben, das durchzustehen? Sie wussten ja nicht, dass wir eines Tages vorbeikommen würden.«

»Ich hatte berechnet, dass wir zweitausend Lichtjahre von der nächsten besiedelten Welt entfernt waren. Spätestens nach zweitausend Jahren hätte man also unser Notsignal empfangen.«

»Sie hatten sich darauf eingestellt, *zweitausend* Jahre lang zu warten?«

»Ehrlich gesagt hatte ich durchaus die Hoffnung, eher gefunden zu werden. Und sei es, weil die Besiedelung der Galaxis stetig voranschreitet.«

Dawill sah den Mann auf der anderen Seite des Konferenztisches an, öffnete den Mund und machte die verwirrende Erfahrung, dass ihm die Worte fehlten. Er hatte irgendetwas sagen wollen, aber es war zwischen Gehirn und Kehlkopf verloren gegangen.

»Aber Sie haben«, sagte er endlich, ohne sich sicher zu sein, dass es das war, was er ursprünglich hatte fragen wollen, »eine der Kammern eingeschaltet und laufen lassen, leer. Und als wir uns Ihnen näherten, haben Sie sie geöffnet, damit es so aussah, als wären Sie gerade aus einem Kälteschlaf erwacht.«

»Ein schwacher Versuch, zu vermeiden, Fragen beantworten zu müssen wie die, die Sie mir stellen. Ich bedaure, dass es nicht geklappt hat.«

Ein krachender Laut aus verborgenen Lautsprechern zertrümmerte die atemlose Stille. »Austauchen steht unmittelbar bevor«, erscholl die Stimme des Edlen Bleek, des Zweiten Piloten.

Quests Blick ging zu Muntak, aber der stand bereits auf. »Ich gehe besser in die Zentrale«, meinte er halblaut. »Ihr Edlen . . . «

Als sich die Tür hinter ihm schloss, betrachtete jeder seine Hände, verfolgte, wie sich die Härchen von der beginnenden Singularisierung aufstellten. Eine unwillkürliche Reaktion aller Raumfahrer. Man spannte sich für den Moment des Austauchens.

»Wir werden«, sagte Quest unbeeindruckt, »dieses Gespräch zu einem späteren Zeitpunkt fortsetzen. Ihr, Smeeth, werdet bis dahin . . . «

Die Triebwerke verstummten, man spürte es mehr, als dass man es hörte: Austauchen.

Das Brennen hinter den Augäpfeln hatte noch nicht wieder ganz aufgehört, als bereits der Alarm losging.

»Feindkontakt! Feindkontakt!«, dröhnte Iosteras Stimme, die sonst so ruhig und gefasst war, in der jetzt aber helles Entsetzen mitschwang. »Wir orten einen schnellen Flugkörper. Den Daten nach ist es ein Aufklärer der Invasionsarmee.«

Die Männer rannten schon.

# Die Sphäre

# 1

»Störsender aktivieren, Störfeldsonden los!«, bellte Quest,
»Er darf auf keinen Fall senden! Wo bleibt die Bereitschafts-
meldung der Waffenstände?«

Die Alarmgongs schrillten, ein durchdringender Laut, der
sich durch Gehirnknochen und Rückenmark fraß. Das Rotlicht
pulsierte überall im Schiff, jagte die Besatzung aus Betten und
Kantinen, hetzte sie in ihre Kampfpositionen. Die MEGATAO
verwandelte sich in eine Kriegsmaschine.

»Waffenstand Grün, volle Bereitschaft«, kam die erste Meldung, noch während die nun doppelt besetzten Dyaden sich
aufeinander abstimmten.

»Er fliegt den vierten Planeten an«, rief Iostera. »Position
1700, 95, drittes Geviert. Geschwindigkeit 8, fallend 5.«

»Störfeldsonden gestartet«, kam es von Tamiliak. »Aktiviert
auf hohe Stufe – jetzt.«

»Wo kommt er her?«, wollte Quest wissen. »Er ist zu klein,
um allein operieren zu können. Sucht das Mutterschiff!«

»Waffenstand Rot, volle Bereitschaft.«

»Waffenstand Gelb, volle Bereitschaft, klar bei Energiewerfer.«

»Pilot, Kurs auf den vierten Planeten, Maximalbeschleuni-
gung.«

»Ich höre und folge, Kommandant.«

»Waffenstand Blau, volle Bereitschaft, klar bei Plasmakanone.«

»Kommandant an Jäger und Beiboot. Kampfbereitschaft herstellen und Start auf mein Kommando. Mission: Abfangen des
feindlichen Aufklärers.«

297

»Ich habe die Daten des Systems«, meldete sich Felmori.

»Her damit.«

Eine weiße Sonne war auf den Schirmen zu sehen. Eingeblendete Diagrammlinien zeigten die Position und Flugbahn des Aufklärers und die Bewegungen der Störfeldsonden.

»Weiße Sonne, zwanzig Prozent Übergröße, starke Strahlung im ultravioletten Bereich. Neun Planeten, davon zwei Gasriesen. Der vierte Planet ist bewohnbar, Umlauf 1,8 Standardjahre, Tagesdauer 36,2 Gyr, dichte Atmosphäre, möglicherweise atembar. Ein Mond.«

»Jäger kampfbereit, Erhabener Kommandant.«

»Raumüberwacher, sind die Kursdaten verfügbar gemacht?«

Hunot drückte eine Taste. »Kursdaten allgemein verfügbar.«

»Kommandant an Jäger. Start frei. Sie haben die Erlaubnis zum Zerstörungsschuss.« Eine Salve zusätzlicher dünner Linien tauchte auf den Schirmen auf. »Navigator, irgendwelche Zeichen von Leben oder Zivilisation auf dem vierten Planeten?«

»Nein. Keine Funkwellen. Keine Reaktorsignaturen. Keine Siedlungen auszumachen, aber das kann an der Entfernung liegen.«

»Sucht weiter. Beiboot, wo bleibt die Startmeldung?«

»Beiboot ist jetzt kampfbereit, Erhabener Ko…«

»Raus mit Ihnen!«

Quest war wie ein Kraftwerk, von dem Blitz und Donner ausging. Auf einmal war er nicht mehr groß und unförmig, sondern eine Naturgewalt. Seine Stimme schnitt durch das Gewirr der Stimmen, als existiere ein speziell für ihn reservierter Frequenzbereich im menschlichen Hörspektrum. Seine Befehle kamen wie Feuergarben automatischer Waffen.

»Raumüberwacher, ich höre nichts!«, dröhnte der Kommandant. »Wo ist das Mutterschiff?«

»Nichts auszumachen«, schüttelte Iostera den Kopf. »Wir messen nichts an. Sieht aus, als ob er allein wäre.«

»Das kann nicht sein. So ein kleines Schiff wäre Jahre zu den Eintauchpunkten unterwegs.«

»Ich weiß, aber ...«

»Was ist mit der Sonnenkorona? Gibt es eine Basis auf einem der Planeten? Strengt Euch an.« Hände flogen über Tastaturen, Daten blitzten auf Bildschirmen auf. Das Schiff schien zu beben vor Wut und Furcht. »Maschinenführer, ich brauche eine Energiereserve für die Triebwerke. So schnell wie möglich.«

»Ich höre, Kommandant«, erwiderte der Edle Grenne. »Wird bereitstehen in anderthalb Gyr.«

»Raumüberwacher!«

»Nichts, Erhabener Kommandant, es ist nichts auszumachen ...!«

Quests Faust krachte auf die Lehne seines Sessels. »Ist jedem hier klar, dass wir diesen Aufklärer zerstören müssen, ehe er einen Notruf senden kann? Ist jedem klar, dass der Erfolg unserer Mission davon abhängt und damit möglicherweise das Schicksal des ganzen Reiches?« Alles duckte sich, Rücken krümmten sich, Finger zuckten noch emsiger über Kontrollen. »Ich will wissen, woher dieser Aufklärer kommt und was er hier zu suchen hat. Und ich will ihn in seine Atome zerblasen sehen!«

Ein atemloser Moment. In die Stille hinein drang plötzlich die Stimme Smeeths. »Der Aufklärer ist allein, Kommandant. Er erhält seine Flugdaten über Funk. Sie haben überschwere Trägerschiffe, die Eintauchpunkte über mehr als zehntausend Lichtjahre hinweg anmessen können.«

Quests Kopf ruckte herum. Er sah den Mann an, von dem man glauben musste, dass er unsterblich war, und sein Blick sagte: *Was habt Ihr hier in der Zentrale verloren?* Doch er holte nur Luft und fragte: »Woher wisst Ihr das?«

»Ich kenne das Reich des Sternenkaisers«, erwiderte Smeeth mit düsterer Miene. »Ich bin vor ihm geflohen.«

Die Stimme des Staffelführers knirschte aus den Lautsprechern: »Jäger an Kommandant. Wir erreichen gleich Schussweite.«

Quest sah immer noch zu Smeeth hoch, der schräg hinter dem Sessel des Kommandanten stand, als gehöre er dahin, und schien zu überlegen, ob er ihn aus der Zentrale werfen lassen sollte oder nicht. Seine Hand fand die Sprechtaste. »Ich höre, Hiduu. Feuern Sie nach eigenem Gutdünken.«

»Sollen wir ihn vorher auffordern, sich zu ergeben?«

Quests Blick wurde stählern. Seine Stimme war kalt wie der Leerraum selbst, als er antwortete. »Nein. Die Chance geben die uns auch nie.«


Während alle in die Zentrale stürmten, blieb Bailan unschlüssig zurück.

Sie waren am Ziel, oder? Eintausendvier hatte gesagt, dass sie sich treffen würden, wenn das Ziel erreicht war. Unten vor der Scherenmeisterei. Weil dann roter Alarm angekündigt war – und die Niederen bei rotem Alarm in den unteren Decks bleiben mussten und Zeit hatten, Feste zu feiern.

Die Besprechung war erst einmal vorüber, so hatte er das verstanden. Im Grunde hatte er hier auch nichts mehr verloren. Und Eintausendvier hatte ihn eingeladen. Ausdrücklich.

Er lauschte auf das Durcheinander der Stimmen, das durch die offen stehende Tür aus der Zentrale hereindrang, das Dröhnen und Knattern und Sirren der Instrumente, die Befehle Quests, die wie Axthiebe kamen. Das alles klang zum Fürchten. Er verstand nicht ganz, worum es ging, aber man konnte förmlich riechen, dass sie in Gefahr waren. Die MEGATAO würde kämpfen. Sie würde zerstören, womöglich selber zerstört werden. Man konnte doch kein Fest feiern, wenn man alle Augenblicke damit rechnen musste zu sterben, oder?

Er sah Eintausendviers Gesicht vor sich, die sanftbraunen Flecken auf goldenem Grund, die rings um ihre Augen und um ihren Mund herum zu winzigen Sprengseln wurden und zu tanzen schienen, wenn sie einmal lächelte. Der Klang ihrer Stimme war noch in seinem Ohr. Wenn man schon alle Augenblicke damit rechnen musste zu sterben, so wollte er diese Augenblicke nirgendwo lieber verbringen als in ihrer Nähe.

Er stand auf, trat durch die Tür in die Zentrale und in das Gewirr der Stimmen. Niemand nahm von ihm Notiz. Als wäre er unsichtbar, konnte er zur Treppe gehen und zum Hauptdeck hinabsteigen. Auch hier rannten und schrien die Leute, packten Geräte aus Schränken, schoben Rollcontainer durch die engen Gänge. Er drängte sich ins unterste Hauptdeck hinab, wo die Versorgungszone lag, der kleine Laden, die Schneiderei und so weiter.

Hier war alles menschenleer, und die Triebwerke donnerten, dass es einem die Eingeweide aus dem Leib trieb. Wie wollte sie ihn hier eigentlich abholen? Die Rampe in die Unterdecks war viel weiter vorne. Und in den Hauptdecks durfte sie doch nicht mehr unterwegs sein.

Vor der Scherenmeisterei blieb er stehen und kam sich ziemlich dämlich vor.


Die Jäger hielten auf ihr Ziel zu, das unsichtbar in der schwarzen Weite des Alls vor ihnen flog, markiert nur von einem kleinen roten Rechteck in der dreidimensionalen Projektion vor ihrer Frontscheibe. Der Planet kam näher, eine wolkenverhangene, grünweiße Kugel, in deren Dämmerungszone man mächtige Gewitter toben sah, selbst aus dieser Entfernung.

Die zwei Strahlwaffen, deren dunkle Rohre rechts und links unterhalb des Bugs herausragten, wurden schussbereit gemacht. Aus dem Reaktor im Heck flossen enorme Energiemengen nach vorn, Kammern saugten sich mit Plasma voll, Atome wurden in extreme Anregungszustände gezwungen. Auf einer Skala glitten zwei Balken über einen dicken Strich hinweg. Zwei rote Lämpchen glommen auf. Finger legten sich behutsam auf die Auslöser der computergesteuerten Feuerautomatiken. Ein umgelegter Hebel am Funkgerät sorgte für die Synchronisation.

»Jetzt«, sagte Jagdschwarmführer Hiduu nur.

Die Jäger feuerten simultan, mit einem krachenden Donner, als bräche unter den Füßen des Piloten ein Gewitter los. Die Schüsse waren von einer hocheffizienten Automatik so gesteuert, dass die mit Lichtgeschwindigkeit aus den Rohren brechenden Strahlen zur exakt gleichen Zeit am Ziel ankommen würden. Es dauerte zwei Herzschläge bis dahin. Zwei Herzschläge, in denen der Pilot des Aufklärers nicht einmal wissen würde, dass auf ihn gefeuert worden war, denn die entsprechenden Impulse seiner Ortung würden gleichzeitig mit den todbringenden Strahlen bei ihm ankommen. Die Kampfstrahlen selber sah man nicht, der Raum war zu leer.

Zwei Herzschläge lang hielten die Jägerpiloten den Atem an, und dann dauerte es noch einmal dieselbe Zeit, bis sie eine zweite Sonne aufflammen sahen da vorne, wo das rote Rechteck das Ziel markiert hatte. Flammte auf, um im nächsten Augenblick zu verlöschen. Verhaltener Jubel drang aus den Lautsprechern und verebbte, als die Instrumente wieder Messwerte anzeigten.

»Negativ«, kam die Meldung. »Ziel nicht zerstört, wiederhole, nicht zerstört.«

»Bei allen Sternteufeln, was ist das für ein Schirm?«, fragte jemand.

Sie hatten davon gehört, und jetzt hatten sie es zum ersten Mal selber erlebt. Und ihnen schauderte. Jedes einzelne ihrer Strahlgeschütze wäre, hätte man es gegen planetare Ziele ein-

gesetzt, imstande gewesen, unvorstellbare Verheerungen anzu-
richten, Berge hinwegzufegen, Städte auszulöschen, ganze
Landstriche zu verbrennen. Der Aufklärer, ein Winzling, kaum
größer als ein Jäger und mit vermutlich auch nur einem Mann
Besatzung, hatte ihre geballte Feuerkraft abbekommen. Ohne
den Schirm wären weniger als Atome von ihm übrig geblieben,
doch das Schiff aus einer anderen Galaxis existierte nicht nur
nach wie vor, es korrigierte sogar gemütlich seinen Kurs.


»Hallo!« Bailan fuhr herum. Eintausendvier. Sie lugte ums Eck
und winkte ihm, zu kommen. »Schnell, hier entlang.«

Zu seiner Verblüffung nahmen sie den Weg zu den Aufzügen. Doch die gingen nicht ins Unterdeck, oder? Dann sah er
in einer Nische daneben eine schmale Tür, hinter der eine
Sprossenleiter senkrecht abwärtsführte. »Geht schneller als der
Weg über die Rampe«, meinte Eintausendvier und griff nach
die Sprossen.

Es roch modrig in dem Schacht, in dem alle Geräusche stählern widerhallten. Die Beleuchtung flackerte unruhig, einige
der Leuchtelemente waren erloschen. Bailan folgte ihr, nicht
ohne ein mulmiges Gefühl. »Wir sind in eine Raumschlacht geraten«, sagte er.

»Ja, großartig, nicht wahr?«, lachte es von unten. »Das heißt,
dass garantiert niemand was von uns will.«

»Hast du denn keine Angst, dass wir getroffen werden könnten?«

»Ach was.«

»Aber es ist ein Schiff der Invasionsflotte. Die sind enorm gefährlich.«

»Na ja, dann trifft es uns eben«, meinte die Niedere leichthin. »Zu sterben kann auch nicht schlimmer sein als das Leben,
das wir führen.«

Bailan schluckte. »Findest du?«

»Vorsicht«, sagte die Tiganerin. »Langsam, hier fehlt eine Sprosse.«

Er tastete mit dem Fuß nach unten. Da ging es ins Leere, ein irritierendes Gefühl. Und die Sprosse darunter knirschte. »Das muss man melden«, meinte er, als sie den Boden erreichten.

»Oh, freilich«, sagte sie. »Das ist schon seit Jahren gemeldet, was glaubst du denn? Seither steht es auf der Liste des Schiffsmeisters, und nichts passiert.« Sie fasste ihn am Arm. »Komm. Hier unten ist die MEGATAO ein Wrack, aber ich pass schon auf dich auf.«


Die Luft in der Zentrale bebte. Wenn man aus der Anspannung der Leute hätte Energie gewinnen können, dachte Dawill, man hätte damit die MEGATAO quer durch das System katapultieren können. Die Triebwerke tobten, dass man es bis hier herauf hörte. Der Boden bebte, man spürte es durch die Sohlen hindurch, und er wollte sich nicht vorstellen, was das für die Besatzung in den Hauptdecks bedeuten.

Auch der zweite Angriff auf den Aufklärer, der immer noch auf den vierten Planeten zusteuerte, war ergebnislos geblieben, obwohl sich das Beiboot daran beteiligt hatte. Die MEGATAO holte auf, war aber noch nicht in Schussweite. Alle Aggregate liefen mit maximaler Leistung. Es gab im Augenblick nichts zu tun, als die Anzeigen und Computerberechnungen auf den Schirmen zu verfolgen.

Die Meldungen der Jägerschwärme kamen aus den Lautsprechern wie Schläge auf eine zum Zerreißen gespannte Trommelhaut.

»Plasmakatapulte laden und synchronisieren. Mindestdistanz wird erreicht in 17, Feuer frei bei 19.«

»Verstanden, Schwarmführer. Gehen in seitliche Formation.«

»Beiboot bereit bei Bugstrahler. Haben Ausfall am linken Energiewerfer.«

»Verstanden, Beiboot. Fliegen Sie von rechts an.«

Quest schüttelte grimmig den Kopf. »Das wird wieder nichts.« Er drehte sich zu Smeeth um, der immer noch dastand und das Geschehen mit unbewegter Miene verfolgte. »Wenn Ihr schon in der Zentrale seid, ohne dass ich Euch dazu aufgefordert habe ...«

»Verzeiht. Eure Wachmänner haben mich hereingeführt.«

»So, haben sie das? Wie auch immer, da Ihr so viel über die Flotte des Sternenkaisers zu wissen scheint, habt Ihr vielleicht eine Idee, wie wir diesem einen kleinen Schiff beikommen können?«

Smeeth furchte die Augenbrauen. »Es wird demnächst in einen Orbit um den Planeten gehen, nicht wahr? Was Ihr versuchen könntet, ist, einen Jäger in entgegengesetzter Richtung um den Planeten zu schicken, damit er den Aufklärer frontal angreifen kann.«

»Und was soll das nutzen?«

»Die Abwehrschirme der Invasionsschiffe können sich punktuell verstärken, deshalb sind sie so schwer zu brechen. Aber die Verstärkung geht natürlich zulasten der nicht beaufschlagten Stellen. Wenn die übrigen Jäger und das Beiboot den Aufklärer von hinten unter Dauerfeuer nehmen, wird der Schirm auf der gegenüberliegenden Seite geschwächt sein. Der Jäger, der ihm entgegenfliegt, muss allerdings feuern, sobald er über den Horizont steigt.« Er zuckte skeptisch die Schultern. »Wie gesagt, das könnte man versuchen. Ob es mehr bringt, kann ich nicht sagen.«

»Hmm, verstehe.« Zu Dawills Verblüffung suchte Quest seinen Blick, wollte sehen, was sein Stellvertreter davon hielt. Das hatte er noch nie getan. Der Erste Verweser dachte hastig nach. Sprach etwas dagegen, es zu versuchen? Nein. Er nickte.

305

Quest drückte die Sprechtaste. »Hiduu?« Er sah noch einmal zu dem Mann in Schwarz hoch und sagte widerwillig: »Danke.«

Eintausendvier ging voraus, einen nach Chemikalien stinkenden Gang entlang, dessen Wände dunkle Flecken hatten. Sie mussten sich durch eine automatische Tür zwängen, die nicht mehr funktionierte, sondern einfach halb offen stand. Auf der anderen Seite roch es nach etwas, von dem sich Bailan nicht sicher war, ob es Urin oder Fleischbrühe war.

»Das sind die bionischen Tanks«, erklärte die Tiganerin, als sie bemerkte, wie er schnüffelte. »Da wachsen die leckeren Sachen für die Kantine.« Sie wedelte mit der Hand in einen Quergang. »Dort hinten.«

Eine weitere automatische Tür, die zwar funktionierte, aber ziemlich quietschte, führte in einen großen, hell erleuchteten Raum, in dem ein wildes Sammelsurium alter, abgeschabter, teilweise beschädigter Tische, Stühle und Sessel stand. Hier und da saßen Leute herum, redeten miteinander oder aßen etwas aus kleinen weißen Plastikschalen. »Unser Wohnbereich«, sagte Eintausendvier.

Das eigentliche Ziel war aber einer der beiden Schlafräume, ein unheimlicher, dunkler Raum mit niedriger Decke, in dem zweihundert schmale Betten aufgereiht standen. Bailan bemerkte mit Grausen Leitungen an der Decke, die an manchen Stellen mit Lappen umwickelt waren, von denen es herabtropfte, und er riss ungläubig die Augen auf, als Eintausendvier nach einem Stück Holz griff, um damit einen Lichtschalter zu betätigen, und warnend sagte: »Bloß nicht mit der Hand drauffassen.«

Dann lernte er die Partyteilnehmer kennen. Der Erste war Achthunderteinundsiebzig, ein junger grünhäutiger Chameote, dem ein Stück des rechten Ohrs fehlte und der ihm mit unangemessenem Grinsen die Hand schüttelte. Eine etwas ältere Tiganerin, die Zweihundertsiebzig genannt wurde, lächelte ihn nur zahnlückig an. Eintausendachtundfünfzig, ein blasser Mann, der Bailan reichlich unsympathisch war, erklärte Eintausendvier aufgebracht, jemand habe ihm die Lebensmittel gestohlen, die er für das Fest besorgt hatte, und stapfte dann ungehalten durch die Flucht der Betten, unter jedes spähend, auf dem niemand lag.

»Ich glaube ihm nicht«, meinte Eintausendvier zu Bailan. »Vermutlich hat er die Sachen verkauft und will es nicht zugeben.«

Ein Junge mit krausem schwarzem Haar, etwa in Bailans Alter, nickte lächelnd. »Hallo, ich bin Vierzehn«, sagte er und begrüßte Bailan. »Meine vollständige Nummer ist 144444168444 – ziemlich viele Vieren, was?«

»Ich bin Bailan«, erwiderte Bailan und genierte sich beinahe, einen richtigen Namen führen zu dürfen. »Von der Bruderschaft von Pashkan«, fügte er hinzu, als könne das den Rangunterschied abmildern.

Eine junge Frau, fast noch ein Mädchen, die Einhundertfünfzehn genannt wurde und damit beschäftigt war, Flaschen aus einem Wandverschlag zu ziehen und in eine Tasche zu packen, tat, als habe sie keine Zeit, den Gast zu begrüßen. »Sie ist neidisch«, flüsterte Eintausendvier. »Weil ich jemand von oben mitgebracht habe. Fast jeder hier ist deswegen neidisch.«

Bailan spürte einen Stich der Enttäuschung. Deshalb hatte sie ihn also nur eingeladen. Er hätte nicht so genau sagen können, welchen Grund er sich gewünscht hätte, aber diesen jedenfalls nicht.

»Das ist der Lange«, fuhr sie fort und deutete auf einen Mann, der durch die Reihen herankam, ausgesprochen schläfrig dreinblickte und eher untersetzt war, wenn nicht sogar klein. »Wir nennen ihn so, weil er die Nummer 359135 hat. Es

307

gibt bloß noch fünf andere in der ganzen Mannschaft, die eine so lange Nummer mit sich herumschleppen müssen. Einer hat 359134. Ist halt, wie man's erwischt.«

Neunhundertdreiunddreißig war ein Tiganer mittleren Alters, dessen Hautflecken von einem fahlen, hellen Grau waren. Später tauchte noch Fünfhundertsechs auf, eine bitter dreinblickende Frau mit zwei Mördermalen auf der Stirn, und klagte, einem gewissen Sechshundertacht gehe es schon wieder schlechter. »Die Erste Heilerin hat gesagt, sie würde den Heiler Uboron schicken, aber der kommt ja nie hier herunter …«

Bailan musste sich beherrschen, die beiden Tätowierungen auf ihrer Stirn nicht anzustarren. Eine Mörderin. Auf einmal hatte er das Gefühl, in etwas hineingeraten zu sein, das er nicht wirklich verstand.

Eintausendvier klatschte in die Hände. »Kommt«, rief sie. »Packt die Sachen. Ich habe im Hecklager ein tolles Versteck für uns, mit Musik und allem.«


»Treffer!«, johlte eine zur Unkenntlichkeit verzerrte Stimme aus den Lautsprechern. »Treffer!«

Die Edlen an den Dyaden starrten mit offenen Mündern auf den Schirm. Das Nachbild der Explosion verblasste langsam, aber das rote Symbol wollte einfach nicht verschwinden.

»Ähm, hier Beiboot – wir sehen ihn immer noch, was ist los?«

»Freigoro hier. Feindobjekt hat definitiv einen Treffer erhalten, wurde aber nicht zerstört. Wiederhole, Treffer positiv, aber nicht final.«

»Er taucht ab!«, zischte der Zweite Raumüberwacher Iostera. »Er will landen.«

Auf den Schirmen erschien ein winziger, lodernder Lichtfleck. Die ersten Partikel der oberen Stratosphäre reagierten mit dem Schutzschild des Aufklärers.

»Das darf er nicht«, sagte Quest wie zu sich selbst. »Landen darf er nicht.« Das war jedem klar. Sobald der Aufklärer gelandet war, würde er die Planetenmasse als Resonator für den Hyperfunk nutzen – und dagegen konnten ihre Störsender nichts mehr ausrichten.

»MEGATAO hat Feuerdistanz erreicht«, rief Muntak.

Quest bellte: »Alle Waffenstände – Feuer. Jäger abdrehen.«

Das Schiff erbebte unter dem stakkatoartigen Donnern der Strahlwaffen. Das lang gezogene Jaulen der Plasmakatapulte, das sich anhörte, als würden schwer beladene Kisten mit annähernd Schallgeschwindigkeit vom Heck zum Bug über blankes Metall gezerrt, tat in den Zähnen weh. Doch nun war bereits Atmosphäre im Spiel, wurden die Strahlbahnen kurz vor dem Ziel sichtbar als breite, grellgelbe Balken, saugte die Stratosphäre des Planeten einen großen Teil der zerstörerischen Energie ab.

»Unsere Schirme haben Atmosphärenkontakt«, meldete der Erste Pilot angespannt. »Wir können nicht mehr lange so weitermachen.«

»Maschinenführer?« Quest flüsterte nur, aber selbst so war er unüberhörbar. »Steht die Energiereserve bereit?«

»Ja, Kommandant«, erwiderte Grenne.

»Muntak«, sagte Quest, »rammt ihn.«

Der Erste Pilot fuhr herum. »Kommandant ...?«

»Schildinterferenzen.« In den dichten Brauen des Kommandanten stand der Schweiß. Sein Atem ging schwer. »Rammt ihn, Muntak. Rammt den verdammten Bastard.«

Muntak hatte Augen groß wie Teller, aber er wandte sich gehorsam seinen Instrumenten zu, schaltete, steuerte, holte tief Luft und hieb die Taste nieder, die der Energiereserve den Damm brach. Eine ungeheure Entladung schoss durch den Hyperkonverter, um dem rätselhaften Kontinuum jenseits der bekannten Dimensionen einen gewaltigen zusätzlichen Impuls zu entreißen. Die MEGATAO wurde vorwärts geschleudert wie von einem Riesen getreten, auf den winzigen glühenden Punkt zu, traf ihn mit der Unterseite, und das Inferno brach los.

Der Schlag schien das Schiff in zwei Hälften zu spalten. Wer nicht angeschnallt war oder sonst festen Halt hatte, wurde zu Boden geschleudert. Knochen brachen. Köpfe prallten gegen Wände. In den Lagerräumen rissen Sicherungen, fielen Vorräte für ein Siebteljahr aus den Regalen. Wasserleitungen platzten, Computer wurden zerstört, und im Speiseraum der Edlen ging die Hälfte der Vitrinen zu Bruch. Für einen Moment wurde es auf allen Decks dunkel, sogar in der Zentrale, ehe die Leuchtelemente wieder aufflammten und die Instrumente flackernd ihren Betrieb neu aufnahmen.

»Bei den Geistern Lepharas, was war das?«, japste einer der Jägerpiloten über Funk.

Die Stimme Hiduus erscholl. »Kommandant, wir sehen den Aufklärer abstürzen. Er taumelt, ist eindeutig nicht mehr unter Kontrolle.«

Die Raumüberwacher schalteten heftig an ihrer Dyade, für einen Augenblick glomm das rote Symbol noch einmal auf dem Schirm auf, dann verschwand es wieder. »Wir haben ihn aus der Ortung verloren«, erklärte Hunot.

Quest beugte sich vor, mit schmerzverzerrtem Gesicht. »Was heißt das? Ist er verglüht?«

»Schwer zu sagen. Nach unseren Daten nicht. Aber er hat sich nicht mehr wie ein manövrierfähiges Raumfahrzeug bewegt.«

»Würdet Ihr Euch an seiner Stelle wie ein manövrierfähiges Raumfahrzeug bewegen, selbst wenn Ihr es könntet?«, fragte Quest voller Ingrimm. Er drückte auf die Sprechtaste. »Kommandant an alle. Liegen primäre Schäden vor?«

Wie sich herausstellte, war das nicht der Fall. Es gab Gehirn-

310

erschütterungen und Hautabschürfungen, zersplitterte Glas-
scheiben, zerbeulte Türen, Überschwemmungen in Gängen
und Kabinen, und die Tabletts der Kantinen waren aus ihren
Halterungen gesprungen, um sich über alle Bänke und Tische
zu verteilen. Aber nichts davon beeinträchtigte die primäre
Einsatzbereitschaft des Schiffs. Auch die Schutzschirme standen
noch, trotz des Interferenzkontakts mit dem Schirm des
Aufklärers.

Quest nahm diese Information mit steinernem Gesicht zur
Kenntnis und gab reglos den nächsten Befehl. »Kommandant
an Beiboot. Kommen Sie an Bord, um ein Einsatzkommando
aufzunehmen.« Er sah in die Runde. »Wir werden uns die
Überreste des Aufklärers ansehen. Wir müssen wissen, ob er
gesendet hat oder nicht. Und falls er noch senden kann, müssen wir ihn daran hindern.«

# 2

Das Beiboot klinkte sich nur an den äußeren Haltehaken des Stirnhangars fest, den man auch den *unteren Hangar* nannte. Das Einsatzkommando stand bereit, in Raumanzügen, bewaffnet, Kisten mit zusätzlichem Material mit sich schleppend. Ein schmaler, geländerloser Steg wurde hinaus in die Leere geschoben und an der Seitenschleuse arretiert. Als die Männer an Bord gingen, sahen sie unter sich den namenlosen vierten Planeten der namenlosen Sonne.

Der Pilot wartete keinen Augenblick länger als nötig. Sobald das äußere Schleusenschott geschlossen war, klackten die Halter auf, nahm das Schiff Geschwindigkeit auf, fiel es hinab auf die fremde Welt, den letzten Kursdaten des Aufklärers folgend.

Zuvor in der Zentrale war Dawill tief einatmend aufgestanden. »Eure Befehle für den Einsatz, Erhabener Kommandant?«

Quest hatte unwillig den Kopf geschüttelt. »Ihr bleibt hier, Verweser. Ihr müsst mich vertreten, für einige Gyr, während ich wichtige ... Edler Muntak?«

Der Erste Pilot war ebenfalls aufgestanden, mit leuchtendem Gesicht. »Erhabener Kommandant?«

»Führt den Einsatz«, hatte Quest gesagt. »Und seid schnell.«

Muntaks Gesicht leuchtete noch immer, als er die Steuerkanzel des Beiboots betrat und den Helm zurückschlug.


Der Schlag hatte sie heftig getroffen und unerwartet, hatte sie zu Boden geschleudert und gegen Regalfronten, Kisten und

Fässer. Dass keine der Flaschen dabei zerbrochen war, die sie mitschleppten, grenzte an ein Wunder.

»Jou-HUH!«, schrie Achthunderteinundsiebzig, sprang wieder auf und fuchtelte wie verrückt mit den grünen Armen in der Luft. »Jou-HUH-KU-HUH! Jawohl!«

Bailan hockte da und wischte sich seltsame dicke Flocken vom Kopf, von denen er nicht wusste, woher sie gekommen waren. Die Luft war erfüllt von wirbelndem Staub. »Sind wir getroffen worden?«, fragte er verdattert.

»Keine Ahnung«, sagte Eintausendvier leise und sagte dann mit einem bitteren Lachen: »Jedenfalls sind die da oben jetzt beschäftigt.«

»Genau!«, jubelte Achthunderteinundsiebzig. »Denen saust das Ventil, sage ich euch. Die vergessen völlig, dass es uns überhaupt *gibt*. Jou-HUH!«

»Wollt ihr hier anwachsen oder was, ihr Hohlköpfe?«, fragte Neunhundertdreiunddreißig, der Tiganer mit den grauen Flecken. »Los jetzt. Lasst uns die Flaschen trinken, ehe der nächste Schlag sie zerdeppert.«


So gab sie ihm also die erste Paste Grün.

Der Kommandant lag mit dem Rücken auf seinem prächtigen niederen Tisch, den Oberkörper entblößt, die Augen geschlossen, das Gesicht grau, als würde es jeden Augenblick zerfallen. Seine Atemzüge gingen matt und pfeifend. Vileena betrachtete ihn, während sie die stechend riechende Paste mit dem Schmalspatel in ihrem Tiegel weich schabte. Sie würde versuchen, mit zwei Punkten auszukommen. Für den Anfang.

Quest rührte sich nicht, als sie die erste Paste setzte, unter die linke Schulter. Er rührte sich nicht einmal, als sie die Schnitte anbrachte und die Paste in die Wunden massierte. Sie sah ihn an, ein Gefühl aufwallender Panik unterdrückend. Entglitt er ihr? Das konnte nicht sein. Ein so plötzlicher Zusammenbruch war ihr immer undenkbar erschienen ...

Da, endlich, der Seufzer. Vileena wurde fast schwindlig vor Erleichterung.

»Dein Liebhaber ist unsterblich«, sagte Quest, seltsam unpassend in diesem Moment, die Augen immer noch geschlossen. »Wie findest du das?«

Sie massierte die Schnitte weiter. »Ich habe noch keine Zeit gehabt, darüber nachzudenken, wie ich das finden soll.«

»Wie alt er wohl ist? Was er gesagt hat, klang, als sei er noch vor der Reichsgründung geboren. Zwanzigtausend Jahre? Unvorstellbar, dass ein Mensch so lange leben kann. Ich überlege, wie viele Frauen er gehabt haben muss in dieser Zeit ...«

Vileena setzte den zweiten Punkt Paste Grün direkt auf das Brustbein, schnitt und genoss es, Quest diesmal zusammenzucken zu sehen. »Eftalan Quest, Ihr seid auf den Tod krank. Habt Ihr an nichts anderes zu denken als an so etwas?«

Quest atmete tief und geräuschvoll ein. »Ah. Paste Grün. Ein Geruch wie kein anderer. Ja, die Nähe des Todes scheint den Erhaltungstrieb noch einmal zu stimulieren, in jeder seiner Erscheinungsformen.«

»Scheint mir auch so.« Sie strich den Spatel ab und schraubte den Tiegel wieder zu. Dann wartete sie, dass er die Augen endlich öffnete, aber er schien sie absichtlich geschlossen zu halten. »Wenn ich ihm ein Messer ins Herz stoße«, meinte er, »stirbt er trotzdem, oder? So habe ich das verstanden. Seine Unsterblichkeit besteht darin, dass er nicht krank wird und nicht altert. Was an sich schon unnatürlich genug ist.«

»So unnatürlich ist das nicht. Einzellige Lebewesen können Millionen von Jahren alt werden. Sie sterben nicht, sie teilen sich allenfalls.«

»Wie ein Einzeller sieht er nicht gerade aus. Ah, was für eine Situation! Ein Todkranker und ein Unsterblicher – auf der

Suche nach dem Ursprung allen Lebens. Hoffentlich kann ich mich beherrschen, ihm nicht an die Gurgel zu gehen.«

»Hoffentlich«, meinte Vileena trocken. »Ich will nicht auch noch deine Knochen flicken müssen.«

Er schwieg, atmete nur hörbar. »Ich bin dicht dran, Vileena«, flüsterte er schließlich. »Ich bin dicht dran, den entscheidenden Hinweis zu bekommen. Ich fühle es.« Er schlug die Augen auf, und Vileena erschrak, wie groß sie plötzlich waren und welches verzehrende Feuer darin brannte. »Glaubst du, dass ein unbändiger Wille einen am Leben erhalten kann, ganz gleich welche Krankheit in einem wütet? Glaubst du das? Ich glaube es.«


Was immer hier vom blaugrünen Himmel gefallen war – und in wie viel Stücken –, der endlose Dschungel hatte es verschluckt, aufgesogen, sich einverleibt. Sie glitten dahin, unter sich ein undurchdringliches Gespinst aus Pflanzen, Blättern, riesigen Blüten und dunstigen, wolkenartigen Gebilden, das alles Land zwischen den Ozeanen und den eisigen Gipfeln lang gestreckter Gebirgszüge besetzt hielt. Gierige Sprungranken schnappten nach dem Schatten, den das Beiboot warf, Schwärme metallisch glänzender kleiner Flugtiere gaben ihnen Geleit wie aufgeregte Kundschafter – und nirgends Brandlöcher, Einschlagskrater oder frisch geschlagene Schneisen im Gestrüpp.

»Dort vorn die Lichtung«, sagte Muntak, klopfte dem Piloten auf die Schulter und deutete auf den Schirm. »Landen Sie dort.«

»Ich höre, Edler«, nickte der Mann scheu.

Während sich das Geräusch der Triebwerke veränderte und das Beiboot langsam tiefer sank, wandte Muntak sich an den Biologen. »Was meinen Sie, Tennant – wie gefährlich ist es, rauszugehen?«

315

Tennant Leti hatte die Fernanalyseinstrumente die ganze Zeit nicht aus den Augen gelassen. »Schwer zu sagen. Druck und Sauerstoffgehalt sind ausreichend, aber die Konzentrationen an Faulgasen sind enorm. Es wird ganz schön stinken.«

Muntak löste seinen Helm aus der Halterung und legte ihn demonstrativ beiseite. »Da wo ich herkomme«, erklärte der Edle Muntak vom Rotbrauer-Clan unüberhörbar, »gilt ein Mann, den Gestank in den Raumhelm zwingt, nicht als Mann.«

Leti sah auf. »Bedenkt, dass die Instrumente nichts über Gifte und Bakterien sagen können.«

»Was sollen mir Bakterien eines fremden Planeten anhaben können?«

»Alles Leben im Universum ist miteinander verwandt. Eine Krankheit kann auf Euch lauern auf einem Planeten, den nie zuvor eines Menschen Fuß betreten hat. Und des einen Nahrung kann Gift sein für Euch.«

Muntak grinste herausfordernd über das ganze, narbenbedeckte Gesicht. Er würde sich nicht umstimmen lassen, das war klar. »Wir werden nicht lang genug bleiben, um irgendetwas zu essen«, meinte er spöttisch, griff nach dem für Oberflächeneinsätze vorgesehenen klobigen Gewehr und schob es sich ins Rückenhalfter.

Die Lichtung war beinahe kreisrund, mit einem Durchmesser von an die dreihundert Schritt, und der Boden hier war von fahlbraunem Geflecht bedeckt, das aussah wie ein Parasit, der sich in die ihn umgebende Vegetation hineinfraß. Das Beiboot glitt sanft wie eine Feder herab, die Landestützen fuhren surrend aus, und man hörte das ächzende Geräusch der Stoßdämpfer, als die Stützen Bodenkontakt bekamen und das Beiboot in der Mitte der Lichtung aufsetzte. Die Triebwerke fuhren auf Ruhebetrieb herunter, und plötzlich war es herrlich still.

So still, dass man ein leises, knisterndes Geräusch nicht überhören konnte. Es kam von unten.

»Was ist das?«, wollte Muntak wissen.

Der Maschinenführer ging hastig seine Instrumente durch und platzte heraus: »Die Landestützen! Seht Euch das an!« Er gab das Bild einer Außenbordkamera auf den Schirm, und sie sahen, wie sich dicke, dunkelbraun geäderte Ranken schlangengleich um die Landestützen wanden, so schnell, dass man dabei zusehen konnte. Wobei man das nicht sehr lange konnte, denn plötzlich legte sich etwas Hellgrünes vor das Bild – ein Blatt, das der Maschinenführer durch Ein- und Ausfahren der Kamera abschüttelte, aber danach war das Bild merkwürdig verschwommen. Was man sah, waren fliegende Blätter, die das Schiff förmlich ansprangen und sich breit darauf niederließen.

»Die ätzen die Außenhülle an«, stellte der Raumüberwacher verblüfft fest. Selbst durch die beschädigte Kameralinse waren matte Stellen in Blattform auf der Außenhaut zu erkennen, wo Blätter wieder abgefallen waren.

»Na, also das muss ja nicht sein«, meinte Muntak. »Maschinenführer, schalten Sie ein leichtes Abwehrfeld auf die Hülle. Raumüberwacher, irgendwelche Ortungen? Metallteile, der Reaktor, irgendetwas in der Art?«

»Negativ, Edler Muntak. Keine Reaktorsignatur, und der Boden ist so voller Metall, dass man keine Trümmer dagegen anmessen kann.«

»Hmm«, machte Muntak. Irgendetwas mussten sie finden, das ihnen Aufschluss gab, ob der Aufklärer zerstört worden war oder nicht.

»Da, seht doch«, sagte Tennant Leti plötzlich und wies auf den Schirm, der die Umgebung des Schiffes zeigte. »Dort, am Rand der Lichtung.«

Muntak kniff die Augen zusammen. Tatsächlich, dort im Schatten der weit aufragenden Bäume – oder was immer das

317

war – bewegte sich etwas. Etwas Großes. Wenn auch nicht so groß, dass man eine Gefahr für das Schiff befürchten musste. »Was ist das?«

»Im besten Fall die intelligente nichtmenschliche Art, die wir zu finden gehofft haben«, sagte Leti, unwillkürlich die Stimme dämpfend, als könnte man ihn außerhalb des Schiffes hören.

Und während alle auf die Schirme starrten und etwas zu erkennen versuchten, kam das, was sie im Halbdunkel des Dschungels gesehen hatten, hervor ins grelle Sonnenlicht.

»Alles Leben im Universum ist verwandt, hmm?«, meinte Muntak skeptisch. »Ich sage Ihnen eines, Tennant – mit denen da bin *ich* nicht verwandt.«

Was sie sahen, waren übermannsgroße, feucht schimmernde Wesen, die aussahen wie augenlose Vithriki-Schnecken.


Es war ein merkwürdiges Fest im dunklen Bauch des Schiffes, zwischen Stoffballen und Säcken, unter einer niedrigen Decke, die von den Aggregaten in den Maschinenräumen darüber vibrierte und von der immer wieder stinkendes Wasser tropfte. Ein billiger kleiner Abspieler verbreitete dröhnende Musik, aufpeitschende Trommelrhythmen und schmerzhaft schrille Schwirrlaute. Flaschen kreisten, in denen Alkohol war und etwas anderes, das Bailan noch nie getrunken hatte und das ihm schon nach dem ersten Schluck zu Kopf stieg. Der grünhäutige Achthunderteinundsiebzig nahm gewaltige Schlucke, und je glasiger seine Augen wurden, desto lauter wurden die Reden, zu denen er immer wieder nach längeren Schweigephasen anhob. »In diesem wunderbaren Reich muss deine Haut schwarz sein wie die Nacht oder weiß wie der Schnee, wenn du etwas zählen willst«, verkündete er. »Oder? So ist es doch? Wie viele Edle gibt es mit grüner Haut? Hat je ein Blauer an der

Tafel des Pantap gesessen? Und fangt jetzt nicht an von Murmeseka, diesem Verräter ...«

Die anderen kümmerten sich wenig um ihn, außer dass sie ihm die Flaschen entwanden, ehe er sie allein leerte. Niemand ging auf seine Tiraden ein. Eintausendachtundfünfzig und der ›Lange‹ balzten um die Gunst der ältlichen Tiganerin, deren Nummer Bailan vergessen hatte. Die Frau mit den Mördermalen fing an zu heulen, kaum dass die erste Flasche die Runde gemacht hatte, und beklagte die Qualen, die sie und ihre Mutter durchgemacht hätten auf einem rohen, halb zivilisierten Planeten jenseits der Clanschaften und dass sie ihre Lehnsherren nur deshalb vergiftet habe, weil diese ihre Mutter zu Tode geprügelt hätten, nur deshalb ... Offenbar kannte diese Geschichte auch schon jeder, denn niemand sagte etwas darauf.

Und eigentlich hatte Bailan auch nur Augen und Ohren für Eintausendvier, die dicht neben ihm saß, ihm undefinierbare kleine, salzige Häppchen aus einem Beutel reichte, alles über sein Leben bei der Bruderschaft von Pashkan wissen wollte und immer dichter an ihn heranrückte. Bailan aß folgsam, erzählte und erzählte und fühlte trunken die Nähe ihres Körpers, die Wärme, die von ihr ausging, die weichen Bewegungen an seiner Seite.

Die einzige Störung bestand aus Neunhundertdreiunddreißig mit den blassgrauen Flecken, der sich penetrant immer wieder neben Eintausendvier hockte und versuchte, Bailan herunterzumachen. »Was willst du denn mit dem Jüngling? Bin ich dir nicht mehr gut genug?«

Endlich stieß sie ihn von sich. »Du glaubst, dir gehört jede Frau von Tiga. Hau ab.«

Bailan sah Vierzehn und die junge Hundertfünfzehn, die kein Wort mit ihm gewechselt hatte, zusammen in der Dunkelheit verschwinden. Er fragte sich noch, was das bedeuten mochte, als er unvermittelt Eintausendviers Hand in seiner spürte und sie sagen hörte: »Komm. Sollen die hier ohne uns herumöden.«


»Wir gehen hinaus«, entschied Muntak.

Er würde sich nicht von einem Gemeinen wie Dawill an Kühnheit überbieten lassen.

Die Fußbrücke wurde ausgefahren, bohrte sich knisternd in das dicke Bodengestrüpp. Seit sie die Außenmikrofone eingeschaltet hatten, durchflutete eine Kakofonie überschäumend vitalen Dschungellebens die Steuerkanzel: ein energiegeladenes Konzert aus Gekreisch, Gezwitscher, Flöten, Surren und Gurren, aus Knacklauten wie von brechendem Holz und aus dem lautesten Blätterraschen, das jemals jemand gehört hatte. Als die Außenschleuse aufging und Muntak furchtlos die Luft des fremden Planeten in die Lungen sog, roch er eine Komposition verschiedener Gerüche und Gestänke, die zu beschreiben selbst der große Vantebaru nicht vermocht hätte. Im ersten Augenblick schwindelte ihm, aber er ließ sich nichts anmerken, sondern wandte sich mit einem trotzigen Grinsen Tennant Leti zu, der zwar ebenfalls auf den Druckhelm verzichtet hatte, nicht aber auf die Atemmaske. »Sehen Sie?«, meinte er. Seine Stimme klang ihm selber fremd in den Ohren, was vermutlich an dem höheren Druck der Atmosphäre lag und an dem höheren Gehalt an Helium.

Sie schritten die Fußbrücke hinab. Wie es das Vorrecht des Kommandanten war, setzte Muntak als Erster seinen Fuß auf den fremden Boden. Fettes braungrünes Irgendwas knackste und gluckerte unter seinen Sohlen, Tropfen einer schillernden dunklen Flüssigkeit netzten den Saum der Stiefel. Um wirklich den *Boden* dieses Planeten zu berühren, hätte man vermutlich erst ein Gyr lang mit Messern und Flammenschleudern arbeiten müssen.

Die gigantischen Schnecken warteten immer noch am Rand der Lichtung.

»Vielleicht sind es nur Tiere«, meinte Muntak, als Leti neben ihn trat. Die übrigen Männer des Landetrupps kamen hinter ihnen herunter und verteilten sich in einem weiten Halbkreis. »Ich meine, wir haben keine Städte oder so etwas gesehen. Nicht einmal Dörfer.«

»Das muss nichts zu bedeuten haben«, erwiderte der Biologe.

»Im Grunde ist es mir gleichgültig. Wenn sie uns zeigen, wo der Aufklärer abgestürzt ist, können sie von mir aus die intelligentesten Wesen des Universums sein.« Der Edle rümpfte die Nase. »Die hässlichsten sind sie auf jeden Fall.«

Die Schnecken verharrten immer noch, an die dreißig von ihnen, und bewegten sich langsam auf der Stelle, hin und her.

»Ihr solltet ihnen einige Schritte entgegengehen«, empfahl Leti. »Langsam. Keine schnellen Bewegungen, nichts, was man als Feindseligkeit auffassen könnte.«

»Sind das immer noch die offiziellen Weisheiten des Rates für Fremdkontakte?«

»Wir hatten nicht viel Gelegenheit zu üben.«

»Na schön. Wie gut, dass es Berater gibt.« Muntak breitete die offenen Hände aus, was wohl als Geste der Friedfertigkeit auch von ganz anders gebauten Wesen verstanden werden mochte, und trat einige Schritte vor.

Aus Richtung der Riesenschnecken war ein grelles Kreischen zu hören, das in menschlichen Ohren verblüffend nach heller Begeisterung klang, und die Phalanx der schleimigen Wesen rückte ebenfalls etwas vor, wobei sich eines von ihnen in den Vordergrund schob.

»Treffer«, meinte Leti halblaut. »Das ist eine intelligente Reaktion.«

Muntak war nicht so beeindruckt. »Bis jetzt ist das nichts, was meine Peloshs zu Hause nicht auch könnten. Und Peloshs sind die dümmsten Tiere, die diese Galaxis kennt, ich schwöre es Ihnen. Wenn sie nicht dieses herrliche Fell –«

»Seht doch«, unterbrach ihn Leti. »Sie scheinen eine Art Ausschlag zu bekommen.«

Tatsächlich tauchten im Näherkommen faustgroße violette Gebilde auf der Haut der übermannsgroßen Schneckenartigen auf. Violette Gebilde, die sich bewegten. Sie kamen aus dicken braunen Hauttaschen gekrochen, krabbelten über die Runzeln und Warzen der Haut, einige von ihnen aufwärts, um auf dem Rücken zu reiten, die meisten aber abwärts, auf den Boden zu.

»Faszinierend«, hauchte der Tennant und zog seinen eigenen Rekorder heraus, obwohl selbstverständlich die Geräte des Beiboots bereits jede Einzelheit aufzeichneten.

Es waren eigenständige Lebewesen, kleine Kugeln mit violetter, fusseliger Haut und vier Gliedmaßen, offenbar Arme und Beine zugleich, mit denen sie sich erstaunlich behände fortbewegten. Sie sprangen über die fette Lippe des Schneckenfußes hinweg, wuselten über den bewachsenen Boden auf sie zu, und nun merkte man, dass sie es waren, die das gellende Geschrei produzierten. Lärmend flitzten sie um die Männer herum, in gebührendem Abstand, wie es schien, nur ab und zu hielt eines von ihnen inne, als müsse es es einen der großen Fremden einen Moment genauer betrachten. Augen allerdings waren nicht zu erkennen.

»Auf keinen Fall schießen«, erinnerte Muntak mahnend, als er die Sicherung eines Gewehrs knacken hörte. »Die Richtlinien für Erstkontaktgruppen sind eindeutig. Im Zweifel ist von einem Missverständnis auszugehen, selbst auf die Gefahr eigener Verluste hin.«

»Ich höre und folge, Edler Kommandant«, sagte einer der

322

Waffenmänner und schob den Strahler zurück in die Halterung.

Die Riesenschnecken kamen ebenfalls immer näher, langsam, feucht glitzernde Schleimspuren hinter sich zurücklassend, und das eine Wesen, das sich in den Vordergrund geschoben hatte, hielt deutlich erkennbar auf Muntak zu.

»Es könnte sich um Symbiose handeln«, diktierte Leti aufgeregt in seinen Rekorder. »Aber welches ist die intelligente Art? Die kleinen Wesen scheinen mir *zu* klein zu sein, um ein Nervensystem der nötigen Kapazität zu besitzen. Und die Schneckenartigen sind so ... formlos. Man kann sich nicht recht vorstellen, welche Verwendung sie für Intelligenz haben sollten.«

Die fusseligen Kugelwesen beherrschten die Kunst, auf zweien ihrer Gliedmaßen zu balancieren und mit den anderen beiden auf etwas zu deuten, auf den mächtigen schimmernden Leib des Beibootes in diesem Fall. Sie wirkten aufgeregt, und ihr Geschrei wurde noch hektischer, bis es wie ein Chor wildgewordener Motorsägen klang.

»Oder handelt es sich um zwei Erscheinungsformen derselben Spezies? Zwei Geschlechter beispielsweise – oder Jugend- und Altersstadium. Die Bewegungen der kleinen wie der großen Wesen vermitteln den Eindruck, in hohem Grad aufeinander abgestimmt zu sein, also kommunizieren sie möglicherweise stark miteinander ...«

Plötzlich deutete das Bataillon winziger violetter Arme in eine ganz andere Richtung, hinaus in die Ferne, in Richtung der durch den Dunst schimmernden Berge. Das Gejohle wurde zu einem stakkatoartigen, fordernden Meckern, und die Arme fingen an, hin und her zu gehen, zwischen dem Beiboot und dem Punkt in unbekannter Ferne.

»Tennant, sehen Sie«, meinte Muntak. »Bilde ich mir das ein, oder wollen sie uns zu verstehen geben, dass sie so etwas wie unser Raumschiff schon einmal gesehen haben?«

Leti starrte verzückt auf die wogenden Arme. »Sie denken, wir sind gekommen, um dem abgestürzten Schiff zu helfen. So könnte es sein. Sie vermitteln den Eindruck hoher sozialer Verbundenheit, es kommt ihnen nicht in den Sinn, dass wir in feindlicher Absicht nach dem abgestürzten Raumschiff suchen könnten.«

»Wenn die hier Bescheid wissen, können wir nicht weit von dem Aufklärer entfernt sein«, sagte Muntak. »Ich versuche, ihnen zu verstehen zu geben, dass sie uns hinführen sollen.« Er begann, seinerseits zu gestikulieren, zeigte auf das Beiboot, auf sich, auf den ominösen Punkt in der Ferne und deutete an, dass sie sich gerne dorthin bewegen würden.

Niemand sah es kommen, kaum jemand bekam mit, wie es geschah. Die vorderste der Riesenschnecken bewegte sich plötzlich mit ungeahnter Geschwindigkeit vorwärts, schnellte förmlich auf Muntak zu, und dann saß er auf seinem Hintern im Bodenkraut und seine Beine steckten bis zu den Knien unter dem schleimigen Fuß der Schnecke.

»He!«, sagte der Edle vom Clan der Rotbrauer.

Der feuchte Rand des Schneckenfußes bewegte sich, lüstern beinahe, und machte schmatzende Geräusche dabei. Die Schnecke kroch langsam seine Oberschenkel hoch.

»Sollen wir jetzt schießen, Edler Kommandant?«, fragte einer der Waffenmänner, Dankdor, ein muskulöser Hüne mit dem Gesichtsausdruck eines Schlächters.

»Blödsinn, Dankdor«, herrschte Muntak ihn an und krallte die Hände in den Boden hinter sich. »Ziehen Sie mich lieber heraus.« Die Schnecke, so groß und übelriechend sie war, lastete nicht schwer auf ihm. Vielleicht schützte ihn auch die Innenverstärkung seines Raumanzugs. Aber er konnte sich nicht aus eigener Kraft befreien, nicht einmal bewegen.

Dankdor und zwei weitere Waffenmänner fassten Muntaks Achseln und zogen, vergebens. Der genüsslich schlabbernde

Schneckensaum glitt höher, hatte schon seinen Unterleib erreicht. Weitere Waffenmänner steckten ihre Gewehre weg und eilten herbei, aber wie sie auch zerrten und ächzten, die Schnecke kroch weiter an Muntak entlang und hatte ihn bald bis zur Brustmitte unter sich begraben.

»Beim Pantap, das Biest will mich überrollen!« Muntak stemmte sich mit den Händen gegen das glitschige Wesen, doch seine Finger versanken nur in wabbeliger, weicher Körpermasse. Er wandte sich den anderen zu, die das Geschehen wie gelähmt verfolgten. »Tun Sie doch etwas!«

»Nicht schießen«, wiederholte Tennant Leti beschwörend. »Wir dürfen nicht schießen. Es könnte ein Begrüßungsritual sein ... oder ...«

Die Horde der vierarmigen Fusselknäuel tobte ausgelassen um die riesige Schnecke herum und platzte förmlich vor Geschrei.

Der Saum des Schneckenfußes glitt auf Muntaks Hals zu. »Mein Helm!«, schrie der Edle. »Serpennen, bringen Sie mir meinen Helm!«

Der angesprochene Waffenmann riss sich den eigenen Helm herunter und reichte ihn, selber grün anlaufend, Muntak, doch der winkte in aufsteigender Panik ab. »Der passt nicht! Nicht auf den Raumanzug eines Edlen ...!«

Leti hetzte die Fußbrücke hinauf, hätte die Konstrukteure der Schleuse würgen können für ihr gemütliches Zeitverständnis, rannte die schmale Treppe hoch in die Kanzel, riss Muntaks Helm von der Konsole und stürzte wieder hinab und hinaus. Doch als er draußen ankam, sah er nur noch Muntaks wedelnde Hand unter dem schmatzenden Fuß hervorlugen, und einen Augenblick später war auch sie verschwunden.

Die violetten kleinen Wesen kreischten vor Begeisterung.

Das Universum war zusammengeschrumpft auf diese Höhle zwischen kratzigen Vorratssäcken, auf das Lager aus zerwühltem Stoff, auf ihre Haut und auf seine, auf atemlose, verschlingende Küsse, auf ihr Jauchzen, Japsen, Stöhnen, ihre Arme, die ihn berührten, überall, auch an ganz unaussprechlichen Stellen. Am Rande seines Bewusstseins, wie ein hilfloses Stück Treibholz auf einem orkangepeitschten Ozean, war das Wissen, dass das, was sie hier taten, sich irgendwie nicht mit seinem Keuschheitsgelübde vereinbaren ließ. Aber beim Dung eines darmkranken Jibnats, niemand auf Pashkan würde jemals erfahren ...

Sie tat irgendetwas, und er spürte, wie er in sie glitt und ihn heiße, glitschige Seligkeit umfing. Und er vergaß alles, während das Universum weiterschrumpfte, sich verdichtete und zusammenschmolz zu einem dimensionslosen Punkt reiner Ekstase.

# 3

Sie standen hilflos da, während das riesige schneckenartige Wesen über den Ersten Piloten hinwegschleimte, elend langsam, gerade so, als genieße es den Vorgang. Endlich kamen Muntaks Füße wieder zum Vorschein, dann seine Beine, reglos. Leti schüttelte ächzend den Kopf, der eine oder andere Waffenmann hielt den Abzug seiner Waffe umklammert und beherrschte sich nur mühsam, das fremde Lebewesen nicht in Fetzen zu schießen. Doch wenn es einen Zeitpunkt gegeben haben mochte, zu dem das sinnvoll gewesen war, dann war er ohnehin längst verstrichen.

Schließlich glitt der Schneckenfuß schmatzend von Muntaks Gesicht herunter. Der Edle lag bewegungslos auf dem Boden, die Augen zusammengekniffen, die Lippen krampfhaft geschlossen, die Arme abgespreizt und das Gesicht bedeckt mit weißem, ekelhaft glitzerndem Schleim.

»Sauerstoff, schnell«, rief der Wortführer der Waffenmänner dem Mann mit den Rettungsgeräten zu.

Doch in diesem Augenblick bewegten sich Muntaks Arme. Sie hoben sich langsam, seine Hände suchten zitternd sein Gesicht, fassten in den Schleim, wischten das Zeug batzenweise ab und schleuderten es davon. Er rieb sich den Mund ab, die Augen, setzte sich schwerfällig auf. Als der Mann mit dem Sauerstoff ankam, scheuchte er ihn mit einer wedelnden Handbewegung fort. »Helfen Sie mir auf«, sagte er dann. »Und geben Sie mir ein Tuch oder so etwas.«

Die Waffenmänner stellten ihn auf die Beine, Tennant Leti reichte ihm ein großes Handtuch, das er in der langen, bangen

327

Wartezeit aus dem Schiff geholt hatte. Muntak nahm es und rubbelte sich das Gesicht damit ab, reinigte die Haare, so gut es ging, und warf es schließlich angewidert fort.

»Wie war –.?«, setzte Leti zu einer Frage an, doch der Edle unterbrach ihn brüsk.

»Ich will nicht darüber reden. Verstehen Sie? Ich will *nicht* darüber reden.«

Leti sah ihn verdattert an und nickte dann heftig. »Wie Ihr wünscht. Selbstverständlich.«

Muntak warf einen grimmigen Blick in die Runde. Er deutete auf die Schneckenartigen, die wieder von ihren krakeelenden kleinen Bewohnern erklommen wurden und sich dem Wald zuwandten, aus dem sie gekommen waren. »Gehen wir. Ich glaube, unsere neuen Freunde wollen uns den Weg zeigen.«


Nachher lagen sie da, ineinander verschlungen, Haut an Haut, vermischten ihren Schweiß und ihre Gerüche. Den Arm um sie gelegt, lauschte Bailan dem Schlagen seines aufgewühlten Herzens. Er hatte keine Ahnung gehabt, dass es so wundervoll war. Wirklich keine Ahnung. Er starrte auf die kahle, ungestrichene Decke und dachte über seine Gründe nach, in die Bruderschaft der Bewahrer einzutreten. *Tempel allen Wissens* wurde das Pashkanarium oft genannt. Das ganze Wissen der Menschheit zu sammeln und zu bewahren, so verstanden die Brüder ihren Auftrag.

Das ganze Wissen der Menschheit? Nicht einmal das hatte er gewusst: Wie es war in der Umarmung einer Frau.

Deshalb das Keuschheitsgelübde, dachte er. Niemand würde sich mit alten Büchern, rostigen Speichern und staubigen Urkunden abgeben, wenn er stattdessen *das hier* haben konnte.

Er sah sie an. Sie schlief nicht, schmiegte sich nur dösend an ihn und sah so zufrieden aus, wie er sie noch nie gesehen hatte.

»Du?«

»Hmm?«

»Wie ist eigentlich dein richtiger Name?«

Sie schlug die Augen so abrupt auf, dass er erschrak. »Mein richtiger Name?«

Er nickte. »Ja.«

Sie studierte sein Gesicht. »Den sage ich dir, wenn wir uns ein bisschen besser kennen.«


Sie folgten den Riesenschnecken in große, labyrinthartige Gänge, die sich durch das Dickicht zogen, stapften ihnen hinterher in einem betäubenden Brodem aus Faulgasen und rätselhaften Düften. Das dichte Blattwerk dämpfte das Licht des hellen Himmels zu einem schummrigen Blaugrün herab. Klebriger, schleimiger Moder überzog Äste und Blätter bis auf Kniehöhe. Jeder Schritt scheuchte kleine, flinke Lebewesen auf. In dem dunklen Gestrüpp ringsum raschelte und knisterte es, als begleiteten Myriaden gesichtsloser Wesen ihren Weg.

Nach ein paar hundert Schritten lichtete sich der Pfad, und Muntak und seine Begleiter sahen zu ihrer Verblüffung etwas, das unverkennbar eine technische Einrichtung war.

»Wunderbar«, rief Tennant Leti entzückt und richtete den Rekorder darauf.

Eine flache Rinne aus einem hellen und, wie sich Muntak mit seinen Händen überzeugte, bemerkenswert glatten Material lag vor ihnen, und in dieser Rinne ruhte eine Art langer hölzerner Schlitten, groß genug, um mehrere der Schneckenwesen aufzunehmen. Doch nur eines von ihnen, jener Anführer, der über Muntak hinweggerutscht war, glitt darauf. Sobald er seine Position am Bug des Schlittens erreicht hatte, hüpften seine violetten Begleiter von ihm herunter und bedeuteten den Menschen mit heftigem Geschrei und Gewinke, ebenfalls an Bord des Schlittens zu kommen. Allem Anschein nach hatten sie es mit einem Transportmittel zu tun.

Der Biologe sah skeptisch drein. »Wir haben keine Ahnung, wo das Ding hinfährt.«

»Egal, wo es hinfährt«, meinte Muntak und setzte seinen Fuß auf das eigenartige Gefährt, »genau dorthin wollen wir.«

Also stiegen sie alle auf, und erst einmal geschah nichts. Dann, quälend langsam, setzte sich der Schlitten in Bewegung, ohne dass man gesehen hätte, was ihn antrieb. »Wir sind schwer, verglichen mit ihnen«, erkannte Muntak. »Vielleicht sollten wir ein wenig mit den Anzugdüsen nachhelfen ...« Doch das erwies sich als unnötig. Der Schlitten wurde immer schneller und schneller und flitzte schließlich mit beachtlicher Geschwindigkeit die hell schimmernde Rinne entlang, die mehr oder weniger pfeilgerade durch den Urwald führte. Der Luftraum über der Rinne war allerdings heftig umkämpft, immer wieder schnellten dünne Ranken peitschengleich heran oder senkten sich feucht glänzende, geradezu obszön aussehende Blüten herab. Doch der Anführer der Riesenschnecken fing alle derartigen Angriffe mit seinem gewaltigen Leib ab.

Während der Fahrt krabbelten die Fusselkugeln zwischen den Männern umher. Die vorwitzigsten vergnügten sich damit, an den Stiefelschnallen der Anzüge herumzuspielen.

»Irgendwie putzig«, meinte einer der Waffenmänner. »Ich glaube, es gefällt ihnen, dass die Schnallen so glänzen.«

»Am liebsten würde ich einen mitnehmen«, gestand ein anderer.

Muntak knurrte missgelaunt. »Denken Sie nicht einmal daran.«

Die Farbtönung des Dickichts um sie herum wechselte immer wieder, von dunklem Blaugrün zu lichtem Hellgrün, durchsetzt vom Rot riesiger Blüten, dann wieder zu finsterem Schwarzblau, als führen sie am Grund eines himmelhoch aufragenden Dschungels entlang. Es war beruhigend, dass der Kommunikator des Beiboots sich regelmäßig über Funk meldete und ihnen versicherte, dass man ihre Position nach wie vor anmessen könne.

»Ich würde gern wissen, was den Schlitten bewegt«, meinte Leti und betrachtete das Gefährt zu ihren Füßen, das aussah, als habe es jemand aus einem massiven Stück Holz geschnitzt. »Man sieht keinen Motor, keine Düsen ... Denkt Ihr, diese Wesen haben gleich mit magnetdynamischen Antrieben begonnen?«

»Dann müsste dieser Schlitten einen Energiegenerator haben«, meinte Muntak desinteressiert. »Und den würden Sie sehen.« Die Tennants, von Kuton vielleicht einmal abgesehen, neigten dazu zu glauben, nur weil sie von einem Gebiet etwas verstanden, müssten sie auf allen Gebieten mitreden. Und von Technik verstand Leti nun wirklich nichts.

»Ah«, machte Leti bedeutungsvoll. »Einen Energiegenerator. Natürlich.«

»Im Augenblick«, sagte Muntak, »ist es mir völlig egal, warum der Schlitten sich bewegt. Hauptsache, er bewegt sich, um uns an die Absturzstelle zu bringen.«

Und das tat er. Nach einer Fahrt von gut und gern einem Zweidrittelgyr Dauer bremste der Schlitten ab und blieb schließlich stehen. Die Männer stiegen ab, gefolgt von den Purpurwuseln, die ihren Krachpegel aus irgendeinem Grund auf gelegentliches kurzes Johlen reduziert hatten. Das große schneckenartige Wesen dagegen machte keine Anstalten, seinen Platz auf dem Schlitten zu verlassen.

»Was ist mit ihm?«, wollte Leti wissen. »Kommt er nicht mit?«

»Offensichtlich nicht«, sagte Muntak. »Also los. Die Kleinen werden uns führen.«

Sie folgten den violetten vierhändigen Wesen durch lichtes Gestrüpp, das braungelb in unabsehbare Höhen aufragte, vorbei an pulsierenden Steinen und tausendästigen Bäumen, Pflanzenarmen ausweichend, die träge nach ihnen schnappten. Auf einer blassen Blüte klebten zwei daumendicke Käfer und lieferten sich ein Duell auf Leben und Tod. Ein walzenförmiges Tier rollte blitzartig eine Vierteldrehung weiter und zerquetschte einen filigranen Läufer unter sich, um ihn mit den Säften seiner Haut zu verdauen. Harmlos umherwedelnde Blüten schossen plötzlich Schwärme winziger Giftpfeile auf die Männer ab, allerdings auf die Körpermitte gezielt, wo die nadelfeinen Kristalle an den Anzügen abprallten. Überall im Unterholz knisterte und zischte, raschelte und kreischte es, und es war atemberaubend heiß und feucht. Wo Sonnenlicht durch das Blätterdach drang, schien es über der Szenerie zu schweben wie ein strahlender, weißer Nebel.

Sie rochen das Wrack, lange bevor sie es zu Gesicht bekamen. Die Männer, die auf Helm und Atemmaske verzichtet hatten, hoben plötzlich die Nasen, einen durchdringenden, unverkennbaren Geruch witternd. »Ausgedampftes Tritiumkolloid«, konstatierte einer der Waffenmänner. Die anderen nickten. Der Geruch eines geborstenen Reaktors.

Nun hieß es Vorsicht. Ihre Schritte wurden langsamer, mit mehr Bedacht gesetzt. Auch ihre kleinen Führer flüsterten nur noch miteinander, als spürten sie die Anspannung der Menschen. Der Geruch der ausgelaufenen Reaktorflüssigkeit, die dreiwertigen Wasserstoff – neben einer ganzen Reihe von Fusionskatalysatoren, die eigentlich für das unverwechselbare Aroma verantwortlich waren – in sich gebunden hielt, wurde mit jedem Schritt stärker. Es war interessant, dass die Technik der Invasoren zumindest in diesem Detail dieselbe zu sein schien.

Dann sahen sie die ersten Umrisse durch den Schleier des trockenen braunen Laubs hindurch. Muntak zog seinen Strahler aus dem Rückenhalfter und schlug mit einer zornigen Bewegung den Sicherungshebel in Ladeposition. »Ich habe den Kerl gerammt, mit dem größten Sternenschiff der Flotte«, knurrte er. »Wie kommt der dazu, noch in einem Stück zu sein?«

Die MEGATAO hatte Funkverbindung mit dem gelandeten Boot, das Beiboot hielt Funkverbindung mit den Rekordern des Einsatzkommandos. Auf diese Weise konnte die Besatzung der Zentrale auf ihren Schirmen sehen, was die Männer des Landungstrupps zu Gesicht bekamen.

Der Erste Verweser hatte schon kurz nach der Landung des Beiboots den roten Alarm auf orange zurückgestuft und damit allen Besatzungsmitgliedern, die länger als zwanzig Gyr im Dienst waren, erlaubt, sich zurückzuziehen. In der Zentrale hatte allerdings nur der Erste Raumüberwacher Hunot diese Möglichkeit genutzt.

Sie verfolgten gebannt, wie die Waffenmänner mit gezückten Strahlern vorwärts schlichen, wie sich die Umrisse des Aufklärers, der sich offenbar in den Boden gebohrt hatte, immer deutlicher durch Gespinst und Gestrüpp hindurch abzeichneten.

»Eigentlich würde es mir reichen, wenn er das Ziel markiert«, meinte Dawill halblaut. »Wir könnten es mit einem Schuss von hier oben aus zerstören.«

Der Zweite Raumüberwacher, der Edle Iostera, warf ihm einen skeptischen Blick zu. »*Ihm* würde das aber nicht reichen.«

Dawill nickte. »Ja. Vermutlich.«

Nach einer Weile, so leise, dass nur der Erste Verweser es hören konnte, setzte Iostera hinzu: »Das verschafft uns ohnehin nur eine Atempause. Wenn die Basis nichts mehr von dem Aufklärer hört, wird man nach ihm suchen.«

»Genau«, erwiderte Dawill. »Mit größeren Schiffen. Und mehreren davon. Und was wir dann machen sollen, weiß ich auch nicht.«

Der Mann war mehr tot als lebendig. Er hatte ein Bein verloren – der blutige Stumpf war mit einem schwarzen Kabel oder Gurt abgebunden – und aus einer Wunde am versengten Hinterkopf rann ihm das Blut in den Halsausschnitt des Anzugs. Eine Wolke sirrender Insektenartiger umschwirrte ihn. Er keuchte elend bei jeder Bewegung, heulte vor Schmerzen, spuckte immer wieder blutigen Schleim aus.

Aber er kämpfte noch.

Er hatte sich nicht nur selbst verbunden und ins Freie geschleppt, er hatte außerdem einen klobigen schwarzen Kasten im Schatten dessen aufgebaut, was von seinem Raumschiff übrig war. Eine Spur von Blut kündete von seinen Anstrengungen, Blut an dem zerschrammten Metall der Außenhülle, Blut auf dem zerwühlten Boden. Und als wäre das noch nicht genug gewesen, hatte er es auch noch fertig gebracht, eine Gravitonenleitung zum Hyperkonverter auf der Rumpfunterseite freizulegen, mehr oder weniger mit bloßen Händen, und sie mit dem schwarzen Kasten zu verbinden.

Er setzte, während er sich die Lunge stückchenweise aus dem Leib hustete, gerade dazu an, etwas ins Erdreich zu bohren, das nur der Resonatorstab einer Hyperfunkanlage sein konnte, als schwarze Stiefel in seinem Gesichtsfeld auftauchten und, als er den Blick hob, die flimmernde Mündungsöffnung eines Korpuskularstrahlers.

»Lass es«, sagte Muntak finster.

Etwas Irres stand in den Augen des fremden Piloten, der aus einer anderen Galaxis gekommen war, um Tod und Zerstörung zu bringen. Aber er ließ den Resonator los und breitete langsam die Hände aus, unter Menschen eine unmissverständliche Geste der Unterwerfung.

»Gut so. Jetzt schön vernünftig bleiben, dann hast du es ausgestanden. Dann liegst du in zwei, drei Gyr frisch gewaschen und verbunden in einem sauberen Bett auf unserer Heilstation und kannst dich ausschlafen. Verstehst du mich überhaupt? Sprichst du meine Sprache?«

Der Fremde sagte nichts. Muntak trat beiläufig gegen die Resonatorleitung und riss sie damit entzwei. Diese Anlage würde jedenfalls keinen Pieps mehr von sich geben.

»Wie auch immer.« Er betätigte die Ruftaste seines Kommunikators. »Kommandant an Beiboot. Starten Sie und kommen Sie her. Wir haben einen schwer verletzten Feindpiloten. Und das hier« – sein Finger umriss die Silhouette des abgestürzten Aufklärers – »sollten wir auch irgendwie mitnehmen und unserer Sammlung exotischer Wracks hinzufügen.«

»Ich höre, Edler Kommandant«, bestätigte der Pilot des Beiboots. »Wir kommen zu Eurer Position und bereiten die Aufnahme eines feindlichen Verletzten vor.«

»Genau.« Muntak wandte sich den Waffenmännern zu, die immer noch die Umgebung sicherten. »Serpennen, wo ist eigentlich der Mann mit den Rettungsgeräten? Wir sollten . . .«

In diesem Augenblick bemerkte er aus den Augenwinkeln, wie der Pilot die linke Hand zur Schulter zurückführte, ein kleines, ballonartiges Gebilde packte und drückte. Muntak fuhr herum, und der Blick des Mannes verriet ihm alles.

»Weg hier!«, schrie er aus voller Kehle. »Alles weg hier! Er hat die Selbstvernichtung ausgelöst!«

Die Männer reagierten sofort. Sie rannten, egal wohin, brachen durch Gestrüpp und Unterholz mit der Kraft der Verzweiflung. Einige hatten die Nerven, sich die Fusselwesen zu schnappen, die neugierig beim Wrack stehen geblieben waren, und rannten nun mit einem Arm voll zappelnder kleiner Biester. Sie duckten sich unter Ästen hindurch, hetzten durch Gestrüpp, sprangen über Tümpel und Steine und warfen sich in die erstbeste Deckung.

Von dort hörten sie den fremden Piloten schreien, ein einziges Wort nur, das keiner von ihnen kannte, doch die Inbrunst, mit der er es hinausbrüllte, jagte ihnen Schauer über die Rücken.

»IMPROOOR!«

Dann vergingen der Aufklärer und alles um ihn herum in einer gewaltigen Explosion.


Dawill setzte sich ruckartig auf. »War das eine nukleare Explosion?«, schnitt seine Frage messerscharf durch das erschrockene Gemurmel. *»Iostera?«*

»Nein«, erwiderte der Zweite Raumüberwacher hastig. »Das war nicht der Reaktor. Keinerlei elektromagnetische Emissionen.«

»Wir haben auch noch Verbindung zu ihren Rekordern«, warf der Zweite Kommunikator Ogur ein. »Wenn der Reaktor hochgegangen wäre, hätten sie sich ja wohl kaum rechtzeitig weit genug . . .«

»Ja, schon gut«, winkte der Erste Verweser ab. »Danke. Ich habe schon verstanden.« Sein Gesicht war immer noch eine Maske der Anspannung. »Ruft das Beiboot und erbittet einen Bericht. Und sie sollen sich für die Rück –«

Er verstummte mitten im Wort, genau wie alle anderen. Und genau wie alle anderen hatte er nur noch Augen für das Unfassbare jenseits der Sichtfenster.

Etwas war erschienen. Ein gewaltiger, strahlender weißer Kreis, wie herausgestanzt aus der Schwärze des Alls. Nein, kein Kreis – eine Kugel. Eine Kugel, die sich bewegte.

Die näher kam.

Die unfassbar *groß* war.

»Was . . .?« Dawill musste sich räuspern. »Was ist das?«

Iostera schaltete an seinen Instrumenten herum, blieb die Antwort aber schuldig. Schließlich versetzte er der Frontkonsole der Dyade einen Schlag und wechselte hastig auf den Platz

Hunots. »Ich kann es nicht anmessen«, erklärte er mit weit aufgerissenen Augen. »Es scheint keine Masse zu haben. Das heißt, nein ... es hat *fast* keine Masse. Es ist so groß wie ein Mond, so groß wie ein kleiner Planet, aber seine Masse ist nicht viel größer als die unseres Wasservorrats.«

»Vielleicht ist es hohl«, meinte der Edle Bleek.

Die anderen Edlen sahen sich nur vielsagend an. Es war klar, *wen* man hier im Zweifelsfall für hohl hielt.

Und immer noch kam die Kugel näher, ein Raumfahrzeug allem Anschein nach, wenn auch jenseits jeder Vorstellungskraft. Sie leuchtete wie eine zweite Sonne, überstrahlte alle Sterne und alle Planeten, schien den Leerraum verschlingen, den Himmel in zwei Hälften spalten zu wollen.

Ogur sprang auf und lief zu einem der Sichtfenster. »Seht Ihr das?«, fragte er atemlos.

Die anderen blickten ihn fragend an.

»Es pulsiert ... Nein. Es *weht im Sonnenwind!*«

Nun sahen es alle. Langsame, sanfte Wellen liefen über die Oberfläche der Kugel, wie die Dünung auf See bei einer frischen Brise.

»Es ist also doch hohl«, meinte Bleek zufrieden. »Es ist eine Blase.«

»Ruft den Kommandanten«, befahl Dawill reglos.

# 4

Als Quest die Zentrale betrat und sich vorn zwischen die großen Sichtfenster stellte, sah es aus, als habe die MEGA-TAO eine Umlaufbahn um einen Planeten aus milchigem Glas eingenommen. Die Oberfläche des hell leuchtenden Himmelskörpers war zu konturlos, als dass man mit bloßem Auge hätte abschätzen können, wie groß das Gebilde war und wie weit entfernt. Die sanft wogende Bewegung war nach wie vor zu sehen, weiche Wellen, die über die glänzende Weite wanderten.

»Es sieht aus wie die Peristaltik eines Darms«, meinte die Erste Heilerin tonlos.

Dawill stand neben der Pilotendyade, stocksteif, die Hand auf das Frontpanel gelegt, als müsse er sich festhalten. »Ich habe mich gefragt, ob das eines der überschweren Trägerschiffe der Invasionsflotte ist, die Smeeth erwähnt hatte«, sagte er. »Er meinte, sie seien imstande, Eintauchpunkte in zehntausend Lichtjahren Entfernung zu bestimmen.«

»Ja, ich erinnere mich«, nickte Quest finster.

»Ein Trägerschiff so groß wie ein Mond?«, entfuhr es Bleek fassungslos. »Bei allen Geistern Lepharas . . .«

»Das würde bei weitem nicht reichen«, meinte Quest und sah Dawill an. »Denken Sie doch an die Sprungformeln. Wie groß müsste die Eigenmasse eines Schiffes sein, um derart weit entfernte Eintauchpunkte zu bestimmen? Da reicht nicht einmal die Masse eines ganzen Planeten. Sonst würden wir es doch auch so machen mit unserer planetaren Navigation. Aber was ist da das Maximum? Ein Lichttag oder so. Wenn es diese überschweren Trägerschiffe wirklich geben sollte, muss ihre Eigenmasse größer sein als die eines Neutronensterns. Oder sie benutzen eine Technologie, die wir nicht kennen.«

Sie schwiegen. Einen Moment war es, als atme niemand in der Zentrale. Das Gebilde vor ihnen wogte still und erhaben, und nichts geschah.

»Es hat so gut wie überhaupt keine Masse«, meinte Iostera mit trockener Kehle. Er räusperte sich. »Weniger als hundert Wuchten. Für unsere Instrumente schon fast nicht mehr messbar.«

Quest sah versonnen hinaus. »Ich wette, es ist ein Raumschiff der Yorsen«, sagte er.

Niemand sagte etwas darauf. Die Yorsen, natürlich. Jeder hatte diesen Gedanken schon gehabt, aber keiner hatte ihn geäußert.

»Tamiliak«, fragte Quest, ohne den Blick von dem milchigen Weiß abzuwenden, »empfangt Ihr irgendwelche Signale?«

»Nein, Kommandant«, erwiderte der Erste Kommunikator knapp.

»Sendet unsere Kennung und fordert sie auf, sich zu identifizieren.«

»Ich höre und folge, Erhabener Kommandant.« Tamiliak drückte eine Taste. Das Kennungssymbol leuchtete in der rechten unteren Ecke aller Bildschirme auf und erlosch wieder.

Die Reaktion folgte unmittelbar. Die leuchtende, wallende Kugel setzte sich in Bewegung und glitt auf die MEGATAO zu.

Von der MEGATAO aus betrachtet sah es aus, als stürze das Fernerkundungsraumschiff geradewegs ab.


»Jemand verletzt?«, rief Muntak, nachdem das Prasseln herabfallender Steinchen und Trümmerstücke aufgehört hatte. Eine dicke gelbe Rauchwolke lag über allem, ein beißender Ge-

339

stank, der sich nur langsam verzog. Und man hatte das Gefühl, taub geworden zu sein. »Serpennen?«

»Hier, Kommandant«, kam die Stimme des Wortführers aus einiger Entfernung.

»Lassen Sie durchzählen.«

Während die Waffenmänner der Reihe nach ihre Namen riefen, prüfte Muntak den kleinen Rekorder auf seiner Schulter. Die Funkverbindung bestand noch. Das musste erst einmal reichen, um die anderen zu beruhigen. Er zog den Detektor aus der Brusttasche und hob ihn in die Höhe. Keine Strahlung, wie es aussah. Sie hatten Glück gehabt, dass der Reaktor geplatzt und das Tritiumkolloid ausgelaufen gewesen war.

»Alle vollzählig, Kommandant«, rief Serpennen. »Nur einige Schürfwunden. Haberan kümmert sich darum.«

»Gut, danke. Sichern Sie den Explosionsort. Wir müssen nachsehen, was von dem Aufklärer übrig ist.«

Wie sich herausstellte, nicht viel. Der größte Teil der Detonationswucht war nach oben gegangen, hatte Wipfel zerfetzt, Rankengeflecht verkohlt und mächtige Stämme in dünne Splitter zerrissen. Während sie unten an den Boden gedrückt glimpflich davongekommen waren. Die Explosion hatte einen Krater von fünfzig Schritt Durchmesser und einer Mannslänge Tiefe in den Urwald geschlagen, eine dampfende, vergiftete Todeszone, in der nichts mehr am Leben war.

Doch man sah schon, dass das nicht lange so bleiben würde. Rings um den Trichter hingen zwar zerfledderte Riesenblüten herab, rann dünner grüner Saft aus den Spitzen großer, kolbenförmiger Pflanzen wie Blut, starben Pflanzen und Tiere, um sofort von anderen Pflanzen und Tieren gefressen zu werden. Aber die ersten Wanderranken tasteten schon über den Rand des Explosionstrichters und erkundeten den ungewohnt freien Erdboden, und die Ausläufer niedriger, schleimiger Bodengewächse schoben sich in das geräumte Territorium vor. Der

Dschungel hatte bereits begonnen, das freie Gelände zurückzuerobern.

Anscheinend hatten auch ihre kleinen violetten Begleiter überlebt. Sie tapsten den Männern benommen hinterdrein, nur wenige, klägliche Laute von sich gebend, und schienen sich nicht recht wohl zu fühlen auf dem nackten Erdreich. Bis in den Trichter hinab trauten sie sich nicht, sondern blieben in respektvoller Entfernung stehen und winkten mit einigen Armen, sie sollten lieber wieder gehen.

Muntak fand einen Metallsplitter, etwa so groß wie seine Hand. Soweit er sah, war das mit Abstand das größte Trümmerteil. Er drehte es hin und her, wischte die Rußschicht ab und versuchte ohne Erfolg, zu erkennen, zu was für einem Bauteil es gehört haben mochte. Im Grunde war es auch gleichgültig. Er warf es fort und aktivierte die Sprechverbindung zum Beiboot. »Muntak an Beiboot. Wie ist Ihre Position?«

»Beiboot hier, Kommandant. Wir sind gestartet und, ähm, im Augenblick in Warteposition ...«

Die Stimme des Kommunikators klang irgendwie merkwürdig, fand Muntak. Als habe er getrunken oder stünde unter Drogen. »Ist alles in Ordnung bei Ihnen?«

»Oh ja, sicher, aber ... es ist da etwas aufgetaucht ...«

»Etwas aufgetaucht?«, wiederholte Muntak irritiert.

»Ihr müsstet es von Eurer Position sehen können. In westlicher Richtung, auf halber Höhe über dem Horizont.«

Muntak spähte in die angegebene Richtung, über die schwarzgebrannten Baumwipfel hinweg zum hellen Himmel. Der Mond war da zu sehen, na und? Doch dann sah er im Zenit einen zweiten Mond, kleiner, rötlich glänzend, mit deutlich erkennbaren Meteoritenkratern darauf, und ihm fiel wieder ein, dass diese Welt nur einen einzigen Mond hatte, ebendiesen rötlichen Trabanten, und sein Blick wanderte zurück zu dem hellen Gebilde im Westen, das mit einem Mal unheimlich aussah. Er musste sich räuspern, und seine Stimme klang trotzdem ungewohnt rau. »Aufgetaucht, sagten Sie?«, vergewisserte er sich.

»Ja, Kommandant. Unmittelbar nach der Explosion.«

»Und was *ist* es?«

»Wir wissen es nicht, Kommandant. Aber es hat gerade die MEGATAO verschluckt. Wir haben keinen Funkkontakt mehr.«

Das Universum war Licht. Sie waren umgeben von strahlender Helligkeit, formlos, ungreifbar, unendlich scheinend. Es drang durch Luken und Sichtfenster, erfüllte die Luft, schien sie transparent zu machen, ätherisch, unwirklich. Die Maschinen an Bord schwiegen, eine atemlose Stille herrschte. Es war, als verwandele sich die Wirklichkeit in einen Traum.

»Menschen«, sagte eine mächtige Stimme, die tief war und hoch, allumfassend, die in den Köpfen erklang und in den Knochen, in jedem Raum und in jedem Bauch, »verlasst dieses Sonnensystem – sofort.«

Eftalan Quest hob trotzig das Kinn und rief, während jeder andere noch zusammenzuckte unter der Wucht des Befehls und am liebsten sofort losgerannt wäre und gehorcht hätte: »Wir werden dieses Sonnensystem verlassen, wie ihr es wünscht, aber wir bitten euch, uns zuvor eine wichtige Frage zu beantworten. Wir wissen, dass ihr Yorsen seid und dieses System in eine andere Galaxis versetzen, aus der Reichweite der Menschen entfernen wollt. Bitte sprecht trotzdem mit uns!«

Ein Laut, der klang, als atme die unsichtbare Gottheit überrascht ein, durchzuckte das Schiff, fuhr einem unter die Haut und ließ das Blut in den Adern sich kräuseln.

»Wie«, fragte die Stimme, und man meinte einen gewissen amüsierten Unterton herauszuhören, »lautet eure Frage?«

Dawill starrte den Kommandanten an und fühlte ein Zittern seine Beine hochsteigen, als Quest den Blick erwiderte und er die mörderische Anspannung in den Augen des ehemaligen Patriarchen sah. Noch nie war Eftalan Quest, der gewaltige, legendäre Held von Akotoabur, ihm so zerbrechlich vorgekommen. Dies war die letzte Chance für den wahnwitzigen Plan des Pantap, und Quest wusste es. Wusste es so sehr, dass es ihn fast erdrückte.

»Wir appellieren«, sagte Quest, »an eure Weisheit und an eure Güte. Wir wenden uns an euch als an eine Spezies, die der unseren in jeder Hinsicht, sei es technisch oder moralisch, unermesslich überlegen ist. Wir wenden uns an euch mit einer Frage, die euch lächerlich erscheinen mag, für uns aber von alles entscheidender Bedeutung ist, und bitten euch demütig um Hilfe und Rat.«

Die unsichtbare Stimme schwieg. Man hatte das deutliche Gefühl, dass sie aufmerksam zuhörte. Das war nur logisch, dachte Dawill, denn noch hatte Quest seine Frage nicht gestellt.

»Wir bitten euch, uns zu helfen, den so genannten Planeten des Ursprungs zu finden.«

Eine Pause, die tausend Jahre zu dauern schien. Dann sagte die gewaltige Stimme mit hörbarem Bedauern: »Wir kennen über diesen Planeten nur Legenden.«

Dawill legte eine Hand vor den Mund. Dieselbe Antwort mehr oder weniger, die er auf Yorsa bekommen hatte! Das war es also. Die Yorsen konnten ihnen nicht helfen. Oder wollten es nicht. Der Weg hierher war vergebens gewesen.

Doch Quest ließ nicht locker. »Wir kennen über diesen Planeten auch nur Legenden«, sagte er. »Manche dieser Legenden scheinen so alt zu sein, dass sie möglicherweise noch aus jener Zeit stammen, in der selbst die Yorsen eine junge Spezies waren. Haben Legenden nicht oft einen wahren Kern, wenn man ihnen nur entschlossen genug auf den Grund geht? Und eine Legende, die sich so lange und hartnäckig gehalten hat

343

wie die vom Planeten des Ursprungs, *muss* einfach einen solchen wahren Kern haben.« Er hob die Hände, bittend, fast flehend. »Lasst uns nicht allein damit, ich bitte euch. In unseren Augen könnt und wisst ihr alles. Ihr könnt uns helfen, dieses Geheimnis zu lüften, wenn ihr nur wollt.«

Die Stimme klang ernst, als sie antwortete. »Ich sehe, dass du entschlossen bist, Eftalan Quest. Sehr entschlossen.« Sie kannten seinen Namen! Dawill registrierte verblüfft, dass ihn das stärker aus der Fassung brachte als planetengroße Raumschiffe und die Fähigkeit, ganze Sonnensysteme zu versetzen. »Wir wollen das unterstützen.«

Das Licht, das den Raum durchflutete, schien plötzlich körnig zu werden, verdichtete sich zu kleinen wurmartigen Gebilden, und dann kam es wie eine Invasion überschallschneller Leuchtkäfer aus jeder Ecke und jeder Wand, geräuschlos, schmerzlos, eine wahre Flut. Alle diese Irrlichter schossen auf einen Punkt im vorderen Bereich der Zentrale zu und vereinigten sich dort zu einer überirdisch strahlenden Gestalt von unbestimmbarer Form. Quest wich zurück, die Hände vor die Augen haltend. Nach und nach verminderte sich der Strom der Lichtpunkte, und ihr leuchtender, wirbelnder Vereinigungspunkt verdichtete sich zu einer großen, grauen Gestalt.

Einem Yorsen.

Es war eine Projektion, ganz zweifellos. Eine Projektion zudem, als habe jemand gesagt *»zeigt diesen Menschen einen Yorsen, aber so, dass sie nicht erschrecken«*. Der Yorse war groß, doch kaum einen Kopf größer als ein Mensch. Er stand aufrecht, anstatt auf Bauchborsten zu kriechen. An der Vorderseite seines Kopfes waren dunkle, knopfartige Organe, die an Augen erinnerten, und Vertiefungen in den Wülsten darunter ließen an einen Mund glauben.

Es war ein Yorse, der fast genauso aussah wie die erste Projektion aus den Archiven von Pashkan, die sie gesehen hat-

344

ten. Vor hundert Jahren, wie es Dawill in diesem Augenblick schien.

»Willkommen an Bord«, sagte Quest und deutete das höfische Neigen des Oberkörpers an. Was einigen der Edlen trotz der Situation den Atem zu nehmen schien – stand diese Ehrenbezeigung doch einzig dem Pantap zu.

Der Yorse wandte sich dem Kommandanten zu. »Ich grüße dich, Eftalan Quest«, sagte er, immer noch mit der gleichen Stimme wie vorhin, aber nun kam sie nicht mehr von überall her zugleich und dröhnte nicht unterschiedslos durch das ganze Schiff, sondern sie ging von der Gestalt des Fremden aus, die so wirklich und so unwirklich zugleich aussah. »Wir haben noch ein wenig Zeit, die Fragen zu erörtern, die dich bewegen.«

Quest nickte. »Ich danke Euch für Euer Entgegenkommen. Mit welchem Namen darf ich Euch anreden?«

Der Yorse schüttelte sacht den Kopf, in einer Geste, die völlig menschlich wirkte. »Wir haben keine Namen mehr. Es wäre zu schwierig, zu erklären, warum das so ist, und ich glaube, das ist auch nicht das, was dich interessiert, oder?«

»Nein.« Quest schien für einen Moment den Faden verloren zu haben. »Es ging um den Planeten des Ursprungs . . .«

»So höre, Eftalan Quest«, sagte der Yorse. »Vor langer Zeit, als das Universum noch jung war und wir Yorsen auch, erkundeten die fernen Vorfahren meiner fernen Vorfahren die Tiefen des Alls, und sie trafen dabei auf ein Volk, das einst in erhabener Einsamkeit und Einzigartigkeit den Anbruch des Lichts im Kosmos erlebt haben muss. Sie nennen sich selbst die Mem'taihi, die Ältesten der Alten. Es sind unfassbar mächtige Wesen, die das ganze Universum kennen und den Naturgesetzen selbst gebieten. Verglichen mit ihnen und dem, was sie vermögen, waren wir Yorsen armselige Geschöpfe und sind es noch. Und was dich besonders interessieren wird« – der Yorse schien beinahe zu *lächeln* –, »die Mem'taihi leiten ihre Her-

345

kunft von jener Welt her, die ihr den Planeten des Ursprungs nennt.«

»Die Heimat der Mem'taihi ist der Planet des Ursprungs?«

»Nein, aus irgendeinem Grund haben sie ihn verlassen. Aber ohne Zweifel wissen sie, wo er zu finden ist.«

»Und wo finden wir die Mem'taihi?«

Der Yorse bewegte die Hand, und eine Sternenprojektion erschien in der Luft, die ganze Zentrale mit Galaxien und Sternhaufen füllend. »In jener Galaxis, die nach eurem Katalog *Insel 59* genannt wird.« Eine zerfaserte Spiralgalaxie leuchtete auf, wurde größer. Koordinatenachsen und Abstandspolaren erschienen darin, als hätten die Yorsen das Handbuch für galaktische Navigation gelesen. »*Insel 59* ist der Quell allen Lebens im Universum. Hier ist das Leben entstanden, diese Galaxis war die erste, in der es sich vor unausdenkbar langer Zeit ausgebreitet hat. Je weiter eine Galaxis von *Insel 59* entfernt ist, desto jünger und seltener ist das Leben in ihr, und jenseits einer bestimmten, heute allerdings sehr weit entfernten Grenze sind alle übrigen Galaxien des Universums – Hunderte von Milliarden davon – unbelebt.«

Dawill fühlte, wie seine Augen zu tränen anfingen. *Insel 59?* Das war keine irgendwie besondere Galaxie. Irgendeine eben. Und sie war ›nur‹ dreieinhalb Millionen Lichtjahre entfernt, sozusagen in der Nachbarschaft – wie konnte ein solcher Zufall sein?

Dann kam ihm zu Bewusstsein, dass die Menschen auch keine junge Spezies mehr waren. Daran änderten nicht einmal die Zeiten des Vergessens und die Rebarbarisierungen etwas, denen isolierte Kolonien oft zum Opfer fielen. Niemand wusste genau, wann und wo die Menschen entstanden waren, man wusste nur, dass es sehr, sehr lange her sein musste. Also war es kein Zufall, dass der Planet des Ursprungs in einer nahen Galaxis lag. Nicht er war ihnen nahe – sie waren *ihm* nah. Mussten es

346

sein, weil es so lange her war, dass die menschliche Spezies entstanden war aus Lebenssporen, die ein Komet in das Schwerefeld eines unbekannten kleinen Planeten getragen hatte.

»Also ist Leben etwas Seltenes im Universum?«, fragte Quest.

»Etwas Seltenes und Kostbares, ja. Auch wenn es dir in den Galaxien, die ihr kennt, bisweilen nicht so vorkommen mag.«

»Und was ist das Ziel? Der Sinn von allem? Das Universum mit Leben zu füllen?«

Der Yorse breitete die Hand in einer entschuldigenden Geste aus. »Solche Dinge musst du die Mem'taihi fragen.«

»Ja. Das will ich sie fragen. Bitte sagt mir, wo ich sie finde.«

Die Spiralgalaxis vergrößerte sich, das Koordinatengitter wurde feiner, einzelne Sterne erschienen, einer zuletzt, eine strahlende gelbe Sonne. Ziffern und Navigationssymbole leuchteten auf.

»Ein einziger Planet umkreist diese Sonne, und auf ihm leben die Mem'taihi. Sie nennen den Planeten *Mittelpunkt*, weil er ihr Machtzentrum ist und damit nach ihrem Verständnis der Mittelpunkt des Universums. Fliege dorthin und frage, was immer du fragen willst.«

»Werden sie denn antworten?«

»Es heißt, dass sie stets geantwortet haben. Sie haben uns nicht alles gesagt, was wir wissen wollten, denn manches stand uns zu wissen nicht zu, und bei anderem waren die Mem'taihi so weise, es uns selber herausfinden zu lassen. Aber wir haben sie, trotz ihrer gewaltigen Macht oder gerade deswegen, immer als hilfsbereit und freundlich erlebt. Wir hatten keinen Kontakt mehr mit ihnen seit … nun, ich fürchte, eure Zeitbegriffe erlauben es nicht, dass ihr euch eine Vorstellung davon macht, wie lange es her ist. Aber ich habe keinen Zweifel, dass sie euch helfen werden, wenn ihr vor sie hintretet und eure Frage stellt.«

»Dürfen wir diese Welt, *Mittelpunkt*, einfach anfliegen?«

»Ihr dürft es, aber ihr werdet es nicht können. Ein Schutzfeld umgibt den Planeten und das ganze System, das alles fernhält, was gefährlich oder zerstörerisch sein könnte. Nicht einmal ein Stein fällt auf die Oberfläche ihrer Heimat, ohne dass die Mem'taihi es wissen und dulden.«

»Aber ...«

»Höre, Eftalan Quest«, unterbrach ihn der Yorse und hob mahnend die Hand. »Meine Zeit wird knapp. Da du so entschlossen bist, sollst du Folgendes wissen: Du kannst *Mittelpunkt* anfliegen, bis dein Raumschiff im Schutzfeld stecken bleibt. Dir droht keine Gefahr. Sende ein kleines Landeboot, das aus nichts anderem besteht als der Hülle und dem Antrieb. Nimm vor allem keine Waffe mit, dann wirst du mit diesem Boot den Schirm passieren können, als wäre er nicht. Es heißt, dass es eine prachtvolle Stadt auf diesem Planeten gibt, die wie ein Ring gebaut ist. Sie heißt *Mittelpunkt des Mittelpunkts*. Dort lande. Und wenn du vor die Mem'taihi trittst, entbiete ihnen den Gruß der Yorsen und unsere Dankbarkeit für alles, was sie uns einst gelehrt haben.«

»Ja«, nickte Quest und schluckte. »Ja, das werde ich tun.«

»Und nun ist es Zeit, dass ihr euer Beiboot wieder aufnehmt und dieses Sonnensystem verlasst«, sagte der Yorse. Es schien ihm geradezu leidzutun, das Gespräch beenden zu müssen – oder war dieser Eindruck nur ein Effekt der manipulierten Projektion? »Verlasst die Ebene der Planetenbahnen und fliegt so schnell wie möglich.«

»Wir hören«, nickte Quest, »und wir folgen. Habt Dank.«

Dawill öffnete den Mund, und ehe er begriff, was er tat, rief es aus ihm: »Warum tut ihr das? Warum bringt ihr alle diese Völker vor uns in Sicherheit? Was denkt ihr, was wir ihnen tun würden?«

Der Yorse sah ihn an. »Wir bringen sie vor dem Sternenkaiser in Sicherheit, nicht vor euch.«

348

»Und warum vernichtet ihr den Sternenkaiser nicht einfach?«

»Das«, sagte der Yorse, »ist uns nicht gestattet.« Seine Konturen begannen zu verschwimmen. »Geht nun. Verliert keine Zeit.« Das fremde Wesen schien zu lächeln.

Dann, von einem Herzschlag zum nächsten, verschwand alles. Der Yorse, die leuchtende Sphäre um sie herum, alles. Die MEGATAO war wieder auf ihrem hohen Orbit um den Planeten, als wäre nichts geschehen. Die Maschinen arbeiteten wieder, pumpten Atemluft in alle Räume, lieferten Licht und Wasser und Ströme von Informationen – das Rufsignal des Landekommandos, das in höchster Dringlichkeitsstufe und Lautstärke aus den Lautsprechern plärrte.

»An Bord mit ihnen«, befahl Quest und ließ sich schwer in seinen Kommandantensessel fallen. »Triebwerke in Bereitschaft. Volle Energie bereithalten. Ihr habt gehört, was der Yorse gesagt hat.«

Das Beiboot, das kurz nach dem Kontakt mit dem Yorsen gestartet war und außerhalb der strahlenden Sphäre gewartet hatte, dockte mit einem halsbrecherischen Manöver, das zufällig nicht schiefging – vielleicht auch nicht ganz so zufällig, denn Muntak selbst flog es –, im unteren Hangar an, und noch während sich die Hangartore zuschoben, hörte man die gewaltigen Maschinen der MEGATAO auf Vollschub hochorgeln. Der Erste Pilot eilte sofort in die Zentrale. Bis er dort ankam, hatte Bleek das Schiff bereits auf einen grobschlächtigen, ziellosen Fluchtkurs gebracht, der aus der Ekliptik herausführte.

»Wo sind die Eintauchpunkte?«, rief Muntak fassungslos aus, während er sich neben der Pilotendyade festschnallte. »Alle verschwunden! Bei den Dämonen der Sterne, das habe ich noch nie erlebt – nicht ein Einziger, so weit die Instrumente reichen.«

349

Bleek sah ihn an, Schweiß auf der Stirn. »Wir haben ohnehin nicht die Zeit für ein Sprungmanöver«, meinte er.

»Seit wann genau ist Normalflug zeitsparender als ein Sprung? Ich muss das verpasst haben.« Muntak rief die Prüfroutinen ab. »Vermutlich ein technischer Defekt.«

Bleek schüttelte seinen dicken Kopf. »Ich glaube nicht. Ich habe vorhin gesehen, wie sie verschwunden sind. Die Eintauchpunkte, meine ich. Einer nach dem anderen, wie Kerzen, die man ausbläst.«

Muntak starrte den Zweiten Piloten an und wusste nicht, was er darauf erwidern sollte. Ein Gefühl beschlich ihn, das ihm ganz und gar nicht gefiel. »Dann geht es los, oder?«, meinte er und spürte die Trockenheit in seinem Mund.

Bleek nickte nur.

Auf den Schirmen war das zurückbleibende Sonnensystem zu sehen, immer noch viel zu nah, viel zu groß, was man anhand der leicht elliptisch verzerrten, konzentrischen Planetenbahnen erkennen konnte, die die Navigationsautomatik als dünne Linien einblendete. Das Donnern der Triebwerke war bis herauf ins Oberdeck zu spüren, doch wie immer im Normalflug sah man nichts, was einem den Eindruck vermittelte, voranzukommen.

Muntak sah sich nach dem Kommandanten um. Der beriet sich mit dem Ersten Verweser, beide machten ernste Gesichter. Ein Flug in eine andere Galaxis stand bevor – oder was hatte er auf dem Weg herauf läuten hören? Einer dieser Yorsen sei an Bord gewesen, hier in der Zentrale. Kaum zu gleiben, wenn man bedachte, wie groß diese Wesen waren. Na ja, das würde er demnächst vermutlich ausführlicher erfahren, würde Aufzeichnungen sehen und so weiter. Jetzt hieß es erst mal, Distanz zu gewinnen.

»Ich habe da etwas ganz Seltsames auf der Anzeige«, meldete sich Iostera plötzlich.

Damit begann es. Die Sterne draußen verschwammen, erloschen und versanken in einem Schwarz, das schwärzer war als Schwarz, eine Dunkelheit, vor der man die Augen abwenden musste, weil sie einem die Seele aus dem Herz zu saugen schien. Was geschah, geschah völlig lautlos, aber jedem von ihnen war, als vernehme er einen abgrundtiefen, bodenlos traurigen Seufzer, einen Laut, der nicht von dieser Welt war, einen Seufzer wie ein Sog, ein Strudel, ein unwiderstehlicher Mahlstrom entfesselter Naturgewalten.

Dann war es vorbei, und der Planet war verschwunden, samt seinem Mond.

Alles andere sah aus wie vorher. Die weiße Sonne leuchtete, die ferneren Planeten waren fleckige Scheiben auf der astronomischen Projektion.

Muntak atmete die Luft aus, die er unwillkürlich angehalten hatte. »Nur der Planet?«, meinte er verwundert. »War nicht die Rede davon, dass die Yorsen ganze Sonnensysteme versetzen?«

Irgendjemand murmelte etwas von alten Berichten und dass sie bekanntlich zu Übertreibungen neigten. Der Kommandant starrte die astronomische Projektion an, und seine Augen verengten sich dabei. »Was zeigt die Hypertastung, Iostera?«, wollte er wissen.

Der Zweite Raumüberwacher löste sich blinzelnd aus dem Bann, in den ihn die Ereignisse geschlagen hatten. Er wandte sich seinen Instrumenten zu und stellte ratlos dreinblickend fest: »Die Taster zeigen keinerlei Krümmung der Raumzeit an. Als ob die Sonne nicht mehr da wäre.«

»Ich wette, das ist sie auch nicht mehr«, nickte Quest. »Was wir sehen, ist bereits Vergangenheit. Die Entfernung zur Sonne betrug etwa ein Viertel Lichtgyr – das heißt, wenn sie verschwindet, leuchtet uns ihr Licht trotzdem noch ein Viertelgyr lang.«

Und so war es. Nach einem Sechstelgyr verschwand die blasse Scheibe des Planeten, der ihnen am nächsten gelegen hatte, und nach einem Viertelgyr erlosch die Sonne, als hätte es sie nie gegeben. Zwei Gyr später war keiner der Planeten mehr da, die mit bloßem Auge sichtbar gewesen waren. Die MEGA-TAO schwebte im Leerraum.

»Unglaublich«, stieß Grenne hervor und wischte sich über den derben Nacken. »Sie haben es tatsächlich getan.«

»Sie versetzen die Sonne und ihre Planeten, und alles andere lassen sie da – sogar das Licht, das sie ausgestrahlt haben«, meinte Felmori, wie immer in den näselnden Dialekt seiner Heimat verfallend, wenn ihn etwas völlig beanspruchte. »Und diese Mem'taihi sollen *noch* mächtiger sein? Wie soll man sich denn das überhaupt vorstellen?«

»Wir werden nicht versuchen, uns das vorzustellen«, erwiderte Quest mit unverhohlenem Triumph in der Stimme. »Wir werden hinfliegen und es uns *ansehen*. Ihr Edlen, wir haben es geschafft – wir haben eine Spur zum Planeten des Ursprungs gefunden, die glaubwürdiger und eindeutiger ist als alles, was jemals entdeckt wurde. Ich zweifle jetzt nicht mehr daran, dass wir unsere Mission zu einem erfolgreichen Ende bringen werden. Der Pantap wird uns ehren, Ihr Edlen. Man wird unsere Namen mit Lettern aus Rubrosia in die Annalen schreiben, wo sie leuchten werden für alle Zeiten.« Er erhob sich zu seiner vollen Größe. »Erster Pilot Muntak«, befahl er, »setzt Kurs auf die Randzonen. Wir müssen einen Katapultpunkt finden.«

»Herzlich gern«, erwiderte Muntak freudlos und klopfte gegen den Schirm in seiner Frontkonsole, als könnte das etwas helfen. »Nur sollten die Eintauchpunkte allmählich wiederkommen. Sonst, fürchte ich, wird nichts daraus.«

# Katapultpunkte

# 1

Hier spricht der Kommandant«, sagte Quest einige Tage später über das Kommunikationssystem der MEGATAO. Die Ansprache war ausgiebig angekündigt worden, und man konnte davon ausgehen, dass die ganze Besatzung zuhörte. Die Eintauchpunkte waren einige Gyr nach dem Verschwinden des Sonnensystems wieder aufgetaucht, und die MEGATAO war längst unterwegs in die Randzone.

»Ich spreche heute zu Ihnen, um Sie über wichtige Einzelheiten des Missionsabschnittes zu informieren, der uns bevorsteht. Wie Sie gerüchteweise vielleicht schon gehört haben, werden wir in naher Zukunft etwas tun, das in friedlichen Zeiten ein Abenteuer für sich gewesen wäre – wir werden den Sprung in eine andere Galaxis wagen. Unsere Mission erfordert es, eine Galaxis anzufliegen, die in den Sternkatalogen *Insel 59* genannt wird und rund 3,8 Millionen Lichtjahre von unserer entfernt ist.

Damit war von Anfang an zu rechnen. Wir konnten nicht davon ausgehen, dass das Ziel unserer Suche in unserer eigenen Galaxis zu finden sein würde. Es ist, wie wir nunmehr wissen, auch kein Zufall, dass wir in einer relativ nah benachbarten Galaxis fündig werden und nicht in einem namenlosen Sternhaufen in unerreichbaren Tiefen des Universums.

Ich will Ihnen nun erklären, wie ein intergalaktischer Sprung funktioniert und wie er sich von normalen Sprüngen unterscheidet. Ich will vorausschicken, dass es sich zwar um ein kühnes Unterfangen handelt, dass die MEGATAO als Fernerkunder aber dafür durchaus gebaut und geeignet ist. Wir werden auch, wie Sie sicher wissen, keineswegs die Ersten sein, die in eine andere Galaxis fliegen. Ich spiele dabei nicht auf die Invasoren an. Vielmehr hat es bereits in alter Zeit extragalaktische Flüge gegeben, und es sind ausführliche Berichte darüber erhalten. Der Grund, dass man es selten getan hat, ist einfach der, dass unsere eigene Galaxis wahrhaft groß genug ist, kaum erforscht und so voller Rätsel und Wunder, dass noch Generationen zu tun haben werden mit dieser einen Sterneninsel, die unsere Heimat ist.

Anders als beim normalen Sternenflug, bei dem wir immer wieder aus dem Hyperraum austreten, um uns zu orientieren und den Kurs gegebenenfalls zu korrigieren, müssen wir die Distanz zwischen den Galaxien in einem einzigen, großen Sprung zurücklegen. Dafür werden wir einen Raumzeitpunkt besonderer Art benutzen, einen so genannten Katapultpunkt. Solche Katapultpunkte findet man ausschließlich in der Randzone einer Galaxis – um genau zu sein, jenseits einer Distanzlinie, die genau doppelt so weit vom galaktischen Schwerpunkt entfernt ist wie das äußerste Schwarze Loch. Warum das so ist, weiß man nicht. Aber aus diesem Grund sind wir momentan zur Randzone unterwegs. Nicht etwa, weil wir die *Insel 59* von hier aus nicht sehen könnten – wir sehen sie bereits sehr gut. Wir fliegen in die Randzone, um den Katapultpunkt zu finden, der uns dorthin bringt.

Katapultpunkte sind im Prinzip normale Eintauchpunkte. Sie haben einen virtuellen Vektor, der sich bestimmen lässt, und alle Berechnungen werden durchgeführt wie gewohnt. Der Unterschied ist, dass man, um sie zu benutzen, sich ihnen mit einer um ein Vielfaches höheren kinetischen Energie nähern muss als normalen Eintauchpunkten. Wir werden eine Beschleunigungsphase von bis zu zwanzig Tagen benötigen, um die entsprechende Energie zu erreichen.

Ich will nicht verschweigen, dass dieses Manöver gefährlicher ist als der Sternenflug, wie wir ihn gewohnt sind. Trifft man mit der falschen Energie oder in einem falschen Winkel auf den Katapultpunkt, kann das Raumschiff schwer beschädigt, ja sogar restlos zerstört werden. Diese theoretische Möglichkeit besteht. Ich sage theoretisch, weil der Edle Muntak, einer der besten Piloten der Flotte, die MEGATAO steuern wird. Wir können also davon ausgehen, dass der Katapultsprung gelingen wird.

Was uns dann noch gelingen muss, ist das Austauchen. Wir werden sehr lange Zeit im Hyperraum sein – mehrere Zehntage, bis zu einem Sechsteljahr –, und das Austauchen wird sehr, sehr schmerzhaft sein. Für jeden und ausnahmslos. Stellen Sie sich deshalb darauf ein, dass die Heiler rechtzeitig vor dem Austauchen an jeden ein spezielles Mittel ausgeben werden, das Sie bitte in Ihren Kabinen gemäß der Anweisung zu sich nehmen. Es ermöglicht Ihnen, den Moment des Austauchens gewissermaßen zu verschlafen. Schmerzlos wird es dennoch nicht werden, tatsächlich werden die Schmerzen Sie wieder aufwecken, aber vorüber sein, ehe Sie wach sind. Durch diese Maßnahme werden wir nach dem Austauchen für einige Zeit ziemlich hilflos sein und damit, trotz der Schirme, die wir natürlich automatisch aktivieren werden, verletzlich. Bemühen Sie sich daher, Ihre normalen Posten so schnell wie möglich wieder einzunehmen.

Das ist es, was wir vorhaben. Einige Vorbereitungen sind noch zu treffen, ehe wir aufbrechen. Wir werden ein Sonnensystem anfliegen, das Gasriesen zu seinen Planeten zählt, und unsere Tanks aus deren oberen Atmosphärenschichten auffüllen. Sollten wir außerdem eine kompatible Welt vorfinden, werden wir frische Luft und frisches Wasser aufnehmen. Wir werden noch einmal Klar Schiff machen, mit größtmöglicher Sorgfalt, ehe es losgeht. Und wir werden, obwohl es uns drängen mag, anders zu handeln, weiterhin absolute Funkstille bewahren. Denken Sie daran, dass die Invasoren in intergalaktischen Sprüngen geübter sind als wir. Es wäre eine unglaubliche Tragödie, wenn unsere Mission so kurz vor dem Ziel noch verraten würde.«

Die Tür war nicht verschlossen. Das Wohnzimmer lag leer im Halbdunkel. Vileena zögerte, ehe sie eintrat.

Die Vorhänge standen offen, durch die Sichtluke hindurch sah man etwas vorbeiziehen, was wie rotgelbe Nebelschwaden aussah, tatsächlich jedoch ein planetengroßer Gaswirbel war. Die MEGATAO flog einen gefährlichen Orbit in der obersten Atmosphärenschicht eines Gasplaneten, ein Insekt auf der Haut eines Riesen, ein schwarzer Punkt auf einer riesigen, rotgelb melierten, wie ein Edelstein schimmernden Kugel. Kurze, präzis dosierte Feuerstöße aus den Energiewerfern brachten den überdichten Wasserstoff zum Kochen, elektromagnetische Felder saugten das entstehende Plasma an, das von einem langen, weit hinabhängenden Schlauch aufgenommen und durch eine Kette hochtourig arbeitender Reiniger in die hungrigen Tanks gepresst wurde. Man hörte es außerhalb der Hülle rauschen, so tief flog das Raumschiff, und ein Moment der Unachtsamkeit des Piloten würde genügen, es hinabzureißen und für alle Zeiten unauffindbar auf dem Grund eines Gasozeans zu begraben.

»Smeeth?«

Sie fand ihn im Schlafzimmer auf dem Bett sitzen und die blanke Wand anstarren. Es dauerte eine ganze Weile, bis er zäh zwinkerte und seinen Blick aus der Starre riss, um sie anzusehen.

»Hallo«, sagte er matt.

»Was machst du denn da?«, fragte sie erschrocken.

»Nichts.«

»Was heißt nichts?«

»Wie sieht das hier für dich aus? Ich atme, weiter nichts. Und das muss ich.«

Vileena zögerte. »Ich ... dachte, ich erkundige mich mal, wie es dir geht. Niemand hat dich gesehen, seit drei Tagen, im Speiseraum nicht und . . .«

»Ich war hier.«

»Stehst du unter Arrest?«

»Nein. Ich nehme an, der Kommandant hat vergessen, es anzuordnen.«

»Aber solange er es nicht angeordnet hat . . .«

Smeeth schwang sich mit einer abrupten Bewegung herum, sodass er auf dem Bettrand zu sitzen kam. »Was würdest du an meiner Stelle tun? Munter durch das Schiff spazieren? Ich will nicht, dass einer sein Messer an mir ausprobiert, weil er gehört hat, ich sei unsterblich.«

»Unsinn. Niemand von der Mannschaft weiß davon.«

»Du weißt, wie das ist. *Man trommelt es über die Wasserrohre*, sagt man heute. Früher hieß es, *die Klimaanlage flüstert davon*. Es gibt Dinge, die kann man nicht geheim halten.« In sarkastischem Ton fügte er hinzu: »Ich habe mir wirklich Mühe gegeben, es zu verheimlichen, das kannst du mir glauben.«

Sie lehnte sich neben der Tür gegen die Wand. Das lodernde Licht, das von dem Riesenplaneten heraufstrahlte, ließ die Decke geradezu erglühen. »Du hast gesagt, du hättest dreihundert Kinder.«

»Das war eine Schätzung.«

»Ich habe es für einen Scherz gehalten.«

»Ich weiß«, nickte er. Dann, als sie nichts sagte, fügte er seufzend hinzu: »Das solltest du auch.«

Sie spürte etwas Heißes in sich aufsteigen, von dem sie nicht wusste, ob es Wut war oder Angst oder etwas anderes. »Was war ich für dich?«, fragte sie flüsternd. »Die erstbeste Frau nach vierhundert Jahren Enthaltsamkeit? Es hätte doch jede getan, ganz egal, wer, oder? Zufällig war ich es. Irgendeine halt, die gerade greifbar war.«

»Du tust dir weh, Vileena.«

359

»Ich will es nur wissen.«

»Das willst du nicht.« Er stand auf. Das lodernde Glühen fiel auf sein Gesicht, ließ seine Augen aufleuchten. »Ich habe dich nie belogen, Vileena. Ich habe dir nicht immer die Wahrheit gesagt, aber ich habe dich nicht belogen. Ich habe dir gesagt, was ich will, das war alles. Du hättest ablehnen können, aber du hast eingewilligt. Was war ich denn für dich? Der interessante Unbekannte? Der aufregende Fremde? Ich war für dich die Befreiung aus der Starre des Oberdecks, aus der Leblosigkeit des Edeltums, und du warst für mich die Erfüllung einer körperlichen Sehnsucht, die du dir kaum vorstellen kannst. Es ist völlig unnötig, dass du dir deswegen jetzt Schmerzen zufügst.«

Sie hatte sich so sehr vorgenommen, unter keinen Umständen die Beherrschung zu verlieren, aber nun spürte sie doch Tränen auf ihren Wangen und einen Schmerz, der ihr die Kehle zuschnürte. »Kannst du das nicht verstehen? Dass mir die Vorstellung weh tut, nur eine kleine Episode in deinem Leben zu sein? Eine Oase, an der ein Reisender kurz Rast macht, ehe er weiterzieht, ohne sich noch einmal umzusehen?«

»Doch«, nickte er und kam näher, »das kann ich verstehen.«

»Das glaube ich nicht«, sagte sie mit erstickter Stimme.

Er strich ihr über die Wange, wischte die Tränen fort, sie wollte seine Hand wegstoßen und tat es doch nicht. »Ich war mit vielen Frauen zusammen«, sagte er ernst. »Natürlich waren es viele. Manche habe ich geliebt, manche nicht. Wenn ich geliebt habe, wollte ich immer, es würde ewig dauern. Es gab Frauen, von denen ich wünschte, ich könnte einen Ersatz für sie finden – aber es ist niemals dasselbe, niemals. Selbst wenn es nur eine Nacht ist, ist es immer einzigartig. Alle Frauen haben Angst, austauschbar zu sein, und keine ist es.«

»Das sagt sich leicht.« Sie verwünschte ihr Zittern. Was stand er da vor ihr, der Unsterbliche, und sah sie an mit Augen, die Jahrtausende hatten vorbeiziehen sehen?

360

»Hast du mich gewollt an jenem Abend? Sag mir die Wahrheit«, verlangte er. »Sag vor allem *dir* die Wahrheit.«

Sie atmete tief ein und spürte, wie ihr Brustkorb bebte. »Das ist nicht so leicht für mich, weißt du? Ich habe gedacht, ich ... sei schon darüber hinweg, sonst wäre ich nicht gekommen. Aber es geht gerade erst los.«

»Ja.« Als wüsste er, dass sie mehr nicht ertragen hätte, stand er einfach vor ihr und hielt ruhig ihre Hand. Er betrachtete sie lange, und sie betrachtete ihn und verstand immer weniger, was geschah und was das alles zu bedeuten hatte. »Ich wünsche mir, dass du wieder zu mir kommst«, sagte er schließlich leise. »Aber du musst dir selbst treu bleiben bei allem, was du tust. Sonst tust du dir Schlimmeres an als alles, was ich oder sonst jemand dir antun könnte.«

Sie wollte etwas sagen, aber alle Worte waren wie große, klobige Brocken in ihrer Kehle und wollten nicht heraus, also ließ sie nur seine Hand los, sah ihn noch einmal an und ging.


»Wir haben einen!«, rief Felmori.

Muntak war gleich bei ihm und beugte sich über die Instrumente der Navigationsdyade. Auf dem Schirm, wo die Messungen der Gravitondetektoren zusammenliefen, zeichneten sich die messbaren Strukturen der Raumzeit ab. Er studierte die Daten, auf die die feinnervige Hand des Edlen von Derley deutete. Ein Katapultpunkt, ohne Zweifel. »Das sieht gut aus«, nickte er, angespannt auf seiner Unterlippe kauend. »Was für eine Drift hat er? Der Tensor sieht gut aus. Wenn der uns eine Weile erhalten bleibt ...«

»Die Drift ist minimal, und so weit entfernt von den nächsten Sternen dürfte sie konstant sein. Ich denke, er ist erst vor kurzem entstanden.«

Der Erste Pilot nickte. »Das denke ich auch. Aber wir müssen sichergehen. Verfolgt die Drift, ich errechne inzwischen einen provisorischen Anflugkurs.« Er überflog die Zahlen, die die Ausprägungen des zwölfdimensionalen Tensors darstellten. »Der Lanta-Wert ist hervorragend. Wirklich hervorragend.«

Es hing alles von der Drift ab. Jeder Eintauchpunkt driftete und änderte im Lauf der Zeit seine Ausprägung, aber normalerweise spielte das keine Rolle, da man im normalen Sternenflug höchstens einige Gyr benötigte, um ihn zu erreichen, sobald man ihn einmal angemessen hatte. Ein Katapultpunkt dagegen war ein bewegliches Ziel, das man über eine vielfach größere Distanz hinweg – und somit praktisch blind – ansteuern musste. *Einen Katapultpunkt anzufliegen*, hatte sein Lehrer an der Akademie gesagt, *das ist, als würde ein Jäger über tausend Schritt Distanz einem wilden Foruun, das gerade hinter einem Schleierbusch vorbeifliegt, das mittlere Auge ausschießen.*

Davon hatte Quest der Besatzung natürlich nichts gesagt bei seiner Ansprache.

Der Block mit den javuusischen Metallspeicherplatten stand vor ihm auf dem Tisch. Kuton zog eine Platte heraus und schnupperte daran, sog den Geruch des Öls ein und fühlte sich zurückversetzt ins Pashkanarium. Wie er über die ledernen Rücken der Bücher im Archiv des Fürsten Quolonuoiti strich. Wie er das gestochen scharfe, angenehm vereinfachte Utak der Kuesch-Epoche las, das vom Leben am Fürstenhof erzählte und dem Leben der Landbevölkerung, von Liebesaffären und Intrigen unter Menschen, die seit Jahrzehntausenden tot waren. Ohne das Archiv der Bruderschaft wäre all das verloren gewesen.

Er betrachtete die dünne, biegsame Platte im Schein seiner Tischlampe, das irisierende Schimmern der eng gestochenen Punkte darauf, mit denen Worte und Bilder praktisch für die

Ewigkeit gespeichert waren. Es war ein herrlicher Anblick. Und es war herrlich, das zu wissen.

Kuton blickte zu seinem Rüschenhemd hinüber, das verschmutzt und zerdrückt vor der Schranktür hing. Es erschien ihm plötzlich wie das Symbol seiner aussichtslosen Sehnsüchte. Der Pantap würde ihn nicht mehr edeln, nicht einmal, wenn sie erfolgreich vom Planeten des Ursprungs zurückkehren sollten. Nicht ihn, den Sohn eines Mannes, der den Pantap beleidigt hatte. Und Vileena würde ihn niemals lieben, nicht einmal, wenn er ein Edler wurde. All diese unleugbaren Wahrheiten schienen ihm etwas sagen zu wollen, schienen es ihm im Chor zuzurufen – nur war er außerstande, es zu verstehen.

Gedankenverloren schob er die Platte zurück in den Block und griff nach der nächsten. Sie klemmte ein wenig. Als er kräftiger zog, schob sich ein Blatt turoplastische Schreibfolie hoch, das irgendwie zwischen die Platten geraten sein musste. Er zog es vollends heraus. Es war an den Rändern bräunlich verfärbt, musste also sehr alt sein. Älter als jede andere Turoplastfolie, die er je gesehen hatte. Die Schrift war selbstverständlich noch gut lesbar, aber ebenfalls alt. Altes Utak, um genau zu sein. Kuton überflog den handschriftlichen Text, verstand hier und da ein paar Brocken. Dann fiel sein Blick auf die Namenszeichnung, und sein Herz schien einen Satz bis hoch in seine Kehle zu machen.


Die Drift des entdeckten Katapultpunktes erwies sich tatsächlich als minimal und überdies als konstant, und auch die sonstigen Daten versprachen einen erfolgreichen Sprung. Muntak ließ, ganz gegen seine Gepflogenheiten – in jungen Jahren hatte er sich damit gebrüstet, Raumschiffe ohne jede Kursberechnung, rein nach Gefühl, durch den Hyperraum zu bringen –, seine Berechnungen von all jenen Mitgliedern des Führungsstabs gegenprüfen, die etwas von der Mathematik des Sternenflugs verstanden. Nachdem man davon ausgehen konnte, dass sich nach menschlichem Ermessen kein Fehler eingeschlichen hatte, unternahm die MEGATAO zunächst eine kleine Hypersprungetappe, die sie in die richtige Startposition für das Beschleunigungsmanöver brachte. Dort manövrierte sich das Fernerkundungsschiff in korrekte Raumlage, den Bug auf den unsichtbaren Punkt in unabsehbarer Entfernung gerichtet. Dann fuhren die Triebwerke in Bereitschaft, luden sich die Energiekammern singend auf, meldeten die Stationen, während alles in der Zentrale auf das Erscheinen des Kommandanten wartete, eine nach der anderen Bereitschaft.

Endlich öffnete sich die Tür zwischen den Reliefkopien, und Eftalan Quest betrat die Zentrale. Er setzte sich nicht, sondern blieb hinter seinem Sessel stehen, sah prüfend in die Runde, mit einem Blick wie ein Durchleuchtungsstrahl.

»Klar Schiff zum Katapultsprung, Erhabener Kommandant«, meldete Muntak.

Quest nickte. »Danke«, sagte er und dann einfach: »Euer Schiff, Erster Pilot.« Damit ging er wieder.

Muntak starrte irritiert auf die geschlossene Tür. Das war doch ein bisschen dürftig gewesen für einen Aufbruch in eine fremde Galaxis, oder? Andererseits, sagte er sich, würde der Anflug etwas über 247 Gyr dauern – über sechs Tage Vollschub, ehe sie auf den Katapultpunkt trafen. Sicher würde Quest dann da sein, im entscheidenden Augenblick.

Ein Räuspern Bleeks erinnerte ihn daran, dass die Uhr lief. Er wandte sich seinen Kontrollen zu, startete das Anflugprogramm und fühlte das Schiff unter seinen Füßen erbeben.


Vileena legte die Hand um den Verschluss ihrer Tasche. »Ich will nicht schon wieder Paste Grün einsetzen, wenn es nicht sein muss. Ich will es hinauszögern, verstehst du?«

»Du bist die Heilerin. Aber ...« Quest hob die Arme, ließ sie wieder herabfallen. »Ich hatte ganz vergessen, wie es sich angefühlt hat, gesund zu sein und voller Kraft. Ich habe mich wirklich gut gefühlt. Gesund. Als könnte ich zweihundert Jahre alt werden.«

»Dann war es sogar zu viel Paste Grün. Sie entzündet ein Feuer in dir, aber es sind deine Reserven, die darin verbrennen.«

Quest sah sie an, während Freude und Hoffnung aus seinem Gesicht verschwanden und nur düstere Entschlossenheit übrig blieb. »Ich verstehe. Es wäre ja auch zu schön gewesen ...« Er begann, die Ärmel seines Langhemdes hochzukrempeln. »Also, tun wir, was getan werden muss.«

Vileena zwang sich, mit ihren Gedanken bei dem zu bleiben, was sie tat. Nicht abzudriften in endlose innere Monologe. Mit einem Seufzer öffnete die Erste Heilerin ihre Tasche, holte zwei Glasflaschen mit Sud Blau und Sud Klar heraus und den Infusor mit der Steuerung.


Bailan hörte durch das endlose Tosen der Triebwerke hindurch das unverkennbare Klappern eines Putzeimers vor der Kabinentür, ein Geräusch, das ihn vom Bett aufspringen und die Tür aufreißen ließ. Doch davor stand nur ein grobknochiger Mann mit glänzender, tiefblauer Haut und wirr in die Stirn fallenden schwarzen Haaren, der ihn großäugig ansah und sagte: »Es ist ungeschickt, *nay*?«

»Ungeschickt?«, echote Bailan verständnislos. »Was soll ungeschickt sein?«

»Ich kann später wiederkommen, wenn Sie sagen, wann.«

Bailan sah den Putzeimer in seiner Hand, den Wischmopp, die Tücher in seinem Gürtel, und begriff, dass der Niedere hier war, um die Kabine zu reinigen. »Was ist mit Eintausendvier? Warum kommt sie nicht?«

Der Mann blinzelte langsam. »Wie meinen Sie?«

»Bisher hat eine Frau hier gereinigt, Eintausendvier. Wissen Sie, warum sie heute nicht kommt?«

»*Nay*, sie wird nicht eingeteilt sein«, meinte der Mann verwirrt. »Ich weiß nicht, wen Sie meinen. Man kennt nicht jeden.«

»Eine Tiganerin«, erklärte Bailan hastig, wilde Visionen von Verwundung, Krankheit, Tod vor Augen. »Eintausendvier. Ziemlich jung, und sie hat goldbraune Flecken ...«

»*Nay,* Tiganer reden nicht mit Blauen, wissen Sie? Tut mir leid, ich kenn sie wirklich nicht.« Er fasste den Wischmopp fester. »Soll ich später wiederkommen?«

Bailan schüttelte den Kopf. »Nein. Ist schon in Ordnung.« Er gab den Weg frei. »Ich wollte sowieso gerade in die Kantine gehen.«


Sie klopfte und wartete, bis Smeeth die Tür öffnete. Statt einer Begrüßung sagte sie: »Die Antwort lautet ja.«

Er sah sie ausdruckslos an. »Und wie lautete die Frage?«

»Du hast sie mir gestellt. Ob ich dich wollte.«

Das schien ihn nicht im Mindesten zu überraschen. Er lächelte nicht einmal, sondern fragte: »Willst du hereinkommen?«

»Ich will reden, Smeeth«, sagte Vileena, ohne sich von der Stelle zu rühren. »Einfach nur reden.«

»Natürlich«, nickte der Mann, von dem sie immer noch nicht als einem Unsterblichen denken konnte, und öffnete die Tür weiter, einladender.

Vileena schüttelte den Kopf. »Was ist mit dir?«, wollte sie wissen. »Willst du auch reden? Mit mir? Oder willst du mich nur reden *lassen?*«

Endlich lächelte er, wenn auch schmerzlich. »Im Moment will ich nichts«, erklärte er leise. »Aber ich muss mich nicht

mehr verstecken vor dir. Ich muss dir nichts mehr verheimlichen. Ich weiß nicht, was sich daraus ergeben wird, aber ich
bin gespannt.«


Endlich erreichte Bailan ein kleiner, gefalteter Zettel, von vielen Händen weitergereicht: von Eintausendvier. Sie wollte ihn
an der Scherenmeisterei treffen, um die Nachtmitte. Er fand
sich schon zwei Gyr vorher ein und wanderte ruhelos auf und
ab, bis sie endlich auftauchte.

»Ich glaube, mein Obmann hat etwas gemerkt«, sagte sie,
seine Umarmungen und Küsse abwehrend. »Jedenfalls teilt er
mich nicht mehr für den Kabinendienst ein. Nur noch unteres
Hauptdeck oder Sektor Grün und so.«

»Kann ich nicht einfach zu dir runterkommen?«

Sie schüttelte den Kopf. »Wie stellst du dir das vor? Wenn
nicht gerade roter Alarm ist, sitzen die Obmänner unten und
passen auf wie die Wussen, wer kommt und wer geht.«

Bailan seufzte. »Aber was machen wir denn dann?«

Eintausendvier trat einen Schritt beiseite und schlang ihre
Arme um sich, als sei ihr kalt. »Wir? Was heißt schon wir? Du
willst mich einfach wieder haben. Du hast noch nie eine Frau
umarmt und bist jetzt auf den Geschmack gekommen, klar.
Aber das reicht nicht, um ›wir‹ sagen zu dürfen.«

Bailan sah sie erschrocken an und spürte, wie ihm heiß und
kalt wurde. Er fühlte sich ertappt. Er hatte sich tatsächlich die
ganzen letzten Tage geradezu danach verzehrt, Eintausendvier
wiederzusehen, und das vor allem deshalb, weil er wieder tun
wollte, was sie während des Rotalarms getan hatten, in dem Versteck zwischen den Kisten und Stoffballen, weil er wieder ein-
treten wollte in den Himmel, den sie ihm gezeigt hatte. Und ja,
es stimmte: Er hatte sich kein einziges Mal gefragt, was *sie*
wollte – oder nicht wollte.

»Es tut mir leid«, sagte er betreten. »Ich . . . wollte nicht aufdringlich sein.«

Sie sah ihn an und lächelte plötzlich, fast wie an dem Morgen, als sie ihn zu ihrem Fest eingeladen hatte. »Du bist nicht aufdringlich. Und es ist nicht so, dass ich dich nicht leiden kann, klar? Aber ich will mich nicht einfach benutzen lassen. Ich bin eine Niedere, mir gehört nicht viel – doch mein Körper gehört mir noch.«

»Wenn du den Eindruck hattest, dass ich dich . . . *benutzen* wollte«, brachte Bailan mühsam heraus, »dann tut mir das . . .«

»Schsch.« Ihre Hand berührte seine Lippen. »Schon gut. So hab ich das nicht gemeint. Du bist ein lieber Kerl, und ich habe dich völlig durcheinandergebracht. *Ich* sollte mich entschuldigen.«

Er legte die Arme um sie, scheu, fast hilflos, weil er nicht wusste, wie das, was er wollte, und das, was er durfte, in Übereinstimmung zu bringen war. Jedenfalls war er bereit, Eintausendvier beim leisesten Zeichen von Widerstreben sofort freizugeben, aber sie widerstrebte nicht, sondern küsste ihn sacht auf den Mund. »Ich muss wieder hinunter, ehe jemand etwas merkt«, sagte sie dann. Sie strich ihm über die Wange, die Schläfe hinauf. »Dass du keine Syrta trägst . . . Du siehst richtig nackt aus im Gesicht, weißt du das?«


»Was bei allen Sternteufeln ist das?«, hörte man den Ersten Raumüberwacher plötzlich murmeln.

Der Erste Pilot warf dem Patriarchen von Suokoleinen einen argwöhnischen Blick zu. Die Spannung in der Zentrale war so deutlich zu spüren, dass man unwillkürlich erwartete, jeden Moment Funken überspringen zu sehen. Nur noch wenige Augenblicke bis zum Sprung. Der Zeitpunkt, bis zu dem ein Abbruch gefahrlos möglich gewesen wäre, war längst verstrichen.

»Da ist irgendetwas. Auf Kollisionskurs. Bei allen Sterndämonen ... so viele! Tausende von Ortungsschatten. Was ist das?«

»Ihr wollt mir nicht sagen, dass wir den Anflug auf den Katapultpunkt abbrechen sollen? Das wollt Ihr nicht, Edler Suokalan Hunot, oder?«

»Ich ... Es werden immer mehr. Ich weiß nicht, was das ist. Wir sind schon zu schnell, um Reaktorsignaturen zu erfassen.«

»Wir sind vor allem schon zu schnell, um noch zu manövrieren.«

Hunot drehte sich zu Quest um. »Kommandant! Das könnte der Beginn der Invasion sein. Müssten wir nicht Gheerh warnen ...?«

Quest sah ihn unter schweren Lidern hervor an. Er hatte nicht einmal einen Blick für die Ortungen übrig. »Gheerh ist längst gewarnt. Unsere Befehle sind eindeutig. Wir springen wie vorgesehen.«

Die Automatik gab Aufmerksamkeitsalarm und blendete die Ortungen auf dem Hauptschirm ein. Schweigend sahen sie zu, wie immer mehr und mehr Lichtpunkte erschienen, als schüttle sie jemand aus einer Streubüchse, eine unfassbare Zahl davon, und sie bekamen trockene Münder vom Zusehen.

»Ich messe nichts an«, flüsterte Hunot erschüttert, »wir sind zu schnell ... wenn das alles Raumschiffe sind ...«

Er brauchte nicht weiterzureden. Jedem in der Zentrale war klar, dass sie, wenn wahrhaftig jeder dieser Lichtpunkte für ein Raumschiff der Invasoren stand, sie auf eine Wand aus Stahl zurasten.

Es gab nichts weiter zu tun. Die MEGATAO traf in genau dem richtigen Winkel, in genau dem richtigen Augenblick und mit genau der richtigen kinetischen Energie auf einen Punkt in Raum und Zeit, dem man ohne spezielle Instrumente keinerlei Besonderheit angemerkt hätte, der Hyperkonverter wurde im genau richtigen Moment geflutet, und die sternendurchsetzte Dunkelheit jenseits der Sichtfenster wich dem körnigen Grau des Hyperraums.

# 2

Nichts geschieht im Hyperraum. Selbst wenn man unterwegs ist in eine andere Galaxis, sieht man nur das immer gleiche, nie zu begreifende Bild: ein unendliches Grau, unendlich weit entfernt, das aussieht wie der Schaum in einem frisch eingeschenkten Glas Blok. Die Triebwerke arbeiten, scheinbar ohne etwas zu bewirken, man bewegt sich, scheinbar ohne sich zu bewegen, man kann nichts empfangen, kann nichts senden, ist völlig abgeschieden von der Welt, aus der man gekommen ist und in die man zurückkehren wird, unweigerlich. Der Hyperraum hat schon viele Schiffe zerstört, aber noch nie eines behalten.

So kehrte in den Tagen nach dem Sprung auf der MEGATAO Ruhe ein, wie es immer geschah, weil man nichts tun konnte außer zu warten. Doch unter dieser Ruhe bebte eine Spannung, herrschte Atemlosigkeit, als stürze das Schiff in Wirklichkeit und jeder warte nur auf den Aufprall. Obmänner sahen weg, wenn Niedere sich vor Arbeiten drückten oder irgendwelche Kleinigkeiten einsteckten, um am nächsten Tag jemandem eins mit dem Ziemer zu verpassen, nur weil er während der Arbeit mit einem andern redete. Jägerpiloten putzten ihre frisch geputzten Maschinen, Lagerverweser zählten ihre gezählten Bestände ein weiteres Mal durch, in der Küche kam es zu lautstarken Streitereien darum, wie dick man Gariquis schälen durfte. Unter den Maschinenleuten war einer, dessen Großvater angeblich seinerzeit bei der Expedition der UNZANG dabei gewesen war, die *Insel 3* erforscht hatte, zwar nur eine der vorgelagerten Kleingalaxien, aber immerhin eine andere Galaxis, und er erzählte Schauergeschichten, die sofort die Runde durch die Hauptdecks machten und in denen Planeten fressende Sternteufel noch zum harmlosesten Personal zählten.

Auf dem Oberdeck war die Auswertung der Ortungsschatten, die man kurz vor dem Sprung aufgefangen hatte, ein lang vorhaltendes Thema im Führungsstab. Der Erste Raumüberwacher Hunot beharrte auf seiner Überzeugung, sie hätten den Beginn der erwarteten großen Invasion gesehen. Der Zweite Raumüberwacher Iostera war dagegen der Auffassung, man hätte, falls es Raumschiffe gewesen waren, auf jeden Fall Reaktorsignaturen empfangen müssen. So schnell sei die MEGATAO nun doch nicht gewesen, als dass dadurch das Fehlen entsprechender Messungen erklärt werden könne. Der Erste Verweser Dawill gab zu bedenken, dass man zwar nicht genau wisse, aus welcher Galaxis die Invasoren kämen, aber dass sie aus ungefähr der entgegengesetzten Richtung stammten und daher unmöglich mit dem Gros ihrer Flotte in diesem Randsektor ankommen konnten. Es sei denn, sie hätten zuvor einen Umweg durch mindestens drei Galaxien gemacht, wozu keinerlei strategischer Anlass bestand. Quest schließlich vertrat den Standpunkt, dass es keine Rolle spiele, was sie geortet hätten, in jedem Fall sei es ihre Aufgabe, den Planeten des Ursprungs so rasch wie möglich zu finden. Sollte es sich tatsächlich um die Invasionsflotte gehandelt haben, bedeute das lediglich, dass ihre Mission noch dringlicher war als befürchtet.

In eine dieser Diskussionen hinein kam die Meldung der Wache, dass der Edle Smeeth den Erhabenen Kommandanten Eftalan Quest um eine Unterredung bitte.


»Hat seine Geschichte Sie überzeugt?«, fragte Quest, kaum dass sich die Tür zur Zentrale hinter ihnen geschlossen hatte.

»Seine Geschichte?«, erwiderte Dawill. Sie umrundeten den Konferenztisch.

»Die Legende der Zwölf. Die schreckliche Tat seines Vaters und so weiter.« Quest berührte das Schloss der gegenüberliegenden Tür, die in seine Gemächer führte.

»Hmm.«

»Bricht einem das Hirn in Stücke, wenn man darüber nachdenkt, oder? Die anderen waren jedenfalls höchst beeindruckt. Sie nicht, das merke ich schon.« Die Tür öffnete sich geräuschlos, und in dem Raum dahinter glomm Licht auf.

»Ich habe mich gefragt, wie so eine Legende entstehen kann«, meinte Dawill und folgte dem Kommandanten. »Eine Geschichte, die davon erzählt, dass etwas passiert ist, von dem man nichts erzählen darf.«

Quest blieb stehen. »Wenn Sie unsterblich wären, würden Sie dann nicht auch die Quelle Ihrer Unsterblichkeit geheim halten? Was für eine Macht! Sie können jeden Widersacher besiegen einfach dadurch, dass Sie warten, bis er gestorben ist. Sie können sich für alles, was Sie vorhaben, so viel Zeit lassen, wie Sie wollen. Sie können alles lernen, was es zu lernen gibt, überall hingehen, alles sehen, jede denkbare Erfahrung auskosten.« Er musterte kritisch den großen Arbeitsraum, der so ausgestattet war, wie es einem Patriarchen gebührte. »Von den Frauen, die Sie kriegen können, ganz zu schweigen.«

*Er ist eifersüchtig wegen Vileena*, dachte Dawill. »Ihr denkt, er hat die Legende selber in die Welt gesetzt?«

»Er und seine Geschwister, falls es die tatsächlich geben sollte.« Quest ließ sich in den ausladenden toyokanischen Sessel sinken, eine Pracht in Schnitzerei und dunkelrotem Leder, und nickte Dawill zu, auf einem der kleineren Sessel neben ihm Platz zu nehmen. »Ich bin jedenfalls gespannt, was er will.« Er nahm einen Kommunikator von einer Schwebeplatte aus dunkel gemasertem Holz, auf der noch einiger Schreibkram lag, und gab Befehl, den Bittsteller hereinzuführen.

Die Tür zum Gang gab ein leises, scharrendes Geräusch

von sich. Der Arm des Wachmanns teilte den Vorhang, damit Smeeth hindurchtreten konnte. Während die Tür wieder zufuhr, kam er näher, um schließlich genau in der Mitte des Rundteppichs stehen zu bleiben, eine formelle Verbeugung anzudeuten und zu sagen: »Erhabener Kommandant?«

Dawill sah, wie Quest den Mann, von dem sie glaubten, dass er unsterblich war, aus engen Augen musterte. »Nennt Euer Begehr.«

»Wir werden in absehbarer Zeit eine fremde, unbekannte Galaxis erreichen. Wir wissen nicht, was uns dort erwartet, nur, dass wir auf uns allein gestellt sein werden, ohne die Möglichkeit, um Hilfe zu rufen. Ich schlage deshalb vor, meine Rigg reparieren zu lassen, damit ein weiteres überlichtflugtaugliches Raumschiff zur Verfügung steht. Das könnte in einer kritischen Situation entscheidend sein.«

Quest hüstelte. »Ich meine mich zu erinnern, dass Ihr unsere Mission für das Verrückteste hieltet, von dem Ihr je gehört habt. Woher der plötzliche Eifer, uns zu unterstützen?«

»Ich versuche lediglich, unser aller Überlebenschancen zu verbessern.«

»Unser aller Überlebenschancen? Eure auch, demnach.«

»Meine auch. Sicher.«

»Immer noch.«

Smeeth verengte die Augen leicht. »Der Selbsterhaltungstrieb lässt nicht nach mit der Zeit, falls Ihr das meint.«

»Anscheinend nicht.« Quest rieb sich den Nasenrücken. »Kann es sein, dass Ihr etwas zu verbergen habt?«

»Jetzt nicht mehr.«

»Neun Menschen sind unter Umständen gestorben, die zumindest fragwürdig sind. Die Ursache Eurer Unsterblichkeit behaltet Ihr weiterhin als ein Geheimnis. Und nun wollt Ihr Eure Rigg wieder raumtüchtig machen, um … was zu tun? Damit zu flüchten?«

374

»Ich habe nur davon gesprochen, sie zu reparieren. Wobei ich dabei gern mitarbeiten würde. Ich habe nicht darum gebeten, sie fliegen zu dürfen.«

»Was meinen Sie, Dawill? Darf man ihm ein so uneigennütziges Ansinnen abschlagen?«

Dawill zuckte zusammen. »Der Grundgedanke«, meinte er vorsichtig, »hat etwas für sich. Ich frage mich allerdings, ob die notwendigen Ersatzteile überhaupt vorhanden sind. Außer den Segmenten für unseren eigenen Hyperkonverter haben wir nur die kleinen Konverter für die Jäger und das Beiboot, für die überlichtschnelle Kommunikation.«

»Das ist kein Problem«, meinte Smeeth sofort. »Ich habe mir das vor einiger Zeit angesehen. Vier davon könnte man zu einem vollwertigen Konverter zusammenschalten. Und vorhanden sind dreißig Stück oder so, genug jedenfalls.«

»Er kennt unsere Lagerbestände besser als wir selbst, was sagt man dazu?« Quest schüttelte den Kopf.

Smeeth sah ihn an, mit dunklen, ausdruckslosen Augen. »Es geht mir um mein Schiff, Kommandant. Es macht mir nichts aus, es eine Weile Eurer Mission zur Verfügung zu stellen, unabhängig davon, ob ich sie für sinnvoll halte oder nicht ...«

»Weil Ihr ja Zeit habt, im Überfluss.«

»... aber eines Tages wird Eure Mission beendet sein. Dann werde ich weiterziehen, und dazu brauche ich ein funktionierendes Raumschiff.«

»Wie kommt Ihr auf die Idee, dass ich Euch einfach weiterziehen lasse?«

»Ihr habt keinen Grund, mich festzuhalten.«

»Ich habe allen Grund, Euch festzuhalten und Euch nach Gheerh mitzunehmen für eine offizielle Untersuchung.«

Smeeth schüttelte langsam den Kopf. »Gheerh wird nicht mehr existieren, wenn Ihr zurückkehrt.«

Ein Moment schierer Atemlosigkeit entstand. Dawill fühlte

eine eigenartige Schwäche in sich und war froh zu sitzen. Er sah Quest an, doch der starrte nur den Unsterblichen an wie einen Geist aus einer anderen Dimension und schien unfähig, sich zu rühren.

»Wir brauchen diese beiden Entscheidungen nicht miteinander zu verbinden«, schlug Dawill leise vor. »Es spricht einiges dafür, die Rigg instand setzen zu lassen. Nicht zuletzt würde es einige Leute beschäftigen, die gerade nichts anderes zu tun haben, als grässliche Schauergeschichten über fremde Galaxien in Umlauf zu setzen.«

Quest gab einen unwilligen Grunzlaut von sich. »Was machen wir mit den Toten?«

»Mitsamt den Kältekammern ausbauen und in einem gesicherten Lagerraum unterbringen«, meinte der Erste Verweser. Er sah, dass Smeeth das Gesicht verzog. Das würde bedeuten, die Hülle zu öffnen und eine Menge Aggregate zu demontieren. Die Kammern waren zu groß, als dass man sie unzerlegt durch die Gänge und Schleusen herausbekommen hätte.

»Es gefällt mir nicht«, knurrte Quest. »Eine innere Stimme sagt mir, dass er uns hereinlegt. Ich weiß bloß nicht, wie.« Er betrachtete Smeeth eine Weile und meinte schließlich mit einer wegwerfenden Handbewegung: »Ach, zum Sternteufel, es muss mir ja auch nicht gefallen. Von mir aus. Instruieren Sie den Hangarverweser, Dawill. Die Rigg wird instand gesetzt. Und jemand soll ihm auf die Finger schauen, wenn er daran mitarbeitet.«


Keine Nachricht von Eintausendvier. Und Bailan wollte nicht aufdringlich sein. Schließlich setzte ihm das Warten und Hoffen und Grübeln so zu, dass er zu Tennant Kuton ging und um Arbeit bat. Einen Text übersetzen, irgendeinen, das würde seine Gedanken zähmen und in andere, ruhigere Bahnen lenken.

»Es gibt nichts mehr zu übersetzen«, sagte der Tennant, der auffallend still und nachdenklich war. »Aber du kannst mir bei etwas anderem helfen.«

Und so gingen sie gemeinsam in den gesicherten Lagerraum, in dem die Beute von Pashkan untergebracht war, und prüften alle Listen und Verzeichnisse durch, die man von den Archiven, Datenspeichern und anderen Gegenständen angelegt hatte, um sicherzugehen, dass alles vollständig war. Sie kontrollierten die Reihenfolge der Platten in den javuusischen Speichern, prüften die Kristallabtaster, zählten die daumendicken roten Speicherkristalle in den gepolsterten Etuis, spulten Bänder aus einem halb durchsichtigen, nahezu unzerstörbaren Material in ihre ursprüngliche Position zurück.

»Vollständig«, stellten sie, verschwitzt und eingestaubt, am späten Nachmittag eines arbeitsreichen Tages fest.

»Meinst du, dein Orden wird dich wieder aufnehmen, wenn du mit den Heiligtümern zurückkommst?«, wollte Kuton wissen.

Bailan zuckte die Schultern. »Ich weiß es nicht.« Er seufzte. »Ich weiß nicht mal, ob ich es überhaupt noch will.«

»War das nicht deine größte Sorge? Dass dein Name zum Fluch werden könnte in der Bruderschaft?«

»Ja. War es.«

»War?«

Bailans Blick schweifte in weite Ferne, aber alles, was er sah, war Eintausendviers Gesicht. »Es ist so viel passiert . . . Ich habe so viel gesehen, von dem ich nichts gewusst hatte. Ist es sinnvoll, sich mit der Vergangenheit zu beschäftigen, ehe man die Gegenwart kennen gelernt hat? Und was ich erlebt habe, zeigt mir bloß, wie wenig ich noch kenne. Ich kann unmöglich zurück in den Tempel. Ich würde die glatten Wände hochgehen.«

Kuton, der auf einer Kiste mit Folienbänden hockte, klopfte

377

sich den Staub von den Kleidern. »Du bist sehr jung in die Bruderschaft eingetreten?«

»Mit vierzehn. Pashkanjahre. Ich weiß nicht mal genau, wie viel Gheerhjahre das sind. Dreizehneinhalb oder sowas.«

»Musstest du oder wolltest du?«

»Ich dachte, ich wollte. Aber eigentlich ist es so Brauch, dass einer aus der Sippe der Bruderschaft beitritt. Bei uns in der Gegend jedenfalls, unten in der Poschemmen-Ebene. Meine Eltern sind einfache Gariquibauern, und ich habe bloß noch Schwestern, zwei, und jede Menge Cousinen, also . . . Und Gariquis haben verdammt stachlige Blätter zur Erntezeit, ehrlich, ich war froh, da wegzukommen.« Er musste an seine Mutter denken, an die er schon lange nicht mehr gedacht hatte, und an das raue, bärtige Gesicht seines Vaters, an die ruhige Quiwona und an Jesme mit dem strubbeligen Haar. Er hatte ewig nichts von ihnen gehört. Wahrscheinlich wussten sie noch nicht mal, dass er weg war von Pashkan.

»Wie muss ich mir das vorstellen? Wie macht man das? Geht man hin und sagt, ich will der Bruderschaft der Bewahrer beitreten?«, fragte Kuton.

»Ja, so ungefähr. Man wandert zum Tempel und bittet darum, als Novize aufgenommen zu werden. Wenn man angenommen wird, was fast immer der Fall ist, dauert das Noviziat acht Jahre, und nach der Bruderfeier dient man weitere acht Jahre als . . . na ja, ist ja egal. Die nehmen mich sowieso nicht mehr.«

»Weil du nicht verhindert hast, dass das Allerheiligste ausgeraubt wurde?«

»Weil ich dabei war. Weil ich mich nicht geopfert habe. Das ist ein Teil des Bruderschwurs: den Tempel und seine Schätze mit dem eigenen Leben zu verteidigen.«

»Aber als Novize hast du den Bruderschwur doch noch gar nicht geleistet?«

Bailan blinzelte verblüfft. »Ähm . . . ja. Stimmt.«

»Und nun lies mal das hier«, meinte Tennant Kuton und zog ein Stück Turoplastfolie aus seinem Langhemd.

Bailan nahm die Folie und drehte sie verblüfft in den Händen. Sie war an den Rändern so braun verfärbt, als sei sie mindestens hunderttausend Jahre alt. Sein Blick irrte über Zeilen geradezu prähistorischer Utaks und blieb an einer schwungvoll gezogenen Namenssignatur hängen, die ihm irgendwie bekannt vorkam.

»Es-Elamara«, entzifferte er zu seiner grenzenlosen Verblüffung. Er sah den Tennant an. »Das ist ein Schreiben des ersten Hohen Rates der Bewahrer!«

Kuton nickte. »Es muss einst zwischen die Platten eines Metallspeichers gerutscht sein. Jedenfalls habe ich es da gefunden. Lies es.«

Altes Utak. Bailan furchte die Stirn. In den ersten Zeilen ging es um den Angriff der Krieger des dunklen Fürsten, ein Ereignis, das so lange her war, dass nicht einmal die Bruderschaft mehr genau wusste, wann es stattgefunden hatte. Der Tempel war damals jedenfalls noch sehr klein gewesen, hatte vermutlich nur aus dem Innersten Ring und dem Allerheiligsten bestanden.

Kuton deutete auf eine bestimmte Stelle, ungefähr in der Mitte. »Übersetz' das einmal.«

Bailan suchte die Worte zusammen. »*Natürlich vertrauen wir auf die Macht des Schildes. Doch er ist noch nie einer solchen Bedrohung ausgesetzt gewesen, deshalb gebietet die Vernunft, auch in Erwägung zu ziehen, dass er nachgeben könnte. Es scheint mir ratsam, unsere kostbarsten Stücke, vor allem die Sammlung über nichtmenschliche Intelligenzen, zeitweise in der Empfangszone unterzubringen, wo sie durch eine zusätzliche Mauer geschützt sind, sodass sie, falls die Außenmauer fallen sollte, nicht in unmittelbarer Gefahr wären. Ferner scheint es geboten, dass wir, sofern und sobald die Angriffe erlöschen, mit dem Bau eines weiteren Tempels beginnen, der den jetzigen gänzlich in sich bergen* soll. *Erst wenn dieser vollendet ist, sollen die Sammlungen aus der Emp-fangszone an ihren angestammten Platz zurückkehren . . . «*

Er sah auf, suchte den Blick Kutons. »Im Innersten Ring gibt es einen Saal, von dem es heißt, er sei seit jeher leer gewesen.«

»Nicht seit jeher«, meinte der Tennant. »Erst seit dem Angriff des dunklen Fürsten. *Empfangszone* dürfte das Tempel-zentrum bezeichnen, den Landeort für die Schwingenbarken der Eloa. Und Es-Elamara spricht nicht von Heiligtümern, son-dern von Sammlungen über nichtmenschliche Intelligenzen.« Er schüttelte den Kopf. »Wenn du mich fragst, beruht euer gan-zer Kult um das Allerheiligste auf einem Missverständnis.«

Bailan versuchte, sich zu erinnern. »Ich glaube, Es-Elamara ist während des Kriegs mit dem dunklen Fürsten gestorben. Ganz normal, heißt es, an hohem Alter.«

»Und sein schriftlicher Befehl muss irgendwie verloren ge-gangen sein.« Kuton zog einen Staubschutzbehälter hervor und hielt ihn auf, sodass Bailan die Folie hineinlegen konnte. »Was meinst du, ändert es etwas, wenn du dieses Dokument mitnimmst nach Pashkan?«

»Ich weiß es nicht«, antwortete Bailan. Er sah auf die Kisten, Kästen und Geräte und hatte plötzlich das sichere Gefühl, dass er nicht so bald nach Pashkan zurückkehren würde.

*»Irgendwo im Universum, auf irgendeinem der zahllosen Planeten, auf denen die Schöpfung experimentiert hat, muss vor unvorstellbar langer Zeit alles seinen Anfang genommen haben, muss das Leben ursprüng-lich entstanden sein. Niemand hat diesen Planeten je gefunden, aber die Überlieferungen aller Völker werden nicht müde, davon zu erzählen – von dem Ort, an dem einst die Dunkelheit endete und das Leben be-gann.*

*Es ist ein sagenhafter Ort. Unvorstellbare Schätze, heißt es, warten dort auf den Entdecker.*

*Manche Sagen wollen wissen, dass auf dieser Welt die Unsterblichkeit zu finden sei . . .«*

Quests Hand bebte in dem blassen Lichtkegel der winzigen Kommunikatorlampe, den Finger auf die Unterbrechertaste gepresst. Seine Gestalt war in der Dunkelheit nur zu erahnen, und Vileena war, als sei er größer als je zuvor.

»Was, wenn er dort war?«, fragte er.

»Smeeth?«

»Würdest du es nicht für dich behalten? Unsterblichkeit? Wenn es in deinem Belieben läge, jemanden hinzuführen oder nicht . . . du hättest die größte Macht, die vorstellbar ist.«

»Ich glaube nicht, dass er dort war.«

»Aber er hat es dir nicht gesagt.«

»Nein«, räumte Vileena ein. »Und frag nicht weiter. Ich erzähle ihm auch nichts von dem, was *wir* reden.«

»Schon gut.« Quest atmete schwer. Auf seinem Schädel perlte feiner Schweiß. »Vielleicht ist das der Grund, warum man nicht weiß, wo der Planet des Ursprungs liegt. Weil die, die ihn gefunden haben, es für sich behielten.«

Vileena griff nach seinem Handgelenk, fühlte seinen zitternden Puls. Er schwieg gehorsam, nur sein Atem und das Summen der kleinen Pumpe waren zu hören. Die Pumpe musste sie jedes Mal niedriger einstellen, um seinen geschwächten Körper nicht zu überfordern, was zur Folge hatte, dass ihre Sitzungen in der Dunkelheit immer länger dauerten, weit länger mittlerweile als ein gewöhnlicher Vortrag.

»Und du?«, fragte sie leise. »Wirst du sie für dich behalten, die Unsterblichkeit . . .?«

Quest nahm seine Hand von der Unterbrechertaste, hob sie hoch, spreizte die Finger gegen den Widerschein des Hyperraumlichts und sah ihnen zu, wie sie zitterten. »Unsterblichkeit?«, flüsterte er heiser. »Was soll denn einer wie ich noch mit Unsterblichkeit?«

Der Vortrag lief weiter, übertönte seine Worte. *»Eine Legende schließlich – die älteste von allen – behauptet, auf diesem Planeten sei es möglich, Gott zu begegnen ...«*

Als Bailan zu seiner Kabine zurückkam, müde und von einer wohligen Sehnsucht nach nichts anderem als einer warmen Dusche erfüllt, war der Blaue gerade dabei, den Flur mit trägen Bewegungen aufzuwischen. Er grüßte ihn flüchtig und wollte gerade die Tür hinter sich schließen, als der Niedere sagte: »*Nay*, wegen Ihrer Freundin ...«

Bailan fuhr wie vom Blitz getroffen herum. »Eine Nachricht?«

»*Nay*«, wiederholte der Blaue. Er spähte argwöhnisch den Flur entlang, hinauf und hinunter und wieder hinauf, ehe er einen Schritt auf Bailan zutrat. »Ich soll Ihnen sagen, dass Ihre Freundin im oberen Hangar arbeitet. Sie ist da eingeteilt. Ein Raumschiff putzen. So hab ich das jedenfalls verstanden. Ein kaputtes Raumschiff.«

»Das Wrack? Eintausendvier putzt das *Wrack!*«

»*Nay*. Das soll ich Ihnen sagen.«

Bailan rannte los, ohne ein weiteres Wort für den Niederen. Zurück in den Längsgang, beinahe drei Waffenleute umrennend, vorbei am Stimmgewirr aus den Aufenthaltsräumen, hinaus in den Hauptgang und Richtung Bug. Endlich ein Schild, das ihm den Weg wies, auch wenn es zunächst eine Treppe hinabging, die er in weiten Sätzen nahm, mehrere Stufen auf einmal. Ein breites Tor mit den rotweißen Markierungen einer Sicherheitsschleuse, das vor ihm auffuhr. Und schließlich der Hangar, groß, weitgehend leer bis auf ein dunkles, elegantes Raumschiff, das halb zerlegt die hintere Hälfte der Halle einnahm.

Davor standen sie, in Reih und Glied, mindestens hundert Niedere. Die Obmänner, elektrische Ziemer an den Gürteln, Listen in den Händen, schritten die Reihe ab und riefen gelangweilt die Kurzzahlen auf, jedes Mal ein ›Ja‹ oder ›Hier‹ als Antwort erhaltend.

Bailan suchte die Gesichter ab, bis er endlich Eintausendvier erblickte. Sie sah ihn mit weit aufgerissenen Augen an, Panik im Blick, stumm den Kopf schüttelnd. *Sprich mich nicht an! Du kennst mich nicht!*, sagte alles an ihr. Bailan, der am liebsten auf sie zugestürzt wäre, um sie zu umarmen, begriff, dass er sie dadurch nur in große Schwierigkeiten gebracht hätte.

Er war zu spät gekommen.

»Gruppe vollzählig und abmarschbereit«, dröhnte einer der Obmänner, ebenjener Aufseher, der Eintausendvier damals aus seiner Kabine verscheucht und dabei angeschrien hatte. Sein Kollege, ein vierschrötiger Jeffe mit grauem Haar, das aussah wie Putzwolle, postierte sich ans Ende der Reihe und rief: »Gruppe bleibt geschlossen. Rückkehr ins Unterdeck. In Marschrichtung wenden. Und Tritt!«

Die Kolonne zog schlurfend an Bailan vorbei, müde, trübselige Gestalten in billiger Kleidung, Männer und Frauen jeden Alters und jeder Hautfarbe. Eintausendvier sah ihn aus den Augenwinkeln traurig an, wagte aber nicht, ihm das Gesicht zuzuwenden. Ein hagerer Eisfährer von Tausendwinter neben ihr, der mit seiner blassen, fast durchsichtigen Haut und seinem schneeweißen Haar selber wie ein Eiszapfen aussah, musterte Bailan aus stumpfen schwarzen Augen. Viele Tiganer waren unter den Niederen, von denen Bailan keinen kannte, und er sah sogar einen, der ein Chenwete sein musste, jedenfalls schimmerte seine Haut tatsächlich golden, wie man es immer behauptete, und seine Ohrmuscheln waren zu kleinen, kreisrunden Gebilden zurückgeschnitten.

»Das war heut unser letzter Tag hier, oder?«, fragte eine rattenähnliche kleine Frau am Ende der Schlange den Aufseher, gerade als sie an Bailan vorbeikamen, und sah ihn dabei vielsagend an.

»Das hab ich doch vorhin erklärt«, knurrte der Aufseher. »Kannst du eigentlich nie zuhören?«

»Schon gut«, maulte die Frau und warf Bailan noch einmal einen vielsagenden Blick zu.

Als sie zum Hangar hinaus waren, schloss sich das Schott wieder und verschluckte das Geräusch ihrer Schritte. Bailan stand ratlos da, starrte das lackierte Stahltor an und wusste nicht, was er tun sollte.

Eine Stimme, die aus unbestimmbarer Höhe plötzlich auf ihn niederhallte, ließ ihn zusammenzucken. »Na, wenn das nicht der junge Bewahrer ist . . .?«

Bailan wandte sich um. Auf der Oberseite des Raumschiffs stand eine hagere Gestalt. »Ihr?«, entfuhr es ihm, als er Smeeth erkannte. »Was macht Ihr denn . . .? Ich dachte, ich wäre allein.«

Smeeth war gerade dabei, ein schimmerndes Metallstück mit einem unansehnlichen grauen Lappen abzureiben. »Die Montageleute sind ein Gyr vor den Niederen gegangen. Um ihren Stand zu wahren, vermutlich, denn zu tun gäbe es noch jede Menge.«

»Ja, sieht ganz so aus«, sagte Bailan mit einem Blick auf den freigelegten Bauch des Schiffes.

»Willst du nicht heraufkommen? Es strengt an, bei einer Unterhaltung die ganze Zeit schreien zu müssen.« Smeeth deutete auf das Gerüst, das um das hintere Ende des dunklen Raumschiffes errichtet worden war. »Dort muss es eine Leiter geben, die heraufführt. Glaube ich zumindest.«

Bailan hatte eigentlich nicht den Eindruck gehabt, dass sie bereits eine Unterhaltung führten, aber weil er nicht recht wusste, wie er sich schicklich davonmachen konnte, erklomm er eben die Leitern, die von Ebene zu Ebene durch das Gerüst hinaufführten. Oben angekommen, zögerte er, die dunkle, sanft abwärts gewölbte Hülle zu betreten. Smeeth stand mitten darauf, vor einer rechteckigen Öffnung in der Außenhaut, und es sah absolut halsbrecherisch aus.

»Solange du in der Mitte bleibst, rutschst du nicht ab«, sagte der Unsterbliche. »Aber du kannst gern auf dem Gerüst stehen bleiben, wenn es dich beruhigt. Auch das ist schon ein Fortschritt.«

Das wollte Bailan nicht auf sich sitzen lassen. Er tastete mit dem Fuß auf die Hülle hinab, die wie schwarzes Eis schimmerte, und fand überraschend stabilen Halt.

»Vierhundert Jahre ungeschützt im freien Raum«, meinte Smeeth. »Partikelströme, Mikromaterie, Strahlung. Die Hülle ist so zerkratzt, dass man Holz damit schmirgeln könnte. Und leider gibt es an Bord der MEGATAO keine Einrichtung, um sie abzuschleifen.« Er ging in die Hocke und deutete auf die klaffende Öffnung vor sich, wo zwei Paare seltsamer Aggregate hintereinander angeordnet waren, die wie längs durchgeschnittene Kegel aussahen und durchdringend blau schimmerten. »Ich bin dabei, vier kleine Hyperkonverter zu einem zusammenzuschließen. Nicht ganz so einfach, wie ich gedacht habe. Sie verwenden heutzutage andere Gravitonanschlüsse, und dem Resonanzverhalten muss man auch ein bisschen auf die Sprünge helfen … Na ja. Ich hoffe, ich bekomme es hin.« Er schob den Metallstift in eine Halterung und nahm sich den nächsten vor. »Und du? Was führt dich hierher?«

»Ähm, also …« Bailan zögerte. Wie sollte er das erklären?

»Du hast jemanden gesucht, nicht wahr?« Der Unsterbliche lächelte beim Polieren. »Jemand von den Niederen. Ein Mädchen, vermute ich einfach mal.«

Bailan nickte. »Sie und ich, wir … ich meine, ich weiß nicht, ob sie …« Er schüttelte seufzend den Kopf. »Ich weiß nicht, wie ich es erklären soll.«

»Wer ist es denn?«

Und Bailan erzählte, erst zögernd, dann aber, als bräche ein

Damm, der Worte zurückgehalten hatte, die dringend gesagt werden wollten. Einzig die Umarmung erwähnte er nicht.

»Ah, die Tiganer«, nickte Smeeth bedächtig. »Dieses geplagte Menschengeschlecht. Die können einem wirklich leidtun. Tiga ist eine wunderschöne Welt, warm, freundlich, eine der gelungensten genetischen Anpassungen überhaupt. Leider sind die Tiganer selber so schön geworden, dass es besser gewesen wäre, sie hätten niemals wieder Kontakt zur übrigen Menschheit gefunden.«

»Ist es wahr, dass man Tiganer wegen ihrer Haut getötet hat?«

»Ja, und ich fürchte, man tut es noch immer. Es gab Zeiten, da hat man regelrecht Jagd auf sie gemacht, hat Sessel, Kissen und Mäntel mit ihrer Haut überzogen. Als beste Methode galt einmal, Tiganer über mindestens ein Dritteljahr hinweg langsam erfrieren zu lassen, weil sich dann die Fleckenmuster ihrer Haut kräftiger herausbildeten und die Haut schön geschmeidig blieb.« Smeeth sah ihn düster an. »Ich nehme an, du verstehst jetzt, warum Tiganer dazu neigen, misstrauisch und verschlossen zu sein.«

»Ja«, nickte Bailan. So betrachtet, war es geradezu ein Wunder, dass Eintausendvier überhaupt je ein Wort mit ihm gewechselt hatte.

Smeeth setzte den zweiten Metallzylinder wieder ein und prüfte das Spiel. Dann betrachtete er ein Anschlussstück. »Gar nicht schlecht konstruiert«, murmelte er und sagte dann: »Wenn du schon mal da bist, könntest du mir ein bisschen zur Hand gehen? Ich will die Konverter etwas zusammenrücken. Wenn du dorthinten anpackst ... an dem Ring mit den Schraublöchern, genau ...« Gemeinsam wuchteten sie die Konverter näher zur Mitte. »Und wenn du mir jetzt die Ausbiegzange reichen würdest ... die mit dem blauen Griff? Danke ...«

Das Ticken der Metaquanten begann. Eine automatische Stimme zählte über die Lautsprecheranlage die Gyr bis zum Austauchen herunter und mahnte dazwischen immer wieder, dass sich jedes Mitglied der Besatzung in eine der Heilstationen begeben und dort eine Portion Trank Grau abholen solle. Der Trank sei genau zwei Gyr vor dem Austauchen einzunehmen, danach müsse man sich sofort ins Bett legen und mit den Gurten sichern. In den Heilstationen arbeiteten alle drei Heiler und einige Hilfskräfte, teilten Dosierröhrchen aus, hakten Listen ab. Nur die Edlen erhielten ihren Trank Grau in feinen Kristallgläsern ans Bett gestellt, und den Kommandanten betreute die Erste Heilerin persönlich, wie es einem Mann seines Rangs und Standes zukam.

Der Einzige, der nicht auf den Listen stand, war der Edle Muntak, der als Pilot die MEGATAO zurück in das Normaluniversum steuern musste. Vileena legte ihm einen Injektor hin, ein komfortables automatisches Gerät, mit dem man nicht viel falsch machen konnte. »Am besten, Ihr injiziert es Euch während des Horizontkontaktes«, sagte sie. »Es dauert einige Augenblicke, bis es wirkt.«

Muntak sah der Ersten Heilerin verschwörerisch in die Augen und sagte: »Edle Vileena, es könnte sein, dass wir nach dem Austauchen direkt auf eine Sonne zurasen. Ich werde mich erst vergewissern müssen, dass wir in Sicherheit sind, ehe ich Euer Mittel nehmen kann.«

»Ihr werdet nur eines von beiden tun können, Edler Muntak«, entgegnete sie mit einem dünnen Lächeln, »und wenn ich Euch etwas raten soll, so wählt die Injektion.«

»Einer muss sich opfern, fürchte ich.«

»Weil Austauchen in Sonnennähe ja so schrecklich oft vorkommt. Vor allem in der Randzone.«

»*Insel 59* ist eine unbekannte Galaxis. Wer weiß, welche Naturgesetze dort gelten . . .«

Sie lächelte spöttisch. »Ich bewundere Euch, Edler Muntak. Das wollte ich unbedingt noch gesagt haben, ehe Ihr Euch opfert.«

Damit ging sie, aufreizend die Hüften schwingend. Muntak sah ihr grinsend nach und zwinkerte Iostera vielsagend zu, doch der ewig aufrechte Edle aus dem Zwirnweberclan hob nur indigniert die Augenbrauen.

Nach und nach meldeten sich die Mitglieder des Führungsstabes ab und zogen sich aus der Zentrale zurück. Zwei Gyr vor dem Austauchen war Muntak allein und hatte nichts mehr zu tun als die Uhr zu beobachten. Die Zeit verging langsam. Die kumulierenden Metaquanten sangen ihr gewohntes Lied, das anschwoll, je näher sie dem kamen, was die Theoretiker in den Akademien auf Gheerh den *Rand des Hyperraums* nannten – ohne dass jemand hätte sagen können, wie man sich das vorstellen musste.

»Singularisierung«, murmelte er. Ein grandioses Spiel nie gesehener Farben, die in endlosen, schimmernden Fäden und Bändern einander umwanden und umschlangen, war jenseits der Sichtscheiben zu sehen, und er allein sah es.

Der Zeiger wanderte weiter die Skala hinab. »Horizontkontakt«, sagte der Erste Pilot, einfach, weil er es so gewohnt war.

Ein Feuerwerk unvorstellbarer Blitze, Funken so groß wie Universen, Sphärengesänge, die in den Ohren brausten. Die Metaquanten trommelten, während er die Triebwerke drosselte.

»Ach so ...«, murmelte er und sah sich nach dem Injektor um.

Austauchen.

Das sagte er nicht mehr, denn im gleichen Moment prallte etwas wie kochende Lava von hinten gegen seine Augen, brannte sie aus, spülte sie in Fetzen davon. Er hörte einen unmenschlichen Schrei und begriff lange nicht, dass er es war, der schrie. Seine Hand tastete zuckend umher, Dinge fielen herab, da war etwas, ein Griff, ein Knopf, etwas, das man sich gegen die Haut drücken konnte, ein jäher Biss an der Stelle, und dann, endlich, erlösende Stille.

# 3

Ein Schmerz, ein Schlag. Dawill fuhr hoch, saß dann mit dumpf dröhnendem Kopf auf seiner Pritsche, und ihm war schlecht. Das Licht flackerte, legte verschwommene Ränder um alle Kanten. Das Austauchen, ja, genau. Kein böser Traum. Böse Realität. Die Innenseite seines Schädels brannte, dass er hätte schreien können. Aber damit konnte er sich nicht aufhalten. Er musste in die Zentrale. Der Erste Verweser durfte nicht nach allen anderen ankommen, auch wenn die Edlen weniger unter dem Austauchschmerz litten und die kürzeren Wege hatten. Er stemmte sich hoch, tonnenschwer, und plötzlich wurde ihm so speiübel, dass er es mit Mühe noch bis zum Wasserbecken schaffte.

Kühles Wasser über das Gesicht, den Mund ausspülen. Er fühlte sich zum Sterben elend. Und wie er aussah! Er zupfte das Langhemd zurecht. Die Würdejacke hing noch über dem Stuhl, auf dem auch das Röhrchen mit Trank Grau lag. Er hatte vorsichtshalber nur die Hälfte genommen, um nicht zu spät aufzuwachen. Vielleicht war das ein Fehler gewesen. Nein, im Grunde war er sich sicher, dass das ein Fehler gewesen war. Sein Schädel schien bei der kleinsten unachtsamen Bewegung platzen zu wollen, und man machte allerhand unachtsame Bewegungen, wenn man sich in eine Würdejacke zwängte.

Er musste in die Zentrale. Nur nicht in den Spiegel sehen. Noch ein Blick in die Runde, nichts vergessen. Die Pritsche zerwühlt – das hatte Zeit. Die kahlen, weißen Wände flimmerten; sicher eine Nachwirkung des Schmerzes oder des Tranks. Da, der Kommunikator noch auf dem Tisch. In die Tasche damit. Und jetzt aber los.

Draußen der Gang verlassen. Ein Alarmlicht, aber nichts Wichtiges. Der Boden schwankte ein wenig, Einbildung vielleicht oder doch eine Störung der künstlichen Schwerkraft. Man würde sich darum kümmern müssen, nachher.

Kein Wachmann am unteren Schott, natürlich nicht. Aber die Automatik erkannte ihn und ließ ihn ein. Die Wendeltreppe hoch war mörderisch, um ein Haar hätte er sich noch einmal übergeben müssen. Zweimal verschnaufen, den kalten Schweiß von der Stirn wischen, dann weiter. In seinen Ohren dröhnte es.

Zu seiner maßlosen Verblüffung war er nicht der Letzte in der Zentrale, er war der Erste. Die Dyaden standen verlassen, die Instrumententafeln glommen im Ruhemodus, durch die Sichtscheiben war ein lichter, bewegungsloser Sternenhimmel zu sehen. Abgesehen von dem Rauschen in seinen Ohren war es still. Er trat an die Dyade der Maschinenführer, zwang seine Konzentration auf die Anzeige des Schiffszustandes. Es hatte wohl einige Schäden beim Austauchen gegeben, aber nichts Dringendes, soweit er das erkennen konnte.

Als er zur Raumüberwachungsdyade wollte, sah er ihn. Und erst da fiel seinem schmerzenden Hirn ein, dass er ja unmöglich allein in der Zentrale hatte sein können. Muntak lag unter seinem Sessel, zusammengekrümmt wie ein Embryo. Und das, was da rot auf den Boden geschmiert war, konnte nur Blut sein.


Es war wie ein Auftauchen durch einen Nebel, der immer heller und lichter wurde und schließlich zu grauem Dunst zerstob. Und dem Blick das lüsterne Spiel toyokanischer Waldkobolde offenbarte.

Das nervtötende Geräusch passte nicht dazu. Vileena blinzelte und erkannte, dass sie auf die Deckenmalerei im Schlafzimmer des Kommandanten starrte, der wie ein schnaufender Berg neben ihr lag. Und das Geräusch war ihr Alarmsummer.

Sie setzte sich auf und schaltete den Alarm ab. Dann beugte sie sich zu Quest hinüber, fühlte seine Stirn, die kühl war, und seinen Puls, der schwach, aber normal schlug. Keine unmittelbare Gefahr also. Sie konnte es riskieren, ihn allein zu lassen. Sie hatte ihm eine höhere Dosis gegeben, also würde er wohl erst in einigen Gyr erwachen.

Sie fühlte sich immer noch leicht benommen, als sie in der Heilstation ankam. Dawill war da, er sah bleich und elend aus, doch er hatte es irgendwie geschafft, den schlafenden Muntak, der aus einer üblen Wunde am Mund blutete, hierherzubringen und auf die Liege zu wuchten.

»Ihr entschuldigt, dass ich das Oberdeck unaufgefordert betreten habe«, sagte der Erste Verweser rau, »aber ich . . .«

»Schon gut«, nickte Vileena und bereute die Kopfbewegung im selben Moment. Sie griff nach einem Tuch und wischte etwas von dem Blut ab. »Er scheint sich gebissen zu haben. Haben Sie den Injektor gefunden?«

»Da drüben.« Er wies auf den Heilmitteltisch. Die gläserne Patrone war leer. Gut.

Vileena holte Reiniger, Klammerzange und Wundverschluss. Der Edle Muntak machte sich zwar nichts aus Narben, wie alle Leute vom Clan der Rotbrauer, die sie kennen gelernt hatte, aber sie würde seine Bisswunde trotzdem behandeln. Ein bisschen zumindest.

»Ist der Sprung eigentlich geglückt?«, fragte sie, während sie die Blutung stillte, Kleber auftrug und Klammern setzte. »Haben wir *Insel 59* erreicht?«

Dawill gab ein knurrendes Geräusch von sich. »Das will ich doch schwer hoffen.«

»Wieso? Wie sieht es denn draußen aus?«

»Absolut öde. Wir sind in einer Randzone, so viel steht fest. Aber so, wie ich mich fühle, könnten wir auch am anderen Ende des Universums gelandet sein.«

Nach und nach vervollständigte sich die Besatzung in der Zentrale. Die MEGATAO glitt ruhig und unbehelligt durch die sternenarme Randzone einer Galaxis, bei der es sich, wie man anhand der Quasarmuster bald feststellte, tatsächlich um *Insel 59* handelte. Felmori machte sich unverzüglich daran, das Koordinatensystem der Galaxis so zu rekonstruieren, wie der Yorse es aufgebaut hatte. Das war mittels der Gesprächsaufzeichnung nicht weiter schwierig, zumal es ohnehin den in der Reichsflotte gebräuchlichen Konventionen für galaktische Navigation entsprach. Sobald die astronomische Station wieder besetzt war, machte sie sich auf Geheiß des Ersten Navigators an eine Durchmusterung des sichtbaren Sternhimmels, und bald ergoss sich ein Strom von Vermessungsdaten in die Rechner.

Die meisten der übrigen Edlen langweilten sich. Bleek hockte regungslos an der Steuerung und wartete, dass Muntak beschloss, wieder gesund zu sein. Die Kommunikatoren hatten hier in dieser fremden Galaxis niemanden, mit dem sie hätten kommunizieren können. Die Raumüberwacher überwachten den Raum, fanden aber nichts und niemanden. Die Einzigen, die noch etwas zu tun hatten – und nicht einmal wenig –, waren die Maschinenführer. Das Austauchen hatte zahlreiche Schäden verursacht, von denen zwar keiner bedrohlich war, die jedoch in ihrer Gesamtheit die Einsatzbereitschaft des Raumschiffs gefährdeten und daher erst behoben werden mussten, ehe es weitergehen konnte. So war in diesen Tagen das ständige Hintergrundgeräusch in der Zentrale Grennes derbe Stimme, wie er Reparaturgruppen zu geplatzten Leitungen, verdunkelten Gangabschnitten und ausgefallenen Versorgungseinheiten dirigierte oder mit den Maschinenverwesern über unruhig laufende Reaktoren und stotternde Triebwerke diskutierte.

Als der Kommandant die Zentrale zum ersten Mal seit der Ankunft in *Insel 59* wieder betrat, waren drei arbeitsame Tage vergangen. Es hatte Gerüchte gegeben, Quest habe entsetzlich unter dem Austauchschmerz gelitten. Doch wie er durch die Tür trat, sah er aus wie das blühende Leben, voller Saft und Kraft und Autorität, und alles duckte sich unwillkürlich, bis auf Dawill, der steif und ergeben neben seinem Sessel stand und die Befehle des Kommandanten erwartete.

»Edler Grenne, wie ist der Zustand des Schiffes?«, fragte Quest als Erstes.

Der untersetzte Maschinenführer starrte auf seine Instrumente hinab. »Es wird noch etwa zwei bis drei Tage dauern, bis wir Klar Schiff sind.«

»Woran liegt es?«

»Oh, es ... es sind einfach zu viele kleine Schäden. Gerade haben wir ziemliche Probleme mit den Geschützsteuerungen, und am Hyperkonverter mussten wir einiges austauschen ... Noch so ein Sprung, Erhabener Kommandant, und die MEGATAO muss in die Werft.«

»Vorher wird sich das auch kaum machen lassen«, meinte Quest unbeeindruckt und ließ sich in den Kommandantensessel sinken. »Edler Felmori, was könnt Ihr uns zeigen? Habt Ihr unser Ziel schon ausgemacht?«

Der Erste Navigator strich sich eine Strähne hellen Haars aus der Stirn. »Wir haben«, näselte er, »das Koordinatensystem von *Insel 59* rekonstruiert und unsere eigene Position darin ermittelt. Von jenen Koordinaten, die der Yorse für die Heimatwelt der Mem'taihi angegeben hat, trennen uns rund sechzigtausend Lichtjahre.«

Quest kniff die Augen zusammen und warf dem Ersten Maschinenführer einen Seitenblick zu. Grenne nickte zum Zeichen, dass er verstanden hatte. Das war noch einmal eine enorme Strecke, die die MEGATAO bewältigen musste.

»Allerdings ...«, fuhr Felmori fort und hielt inne, um ein Bild des Sternenhimmels auf den Hauptschirm zu holen. Es war eine Vergrößerung, die dichtes Sterngewimmel zeigte –

eine Sicht quer in die Galaxis hinein – und dünne, ausfasernde Sternwolken oberhalb und unterhalb davon.

»Ich habe so eine Ahnung, dass mir nicht gefallen wird, was Ihr gleich sagen werdet«, knurrte Quest.

»Ich bin mir selber noch unschlüssig, wie unsere Beobachtung zu bewerten ist«, nickte der Erste Navigator und zückte einen nadeldünnen Lichtzeiger. »Den Koordinaten zufolge«, sagte er und deutete auf eine bestimmte Stelle, »befindet sich das Heimatsystem der Mem'taihi genau hier.«

Stirnrunzelndes Schweigen. Dann sagte der Zweite Pilot, der Edle Bleek: »Aber dort ist ja gar nichts.«

Felmori nickte, aber er sah dabei Quest an. »Genau.«


Es zog Bailan wieder in den Hangar. Zuerst zaghaft, denn er war sich nicht sicher, ob der Unsterbliche das, was er für ihn tat, wirklich als Hilfe auffasste, doch Smeeth schienen seine Besuche nicht unangenehm zu sein. »Die Putzleute kommen heute allerdings nicht, hat mir der Hangarverweser gesagt«, warnte er Bailan gleich. »Die Montageleute auch nicht. Beim Austauchen ist wohl allerhand kaputtgegangen im Schiff, und das hat Vorrang.«

Die ausgebauten Aggregate unterhalb des Rumpfes der Rigg lagen also immer noch da, klobige schwarze Maschinen, deren abgetrennte Leitungen an dicke Adern denken ließen. In manchen der engen Gänge des Schiffes duftete es sauber und nach frischer Farbe, in anderen wieder stank es, als habe jemand die Tür zu einem Lager tausendjähriger Schweißsocken offen gelassen. Sie stiegen hinauf in die Steuerkanzel, deren Wandverschalung abgenommen und in einer Ecke aufeinandergestapelt worden war.

Smeeth reichte ihm eine geöffnete Dose, aus der es reichlich chemisch roch, einen breiten Pinsel mit Metallborsten und einen Aufrauer. »Du könntest die Isolierschicht auf der Rückseite der Wandverschalung auffrischen«, schlug er vor und zeigte ihm eines der Elemente. Es bestand aus einem federleichten weißen Metall, das Bailan nicht kannte und auf dessen Rückseite eine dünne, rissige Schicht einer grauen Substanz aufgebracht war. Alles, was er zu tun hatte, war, die alte Schicht aufzurauen und neue Isolierung darüber zu streichen. »Wenn du möchtest.«

»Klar«, sagte Bailan und machte sich an die Arbeit. Er hockte sich neben den Stapel, nahm das erste Paneel auf den Schoß und fing an zu schrubben.

Smeeth zog einen Montagewagen heran, auf dem Schaltelemente lagen, bunte Röhren mit Büscheln gläserner Leitungen, silbern schimmernde Modulteile und jede Menge Schrauben, Kabel und Klemmen, und machte sich über einen Abschnitt der Wand her, die ohne Abdeckung einen sinnverwirrend komplizierten Anblick bot. Bestimmt war es keine einfache Sache, ein vierhundert Jahre altes Raumschiff mit den heute verfügbaren Ersatzteilen zu reparieren, überlegte Bailan. Aber sicher war ein Unsterblicher derartige Probleme gewöhnt.

Als er zwei Paneele frisch isoliert und zum Trocknen gestellt hatte, fand Bailan es an der Zeit, loszuwerden, was ihm auf dem Gewissen lastete. »Ich muss mich bei Euch entschuldigen«, sagte er in die arbeitsame Stille hinein.

Smeeth, der gerade dabei war, ein Bündel matt glänzender Leitungen mit kaum gariquikerngroßen Bauelementen daran in den Verhau von Schaltungen und Leitungen hineinzuzwängen, sah kaum auf. »Und wofür, wenn ich fragen darf?«

»Dass man Euer Geheimnis entdeckt hat, ist meine Schuld. Ich war es, der sie auf die Legende der Zwölf gebracht hat.«

Jetzt sah ihn der Unsterbliche doch an. »Erzähl.«

Also erzählte Bailan, wie es sich zugetragen hatte. Smeeth lachte nur.

»Also, da wir schon dabei sind«, meinte er dann, »sollte ich mich auch bei dir entschuldigen. Womit wir quitt wären, schätze ich.«

»Wie meint Ihr das?«

Smeeth setzte die Schweißzange ab. »Du erinnerst dich an unsere erste Begegnung? In der Kantine? Sah doch aus wie ein glücklicher Zufall, oder?«

»War es keiner?«

»Nicht die Spur. Ich wusste, wer du bist, was du machst und dass du eine falsche Übersetzung abgeliefert hattest. Eine gefährlich falsche Übersetzung.«

Bailan versuchte sich an die Begegnung im Einzelnen zu erinnern. »Aber das könnt Ihr unmöglich aus Gesprächen mit den Jägerpiloten erfahren haben?«

»Nein, die haben mich bloß auf die Idee gebracht, nähere Erkundigungen über dich anzustellen.« Der Unsterbliche fuhr sich durch das schwarze, strähnige Haar. »Ich bin tatsächlich ein Fossil, weißt du? Ich beherrsche noch die Astrogation anhand von Sternbildern, zur Not mit Schreibstift und Papier und einem Tabellenbuch. Heutzutage können das nicht einmal mehr die Tennants an den Akademien. Jedenfalls habe ich ziemlich rasch festgestellt, dass die MEGATAO dahin unterwegs war, wo ich hergekommen bin – Yorsa – und hatte das Gefühl, ich sollte mal ein Auge darauf werfen, was sie dort vorhatte. Und von den Terminals im Oberdeck hat man Zugriff auf alle Daten der unteren Ebenen, wusstest du das? Liebesbriefe, Tagebücher, Familienbilder, alles ist lesbar, veränderbar, sogar löschbar, egal ob du es für privat erklärst oder nicht. Die Edlen nutzen das bloß nicht aus, weil es sie keinen Schritt weit interessiert, was Gemeine machen und denken. Aber ich habe es ausgenützt. Ich habe die Arbeiten von Tennant Kuton verfolgt und bin auf dich gestoßen. Ich habe deine Übersetzungen gelesen, und als ich diesen Fehler entdeckte – was leicht war, weil ich die Yorsen kannte und wusste, dass das, was du geschrieben hattest, nicht stimmte –, wollte ich es vermeiden, zum Kommandanten gehen und zugeben zu müssen, dass ich seine Wissenschaftler belauscht hatte. Abgesehen von allem anderen, was ich gern für mich behalten hätte. Deshalb habe ich es so versucht. Da ich wusste, was du über die Yorsen gelesen hattest, hoffte ich, du würdest den Kommandanten rechtzeitig warnen. Was du ja auch getan hast.«

Bailan musste daran denken, wie er beinahe an dem Wachmann gescheitert war. »War es wirklich so gefährlich?«

»Das weiß man natürlich nicht, aber ich denke schon«, meinte Smeeth. Er tätschelte die Wandträger. »Das hier ist ein kleines Schiff, und seine Bewaffnung ist nicht der Rede wert. Aber die MEGATAO ist ein Kriegsschiff. Ein einziger unfreundlicher Akt gegen einen der Kristalle, und die Yorsen hätten sie in ihre Atome zerlegt – und alles darin. Und ich wollte ungern in meine Atome zerlegt werden.«

»In Atome?«

»Die können das, glaub mir. Das geht so« – er schnalzte mit den Fingern –, »und egal was weht einfach als kühle Plasmawolke davon. Keine Macht des Universums kann den Yorsen etwas anhaben.«

»Seid Ihr ihnen schon früher begegnet?«

»Hin und wieder. Es war immer ziemlich beeindruckend. Deshalb konnte ich auch nicht widerstehen, als ich einen Hinweis auf ihre Heimatwelt fand.«

»Und wie waren die Yorsen früher?«

»Oh, weißt du«, meinte Smeeth und griff wieder nach der Schweißzange, »ich glaube, sie waren schon alt und weise, ehe ich geboren wurde.«


Der erste Führungskreis saß um den Konferenztisch versammelt und betrachtete die Projektion einer Aufnahme in der höchsten Vergrößerungsstufe, die das Teleskop der astronomischen Station zu leisten vermochte. Die Umrisse der wenigen sichtbaren Sterne waren verwaschen und grobkörnig. Zwei dünne blaue Linien kreuzten sich an einer Stelle belangloser Dunkelheit.

»Wenn der Stern explodiert wäre, würde man irgendwelche Spuren sehen«, erklärte Felmori. »Gaswolken, Plasmareste, irgendetwas.«

»Mmh«, machte Quest.

»Ein Fehler in der Koordinatenberechnung wäre wirklich die einleuchtendste Erklärung«, fuhr der Erste Navigator fort und rieb sich den Hals. »Aber wir haben alles durchgerechnet. Auch die ganzen möglichen Verwechslungen, plus statt minus, spiegelverkehrte Achsen, vertauschte Rotation und so weiter.«

Ein Moment bedrückter Stille. Natürlich war das der erste Gedanke gewesen. Aber mittlerweile hatte jeder von ihnen die Berechnungen durchgesehen und kontrolliert, mehrfach, sodass man davon ausgehen musste, dass das Koordinatensystem korrekt lag.

»Es könnte andere Erklärungen geben«, sagte Dawill. »Die Mem'taihi könnten das Sonnensystem versetzt haben. Was wir von ihnen wissen, klang so, als könnten sie das, was die Yorsen können, schon lange.«

»Das hilft uns aber nicht weiter«, murrte Muntak, dessen Augen immer noch etwas blutunterlaufen waren.

»Oder sie haben eine Hohlwelt errichtet«, fuhr Dawill fort.

Felmori furchte die Stirn. »Was, bitte, ist eine Hohlwelt?«

»Das ist eine Theorie von, glaube ich, Tennant Onsa. Er hat vor etwa dreihundert Jahren gelebt, ein Kosmologe. Er meinte, ein genügend hoch entwickeltes Volk würde dazu übergehen, die Planeten eines Sonnensystems zu zertrümmern und daraus eine Hohlschale um die Sonne zu errichten, um auf deren

Innenseite zu leben. Auf diese Weise entstünde eine Welt, die unermesslich viel Platz bietet und in der immer die Sonne scheint.« Dawill hob die Hände. »Von außen wäre der Stern aber natürlich nicht mehr zu sehen.«

Muntak verdrehte die Augen. »Verrückte Idee.«

»Eine solche Hohlwelt müsste trotzdem Wärme abstrahlen«, überlegte Felmori. »Allerdings reichen unsere Instrumente eventuell nicht aus, um die Wärmestrahlung aus dieser Entfernung aufzuspüren. Wenn wir ein gutes Stück näher heranfliegen würden ...«

Quest hob seine Hand, die die ganze Zeit auf der Tischplatte geruht hatte, ein wenig an und ließ sie mit einem schweren, platschenden Laut zurückfallen. »Selbstverständlich«, erklärte er. »Wir fliegen auf jeden Fall hin.«


Nun hatte sie doch wieder seine Umarmung gesucht. Lag wieder in seinen Armen und fühlte sich lebendig, herrlich lebendig. Betrachtete den Schweiß auf seiner zernarbten Haut und überlegte, ob sie ihn darum beneiden sollte, niemals alt zu werden, für immer jung zu bleiben. Ja, dachte sie, ich beneide ihn. Und ich bedaure Quest, der bald sterben muss, der zusehends verfällt, der das Austauchen nur mit Mühe überstanden hat und dreimal drei Gaben Paste Grün gebraucht hat, ehe er sich in die Zentrale wagen konnte. Quest, der weiß, dass er sterben muss, und sich nur noch durch die Tage schleppt in der Hoffnung, vorher den Planeten des Ursprungs zu finden, um ... ja, wozu eigentlich?

»Wenn die Legende stimmt, hast du eine Zwillingsschwester«, sagte sie und überlegte, ob deren Haut wohl auch so zernarbt war und wie das bei einer Frau aussehen würde.

»Ja«, erwiderte Smeeth träge. »Ihr Name ist übrigens Laasve, falls du das fragen wolltest.«

»Es ist beunruhigend, wie oft du mich durchschaust.«

»Das war in dem Fall nicht schwer. Jede Frau ist eifersüchtig auf andere Frauen, die eine wichtige Rolle im Leben eines Mannes spielen.«

Sie biss ihn in die Brustwarze, bis er aufschrie. »Du sollst hier nicht den lebenserfahrenen Greis spielen.«

»Schon gut, versprochen.«

»Und? Erzähl. Wie ist sie? So wie du?«

»Nicht im Mindesten. Sie ist freundlich, umgänglich, humorvoll und kann Partikelschüsse mit der bloßen Hand abwehren.« Sein Gesicht verdüsterte sich. »Abgesehen davon habe ich sie seit achttausend Jahren nicht mehr gesehen.«

Die Art, wie er diese ungeheuerliche Zahl aussprach, ließ ihr das Blut in den Adern gefrieren. Aber falls er sich einbildete, er könne sie damit beeindrucken, täuschte er sich. Sie zwang sich ein Lächeln ab und meinte so locker, wie sie konnte: »Ihr trefft euch doch sicher höchstens alle zehntausend Jahre, oder? Ich meine, wenn einer wie du jedes Jahr Geburtstag feiert, wird es doch viel zu schnell langweilig . . .«

Er lächelte nicht. Seine Augen waren wie dunkle, bodenlose Brunnenschächte. »Ich weiß nicht einmal, ob sie noch am Leben ist. Ich habe jeden Kontakt zu den anderen verloren. Wir sind vor dem Sternenkaiser geflüchtet, weißt du? Jeder in eine andere Richtung.«

»Warum das?«

Er zögerte. Das war jetzt bitterer Ernst, das spürte sie. Sie war dicht an einem Punkt, der wahrhaftig an die Tiefe seiner Seele rührte. »Der Sternenkaiser jagt uns«, sagte er leise, als fürchte er, jemand könne sie belauschen. »Meine Geschwister und mich. Ich weiß nicht genau, warum. Es heißt, dass er einen Weg gefunden hat, uns die Unsterblichkeit zu rauben. Wenn er uns alle zwölf gefunden und getötet hat, wird er selber unsterblich sein. Und dann kann ihn nichts mehr aufhalten.«

Vileena fühlte eine Angst in sich, kalt, wie polares Eis, ohne dass sie sich hätte erklären können, woher diese Angst kam. »Bist du sicher, dass das stimmt?«

»Das Kaiserreich existiert seit etwas über hunderttausend Jahren. Doch der jetzige Kaiser ist erst der Zehnte. Was sagt dir das?«

»Dass jeder Kaiser zehntausend Jahre lang regiert haben muss.«

»Der erste Sternenkaiser wurde einhundertvierzig Jahre alt, und die letzten fünf Jahre lebte er buchstäblich von Kinderblut. Der zweite starb mit zweihundertzehn, und es heißt, er sei noch nicht alt gewesen. Und es steigert sich immer weiter. Sie waren alle hinter langem Leben her, die Sternenkaiser, immer. Sie versuchten es auf jedem Weg, den man sich vorstellen kann – Transplantationen, genetische Manipulationen, Energiestasis, was weiß ich alles. Würde man ein Buch über ihre Taten schreiben, es würde jeden Leser töten vor Grauen. Und nun jagen sie uns. Das ist der wahre Grund, warum sie ihr Reich auf andere Galaxien ausgedehnt haben. Sie haben es getan, weil wir dorthin geflüchtet waren.«

Vileena blickte ihn an und meinte zu spüren, wie ihr Herz zermalmt wurde von der Gewalt seiner Worte. »Das . . . ist nicht wahr, oder?«, wisperte sie. »Du erzählst mir nur eine Geschichte. Sag, dass du mir nur eine Geschichte erzählst.«

Smeeth legte den Kopf zurück und schloss die Augen. Ein ganz normaler nackter Mann. Nicht einmal besonders gut aussehend. Er drückte ihren Kopf an seine Brust und sagte: »Ich erzähle dir nur eine Geschichte. Nur eine Geschichte, nichts weiter . . .«

Sie konnte dabei sein Herz schlagen hören, sein uraltes, ewiges Herz, und es schlug wie eine Kriegstrommel.

*Klar Schiff!*

Endlich war es so weit. Ging es weiter. Würden sie hineinstoßen in das fremde, unerforschte Sternenmeer einer anderen Galaxis.

In die Galaxis, in der alles Leben im Universum seinen Ursprung hatte.

Es gab kaum einen an Bord, den das nicht seltsam berührte. Die derben Witze in den Kabinen der unteren Mannschaften fielen plötzlich weniger derb aus. Die Zahl der Besucher in der astronomischen Aussichtsstation verzehnfachte sich. Man sah Leute, die sonst nur Würfelspiele im Kopf hatten, in den Aufenthaltsräumen sitzen und die *Maximen des Ukoa* lesen oder Risuma Lekes *Gesängen der Alten* lauschen. Briefe an die Familien wurden geschrieben, die diese erst in Jahren erreichen würden, vielleicht nie.

Die Triebwerke fuhren singend hoch, der Boden begann wieder zu vibrieren, wie man es gewohnt war. Im Grunde hatte sich nichts geändert, oder? Sie würden einen Eintauchpunkt anfliegen und zurück in den Hyperraum gehen, wo es keine Rolle spielte, aus welcher Galaxis man gekommen war. Auch diese Galaxis bestand aus Sternen, Staubwolken und Planeten. Die Sterne waren nicht einmal älter, nicht zahlreicher, es gab nichts, was vermuten ließ, dass hier einst das Leben begonnen hatte. Zufall, weiter nichts. Irgendwo hatte es eben beginnen müssen – und hier war es gewesen.

Das Alarmlicht ging auf Orange. Erste Etappe, dreitausend Lichtjahre etwa, ein weiter Sprung, wie man ihn nur in einer Randzone wagen konnte. Jeder atmete ein, als das Zittern des Vollschubs die MEGATAO durchlief. Es ging los.

Bei der Verteilung des Tranks war Vileena etwas aufgefallen, das sie veranlasste, sich die Unterlagen der unteren Heilstation genauer anzusehen. Was sie fand, bestätigte ihren Verdacht.

»Die Frau mit den Mördermalen«, sagte sie zu Heiler Uboron und wedelte mit der Ausgabeliste vor seiner Nase herum. »Fünfhundertsechs. Sie hat den Trank Grau für einen Mann mit der Nummer Sechshundertacht abgeholt. Der nicht kommen konnte, weil er krank war.«

»Möglich«, räumte der Heiler mit steinernem Gesicht ein.

»Die Frau war schon einmal da, vor etlichen Zehntagen. Sie wollte ein Fiebermittel für jemanden. Ich erinnere mich an sie. Und daran, dass ich die Bettnummer des Kranken aufgeschrieben habe, zusammen mit dem Vermerk, dass Sie, Heiler Uboron, den Kranken aufsuchen würden. Hier, Bettnummer 196. Ich schaue in den Belegungsplan, und wen finde ich? Sechshundertacht. Derselbe Mann. Aber ich finde keinen Untersuchungsbericht. Alles, was ich finde, ist eine Krankmeldung durch seinen Obmann. Durch seinen *Obmann!* Ist Ihnen klar, wie schlecht es einem Niederen gehen muss, damit sein Obmann ihn krankmeldet? Und Sie waren nicht bei ihm, Heiler Uboron.«

Uboron nahm die Listen, die sie ihm hinhielt, und sah sie durch, das Gesicht eine unbewegte Maske. »Ich nehme an, ich hatte anderes zu tun.«

»Sie hatten anderes zu tun als das, was ich Ihnen aufgetragen habe?«

»Vielleicht habe ich es auch vergessen.«

»Dann sind Sie auffallend vergesslich, Uboron. Ich habe gerade die Dateien durchgesehen. Sie waren *noch nie* im Unterdeck.«

»Zum Rahbass«, brach es aus dem Heiler heraus, »es ist doch nur ein Niederer!«

Vileena trat vor ihn hin und bohrte ihren Blick in seine von Abscheu erfüllten Augen. »Uboron, wenn der Pantap will, dass jemand tot ist, dann lässt er ihn hinrichten. Er niedert ihn

nicht. Ein Niederer schuldet der Gemeinschaft seine Arbeits-
kraft, aber er hat ein Recht auf Gesundheit wie jeder andere
Mensch auch. Erinnern Sie sich an diese Passage aus Ihrem
Heilerschwur, Uboron? Erinnern Sie sich daran?«

Er schlug die Augen nieder und trat einen Schritt zurück.
»Schon gut«, murmelte er. »Verzeiht mir. Ich werde gleich
nachher nach diesem Sechshundertacht schauen.«

»Bemühen Sie sich nicht«, erwiderte Vileena und schulterte
ihre Heilertasche. »Ich gehe selber.«


Tennant Kuton war mit allerhand Vorbereitungen beschäftigt,
putzte Rekorderlinsen, hängte kosmohistorische Zeittafeln an
den Wänden seines Arbeitszimmers auf, ließ sogar Ausgra-
bungsgerät bereitstellen.

»Wir wissen nicht einmal, wie diese Mem'taihi eigentlich aussehen«, sagte er, als Bailan ihn besuchte, um zu sehen, ob es
etwas zu tun gab. »Vielleicht sind es zehn Schritt große Riesen?
Vielleicht bestehen sie aus Gallerte und sind so flach wie meine
Schuhsohle? Vielleicht sind es unglaublich schöne, erhabene
Lichtwesen? Wer weiß? Auf jeden Fall können wir von ihnen in
einem Gyr mehr über die Geschichte des Universums erfahren
als in hunderttausend Jahren eigener Forschungen. Und diese
Gelegenheit will ich mir nicht entgehen lassen.«

»Ihr werdet bestimmt berühmt werden«, meinte Bailan beeindruckt.

»Hm«, zuckte Kuton die Schultern. Er sah ihn an. »Du hilfst
ihm, sein Raumschiff instand zu setzen, habe ich gehört.
Smeeth, meine ich.«

»Ja. Das heißt, ein bisschen. Ich weiß nicht, ob man das helfen nennen kann.«

»Frag ihn doch mal«, schlug der Historiker vor, »nach dem
Ursprung der Menschheit.«

Würde sie es eben selber machen, wenn kein Verlass war auf die anderen Heiler. Dass ausgerechnet Uboron ein derartiges Verhalten an den Tag legte, war mehr als beschämend.

Als Vileena aus dem Aufzug trat, sah sie, dass der Weg, der nach vorn zur Rampe ins Unterdeck führte, gesperrt war. »Verzeiht«, sagte ein Maschinenmann respektvoll, als er sie erkannte. »Wir haben hier einen gerissenen Energieleiter und eine geplatzte Wasserleitung gleichzeitig, da können wir niemanden durchlassen. Die andere Seite ist auch gesperrt«, fügte er hinzu, als er sah, dass sie sich dem Quergang zuwandte. »Ich fürchte, Ihr müsst es ein Deck höher versuchen. Tut mir leid.«

»Schon gut«, nickte Vileena und ging zurück zu den Aufzügen. Nein, das war ihr jetzt zu aufwendig. Sie würde einfach die Leiter den Wartungsschacht hinunternehmen.

Modrige, abgestandene Luft schlug ihr entgegen, als sie die schmale Tür öffnete. Sie hob den Riemen ihrer Umhängetasche über den Kopf, sodass er ihr über die Brust ging und nicht mehr von der Schulter rutschen konnte, stieg in die Sprossen und zog die Luke hinter sich zu.

Klonk, klonk, ging es abwärts. Jeder Tritt hallte metallisch. Je weiter sie hinabkam, desto stärker roch es nach Chemikalien.

Dann trat ihr rechter Fuß plötzlich ins Nichts. Sie rutschte ein Stück ab, fing sich mit heißen Händen. Etwas knackste unter ihr, gab nach, und sie fragte sich, woran es lag, dass der Schacht ringsum sich auf einmal so falsch bewegte.

# Kettenreaktion

# 1

Ich kenne den Ursprung der Menschheit genauso wenig wie sonst irgendjemand«, sagte Smeeth, während er das erste Wandpaneel einpasste. »Und wenn du dir klarmachst, wie sich die Ausbreitung abgespielt hat, verstehst du auch, warum man ihn vermutlich nie kennen wird.«

»Wieso? Wie hat sie sich denn abgespielt?«, fragte Bailan.

Smeeth prüfte Lot und Passung und schob die erste Halteklammer in den dafür vorgesehenen Schlitz. »Die Geschichte ist immer dieselbe. Sie beginnt mit einem Auswanderschiff, das einen neuen Planeten erreicht. An Bord sind ein paar Tausend Leute, gesund, gut ausgebildet, tatkräftig. Sie haben einen langen Flug hinter sich, Jahrzehnte in Hibernation oder eigenzeitreduziertem Flug. Außer, es ist ein Generationenraumschiff, das Jahrhunderte oder Jahrtausende unterwegs war, dann sind die Leute zumeist nicht ganz so gesund und fast nie gut ausgebildet. Aber egal – auch die nächsten Schritte sind immer dieselben, sie ergeben sich zwangsläufig: Landung des Schiffes am klimatisch geeignetsten Ort. Genetische Anpassung, entweder der planetaren Biologie an die Siedler oder umgekehrt, je nach den Mitteln, die zur Verfügung stehen. Und schließlich die Besiedelung des Planeten. Ein wunderbarer, vielversprechender Neuanfang.« Smeeth ließ die Halteklammern einschnappen und griff nach dem nächsten Paneel. »Dass man keinen Kontakt mehr zu der Welt hat, von der man gekommen ist, wird als Erleichterung empfunden. Man will das Alte abschütteln, es besser machen. Die Vergangenheit interessiert nicht mehr. Aber genau das ist der Keim des Niedergangs, der folgt. Immer.

Genauso zwangsläufig wie alles andere, nur dass es niemand vorhersieht.«

Bailan musste an den Tempel von Pashkan denken und an die Maximen der Bruderschaft. Er fragte sich mit heißem Schrecken, ob die Aufgabe, der sich die Bewahrer gewidmet hatten, am Ende doch wichtiger war, als er dachte?

»Der kulturelle Niedergang führt in die Barbarei, in die Herrschaft der Gewalt und der rohen Instinkte. Die Menschen leben wieder in Höhlen, essen erschlagene Tiere, vergessen ihre Herkunft. Alles, was bleibt, sind Märchen, Mythen und Legenden, unzusammenhängend, verdreht und unglaubwürdig.« Mit einem metallischen Schnappgeräusch fügte sich das nächste Paneel in Position. Die Steuerkanzel sah zunehmend aufgeräumter aus. »Wenn die Menschen in dieser langen Periode nicht aussterben – was in der Regel nicht geschieht, denn wir sind eine zähe Spezies –, dann folgt ein langsamer, mühsamer Aufstieg aus eigener Kraft. Erfindungen werden wieder gemacht, Zusammenhänge neu entdeckt. Typisch für diese Zeit ist, dass man über die Stellung des Menschen in der Welt rätselt. Einerseits findet man eine eindeutige Verwandtschaft zwischen Menschen und der übrigen Natur – selbstverständlich, denn es hat ja eine genetische Anpassung gegeben. Andererseits scheinen die Menschen eine Sonderrolle zu spielen – ebenfalls selbstverständlich, schließlich sind sie von einer anderen Welt gekommen. Aber diese Zusammenhänge sind vergessen und nicht mehr rekonstruierbar, denn das Raumschiff, mit dem man einst gelandet ist, wurde damals restlos zerlegt und verwertet; von ihm ist keine Spur mehr übrig, die man finden könnte. Stattdessen findet man Artefakte aus alter Zeit, aus denen man komplizierte Abstammungstheorien herleitet. So kommt es, dass jede von Menschen besiedelte Welt von sich denkt, Ursprung der Spezies zu sein. Fast immer bezeichnen sie ihren Planeten mit demselben Wort, das sie für fruchtbaren Boden verwenden: *Erde* – in ihrer jeweiligen Sprache.« Immer mehr Paneele verhüllten Schaltungen, Rohre und Leitungen. »Zu diesem Zeitpunkt hat man schon entdeckt, dass die Sterne am Himmel weit entfernte Sonnen sind, und fragt sich, ob sie möglicherweise auch Planeten besitzen. Irgendwann bestätigt sich, dass es so ist. Man entdeckt, dass manche dieser Planeten für Menschen bewohnbar sind. Und von da an ist es nur noch eine Frage der Zeit.«

Bailan blinzelte irritiert. »Eine Frage der Zeit? Bis *was* geschieht?«

»Bis wieder Raumschiffe aufbrechen. Wir Menschen sind so beschaffen, dass wir die Existenz einer unberührten, bewohnbaren Welt nicht einfach nur zur Kenntnis nehmen können. Sie wird uns so lange locken, bis wir hingehen.« Die Paneele fügten sich ineinander. »Und dann beginnt alles wieder von vorne. Manchmal sind die Planeten relativ nahe, sodass man in weniger als, sagen wir, einem halben Menschenleben von einem zum anderen gelangen kann. Dann kommt es vor, dass der Kontakt bestehen bleibt und die Phase des Niedergangs ausbleibt. Aber selbst in diesen Fällen ... Wenn es einen besiedelbaren Planeten in unmittelbarer Nachbarschaft gibt, sagt man sich, dass es zahllose andere in größerer Entfernung geben muss. Also fliegt man weiter hinaus. Man verfehlt angepeilte Ziele und landet Lichtjahre entfernt endlich auf einer halbwegs brauchbaren Welt. Oder eine Gruppe von Menschen will sich bewusst abgrenzen und macht sich zu einem möglichst weit gelegenen Ziel auf. Und dieselbe Geschichte nimmt ihren Lauf. So haben die Menschen sich über das Universum ausgebreitet, ohne etwas davon zu ahnen. Und sie tun es immer noch. Jetzt, in diesem Augenblick, sind Auswandererschiffe unterwegs, Tausende und Abertausende.«

Endlich war die Wandverkleidung vollständig. Smeeth fuhr mit der Hand andächtig über das weiße Metall. »Und niemand weiß, wie lange das schon so geht. Manche Auswanderschiffe haben in eigenzeitreduziertem Flug andere Galaxien erreicht, müssen also vor über einer Million Jahre aufgebrochen sein. Unsere Spezies ist alt, Bailan, sehr alt. Sie hat nur keine Geschichte.«

Bailan bemerkte, dass er den Atem angehalten hatte, und holte nun tief Luft. Im Tempel hatten sie immer gelacht über dieses Thema. Nur dumme Fremdweltler fragten nach den Ursprüngen der Menschheit, interessierten sich für die *erste Erde*.

»Vielleicht sollte man sagen, sie *hatte* keine Geschichte. Denn eines Tages entdeckte jemand etwas, das alles verändert hat – den Hyperraum.« Der Unsterbliche setzte sich, als laste dieser Teil seiner Erzählung schwer auf ihm. »Bei den meisten physikalischen Zusammenhängen ist es nur eine Frage der Zeit, bis sie entdeckt und verstanden werden. Aber die Gesetze des Hyperraums gehören eindeutig nicht dazu. Sie sind vermutlich nur ein einziges Mal entdeckt worden, und zwar von einem Wissenschaftler jenes Volkes, aus dem später das Reich des Sternenkaisers entstehen sollte. Was wiederum zwangsläufig war, denn die Fähigkeit, sich schneller als das Licht fortzubewegen, stellt einen Machtfaktor ersten Ranges dar. Erst wenn man das kann, kann man Sternenreiche errichten. Und wenn man es kann ... dann tut man es auch.«

Bailan musterte den Unsterblichen zweifelnd. »Aber Hypermathematik soll doch gar nicht so besonders schwierig sein. Ich meine, ich will nichts sagen, aber sogar der Edle Muntak ...«

Smeeth hob amüsiert die Augenbrauen. »Das ist ja der Witz. Wenn man sie erklärt bekommt, ist sie ein Kinderspiel. Wenn man die Prinzipien des Hypersprungs liest, leuchten sie einem sofort ein. Jeder kann einen Hyperkonverter nachbauen. Es scheint alles auf der Hand zu liegen. Aber aus irgendeinem Grund käme man nie im Leben von selber drauf.«

»Und wieso können wir dann durch den Hyperraum fliegen?«

»Weil vor ein paar tausend Jahren ein fremdes Raumschiff auf Gheerh abgestürzt ist«, sagte Smeeth. »Der legendäre Tennant Asiranis, dem man überall Statuen errichtet hat, ist genau das – eine Legende. Die Wahrheit erzählt das alte Märchen vom Feuer im Khulara-Fjord. Drei Männer haben das Ding geborgen, das da in einem Feuerball vom Himmel fiel – drei Männer, deren Namen Asido, Ratweke und Nisidi waren. Nimm die Anfänge ihrer Namen zusammen, dann hast du Asiranis. Es waren Techniker, Wissenschaftler, kluge Leute. Sie haben den Antrieb des Raumschiffes untersucht und schließlich nachgebaut. Deshalb ist heute Gheerh das Zentrum des Reiches, aus keinem anderen Grund.«


Am späten Nachmittag schaute Bailan auf dem Rückweg vom oberen Hangar bei Tennant Kuton vorbei. Er fühlte sich, als koche sein Hirn vor Gedanken über. All diese Zusammenhänge hatte er noch nie zuvor so gesehen, obwohl er sich im Tempel von Pashkan mit nichts anderem als Geschichte beschäftigt hatte. Oder vielleicht gerade deswegen? »Die Bruderschaft ist so mit Details und Kleinigkeiten beschäftigt«, resümierte er, als er dem Tennant in dessen Arbeitszimmer gegenübersaß. »Welcher Herrscher wo von wann bis wann regiert hat, was er erbaut, verfügt, aufgehoben hat, wer sein Nachfolger wurde und wer nicht, welche Kriege er geführt und welche Friedensverträge er geschlossen hat. Welcher Gelehrte wann welchen Satz gesagt hat. Immer nur Könige und Fürsten und Reiche und Epochen – und zu allem Wagenladungen von Papieren, Folien, Speicherdaten. Das sind so viele Einzelheiten, dass man nicht einmal auf die Idee kommt, nach Zusammenhängen zu suchen, nach grundlegenden Prinzipien ...«

Er unterbrach sich, als er bemerkte, dass Kuton ihm überhaupt nicht zuhörte.

»Tennant?«, fragte er verunsichert.

Der Wissenschaftler starrte vor sich hin. »Vileena ist tot«, sagte er tonlos.

Bailan schloss erschrocken den Mund, fühlte eine heiße Woge der Scham und des Entsetzens in sich emporsteigen.

»Die Erste Heilerin?«

»Im Unterdeck. Man hat sie gefunden. Das Genick gebrochen. Sie ist von einer Notleiter gestürzt, heißt es. Niemand weiß, was sie dort überhaupt wollte ...«

Bailan schluckte. Er ahnte, von welcher Leiter die Rede war.

»Das tut mir leid«, murmelte er beklommen.

Kutons Gesicht war bis zu diesem Zeitpunkt eine starre Maske gewesen, bleich wie die Wand seiner Kabine. Jetzt fing es an, zu zerbrechen, zu zerbersten in zitternde Grimassensplitter, in alle Spielarten der Verzweiflung. »Sie ist tot, verstehst du?«, brach es aus dem Mann heraus, und Tränen troffen von seinen zerfließenden Gesichtszügen. »Sie ist tot. Sie ist *tot*. Sie ist *tot* ...« Er sank vornüber, fing sein Gesicht mit den Händen auf, und Schluchzen schüttelte ihn wie Fieberkrämpfe.

Bailan wusste nicht, was er tun sollte. Sicher war es unangemessen, wenn er versuchte, den Tennant zu trösten, oder? Bestimmt wollte der jetzt allein sein. Er stand langsam auf und ging rückwärts zur Tür.

»Alles vorbei, alles vorbei«, klagte der erbarmungswürdige Mann, mit dem Oberkörper hin- und herschaukelnd wie ein verzweifeltes Kind.

Bailan öffnete leise die Tür und kam sich dabei wie ein Feigling vor. Trotzdem machte er, dass er hinauskam.

Die Maschinen schwiegen. Die MEGATAO glitt ohne Fahrt durch den Leerraum zwischen den Sternen. Die Mannschaft stand versammelt im unteren Hangar. Der Hangar war geräumt worden, die Jäger und das Beiboot schwebten draußen, um ein Ehrenspalier zu bilden.

Der Leichnam der Ersten Heilerin war in ein Tuch mit dem Emblem des Salzner-Clans gewickelt, ihre Totenmaske darauf schimmerte, als bestünde sie aus Gold. Die Tragestäbe rechts und links, an denen vier Wachmänner sie hielten, waren aus verziertem dunkelrotem Giffelandra-Holz und mit kostbaren Endgriffen versehen. Ein einzelner Scheinwerfer ließ sein Licht aus der Höhe auf sie herabrieseln, ein Ehrfurcht gebietender Anblick.

Der Kommandant, angetan mit allen Insignien seines Ranges, bestieg ein kleines Podest, mühsam, wie es schien, und richtete sich dann zu seiner vollen Größe auf. Er trug ein Mikrofon, aber jeder wusste, dass seine Stimme allein ausgereicht hätte, die Halle zu erfüllen.

»Avida Nia Vileena, Tochter des Grusbor und der Wekherma, Edle des Salzner-Clans, ist tot«, sprach er die Abschiedsworte gemäß der Tradition der Sternfahrer. »Sie hat unter uns gelebt, bis ein Unfall sie unerwartet von uns genommen hat. Sie zu verlieren ist ein Verlust, den Worte nicht zu beschreiben vermögen.«

Schweigen senkte sich über die Versammelten, vierzig Atemzüge des Gedenkens in Stille.

Bailan war irgendwie in der ersten Reihe zu stehen gekommen und verfolgte die Zeremonie, wie er sich eingestehen musste, eher mit Faszination als mit Trauer. Er hatte die Erste Heilerin zu flüchtig gekannt, um über den Schrecken einer unverhofften Begegnung mit dem Tod hinaus so etwas wie Trauer zu empfinden.

In der zweiten Reihe der Edlen stand Smeeth, von dem es

415

hieß, dass er ein Verhältnis mit ihr gehabt hatte. Der Unsterbliche stand reglos, und falls ihn irgendwelche Gefühle bewegten, war davon nichts zu sehen. Kuton dagegen stand schief und vorgebeugt da, immer noch war ihm Fassungslosigkeit ins Gesicht geschrieben, und Bailan hatte den Eindruck, dass Dawill, der neben ihm stand, ihn heimlich hielt und stützte.

»Sie war ihrem Vater eine gehorsame Tochter«, fuhr Quest fort. »Sie war ihrer Mutter eine Freude und Augenweide. Sie war ihren Geschwistern eine liebende Gefährtin. Sie war dem Pantap eine treue Untertanin.«

Er gab jemandem ein Zeichen, und das Innenschott der Schleuse fuhr summend auf.

»Wir übergeben nun ihren Leib dem Weltraum, wie es einem Sternfahrer geziemt, und empfehlen ihre Seele der Fürsorge ihrer Ahnen.«

Die Wachmänner schulterten den Leichnam, trugen ihn gemessenen Schrittes in die Schleuse hinein und legten ihn dicht vor der Außenschleuse auf den Boden. Dann kehrten sie zurück, und nur die gläsernen Mittelstücke des Schleusenschotts fuhren wieder zu, sodass man beobachten konnte, was geschah.

Was geschah, war, dass auf ein weiteres Zeichen Quests das Außenschott auffuhr, ohne dass zuvor die Luft abgepumpt worden wäre. Deren schlagartiges Entweichen riss die Tote mit sich, hinaus in den gähnenden Abgrund zwischen den Sternen.

»Wir vermerken im Logbuch«, schloss Quest die Formel, »dass Avida Nia Vileena von Bord gegangen ist.«

Summend schoben sich die metallenen Abdeckungen über das Glas. Nachher würden die Jäger wieder einfliegen, daher blieb das Außenschott geöffnet. Als Quest das Podest verließ, wandte sich die Mannschaft schweigend zum Gehen.

Die Menschenmenge kam ins Stocken. Die Gänge, die vom Stirnhangar wegführten, waren zu schmal für den plötzlichen Ansturm. Und da war plötzlich Eintausendvier an seiner Seite und sagte mit zuckersüßem Lächeln: »Hallo.«

»Hallo«, erwiderte Bailan verblüfft. »Ich wusste gar nicht, dass . . . ich meine . . .«

»Dass die Niederen auch an der Abschiedszeremonie teilnehmen? Doch, das ist immer so.«

»Ach so.«

»Wenn allerdings ein Niederer stirbt, lässt sich keiner der edlen Herrschaften blicken.«

Er merkte kaum, wie die Menschen ringsum drängelten, hatte nur Augen für sie. Ihr Gesicht, das Muster ihrer zarten Flecken, war ihm fast schon wieder fremd geworden nach der langen Zeit, die er sie nicht gesehen hatte. »Ach so«, sagte er noch einmal, weil er nicht wusste, was er sagen sollte. Seine Gedanken hatten sich ausgerechnet jetzt verabschiedet und nur eine weiße Leere zurückgelassen.

»Was hast du denn vor in der Gedenkzeit?«, fragte sie, und ihre großen dunklen Augen sahen wunderbar aus.

»Gedenkzeit?«, echote Bailan. »Was soll das sein?«

Sie verdrehte ihre großen dunklen wunderbaren Augen. »Gedenkzeit! Vierzig Gyr Ruhe, wenn ein Edler gestorben ist. Zwei Gyr, wenn es ein Freier war, und wenn ein Niederer stirbt – *nay bo* . . .«

Bailan staunte. »Das wusste ich nicht.« Er blickte sich um. »Heißt das, jetzt passiert erst mal gar nichts . . . ich meine, weil die Leute es alle so eilig haben . . .?«

»Oh, sicher, die können es kaum erwarten, um die Edle Vileena zu trauern.« Sie schien ärgerlich zu werden. »Und du? Willst du auch trauern gehen?«

»Ähm, also . . . ich kannte sie eigentlich kaum . . .«

»Meinst du, ich? Sie war einmal in der Heilstation, als ich mir eine aufgeschürfte Hand verbinden ließ. Hat mich kaum angesehen; also, warum soll *ich* sie mir ansehen?«

Bailan fragte sich, warum Eintausendvier sich so ärgerte, und wurde das Gefühl nicht los, selber der Anlass zu sein. »Ja«, sagte er unbestimmt. »Das ist wirklich nicht notwendig.«

Es ging ein Stück weiter. Sie passierten das Zugangstor zum Hangar, dahinter teilte sich der Menschenstrom auf zwei Gänge auf.

»Ich muss in die andere Richtung«, meinte Bailan widerstrebend, als er merkte, dass Eintausendvier sich wie die anderen Niederen nach rechts wandte.

»Ich hatte gehofft, du kommst vielleicht mit mir«, sagte sie und sah plötzlich sehr verletzlich aus. »Die Aufseher ruhen nämlich jetzt auch, weißt du?«

»Oh«, machte Bailan, als ihm dämmerte, was sie meinte. »Aber ich dachte, du ... beziehungsweise ich ...«

»Denk nicht«, sagte sie und fasste seine Hand. »Komm.«

So schoben sie sich zwischen all den anderen durch den rechten Hauptgang und scherten an der Rampe mit den Niederen aus, hinab ins Unterdeck. Am unteren Ende standen allerlei Putzwagen und Förderkarren in Halterungen verzurrt, und ein unangenehmer Geruch nach abgestandener Luft und faulenden Abfällen hüllte sie ein. Bailan schauderte, als sie am Ausgang des Schachts vorbeikamen, durch den sie das erste Mal hinabgestiegen waren und in dem die Erste Heilerin zu Tode gekommen war. Der Gang war jetzt mit Sensorfolie in Warnfarben abgeklebt, *Reparaturarbeiten* versprach ein Schild.

Er warf Eintausendvier, die angestrengt nach etwas Ausschau zu halten schien, einen heimlichen Blick zu. Sie hatte ihn damals gewarnt. Gut möglich, dass sonst er die Leiter hinabgefallen wäre. Damals hatte er nichts von dieser Gefahr geahnt. Er hatte auch nicht geahnt, dass er hier zum ersten Mal eine Frau umarmen würde.

Wie schön sie war ... Er spürte ein schmerzhaftes, sehnsüchtiges Ziehen in seinem Körper aufsteigen. Und dieses Mädchen an seiner Seite wollte ihm erneut die Umarmung gewähren. Sein Atem ging schneller bei diesem Gedanken.

»Hier entlang«, zischte sie plötzlich und schob ihn in einen schmalen Seitengang.

Er folgte ihr durch das von schmalen Lichtstreifen durchzogene Halbdunkel, staunte über die Anmut ihrer Bewegungen und fühlte mit jedem Schritt seine Erregung wachsen. Das Brabbeln der anderen verlor sich in der Ferne. Sie marschierten an Regalen, Schränken und brummenden Maschinenanlagen vorbei, die sanfte Wärme abstrahlten. Und als sie ihn endlich heiß umfing, meinte Bailan zu bersten vor Begehren.


Es herrschte Ruhe im Oberdeck. Aus dem Speiseraum waren Stimmen zu hören, gedämpft, verhalten, freudlos. Quest durchquerte leise den abgedunkelten Flur, betrat die Heilstation und schloss die Tür hinter sich ab. Er machte Licht, sah sich um. Verlassene Schränke, einsame Geräte, alles sauber und glänzend.

»Vileena ...«, flüsterte er, schwer atmend, als bereite ihm das Luftholen Schmerzen.

Er ging langsam durch den Raum, zu dem Schrank, in dem die Heilerin ihre persönlichen Dinge aufbewahrt hatte, seine rechte Hand und die Finger daran gedankenverloren bewegend, als könne er so das Kribbeln darin vertreiben. Er wusste, dass er es so nicht vertreiben würde. So hatte es damals angefangen, und es war nicht wieder verschwunden, nicht ehe Vileena begonnen hatte, ihn zu behandeln.

Er zog die Mappe ohne Namen heraus, breitete sie vor sich aus, studierte die schmale Schrift der Frau, die jetzt kalt und starr im Weltraum trieb. Er las, was sie geschrieben hatte, nur die Hälfte oder weniger verstehend. Er durchsuchte die Schränke,

Schubladen, Regale, fand Gläser mit Sud Blau und Sud Klar, fand den Tiegel mit Paste Grün und die Messer – nein, das würde er nicht selber machen können, das nicht! –, fand die Dosierpumpe und die Injektionsnadeln und die Schläuche.

»Vileena«, flüsterte er noch einmal, qualvoll erfüllt von dem Bedürfnis, diesen Namen auszusprechen, als könne er sie dadurch wieder lebendig machen, könne bewirken, dass sie wieder durch diese Tür trat mit ihrem unterkühlten Lächeln und ihren strahlenden Haaren. Doch gleichzeitig vertiefte jedes Wort das Wissen und die Gewissheit, dass sie gegangen war, dass sie gegangen war und ihn allein zurückgelassen hatte.

Bei allen Ghulen der Leere, *er* war doch der Todeskandidat! Niemals hatte er auch nur im Traum mit einer derartigen Wendung der Ereignisse gerechnet.

Er warf alles, was er gefunden hatte, in eine kleine Tasche, legte die Mappe dazu und schließlich noch eine Packung Wundverschluss.

Dann stand er da, sich mit beiden Händen auf die Tischkante stützend, starrte in den dunklen Schlund der Tasche und kämpfte gegen die Verzweiflung an, die sich in ihm ausbreitete.

»Warum«, flüsterte er, als könne ihn jemand hören und ihm eine Antwort darauf geben, »warum hat er mir das angetan?«

420

# 2

Die Welt kehrte langsam zurück, der ölige Dunst der Maschinen, der modrige Geruch ungelüfteten Stoffs. Sie lagen da, ineinander verschlungen, spürten ihrem Atem nach, der sich langsam wieder beruhigte, und dem Gefühl trocknenden Schweißes auf ihrer Haut. Ein schmaler Lichtstrahl fiel von irgendwoher an die stählerne Decke, Staub tanzte darin.

Eintausendvier hielt die Augen geschlossen, ihre Augäpfel zitterten leicht unter den Lidern, sie schien noch völlig aufgelöst in einer anderen Dimension und alles andere als willens, früher als nötig in diese Welt zurückzukehren. Bailan konnte nicht anders, als sie zu betrachten. Am liebsten hätte er nichts anderes mehr getan. Sein Blick liebkoste das zarte Fleckenmuster ihrer Haut, wie es um ihre Brüste herum und auf die weichen Brustwarzen zu kleinfleckiger wurde und wie es sich als goldener Strom heller Punkte und Streifen in ihren Schoß ergoss, um in gekräuseltem, fast durchsichtigem Haar zu versickern. So schön, sie war so schön.

Sie schlug die Augen auf, lächelte verträumt. »Hallo.«

»Hallo«, flüsterte er rau.

»Wir haben noch Zeit, oder?«

»Ich glaube schon«, nickte Bailan.

Irgendwann war es dann aber genug, war der schmale Lichtstrahl erloschen und hörte man die ersten Maschinen wieder anlaufen. Sie lagen erschöpft nebeneinander, Bailan fühlte sich klebrig und schmutzverkrustet und sehnte sich nach einer Dusche.

»Wir sollten etwas essen«, meinte Eintausendvier.

»Ja«, sagte Bailan matt.

Aber sie blieben beide liegen.

»Warum hat man dich eigentlich geniedert?«, fragte Bailan nach einer Weile.

Sie hob den Arm, fuhr sich mit der Hand über die Stirn.

»Na endlich«, murmelte sie. »Ich dachte schon, du würdest nie fragen.«

»Entschuldige, ich wollte nicht unschicklich . . .«

»Nein, schon gut. Irgendwann fragt jeder.«

Bailan fragte argwöhnisch: »Wie, jeder?«

»Na, jeder eben.«

»Auch Niedere untereinander?«

Eintausendvier lachte auf. »Die sind alle unschuldig.«

»Und du?«

»Ich auch.«

»Also gut«, meinte Bailan, »dann frage ich mal anders: Was war der *Vorwand*, dich zu niedern?«

»Ich bin nicht geniedert worden«, erklärte Eintausendvier in einem Tonfall, als redeten sie über die größte Belanglosigkeit des Universums. »Ich bin schon als Niedere zur Welt gekommen. Als Tochter einer Niederen, die ihre Schuld nicht abgetragen hat.«

Bailan richtete sich abrupt auf. »Das ist jetzt ein Scherz, oder?«

»Mit so was mache ich eigentlich keine Scherze«, erwiderte die Tiganerin ernst. »Meine Mutter hat einen Hautjäger getötet, und dummerweise war das ein Edler. Dass der verdammte Kerl vorher meinen Vater zu Tode gefrostet hat, um eine gefütterte Jacke aus ihm zu machen, hat den Richter nicht interessiert.«

»Aber das ist Sippenhaft«, sagte Bailan entrüstet. »Das ist ungesetzlich.«

Sie wackelte mit dem Kopf und rang sich ein dünnes Grinsen ab. »Ich sagte doch, ich bin unschuldig.«

»Nein, hör mir doch mal zu. Die Sippenhaft ist schon vor der ersten Reichsgründung abgeschafft worden. Der 104. Pantap hat das Gesetz auf alle Menschen, selbst nicht zum Reich gehörende und sogar auf nichtmenschliche Wesen ausgeweitet.« Endlich einmal eine Situation, in der einem das ganze detaillierte Faktenwissen der Bruderschaft eine Hilfe war. »Das heißt, du kannst vor einen Richter gehen und verlangen, freigelassen zu werden.«

»So einfach ist das nicht«, gab sie mit verschlossenem Gesicht zurück. »Auf dem Papier vielleicht. Aber nicht auf Tiga.«

Bailan wollte etwas sagen, über Fälle, von denen er gelesen hatte, aber eben nur gelesen, und das wog nicht schwer gegen die Erfahrung, die Eintausendvier vorzuweisen hatte. Auf einem Planeten, auf dem etwas so Barbarisches wie die Hautjagd stillschweigend geduldet wurde, mochte auch der Spruch eines Richters anderen Gesetzen folgen als denen des Pantap.

Eintausendvier drehte sich zur Seite. »Ich war immer eine Niedere, weißt du?«, sagte sie. »Abschaum. Dreck. Ein Fußabstreifer für andere. Dienerin. Man sagt immer, dass man freikommen möchte, ja – aber ich kann mir gar nicht vorstellen, wie das wäre. Wie ich leben würde, als Freie. Alle meine Freunde sind Niedere. Ich wäre mit einem Schlag allein. Es klingt verrückt, aber im Grunde ist es leichter, eine Niedere zu bleiben.«


Heiler Karsdaro war ein schmaler, unauffälliger Mann mit gepflegten Händen und wässrig grünen Augen in einem elfenbeinernen Gesicht. Noch nie war er bisher vom Kommandanten eines Wortes gewürdigt worden, und nun saß er ihm in dessen seltsam düsterem Arbeitszimmer leibhaftig gegenüber, wenn auch in gemessener Entfernung. Ein geeigneter Anlass, feuchte Handflächen zu bekommen und sich beinahe vor jedem Wort räuspern zu müssen.

»Nach dem unerwarteten und überaus tragischen Tod der

Edlen Vileena«, begann Quest mit seiner menschenfressenden Bassstimme, »stehe ich vor der Aufgabe, einen neuen Ersten Heiler zu benennen.«

Karsdaro schluckte beklommen. *Doch nicht etwa mich?*

»Um mir ein Bild zu machen«, fuhr der Kommandant fort, »möchte ich Ihre Meinung über Ihren Kollegen, Heiler Uboron, hören. Und bitte«, sagte er und hielt ein Bündel Papiere und Schreibfolien hoch, »ich habe schon etliche Aussagen und Zeugnisse über ihn. Es wäre äußerst unvorteilhaft, wenn das, was Sie sagen, allzu weit davon abweicht. Ich erwähne das, damit Sie nicht auf die Idee kommen, Sie könnten Heiler Uboron schützen oder schlechtreden.«

»Ah«, machte Karsdaro und nickte. »Ich verstehe.«

»Also? Ich höre.«

Karsdaro suchte nach Worten, räusperte sich mehrmals, lobte die unzweifelhaften heilerischen Fähigkeiten Uborons, räusperte sich nochmals und kam so zurückhaltend wie möglich auf die eher negativen Aspekte seiner Persönlichkeit zu sprechen – und dies auch nur, soweit er sie aus eigener Erfahrung kannte. Man sagte ihm allerhand nach, vieles davon hatte mit persönlichen Vorlieben zu tun, die für den Beruf des Heilers ohne Belang waren, aber was Karsdaro miterlebt hatte, war, dass Uboron eine tief sitzende Abneigung gegen Niedere hatte, ein fest verwurzeltes Vorurteil sozusagen, das sich in nachlässiger Behandlung von Niederen äußerte und darin, dass er niemals Krankenbesuche im Unterdeck machte. »Ich glaube aber, dass diese Vorbehalte auf Niedere beschränkt sind«, beeilte sich Karsdaro hinzuzufügen. »Seiner Qualifikation für die Stelle eines Ersten Heilers, als der er in erster Linie mit Edlen zu tun hätte, täte dies also keinen Abbruch.«

»Wer hat dann Krankenbesuche im Unterdeck gemacht?«

»Im Allgemeinen ich.«

»Im Allgemeinen?«

Karsdaro musste husten. »Genau genommen *nur* ich. Wenn ich von der Notwendigkeit erfahren habe – was bedauerlicherweise nicht immer der Fall war –, habe ich seine Kranken in meine Besuche mit einbezogen.«

»Hmm«, machte Quest und raschelte in seinen Unterlagen. »Eine andere Frage. Können Sie sich an einen Fall erinnern, in dem Heiler Uboron wissentlich und absichtlich gegen ein Gesetz verstoßen hat? Sich etwa bestechen ließ, eine meldepflichtige Krankheit zu verschweigen?«

Karsdaro dachte angestrengt nach, doch ihm wollte kein Vorkommnis einfallen, das auch nur annähernd in diese Richtung gegangen wäre. »Nein. Das kann ich mir bei ihm auch nicht vorstellen.«

»Auch kein kleiner Verstoß? Etwas, das man bereitwillig übersieht?«

»Offen gesagt, neigt er eher dazu, zu kleinlich zu sein.«

»Und wenn er sicher wäre, dass der Verstoß unbemerkt bleibt?«

»Auch nicht. Ich würde Heiler Uboron für unbestechlich halten.«

»Verstehe.« Quest machte sich ein paar Notizen. »Gut. Ich danke Ihnen, Heiler Karsdaro. Sie können jetzt gehen.«


Nach Ablauf der Gedenkzeit startete die MEGATAO zur nächsten Etappe. Quest ließ sich nicht einmal sehen, rief nur den Ersten Verweser an, befahl den Start und wünschte gerufen zu werden, sobald der erste Etappenpunkt erreicht war. Das würden dann zehntausend Lichtjahre sein, ausreichend für parallaktische Bildaufnahmen, aus denen sich eine vorläufige Sternkarte von *Insel 59* erstellen ließ.

»Und erinnern Sie Muntak daran«, meinte der Kommandant zum Schluss, »dass es nach wie vor keinen Grund gibt, langsamer als mit maximaler Geschwindigkeit zu fliegen.«

Da war es wieder, das Kribbeln unter der Haut, wie von Millionen winziger Insekten, die Gänge durch das Oberhautgewebe fraßen, krabbelten und nagten und sich vermehrten. Zum Wahnsinnigwerden.

Quest lag auf dem Bett, die Hände in zwei Kristallschalen mit Eiswasser, von dem er sich ab und zu etwas über den Leib strich, mehr um sich durch einen anderen Reiz abzulenken, als dass es irgendetwas geholfen hätte. Das Atmen fiel ihm schwer, seine Lunge rasselte und pfiff, und er fühlte sich elend, verraten von seinem zerfallenden Körper, im Stich gelassen von der Frau, der er sein Leben anvertraut hatte, dem Tod näher als je zuvor. Er stöhnte, weil er nicht schreien durfte, aber irgendein Laut musste heraus.

Fünfundfünfzigtausend Lichtjahre noch. Eine Ewigkeit. Früher eine unüberbrückbare Distanz, in jenen Zeiten, in denen die Legenden um den Planeten des Ursprungs entstanden waren. Die Alten, die den Quell allen Lebens zum ersten Mal besungen hatten, konnten nie hoffen, ihn einst zu finden. Welch ein Wunder, dass all die Sagen über den Punkt des Anfangs nicht vergessen wurden. So viele Völker, so viele Welten, Kulturen, die unabhängig voneinander entstanden waren und nur das gedeutet hatten, was sie am Himmel sahen – alle hatten sie ein Wort geprägt für diese ferne, vergessene Welt. *Tampsted*, der Beginn der Zeit. *Amdyra*, der erste Samen. *Gondwaina*, die Welt aus Gold. Das stammte von Temur, von wo aus einst Toyokan besiedelt worden war. Sein Oheim hatte ihm die alten temurischen Märchen erzählt, vor langer Zeit, als er noch auf seinen Knien sitzen konnte. Selbst die Gheiro, jene schmächtigen, großäugigen fremden Wesen, mit denen Temur eine Zeit lang Kontakt hatte – lange bevor der Kontakt zum Reich von Gheerh entstand –, selbst diese Fremden hatten Legenden gekannt, hatten die sagenhafte Welt *Eirado* geheißen, das Herz des Seins. Und *Hiden* nannte sie der älteste Mythos von allen, die Sage von Lantis . . .

Ein greller Schmerz, der sich quer durch seinen Schädel bohrte, ließ Quest aufstöhnen. Obwohl er lag, wurde ihm speiübel, kaum weniger schlimm als nach dem Erwachen aus dem Austauchschlaf. Doch zugleich fiel ihm wieder etwas ein, etwas, das ihm unter dem unablässigen Ansturm der Schmerzen ganz entfallen war. Er wälzte sich herum, zog das Fach am Kopfende seines Bettes auf, tastete mit verschleiertem Blick darin herum, bis er eine große Dose zu fassen bekam. Er öffnete den Deckel, blinzelte, aber der Schleier wollte nicht weichen. Eine Mischung aus Korn Rot, Korn Gelb und Korn Braun, die Vileena ihm bereitet hatte; den Farben nach war es die richtige Packung. Er setzte an und kippte den halben Inhalt der Dose in seinen Mund, dann spülte er einen Schluck Eiswasser hinterher – und schaffte es gerade noch, den Deckel zuzudrehen, ehe seine Eingeweide verrückt spielten.

Aber es half. Die Insekten verschwanden bis auf ein paar hartnäckige Widerstandsnester in den Händen und den Fußsohlen. Die Übelkeit ließ nach, er atmete leichter. Er konnte sich sogar aufsetzen, und es fühlte sich an, als würde er bald aufstehen können und wie ein gesunder Mensch aussehen.

Nur sein Blick wollte nicht klar werden.


Uboron war bereit, alles zuzugeben außer, dass es seine Schuld war, dass die Edle Vileena sich derart aufgebracht auf den Weg ins Unterdeck gemacht hatte. Niemals. Wenn sie sich so sehr über die zumeist vorgetäuschten Wehwehchen uneinsichtiger, arbeitsscheuer Niederer hatte aufregen müssen, dass sie keine Leiter mehr hinabklettern konnte, dann war ihr eben nicht zu helfen gewesen.

So saß er grimmig da und beobachtete die im Halbdunkel kaum auszumachenden Umrisse der mächtigen Gestalt Quests.

»Nach dem tragischen Tod der Edlen Vileena«, ließ der

Kommandant sich vernehmen, »stehe ich vor der Aufgabe, einen neuen Ersten Heiler zu benennen.«

Uboron hob die Augenbrauen. Ja, richtig. Daran hatte er noch gar nicht gedacht.

»Um mir ein Bild zu machen«, fuhr Quest fort, »möchte ich Ihre Meinung über Heiler Karsdaro hören.«

*Karsdaro?* Das konnte nur ein Test sein. Der einzig geeignete Anwärter war selbstverständlich er, Uboron.

»Und damit Sie nicht denken, Sie müssten ihn schützen oder schlechtreden«, sagte Quest und klopfte auf die Schreibfolien und Papiere, die vor ihm lagen, »sage ich ihnen gleich, dass ich bereits etliche Meinungen über ihn eingeholt habe. Es wäre nicht vorteilhaft, wenn Ihre Aussage allzu weit davon abweicht.«

»Ich verstehe«, sagte Uboron. Jetzt hieß es, geschickt zu agieren. Die Wahrheit zu sagen, sie aber so klingen zu lassen, dass der Kommandant nur zu einem einzigen Urteil kommen konnte.

Also beschrieb er die heilerischen Qualitäten Karsdaros, die für sich genommen unbestritten waren. Er schilderte einige Fälle, scheinbar, um Karsdaros Können zu preisen, tatsächlich aber, um zwischen den Worten aufscheinen zu lassen, dass der Heiler dazu neigte, schlecht organisiert zu handeln, von Menschenführung nichts verstand und im Krisenfall zweifellos versagen würde. Er war versucht, mit einer dünnen, gezwungen klingenden Empfehlung für Karsdaro als Ersten Heiler zu schließen, aber im letzten Moment war ihm das doch zu heikel, und er ließ es bleiben.

»Verstehe«, nickte der Kommandant. »Danke. Eine andere Frage. Hat es Ihres Wissens einen Fall gegeben, in dem Heiler Karsdaro gegen Gesetze verstoßen hat?«

War das etwa ein ausschlaggebender Gesichtspunkt? Uboron runzelte die Stirn. Karsdaro war viel zu übergenau, als dass in dieser Richtung etwas zu holen gewesen wäre. »Meines Wissens nicht«, musste er widerwillig einräumen.

»Können Sie sich vorstellen, dass er sich bestechen lassen würde, um, sagen wir, eine meldepflichtige Krankheit zu verschweigen?«

Karsdaro? Was für ein Gedanke! »Nein, Erhabener Kommandant«, sagte Uboron. »Das kann ich mir beim besten Willen nicht vorstellen.«

Quest machte sich Notizen. »Gut. Ich danke Ihnen, Heiler Uboron. Sie können jetzt gehen.«


Während der nächsten Orientierungsphase kam Quest in die Zentrale. Er wirkte rastlos und ungeduldig. Er ließ sich von allen Dyaden Bericht erstatten, nur Muntak, der kaum aufsah und mit vier Händen gleichzeitig zu schalten schien, wagte auch er nicht zu stören.

Der Einzige, der Bemerkenswertes zu berichten hatte, war Felmori. »Wir sehen jetzt etwas im Zielbereich«, verkündete er und legte die entsprechende Aufnahme des Teleskops auf den großen Bildschirm. »Etwas absolut Ungewöhnliches. Offen gestanden habe ich keine Ahnung, womit wir es hier zu tun haben könnten.«

Der Schirm zeigte wieder die grobkörnigen Umrisse einiger weniger Sterne, fast deckungsgleich mit der letzten Aufnahme des Zielgebiets. Doch wo sich zuvor die zwei dünnen blauen Linien gekreuzt hatten, war nun ein nebelhafter Kreis zu sehen.

»Und Ihr seid sicher, dass es kein Bildfehler ist?«, knurrte Quest.

»Das war auch mein erster Gedanke, Erhabener Kommandant«, sagte Felmori gelassen. »Ich habe die Aufnahme deshalb mehrfach wiederholen lassen. Immer dasselbe Bild. Dort ist ganz ohne Zweifel etwas.«

»Was immer es ist, es muss riesig sein.«

»Wenigstens ein Lichtjahr im Durchmesser«, sagte der Erste Navigator.

Quest starrte eine Weile darauf, dann nickte er. »Behaltet es im Auge. Vielleicht sehen wir bei den nächsten Orientierungsphasen mehr.« Damit wandte er sich zum Gehen.

Die Männer in der Zentrale blickten ihm nach. Sie tauschten sich nicht über ihre Beobachtungen und Vermutungen aus. Hätten sie es getan, sie wären einhellig zu dem Schluss gekommen, dass Quest äußerst schlecht aussah. Der Tod der Ersten Heilerin schien ihm ziemlich nahezugehen. Vermutlich war doch etwas daran gewesen, an den Gerüchten um eine Verbindung zwischen den beiden.


Den Heilern konnte er sich nicht anvertrauen. Uboron war gefährlich ehrgeizig, und Karsdaro kam erst recht nicht in Frage. Er musste es selber tun. Und er musste es rasch tun, ehe seine Hände zu taub und gefühllos wurden und er nicht mehr klar denken konnte vor Schmerzen.

Quest wählte die Nacht für sein Vorhaben. Die MEGATAO war im Hyperraum, niemand würde etwas von ihm wollen, niemand würde bemerken, dass er die Türen zu seinen Gemächern verriegelt hatte.

Er holte die Tasche mit den Heilmitteln aus dem Schrank, in dem er sie versteckt hatte, stellte sie nach einiger Überlegung auf den virijagischen Rundtisch und räumte alles andere ab. Er würde mit dem Rücken gegen die Steinskulptur sitzen, die Vileena so verabscheut hatte. Er legte die Unterlagen zurecht, das Blatt mit den Dosierungen, die Anleitung für die Pumpe, stellte die Gläser Sud Klar und Sud Blau auf. Die Pumpe selber, die Leitungen dazu, und die Nadeln. Wundverschluss. Er betrachtete das Arsenal an Folterwerkzeugen, fragte sich, ob sich seine

Atmung von dem bloßen Anblick verändert hatte oder ob der Schub voranging, und legte sicherheitshalber eine Rolle kräftiges Klebeband dazu. Dann setzte er sich.

Nur nicht lange nachdenken. Einen Handgriff nach dem anderen. Es waren nur Nadeln, Vileena hatte ihn Hunderte von Malen damit gestochen, er würde es auch können. Er nahm eine aus dem Behälter, koppelte eine Leitung an, die er mit der Pumpe verband, und legte beides auf ein keimabweisendes Tuch. Dann maß er mit je einem Füllstab Sud Klar und Sud Blau in die Pumpbehälter ab. Nicht unbedingt die richtige Reihenfolge, überlegte er, während er die Dosierung mehrmals anhand Vileenas Notizen kontrollierte.

Er riss einige lange Streifen Klebeband ab, vergewisserte sich noch einmal, dass alles in Reichweite war, legte den linken Unterarm flach auf den Tisch und fixierte ihn mit den breiten, festen Streifen. Am schmerzvollsten, dachte er grimmig, würde es jedenfalls sein, die Klebstreifen wieder von seinem dicht behaarten Arm abzureißen.

So. Jetzt. Wie hatte sie das immer gemacht? Die Oberseite seiner Hand massiert, bis die Venen deutlich hervortraten. Er musste sich nicht nur stechen, er musste auch treffen, das war die Herausforderung. Er rollte die weiche Haut seiner linken Hand mit tauben Fingern und entschied sich für eine Vene, die sich wie ein dunkelblauer Wurm vom Ringfinger Richtung Handgelenk schlängelte.

Ah, er hatte den Keimabweiser vergessen. Damit hatte sie die Stelle immer eingerieben. Nun, es musste auch so gehen. Mit einer Infektion würde er immer noch zu den Heilern gehen können. Er drückte die Taste, die die Zuleitung der Nadel mit Sud Blau füllte. Die Fließgeschwindigkeit musste er noch einstellen. Quest konsultierte das Protokollblatt, drehte die Rändelschraube auf den letzten Wert, den Vileena gewählt hatte.

Dann nahm er die Nadel zwischen die Finger.

Sie fühlte sich kalt an, als er sie sich auf die Haut setzte, genau auf die Gabelung der Vene. Er holte tief Luft und gab seinen Fingern einen Ruck. Mühelos glitt die metallene Spitze durch die Haut. Er betrachtete sein Werk. Das sah gut aus. Ein roter Schimmer – Blut – am oberen Ende der Nadel, dort, wo die Leitung angebracht war, verhieß, dass er es auf Anhieb geschafft hatte. Ein seltsames Triumphgefühl erfüllte ihn. War es also doch nicht so schwer, wie er befürchtet hatte. Er konnte es schaffen, zur Not ganz allein.

Er pulte die Klammer um die Nadelhalterung zurück. Die zwei weichen Flügel entrollten sich und verklebten sich prickelnd mit der Haut. Puh, jetzt war ihm doch etwas schummrig. Er lehnte sich zurück, an den beruhigend kühlen Steinsockel, und schaltete die Pumpe ein.

Wie ein Schlag durchzuckte ihn der Schmerz, ein Gefühl unerträglicher Hitze, das überall im Körper zugleich war. Das war falsch, das war ganz falsch. Mit Tränen in den Augen fand er den Schalter an der Pumpe und legte ihn zurück, sank über dem Tisch zusammen, schnappte nach Luft, bis es nachließ. Die Kühle an der Stirn tat gut. Der unnatürlich verdrehte linke Arm tat nicht gut, aber er wollte es nicht riskieren, ihn zu lösen.

Blinzelnd kam er hoch, las die Zahlen in Vileenas Liste noch einmal durch. Kontrollierte die Einstellung an der Pumpe. Um den Faktor zehn zu hoch. Er hatte Schwierigkeiten, die kleinen Ziffern zu erkennen, das war es. Zurückdrehen, feststellen. Noch einmal und noch einmal prüfen.

Diesmal fühlte es sich so an, wie er es kannte. Endlich. Er lehnte sich zurück, schloss die Augen. Nicht einschlafen, sagte er sich. Wach bleiben.


Es kam ihm wie ein Wunder vor, dass er am nächsten Morgen erwachte und immer noch lebte. Die Verankerung des Arms hatte irgendwann nachgegeben, vermutlich, als er schlafend zur Seite gesunken war, die Nadel hatte gehalten, die Pumpe sich nach dem letzten Tropfen Sud Klar abgeschaltet, und das Kribbeln war verschwunden, restlos. Und ja, es brannte höllisch, sich Klebstreifen von der Haut zu reißen, die eigentlich für die Befestigung von Gravitonkabeln an Stahlwänden gedacht waren.

Tatsächlich, er fühlte sich gut. Quest rappelte sich hoch, kramte den Löser aus der Tasche und gab ein paar Tropfen auf die Nadelbefestigung, die daraufhin milchig wurde und sich von der Haut löste. Er zog die Nadel heraus, gab Wundverschluss auf die Einstichstelle – und fertig. Vileena hatte das so oft bei ihm praktiziert, dass er zwangsweise mitbekommen hatte, wie es gemacht wurde.

Er räumte den Abfall zusammen und stopfte ihn in eine Schachtel, die er ebenfalls im Schrank verstecken würde. Alles Übrige kam zurück in die Tasche. Dann ging er, um eine Dusche zu nehmen, und danach würde er ein Frühstück kommen lassen. Er fühlte sich wirklich gut, doch. Sich die Heilmittel selber zu geben war ein Weg durch ein dunkles Tal gewesen, doch nun sah er die Sonne wieder und war stärker als zuvor. Er wusste jetzt, dass er es schaffen würde.


Das Ticken der Metaquanten klang wie die ersten Graupeln des toyokanischen Winters auf dem Blechdach des alten Palastes. Er konnte beinahe den harzigen Duft des Winters riechen, der immer in silberhellen Schwaden von den Vorbergen heruntergezogen war.

Er beschloss, in die Zentrale zu gehen und sich während der nächsten Orientierungsphase das Zielgebiet noch einmal anzusehen, tausend Jahre jünger und tausend Lichtjahre näher. Zuzusehen, wie sie dem Rätsel näher kamen. So hellwach, wie er sich fühlte, kam er vielleicht auf Ideen, die bis jetzt noch kein anderer gehabt hatte.

Man grüßte ihn ehrerbietig und nicht ohne Verwunderung, als er die Zentrale betrat. Sie hatten ihn erst zum Etappenpunkt wieder erwartet. Aber es machte nichts, wenn er sie überraschte. Als nicht berechenbar zu gelten war schon immer eine gute Devise gewesen.

Muntak sah müde aus, hielt aber heroisch seinen Platz an der Steuerung, um Bleek davon fernzuhalten, was zweifellos ein Segen für die Expedition war. Die Kommunikatoren hatten, wie nicht anders zu erwarten, nichts zu berichten. Die Maschinen liefen bestens. Die Raumüberwachung blieb ebenfalls unbeschäftigt, ihre Schirme leer bis auf die Anzeige des Funktionsstatus.

»Wenn ich einen Vorschlag machen dürfte«, meinte der Erste Verweser mit dem gewohnten Respekt.

»Machen Sie«, erwiderte Quest gut gelaunt.

»Wenn wir den nächsten Etappenpunkt um etwa hundert Lichtjahre versetzt wählen, könnte eine Parallaxenaufnahme des Ziels ...«

Plötzlich entstand da etwas, ein Prickeln das Rückgrat hoch, ein ganz und gar elendes Gefühl, das von ihm Besitz ergriff. Er sah Dawill immer noch reden, hörte ihn aber nicht mehr, hörte nur Brausen und belangloses Wabern und fühlte sich nicht gut. Um sein Blickfeld herum waren mit einem Mal lauter dunkle Schatten. Er sah Dawill an – sich nur nichts anmerken lassen, sicher ging es gleich vorüber –, aber der Erste Verweser hatte aufgehört zu reden, blickte ihn an, wirkte beunruhigt.

Tiefe Erbitterung über den Verrat, den sein Körper an ihm verübte. Feige Zellen, die ihre Pflicht vergaßen. Erbärmlicher Kreislauf, der die Arbeit niederlegte.

Es war, als ziehe ihm jemand den Boden unter den Füßen weg.

# 3

Dawill hielt inne, als er den glasigen Ausdruck in Quests Augen bemerkte. »Ist, ähm, Euch wohl, Erhabener Kommandant?«, fragte er besorgt und, wie er hoffte, angemessen leise, um den Kommandanten nicht unnötig zu kompromittieren.

Die Reaktion war ein vollkommenes, geradezu idiotenhaftes Erschlaffen der Gesichtszüge. Dann fiel der Kommandant vor ihm auf die Knie, was ein hässliches, knackendes Geräusch verursachte, verdrehte Kopf und Schultern und sank schlaff zur Seite – und Dawill vermochte mit nur noch, einer spontanen, unschicklichen Berührung des Edlen Patriarchen dessen Kopf vor einem Aufschlagen auf den blanken Boden zu bewahren.

»Ruft einen Heiler!«, schrie er.

»Bei allen Sterngeistern!«, rief jemand. Schritte trappelten, aufgescheuchte Bewegungen ringsum, Rufe und elektronische Signale.

Da sie den Körper nun schon einmal berührt hatten, suchten Dawills Hände die Halsschlagader. Sie griffen in weiches, nasskaltes Fleisch, tasteten endlich einen Puls, der flach und schnell war wie das nervöse Trommeln von Fingern auf einer Tischplatte. Das Herz, na klar. Dieses verdammte Übergewicht, das der Kommandant sich seit Toyokan angefressen hatte. Und an den Gerüchten um graue Drogen ist dann wohl auch etwas dran gewesen. »Wo bleibt der Heiler?«, rief er noch einmal, öffnete die Halsmanschette ein wenig und begann, sich Gedanken zu machen, was zu tun war, sollte der Kommandant hier und jetzt sterben.

435

Iostera tauchte neben ihm auf und half ohne große Worte, die eingeknickten Beine Quests zu befreien, sodass man ihn auf den Rücken legen konnte. Speichel troff aus dem Mundwinkel; Dawill wischte ihn mit einer unauffälligen Ärmelbewegung ab.

Endlich rasches dröhnendes Getrappel die Treppe hoch. Uboron, der sich mit ernster Miene und seinen gewaltigen Händen über den Kommandanten beugte, den ins Weiß verdrehten Augapfel unter dem Lid entblößte, am Hals fühlte und am Handgelenk, hierhin griff und dorthin und endlich verfügte, Quest in die Heilstation zu schaffen.

»Besteht Lebensgefahr?«, wollte Dawill wissen.

»Die nächsten zwei Gyr wird er überstehen«, sagte der hünenhafte Heiler. »Was danach kommt, muss man sehen.«

»Es ist *Funukas Fluch*«, sagte Uboron.

Unwillkürlich wichen alle zurück.

»Es gibt nichts zu befürchten.« Der Heiler legte die Sonde beiseite und wischte sich die Hände an einem keimtötenden Tuch ab. »Funukas Fluch ist zwar übertragbar, aber man müsste schon sehr unschickliche, wenn nicht sogar unappetitliche Handlungen begehen, um sich anzustecken.«

Der gesamte Führungsstab war in der Heilstation versammelt und starrte erschüttert auf das Bild, das der mächtige Leib des Kommandanten bot, bewusstlos auf der schmalen Liege, sie fast überragend, die Haut wächsern, eine Schluckröhre im Hals. Von einem Augenblick zum nächsten war aus der Ehrfurcht einflößenden Gestalt eines legendären Kommandanten ein schwacher, kranker Mann geworden.

»Eine Tragödie«, murmelte der Edle Hunot. »Erst die Heilerin, und jetzt das . . .«

»Bei uns zu Hause«, raunte der Edle Ogur und kratzte sich

die krause Mähne, »sagt man, *ein Unglück bringt immer seine Familie mit.*«

Uboron zog die dünne weiße Decke zurecht und kontrollierte den Fluss einer wasserklaren Flüssigkeit, die aus einer aufgehängten Flasche in eine Kanüle tropfte. Sensoren waren an Quests Hals, Brust und Handgelenken befestigt, dünne Leitungen führten von ihnen weg in ein Rechnermodul.

»Und was«, fragte Dawill in das Schweigen hinein, »für unschickliche, unappetitliche Handlungen hat der Kommandant begangen, um sich anzustecken?«

Der Heiler faltete die Pranken vor der Brust. »Das entzieht sich meiner Kenntnis. Funukas Fluch ruht ziemlich lange unbemerkt im Körper, ehe es zu Krankheitserscheinungen kommt.«

»Und wie geht es weiter? Was werden Sie tun? Wird sich der Kommandant wieder erholen?«

Uboron warf einen merklich beklommenen Blick in die Runde. »Nein«, sagte er. »Tut mir leid. Funukas Fluch bedeutet Zerfall. Irreparabel, unheilbar und unaufhaltsam.«

Entsetztes Einatmen. Unwillkürlich trat jeder noch einmal einen halben Schritt von Quests Krankenlager zurück. Jeder außer Dawill. »Sind Sie sicher, dass es nichts anderes ist?«, fragte er.

»Nun, soweit man sich bei einer ersten Diagnose sicher sein kann, ja.« Uboron entfaltete die Hände und breitete sie in einer Geste der Hilflosigkeit aus. »Funukas Fluch ist eine seltene Krankheit. Ich selber hatte mit ihr seit meiner Schiffserlaubnis nicht mehr zu tun und davor nur selten, am häufigsten während meiner Ausbildung im Siechenhaus von Gortwin. Was mich etwas stutzig macht, ist der plötzliche Ausbruch. Normalerweise beginnt es mit leichten Sprech- und Schluckstörungen und zieht sich über mindestens ein Halbjahr hin. Einen derartigen Zusammenbruch habe ich nie erlebt, und soweit ich weiß, schildern auch die Schriften keinen solchen Fall. Ich werde sie noch einmal konsultieren, um sicherzugehen ... Andererseits wüsste ich nicht, was es sonst sein könnte.«

»Was können Sie für ihn tun?«

»Ich denke, am besten setze ich etwas Paste Grün.« Uboron ging die Reihe der Schraubtiegel durch. »Allerdings finde ich die nirgends.«

»Ist das ein Problem?«

»Nein. Heiler Karsdaro kann sie mir von unten bringen.«

»Meinen Sie, Sie bringen ihn damit auf die Beine?«

»Auf die Beine? Sie scherzen. Ich bin froh, wenn er noch einmal zu Bewusstsein kommt.«

»Ah.« Dawill betrachtete betroffen den riesigen Leib Quests. Auf der schmalen Liege sah er noch riesiger aus. Unvorstellbar, dass all das mit einem Schlag zu Ende sein sollte. Er musterte die Reihe der Edlen, die den Patriarchen nur fassungslos anstarrten, holte tief Luft und wandte sich wieder dem Heiler zu, um zu tun, was getan werden musste.

»Heiler Uboron«, sagte er betont formell, »ist nach Ihrer fachlichen Einschätzung der jetzige Kommandant Eftalan Quest gemäß Flottenstatut noch imstande, ein Raumschiff zu führen?«

Der hünenhafte Heiler zuckte zusammen. »Oh. Eine solche Einschätzung zu treffen steht allein dem Ersten Heiler ...«

»Wir haben keinen Ersten Heiler mehr. Und wir sind im Einsatz. Also?«

Uboron schluckte unbehaglich. »Nein. Funukas Fluch ist ganz sicher eine Krankheit, die unter das Statut fällt.«

»Dann ist es meine Pflicht, zu erklären, dass Eftalan Quest hiermit von seinem Kommando über die MEGATAO entbunden ist und ich dieses Kommando übernehme.« Dawill drehte sich zu den übrigen Mitgliedern des Führungsstabes um. »Erster Pilot, stoppt den Anflug auf den Eintauchpunkt. Wir werden die nächste Etappe erst antreten, wenn die Situation

438

geklärt ist.« Er streckte die Hand aus. »Heiler Uboron, der Edle Quest trägt einen Schlüssel an einer Schulterkette. Ich bitte Sie, mir diesen Schlüssel jetzt auszuhändigen. Alle Anwesenden sind Zeugen der Übergabe.«

»Halt!«, rief Muntak und drängte sich nach vorn. »Moment. Nicht so schnell, Dawill. Wie stellen Sie sich das vor? Sie können das Schiff nicht führen.«

»Ich führe es schon die ganze Zeit«, entgegnete Dawill.

»Der Kommandant führt es. Sie befolgen nur seine Befehle.«

»Ich bin der stellvertretende Kommandant. Was ich tue, ist genau das, was meine Aufgabe ist – ich vertrete ihn.«

»Sie sind Verweser. Der Erste Verweser zwar, aber eben nur ein Verweser. Ein überlichtschnelles Raumschiff muss aber laut Flottenstatut von einem Edlen geführt werden.«

»Von Euch, meint Ihr.«

»Ich bin der Nächste in der Hierarchie.«

»Aber Ihr habt kein Kommandantenpatent.«

»Sie auch nicht.«

»Deswegen ist die Erfahrungsklausel anzuwenden. Regel 1301. Und da ich die MEGATAO bisher geführt habe, heißt das, dass ich das Kommando übernehmen muss.«

Muntak starrte ihn an, seine Unterkiefermuskeln mahlten verbissen. »Regel 1301«, äffte er ihn nach. Er sah sich im Kreis der Edlen um. »Ein Gemeiner soll die MEGATAO kommandieren? Wollt Ihr das zulassen?«

»Edler Muntak, bitte«, sagte Iostera sanft mit beschwichtigend erhobener Hand, »sosehr ich Eure Erregung verstehen kann – wir müssen bedenken, mit welch außergewöhnlicher Situation wir es zu tun haben. Wir sollten jetzt nichts überstürzen. Ich schlage vor, wir belassen einstweilen alles, wie es ist. Der Erste Verweser kann seine Funktion ausüben wie bisher; praktisch ist ja zunächst unerheblich, ob der Kommandant sich zurückgezogen hat oder ob er auf der Heilstation liegt.«

»Ja«, nickte Muntak. »Genau.«

Dawill schüttelte unnachgiebig den Kopf. »Das wird nicht funktionieren, Edler Iostera.«

Der Edle vom Zwirnweber-Clan musterte den Verweser irritiert. »Ich verstehe nicht«, meinte er, nun doch merklich pikiert ob Dawills hartnäckiger Uneinsichtigkeit.

»Wir brauchen Zugang zu Quests Gemächern, insbesondere zum Kommandantenschließfach. Und das so schnell wie möglich.«

»Wieso das denn?«, blaffte der Erste Pilot dazwischen.

Dawill musterte den narbenreichen Edlen von oben bis unten. Er konnte sich ein spöttisches Grinsen nicht verkneifen. »Das ist doch wohl klar«, meinte er mit unverhohlener Herablassung. »Wir sind vier Millionen Lichtjahre weit geflogen, aber wir wissen nicht, was wir auf dem Planeten des Ursprungs überhaupt machen sollen. Also müssen wir den Befehl des Pantap finden, und sollte uns das nicht gelingen, müssen wir Quest ohne jede Rücksicht noch einmal zu Bewusstsein bringen, damit er es uns sagen kann. Und Ihr habt es gehört – Funukas Fluch bedeutet Zerfall. Wenn wir zu lange warten, wird er es nicht mehr wissen.«


Man kam schließlich überein, dass die Durchsuchung, aus Rücksicht auf die Würde des Kommandanten, zunächst nur von zwei Personen vorgenommen werden sollte, dem Ersten Verweser Dawill und dem Ersten Piloten Muntak, der auch den Kommandantenschlüssel kommissarisch an sich nehmen würde. Die anderen würden, mit Ausnahme der Edlen Iostera und Ogur, die als Zeugen der weiteren Ereignisse um Quest an dessen Krankenlager bleiben sollten, in die Zentrale zurückkehren, um die Dyaden zu besetzen und die Einsatzbereitschaft der MEGA-TAO zu sichern.

Als sie vor der Tür standen, die in Quests Arbeitszimmer führte, suchte Muntak Dawills Blick und wartete sein Nicken ab, ehe er den schmalen Stift des Kommandantenschlüssels in das Schloss drückte. Die Verriegelung öffnete sich mit einem feinen Zischen. Dann bedurfte es nur noch eines leichten Drucks mit der Hand, damit die Tür geräuschlos aufschwang.

Es roch nach Staub und Reinigungsmitteln und nach einem fremden Menschen. Teppiche dämpften ihre Schritte, schwere Vorhänge das Echo ihrer Stimmen. Lichtschienen glommen verhalten, tauchten alles in winterlich anmutende Dämmerung. Gepolsterte Sessel und Sitzkissen, dicke schwebende Schreibplatten und ein vornehm in Lapiszit gefasstes Terminal verbreiteten die einem Patriarchen zustehende Atmosphäre von Pracht und Würde.

Dawill drehte die Beleuchtung auf maximale Stärke, was den Zauber vertrieb und die Kostspieligkeit der Ausstattung betonte. Ihr erstes Ziel war das Kommandantenschließfach, das sich an der üblichen Stelle hinter einem Wandbehang befand und, wie üblich, gähnend leer war. Seit einem Aufsehen erregenden Spionagefall vor hundert Jahren hatte es sich unter den Kommandanten der Flotte zuerst zur Manie, dann zur Gepflogenheit entwickelt, geheime Unterlagen keinesfalls in dem dafür vorgesehenen gepanzerten Sicherheitsfach aufzubewahren. Es enttäuschte Dawill ein wenig, dass nicht einmal Quest sich dieser blödsinnigen Mode entzogen hatte.

»Nun gut, das war klar«, meinte er zu Muntak. »Wie wollen wir vorgehen? Einer den Empfangsraum und das Ruhezimmer, der andere den Schlafbereich? Oder beide alles?«

Muntak überlegte kurz, während sein Blick über die Wandstelen, Bilder und Ornamente schweifte. »Nehmen Sie den Schlafbereich«, meinte er.

So waren sie wegen eines geldgierigen Schlüsselherstellers, der seinen Verrat vor über hundert Jahren in der Würgeschlinge gebüßt hatte, gezwungen, in die persönlichsten Bereiche ihres Kommandanten einzudringen. Hinter die Bilder und Portieren seines Schlafzimmers zu spähen. Die Schränke in seinem Waschraum zu durchstöbern. Decke und Boden nach Geheimfächern abzuklopfen. Dawill bemühte sich, nicht genauer als nötig hinzusehen, als er die Schubladen mit Quests Schamhosen durchwühlte. Die Fächer mit den Socken. Alles aus gemasertem Makarpit gearbeitet, dem versteinerten Harz des Makar-Baumes, dem einstigen Wahrzeichen des einstigen Toyokan. Die Socken fühlten sich unglaublich weich an, schienen sich wie von selbst um seine Finger zu schmeicheln ...

Dawill hielt inne, musste die Augen schließen. Es war Neid, was da in ihm aufkeimte, Neid auf diesen Reichtum und auf die Privilegien, die Quest zeit seines Lebens genossen hatte. Die jeder Edle wie selbstverständlich genoss. Glühender Neid, der ihn wie eine heiße Nadel durchbohrte, sodass ihm die Finger zitterten.

Geedelt werden. *Edler Dawill.* Ein Gut zugesprochen bekommen in einer Clanschaft. Bei Hofe verkehren, wie selbstverständlich zu den kleinen Kreisen gehören, die die wirklich lohnenden Geschäfte untereinander ausmachten.

Und, so hässlich es war, die Krankheit Quests konnte ihm den Weg genau dahin ebnen. Daran hatte er bis gerade eben noch überhaupt nicht gedacht, nur an die Mission, den Auftrag des Pantap und das Wohl des Schiffes. Doch jetzt wurde es ihm so jäh bewusst, als träfe ihn ein Hammer. Wenn Quest dauerhaft krank wurde oder starb und er, Dawill, das Kommando über die MEGATAO übernahm – und er zweifelte nicht daran, dass er dieses Kommando letztlich bekommen würde; niemand sonst war qualifiziert genug, insbesondere Muntak nicht, dem man in den Prüfungen das Kommandantenpatent zweimal wegen mangelnder charakterlicher Eignung versagt hatte, und das wussten auch die anderen Edlen, wussten, dass, wenn sie jemand wieder heil nach Hause bringen konnte, das nur er, Dawill, sein würde –, wenn er also das Kommando in dieser entscheidenden Phase übernahm – kurz bevor sie den sagenumwobenen Planeten des Ursprungs erreichten –, um dort was auch immer zu tun, das dem Pantap im Krieg gegen die Invasoren den entscheidenden Vorteil verschaffen würde, und wenn sie das unter seinem Kommando erfolgreich taten ... Nichts im Universum konnte dann noch verhindern, dass der Pantap ihn edelte. Wenn er ihm nicht sogar einen Tafelplatz anbot. Eftalan Quest würde natürlich der Held bleiben, der er ohnehin war, würde nach seinem Tod zur mythischen Figur werden; man würde ihm Denkmäler bauen, er würde sein Ehrenrelief in der Mauer des Thronsaals bekommen und so weiter. Nun, das sollte er, sicher stand das jemandem wie ihm zu. Er aber, Dawill, würde ein Edler sein – und am Leben. Alle Mühen und Entbehrungen, die harten Jahre und die einsamen Nächte über den Büchern würden sich letztendlich doch auszahlen.

Als er die Lade mit den Socken, die sich nicht recht hatten zurückstopfen lassen wollen, zuschob, hakte sie ein wenig, und es gab ein schleifendes Geräusch, das Dawill aufhorchen ließ. Eine Makarit-Kommode, die hakte? Davon hatte die Welt noch nichts gehört. Er zog die Lade wieder auf und tastete die Unterseite der Lade darüber ab.

Und fühlte dünnes Leder.

Um ein Haar hätte er aufgeschrien. Er beherrschte sich gerade noch, zog die Lade vollends heraus. Tatsächlich, eine Mappe aus feinstem Orsang, ein Erbstück zweifellos, dem uralten Häkelverschluss nach zu urteilen. Dawill löste sie hastig aus ihrer Halterung, schob die Lade zurück an ihren Platz und machte sich daran, den Verschluss zu öffnen. Sein Herz schlug ihm bis zum Hals, als er das Befehlspapier des Pantap erkannte, die Insignien, das Siegel, alles. So behutsam, wie es seinen bebenden

Händen möglich war, zog er es heraus, schlug es auf, überflog die kunstvoll gepinselten Zeilen …

… die im nächsten Moment alle seine kühnen Träume zerstörten.

Er sank kraftlos auf das Bett des Kommandanten, ein Bett, wie er nie eines besitzen würde. Seine Gedanken rasten, rotierten, konnten es nicht fassen. Wie war *das* möglich? Schande. Nichts als Schande konnte er sich mit dieser Mission machen. Ein Glück wäre es schon, wenn der Pantap es nicht als Meuterei betrachtete. Und mit ganz viel Glück würde er sein Leben nicht an einem bionischen Rührbottich beschließen müssen – aber ein Raumschiff würde er niemals wieder führen, geschweige denn kommandieren.

»In der falschen Galaxis«, murmelte er entgeistert und las das Dokument wieder und wieder, ohne dass sich an den Worten etwas änderte, Worte, die eigentlich unmöglich da stehen konnten. »Wir sind in der falschen Galaxis.«

Es war eine beinahe willkommene Unterbrechung seiner sich zunehmend einer Panik nähernden Gedanken, dass in diesem Moment Muntak nach ihm rief. »Dawill!« Es schien aus dem Empfangsraum zu kommen. »Schauen Sie sich das an!«

Vielleicht war ja noch etwas zu retten. Er musste sich das in Ruhe überlegen, zur Ruhe zurückfinden, erst einmal alles offen lassen. »Ich komme!« Nicht überstürzt Weichen stellen. Er stopfte den Befehl in seine Langjacke und warf die Ledermappe rasch in das Fach mit den Schamhosen. Er würde Muntak vorerst nichts davon sagen.

Der Edle stand vor dem geöffneten Schrank im Empfangsraum, hielt eine kleine Heilertasche in der einen und eine halb zerrissene Schachtel in der anderen. »Das sind Heilmittel, oder?«, fragte er, als er Dawill herankommen sah. Er stellte beides auf einen niedrigen runden Tisch und nahm Flaschen heraus, eine mit einer blauen und eine mit einer wasserklaren

Flüssigkeit, dann einen Schraubtiegel und eine Packung Injektionsnadeln. »Hier, was ist das? Was hat das im Schrank eines Kommandanten zu suchen? Oder das hier?« Er hob mit spitzen Fingern ein Gewirr von Leitungen, Klebstreifen und Tüchern aus der Schachtel, aus dem eine blutige Nadel herausragte.

»Könnte es der Edlen Vileena gehört haben?«, überlegte Dawill halblaut. Im Grunde interessierte ihn Muntaks Fund nur am Rande. Aber es galt, den Edlen abzulenken, ihn nicht auf den Gedanken zu bringen, er könnte in Quests Schlafzimmer auf etwas gestoßen sein. »Aber sie hätte den Abfall doch bestimmt mit in die Heilstation genommen ...« Er langte nach einer hellgrauen Notizakte, die aus der Tasche ragte, schlug sie auf, begann geistesabwesend zu lesen – und erstarrte.

Das fiel auch Muntak auf. »Was ist mit Ihnen, Dawill?«, fragte er.

»Das ist ... wichtig.« *Unfassbar* hatte er sagen wollen. Dawill hielt dem Ersten Piloten die Akte hin und sagte mit einer Stimme, die er kaum noch als die seine erkannte: »Das müssen wir dem Heiler zeigen.«


Die Edlen Iostera und Ogur fühlten sich sichtlich unwohl. Sie hockten zusammengesunken auf ihren Stühlen und sahen zu, wie Uboron Quest behandelte. Karsdaro hatte dem Heiler vorhin hastig die Paste Grün hochgebracht und war gleich wieder verschwunden, nicht ohne etwas von dem Knochenkleber einzustecken und eine Hand voll Mikroklemmen; unten lag eine Werkstattmeisterin auf dem Tisch, die sich zwei Finger abgesägt hatte, das würde ihn den Rest des Tages beschäftigen. Quest hatte auf Paste Grün angesprochen, was zwar zu erwarten gewesen, aber doch ein gutes Zeichen war. Allerdings hatte es bis zu dem charakteristischen Seufzer ziemlich gedauert, und er war nicht aufgewacht, immer noch nicht. Das wiederum war ein schlechtes Zeichen.

Uboron betrachtete den aufgedunsenen Leib des Kommandanten, während er den letzten Pastenpunkt in die schwammige Haut einmassierte. Sicher würde er zum Ersten Heiler berufen werden. So oder so. Aus Dankbarkeit, falls Quest überleben sollte, wovon man allerdings kaum ausgehen konnte. Und wenn Quest starb – nun, die anderen hatten ihm die Rolle des Ersten Heilers faktisch schon aufgedrängt; der Nachfolger des Kommandanten würde kaum auf die Idee kommen, ihn *nicht* zu berufen.

Und man musste noch weiter denken. Wenn er es war, der Quest in seinen letzten Stunden zur Seite stand, würde man ihn nach Gheerh und vor den Heldenrat bestellen, zum Bericht darüber. Sein Name würde in den Annalen verzeichnet werden, klein zwar, aber immerhin, und das eröffnete weitere, noch kaum zu erahnende Möglichkeiten ...

Eine Bewegung ließ Uboron aufsehen. Der Unsterbliche stand in der Tür, immer noch so fahl im Gesicht und so hager wie damals, als er aus seinem Raumschiff gestiegen war. »Es gehen Gerüchte um, der Kommandant habe einen Herzanfall erlitten«, sagte Smeeth mit ausdrucksloser Stimme. »Da scheint offenbar etwas dran zu sein.«

»Es geht ihm nicht gut, das stimmt«, nickte Uboron grimmig, das Pastenmesser reinigend. »Aber es ist kein Herzanfall.«

Auf dem Gang hinter Smeeth kamen aufgeregte Schritte und Stimmen näher. Mit einem »Ihr entschuldigt« drängte Dawill sich an dem Unsterblichen vorbei, ihn nicht weiter beachtend, dichtauf Muntak. Der Erste Verweser hatte eine Notizakte in der Hand, die er Uboron hinstreckte. »Sehen Sie sich das an, Uboron. Und sagen Sie mir, ob mein Eindruck richtig ist, dass Quest schon die ganze Zeit krank war, seit Beginn der Mission.«

»Quest?« Uboron drehte die Akte um, aber die entsprechenden Felder waren leer. Eine absolut regelwidrig geführte Notizakte. »Hier steht kein Name. Nichts.« Er las die ersten Seiten quer. »Und im Protokoll ist nur die Rede von ›dem Kranken‹ . . .«

»Heiler, ich bitte Sie! Wir haben das und eine Reihe von Heilmitteln in Quests Gemächern gefunden. Und schon auf der ersten Seite ist die Rede von Funukas Fluch.«

»Ja, ich sehe.« Uboron blätterte zurück, las mit wachsender Erregung. Die Handschrift der Ersten Heilerin, ohne Zweifel. Sie führte die Gründe auf, warum es sich bei der Krankheit nicht um Funukas Fluch handeln könne. Und da, die Behandlungsmethode – äußerst einfallsreich. Sud Klar – und Sud Blau, um die negativen Wirkungen zu dämpfen. Ein paar Mal hatte sie Paste Grün gesetzt, deshalb also war der Tiegel unauffindbar gewesen. Sud Klar. Das musste er gleich ausprobieren.

»Und?«, fragte Dawill.

Uboron sah widerstrebend hoch. »Was ich sagen kann, ist, dass dies das Protokoll der Behandlung eines Kranken ist, der mit Absicht nicht genannt wird, dass es allem Anschein nach von der Edlen Vileena angelegt und geführt wurde und dass die Behandlung schon mindestens zwei Jahre dauert.«

»Also hat sie ihn behandelt, seit sie an Bord gekommen ist«, erklärte Dawill, sich den Edlen zuwendend.

Uboron schlug die Akte wieder auf, diesen kostbaren Schatz, den das Schicksal ihm in die Hände gelegt hatte. Er würde die Behandlung so fortsetzen, wie Vileena sie begonnen hatte, und wenn er eines Tages vor dem Konzil der Heiler darüber referierte, würden sie die Krankheit *Uborons Fluch* nennen.


»Es hat immer enge Beziehungen zwischen dem Hause Toyokan und dem Salzner-Clan gegeben«, bestätigte der Edle

Hunot, selber Patriarch von Suokoleinen. »Meines Wissens kannten Quest und Vileena sich seit langem. Sie hat das Jahr vor ihrer Fraureife auf Toyokan verbracht. Eftalan Quest stand damals kurz vor der Ausrufung zum Patriarchen.«

Der Mann, von dem die Rede war, lag immer noch reglos da und bekam von einer leise summenden Maschine eine blaue Flüssigkeit in den gewaltigen Körper gepumpt. Immer mehr der Edlen tauchten wieder in der Heilstation auf. Dawill machte die beunruhigende Feststellung, dass Bleek anscheinend der Einzige war, der noch in der Zentrale ausharrte.

»Er wusste also, dass er ihr vertrauen konnte. Und er hat sie zur Ersten Heilerin berufen, damit sie ihn heimlich behandelt«, schlussfolgerte Felmori, unwillkürlich in den Dialekt seiner Heimat Derley verfallend, der klang, als brauche er selber eine Behandlung der Atemwege. »Weil er das Kommando über die MEGATAO nicht verlieren wollte.«

»Ich fürchte, ganz so einfach liegt der Fall nicht«, warf Dawill düster ein. Allmählich ordneten sich die Fakten zu einem Bild, und er konnte nicht behaupten, dass ihm dieses Bild gefiel. Er zog das Blatt mit dem Siegel von Gheerh aus der Tasche. »Ich habe den Befehl des Pantap gefunden, und Ihr werdet feststellen, dass Quest ihn aus gutem Grund niemandem zeigen –«

»Was?«, schnappte Muntak. »Sie haben mit keinem Wort –«

»Lest«, unterbrach Dawill ihn und hielt ihm das Blatt hin. Er war sich sicher, dass der Erste Pilot vergessen würde, was immer er ihm gerade hatte vorwerfen wollen, wenn er erst die Wahrheit gelesen hatte.

Und so war es. Muntak las, und mit jeder Zeile schienen seine Augen mehr anzuschwellen. Er klappte den Mund auf und zu, brachte aber nur unartikulierte Stöhnlaute zustande. Die anderen Edlen scharten sich neugierig und beunruhigt hinter ihm, um mitzulesen – und keiner von ihnen brachte das fertig, ohne zumindest wild zu schlucken.

»Auskundschaften der Galaxis *Insel 3*, möglicherweise Basis des Feindes«, fasste Dawill den etwas komplizierter formulierten Missionsbefehl des Pantap zusammen und ballte die Hände zu Fäusten. »Das Naheliegendste. Banal. Jede Wette, dass in diesem Augenblick die RELEFKAT in *Insel 2* unterwegs ist.« Er schüttelte den Kopf, hätte am liebsten mit den Fäusten auf irgendetwas eingedroschen. »Ich kann es nicht fassen«, brach es aus ihm heraus. »Ich kann nicht fassen, dass Eftalan Quest, der Held von Akotoabur und Virijaga, ein Tischgast des Pantap, diese Mission eigenmächtig begonnen hat. Aber es ist so. Er hat den Befehl des Pantap missachtet, um einem Phantom nachzujagen. Er hat sich die MEGATAO widerrechtlich angeeignet, er hat die Flotte eigenmächtig verlassen . . . Mit anderen Worten, er hat *gemeutert.*« Dawill spürte einen Abgrund von Fassungslosigkeit in sich und hoffte immer noch, dass dies nur ein furchtbarer Albtraum war, aus dem er bald erwachen würde. »Er hat gemeutert. Und wir mit ihm, ohne es zu wissen.«

Iostera rieb sich den mageren Hals. »Er muss gehofft haben, auf dem Planeten des Ursprungs Heilung zu finden.«

»Aber dazu hatte er *kein Recht!*«, schrie Dawill. »Er hatte kein Recht, das Reich im Stich zu lassen wegen eines persönlichen Problems. Er hatte kein Recht, uns alle da mit hineinzuziehen. Und was wir getan haben! Wir haben die stillen Depots der Korweg aufgebrochen, um keinen Stützpunkt anfliegen zu müssen. Wir haben das Pashkanarium überfallen und ausgeraubt, das Heiligtum einer Bruderschaft, die unter dem persönlichen Schutz des Pantap steht. Wir . . .«

»Ich habe mich von einer mannshohen Schnecke *küssen* lassen müssen, nur wegen ihm«, stieß Muntak hervor, das Gesicht voll uneingestandenen Ekels. »Eine verdammte schleimige Schnecke ist über mich drübergekrochen, als wäre ich ein . . . ein . . .« Er brach ab, vermutlich, weil ihm nur unschickliche Begriffe in den Sinn kamen.

Dawill hatte inzwischen Luft geholt, tief und langsam geatmet, seine Beherrschung zurückgewonnen. »Jedenfalls«, verkündete er, »ist jetzt klar, was wir tun müssen. Wir kehren zurück, nehmen Kontakt mit Gheerh auf und erbitten neue Befehle. Wir übergeben Quest den Rechtswahrern und ...«

»Unsinn«, fuhr ihm Muntak über den Mund. »Wir haben einen Befehl, und den werden wir ausführen. Wir springen nach *Insel 3*.«

»Wisst Ihr, wie weit das ist?«, versetzte Felmori. »*Insel 3* liegt von hier aus gesehen fast auf der anderen Seite von ...«

»Ich weiß, wie weit es ist«, schnauzte Muntak. »Na und? Das ist alles eine Frage des Anflugs auf den Katapultpunkt.«

»Der Austauchschmerz wird die halbe Mannschaft umbringen«, prophezeite Hunot düster.

Allmählich war es Dawill leid, auf die Empfindlichkeiten des Ersten Piloten Rücksicht zu nehmen. »Edler Muntak«, erklärte er scharf, »ich kann nicht umhin festzustellen, dass Ihr Eure Pläne nicht einmal so weit durchdenkt, dass sie wenigstens einer flüchtigen Prüfung standhalten. Eine Gewohnheit, die Euch für die Position eines Kommandanten eindeutig disqualifiziert.« Jetzt würde es wohl jeder der Edlen verstanden haben.

Und Muntak war so berechenbar. Dass der breitschultrige Rotbrauer mit den Kampfnarben, auf die er auch noch stolz war, auf diese Sätze hin mit hervorquellenden Augen nach Luft schnappen würde, darauf hätte er doch *wetten* können.

»Edler Grenne, wie viel intergalaktische Sprünge kann die MEGATAO noch überstehen?«, fragte Dawill knapp.

»Einen«, erwiderte der Erste Maschinenführer sofort.

»Also, Edler Muntak, erklärt mir bitte: Wenn wir jetzt zur *Insel 3* springen und dort kriegsentscheidende Erkenntnisse gewinnen sollten – wie sollen wir dann nach Hause zurückkehren, um den Krieg tatsächlich zu entscheiden?«

Muntak kochte. »Ich werde nicht zulassen, dass ein Gemeiner die MEGATAO kommandiert«, zischte er mit drohend ausgestrecktem Zeigefinger. »Ich werde es nicht zulassen, hören Sie?«

»Jeder hier hört Euch«, entgegnete Dawill. »Das ist ja Euer Problem.« Er sah in die Runde. »Wir müssen handeln. Ich fordere also die Anerkennung des Führungsstabes gemäß Flottenstatut ...«

»*Ich* fordere die Anerkennung des Führungsstabes«, unterbrach ihn Muntak. »Als Ranghöchster nach dem Kommandanten steht mir ...«

»Ihr *kennt* das Flottenstatut nicht einmal. Ihr seid unfähig, die MEGATAO zu kommandieren.«

Wieder war es Iostera, der vortrat und mit erhobenen Händen zur Mäßigung mahnte. »Bitte, meine Herren. Wir sind in einer Mission unterwegs, die uns das Äußerste abverlangt, und wir haben unseren Kommandanten verloren. Es ist jetzt nicht in erster Linie die gesellschaftliche Ordnung, die es zu verteidigen gilt; die Existenz des Reiches selbst ist in Gefahr. Dahinter muss alles andere zurückstehen. Ich schlage vor, dass über die Frage des Kommandos in einer Sitzung des Führungsstabes entschieden werden soll.«

Dawill schüttelte entnervt den Kopf. »Das verstößt gegen das Statut«, sagte er, peinlich berührt, das überhaupt erwähnen zu müssen. »Darin heißt es *ausdrücklich*, dass der Kommandant *nicht* durch Abstimmung im Führungsstab gewählt werden darf.«

»Was?«, fauchte Muntak. »Wieso das denn?«

»Weil sich sonst«, ließ sich eine unerwartete Stimme vernehmen, »jede Meuterei legalisieren ließe, Edler Muntak. Für jemanden, der das Kommando beansprucht, kennt Ihr Euch erstaunlich schlecht mit den Gesetzen aus.« Es war Smeeth. Der Unsterbliche schob sich zwischen den Männern hindurch, die ihm respektvoll Platz machten. »Aber ich kann Euer Problem lösen, sogar sehr einfach. In Eurem Streit habt Ihr nämlich ver-

gessen, dass es jemanden mit einem Kommandantenpatent an
Bord gibt.« Er zog ein Etui aus dem Hemd, ließ es aufklappen.
»Mich, bekanntlich. In Übereinstimmung mit den Regeln des
Flottenstatuts übernehme ich daher hiermit das Kommando
über die MEGATAO.«

Einen endlos langen Augenblick hätte man eine Grätenna-
del aus einem Langhemd fallen hören.

»Ihr?«, rief Muntak dann entgeistert. Er schien regelrecht
nach Luft zu schnappen. »Ihr maßt Euch an . . .? Nein. Nie im
Leben . . .«

»Er hat recht«, sagte Dawill tonlos.

Muntak sprang dem Ersten Verweser fast ins Gesicht. »Aber
er ist ein Republikaner! Ein Fossil in jedem Sinn des Wortes!
Nie im Leben werde ich zulassen, dass jemand aus dem korrup-
testen Zeitalter . . .«

»Die Patentprüfung hat sich seit achthundert Jahren nicht
mehr grundlegend verändert«, erklärte Dawill. »Auch in der
Republik wurde ein Kommandant auf das Wohl Gheerhs ver-
pflichtet. Es ist richtig, was er sagt. Er ist absolut befähigt und
berechtigt, die MEGATAO zu kommandieren«, meinte er und
deutete mit einer müden Handbewegung auf Smeeth, der mit
ausdruckslosem Gesicht dastand, sein Patent vor sich haltend,
als erwarte er, dass es jeder prüfen würde.

»Das ist mir egal«, fauchte der Erste Pilot.

»Vielleicht wollt Ihr die Statuten noch einmal einsehen?«,
schlug Smeeth vor. Sein Blick war plötzlich stählern, er schien
eine Spanne größer geworden zu sein, und mit einem Mal ging
etwas von ihm aus, das ihn wie jenes sprichwörtliche unüber-
windliche Hindernis aussehen ließ, an dem sich selbst eine un-
widerstehliche Kraft die Zähne ausbeißen würde. »Ich wiederhole, ich übernehme hiermit in Übereinstimmung mit dem
Flottenstatut das Kommando über die MEGATAO. Ich erwarte
jetzt die formelle Anerkennung durch den Führungsstab. Sollte

sich jemand hierzu außerstande sehen, werde ich ihn wegen Befehlsverweigerung inhaftieren lassen. Und, Ihr Edlen, glaubt mir – es macht mir nicht das Geringste aus, die ganze Zentrale mit Freien zu besetzen, wenn es sein muss.«

Die Zeit schien stillzustehen. Dawill hatte das Gefühl, von innen her zu Eis zu werden, um in absehbarer Zeit in tausend kalte Splitter zu zerbrechen. Es war unvermeidlich. Smeeth hatte recht, auch wenn es weh tat. Besser, gleich zu tun, was getan werden musste, dann hatte er es wenigstens hinter sich.

»Ich höre, Erhabener Kommandant«, brachte er also mühsam hervor und beugte den Kopf, die Hand auf die Brust gelegt, »und ich folge.«

Die Edlen starrten ihn an, starrten und starrten, bis endlich Felmori vortrat und ebenfalls die Formel sprach. *Ich höre . . .* Und dann kam Hunot und Iostera und so weiter, und zum Schluss beugte sich endlich auch Muntak.

»Danke«, sagte Smeeth einfach, klappte sein Etui mit dem Patent zu und steckte es wieder ein. »Ich denke, wir beginnen mit einer offiziellen Lagebesprechung in einem Gyr im Konferenzraum.«

Ein markerschütterndes Husten ließ sie herumfahren. Es kam von Quest, der wach war, blutunterlaufene Augen in einem schweißnassen Gesicht. »Gratuliere«, flüsterte er. »Ich gratuliere Euch, Smeeth.«


Der Kommandant – sie konnten alle immer noch nicht anders von ihm denken – versuchte stöhnend, sich aufzurichten. Uboron wollte ihn daran hindern, wollte, dass er liegen blieb, aber Quest tat seine Einwände mit einer ärgerlichen Handbewegung ab. »Stellen Sie die Lehne hoch«, forderte er, und Uboron tat es eilig.

»Habt Ihr es also geschafft«, sagte er, nachdem er sich die

Schluckröhre aus dem Hals gezogen hatte. »Ich habe Euch an Bord genommen, und dafür habt Ihr mir erst meine Gefährtin genommen und nun mein Schiff. Großartig. Aber Ihr seid ja auch ein Unsterblicher und ich ein Todgeweihter, also ohnehin nur eine vorübergehende Erscheinung, ist es nicht so?«

»Vileena war nicht Eure Gefährtin«, sagte Smeeth ausdruckslos.

»Sie war nicht meine Geliebte, wenn Ihr das meint, aber eine Vertraute war sie allemal! Die Einzige vielleicht, die ich je hatte. Deshalb werde ich, wenn Ihr gestattet, von ihr als meiner Gefährtin sprechen.« Quest kniff die Augen zusammen, sodass sie böse funkelten. »Aber sie war ja auch nur eine vorübergehende Erscheinung, wie wir jetzt wissen. Sie ist tot. Sie war Eure Geliebte, aber Euch war nicht einmal Irritation anzumerken, von Trauer ganz zu schweigen. Oder? Habe ich etwas übersehen?«

Smeeth war auch jetzt nichts anzumerken außer einer Kraft, die ihn erfüllte und die ihn ganz und gar übermenschlich wirken ließ. Es war, als habe er diese Kraft bis jetzt mit großer Anstrengung verborgen gehalten, um als Mensch unter Menschen umhergehen zu können. »Ihr wisst nicht, wovon Ihr redet«, sagte er. »Ihr wisst nicht, wie das ist, nicht zu altern, immer weiterzuleben, während rings um Euch Menschen geboren werden, aufwachsen, verwelken und sterben. Ihr wisst nicht, wie das ist, wenn Menschen, die Ihr für Freunde gehalten habt, sich von Euch abwenden, weil sie es nicht ertragen, älter zu werden, während Ihr der Macht der Zeit nicht unterliegt. Ihr wisst nicht, wie es ist, die Liebe einer Frau erkalten zu spüren, wenn sie merkt, dass sie altert und Ihr nicht. Ihr wisst nicht, wie es ist, als ewig Fremder durch die Welten zu wandern, niemals irgendwo zu Hause zu sein, niemals von etwas sagen zu können, das sei nun für immer. Ihr solltet Euch gut überlegen, ob Ihr wisst, was Ihr begehrt, wenn Ihr Unsterblichkeit sucht.«

»Denkt Ihr das von mir? Dass ich Unsterblichkeit suche?«
Quest lachte hustend, würgte, musste wieder lachen, dass es ihn
schüttelte. »Ich habe mich auf dieses verrückte Unternehmen
eingelassen, weil ich krank war und Heilung suchte, denkt Ihr?
Weil ich dachte, wo Unsterblichkeit zu finden ist, da muss es
auch Heilung geben?« Er schüttelte staunend den Kopf. »Ihr
kennt mich schlecht, wenn Ihr mir das zutraut. Patriarch Hunot,
Ihr wenigstens müsstet wissen, wie man aufwächst und erzogen
wird, wenn man für das Patriarchat vorgesehen ist. Da ist nur
Pflicht, wenn andere Kinder spielen, und Verantwortung, wo
andere Spaß haben. Ich sehe, dass Ihr nickt, Edler Hunot.
Pflichterfüllung und Verantwortung werden einem eingebläut,
werden einem förmlich ins Gehirn gegraben. Um auch nur
eines davon wieder loszuwerden, brauchte man vermutlich
einen chirurgischen Eingriff. Die Vorstellung, ich könnte so
etwas wie diese Expedition unternommen haben, weil ich Angst
um mein Leben habe, ist so abwegig, dass ich kaum weiß, was ich
sagen soll.«

Er griff nach einem Tuch und wischte sich Schweiß vom Gesicht. »Ich muss bald sterben – nun gut. Wenigstens weiß ich es
und kann mich darauf vorbereiten. Vileena wusste es nicht.
War mein Leben erfüllt? Nicht mehr und nicht weniger als das
der meisten. Wenn ich sterbe, werde ich mit gemischten Gefüh-
len sterben, wie die meisten. Wer ist schon, wenn er geht, des
Lebens satt? Sagt mir das. Die wenigsten. Ich habe auch solche
Menschen gekannt, aber ich frage mich, ob es wirklich besser
ist, auf den Tod warten zu müssen, als sich das Leben entreißen
zu lassen. Und ich habe immerhin ein Alter erreicht, das nicht
jedem vergönnt ist, und kann auf allerhand mit Stolz zurückbli-
cken. Also, warum sich gegen das Unausweichliche stemmen?
Ich könnte jetzt auf Gheerh sitzen, im Heilhaus der Patriarchen, und meine letzten Tage in aller Ruhe verbringen, könnte
Blumen und Wasserspiele bewundern und Rückschau halten

auf mein Leben …« Er hielt inne, blickte nachdenklich vor sich hin. »Aber was sehe ich denn, wenn ich Rückschau halte auf mein Leben? Nur immer ein und dasselbe Bild – den Feuersturm, der über Toyokan hinwegfegt. Den atomaren Brand, der zwei Milliarden Kinder, Frauen und Männer verschlungen hat, die an nichts schuld waren. Die meiner Obhut anvertraut waren. Zwei Milliarden. Alle sind sie tot, nur ich lebe. Warum?«

Sein Blick war starr geworden, ging in eine unbegreifliche Ferne, mit weiten, seltsam leeren Augen. »Wegen der Werften«, sagte er dann. »Weil ich zugelassen hatte, dass die Schiffswerften auf Toyokan errichtet wurden, mussten sie alle sterben. Oh, ich weiß – irgendwo hat man die Werften schließlich bauen müssen, und niemand konnte mit so etwas wie einer Invasion rechnen. Ja, ich weiß. Ich habe es mir tausendmal gesagt, um die Heldenfeiern durchzustehen. Aber es hat nichts genützt. Es hat nicht die eine Frage beantwortet, auf die es dabei ankommt und die lautet: warum ich? Warum habe ich überlebt? Wenigstens das hätte nicht sein sollen. Als es zu Ende ging, bin ich an Bord geblieben, auf meinem Kommandantensessel, wie es sich gehört. Der Bildschirm funktionierte noch. Ich habe gesehen, wie sie alle Rettungskapseln abgeschossen haben, jede einzelne, jede. Keiner ist entkommen. Nur ich, in meinem auseinanderbrechenden Raumschiff, ausgerechnet ich habe überlebt. Der Planet brannte, unsere Schiffe waren nur noch Schrott, und ich habe darauf gewartet, endlich abzustürzen und zu verglühen, aber es ist nicht geschehen. Ich bin um Toyokan gekreist, endlos, und habe gehofft, wenigstens zu ersticken. Stattdessen kamen die Rettungsschiffe. Ich habe keine Notsignale gefunkt, aber sie haben mich trotzdem gefunden.« Er löste sich aus seiner Erstarrung, sah sie an – und jetzt lasen sie etwas in seinen Augen: Schmerz. »Es ist keine Heldentat, wie immer gesagt wird, es ist eine Schmach. Wenn ein ganzer Planet untergeht, ist es eine Schande, wenn ausgerechnet der Patriarch überlebt.«

Er hielt Uboron seine Hand mit der Kanüle hin. »Machen Sie das ab, bitte.«

»Aber . . .«

»Machen Sie das ab«, wiederholte Quest mit fester Stimme, und der Heiler löste gehorsam die Nadel und versorgte die Einstichstelle. Er wagte es auch nicht, Einwände zu erheben, als Quest sich weiter aufsetzte, die Decke beiseitelegte und begann, sich die Hemden wieder zuzuknöpfen.

»Warum also? Warum die Suche nach dem Planeten des Ursprungs? Jeder kennt die Legenden, und weil man seit langem weiß, dass es den Planeten des Ursprungs tatsächlich gegeben haben muss, geht ein eigenartiger Reiz von ihnen aus. Ist es nicht so? Und was man dort nicht alles vermutet! Die größten Schätze des Universums etwa, weil dort die erste vernunftbegabte Spezies lebte, die alle Galaxien ungestört ausplündern konnte. Nun, das habe ich immer für Blödsinn gehalten. Unsterblichkeit also . . . Ehrlich gesagt frage ich mich, warum ausgerechnet auf *Amdyra* Unsterblichkeit zu finden sein sollte. Nein, die Geschichte, die mich in Wahrheit gefesselt hat und an die ich mit jeder Faser meines Wesens glaube, ist die Sage der Urväter von Lantis, die älteste Überlieferung, die wir kennen, in der vom Planeten des Ursprungs die Rede ist. Diese Sage nennt ihn *Hiden*, den Wohnsitz Gottes.« Quest sah sich um, mit einem Blick wie loderndes Feuer. »Gott, versteht Ihr? Der Schöpfer des Universums, aller Universen, der Schöpfer von allem, was existiert. Gott, den die alten Religionen in vielerlei Form und unter vielerlei Namen verehrten. Auf *Hiden*, sagen die Urväter von Lantis, ist es möglich, ihm zu begegnen, ihm von Angesicht zu Angesicht gegenüberzustehen. Seit ich davon gehört habe, hat mich der Gedanke nicht mehr losgelassen, genau das zu tun.«

Er holte tief Luft. Sein Atem ging pfeifend. »Zuerst wollte ich ihn fragen, warum die zwei Milliarden von Toyokan sterben mussten und ausgerechnet ich vor dem Tod bewahrt wurde. Ich wollte, dass Gott mich den Sinn dahinter verstehen lässt. Ich war bereit zu einer demütigen, entbehrungsreichen Pilgerfahrt, bereit, mich ihm zu Füßen zu werfen und um eine Antwort zu bitten, in der Hoffnung, dass dadurch der Schmerz in meiner Seele und in meiner Erinnerung geheilt würde. Dann«, sagte er und hob den Blick, »wurde ich krank.«

Er hob seine Hände und betrachtete sie voll Düsterkeit. »Es ist eine geheimnisvolle, unbekannte Krankheit, ein Erreger aus einer anderen Galaxis womöglich, den ich vielleicht einem Angriff mit Biowaffen verdanke. Eine Krankheit des Zerfalls, die mir Jahre voller Schmerzen und Einschränkungen verhieß und mich als sabberndes Bündel ohne Kontrolle über meinen Schließmuskel enden lassen würde. Das veränderte meine Haltung. Ich bin nur ein Geschöpf, aber ich bin eine Identität, ich empfinde und denke, ich kann mich freuen und ich kann leiden. Wenn Gott allmächtig ist, bin ich ihm natürlich ausgeliefert, aber es muss mir nicht *gefallen*, was er mit mir macht. Und was er da mit mir gemacht hat, gefällt mir ganz entschieden nicht. Ich wollte, dass er das erfährt. Da er allwissend sein soll, weiß er es wohl – aber ich wollte es ihm *sagen*.«

Quest schwang behutsam die Beine über den Rand der Liege, die beinahe panischen Blicke Uborons ignorierend, bis er, schwer atmend, aufrecht saß. »Ihr habt recht, dass ich das Statut nicht mehr erfülle, längst nicht mehr. Ohne Sie, Dawill, wäre es nicht möglich gewesen, überhaupt so weit zu kommen. Das war ein anderer Effekt, den die Krankheit hatte – ich musste mich beeilen. Ich musste es entweder sofort tun oder ich musste mich von der Idee verabschieden. Und da es die Wirren des Krieges möglich machten und ich die Idee hatte, in den Archiven der Bruderschaft der Bewahrer nach einem Anhaltspunkt zu suchen ... tat ich es. Und im Laufe der Reise sind zu meiner Liste weitere Fragen hinzugekommen. Warum lässt Gott es zu, dass jemand wie der Sternenkaiser derartige Macht erringt? Warum gibt es Menschen, die unsterblich sind, ohne dass man sich vorstellen kann, wie sie das verdienen, während andere, die man liebt, die einen lieben, die so viel Gutes tun, ohne jede Vorwarnung sterben müssen? Und so weiter und so weiter. Es ist der Fragen kein Ende, und eine ist furchtbarer als die andere.«

Er musste wieder husten. Sie sahen reglos zu, wie der Husten seinen Leib erschütterte. Er langte nach einem Tuch, um sich den Mund abzuwischen, und als er es wieder beiseitelegte, war roter Schleim darauf zu erkennen.

»Es ist nicht mehr derselbe Grund, aus dem ich den Planeten des Ursprungs suche. In mir ist keine Demut mehr. Ich bin nicht mehr bereit zu einer ehrfürchtigen Pilgerfahrt. Ich will nicht einmal mehr Antworten, und ich habe keine Hoffnung mehr, dass mein Schmerz je geheilt werden könnte. Was ich jetzt will, ist nur noch, vor Gott hinzutreten und ihm zu sagen, dass er eine verdammt ungerechte Welt geschaffen hat.« Quests Hand verkrampfte sich zur Faust. »Und ich werde Rechtfertigung von ihm verlangen.«

# Der Mittelpunkt des Mittelpunkts

# 1

Smeeth blickte den Patriarchen ausdruckslos an. »Was erwarten Sie, dass ich jetzt tue?«, fragte er.

Die Edlen sahen ihn an, sahen dann zu Quest hinüber, der erschöpft auf seiner Liege hockte, und blinzelten, als erwachten sie aus einem schlechten Traum.

Quest sah mit gequältem Blick hoch. »Ihr werdet jetzt nicht umkehren. Nicht so dicht vor dem Ziel. Nicht so dicht vor dem Augenblick, in dem ein uralter Traum wahr wird. Das werdet Ihr nicht tun, Smeeth, oder? Ihr seid jetzt der Kommandant, und Ihr habt die Chance, eine Legende ...« Er hielt inne und legte sich die Hand auf die Brust. »Ach ja. Ich vergaß. Ihr seid ja selber eine Legende.«

»Würdet Ihr das an meiner Stelle tun?«, fragte Smeeth. Es klang nicht so, als wäre er auf Ratschläge angewiesen. »Die Veruntreuung fortsetzen?«

»Es wäre Wahnsinn, jetzt aufzugeben, so kurz vor dem Ziel! Smeeth, ich beschwöre Euch ...«

»Sind wir das? Kurz vor dem Ziel?« Smeeth beugte sich leicht vor. »Ich habe mir, um bei dieser Gelegenheit auch meine Verfehlungen zu gestehen, heimlich die Aufzeichnung des Gesprächs mit dem Yorsen angeschaut. Ich habe das doch richtig verstanden – ein Vertreter einer mächtigen, aber uns Menschen nicht sonderlich gewogenen Spezies schickt uns zum Heimatplaneten eines noch mächtigeren, ja, eines geradezu mythischen Volkes, den Mem'taihi, damit die uns weiterhelfen. Nennt Ihr das ›kurz vor dem Ziel‹? Niemand weiß, ob die Mem'taihi das tun werden. Niemand weiß, ob sie das tun *können*. Niemand

463

weiß, ob sie uns nicht einfach vernichten, so wie wir ein lästiges Insekt zerquetschen.«

»Unsinn«, tat Quest das ab. »Selbst wenn sie uns nicht helfen wollen oder können – wir werden Kontakt haben zum ältesten Volk des Universums. Kontakt zu den Wesen, die auf dem Planeten des Ursprungs *entstanden* sind! Tennant Kuton steht schon mit all seinen Rekordern bereit, und sollten die nur ein Gyr lang laufen, werden Generationen von Tennants damit beschäftigt sein, die Aufzeichnungen auszuwerten und unermesslich viel zu lernen. Allein das rechtfertigt schon . . .«

»Meuterei?«

Quest seufzte. »Um ehrlich zu sein, ich glaube, dass es für unsere ursprüngliche Mission ohnehin zu spät ist. Bis wir zurückgekehrt sind, die Hyperkonverter ausgetauscht, die Geräte rekalibriert haben und die MEGATAO wieder aufbrechen kann, ist der Krieg entschieden.«

»Das ist ein gutes Argument.« Smeeth sah nachdenklich vor sich hin. »Mir macht es nicht so viel aus, den Pantap im Stich zu lassen, wisst Ihr?« Er lächelte dünn. »Schließlich bin ich, wie der Edle Muntak zu betonen pflegt, ein Republikaner.«

»Ihr wollt das Reich im Stich lassen?«, rief dieser aufgebracht. Er sah Dawill zornig an. »Sehen Sie, was habe ich gesagt? Wir haben ein Schiff des Pantap einem korrupten Republikaner übergeben . . .«

»Muntak!«, mahnte Dawill erschrocken. »Ihr habt ihn als Kommandanten anerkannt.«

»Nur unter Zwang. Ich . . .«

»Muntak«, sagte Quest ruhig. »Das Reich ist dem Untergang geweiht. Ich weiß es. Die Invasoren sind zu stark, als dass es noch eine Chance gäbe. Ich habe sie *gesehen*, Muntak. Ich bin der Einzige hier an Bord, der die Truppen des Sternenkaisers mit eigenen Augen gesehen hat. Sie werden unsere Stellungen einfach überrennen, und es gibt buchstäblich nichts, was wir dagegen tun können.« Er streckte die Hand aus in eine Richtung, als wisse er genau, dass dort der Zielstern zu finden sei. »Die Yorsen könnten es verhindern, aber sie wollen nicht. Wer weiß – vielleicht können die Mem'taihi uns besser leiden. Wenn sie so mächtig sind, dass selbst Wesen wie die Yorsen Respekt vor ihnen haben, sollten sie den Sternenkaiser und sein Kriegsvolk mit einem Streich aus dem All fegen können. Es ist keine realistische Hoffnung, ich weiß, aber eine Möglichkeit, eins zu einer Milliarde, und besser als alles, was wir haben, wenn wir zurückfliegen.«

Muntak sah ihn mit weiten Augen an. »Erhabener Kommandant . . .«

»Ich bin nicht mehr Kommandant.«

»Aber . . .«

»Bitte fliegt weiter«, bat Quest schwach. Es war nicht genau zu erkennen, zu wem er sprach.

»Edler Muntak«, sagte Smeeth kühl, »falls Ihr Euren Dienst an der Steuerung weiterhin so verrichtet, wie man das von Euch gewohnt ist, werde ich auf einen Eintrag in Eure Akte verzichten und Euch lediglich ein Vierzigstel Gyr Strafwache zumessen.« Er wandte sich an die anderen, gerade aufgerichtet und jede Spanne ein Mann, der das Befehlen und Führen gewohnt war. »Die MEGATAO setzt den Flug wie geplant fort. Erster Pilot, nehmt Kurs auf den nächsten Etappenpunkt. Erster Navigator, bereitet alles für die Sternkartierung vor. Vollbesetzung aller Dyaden für den Sprung. Und rasch, wenn ich bitten darf.« Er gab den sich gehorsam in Marsch setzenden Männern den Weg frei. »Ich komme nach.«

Als er mit Quest allein war – fast allein, denn Uboron machte sich im Hintergrund am Heilmitteltisch an irgendwelchen Gläsern und Messbechern zu schaffen –, musterte Smeeth den Kommandanten, dessen Position er eingenommen hatte, und sagte: »In Wahrheit geht es Euch nur um den Planeten des Ursprungs, habe ich recht?«

Quest sah ihn trüben Blicks an. »Man kann Euch schwer etwas vormachen. Ich muss wohl stolz sein, dass ich es so lange geschafft habe, meine Krankheit zu verheimlichen … Oder habt Ihr das etwa auch die ganze Zeit gewusst?«

»Nein. Ich gebe zu, dass ich Euch auch einfach nur für drogensüchtig gehalten habe.«

»Ein Hoch auf den Sittenverfall der Edlen.« Quest hustete, diesmal nur kurz. Er griff wieder nach einem Tuch und betrachtete dann sinnend das Blut darauf. »Ich habe es so geliebt, von meinem Arbeitszimmer aus im frühen Winter die Sonne über den Vorbergen aufgehen zu sehen. Wenn sie sich aus den Silbernebeln hob und die Farbe von Eisen hatte, das gerade zu schmelzen beginnt. Wenn sich ihr Licht über pastellene Hänge ergoss und über die dunkelgoldenen Fluten der Simm und wenn der Raureif auf den Krüppelbäumen zu leuchten anfing … Alles dahin. Ich werde nicht mehr zurückkehren. Das Reich wird ohne mich zurechtkommen müssen, so oder so.«

Die Triebwerke hatten ungewöhnlich lange geschwiegen. Doch endlich hatte die MEGATAO wieder Fahrt aufgenommen und zum nächsten Sprung angesetzt. Und noch ehe sie den Eintauchpunkt erreichte, *trommelten die Wasserrohre*, Quest sei nicht mehr Kommandant, sei schwer krank, so gut wie tot, und nun hätte der Fremde aus dem Wrack das Kommando, der Mann aus der Vergangenheit, von dem diejenigen unter der Besatzung, die jeden Blödsinn glaubten, den sie hörten, behaupteten, er sei unsterblich.

Bailan bekam von den Gerüchten nichts mit. Er langweilte sich. Nein, eigentlich langweilte er sich nicht, er verzehrte sich nach Eintausendvier. Sie war wieder unzugänglich und ließ auch nichts von sich hören, und es war schwer zu sagen, ob sie ihm aus dem Weg ging oder ihn einfach nicht erreichte. Er lungerte öfters am oberen Ende der Rampe herum, sah den Niederen zu, die ihre Putzwagen mit missmutiger Gemächlichkeit hinauf- oder hinabschoben und ihn keines Blickes würdigten – niemand darunter, den er kannte –, und beobachtete die Obmänner unten, wie sie in ihren gläsernen Kabinen saßen, lustlos auf großen Einsatzplänen herumkritzelten und fingerlange rote Mekhus aus Plastikschalen aßen. Einer der Aufseher trat irgendwann aus seinem Glaskasten heraus und schrie zu ihm hoch: »He, du da! Hast du eigentlich nichts zu arbeiten?« Da machte Bailan, dass er davonkam, und mied fortan die Rampe.

Er streunte durch die Hauptdecks und traf mehrmals hintereinander auf Reparaturtrupps, die sich immer gerade dann, wenn er an ihnen vorbeikam, darüber beschwerten, was alles kaputt sei und dass die MEGATAO demnächst auseinanderbrechen werde. Ab und zu schaute er in seiner Kabine vorbei, aber er fand nie eine Nachricht vor, sondern immer nur mindestens einen seiner Mitbewohner, laut schnarchend, sich unruhig wälzend und im Schlaf technisches Kauderwelsch vor sich hinmurmelnd.

Während der nächsten Orientierungsphase, die als längerer Etappenpunkt angekündigt war, kam über das Kommunikationssystem die Bestätigung der umlaufenden Gerüchte: Quest sei, hieß es, in der Tat schwer erkrankt und habe gemäß dem Flottenstatut sein Kommando abgeben müssen. Man erfuhr nicht, an welcher Krankheit er litt, nur, dass er bei Heiler Uboron in ständiger Behandlung sei. Den geltenden Vorschriften folgend sei das Kommando auf den Edlen Smeeth übergegangen, den Kommandanten des Wracks, das man in der Namenlosen Zone geborgen habe. Nach wie vor sei Dawill der Erste Verweser, und die Mission der MEGATAO werde, zum Lob des Pantap und zum Nutzen des Reiches, unverändert fortgesetzt.

Das alles fand Bailan einigermaßen verblüffend, und eine

Weile lenkte es ihn von seiner Langeweile ab. Er trieb sich weiterhin in der Nähe der Rampe herum, da der Leiterschacht nach wie vor gesperrt war und es nicht so aussah, als würde darüber hinaus je etwas damit passieren, und als er einmal in die Nähe des unteren Hangars kam, fiel ihm auf, dass dort heftig gearbeitet wurde. Er ging so weit heran, wie man ihn ließ, und versuchte sich einen Reim auf das zu machen, was er sah. Einer der Jäger hing in einem Haltegestell, die äußere Umkleidung zum größten Teil entfernt, alle Klappen, Luken und Verdecke weit abgespreizt, und der Anblick erinnerte den Jungen von Pashkan unwillkürlich an ein geschlachtetes und ausgenommenes Jibnat.

»Da sieht man erst mal, was alles an Waffen drinsteckt in so einem Jäger, was?«, rief ihm einer der Montagemänner leutselig zu, während er mit einem mächtigen Stahlzylinder auf der Schulter an ihm vorbeistiefelte.

Waffen waren das also, all diese dunklen oder metallisch glänzenden Kästen und Röhren und Leitungen, die wie Berge von Gedärmen auf dem Boden herumlagen. Aber warum wurden sie ausgebaut? Keiner der Männer schien sich darüber Gedanken zu machen. Sie schienen es für eine amüsante Herausforderung zu halten, so viel wie möglich aus dem Jäger auszubauen und ihn dennoch raumflugtauglich zu halten.

Das brachte ihn auf die Idee, wieder einmal im oberen Hangar vorbeizuschauen. Zu seiner Überraschung wurde dort wie wild an der Rigg gearbeitet. Schwärme von Montageleuten gingen durch die verschiedenen Öffnungen des Schiffes ein und aus, Werkstattleute hatten ihre Werkbänke überall im Hangar aufgestellt, um Bauteile zu bearbeiten oder Ersatzteile anzupassen, hier kreischten Koramantsägen, blubberten Metallverdichter, blendeten sonnenhelle Schweißflammen, dort hämmerte und dröhnte es, dass einem die Augen tränten vor Lärm. Natürlich war Smeeth nirgends zu sehen; schließlich musste er nun ein Großraumschiff kommandieren.

Ein korpulenter Mann mit dunkelrot glänzenden Haaren, die zu einem seltsamen Knoten hochgebunden waren, trat auf Bailan zu, den Zeigefinger ausgestreckt, als wolle er ihn damit aufspießen. »Bist du Bailan?«, wollte er wissen, den Lärm nur mit Mühe überschreiend. Als Bailan nickte, rief er: »Der Kommandant will dich sprechen. Der neue Kommandant, meine ich. Du sollst dich in der Zentrale melden.«

Bailan nickte verdutzt. »Danke«, rief er, aber der Mann hatte sich schon wieder abgewandt und fuchtelte nun wild mit den Armen, um die Aufmerksamkeit des Kranführers auf sich zu ziehen.

Am Aufgang zur Zentrale traf er auf denselben Wachmann, der ihn schon einmal aufgehalten hatte. »Wie ist dein Name? Bailan?«, knurrte er mit seiner unglaublich tiefen Eisenfresserstimme und konsultierte ein schmales Display. »Ja. Der Kommandant will dich sprechen. Moment . . .« Er zückte den Kommunikator. »Erhabener Kommandant, der Junge namens Bailan ist jetzt hier. Ja. Ja, ich höre und folge.« Der Kommunikator verschwand wieder. »Du sollst in die Kabine des Kommandanten kommen und dort auf ihn warten. Komm mit.« Er winkte ihn zu einer Tür im Hintergrund, die er mit einem Schlüssel öffnete, den er am Gürtel hängen hatte. Ein edel ausgestatteter Gang dahinter führte zu einer breiten Treppe, die hinauf ins Oberdeck reichte. »Wenn du oben rauskommst, gehst du nach links, und dann ist es die fünfte Tür auf der rechten Seite. Hast du das verstanden?«

»Oben links, die fünfte Tür rechts.«

»Gelehriger Bursche. Und nichts anstellen, verstanden?«

Bailan nickte grummelnd und marschierte los. Sobald die Tür hinter ihm zugefallen war, drehte er sich noch einmal um und blies dem Wachmann mit geblähten Backen nach, die derbste Geste, die man in der Poschemmen-Ebene kannte. Erst nachdem das geregelt war, huschte er die mit dickem Teppich belegten Stufen hoch ins Oberdeck.

Er suchte und fand Smeeths Kabine. Der Unsterbliche hatte also darauf verzichtet, die Gemächer des Kommandanten zu beziehen. Bailan hatte keine Ahnung, ob ihm das überhaupt zugestanden hätte. Vermutlich schon. Er musste an den köstlichen Fiar denken, den er an Quests rundem Tisch getrunken hatte. Nun ja. Die Kabine hier war in Ordnung, immerhin die Kabine eines Edlen, wenn auch etwas kahl und unpersönlich – als würde niemand wirklich hier wohnen.

Auf dem Tisch lagen eine Menge Listen. Ergebnisse der ersten Sternkartierung, erkannte Bailan, als er neugierig näher trat. Und Smeeth hatte mit irgendwelchen Berechnungen angefangen, die Bailan nicht einmal ansatzweise verstand. Er ging weiter zum Fenster und schob die Vorhänge beiseite, die den Blick hinaus in das rätselhafte Vexierbild des Hyperraums verdeckten.

Dann trat Smeeth ein. Er wirkte anders, als Bailan ihn in Erinnerung hatte, größer irgendwie und kraftvoller. Der Unsterbliche begrüßte ihn, bot ihm etwas zu trinken an, leider nur Wasser, und bedeutete ihm, sich zu setzen. »Ich möchte, dass du das, was ich dir zu sagen habe, für dich behältst«, sagte er. »Kannst du mir das versprechen?«

»Natürlich«, nickte Bailan. Das klang interessant.

»Ich werde die MEGATAO nicht bis zu ihrer Rückkehr nach Gheerh kommandieren, sondern irgendwann vorher von Bord gehen. Du hast vermutlich gesehen, dass mein Schiff gerade instand gesetzt wird.«

»Ja. Obwohl es eher so aussieht, als würden sie das Schiff zerlegen und ein Neues daraus bauen.«

»Gut, wenn es so aussieht. Ich will natürlich, dass es so gut wie möglich funktioniert. Wir sind in einer unbekannten Galaxis und mindestens eine Million Lichtjahre entfernt vom nächsten Ersatzteillager.«

»Ihr wollt von Bord gehen, ehe die MEGATAO zurückspringt?«

»Gut bemerkt«, lächelte Smeeth, doch sein Lächeln verdüsterte sich sofort wieder. »Um offen zu sein: Ich glaube nicht, dass Gheerh noch existiert, wenn die MEGATAO zurückkehrt. Kurz vor dem Katapultsprung hat man Ortungen aufgefangen, die von einer ankommenden Invasionsflotte stammen könnten.«

Bailan starrte den Unsterblichen an und spürte, wie sein Mund trocken wurde. »Ihr denkt, dass der Krieg in vollem Gang sein wird, wenn wir zurückkehren?«

»Ich denke, dass der Krieg *vorüber* sein wird, wenn wir zurückkehren.« Smeeth fing an, seine Fingerspitzen einer eingehenden Betrachtung zu unterziehen. »Weißt du, ich kenne die Kriegsmaschinerie der Sternenkaiser. Jeder Versuch, jemandem hier an Bord eine Vorstellung von ihrem Umfang und ihrer Schlagkraft zu vermitteln, ist zum Scheitern verurteilt. Und ich kann es den Leuten nicht einmal verdenken. Man kann es sich nicht vorstellen, wenn man es nicht gesehen hat. Und selbst wenn man es mit eigenen Augen sieht, ist man eher geneigt, seinen Augen zu misstrauen als ihnen zu glauben.«

»Aber ich muss die Heiligtümer nach Pashkan zurückbringen.«

»Das halte ich für keine gute Idee.«

»Die Kriege der Welt sind nicht Sache der Bruderschaft«, sagte Bailan, aus dem Brudergelübde zitierend. »Der Schirm der Eloa ist unzerstörbar.«

»Das mag sein. Aber der Planet selber ist es nicht.«

Bailan schluckte. Noch ehe er etwas sagen konnte, fuhr der Unsterbliche, immer noch in die Betrachtung seiner Fingerspitzen vertieft, fort: »Ich habe dich rufen lassen, um dir vorzuschlagen, mich zu begleiten, wenn ich die MEGATAO verlasse.«

»Was?«

Smeeth sah auf. »Lass mich erklären, warum ich dir dieses Angebot mache. Einmal, weil ich vierhundert Jahre Einsamkeit hinter mir habe und gern eine Weile Gesellschaft hätte. Und damit meine ich nicht die Art Gesellschaft, für die manche dekadenten Edlen auf Gheerh junge Knaben suchen. Ich meine ganz einfach die Anwesenheit eines anderen Menschen. Deine Anwesenheit während der Reparaturarbeiten war angenehm. Vielleicht, weil du ein Fremder an Bord bist, genau wie ich. Aber ich denke, es war, weil du noch jung und neugierig bist – ich meine, *wirklich* neugierig.« Er machte eine Geste mit der Hand, die seltsam fremdartig aussah, als habe er sie sich vor langer Zeit in einer völlig fremden Kultur angeeignet. »Weißt du«, sagte er, »ich bin uralt. Es gibt nichts, das ich nicht schon erlebt hätte. Ich habe über Völker geherrscht und in stinkenden Gassen um Essen gebettelt, ich habe Reichtümer angehäuft und wieder verloren, Bäume gepflanzt und Bäume gefällt, Männer im Schwertkampf getötet und andere gerettet. Du wirst niemandem begegnen, der mehr über das Leben weiß als ich. Aber obwohl ich all diese Erfahrung angesammelt habe und freigiebig damit bin – niemand will etwas davon. Entweder betrachtet man mich als Ungeheuer oder man beneidet mich um meine Unsterblichkeit, aber nur selten kommt jemand auf die Idee, mich einfach etwas zu *fragen*. So wie du. Du hast mich nach den Ursprüngen der Menschheit gefragt, und es hat dich wirklich interessiert, was ich darüber zu sagen hatte. Glaub mir, du tätest mir einen Gefallen, wenn du mich begleitest und mich hundert Jahre lang alles fragst, was dir in den Sinn kommt.«

Bailan musste daran denken, dass es eigentlich Tennant Kutons Idee gewesen war, Smeeth diese Frage zu stellen, doch ihm fehlten gerade die Worte, um das zurechtzurücken.

»Und es ist kein Bruderschwur zu leisten«, fuhr Smeeth fort. »Es braucht nur so lange zu gehen, wie du willst. Wir werden nach Menschenwelten suchen – keine Sorge, die Rigg kann ebenfalls Katapultsprünge machen, sogar noch besser als die MEGATAO –, und wenn du irgendwo bleiben, eine Familie gründen oder sonst etwas anderes machen möchtest, wird das kein Problem sein.«

»Aber ich kann doch die Heiligtümer nicht im Stich lassen«, meinte Bailan schwach.

»Das musst du entscheiden«, sagte Smeeth. Er stand auf. »Es wird noch einige Zeit dauern, ehe es so weit ist. Überleg es dir in Ruhe.«


Der Flug ging weiter. Seit einigen Etappen war die lichtjahrgroße schimmernde Wolke auf den Aufnahmen des Teleskops verschwunden und das Ziel als ganz normaler gelbfarbener Stern zu sehen. Quest hatte sich einigermaßen von seinem Anfall erholt, aber es ging ihm trotzdem schlechter als je zuvor. Er trug jetzt ständig ein Sauerstoffgerät und einen Schlauch, der in seine Nase führte. Seine Hand zitterte so, dass er nur noch durch einen Halm trinken konnte, da er sonst alles verschüttet hätte, und er brauchte bisweilen Hilfe beim Gehen. Uboron beschwor ihn, dass eine Behandlung mit Paste Grün all diese Beschwerden lindern, wenn nicht sogar für einige Zeit zum Verschwinden bringen würde, aber davon wollte Quest nichts wissen. »Behalten Sie etwas in Reserve, Heiler«, sagte er. »Wenn wir den Planeten des Ursprungs erreichen, muss ich dazu imstande sein, allein hinabzufliegen und zu landen.«

Smeeth gestattete, dass für den Patriarchen ein Sessel in der Zentrale aufgestellt wurde, mit Gurten und Bodenverschraubungen und den üblichen Kommunikationseinrichtungen, sodass Quest dem Geschehen folgen konnte. Da saß er, groß, schweigend, immer noch ein Berg von einem Mann, und beobachtete unter schweren Augenlidern die Edlen an den Dyaden und die Anzeigen auf dem Hauptschirm. Man hatte befürchtet, dass Quest dem neuen Kommandanten dreinreden, dessen

Anweisungen kritisieren oder verbessern würde, aber das tat er kein einziges Mal.

So näherte sich die MEGATAO Etappe um Etappe ihrem Ziel, dem Heimatplaneten der ältesten intelligenten Spezies, die das Universum hervorgebracht hatte, ein Volk so mächtig und weise, dass sein Name selbst von den in den Augen der Menschen nahezu allmächtigen Yorsen nur mit Ehrfurcht genannt wurde – die Mem'taihi. Alles, was man über diese Wesen wusste, war, dass sie ihren Planeten *Mittelpunkt* nannten. Je näher man dem Ziel kam, desto wilder wurden die Spekulationen, zu denen sich die Edlen in ihren Gesprächen im Speiseraum – wenn weder Quest noch Smeeth zugegen waren – verstiegen. Ein Volk wie die Mem'taihi, war man sich einig, würde nicht einfach auf der Oberfläche eines Planeten leben wie jede andere Spezies. Sie würden irgendetwas Außergewöhnliches geschaffen haben. Man verfolgte die Daten des Kursverlaufs in der sicheren Gewissheit, dass man sich etwas wahrhaft Ungeheuerlichem näherte, einem unausdenkbaren kosmischen Wunder, wie es noch nie geschaut worden war.


Als sie in die Etappe eingetreten waren, die als die Letzte vor dem Ziel angekündigt und für deren Ende roter Alarm angesetzt war, hatte Bailan auf eine Nachricht von Eintausendvier gehofft. Stattdessen kam, ordnungsgemäß über das Kommunikationssystem, eine Botschaft von Tennant Kuton: Er möge ihn doch bitte umgehend aufsuchen.

Bailan war dem Tennant seit dem Tod der Ersten Heilerin aus dem Weg gegangen. Er konnte nicht vergessen, wie Kuton heulend zusammengesunken war, dieses Bild des Grams. Und er kam sich immer noch wie ein Feigling vor, weil er ihn damit allein gelassen hatte und einfach gegangen war. Entsprechend bang betrat er Kutons Arbeitszimmer.

Der Historiker sah magerer aus, als Bailan ihn in Erinnerung hatte. Tiefe Furchen waren in seinem Gesicht aufgetaucht, als hätten Sturzbäche von Tränen es erodiert. Aber Kuton lächelte. Zum ersten Mal, seit Bailan ihn kannte, trug er normale Kleidung. Er wirkte arbeitsam und auf eine seltsame Art unbeschwert.

»Hallo Bailan, setz dich«, begrüßte er ihn und wies auf den Stuhl neben seinem Arbeitstisch. »Der Kommandant will, dass wir in der Zentrale sind, wenn die MEGATAO im System der Mem'taihi austaucht. Wir sollten auch gleich hingehen, ich wollte nur noch . . . aber setz dich doch.«

Bailan nahm Platz und warf einen Blick auf Kutons Schirm. Der Historiker hatte sich offenbar gerade mit den Daten befasst, die sie aus den javuusischen Metallplattenspeichern ausgelesen hatten. Bailan hatte sein Urteil über das Fassungsvermögen der alten Speichersysteme revidieren müssen; mit nicht geringem Erstaunen hatte er zur Kenntnis nehmen müssen, dass der Inhalt aller Dokumente, die in dem abgesicherten Lagerraum auf ihre Rückkehr nach Pashkan warteten, mühelos in einem Modul Platz fand, das kaum größer war als seine Handfläche. Ein dünnbärtiger Tennant namens Arfbaan hatte ihm erklärt, der Vorteil der Metallspeicher sei nicht ihr Fassungsvermögen, sondern ihre Haltbarkeit – sie würden noch lesbar sein, wenn von dem modernen Modul nicht einmal mehr Kristallstaub übrig war.

»Was soll ich denn in der Zentrale?«, fragte Bailan nervös. »Ich meine, Ihr seid der Historiker, klar, aber ich . . .?«

»Dawill und ich werden zusammen runtergehen, auf den Planeten der Mem'taihi – oder was immer die stattdessen haben«, sagte Kuton. »Das bewährte Team. Ich nehme an, du musst dann die Ehre der Geschichtswissenschaften verteidigen.« Er zeigte auf den Schirm. »Ich habe die letzten zehn Tage nach Hinweisen auf die Mem'taihi gesucht. Alle Schreibweisen,

Umschreibungen und so weiter, die mir eingefallen sind. Aber nichts. Was denkst du? Die Bruderschaft scheint nie Kontakt mit den Mem'taihi gehabt zu haben, wie es aussieht.«

Bailan zuckte mit den Schultern. Es war kühn, ihn das zu fragen, einen jungen Novizen, der bislang vor allem Bücher abgestaubt und Bänder umgespult hatte. Na ja, nicht nur. Aber diese Frage hätte wohl nicht einmal der Hohe Rat beantworten können.

»Andererseits haben wir in den Daten von Pashkan auch keine Hinweise auf die Eloa gefunden«, sinnierte Kuton. »Am Ende stellt sich heraus, dass die Eloa und die Mem'taihi identisch sind, was? Das wäre eine Überraschung.« Er schaltete das Terminal aus und sah Bailan nachdenklich an. »Ich muss dich etwas fragen, ehe wir aufbrechen.«

»Mich?«

»Es ist ein Gedanke. Verrückt, wahrscheinlich. Kühn zumindest, wenn nicht vermessen. Ich meine, mich erinnern zu können, dass du etwas von Todesstrafe gesagt hast, die uns droht ...«

»Todesstrafe?«, wiederholte Bailan. Wovon redete Kuton, um alles in der Welt?

»Nun, ich habe mich gefragt, ob, wenn ich Aufzeichnungen über die Mem'taihi mitbringe ... und den Brief von Es-Elamara, nicht zu vergessen ...« Tennant Kuton holte tief Luft. »Was meinst du, kann ich es dann riskieren, mit dir nach Pashkan zu kommen?«

Bailan riss die Augen auf. »Nach Pashkan?«

»Ja«, nickte der Wissenschaftler mit ernster Miene. »Es ist mir schon klar, dass ich dort als einer der Entführer des Allerheiligsten nicht gerade in angenehmer Erinnerung bin. Aber meinst du, man kann mit dem Hohen Rat verhandeln?«

»Tennant«, sagte Bailan, »ich habe keine Ahnung, ob man das kann. Als Novize kommt man nicht einmal auf die Idee, es zu versuchen.«

»Hmm«, machte Kuton und sah auf die Uhr. »Nun ja. Wir müssen los, glaube ich. Ein halbes Gyr bis zum Austauchen. Reden wir ein andermal darüber.«

Sie waren noch auf dem Hauptgang, etwa auf der Höhe der Kantine, also noch kein Achtelgyr unterwegs, als das enervierende Ticken, das dem Austauchen vorausging, unvermittelt verstummte. Sie blieben stehen. Durch die Sichtwände sah man Leute, die mitten im Essen innehielten. Jeder verharrte, wo er war, und lauschte. Keine Explosion hätte alarmierender sein können als diese plötzliche Stille.

# 2

Als Tennant Kuton und Bailan in der Zentrale ankamen, sagte der Erste Pilot gerade: »... geradezu das Gegenteil eines Konverterversagens, auch wenn es erzwungen war. Man nennt es vollkommenes asymptotisches Austauchen. Dass es so etwas geben soll, habe ich gehört, aber erlebt habe ich es noch nie.« Jenseits der Sichtscheiben war der freie Weltraum zu sehen, in Flugrichtung leuchtete eine kleine gelbe Sonne.

»So würde ich gerne immer austauchen«, meinte Ogur. »Man hat nicht das Geringste gespürt.«

»Ja«, nickte Muntak. »Irgendwas machen wir wohl falsch.«

Bailan sah sich um. Niemand beachtete sie, wie sie da am Aufgang standen. Jeder schien vollauf damit beschäftigt zu sein, irritiert die Instrumente vor sich zu betrachten und ab und zu den Kopf zu schütteln.

»*Erzwungenes* Austauchen?«, sagte der Edle Grenne. »Und wer oder was soll das erzwungen haben?«

Smeeth stand vor dem Kommandantensessel, die Arme vor der Brust verschränkt, als beunruhige ihn das Vorgefallene nicht im Mindesten. »Wir sind im Anflug auf das System der Mem'taihi«, meinte er leichthin. »Da darf man schon ein paar rätselhafte Vorkommnisse erwarten, findet Ihr nicht?«

Der untersetzte Erste Maschinenführer mit dem derben Gesicht hob in einer Geste der Ratlosigkeit die Arme und ließ sie wieder fallen. Aber er erwiderte nichts.

»Erster Navigator«, fragte der Unsterbliche, »das da vorn müsste der Zielstern sein, oder? Entfernung? Raumüberwachung, irgendwelche Ortungen?«

Bailan warf einen scheuen Blick hinüber zu Quest, der in einem ausladenden Sessel saß, den Oberkörper zurückgelehnt, die Augen halb geschlossen. Ein transparenter Schlauch aus einem faustgroßen Gerät, das an Quests Oberarm geschnallt war, führte direkt in seine Nase, und es schien Bailan, als käme das hohe, zischende Geräusch, das unterschwellig zu hören war, von dort.

»Das ist seltsam«, sagte der Edle Hunot. »Die Hypertastung versagt in Flugrichtung. Wir haben nur die passiven Systeme klar, und die zeigen nichts.«

»Nur, dass wir uns in einer Zone stark erhöhter Materiedichte bewegen«, fügte Iostera hinzu.

Der Erste Navigator sah von seinem Pult hoch und fixierte die Sonne, auf die sie zuflogen, als müsse er sich vergewissern, dass sie tatsächlich da war. »Genau dasselbe bei mir«, erklärte er dann. »Ich kann nur die optischen Sensoren einsetzen. Entfernung zur Sonne etwa ein Drittel Lichtgyr. Und ich mache einen Planeten aus, in einem Zwölftel Lichtgyr.«

»Und keinerlei Eintauchpunkte«, sagte Muntak. »Wir werden zu Fuß gehen müssen, und das ist eine ganz schöne Strecke.« Er drehte sich zu Smeeth um. »Ich wollte sagen, es steht uns nur Normalflug zur Verfügung. Soll ich einen Anflugkurs einschlagen?«

Smeeth nickte. »Euer Schiff, Erster Pilot. Bringt uns zu dem Planeten.«

Jemand murmelte: »Ein Planet?« Es klang enttäuscht.

Muntak griff in die Steuerung, und der Boden unter ihren Füßen begann zu vibrieren. Die Triebwerke gingen auf Vollschub, und Bailan sah durch die Sichtfenster, wie ihr heller Widerschein den Leib der MEGATAO der Dunkelheit entriss. Es war ein faszinierender Anblick, etwas, das er noch nie gesehen hatte. Niemand erhob Widerspruch, als er vor die Reihe der Dyaden trat, nahe an die Sichtscheiben heran, und die lodern-

479

den Reflexionen auf den Antennenröhren und Tragestreben betrachtete. Es war eher Zufall, dass er zur Seite blickte.

Seitlich neben der MEGATAO, in nur wenigen hundert Schritt Abstand, war ein großer, unregelmäßig geformter Felsbrocken zu sehen, der sich offenbar mit genau der gleichen Geschwindigkeit wie das Raumschiff bewegte, was es verwirrenderweise so aussehen ließ, als stünde er still.

Merkwürdige Sache, diese Raumfahrt. Bailan richtete seinen Blick auf die gelbe Sonne, die genau in Richtung des Bugs lag, eine kleine, leuchtende Scheibe, noch zu weit entfernt, als dass ihr Licht sich auf dem Rumpf des Schiffes widergespiegelt hätte.

»Ich gehe auf einen Anflugkurs, der ungefähr sechsunddreißig Gyr dauern wird«, hörte er Muntak sagen. Smeeth meinte daraufhin gelassen: »Ankunft also morgen früh.«

Bailan sah wieder zur Seite, betrachtete den ruhig im All hängenden Asteroiden. Moment mal, dachte er. Die MEGATAO beschleunigte doch, und nicht zu knapp. Der Fels hätte längst hinter ihnen zurückfallen müssen. Er drehte sich zu den anderen um, aber die waren alle höchst beschäftigt. Vielleicht hatte er etwas nicht richtig verstanden. Immerhin wusste er über Raumfahrt nur aus Büchern und dergleichen Bescheid. Er sah wieder hinaus, und dort hing der klobige Brocken immer noch wie festgenagelt.

»Smeeth?«, sagte er leise, räusperte sich und begann noch einmal: »Erhabener Kommandant? Ich sehe hier etwas, das mir sehr merkwürdig vorkommt. Ihr solltet es Euch vielleicht auch einmal ansehen.«

Der Unsterbliche kam zu ihm nach vorn, trat neben ihn und sah in die Richtung, in die Bailan wies. Was er sah, schien ihn zu amüsieren. »Maschinenführer«, sagte er, während es um seine Lippen verdächtig zuckte, »die MEGATAO verfügt doch sicher über Außenscheinwerfer?«

»Ja, Erhabener Kommandant.«

Smeeth deutete in Richtung des Asteroiden. »Leuchtet doch einmal in diese Richtung. Mit allem, was Ihr habt.«

Das war eine ganze Menge. Eine wahre Lichtflut brach entlang des Außenbordrings aus bislang verdeckten Strahlern, und in der plötzlichen Helligkeit sah man, dass der ungeschlachte Fels, den Bailan im Widerschein der Triebwerke hatte aufleuchten sehen, nur der größte unter Tausenden kleiner und kleinster Meteoriten war, die alle reglos in der Schwärze des Alls hingen.

»Edler Muntak, ich glaube, Ihr könnt die Triebwerke wieder abschalten«, meinte Smeeth lächelnd.

»Kommandant?« Der massige Schädel des Ersten Piloten ruckte hoch.

»Entweder«, fuhr der Unsterbliche fort, »bringt eine ganze Wolke kleiner Felsbrocken das Kunststück fertig, exakt in Formation mit uns zu beschleunigen – oder wir bewegen uns, allem Schub zum Trotz, keinen Schritt von der Stelle. Seht es Euch an.«

»Wovon redet Ihr?« Muntak stand auf und kam zu ihnen, und als die anderen den Ausdruck in seinem Gesicht sahen, hielt es sie auch nicht länger auf ihren Plätzen.

»Denkt Ihr, diese Steinwolke war es, die uns aus dem Hyperraum geholt hat?«, fragte Ogur großäugig.

»Nein«, schüttelte der Erste Pilot seufzend den Kopf. »Nein, Edler Ogur, das denke ich nicht.«

Ein von Hustenstößen durchsetztes, grollendes Räuspern erfüllte plötzlich den Raum. »Das kann nur die Barriere sein, von der der Yorse gesprochen hat«, erklärte Quest keuchend. »Wir haben *Mittelpunkt* also erreicht. Jetzt muss das Boot den Rest der Strecke fliegen. Das Boot aus Hülle und Antrieb.«

Die MEGATAO setzte zurück. Das ging überraschend einfach – ein kurzer Stoß aus den bugseitigen Korrekturtriebwerken, und das Schiff glitt rückwärts aus der Wolke von Steinsplittern, die sich wie eine riesige Wand durch den Leerraum zu erstrecken schien.

»Man misst nichts an«, wurde Hunot nicht müde sich zu wundern. »Nicht die geringste Energieemission.«

»Und nun«, ordnete Smeeth an, als das Glitzern des Staubs und der Meteoriten verschwunden war, »die Gegenprobe.«

Muntak bremste das Schiff ab, feuerte mit dem Haupttriebwerk – ein winziger Impuls nur –, und die MEGATAO tauchte wieder in die Barriere ein, die im Licht der Scheinwerfer wie feiner Nebel aussah. Und blieb wieder stecken, als sei sie in eine Wand unsichtbarer Watte gerast. Die Verzögerung vollzog sich dabei so sanft, dass man nichts davon spürte.

»Gut. Und wieder zurück. Wir feuern eine Kundschaftersonde ab«, befahl Smeeth.

Die Sonde donnerte sogleich aus ihrem Abschussrohr. Im Licht der Scheinwerfer war sie als kurzer, länglicher Schemen zu erkennen, der davonraste und nach wenigen Spannen Flug im Nichts stecken blieb.

»Eine Kundschaftersonde enthält keinerlei Waffen«, meinte Dawill stirnrunzelnd. »Im Grunde besteht sie auch nur aus Antrieb und Hülle. Warum sollte es einem leer geräumten Jäger gelingen, die Barriere zu durchbrechen, wenn es einer Sonde nicht gelingt?«

»Es sei denn, die Barriere ist intelligent«, warf Quest ein, in dessen Stimme sich seit einiger Zeit ein furchtbar krank klingender Pfeifton bemerkbar machte. »Ein Schutzfeld, das darauf eingerichtet ist, nur friedliche Besucher passieren zu lassen.«

Dawill sah den ehemaligen Kommandanten hilflos an. Das klang so sehr nach Wunschdenken, dass es schon weh tat. »Ja«, meinte er lahm. »Vielleicht habt Ihr recht.«

Tennant Kuftala war zum ersten Mal in seinem Leben in der Zentrale, und es machte ihn sichtlich nervös. »Hier haben wir die Sonne *Mittelpunkts*«, erklärte er und drückte eine Taste. Das Bild auf dem Hauptschirm, das einen großen, ebenmäßig hellgelben Kreis gezeigt hatte, erlosch. »Oh«, machte der Astronom, beugte sich zu Felmori hinüber und nuschelte: »Entschuldigt, wie schalte ich nochmal die Vergrößerung ein?«

Der Erste Navigator erledigte die Schaltung für ihn, und ein vergrößerter Ausschnitt des eben gezeigten Bildes, ein Segment des Sonnenrandes, erschien.

»Was auffällt, ist der gleichmäßige Brand«, meinte Kuftala und machte eine Bewegung, als wolle er die Rundung der Sonnenscheibe streicheln. »Praktisch keinerlei Protuberanzen, seht Ihr? Das ist absolut ungewöhnlich. Das ist praktisch unmöglich.«

Smeeth hob die Brauen. »Sie halten die Sonne für manipuliert?«

»So weit möchte ich nicht gehen. Doch die äußere Hülle eines Sterns, die ganzen Fusionsprozesse, gewissermaßen seine Atmosphäre – das ist ein hochgradig instabiles Umfeld. Jede kleine Störung von außen, und sei es nur ein Meteorit, der dort einschlägt, löst eine Folge chaotischer Prozesse aus, die sich aufschaukeln und aufschaukeln und schließlich in einer Protuberanz entladen.« Der Astronom zupfte sich an den kurzen, kreisrunden Bartzöpfen, die rechts und links seines Kinns herabhingen. »Ich glaube nicht, dass die Prozesse dieses Sterns grundsätzlich anders ablaufen. Seine Oberfläche hat sicherlich die gleiche dynamische Bereitschaft, auf Störungen zu reagieren. Nur – es kommen keine.«

»Weil alle Meteoriten von dieser Barriere abgefangen werden«, mutmaßte der Edle Iostera.

»Unter anderem«, nickte Kuftala. »Mir scheint, dass in diesem System ein in hohem Maße störungsfreier Raum geschaffen wurde, geradezu der Inbegriff einer Zone der Stille.«

Smeeth rieb sich mit einer Hand den Nacken. »Tennant Kuftala«, meinte er, »wie lange, denken Sie, hat diese Barriere schon Staub und Steine eingesammelt?«

»Oh, sehr lange. Äußerst lange. Eine solche Dichte an interstellarer Materie derartiger Größe … Jahrmillionen, würde ich sagen. Jahrmillionen.«

Der Unsterbliche nickte. Das schienen zeitliche Dimensionen zu sein, die selbst ihn beeindruckten.

»Jahrmillionen«, wiederholte Dawill sinnend. »Jahrmillionen absoluter Stille. Da sollte ihnen ein kleiner Besuch doch eine willkommene Abwechslung sein, oder?« Er suchte den Blick Tennant Kutons. »Wir versuchen es einfach.«


Vor der Phalanx der anderen, voll ausgerüsteten Jäger sah die umgebaute Maschine seltsam mager aus. Ohne die Partikelkanonen an den Spitzen wirkten ihre Flügel nur wie kurze Stummel, und die Flanken kamen einem ohne die klobigen Korpuskulartanks viel zu hochgezogen vor. Vielleicht reine Gewohnheitssache, überlegte Dawill. Das Team bestand aus Hiduu – als Piloten –, Tennant Kuton und ihm. Sie trugen schwere Expeditionsraumanzüge, und die Entsorgereinheit zwickte ihn schon jetzt im Schritt. Der Gedanke, dass sie die komplizierten Teile womöglich nur angelegt hatten, um in einem Achtelgyr unverrichteter Dinge ins Schiff zurückkehren zu müssen, behagte ihm gar nicht.

Das innere Schott der Stirnschleuse fuhr bereits auf, als sie den Jäger bestiegen. Die Hangarleute, die noch etwas Ausrüstung an Bord geschafft hatten – Lebensmittelkonzentrat, Notausrüstung, vor allem vier komplette Rekorder inklusive Reservespeicher –, standen dabei und halfen ihnen nicht. Wie es Vorschrift war. Schließlich würden sie, sollten sie den Planeten erreichen, ja auch alleine aussteigen müssen.

»Die Dinger sind ja regelrecht geräumig, wenn man das ganze überflüssige Zeug ausbaut«, wunderte sich Kuton beim Einsteigen.

»Findest du?«, brummte Dawill, während er sich neben ihn auf die hintere Bank quetschte. »Ich meine, die Lebenserhaltungssysteme hätten sie drinlassen können. Ich hasse diese Anzüge.«

Kuton verzog das Gesicht zu so etwas wie einem Lächeln. »Wenn die Blase erst drückt, wirst du sie lieben.«

»Ach ja. Danke, dass du mich daran erinnerst.«

»Keine Ursache.«

Hiduu stieg als Letzter ein, schnallte sich auf dem Pilotensitz fest, legte Schalter um, drückte Knöpfe. Die Aggregate fuhren mit durchdringendem Sirren hoch, das Kanzeldach schloss sich zischend. Der Pilot signalisierte den Hangarleuten Einsatzbereitschaft, was bedeutete, dass sie sich hinter die Sicherheitsmarken zurückziehen mussten, da rings um den Jäger jeden Moment die künstliche Schwerkraft aufgehoben werden würde. Er stöpselte sich in das Funkgerät ein, um mit der Zentrale zu sprechen. »Wir haben Starterlaubnis«, erklärte er gleich darauf.

»Na dann los«, meinte Dawill.

Zu dem, was für die Landung auf einem Planeten nicht unbedingt erforderlich war, gehörten auch alle Aggregate, die mit Andruckneutralisation und Bordschwerkraft zu tun hatten. Deshalb merkten sie es, als die Startzone des Hangars neutralisiert wurde; es war ein Gefühl, als fielen sie mitsamt dem Jäger in eine bodenlose Tiefe.

»Ups«, machte Kuton.

Während der Körpersinn meldete, dass sie stürzten, hörten die Ohren das Zischen der Steuerdüsen und sahen die Augen, wie der Jäger sich hob und vorwärts glitt, in die Schleusenkammer hinein. Selbst Dawill spürte eine Reaktion im Magen. »Alles klar, Hiduu?«, fragte er.

»Alles klar«, nickte der Pilot. »Allerdings liegt der Vogel ziemlich seltsam im Ruder, so ausgeweidet. Ist ein bisschen schlecht ausbalanciert. Man hat das Gefühl, eine Tonvase zu fliegen.«

»Na, dann stoßen Sie nirgends an.«

»Ich bemühe mich.«

Sie sahen die Schatten des zufahrenden Innenschotts an den Wänden der Schleusenkammer. Der Druckausgleich schien immer ewig zu dauern; so lange zumindest, dass man zusammenzuckte, wenn sich das Außenschott endlich wie ein dunkles Maul öffnete.

»Unser Anflug auf den Planeten wird etwa zwanzig Gyr dauern«, erläuterte Hiduu, während der Jäger sanft hinaus in die Leere glitt. »Ein paar der Beschleunigungsphasen werden allerdings richtig herzhaft ausfallen. Damit uns nicht langweilig wird.«

Dawill spähte über den Rand des Kanzelfensters. Die Grenzenlosigkeit des freien Raums faszinierte ihn nach all den Jahren immer noch. »Jetzt bringen Sie uns erst einmal durch die Barriere.«

»Aber sicher doch«, meinte der Jägerpilot.

Die MEGATAO versank hinter ihnen im Dunkel, nur die geöffnete Schleuse war noch zu sehen, ein helles Rechteck im Nichts. Dann schrumpfte auch dieser Lichtfleck, als die Außenschotte sich wieder schlossen, und sie schwebten allein im Nichts, nur das Zentralgestirn der Mem'taihi vor sich wie eine ferne Wegmarke und ohne ein Gefühl dafür, ob und wie schnell sie sich bewegten. Die Maschinen in ihrem Rücken verstummten bis auf ein leises, unmerkliches Winseln.

»Haben wir eigentlich noch Luft in der Kabine?«, fragte Kuton plötzlich.

»Ich wüsste nicht, dass jemand sie abgelassen hat«, brummte Dawill. »Wieso, musst du dich an der Nase kratzen?«

»Ich habe mich bloß gewundert, dass ich die Maschinen höre.«

»Unter anderem deshalb.«

»Und dieses Prickeln, was ist das eigentlich?«

»Was für ein Prickeln?« Dawill sah Kuton an, der leicht zur Seite geneigt in seinem Sitz hing, den Helm gegen die Innenspanten der Hülle gelegt. Ein Verdacht kam ihm. Er legte seinen eigenen Helm gleichfalls gegen einen Spant, um die Schallübertragung zu verbessern, und vernahm tatsächlich etwas, das sich anhörte, wie sanfter Nieselregen auf einem großen Fenster, ab und an von leichten Graupelschauern durchsetzt.

»Es kommt von draußen«, meinte Kuton.

Dawill nickte. »Wir durchfliegen den Staub, den die Barriere eingefangen hat. Hören Sie das, Hiduu?«

»Ja«, erwiderte dieser knapp.

Sie lauschten angespannt. Der Jäger machte nur geringe Fahrt, da man damit rechnen musste, mit einem der größeren Brocken zu kollidieren. Das Geräusch nahm zu und begann an das ferne Fauchen eines Atmosphäreneintritts zu erinnern.

Dann brach es plötzlich ab.

»Wir sind drin«, sagte Hiduu gelassen.

»Hmm«, machte Dawill. Irgendwie wollte ihm nicht einleuchten, warum ihnen gelingen sollte, was der Kundschaftersonde nicht gelungen war. Ihr Jäger bestand aus Antrieb und Außenhülle, hatte ein Funkgerät und Aufzeichnungsgeräte an Bord. Abgesehen von der Besatzung war das exakt die Ausstattung einer Kundschaftersonde.

»Hiduu an MEGATAO, hört Ihr uns?« Der Pilot drückte eine Taste, sodass Dawill und Kuton ebenfalls in den Genuss kamen, die knarrende Stimme des Edlen Tamiliak zu hören: »Hier ist die MEGATAO, wir empfangen Sie klar.«

»Bitte bestätigt unsere Position«, bat Hiduu.

Diesmal war es der Zweite Raumüberwacher Iostera, der antwortete: »Die übertragenen Positionsdaten stimmen mit unseren Peilungen überein. Nach unseren Messungen haben Sie die Barriere passiert.«

»Das verstehe, wer will«, meinte Dawill und klopfte Hiduu auf die stabil gepolsterte Schulter. »Also, auf zum Mittelpunkt des Universums.«

Kurz vor der berechneten Ankunft der Kundschafter kehrten sie aus dem Speiseraum in die Zentrale zurück. Smeeth hatte Bailan eingeladen, mitzukommen – und das war schon etwas anderes gewesen als die Schiffskantine im Hauptdeck! Er hatte sich den Magen mit ihm bislang unbekannten Köstlichkeiten vollgestopft, sodass ihm jetzt fast übel war. Aber das war es wert gewesen.

Quest hatte sich geweigert, die Zentrale zu verlassen, zur Freude des Edlen Ogur, der sonst Wache hätte halten müssen. Als sie zurückkamen, fanden sie den Patriarchen allerdings dösend in seinem Sessel, das Sauerstoffgerät machte *zsch-zsch-zsch*, und Dawills Bericht über den Anflug kam aus den Lautsprechern: »Der Planet ist jetzt als große Kugel deutlich sichtbar. Man kann kaum irgendwelche Konturen ausmachen. Die vorherrschende Farbe würde ich als helles Grau bezeichnen, mit leichten Schattierungen in Grün-Braun und kleinen Andeutungen von Schwarz. Ehrlich gesagt, habe ich mir den Mittelpunkt des Universums etwas einladender vorgestellt.«

»Er sendet doch bestimmt ein Bild«, meinte Tamiliak und trat an die Kommunikationsdyade. Gleich darauf erschien auf dem Hauptschirm eine grau glänzende Kugel, auf der es zu etwa einem Viertel Nacht war.

»Man sieht keine Lichter oder dergleichen auf der Nachtseite«, fuhr Dawill fort. Der Jäger war mittlerweile fast ein Zwölftel Lichtgyr entfernt, und da die Barriere keinen Hyperfunk erlaubte, hätte jeder Wortwechsel mit seinen Insassen ein Sechstel Gyr gedauert – also ließ man es, solange es nicht erforderlich war. »Vielleicht ist es aber auch etwas einfältig, bei Wesen wie den Mem'taihi so etwas wie Straßen und Hochhäuser zu erwarten.«

»Wenn es wirklich die höchst entwickelten Intelligenzen des Universums sind«, ließ sich Kuton vernehmen, »dann erwarte ich allerdings, dass sie Steuern und Liebeskummer abgeschafft haben.«

»Und Langeweile«, warf Hiduu ein.

»*Vor allem* Langeweile«, stimmte Dawill zu.

Der Edle Ogur räusperte sich. »Man sollte allmählich den Edlen Quest aufwecken«, schlug er zaghaft vor. »Sonst versäumt er noch die Landung . . .«

»Ich schlafe nicht«, erklärte Quest unüberhörbar, doch mit geschlossenen Augen. »Ich konnte nur dieses aufgedrehte Geschwätz nicht mehr ertragen.«

»He«, war in diesem Augenblick Dawill zu hören, »was ist das?«

Auf dem übertragenen Rekorderbild glomm auf der Tagseite des Planeten, etwa auf Höhe des Äquators, plötzlich ein eigenartiger Reflex.

»Wie hell das ist . . .«, flüsterte Dawill.

Dann sagte eine ganze Weile lang niemand etwas – und es klang wie eine Explosion, als sich Dawill unvermittelt räusperte. »Das ist die Ringstadt. Hallo MEGATAO, wir haben die Ringstadt ausgemacht, die der Yorse erwähnt hat. Der *Mittelpunkt des Mittelpunkts*. Auf der Übertragung kann man das vermutlich noch nicht erkennen, doch durch das Fernglas sieht man deutlich riesige Gebäude, die entlang einer Kreislinie aufgereiht sind.«

»Ja«, sagte Quest triumphierend. Er richtete sich auf. »Ich wusste es.«

»Gebäude, hm.« Dawill klang etwas eingeschüchtert. »Ich weiß nicht, ob das das richtige Wort dafür ist. Diese Bauwerke müssen größer als die größten Berge sein. Gigantisch. Aber sie sehen eindeutig künstlich aus, irgendwie ... *kristallin*. Ja. Klare geometrische Formen. Pyramiden. Es sind Pyramiden.«

Auf dem Hauptbildschirm wurde der Planet / *Mittelpunkt* rasch größer, formatfüllend. Bald ließ sich die Struktur erahnen, die der Erste Verweser gerade beschrieben hatte. Das Licht der Sonne brach sich auf gewaltigen schrägen Flächen rings um eine kreisrunde, leere Fläche.

»Bei uns auf Derley gibt es auch uralte Pyramiden, von denen niemand genau weiß, wer sie eigentlich errichtet hat«, meinte Felmori halblaut. »Am Ende hatten da die Mem'taihi ihre Finger im Spiel ...«

»Falls sie so etwas haben wie Finger«, sagte Smeeth kühl.

Dawills Stimme gab nun eigentümlich keuchende Geräusche von sich. »Ihr solltet das wirklich sehen. Der Anblick wird immer unglaublicher, je näher man herankommt. Die Spitzen der Pyramiden müssen über die Atmosphäre hinausragen ... unvorstellbar, dass die Kruste eines Planeten solchen Belastungen standhält. Obwohl die Bauwerke so massiv aussehen, müssen sie doch aus einem sehr leichten Material bestehen ...« Sein Atem ging hörbar schneller. »Jedenfalls besteht kein Zweifel daran, wo wir landen müssen. Wenn wir finden wollen, was wir suchen, dann nur hier.«

Halblaut, im Hintergrund, war Hiduu zu hören. »Und wo genau?«, wollte er wissen. »Im Mittelpunkt des Rings?«

»Das wäre dann der Mittelpunkt des Mittelpunkts des Mittelpunkts«, sagte Dawill. »Ein bisschen zu viel Mittelpunkt für meinen Geschmack. Außerdem sind es von dort aus schätzungsweise dreißig Tagesmärsche bis zu einem der Gebäude. Nein, landen Sie möglichst nah bei einer der Pyramiden.«

# 3

Dawills behandschuhte Hand krallte sich wie von selbst um die Lehne von Hiduus Sitz. Der Planet kam immer näher, wuchs unter ihnen heran, eine gewaltige steinerne Kugel in fahlem Grau. Die kristallin leuchtenden Monumente waren unter dem Bug des Jägers außer Sicht geraten, nur Hiduu sah sie noch auf dem Monitor seiner Steuerung, klein und bleich und umrahmt von Navigationsmarkierungen. Die Triebwerke arbeiteten, massierten ihnen den Rücken mit ihren Vibrationen, stemmten sich gegen die wachsende Schwerkraft dieser Welt, die von sich behauptete, der Mittelpunkt des Universums zu sein.

»Keine Atmosphäre«, sagte Hiduu in einem nachdenklichen Ton. »Seltsam, oder? Es kam mir die ganze Zeit schon so vor, als ob ... Die Konturen waren so klar, keine Wolken, nichts.«

»Es gibt ja auch keine Meere«, warf Kuton ein. »Kaum zu glauben, dass das eine bewohnte Welt sein soll.«

Dawill merkte, was er mit der Lehne des Pilotensitzes anstellte, und ließ los. »Wir brauchen nicht zu glauben«, sagte er. »Wir landen – und dann werden wir es wissen.« Die aufgekratzte Stimmung der verflossenen Gyr war verflogen, das launige Scherzen und Frotzeln vergessen, mit dem sie sich den Flug durch das stille Nichts erträglich gemacht hatten. Jetzt herrschte Anspannung in der engen Kanzel des Jägers.

»Also«, las Hiduu die Messwerte ab, »wir haben eine Schwerkraft von null acht Standard. Keine Atmosphäre. Kein Wasser. Und keine Reaktorsignaturen, keine elektromagnetischen Emissionen, keine Gravitonenaktivität.« Er hob die Hand, spreizte die Finger. »Eine schweigende Welt.«

»Aber diese Bauwerke«, sagte Dawill, »das *sind* doch Bauwerke, oder? Es sind keine Berge, die nur so aussehen?«

Kuton schüttelte den Kopf hinter der sich langsam verdunkelnden Helmscheibe. »Laut Bildanalyse jedenfalls nicht. Der Fraktalwert ist zu niedrig für natürlich entstandene Formationen und zu hoch für kristalline Gebilde.« Er hob den Rekorder an, den er auf dem Schoß hielt, und zeigte Dawill die Anzeige. Auf der herrschte hektische Aktivität, doch Dawill konnte mit den Bildern und Zahlen nichts anfangen.

Der Ton der Triebwerke änderte sich. »Ich gehe jetzt runter«, sagte Hiduu. »Das kann ungemütlich werden. Wir müssen noch eine Menge Geschwindigkeit verlieren, und das ohne Andruckneutralisation.«

Dawill lehnte sich zurück. »Es war Blödsinn, die auszubauen.«

»Das hätte man immer noch machen können, wenn die Mem'taihi uns nicht durchgelassen hätten«, pflichtete Kuton ihm bei und schob den Rekorder in eine Halterung neben seinem Sitz.

»Falls wir einen zweiten Versuch gehabt hätten«, murmelte Hiduu und griff in die Steuerung.

Der Reaktor begann zu heulen. Ein Gegenschub, der die Sterne und den Horizont des Planeten in flirrende Bewegung versetzte, drückte sie mit unnachsichtiger Kraft in die Sitze. Doch hinauszusehen hieß, sich einer übelkeitserregenden Verwirrung der Sinne auszusetzen: Die Augen behaupteten, dass der Jäger rasch abwärts sank, während der Rest des Körpers der festen Überzeugung war, von einer Höllengewalt aufwärts geschleudert zu werden. Dawill schloss daher die Augen und überließ sich dem tosenden Beben der Maschinen, die kaum vorstellbare Gewalten entfesselten, um zu verhindern, dass sie auf der Oberfläche dieses Planeten einschlugen wie ein Meteorit – auf dieser grauen, wie poliert wirkenden Oberfläche, auf der dank der Barriere vermutlich seit Jahrmillionen kein Meteorit mehr eingeschlagen hatte.

Es wurde mörderisch. Dawill hörte Kuton stöhnen, öffnete mühsam die tonnenschweren Augenlider und versuchte, einen Blick nach vorn zu werfen. »Hiduu?«, brachte er mühsam heraus. »Sind Sie noch am Leben?«

»Was denken Sie denn ...«, drang die Stimme des Jägerschwarmführers zu ihm, durch ein seltsames Rauschen hindurch und unangemessen beschwingt klingend. »Sie glauben nicht, wie lange mein letzter heißer Ritt zurückliegt ... Einfach grandios!«

Das war ja nicht zu fassen. Ächzend schloss Dawill die Augen wieder. Hiduu schien das, was seinem Gefühl nach ein Zustand kurz vor dem haltlosen Absturz war, regelrecht zu *genießen*. Na gut, sollte er. Aber Dawill würde die Augen erst wieder aufmachen, wenn das alles vorbei war. Erst, wenn er hörte, wie die Triebwerke ausgeschaltet wurden.

Vorerst wurde es noch schlimmer. Er fing an, Sterne zu sehen, bei geschlossenen Augen, während in seinem Rücken Maschinen in schrillsten, Nerven zermarternden Tonlagen kreischten. Jeder Atemzug war ein fast nicht zu bewältigender Kraftakt. Mitunter hatte Dawill den Eindruck, dass ihm für kurze Augenblicke die Sinne schwanden, dass er nur Ausschnitte mitbekam von dem, was Hiduu einen ›heißen Ritt‹ nannte.

»Verweser!« Jemand schrie – aus weiter Ferne. »Verweser, sehen Sie!« Dawill begriff, dass er gemeint war, und irgendwie war nun die mörderische Last gewichen, er konnte den Kopf heben und die Augen öffnen, und aus einem schwarzen Flimmern schälten sich Umrisse, die ihm bekannt vorkamen.

»Verweser, sind Sie in Ordnung?« Hiduus besorgte Stimme.

Dawill wälzte seine dick gewordene Zunge im Mund herum, um sie zu befeuchten. »Ja«, brachte er heraus. »Ich bin in Ordnung. Glaube ich wenigstens.« Er blickte sich nach Kuton um. Der Tennant hatte die Augen ebenfalls geschlossen und sah etwas blass aus, aber seine Lider fingen schon wieder an zu flattern. Dawill drehte ihm den Sauerstoff ein wenig höher, dann nahm der Blick aus der Kanzel seine ganze Aufmerksamkeit in Anspruch.

Aus dem Orbit hatten sie beeindruckend ausgesehen – aus der Nähe waren sie überwältigend: die Monumente der Mem'taihi. Wie Gebirge aus reinem Diamant erstreckten sie sich unter ihnen, flimmernde Gebilde von atemberaubender Schönheit, kühn und gewaltig, ein unfassbares Panorama spiegelnder und schimmernder Flächen. Was von fern wie Pyramiden ausgesehen hatte, waren himmelhohe Städte aus Kristall, ineinander verschachtelte Ebenen, miteinander verschlungene Rampen und Traversen, aufragende Obelisken, Türme, Bögen, Brücken und Streben, eine Symphonie aus Licht, ein monumentales Wunder, wie Menschen es noch nie gesehen hatten.

»Das ist ja unglaublich«, krächzte Dawill.

»Nicht wahr?«, nickte Hiduu beglückt. »Absolut unglaublich.«

Im Näherkommen erkannte Dawill zudem verblüfft, dass er die Proportionen der Gebilde völlig unterschätzt hatte. Mehrmals wollte er Hiduu erschrocken mahnen, nicht so nah heranzufliegen, nur um jedes Mal erkennen zu müssen, dass die Monumente viel größer waren, als er den Eindruck gehabt hatte, und im Gegenteil noch eine ordentliche Flugstrecke vor ihnen lag. Die Ringstadt, der *Mittelpunkt des Mittelpunkts*, schien immer größer zu werden, je näher sie ihr kamen.

Dann, endlich, sank der Jäger hinab, fuhren die Landebeine aus, setzten sie auf.

»MEGATAO?«, sagte Dawill. »Wir sind gelandet.«

Die Triebwerke liefen mit tiefem Summen aus, verstummten schließlich. In der Hülle knisterte es. Hiduu öffnete die Kanzel, mit einem leisen Ploppgeräusch entwich die Luft, die noch darin gewesen war, und ließ silbrig feuchte Kondensstreifen an den Dichtflächen zurück. Sie stiegen aus.

Sie standen auf einer makellos glatten Ebene, ohne jede Erhebung oder Vertiefung bis zum Horizont. Der Himmel spannte sich in tiefem, bedrückendem Schwarz über ihnen, und die Sonne strahlte wie eine Öffnung in einem gewaltigen Feuerofen. Das ungeheure Bauwerk der Mem'taihi erhob sich vor ihnen wie ein Gebirgsmassiv, ätherisch und monumental zugleich, zu gewaltig und prachtvoll, um von menschlichen Augen geschaut werden zu können. Glänzende Arabesken tanzten in Höhen, als gäbe es keine Schwere, vielfach geschliffene Flächen funkelten und gleißten, Juwelen gleich, im Sonnenlicht, alles war hell und klar und licht und zugleich so machtvoll, dass es schien, als sähen sie eine Stadt vor sich, die aus Ewigkeit selbst errichtet worden war.

Und doch war es eigentlich nicht das Bauwerk, das sie bedrückte mit seinen unfassbaren Abmessungen, sondern es war eine deutlich spürbare, übermenschliche Präsenz, die Anwesenheit einer Macht, die alles überstieg, was menschlicher Geist sich vorzustellen imstande war. Wer oder was immer die Mem'taihi waren, Dawill war sicher, dass sie in diesem Augenblick wussten, wer sie, die Menschen, waren und was sie wollten. Und dass nichts geschehen würde gegen den Willen dieser Ältesten unter den Völkern des Universums.

Er sah seine Begleiter an. Hiduu stand da, abwartend, staunend wie er selbst. Kuton trug den Rekorder und ließ ihn nicht aus den Augen, als befürchte er, das Gerät könne ausgerechnet in diesem wichtigen Augenblick versagen.

»Es heißt, dass sie stets geantwortet haben. Das hat der Yorse gesagt, oder? Dass sie freundlich und hilfsbereit seien.« Dawill sah wieder an der diamantenen Stadt empor und versuchte, etwas von dieser Beschreibung darin zu entdecken. Es wollte ihm nicht gelingen.

»Gehen wir«, sagte er.

Niemand in der Zentrale schien zu atmen. Alles starrte auf den Hauptbildschirm und die Übertragung von Kutons Rekorder. Der Tennant schwenkte den Visor des Gerätes – viel zu schnell –, um das Panorama der gewaltigen kristallenen Stadt zu erfassen, aber man sah nur nachleuchtende Lichtpunkte und sinnverwirrende Strukturen. Groß war sie, das ließ sich erahnen, unfassbar groß.

Bailan warf immer wieder einen beklommenen Blick hinüber zu Quest. Der todkranke Patriarch saß hoch aufgerichtet in seinem Sessel, die Augen auf die Übertragung gerichtet, hellwach und konzentriert. Um die wulstigen Lippen herum zuckte es ab und zu, als müsse er sich beherrschen, nicht plötzlich Befehle zu erteilen.

»Wir gehen jetzt geradewegs auf eine Formation am Fuß der Stadt zu, die wie ein Sockelvorsprung aussieht«, fuhr Dawill mit seinem Bericht fort. »Immer noch kein Anzeichen von Bewegung. Trotzdem hat man das Gefühl, beobachtet zu werden. Es ist ganz merkwürdig. Die Stadt ist sicher unglaublich alt, aber sie wirkt nicht so. ›Alt‹ ist das falsche Wort. Zeitlos. Sie wirkt zeitlos. Wobei das selbstverständlich nur ein subjektiver Eindruck ist. Die Gebäude sind so gewaltig, dass man sich wie ein Kriechinsekt fühlt und vielleicht deswegen auf ganz absurde Gedanken kommt.«

Der Einzige, der den Vorgängen auf dem Planeten *Mittelpunkt* nur mit geringer Aufmerksamkeit folgte, war Smeeth. Er stand im Hintergrund, den Kommunikator in der Hand, und besprach mit dem Hangarverweser halblaut Einzelheiten, die Reparatur der Rigg betreffend. »Fünf Tage?«, hörte Bailan ihn sagen. »Das ist mir zu lang. Hmm. Ja, ich verstehe. Gut, machen Sie das.« Und so weiter. Dazwischen warf er zwar immer wieder einen Blick auf den Schirm, wirkte aber reichlich desinteressiert.

»Der Sockel glänzt eher metallisch als kristallin«, berichtete der Erste Verweser. »Unter normalen Umständen würde ich sagen, er besteht aus Metall. Aus Stahl, womöglich. Hier wage ich natürlich keinerlei Prognose; nicht einmal, ob wir ein Ergebnis bekommen werden, wenn der Tennant nachher seinen Analysator darauf hält.«

Die Edlen saßen an ihren Dyaden, auf den Kanten ihrer Sessel, und manch einer sah aus, als bedaure er es, nicht mitgegangen zu sein. Der Edle Muntak betätigte immer mal wieder die Steuerung. Die Gravitation der Sonne zerrte trotz der Entfernung nicht wenig an der MEGATAO; ab und zu war ein Stoß aus den Steuerdüsen notwendig, um den Abstand zur Barriere und dem darin gefangenen Gestein zu wahren.

Der Visor erfasste eine rechteckige Struktur an der Außenseite des Sockelvorsprungs, dem Schattenfall nach eine Vertiefung. »Es scheint, als hätten wir eine Art Tor vor uns«, meinte Dawill. »Ich hege gerade die kühne Hoffnung, dass wir durch dieses Tor die Stadt betreten werden. Außerdem hoffe ich, dass die Mem'taihi nicht die Abneigung der Yorsen gegen Menschen teilen.«

Es sah immer mehr aus wie ein Tor, je näher sie kamen.

»Tennant«, hörte man Dawill halblaut zu Kuton sagen, »halt jetzt mal nur noch auf das Tor. Falls wir gleich einem Mem'taihi gegenüberstehen, meine ich.«

»Ich tue nichts anderes«, vernahm man die Stimme des Historikers. Er klang angespannt.

Als sie bis auf wenige Schritte an das Tor herangekommen waren, blieben sie stehen. »Wir warten erst einmal. Ich bin sicher, dass man unsere Annäherung bemerkt hat.«

Bailan merkte, dass er seit einiger Zeit auf den Fingernägeln kaute, nahm die Hand herunter und holte tief Luft. Quest sah auch ungesund aus; seine Augen schienen immer weiter anzuschwellen und bewegungsunfähig zu werden.

»Es rührt sich nichts. Wir haben hier drüben etwas entdeckt,

das ein Schalter sein könnte . . . Tennant, zeig das doch mal . . .
eine Art Signalgeber vielleicht, womöglich sogar ein simpler
Toröffner. Ich denke, wir versuchen einmal, uns bemerkbar zu
machen. Wobei ich keine Ahnung habe, was wir tun werden,
falls wir in die Stadt hineinkommen, die Mem'taihi sich aber
nicht um uns kümmern. Ich meine, wenn es hier so etwas wie
ein Archiv oder dergleichen gibt, wüsste ich nicht, wie wir das
noch zu unseren Lebzeiten finden sollten.«

Der Visor schwenkte auf den Torrahmen, auf ein flach lie-
gendes Oval, das, wie man sah, als Dawill in seinem schweren
Raumanzug ins Bild trat, ziemlich groß und ungefähr in Hüft-
höhe angebracht war. Der Erste Verweser bückte sich ein wenig.

»Ich drücke jetzt versuchsweise mit der Hand darauf.«

Pause. Atemlose Stille.

Dann sagte Dawill: »Oh.«

Etwas war im Klang seiner Stimme, das Bailan Schauer über
den Rücken jagte. Voll unguter Ahnungen wandte er den Kopf,
sah Quest an, sah in dessen Augen und sah, wie etwas darin –
eine Hoffnung, eine Zuversicht, etwas jedenfalls, das ihn am
Leben erhalten hatte – zerbrach.


Dawill zögerte, die flache Hand ausgestreckt. Vielleicht war es
kein Schalter, sondern nur ein Ornament. Vielleicht war er
nicht kräftig genug, um ihn zu betätigen, falls es doch ein Schalter war. Das alles sah so massiv aus, wie aus vollem Stahl gefräst,
und so alterslos – man erkannte nicht einmal den Schimmer
einer Patina, obwohl diese Bauwerke seit undenklichen Zeiten
ungeschützt dem Sonnenwind ausgesetzt gewesen sein mussten.

Er blickte hoch, musterte das Tor, ein gewaltiges Portal,
zehnfach übermannshoch mindestens und breit genug für
eine ganze Armee, makellos schimmernd aus einem Material,

das aussah wie Stahl, aber ganz bestimmt keiner war. Dann spreizte er die Finger weit über der ovalen Fläche und legte alle Kraft hinein.

Und griff ins Leere.

»Oh«, entfuhr es ihm. Er taumelte, wollte sich festhalten, irgendwo, an der stählernen Wand – doch auch da war nichts. Er wäre beinahe gestürzt, hörte Kuton entsetzt aufstöhnen und begriff erst jetzt, was geschehen war: Die ovale Platte, ja der halbe Torpfosten war unter seiner Berührung zu Staub zerfallen.

»Was ist das?« Dawill starrte die Wand an, die wie Panzerstahl ausgesehen hatte und in der nun ein großes, ausgefranstes Loch klaffte, aus dem es immer noch dunkel herabrieselte, dessen gezackte Ränder weiter und weiter zerfielen und zerbröselten. Ein grauer Haufen Staub sammelte sich auf dem Boden darunter.

»Tennant? Ist der Rekorder an?«

»Ja, natürlich. Sag mal, hört das auch wieder auf?«

»Keine Ahnung. Hiduu, Sie gehen besser ein Stück zurück ...«

Es rieselte immer noch, schien sogar um sich zu greifen. Die Torsäule war bereits völlig zerfallen, nun wurde die breite Fläche des Tores selber matt und begann zu rieseln. Die ersten Löcher taten sich auf und gewährten Einblicke in eine Halle, einen großen Raum voll sinnverwirrender Architektur. Doch noch ehe das Tor ganz verschwunden war, begann die Decke einzustürzen, grauer Staub häufte und häufte sich zu Bergen.

Sie wichen zurück, sahen empor, sahen, wie kristallene Flächen stumpf wurden, wie gläserne Ebenen erblindeten, wie Türme aufhörten zu funkeln und zu strahlen und anfingen, zu zerfallen. Torbögen stürzten ein, Rampen lösten sich auf, Streben wurden zu grauem Pulver, das lautlos herabrieselte. Hätte der Planet eine Atmosphäre gehabt, sie wären längst orientierungslos inmitten einer undurchdringlichen Staubwolke gestanden; so aber sank das fahle Granulat nur sachte zu Boden und häufte sich zu aschfarbenen Hügeln.

»Die Stadt zerfällt«, sagte Dawill, obwohl es überflüssig war, das zu sagen – es war längst unübersehbar geworden. Als hätte sich eine verheerende Explosion ereignet, war ein riesiger Teil der pyramidenartigen Struktur verschwunden, und je weiter der Zerfall voranschritt, desto schneller ging alles, stürzten diamantene Dome in sich zusammen, zerrannen stolze Bögen, zerbröselten Gewölbe so weit wie der Himmel selbst. Es gab kein Halten, keine Rettung, nichts, was irgendjemand hätte tun können. Die Ringstadt der Mem'taihi zerfiel zu Staub. Und die drei Männer sahen hilflos zu und zeichneten alles mit ihrem Rekorder auf. Es dauerte kaum zwei Gyr, bis nichts mehr übrig war von der Stadt, die einst *Mittelpunkt des Mittelpunkts* geheißen hatte, nichts als weite, flache Berge grauen Pulvers.

# 4

So also endet die Spur«, sagte Eftalan Quest. Er beugte sich vor, griff in den Haufen aschegrauen Staubs, den Dawill mitten auf den Besprechungstisch geschüttet hatte, und ließ etwas davon durch die Finger rieseln. »Im Staub. Wie passend.« Schwer sank er in den Stuhl zurück, der viel zu klein für ihn war.

Der Staub roch alt und faulig, ein bedrückender Geruch, der an zugewehte Schlachtfelder denken ließ, an niedergebrannte Städte und an die Keller von Totenhäusern. Auf *Mittelpunkt* hatten sie Raumanzüge getragen und nichts gerochen, zum Glück. Dawill fühlte sich, als hätte er in einen Abgrund geschaut, dessen Anblick der Seele eines Menschen unheilbaren Schaden zufügte.

Der offizielle Expeditionsbericht vor dem Führungsstab war beendet. Man hatte die Rekorderaufzeichnungen gesichtet und kommentiert, Vorschläge für die weitere Vorgehensweise erörtert, den üblichen Eintrag ins Missionsprotokoll gemacht. Hiduu und die Edlen hatten den Besprechungsraum verlassen, nur sie vier saßen noch zusammen – Quest, Smeeth, Kuton und Dawill.

»Was hat die Analyse ergeben?«, fragte Smeeth ruhig.

»Eine konfuse Mischung aus allem möglichen, mit Silizium und Kohlenstoff als Hauptbestandteilen«, erklärte Kuton.

»Und es ist alles restlos zerfallen?«

»Soweit wir das feststellen konnten.«

»Es gab keine unterirdischen Anlagen?«

Dawill sah auf und bemerkte, dass Smeeth sich ihm zugewandt hatte. Er schüttelte den Kopf. »Keine, die wir hätten an-

501

messen oder finden können. Wir sind den Innenbereich des Rings abgeflogen, weil wir dachten, dass er vielleicht eine besondere Bedeutung hat. Aber es war einfach nur glatter, steiniger Boden.« Er hob die Schultern und fühlte sich müde. »Wir hatten ja nichts dabei, womit wir versuchsweise ein Loch hätten hineinsprengen können.«

»Da die Barriere nach wie vor existiert«, warf Quest mit dumpfem Grollen ein, »muss es doch wohl noch Anlagen geben, die sie aufrechterhalten.«

Der Erste Verweser nickte. »Ich will Euch nicht widersprechen. Aber wir haben sie jedenfalls nicht gefunden.«

Smeeth wiegte den Kopf. »Wir wissen nicht, ob technische Anlagen in unserem Sinne erforderlich sind, um die Barriere aufrechtzuerhalten. Es könnte sein, dass die Sonne in irgendeiner Weise manipuliert ist. Es könnte sich sogar um ein Imprint auf den Raum selbst handeln. Wer weiß das schon?«

Genau. Was wussten sie schon? Nichts. Nicht einmal, wie diese Wesen ausgesehen hatten. Dawill beugte sich vor, nahm etwas von dem Staubgranulat und zerrieb es zwischen den Fingern.

»Was also ist passiert?«, fragte er leise. »Sind die Mem'taihi ausgestorben? Oder sind sie irgendwann einfach fortgegangen? Haben sie ihre Stadt, ihre Welt, ihre Technik zurückgelassen, weil sie keine Verwendung mehr dafür hatten?« An die andere Möglichkeit – dass sie womöglich hatten *fliehen* müssen – wollte er lieber nicht denken. Er wollte auch nicht darüber nachdenken, was die Existenz einer derartigen Gefahr für sie, für die Menschen, bedeuten würde. »Und wenn sie fortgegangen sind – wohin? Nichts als Fragen. Das Einzige, das wir mit einiger Sicherheit sagen können: Was auch immer geschehen ist, muss sich vor langer Zeit zugetragen haben, vor sehr langer Zeit. Die Mem'taihi haben sich bestimmt darauf verstanden, für die Ewigkeit zu bauen. Also muss diese Ewigkeit schon vorüber sein, nur deswegen konnte die Ringstadt zerfallen. Und wäre die Barriere nicht gewesen und die Zone völliger Ruhe in ihrem Inneren, hätte sich bereits viel früher irgendeine Störung ereignet, die den Zerfall in Gang gesetzt hätte.« Er wischte sich den Staub von den Fingern. »So musste die Ringstadt warten, bis wir kamen.«

Immer wieder diese Erinnerung, immer wieder dieser Augenblick, wie er ins Leere greift, seine Hand durch das, was wie massiver Stahl aussah, hindurchfährt wie durch Spinnweben. Er legte die gefalteten Hände vor sich auf die Tischplatte, starrte sie an, diese Hände, die das letzte Denkmal eines mächtigen Volkes vernichtet hatten.

»Da ist noch eine Sache, die ich nicht begreife«, sagte er dumpf. »Als wir vor der Ringstadt standen und zu diesen riesenhaften Bauwerken hochblickten ... Ich habe in dem Moment wirklich geglaubt, die Mem'taihi zu spüren, ihre Anwesenheit, dass sie uns beobachten. Ich war mir so sicher – ich hätte meinen rechten Arm gewettet, dass wir ihnen von Angesicht zu Angesicht gegenübertreten würden. In Gedanken habe ich mir schon zurechtgelegt, was ich sagen wollte.« Er sah in eine unbestimmte Ferne, versuchte das Gefühl noch einmal zu erfassen. »Aber als die Stadt zerfallen war und nur noch Staubberge vor uns lagen, war nichts mehr da. Das Gefühl war verschwunden. Die Mem'taihi waren verschwunden. Als hätten sie nur in ihren Bauwerken existiert.«

Er sah hoch, in die Gesichter der anderen, und bemerkte, dass eine andere, finstere Gewissheit von ihm Besitz ergriffen hatte – dass die Mem'taihi, diese mächtigsten aller Lebewesen, nicht mehr existierten.

Zum ersten Mal konnte er sich vorstellen – *wirklich* vorstellen –, dass auch Gheerh untergehen konnte.

Bailan sah überrascht, dass Quest die Zentrale ohne fremde Hilfe betrat. Er musste sich zwar an der Wand stützen, seine Knie zitterten und seine Füße wollten ihm nicht recht gehorchen, aber davon abgesehen schien ihn eine tief im Inneren lodernde Wut aufrecht zu halten. Alles schwieg, voller Ehrfurcht vielleicht oder voller Scheu, während Eftalan Quest, ehemals Dritter Landmeister von Toyokan, ehemals Kommandant des Fernerkunders MEGATAO, ehemals Patriarch des Schwemmhölzner-Clans, sich schrittweise den Weg bis zu seinem Sessel erkämpfte.

»Das muss doch ein vertrauter Anblick für Euch sein, Smeeth«, meinte er, während er sich in die Polster sinken ließ. »Einen Mann zu sehen, der am Ende seines Weges angekommen ist. Der nichts mehr zu erhoffen hat als einen schmerzlosen Tod. Oder? Erlebt man das nicht oft als Unsterblicher?«

Smeeth war hinter dem Kommandantensessel stehen geblieben, die Hand auf der Rückenlehne, das Gesicht unbewegt. »Ja«, sagte er und setzte sich. »Ich habe viele Leute sterben sehen.«

»Sterben? Ich habe auch viele Leute sterben sehen. Viel zu viele.« Quest umklammerte die Armlehnen mit seinen prankenhaften Händen. »Zu sterben wird eine Erlösung sein. Aber ich werde unversöhnt sterben, versteht Ihr? Ich werde sterben mit einem Fluch auf den Lippen und einem Zorn im Herzen, wie er heißer nicht brennen kann. Ich werde im Tod die Sterne verfluchen und den, der sie geschaffen hat. Er mag allmächtig sein, wie es in den alten Lehren heißt, aber so mächtig, dass er mir diesen Zorn nehmen kann, ist er nicht. Er kann mich demütigen, er kann mich vernichten, aber meinen Zorn und meine Verachtung kann er mir nicht nehmen. Tatsächlich hat er mich bereits gedemütigt, und vernichten wird er mich auch bald. Mein Zorn ist alles, was mir bleibt.«

Der Toyokaner sah in die Runde. »Ihr Edlen schaut mich so

entsetzt an. Was ist? Was beunruhigt Euch? Dass ich mein Schicksal nicht mit der Würde trage, die einem Patriarchen geziemt? Einem Landmeister? Einem Helden? Einem Mann, der an der Tafel des Pantap zu Gast war?« Er verzog das Gesicht, als wolle er ausspucken. »Übers Kliff damit, sage ich. Gebt mir ein Sterbebett irgendwo, und sei es im Unterdeck – was kommt es darauf an? Demontiert diesen Sessel wieder. Nehmt meine Gemächer, nehmt mein Kommando, nehmt mein Schiff. Nehmt meinen Ruhm und macht damit, was Ihr wollt. Was kommt es noch darauf an? Gibt es überhaupt irgendetwas im Leben, auf das es wirklich ankommt? Und ich meine *wirklich* – nicht bloß, weil alle es behaupten, es sich gegenseitig versichern und jeden mit Ächtung strafen, der sich der Verschwörung nicht anschließt. Worauf kommt es an im Leben? Seine Pflicht zu tun? Ich habe mein Leben den Bürgern von Toyokan gewidmet, habe nach bestem Wissen und Gewissen gehandelt, niemandem willentlich Schaden zugefügt und so redlich geherrscht, wie es einem Menschen nur möglich ist. Und doch sind sie alle tot, die Bürger von Toyokan. Warum? Irgendetwas hat nicht recht funktioniert damit, mit der Pflicht. Aber vielleicht irren wir uns ja, vielleicht kommt es darauf an, im Leben das zu tun, wonach es einen in den tiefsten Tiefen der Seele verlangt ... Auch das habe ich versucht, spätestens, als ich die MEGATAO auf diese Mission führte. Mit jeder Faser meines Herzens wollte ich den Planeten des Ursprungs finden, wollte ich Gott zur Rechenschaft ziehen, ihn konfrontieren mit dem, was er getan hatte. Und was haben wir nicht alles erreicht, sagt selbst! Wir haben einen undurchdringlichen Schild durchdrungen, haben Kontakt zu einem Volk aufgenommen, das keinen Kontakt mit Menschen wünscht, sind in der Lösung des als unlösbar geltenden Rätsels weiter vorgedrungen als jemals Menschen vor uns. Wir haben die Kette des Lebens bis fast an ihren Ursprung zurückverfolgt ... aber eben nur fast. Euch trifft keine Schuld. Es war meine Reise, mein Ziel. Ich habe um alles gespielt, was mir geblieben war, und ich habe verloren. Ich bin einer Verheißung gefolgt, die sich als Trugbild erwiesen hat, die von Anfang an ein Trugbild gewesen ist. Ich habe ein Spiel gespielt, das ich nicht gewinnen konnte – aber wie hätte ich das wissen können? Ich konnte es nicht wissen. Ich bin betrogen worden von Anfang an. Mein ganzes Leben war Betrug.«

Er lehnte den Kopf zurück, ließ die Armlehnen los und breitete seine Arme in einer Geste aus, die ein wenig an Ergebung erinnerte und doch alles andere war als das. »Wenn Gott so mächtig ist«, sagte er, und seine Stimme bebte, als müsse er mühsam Tränen zurückhalten, »dann sollte er mich niederstrecken, sollte er hier und jetzt mein Herz anhalten, ehe ich ausspreche, was ich erkannt habe.« Er hielt inne, schwer atmend, schien darauf zu warten, dass es geschah – und lächelte dann verächtlich. »Er denkt nicht daran, merkt Ihr das? Er will mich nämlich weiter leiden sehen. So weit hat er mich gebracht, da will er es vollends auskosten. Das ist es, das finsterste aller finsteren Geheimnisse – dass es ein böser Gott war, der das Universum geschaffen hat, einzig zu dem Zweck, uns zu verwirren und zu quälen und seine grausamen Spiele mit uns zu spielen. Seht Ihr es? Seht Ihr es an mir? Und täuscht Euch nicht – Ihr seid einfach noch nicht an der Reihe. Ihr dürft Euch noch in Illusionen –«

Smeeth setzte sich mit einem Ruck auf, eine winzige Bewegung, die aber mit einer derartigen Plötzlichkeit kam, dass alle ringsum zusammenzuckten. Quest hielt mitten im Satz inne.

»Ruft den Heiler«, sagte Smeeth und blickte in die Runde der Edlen, die ihn wie versteinert anstarrten. »Edler Ogur, wenn Ihr die Freundlichkeit hättet . . .?«

Der Zweite Kommunikator zuckte zusammen, nickte hastig und beugte sich über sein Pult, murmelnd und tastendrückend.

»Den Heiler?«, echote Quest verständnislos. »Was wollt Ihr mit dem Heiler? Ich bin nicht . . .«

»Ich«, sagte der Unsterbliche. »*Ich* brauche ihn.« Er schob den linken Ärmel seines schwarzen Überhemdes ein Stück zurück, hielt den freigelegten Unterarm ins Licht und drehte ihn hin und her. Grimmig dreinschauend rieb er mit dem Daumen der anderen Hand auf der Haut herum. Schließlich stand er auf, zog das Überhemd aus und warf es hinter sich auf den Kommandantensitz.

Niemand verstand. Die Edlen warfen einander verwunderte Blicke zu, während Smeeth zu dem unbesetzten Platz an der Maschinendyade neben Quest hinüberging. Dabei krempelte er den Ärmel seines Langhemdes in absolut unschicklicher Weise bis weit über den Ellbogen zurück. An der Dyade setzte er sich breitbeinig auf die Kante des Sessels, legte den nackten Unterarm vor sich auf das Pult, die Handfläche nach oben, sodass die weiche Unterseite vor ihm lag, und fuhr mit den Fingern der anderen Hand der Länge nach darüber, in sanften, massierenden Bewegungen.

»Ich verstehe immer noch nicht ...«, begann Quest, doch Smeeth schnitt ihm erneut mit jener unbegreiflichen Autorität, die er die meiste Zeit zu verbergen wusste, das Wort ab.

»Geduldet Euch.«

Hastige, schwere Schritte auf der Treppe kündigten den Heiler an. Dessen Blick galt natürlich zuerst Quest, doch Smeeth sagte sofort: »Ich bin es, der Ihre Hilfe braucht, Heiler Uboron. Und es ist nichts Schlimmes.«

»Ihr?« Der Hüne keuchte noch. »Meine Hilfe?«

»Ich brauche ein Mittel, das die Durchblutung der Haut anregt.«

»Ein Mittel, das ... wie bitte?«

»Ein Mittel, das die Durchblutung der Haut anregt.«

Der Heiler starrte ihn an. »Wieso? Was ist mit Eurer Haut?«

»Mit meiner Haut ist alles in bester Ordnung«, sagte Smeeth. »Ich glaube, ich habe mich unklar ausgedrückt. Das eben war keine Bitte, es war ein Befehl.«

»Sehr wohl«, nickte Uboron blinzelnd. »Ihr wollt die Tinktur Violett?«

»Wie auch immer der Name ist.«

Der Heiler griff in seinen ledernen Gürtelbeutel. »Tinktur Violett. Die habe ich stets bei mir.« Er zog eine kleine Phiole mit einer zartviolett gefärbten Flüssigkeit hervor und reichte sie Smeeth zögernd, als der die Hand danach ausstreckte. »Darf ich trotzdem fragen, wozu Ihr das braucht?«

»Um etwas zu suchen, von dem ich nicht sicher bin, ob es noch da ist«, erwiderte Smeeth, nahm den Verschluss des Fläschchens ab und gab einige Tropfen auf seinen Unterarm. Er verrieb sie mit der Handkante, ohne die Phiole abzusetzen, und nickte zufrieden, als sich die Haut leicht rötete. Schwungvoll goss er mehr von der zähen Flüssigkeit über seinen Arm, fast die halbe Flasche.

»Nicht so viel, bei allen Ahnen!«, rief Uboron aus. »Ihr brennt Euch ja aufs rohe Fleisch herunter ...«

Es brannte offenbar tatsächlich nicht wenig, denn Smeeth verzog das Gesicht, doch er massierte die Tinktur unverdrossen in die Haut ein, die sofort rot aufflammte, als würde sie gekocht.

Und dann tauchten mitten in dem brennenden Rot nach und nach winzige helle Umrisse auf, knorpelige kleine Strichfiguren, zu Gruppen geordnet wie Familien seltsamer Insekten, die sich womöglich einst in das Fleisch des Unsterblichen gefressen hatten und seither dort begraben lagen.

Bailan war, ebenso wie einige der Edlen, näher gekommen, um genau zu sehen, was geschah. Nun starrte er mit großen Augen auf die Strichzeichen und wusste, dass er so etwas schon einmal gesehen hatte.

»Was um alles in der Welt macht Ihr da?«, fragte Quest endlich.

»Ich hatte einst eine Tätowierung«, sagte Smeeth. »Und ich habe sie immer noch, wie ich feststelle. Edler Iostera, ich sehe,

Ihr habt da etwas zu schreiben. Würdet Ihr mir bitte . . . Danke.«
Er nahm das Schreibbrett, das der Edle vom Zwirnweber-Clan
ihm reichte, legte es neben sich und malte die Muster ab, die
seine Haut zeigte. Alles sah ihm wie gebannt dabei zu. Dann, als
er fertig war, gab er dem Heiler die Phiole zurück und sagte,
Luft zwischen den geschlossenen Zähnen einsaugend: »Jetzt
den Reiniger, bitte. Und schnell, wenn es geht.«

Uboron nahm die Flasche, nestelte dann in seiner Gurt-
tasche und reichte Smeeth hastig einen getränkten Watte-
bausch, mit dem dieser aufatmend von der Tinktur entfernte,
was sich entfernen ließ. Das Rot verschwand zwar nicht völlig,
ließ aber zumindest so weit nach, dass man nicht mehr fürchten
musste, die Haut könnte aufplatzen und sich abschälen. Und
die Zeichen verschwanden auch wieder.

»Es sind Zahlzeichen«, erklärte der Unsterbliche, während
er den Ärmel wieder schicklich zurückschlug. Auf seiner Stirn
standen Schweißperlen.

*Genau*, dachte Bailan. Er sah ein uraltes Dokument vor sich,
das er einmal in Händen gehalten hatte. *Rabasch-Zahlen*, so hatten sie geheißen. Zehnerbasiert und älter als das Utak selbst.

Smeeth schob Quest das Schreibbrett hin und deutete auf
die Zeilen. »Die Beschreibung der Koordinatenbasis. Bipolar,
etwas gewöhnungsbedürftig. Man könnte es auch skurril nennen. Hier die eigentlichen Raumkoordinaten, hier der Bewe-
gungsvektor. Ich denke, der Computer sollte imstande sein, das
in die heute gebräuchlichen Koordinaten umzurechnen, wenn
ich die Ziffernsymbole übersetze.«

»Man hat Euch Koordinaten eintätowiert . . .?«

»Nicht man. Ich selbst.«

»Aber was . . .?«

Der Unsterbliche sah auf den Todkranken hinab. »Es ist das,
was Ihr sucht, Eftalan Quest«, sagte er sanft. »Der Planet des
Ursprungs.«

# Protoleben

# 1

Quest hielt die Schreibplatte in der Hand, sah die Zeichen darauf an, sah Smeeth an, sah wieder auf die fremden Zahlen. Sein Mund öffnete sich, als wollte er etwas sagen, dann presste er die Lippen wieder zusammen und schüttelte sachte den Kopf.

»Der Planet des Ursprungs«, sagte er.

Smeeth nickte nur.

Der Anflug eines seltsamen Lächelns schlich sich in Quests Gesicht. Er schüttelte immer noch den Kopf, langsam, fast unmerklich. »Ich kann das nicht glauben«, sagte er.

Der Unsterbliche sagte nichts. Niemand sagte etwas. Alle standen nur da und versuchten zu begreifen, was geschah.

Quest betrachtete die Schreibplatte erneut, mit gerunzelter Stirn, holte tief Luft und hielt sie Smeeth hin. »Oder vielleicht glaube ich es doch«, meinte er. »Ihr seid dort gewesen. Ich hatte von Anfang an recht.«

»Ich bin dort gewesen«, nickte der Unsterbliche. »Aber ich habe den Planeten des Ursprungs nicht betreten.«

Der Patriarch schien ihm nur mit halbem Ohr zuzuhören. Da ihm Smeeth die Schreibplatte nicht abnehmen wollte, legte er sie in seinen Schoß, bedeckte sie mit seiner fleischigen Hand. »Ihr habt zugesehen, wie wir uns abmühten, den Planeten des Ursprungs zu finden, und dabei habt Ihr die Koordinaten die ganze Zeit gekannt. Ihr habt einfach geschwiegen, habt nicht einmal versucht, ein Geschäft zu machen.« Er hob die Hand und ließ sie matt auf die Schreibtafel zurückfallen. »Das ist schwer zu verstehen.«

513

Der Unsterbliche saß immer noch breitbeinig auf der Kante des Maschinenführersessels, ohne Überhemd, und zum ersten Mal, seit sie ihn kannten, war ihm so etwas wie Unsicherheit anzumerken. »Lasst mich«, sagte er zögernd, »die ganze Geschichte dazu erzählen. Nein« – er hob abwehrend die Hand, als jemand etwas sagen wollte –, »unterbrecht mich nicht. Lasst es mich tun, solange ich dazu imstande bin.«

Er rutschte in den Sessel und legte die Hände um die Armlehnen, als müsse er sich festhalten. In seinem Gesicht zuckte es, während er offenbar nachdachte, wie er beginnen sollte. »Ich habe diese Geschichte noch niemals erzählt«, sagte er endlich, mit ungewohnt leiser, weicher Stimme. »Sie hat sich vor langer Zeit zugetragen, vor sehr langer Zeit – ich bin versucht, zu sagen, ich sei damals noch jung gewesen, aber natürlich stimmt das nicht. Ich hatte schon länger gelebt als jeder Mensch vor mir, ich hatte meine Heimat verlassen und war ein Wanderer zwischen den Welten geworden. Aber das ist alles sehr lange her, wie gesagt.«

Man meinte Smeeth förmlich anzusehen, wie er in den unermesslichen Ozean seiner Erinnerungen eintauchte, in Gedanken zurückkehrte in jene Zeit, von der er zu berichten hatte. »Ich lebte damals auf einer Welt namens Kahan, eine von Priesterinnen regierte Welt, in der die Wissenschaften und die Künste höchstes Ansehen genossen und die Menschen sich vorrangig der *Arete* widmeten, was ungefähr so viel bedeutet wie die ›Kunst der persönlichen Vervollkommnung‹. Damals war ich weit davon entfernt, ein eigenes Raumschiff zu besitzen, aber ich lebte beim Tempel und war Berater jener Priesterin, die die Handelsbeziehungen mit anderen Welten überwachte.« Er blickte schräg nach oben, als müsse er nachdenken, ob ›Berater‹ das richtige Wort sei. »Es war eine eher inoffizielle Position, niedrig genug, um nicht zu Offenbarungen über mein Leben und meine Herkunft gezwungen zu sein, aber doch hoch genug, dass ich über die entscheidenden Ereignisse auf Kahan informiert war. So bekam ich mit, wie eine Astronomin namens Shala, die Kometen erforschte, in einem irregulären Wanderer so genanntes *Protoleben* entdeckte.«

Er hob die Hand in einer Geste der Ratlosigkeit. »Ich verstand damals nicht genau, was damit gemeint war, und weiß es offen gestanden bis auf den heutigen Tag nicht. Sie glaubte wohl in dem betreffenden Kometen so etwas wie eine Urform jener inkubierenden Keime entdeckt zu haben, die vom Planeten des Ursprungs selbst stammte. Ich weiß nicht, wodurch sich eine solche Urform vor allen anderen Formen auszeichnen soll, aber der Tempelrat der Biologen bestätigte ihre Auffassung, und da die Wissenschaften auf Kahan ein in der Geschichte der Menschheit seltenes Niveau erreicht hatten, nehme ich einmal an, dass es stimmte.« Smeeth sah in die Runde, bis sein Blick auf Felmori ruhte, dem Ersten Navigator. »Es gelang Shala, den Weg zurückzuberechnen, den der Komet genommen hatte.«

»Wie bitte?«, entfuhr es Felmori.

»Ich weiß. Uns scheint das unmöglich. Reguläre Kometen sind berechenbar, ziemlich einfach sogar, aber irreguläre Kometen folgen einem absolut unvorhersagbaren Kurs – das gilt als Grundvoraussetzung für die Verbreitung des Lebens überhaupt. Doch Shala hatte die Hilfe eines Mathematikers namens Kaussa, einer der besten Mathematiker, den unsere Spezies je hervorgebracht hat. Ich entsinne mich einer Begegnung mit ihm, ein schmächtiger Mann mit der gewaltigsten Nase, die man sich vorstellen kann, und wie er mit dünnem Lächeln sagte: ›Dass der Kurs irregulärer Kometen nicht *vorher*sagbar ist, heißt doch nicht, dass man ihn nicht *zurück*berechnen kann.‹ Wie auch immer er das gemacht hat, er bestimmte jedenfalls die Flugbahn und fand heraus, dass es sich um einen transgalaktischen Kometen handelte. Vermutlich aus diesem Grund hatte sich das Protoleben in ihm erhalten – weil er Millionen von Jahren im Leerraum unterwegs gewesen war, ein regloser gefrorener Klumpen Eis. Kaussa verfolgte den Kurs zurück bis zu jener Galaxis, aus der der Komet stammte.« Smeeth machte eine ausholende Geste. »Dieser hier.«

»Ah«, machte jemand.

»Ein Flug in eine andere Galaxis, um den Kurs des Kometen noch weiter zurückzuverfolgen, war für die damalige Technik im Grunde ein Ding der Unmöglichkeit. Damals war jede Hyperetappe ein Abenteuer, und zwanzig Lichtjahre betrachtete man als enorme Entfernung. Doch der Tempel von Kahan besaß seit Jahrhunderten ein Raumschiff, das von den Jentern stammte, einem verschollenen Volk, das . . .« Smeeth hielt inne. »Nun, das ist eine andere Geschichte. Jedenfalls verfügte es über eine unglaubliche Technik, und als ich von dem Plan der Priesterinnen erfuhr, dieses Raumschiff loszuschicken, setzte ich alles daran, zum Piloten der Expedition bestimmt zu werden. Der Planet des Ursprungs war mir egal, von Protoleben verstand ich nichts und an die Legenden der Urväter von Landis glaubte ich nicht – aber ich wollte das Jenterschiff fliegen.«

Der Unsterbliche lehnte sich zurück, fuhr sich mit den Händen über das Gesicht, den Blick gedankenverloren in weite Fernen gerichtet. »Ich habe das Jenterschiff geflogen. Wir haben die andere Galaxis erreicht. Und schließlich haben wir auch den Planeten des Ursprungs gefunden.« Er holte tief Luft, seine Augen suchten blinzelnd zurück in die Gegenwart. »Ich war nur der Pilot und musste an Bord bleiben, während die anderen hinabgingen, Shala, Kaussa und zwanzig weitere Wissenschaftler. Die letzte Nachricht, die ich erhielt, lautete, dass man recht gehabt habe, es sei tatsächlich der Planet des Ursprungs. Danach hörte ich nichts mehr. Keiner von ihnen ist zurückgekehrt.«

In das Schweigen hinein fragte Quest: »Habt Ihr nach ihnen gesucht?«

»Nein. Ich habe lange gewartet, und schließlich bin ich zurückgeflogen.«

»Ohne einen Fuß auf den Planeten zu setzen?«

»So lautete der Befehl.«

»Ihr hattet die Chance, die sagenhafte Welt des Ursprungs zu betreten, und habt stattdessen einem *Befehl* gehorcht?«

»Jemand musste die Kunde überbringen. Was, wenn mir auch noch etwas zugestoßen wäre?«

Quest sah den Unsterblichen kopfschüttelnd an. »Das sieht Euch gar nicht ähnlich.«

»Habt Ihr sie denn überbracht, die Kunde?«, fragte Dawill. »Habt Ihr den Priesterinnen die Koordinaten gegeben?«

»Nein. Sie wollten sie nicht. Als ich zurückkam, nahm man mir das Schiff weg und klagte mich an, weil ich Shala und Kaussa und die anderen im Stich gelassen hatte, und es war nicht gerade leicht, all dem, was folgte, schließlich zu entkommen.« Smeeth stand auf, trat neben Quest und streckte die Hand nach der Schreibtafel aus. »Ich sagte ja, ich war damals sozusagen noch jung. Heute denke ich, es war ein Fehler, das Jenterschiff zurückzubringen, anstatt es einfach zu behalten.«

»Das«, meinte Quest und reichte ihm die Tafel, »sieht Euch nun wieder sehr ähnlich.«

»Selbst ich ändere mich«, erwiderte Smeeth. »Es merkt nur niemand.«

Er trat an die Navigationsdyade und bedeutete Felmori, zu ihm zu kommen und seinen Platz einzunehmen. Dann begann er, dem Ersten Navigator das Zahlensystem zu erklären, in dem die Koordinaten notiert waren, und den Umgang mit dem bipolaren Koordinatensystem zu erläutern. Der Edle von Derley nickte mit großen Augen und machte sich daran, das Problem für den Rechner aufzubereiten.

»Und Ihr seid nie wieder zurückgekehrt?«, fragte Quest den Unsterblichen anschließend.

517

»Nein.«

»Warum?«

»Wie gesagt – es gab lange keine geeigneten Raumschiffe.«

»Aber inzwischen gibt es sie. Längst. Selbst mit Eurer Rigg hättet Ihr den Planeten des Ursprungs erreichen können. Es hätte ein bisschen gedauert, aber Zeit ist ja kein Problem für Euch.«

»Es hat sich einfach nicht ergeben«, behauptete Smeeth, doch es klang nicht sehr überzeugend. Ein Gefühl von Falschheit lag in der Luft, von Unvollständigkeit. Es war mit Händen zu greifen, dass in dieser Angelegenheit noch nicht alles gesagt war.

»Wie viele Tätowierungen habt Ihr außer dieser?«, fragte Dawill.

Smeeth sah ihn an. »Keine.«

»Weil man einen unsterblichen Körper nicht derart zurichtet, nicht wahr?«

Smeeth zog die Augenbrauen zusammen, erwiderte aber nichts.

»Diese Koordinaten habt Ihr Euch eintätowiert«, nahm Quest den Gedanken des Ersten Verwesers auf. »Also *muss* es Euch wichtig gewesen sein.«

Smeeth blickte etwas leidend drein. Als schien er es nun zu bedauern, dass er zu erzählen begonnen hatte. Er stand schief vor der Dyade, niedergedrückt von den Blicken, die auf ihm ruhten, ausgesaugt von dem Schweigen, das plötzlich herrschte.

»Ja«, flüsterte er. »Ja, es war mir wichtig. Aber ich weiß nicht, ob Ihr das verstehen werdet. Es ist nicht so, wie Ihr denkt. Es ist absolut nicht so.« Seine Blicke gingen hin und her, saugten sich fest an bedeutungslosen Details der Decke oder der Wände. Er wirkte wie ein in die Enge getriebenes Raubtier, das einen Ausweg sucht.

»Die Legende vom Planeten des Ursprungs war schon damals alt«, sagte er wie unter Qualen. »Ihr kennt die Sage von

Lantis. *Hiden*, der Wohnsitz Gottes. Das war es, was Shala und Kaussa angetrieben hat. Das ist es, was Euch antreibt. Ihr sagt das so leichthin – der Wohnsitz Gottes. Ich frage mich, ob Ihr überhaupt eine Ahnung habt, was Ihr da glaubt. Ob Ihr spürt, welche Wucht in den dürren Worten verborgen liegt, mit denen die Legende spricht. Der Schöpfer des Universums, die allmächtige Kraft, die Sterne und Galaxien, Zeit und Raum geschaffen hat, wählt sich einen seiner Planeten als Wohnsitz. Auf diesem Planeten lässt er sich nieder und befruchtet den Kosmos mit dem göttlichen Atem, dem Leben selbst. Ist Euch klar, was Ihr da sagt?«

Er riss sich von der Dyade los, schien nach vorne stürmen zu wollen zu den Sichtscheiben, blieb jedoch nach einem Schritt wieder stehen und drehte sich um. »Es vergeht kaum eine Nacht, in der ich nicht davon träume«, brach es aus ihm heraus. »Nach Tausenden von Jahren vergeht kaum ein Tag, an dem ich nicht daran denken muss. Wie ich den Planeten umkreise und umkreise und hinabblicke auf die Oberfläche und nicht weiß, was ich tun soll. Wie er mich zieht und lockt und wie er mich zu Tode erschreckt. Ja, es ist wahr, ich hätte hinuntergehen können. Mein Befehl lautete nicht, um jeden Preis zu bleiben. Die Kahaner dachten nicht so, dachten nicht in militärischen Kategorien von Sicherheit. Sie luden mich ein, mitzukommen, doch ich wollte nicht. Ich wusste vor ihnen, dass dies der Planet des Ursprungs war, ich spürte es mit jeder Faser meines Körpers. Sie haben es nicht verstanden, dass ich nicht mitwollte. Ich weiß nicht, ob Ihr es verstehen werdet, aber sie *konnten* es nicht verstehen, denn sie wussten nicht über mich, was Ihr wisst. Dass ich unsterblich bin.«

Noch eine Bewegung, als wolle er flüchten – und wieder im Ansatz gebremst. »Ich bin unsterblich. Ich bin ein Bastard der Schöpfung, der Inbegriff der Widernatürlichkeit. Ich hatte eine Kindheit und ich hatte eine Jugend, aber ich werde niemals ein Alter haben. Mein Leben ist kein Zyklus wie alles Leben sonst, sondern eine Asymptote, eine endlose Linie, die nur Gewalt beenden kann.« Seine Augen schienen zu lodern. »Was wäre denn gewesen, wenn ich gelandet wäre? Wenn ich vor Gott getreten wäre? Wenn ich Antwort auf alle Fragen bekommen hätte, wenn alle meine Sehnsüchte gestillt worden wären, wenn ich Erlösung gefunden hätte – was hätte ich denn *danach* gemacht? Ich wusste, dass noch ein unendliches Leben, unendliche Zeiträume vor mir lagen – womit hätte ich sie verbracht? Die Legende sagt, vor Gott zu treten heißt anzukommen – und dann? Ich bin ein ewiger Sucher, das Erbe meines Vaters und meiner Geburt macht mich dazu – wenn ich eines Tages *finden* sollte, bin ich ruiniert. Ich bin ein Wanderer, ein Fremder, ein Heimatloser – wenn ich ankomme, bin ich am Ende. Ich hatte Angst, versteht Ihr, ich hatte unaussprechliche Angst, vor das leuchtende Antlitz Gottes zu treten um den Preis, dass mir für den Rest meines Lebens alles blass und dunkel erscheinen würde. Deshalb die Tätowierung. Deshalb habe ich mir die Koordinaten ins eigene Fleisch geritzt. Nicht, um den Ort *wiederzufinden*. Sondern um für immer zu wissen, welchen Ort ich *meiden* muss.«

Er blickte in die blassen Gesichter der Edlen, suchte in ihnen, forschte, selbst todbleich. »Versteht Ihr?«, hauchte er, und es war ein Hauchen, das ihnen allen wie ein elektrischer Schlag durch den Körper fuhr. »Versteht Ihr mich? Versteht Ihr, welche Gefahr dieser Planet darstellt?« Sein Blick wanderte umher, von einem zum anderen, und niemand sagte ein Wort, niemand wusste etwas zu erwidern, bis Felmori sich plötzlich räusperte.

»Erhabener Kommandant«, sagte er zögernd, »der Computer hat die Koordinaten umgerechnet und den Zielstern ausgemacht.«

»Ah«, machte Smeeth. Seine Kinnmuskeln arbeiteten kräftig.

»Es ist ein roter Riesenstern in zweitausend Lichtjahren Entfernung.«

Smeeth ging mit raschen Schritten zum Kommandantensitz und ließ sich hineinfallen, achtlos sein Überhemd zerdrückend. Er sah Quest voller Ingrimm an. »Sagt mir jetzt, was Ihr wollt. Wollt Ihr zum Planeten des Ursprungs?«

Quest hielt dem Blick stand. Sein rechtes Augenlid zitterte unübersehbar. »Ja«, sagte er.

»Ich hoffe, ich werde das nicht bereuen«, meinte Smeeth fast tonlos. Dann hob sich seine Stimme, wurde laut und scharf, wurde zu einem Schwert aus Schall. *»Klar Schiff zur Fernerkundung. Alle Dyaden besetzen. Grüner Alarm.«*

Die Edlen stoben auseinander wie Splitter bei einer Explosion, besetzten ihre Plätze, fuhrwerkten hektisch an ihren Instrumenten herum. Ihre Befehle schreckten eine ahnungslos wartende, irritierte Mannschaft auf, hetzten Maschinenleute über Stege und Leitern, ließen Obmänner schreien und Staffelmänner rennen, verwandelten die Decks der MEGATAO in den Schauplatz eines wuselnden, aber dennoch wohlgeordneten Durcheinanders.

»Klar Schiff bei Navigation«, meldete Felmori.

»Klar Schiff bei den Maschinen«, kam es von Grenne.

»Sublicht ist grün«, erklärte Tamiliak.

»Klar Schiff bei Raumüberwachung«, sagte Hunot.

Smeeth sah zu Muntak hinüber mit einer Kopfbewegung, die aussah, als wolle er mit dem Kinn zustoßen. »Habt Ihr die Kursdaten?«

»Ja, Erhabener Kommandant.«

»Dann ist es Euer Schiff, Erster Pilot.«

## 2

Hier, in den Gemächern des Kommandanten, musste man sich geradezu anstrengen, um die Triebwerke zu hören, so gut war die Isolation. Nur wenn man still stand und leise atmete, hörte man das tiefe, donnernde Röhren der haushohen Aggregate, das metallische Klackern der Metaquanteninjektionen und das gelegentliche Schwirren des Impulsausgleichs. Und wusste, dass man sich in einem Raumschiff befand, das durch eine Dimension jenseits menschlicher Vorstellungskraft unterwegs war.

Quest nahm Abschied. Abschied von den Räumen, in denen er den letzten Abschnitt seines Lebens verbracht hatte, Abschied von seinem Schiff und Abschied von Toyokan, seiner Heimat, dem Ort seiner Geburt und dem Ort, an dem einst seine Asche hatte verstreut werden sollen – all das war nun dahin.

Er betrachtete das Sandbild seines Vaters, ein kleines Werk, dem Ruhm des erhabenen Eftalan Soltos nicht angemessen, doch es war alles, was geblieben war. Er studierte die strengen, gütigen Gesichtszüge des Mannes, der einst in der Gewissheit gestorben war, dass der Glanz und Wohlstand Toyokans für Generationen gesichert war, und fragte sich, wie er wohl die Handlungen seines Sohnes beurteilt hätte. Quest wusste es nicht. Er hatte seinen Vater nicht gut genug gekannt, um das mit Sicherheit sagen zu können.

Die Behandlung mit Paste Grün hatte Wunder gewirkt. Er fühlte sich gut, fühlte sich so stark wie schon lange nicht mehr, jung beinahe, zum Söhnezeugen kräftig. Doch Heiler Uboron hatte, genau wie Vileena, keinen Zweifel daran gelassen, dass dieses Gefühl trog, dass es seine letzten Reserven waren, die da hell aufloderten, dass er sich stark fühlte um den Preis künftiger Tage.

*Nay*, dann war es eben so. Er brauchte nicht mehr viele Tage, um zu tun, was zu tun war.

Noch einmal setzte er sich auf die Liegediwane. Noch einmal fuhr er mit der Hand über die herben Muster der Rukanta-Kissen. Noch einmal verlor er sich in der Betrachtung der wunderbaren Intarsien auf dem großen Rundtisch, den ihm die Virijager geschenkt hatten als Dank für die Befreiung von den Piraten der Stahlnebel. Eine unerhörte Kostbarkeit, für die ihm schon die unglaublichsten Summen geboten worden waren. Einen langen Moment vergeudete er mit dem Gedanken daran, wem dieser Tisch wohl künftig gehören würde – der alte Kaufmannsinstinkt der Toyokaner.

Ein amüsiertes Lächeln huschte über seine Lippen, und sein Blick wanderte weiter zu der steinernen Skulptur des P'tan'tha, jener mythischen Gottheit aus der Sagenwelt Akotoaburs, die die Kühnen und die Verrückten beschützte. Diese Kombination hatte ihn schon immer fasziniert. In welche der beiden Kategorien er wohl gehörte? Oder gab es diesen Unterschied gar nicht wirklich; war es letztlich nur das Resultat eines Unternehmens, das die Nachwelt zu einer Unterscheidung veranlasste?

Er lauschte, hörte das bevorstehende Austauchen. Es würde nicht P'tan'tha sein, vor den er bald treten würde, sondern der wirkliche, wahrhaftige Schöpfer des Universums, die allmächtige Kraft, das allwissende Auge – Gott. Er, ein schwacher, kranker Mensch, würde vor ihn treten und ihm sagen, was gesagt werden musste. Wenn er bis dahin seinen Mut bewahren würde. Quest schloss die Augen und fühlte in sich hinein, dahin, wo das Feuer brannte, das von der Paste Grün angefacht worden war. Es brannte hell, aber schwach. Er sehnte sich zurück nach der stählernen Kraft seiner frühen Mannesjahre, als er Mut und Entschlossenheit für zehn Männer gehabt hatte, als er eine Seele besessen hatte, die, narbenlos und in festem Grund verankert, ein Bollwerk gewesen war gegen jeden Sturm.

Würde er seinen Mut bewahren in dieser letzten Prüfung, die er in seinem Leben zu bestehen hatte? Würde er noch wissen, was er sagen wollte, wenn er vor Gott trat? Und würde er den Mut haben, die Worte auszusprechen, Gott die Anschuldigungen ins leuchtende Antlitz zu schleudern und nichts zurückzuhalten, nicht der Versuchung zu erliegen, demütig zu Boden zu sinken wie ein um Gnade winselnder Sklave vor dem Pantap?

Da war die Erinnerung. Toyokan, wie es brannte. Wie die Jäger der Invasoren darüber hinwegfegten, unbehelligt, unbesiegbar, höhnische Kondensstreifen in die kochende Atmosphäre zeichnend. Wie sich der Feuerball einer nuklearen Explosion emporwölbte, wo einst das stolze Toykara die Ufer der Simm gesäumt hatte. Der Feuerball, in dem der Sitz der Landmeister untergegangen war und mit ihm die Familie seines Stiefeldieners, dessen Frau nach vielen Jahren endlich das ersehnte Kind entbunden hatte. Quest spürte die Wut wieder und die ohnmächtige Verzweiflung, die er empfunden hatte, als dieses Bild auf seinem Hauptschirm flimmerte.

Die Erinnerung – sie war es, an die er sich klammern musste. Die Erinnerung würde ihm die Kraft und den Mut geben. Zwei Milliarden Menschen, das war nur eine Zahl. Aber er wusste um Schicksale Einzelner, und jeder, an den er dachte, würde ihm Mut geben, würde bei ihm sein und mit ihm klagen und wüten gegen Gott, der all dies zugelassen hatte und immer noch zuließ, in diesem Augenblick vielleicht.

Quest öffnete die Augen, blickte auf das Siegel Toyokans,

eingestickt in die wuchtigen Brokatvorhänge entlang der Wände. Das Siegel, für das es nach ihm keinen Erben geben würde.

*Wie wird es sein, vor Gott zu stehen?*, fragte er sich. *Wird er mich überhaupt anhören? Wird er mich ausreden lassen oder wird er mich zermalmen ob meiner Aufsässigkeit?*

Ein Signalton zerstörte die andächtige Stille. »Edler Quest«, unterrichtete ihn der Zweite Pilot Bleek, »wir tauchen in wenigen Augenblicken aus.«

»Danke«, sagte Quest. Und er dachte: *Es ist mir egal. Soll er mich doch zermalmen.*


Die rote Riesensonne glomm träge in der Dunkelheit des Alls, kurz vor dem Erlöschen, so, als wäre sie schon alt gewesen, bevor alle anderen Sterne im Universum entstanden. Die Instrumente machten einen kleinen, dunklen Planeten aus, einen Einzigen nur, der sie umkreiste.

»Ist er das?«, fragte der Edle Felmori mit angehaltenem Atem.

»Der Planet des Ursprungs?«, erwiderte Smeeth, düster im Sessel des Kommandanten hockend. »Ja.«

»Den habe ich mir ganz anders vorgestellt«, bekannte Ogur.

Der Unsterbliche rieb sich geistesabwesend den Arm, auf dem er die Tätowierung trug. »Eine Umlaufbahn um den Planeten, Erster Pilot«, sagte er. »Eine hohe Umlaufbahn.«

»Ich höre, Erhabener Kommandant«, murmelte Muntak. Er drückte drei Tasten und fügte hinzu: »Und ich folge.«


Es war einer der voll ausgerüsteten einsitzigen Jäger, den man für Quest in der Startzone des Stirnhangars bereitgestellt hatte. Die Beleuchtung in der hohen Halle, kühl und sachlich in ihrer

525

Schattenlosigkeit, bekam etwas Bedrückendes, als jener Mann eintrat, der hinausfliegen wollte, um Gott zu begegnen.

Hiduu und der Hangarverweser hatten den Jäger gemeinsam noch einmal durchgeprüft. Smeeth war nach dem Austauchen der MEGATAO hinzugekommen und hatte sich davon überzeugen lassen, dass dies das perfekteste Raumfahrzeug war, das jemals den Hangar eines Sternenschiffes verlassen hatte.

Quests Raumanzug passte ihm kaum noch, so sehr war sein Körper angeschwollen. Die meisten der Anpassungsschrauben waren bis zum Anschlag aufgedreht – ein paar habe man durch Längere ersetzen können, bei den Übrigen sei es nicht zu empfehlen, erklärte der Anzugmeister nervös, weil die elastischen Elemente nicht weiter nachgeben könnten.

»Es geht schon«, versicherte Quest mit grimmig angespanntem Unterkiefer. An sich bereits eine stattliche Erscheinung, wirkte er in dem dicken Anzug mit den aufgepolsterten Gelenken, Leitungen und Aggregaten wie ein Gigant. »Solange niemand von mir verlangt, dass ich mich allein wieder ausziehe.«

Smeeth bedeutete dem Anzugmeister, sich zurückzuziehen, und betrachtete Quest mit steinernem Gesichtsausdruck. »Nehmt Euch Zeit«, sagte er dann. »Ihr habt einen so weiten Weg zurückgelegt, dass es auf einige Gyr mehr oder weniger nicht ankommt. Oder Tage ... oder Zehntage. Wir werden warten, bis Ihr zurückkehrt oder Euer Monitorsystem Euren Tod anzeigt.«

Quest griff unwillkürlich zu der Sonde, die an seinem Hals befestigt war. »Dann sollte ich es nicht verlieren.«

»Nein«, sagte Smeeth. »Das solltet Ihr nicht.«

»Gut. Ich werde jetzt aufbrechen.«

Auf Smeeths Stirn war eine Furche zu erkennen, die allem, was er sagte, einen Hauch von Missbilligung beimischte, und die nicht verschwinden wollte. »Wir könnten Euch fernlenken, wenn es sein muss«, erinnerte er.

»Danke«, sagte Quest und hakte den Helm vom Gürtel, um ihn in der offenen Kanzel zu verstauen. »Aber es muss nicht sein.«

Hiduu und der Hangarmeister halfen ihm, einzusteigen und sich im Sitz zurechtzurücken, legten ihm die Gurte an und befestigten die Anschlüsse. Dann, als Quest ihnen zu verstehen gab, dass es genug war, ließen sie von ihm ab und traten hinter die Markierung zurück. Nur Smeeth stand noch neben dem startbereit summenden Jäger.

»Smeeth?« Der Patriarch musterte ihn. »Danke.«

Smeeth schüttelte den Kopf, einen geheimnisvollen Ausdruck in den Augen. »Dankt mir lieber nicht«, sagte er leise. »Ihr werdet Gott Auge in Auge gegenüberstehen. Ihr ahnt nicht, worauf Ihr Euch einlasst.«

Das Kanzeldach setzte sich surrend in Bewegung, die Dichtungen schnappten erwartungsvoll auf wie lange Saugmünder. Quest bewegte den Kopf, vielleicht zuckte er auch mit den Schultern – man konnte es durch den Raumanzug hindurch nicht erkennen. »Und wenn schon«, meinte er nur. Dann schloss sich die Kanzel.

Nun zog sich auch Smeeth hinter die Markierung zurück, und sie verfolgten den Abflug, der ebenso makellos verlief, wie die Maschinen funktioniert hatten.

»Diese Einsitzer fliegen sich eben wie von selber«, meinte Hiduu, als sich das äußere Schott und die Sichtblenden wieder schlossen.


Von der Zentrale aus verfolgten sie den Flug Quests. Der Jäger glitt abwärts, auf den Planeten des Ursprungs zu, ein ruhiger, gekonnter Flug, der Muntak zu der halblaut gemurmelten

Bemerkung veranlasste, falls Quest wiederkomme, könne er seinen Posten haben oder noch besser den Bleeks. Der Zweite Pilot war in diesem Moment gerade nicht in der Zentrale und wunderte sich, wieso ihn alle so angrinsten, als er zurückkam.

Dicht über der Oberfläche verlor die Raumüberwachung den Jäger, wie es manchmal vorkam, doch hier und jetzt ließ es die Edlen den Atem anhalten. Das Monitorsystem funktionierte aber seltsamerweise noch, und kurz darauf meldete sich Quest über Funk: »Ich bin jetzt gelandet. Es sieht ziemlich merkwürdig aus hier unten ... nein, nicht merkwürdig ... eher langweilig. Soweit man in dem roten Dämmerlicht erkennen kann, scheint der Boden von Moosen oder Flechten bedeckt zu sein. Ansonsten kann ich keine besonderen Strukturen ausmachen, nicht einmal einen Berg oder so etwas. Ich stehe mitten in einer endlosen Ebene, die ein wenig auf und ab geht. Die Atmosphäre enthält übrigens Sauerstoff. Die Werte sind hervorragend, wie für mich gemacht. Es ist warm. Sieht so aus, als hätte ich mir den Raumanzug sparen können.«

»Wir empfangen Euch gut, aber haben Schwierigkeiten, Euch zu lokalisieren«, antwortete Hunot. »Der Planet weist einen starken Bodeneffekt auf.«

Tamiliak warf dem Patriarchen von Suokoleinen einen missmutigen Blick zu. »Über Funkpeilung funktioniert es hervorragend«, meinte er verächtlich und betätigte ein paar Schalter, woraufhin Quests Position auf einer Projektion des Planeten erschien. Dann beugte er sich über die Sprecheinrichtung. »Edler Quest? Ihr befindet Euch etwa in der Mitte des nördlichen Hauptkontinents. Östlich von Euch müsste sich eine flache, lang gezogene Bergkette ausmachen lassen, und ziemlich weit im Süden verläuft die Küste des kleinen Ozeans.« Von dem den Messungen nach allerdings nicht viel übrig war; vermutlich hätte man sich anstrengen müssen, um darin zu ertrinken. »Was für ein trostloser Planet«, meinte Ogur bedrückt.

»Danke«, kam Quests Stimme. Es klang nicht so, als würde es ihn interessieren. »Ich habe jetzt die Kanzel geöffnet. Die Luft riecht ... es fällt mir schwer, es zu beschreiben ... staubig. Da ist ein Duft wie von einem Gewürz, aber ich habe vergessen, wie es heißt. Es erinnert mich an den Trockenboden, auf dem wir als Kinder manchmal gespielt haben. Genau, wie der Geruch trocknender Brisa-Stauden, so riecht es.«

Felmori runzelte die Stirn. »Seit wann ist Brisa ein Gewürz?«, murmelte er. »Bei uns benutzt man Brisa, um Felle zu gerben.«

Rascheln in der Verbindung. »Ich steige nun aus«, verkündete Quest. »Und ... ich beende jetzt die Übertragung.«

»Was?«, fuhr Tamiliak hoch. Aber da war es schon still in den Lautsprechern. Der Erste Kommunikator wandte sich zu Smeeth um. Seine sonst so blasse Clantätowierung leuchtete wie von innen angestrahlt. »Erhabener Kommandant, es ist gegen die Vorschriften, bei einer Mission ...«

Smeeth unterbrach ihn mit einer Handbewegung. »Schon gut. Lasst ihn. Das hier ist keine Mission. Wir warten einfach.«

»Warten? Und wie lange?«

»Bis er zurückkommt«, sagte Smeeth. »Oder bis das Monitorsystem vierzig Gyr lang seinen Tod angezeigt hat.«


Das Warten war seltsam. Als würde die Zeit zu einem zähen Brei gerinnen, als liefe sie tropfenweise aus dem Gefäß der Ewigkeit, als stünde mit jedem Gyr, das verstrich, mehr fest, dass die MEGATAO am Ende aller Wege angekommen war und hier kreisen würde, bis einst das Ende des Universums kam.

Vergingen Tage? Zehntage? Siebteljahre? Sie verloren das Gefühl dafür. Der Monitor zeigte an, dass Quest lebte, die übrigen Daten waren verwirrend. Schlief er? Wanderte er einsam über moosbewachsene Hänge, unter einem Himmel aus trübem Blut? Sie standen an den Sichtscheiben, blickten auf den dunklen Planeten hinab und versuchten sich vorzustellen, was dort unten geschah. Und wenn ihr Vorstellungsvermögen erschöpft war, wandten sie sich ab, suchten Dinge des Alltags, denen nachzugehen war, oder Vergessen im Alkohol und im Dampf der Traumkristalle.

Smeeth schien nicht zu schlafen. Bleich und schweigsam hockte er in der Zentrale, ließ sich das Essen bringen und das meiste davon unberührt zurückgehen, starrte auf die Schirme und das Signal des Monitors, sprach kaum ein Wort.

»Was denkt Ihr, dass er hat?«, fragte Ogur leise, als einige der Edlen im Speiseraum am Buffet zusammentrafen.

»Angst«, meinte Iostera und häufte sich Tryfguur auf den Teller.

Dies also ist der Planet des Ursprungs, dachten sie, wenn sie an den Sichtscheiben standen, weil sie nicht anders konnten, weil der Anblick der fahlbraunen Kugel sie zog und lockte. Jener Ort, den ungezählte Sucher durch ungezählte Äonen hindurch gesucht hatten. Sie hatten ihn erreicht. Und einen ganz normalen Planeten gefunden, klein und so uninteressant, dass man ihm als Prospektor kaum einen zweiten Blick gegönnt hätte.

Und doch ...

Es war fast nicht möglich, auf das dürre, von zirrenhaften Wolken gesprenkelte Rotbraun hinabzublicken, ohne dass einem die Legenden mit Wucht in die Gedanken strömten. Man konnte nicht hinabsehen, ohne unwillkürlich nach dem Gold Ausschau zu halten, das die Sage von *Gondwaina* schilderte. Man konnte nicht hinabsehen, ohne darüber nachzusinnen, an welchem Punkt genau der erste Same gekeimt haben mochte, von dem der Mythos von *Amdyra* sprach. Man konnte nicht hinabsehen, ohne an die Verheißung von Unsterblichkeit zu denken.

Doch die meisten der Edlen standen an den Fenstern ihrer

Kabinen, blickten auf die müden Gebirgsfalten eines alten Planeten und fragten sich, warum Gott sich gerade diese Welt als Wohnsitz erwählt haben sollte. Und wie das sein mochte – vor Gott zu stehen. Wie sah er aus? Was tat er den ganzen Tag? Das sagte sich so leicht dahin, wenn man Kindern vor dem Einschlafen davon erzählte, aber nun wirklich und wahrhaftig hier zu sein, an dem Ort der ältesten Legenden, das war etwas ganz anderes. Es war kein Triumph. Dies war die Wirklichkeit, kein Märchen. Man konnte nicht hinabblicken auf diese sagenhafte Welt, ohne zu fühlen, wie einem die Gewissheit schwand über alles, woran man glaubte und worauf man sein Leben lang gebaut hatte.

Und einer von ihnen war dort unten, war hinuntergegangen, um sich der Wahrheit zu stellen, wie immer sie aussehen mochte.

Der Monitor zeigte immer noch an, dass er lebte.

Es war kein Warten mehr, es war, als habe die Zeit selbst geendet. Sie sahen hinaus und hatten das Gefühl, der Planet, die Sonne, das ganze Universum kreise um die MEGATAO.

Dann, unerwartet, die Stimme Hunots aus den Lautsprechern des Oberdecks: »Wir haben die Signatur eines Jägers. Quest kommt zurück.«


Sie erwarteten ihn im Stirnhangar. Die Sichtblenden des Innenschotts fuhren wie Vorhänge eines Schautheaters beiseite, und als der Jäger langsam aus dem Dunkel des Alls in das Hell der Schleuse glitt, sah er aus wie eine Erscheinung. Dann jedoch öffnete sich das Schott, landete das klobige Raumschiff auf knirschenden Stoßdämpfern, und der durchdringende, ozonartige Geruch des abgeschalteten Triebwerks ließ keinen Zweifel daran, dass dies die Wirklichkeit war und nichts anderes.

Sie umringten den Jäger, lösten die Verriegelung der Kanzel – und schraken zurück, als sie den Mann sahen, der geistesabwesend im Pilotensessel saß. Es war Quest, ohne Zweifel, aber zugleich war er es auch nicht. Nicht mehr. Etwas war mit dem Mann geschehen, den sie gekannt hatten. Etwas, das ihn in seinen eigenen Geist verwandelt hatte.

»Edler Quest?«, rief Hunot ihm zu. »Könnt Ihr mich hören? Wie geht es Euch?«

Ganz langsam kehrte Leben in die starren Augen zurück, gerieten sie wieder in Bewegung, richteten sich auf den Patriarchen von Suokoleinen. »Mir?«, fragte der Mann, der einmal Quest gewesen war, als müsse er sich erst vergewissern, von wem die Rede war. »Wie es mir geht?« Er dachte angestrengt nach. »Gut. Ich denke, gut.« Es klang, als rede er von jemand anderem.

»Sollen wir Euch beim Aussteigen helfen?«

Ein langsames, würdevolles Nicken. »Ja.«

Also halfen sie ihm alle, lediglich Smeeth hielt sich abseits und beobachtete das Geschehen mit finsterem Blick. Sie halfen ihm aus der Kanzel und die schmale Leiter hinab, und mit jeder Bewegung, die Quest tat, wurde er ihnen fremder und rätselhafter. Er war zwar immer noch eine massige, schwergewichtige Gestalt, doch er wirkte nicht mehr wuchtig und Furcht einflößend, vielmehr waren seine Bewegungen anmutig wie die eines Schattentänzers, sanft geradezu und weich, und diejenigen, die seine Hand hielten beim Aussteigen, sollten später einmal sagen, es sei gewesen, als hielten sie das Blütenblatt einer Udbera.

»Seid Ihr Gott begegnet, Edler Quest?«, fragte Ogur atemlos, unbedacht und ungeduldig herausplatzend mit der Frage, die jeden hier bewegte wie keine andere.

Quest hielt inne und sah den jungen Edlen an, mit Augen, die wie Brunnenschächte in eine unauslotbare Unendlichkeit waren. »Gott?«, fragte er, als könne er sich nicht einmal mehr an das Wort erinnern.

»Ja. Ihr seid losgeflogen, um ihm gegenüberzutreten.«

»Bin ich das?« Seine Lider blinzelten müde. »Richtig, ich erinnere mich. Gott, ja. Was für ein Wort . . .«

Beklommene, fragende Blicke wurden gewechselt. Man half ihm auf den Boden hinunter, und dort wollte er sich erst einmal setzen, sich ausruhen, wie er sagte, und da niemand daran gedacht hatte, einen fahrbaren Stuhl mitzubringen oder auch nur eine gewöhnliche Sitzgelegenheit, setzte sich Quest eben auf den Boden, den Rücken gegen ein Landebein gelehnt, und die Männer scharten sich um ihn. Der Heiler fühlte Quest den Puls und machte ein besorgtes Gesicht, und Dawill räusperte sich und fragte voller Zurückhaltung, ob er ihnen berichten wolle, was sich auf *Hiden* zugetragen habe, dem Planeten des Ursprungs. Jemand reichte einen Rekorder nach vorne, um jedes Wort aufzuzeichnen.

»Ich bin gelandet. Und dann bin ich ausgestiegen . . .«, sagte Quest schwerfällig. Sein Blick wanderte, ins Ungefähre, Ferne. Alles Harte und Entschlossene war daraus verschwunden, kein Ehrgeiz, keine Willenskraft war mehr darin zu entdecken. »Ich bin ausgestiegen und einfach losgelaufen, irgendwohin. Ich weiß nicht, warum. Ich hätte ja starten können, hätte den Planeten absuchen können nach irgendetwas, irgendjemand, nach Gott, nach seinem Palast oder wo immer er zu finden sein würde. Aber ich bin gelaufen. Gelaufen über diesen weichen, dunklen, braunen Boden, und der Himmel war eine blutige braune Blase über mir – ich hatte irgendwann das Gefühl, durch eine riesige Gebärmutter zu wandern. Und dann habe ich damit begonnen, ihn zu rufen.«

Er schloss die Augen, schien in die Erinnerung an das einzutauchen, was hinter ihm lag. »Ich habe ihn gerufen. Verrückt, oder? Ich habe ihn mit allen Namen gerufen, die ich kannte. Ich habe immer lauter geschrien und geschrien und schließlich nicht mehr gewartet, sondern alles hinausgeschrien, was

533

ich ihm vorwerfen wollte. Nein, das ist nicht ganz richtig. Es war ... Ich war so im Schreien begriffen, dass es aus mir herausgebrochen ist, ohne dass ich es hätte verhindern können. Es war, als erbräche ich Worte. Ich habe ihn geschmäht, habe ihn einen Feigling genannt, ihn aufgefordert, dass er sich stellen soll, dass er mich wenigstens mit einem Blitzschlag niederstrecken soll, wenn er sich schon nicht traut, mir entgegenzutreten. Ich habe alle Flüche hinausgebrüllt, die ich kenne.« Er blickte grinsend hoch und sah plötzlich überhaupt nicht mehr aus wie Eftalan Quest, der ehrwürdige Patriarch, sondern wie ein naseweiser Junge, der sich freut, dass ihm ein Schabernack geglückt war. »Und ich kenne eine Menge Flüche, das könnt Ihr mir glauben.«

Unwillkürlich mussten sie lachen, kurz nur und bedrückt, aber sie mussten lachen. »Und dann?«, fragte jemand, und alle spannten sich in Erwartung der fantastischsten Geschichte, die sie je in ihrem Leben hören würden – wie ein Mensch dem Schöpfer des Universums von Angesicht zu Angesicht gegenübertritt. »Was geschah dann?«

Quests Gesicht bekam etwas Durchscheinendes, Leeres. »Nichts«, sagte er. »Es geschah nichts.«

»*Nichts?*« Es war ein Flüstern, doch es klang wie ein Schrei. Man glaubte beinahe zu hören, wie die Erwartungen zerbrachen.

»Ich habe geschrien und geflucht, bis mir die Lunge blutete«, fuhr Quest fort. »Zumindest hatte ich das Gefühl, dass sie blutete, und hörte auf zu schreien. Dann wusste ich nicht mehr weiter. Ich stand da, allein unter dem leeren Himmel, und sagte mir, dass ich alles versucht hatte, was man nur versuchen kann, dass ich mir alle Mühe gegeben hatte, die in mir gewesen war ... und trotzdem hatte ich nichts erreicht. Nur Fragen, keine Antworten. Ein Leben lang gesucht und nichts gefunden. Ein Leben lang ...« Er nickte, und in der sanften Bewegung seines Kopfes konnte man abgrundtiefe Verzweiflung erahnen.

534

»Ich habe einfach aufgegeben. Vielleicht gibt es überhaupt nichts, das man finden könnte, sagte ich mir. Womöglich existiert nichts, das man erreichen könnte. Das ging mir wie ein Blitz durch den Kopf. Ich hatte plötzlich das Gefühl, das Spiel zu durchschauen. Ein infames Spiel. Wir sind so geschaffen, dass wir den Drang in uns fühlen, nach etwas zu streben, etwas zu wollen, uns nach etwas zu sehnen – aber wir wissen nicht genau, was eigentlich. Solange wir jung sind, suchen wir es in der Liebe zwischen Mann und Frau, später im Reichtum, im Einfluss, in Reisen oder Abenteuern, und immer, wenn wir etwas erreicht, etwas gefunden, etwas erlangt haben und feststellen, dass es nicht das war, wonach wir gesucht haben, sagen wir uns, dass wir einfach noch ein Stück weitergehen müssen, dass es nicht mehr weit sein kann, dass es gleich um die nächste Ecke sein muss, endgültig und ein für alle Mal. Aber was, wenn dieser Drang einfach ins Leere läuft, wenn er uns nach etwas suchen lässt, das überhaupt nicht existiert? Wenn er nur dazu da ist, uns ein Leben lang in Bewegung zu halten – damit das Schauspiel immer weitergeht, das Drama der Hoffnungen und Leidenschaften, über das ein böser Gott sich amüsiert?«

Eiserne Unerbittlichkeit lag in Quests Augen. »Ich beschloss, mich zu verweigern. Ich beschloss, mich hinzusetzen und nichts mehr zu tun, einfach nichts mehr zu wollen oder zu wünschen oder auch nur zu denken, weil mein Denken bloß eine andere Art des Planens und Strebens und Wünschens gewesen wäre. Also habe ich mich hingesetzt und beschlossen, absolut nichts mehr zu tun, egal, was passieren würde. Ich sagte mir, dass ich im schlimmsten Fall sterben würde, aber das würde ich sowieso. Und so habe ich es gemacht. Ich habe mich hingesetzt und mich geweigert, irgendetwas zu tun.«

Es schien kalt zu werden in der weitläufigen Halle. Manch einer der Edlen raffte sein Schmuckhemd über der Brust zusammen.

»Ihr müsstet tot sein«, sagte jemand skeptisch. Es war Bleek. »Ihr müsstet aufgehört haben zu atmen.«

»Man hört nicht einfach auf zu atmen. Der Körper atmet von selber. Da ich nichts tat, tat ich auch nichts gegen das Atmen. Ich saß einfach nur da.«

Sie blickten ihn an, den Mann, der einmal ihr Kommandant gewesen war, der dem Pantap das größte und beste Schiff gestohlen und jede Untat begangen hatte, um hierher zu gelangen, die ein Kommandant nur begehen konnte. Und sie versuchten zu begreifen, dass dieser Mann auf dem Planeten des Ursprungs all die Zeit nichts weiter getan haben sollte, als dazusitzen und zu atmen.

Quest fuhr fort: »Ich fiel in dämmrigen Schlaf, schreckte immer wieder hoch, doch als die Müdigkeit übermächtig wurde, wehrte ich mich nicht mehr und sank zur Seite. Ich weiß noch, dass ich dachte, ich würde nun sterben, und dass es mir gleichgültig geworden war. Aber ich bin wieder aufgewacht. Ich lag da, starrte vor mich hin, in das Gespinst der Flechten, und es war mir egal, dass ich noch lebte. Ich wartete nicht einmal mehr auf irgendetwas. Ich hatte sogar aufgehört, mich zu verweigern. Ich lag nur da.« Er hob eine Hand, eine leichte Bewegung, wie ein Blatt, das im Wind segelt. »Nun, nicht nur, um genau zu sein. Nach einer Weile fiel mir ein Stein auf, rundgeschliffen und groß, der in einiger Entfernung im Boden steckte. Ich stand auf und ging zu diesem Stein hinüber, weil ich mich dagenlehnen wollte. Dort saß ich dann und wollte nichts weiter.«

Sie hörten plötzlich einen Unterton in seiner Stimme, voll Verheißung, und horchten auf.

»Und dann«, sagte Quest, »ist es geschehen.« Er sah sie der Reihe nach an, betrachtete ihre Gesichter, als hätte er sie noch nie gesehen oder als befürchte er, sie nie wieder zu sehen, und wolle sich deshalb genau einprägen, wie sie aussahen. Er setzte mehrmals zum Weitersprechen an, öffnete den Mund, benetzte sich die Lippen – und schloss ihn dann wieder.

»Was?«, fragte endlich jemand. »Was ist geschehen?«

Quest wollte antworten, doch er bewegte den Mund, als habe er die Sprache eingebüßt. Er schloss die Augen, seufzte. »Ich wollte dort bleiben. Ich bin nur zurückgekommen, um davon zu berichten«, flüsterte er. »Aber ich kann es nicht. Es geht nicht. Es gibt keine Worte dafür.«

»Ist Euch«, fragte ein anderer der Männer aufgeregt, »ist Euch Gott erschienen?«

»Gott?« Quest sprach das Wort aus, als würde er es schmecken. »Nein. Ich glaube nicht. Oder vielleicht doch. Wir irren uns alle völlig, das weiß ich jetzt. Die Wahrheit ist unfassbar anders, als wir denken.« Er hustete. »Ich habe eine andere Welt gesehen. Oder ich habe diese Welt gesehen, nur mit anderen Augen. Wenn ich Euch nur sagen könnte, was ich gesehen habe! Es ist alles so viel gewaltiger, als wir es uns auch nur erträumen können. Die Wahrheit ist so wunderbar, dass es einen umbringen kann, sie zu erfahren.«

Urplötzlich lachte er auf, lachte, lachte laut und lauter, brüllte beinahe, bog den Kopf nach hinten und lachte derart, dass sein ganzer Leib vibrierte. Er lachte und lachte, während sie ihn entsetzt beobachteten und jeden Augenblick damit rechneten, dass er vor Lachen erstickte. Doch er erstickte nicht, sondern beruhigte sich wieder, fand zu einem gelösten, heiteren Lächeln zurück, wie man es auf dem Gesicht des Eftalan Quest noch niemals gesehen hatte. »Ihr werdet das nicht verstehen, aber ich muss es Euch doch sagen: Das Leben ist absurd. Unsere ganzen Ambitionen, unsere ganzen Enttäuschungen sind lächerlich. Unsere Schmerzen sind lächerlich. Sogar ich selbst«, fügte er hinzu und zuckte förmlich vor Heiterkeit, »bin absolut lächerlich.«

»Ich glaube, ich will auch da hinunterfliegen«, entfuhr es Iostera.

»Das könnt Ihr tun«, sagte Quest mit einem seltsam unernsten Ernst zu ihm. »Aber glaubt mir, man kann Gott nicht besuchen, eine Tasse Fiar mit ihm trinken, sich nett unterhalten und dann wieder seiner Wege gehen. Denkt daran. Dort hinabzugehen heißt, sein Leben einzubüßen, ohne zu wissen, was danach kommt. Smeeth hatte recht, vor diesem Ort zu fliehen.«

Alle zugleich, als hätten sie es geübt, wandten sie den Kopf und sahen den Unsterblichen an, der in einiger Entfernung gegen den Manövrierflügel des Jägers lehnte. Er erwiderte ihre Blicke mit steinerner Miene.

»Helft mir auf«, sagte Quest und packte die Hände derer, die ihm am nächsten standen. »Ich will noch einmal durchs Schiff gehen. Ich will noch einmal meine Leute sehen.«

Sie führten ihn zum Hangarausgang, wie er es verlangte. Das Angebot eines fahrbaren Stuhls lehnte er ab, obwohl seine Schritte zunehmend unsicherer wurden. »Ich will gehen, so weit ich komme«, sagte er.

Auf geheimen Wegen hatte sich die Kunde davon, was geschehen war, im ganzen Schiff verbreitet. Als Quest aus dem Hangar trat, standen Männer und Frauen entlang der Hauptgänge, bildeten ein schweigendes Spalier, durch das ihr ehemaliger Kommandant tappte, jeden von ihnen ansehend, jedem von ihnen zunickend. Vielen traten die Tränen in die Augen, als sie Quest sahen, manche schlugen die Hände vor den Mund, einige mussten sich abwenden. Quest setzte Fuß vor Fuß, ging Schritt um Schritt – an der Hand von Iostera und Dawill – und dabei kam er ins Keuchen, als würde er einen Berg besteigen.

Er hatte die Höhe der Kantine erreicht, als er plötzlich innehielt und sagte: »Es reicht. Weiter geht es nicht. Ich will mich setzen.«

Sie führten ihn zu einer der Sitzbänke entlang der Wände.

Quest ließ sich erschöpft darauf nieder und sank halb zur Seite. Ringsum drängten Besatzungsmitglieder in den Raum, scharten sich in weitem Bogen um ihn – eine andächtig schweigende Versammlung von Sternfahrern aus allen Clanschaften des Reiches.

»Smeeth?«, brachte Quest mühsam heraus. »Wo ist Smeeth?«

»Ich bin hier«, sagte der Unsterbliche und trat neben ihn.

Quest blickte zu ihm hoch, das Gesicht eingefallen, durchscheinend beinahe. »Ich muss Euch danken, Smeeth«, sagte er leise. »Auch wenn Ihr nicht ermessen könnt, was Ihr für mich getan habt. Ich war einmal so eifersüchtig auf Euch, Unsterblicher, aber nun sehe ich, dass Ihr ein armer Mensch seid. Ich glaube, keine Sage ist so wortwörtlich wahr wie die Legende der Zwölf.«

Smeeth sah mit unbewegtem Gesicht auf ihn herab. Er erwiderte nichts.

Quests Blick wanderte nun über das Rund der Mannschaft. Ein Schleier überzog seine Augen. »Ich kann«, sagte er mühsam, doch immer noch hatte seine Stimme jene Schärfe, die sie bei jeder Lautstärke hörbar machte, »leider nicht länger bleiben. Ich wollte Ihnen sagen, dass es mir leidtut, in so selbstsüchtiger Weise in Ihrer aller Leben eingegriffen zu haben. Ich habe nur meinen Schmerz gesehen und mir nicht klargemacht, dass jeder Mensch seinen eigenen Schmerz hat – um nichts unwichtiger als meiner. Ich bitte Sie . . .« Seine Lider wurden schwer, nur mit großer Anstrengung hielt er sie oben. »Ich bitte Sie, mir zu verzeihen.«

Dann sank er zurück, schloss die Augen und machte sie alle zu Zeugen jenes magischen Moments, in dem ein Mensch die Schwelle vom Leben zum Tod überschreitet.

Nachdem die Besatzungsmitglieder an dem toten Kommandanten vorbeidefiliert waren, spontan und in feierlicher Stille, und nachdem man den Leichnam fortgebracht hatte, um ihn gemäß dem Ritus für die Beisetzung vorzubereiten, befahl Smeeth, Kurs auf die Randzone der Galaxis zu nehmen. Man folgte seinem Befehl mit spürbarer Erleichterung.

# 3

Bei einer namenlosen weißen Sonne legten sie die Gedenkzeit ein. Die MEGATAO ging in eine weite Bahn um den jungen, ungestüm lodernden Stern, und Smeeth sprach die Abschiedsworte für den ehemaligen Kommandanten. Es herrschte tiefes Schweigen, und doch war die Trauer der Besatzung in gewisser Weise hörbar. *Er war seinem Vater ein gehorsamer Sohn. Er war seiner Mutter Stolz und Erfüllung.*

»Er war den Menschen von Toyokan ein gerechter und fürsorglicher Landmeister«, betonte Smeeth eindringlich, als könne die Kraft, der Quest am Ende seines Weges begegnet war, ihn hören und als hätte sein Wort Gewicht bei ihr.

*Er war dem Clan der Schwemmhölzner ein aufrechter Patriarch, den Besatzungen der Schiffe, die er führte, ein unvergleichlicher Kommandant, und er war dem Pantap ein treuer Untertan.*

Dann wurde sein Leib dem Weltraum übergeben, wie es einem Sternfahrer geziemte, und seine Seele der Fürsorge seiner Ahnen anvertraut. Schluchzen und Seufzen aus dem Dunkel des Hangars begleitete den prächtig eingebundenen Leichnam auf seinem Weg in die Schleuse. Eine blendend helle Protuberanz schien ihn in Empfang zu nehmen, als die Außenschleuse auffuhr und das kleine Bündel ins All hinausgerissen wurde.

»Wir vermerken im Logbuch, dass Eftalan Quest von Bord gegangen ist.«

Danach verließ die Mannschaft den Hangar schweigend, und nur der Kreis der Edlen blieb zurück, um die neun Toten aus der Rigg beizusetzen, mitsamt der Kühlkammern, in denen sie seit vierhundert Jahren ruhten. Hier folgte Smeeth nicht dem Ritual, vielmehr trat er an jede einzelne der Kammern, legte die Hand auf den immer noch kalten Deckel, verharrte einen Moment und nannte dann lediglich den Namen desjenigen, der darin Rettung gesucht hatte und gestorben war. Die Edlen beobachteten ihn schweigend und nahmen an, dass diese Art der Beisetzung zu Zeiten der Republik üblich gewesen war.

Die Kühlkammern waren zu schwer, um sie zu tragen, und so benutzte man gerichtete Schwerkraft, ließ sie in die Schleuse und von dort hinaus in den Weltraum schweben. Wie eine Kette aus neun dunklen Juwelen sah man sie davongleiten, auf das brennende Herz der Sonne zu.


»Ich werde«, erklärte der Unsterbliche danach in der Zentrale, »das Kommando über die MEGATAO aufgeben und meinen Weg mit meinem eigenen Raumschiff fortsetzen. Da mir gemäß Flottenstatut das Recht zusteht, meinen Nachfolger im Kommando zu bestimmen« – er blickte in die Runde des Führungsstabes, ausdruckslos, aber von jener nahezu magnetischen Autorität umgeben, die nicht einmal den Gedanken an Widerspruch aufkommen ließ –, »ernenne ich hiermit den Freien Dawill zum Kommandanten der MEGATAO, zum Wohle des Schiffs und des Reiches. Und zum Lobe des Pantap natürlich«, fügte er hinzu, aber es klang nicht gerade so, als wäre es ihm ernst damit.

Muntaks Unterkiefer sank herab, doch er sagte nichts. Die anderen nickten.

Smeeth griff in den Ausschnitt seines Langhemdes, zog die Schulterkette heraus und löste sie. Zusammen mit dem daran hängenden Schlüssel reichte er sie Dawill, der beides einigermaßen fassungslos entgegennahm. »Erhabener Kommandant«, sagte der Unsterbliche dann und neigte den Kopf, so formvollendet, wie es die meisten Sternfahrer höchstens bei der Akademieprüfung schafften, »ich höre und folge.«

Diesmal beeilten sich die Edlen, es ihm gleichzutun.


Noch ein Problem. Noch jemand, der Rat und Weisung von ihm erwartete. Tennant Kuton starrte auf den Archivschirm, ohne wirklich etwas zu sehen, und fühlte sich einfach nur müde.

»Es existiert nicht einmal ein Zugriffsvermerk«, plapperte Tennant Krebheti weiter, als gäbe es keine anderen Probleme, als seien sie nicht in einer fremden Galaxis, ohne zu wissen, was zu Hause im Reich geschah, als wäre nicht gerade der Kommandant gestorben, der sie hierhergeführt hatte.

Kuton blinzelte, konzentrierte seinen Blick mühsam auf das Problem. Leere Stellen, wo Zahlen hätten stehen müssen. »Heißt das, die Koordinaten sind gelöscht worden?«

»Als wären sie nie gespeichert gewesen.«

»Die Koordinaten des Planeten des Ursprungs?«

»Im Grunde völlig unmöglich.«

Dem Leiter der Wissenschaftlichen Abteilung hatte eine ähnliche Bemerkung auf der Zunge gelegen. Doch irgendwie war dieses Problem gerade ein Problem zu viel. »Fragen Sie in der Zentrale nach«, meinte Kuton unleidig. »Der Erste Navigator soll die Koordinaten noch einmal heruntergeben.«

»Ähm«, machte Tennant Krebheti, ein schmaler, staubgrauer Mann mit bronzenen Augen, der dazu neigte, alles nervös zu zernagen, was er in die Finger bekam. »Der Edle Felmori hat bei *uns* angefragt. Das habe ich Ihnen, glaube ich, vorhin schon gesagt.«

»Felmori hat bei uns angefragt?«

»Wenn ich ihn richtig verstanden habe, glaubt er, dass er die Koordinaten versehentlich gelöscht hat.«

»Ah.« Kuton ahnte vage, dass er es nicht mit einer der üblichen nebensächlichen Angelegenheiten zu tun hatte. Dennoch brauchte er erst einmal einen Moment Ruhe, um seine Gedanken zu ordnen. »Na schön. An die zehn Leute haben tagelang an diesen Koordinaten herumgerechnet, da werden ja wohl noch irgendwelche Protokolle oder Notizen vorhanden sein. Suchen Sie danach.«

Krebheti ging brummend davon – zum Glück hatte er dagegen kein Argument parat gehabt –, und Kuton barg das Gesicht in den Händen, massierte die Umgebung der Augenhöhlen. Als er die Hände wieder wegnahm, stand der Junge von Pashkan vor ihm.

»Bailan«, sagte Kuton und bemühte sich, nicht zu seufzen. »Was gibt es?«

Die Augen des Pashkani hatten einen feuchten Rand, wie ihm erst jetzt auffiel. »Ich gehe mit Smeeth«, sagte Bailan leise. »Ich wollte Sie bitten, die Heiligtümer an meiner Stelle zurück nach Pashkan zu bringen.«

Wie eine Szenerie, die ein Blitz der nächtlichen Dunkelheit entreißt, stand es plötzlich vor Kutons innerem Auge – wie er durch die Pforte der Sucher treten würde, vor Bruder Gralat hin, der ihn mit dröhnender Bassstimme nach seinem Begehr fragen würde. Und wie er, Kuton, die Kapuze zurückschlagen und sich zu erkennen geben und sagen würde: *Ich bringe zurück, was wir aus dem Allerheiligsten geraubt haben. Ich bitte um Vergebung und um Aufnahme in die Bruderschaft der Bewahrer.*

»Ja«, sagte er. Das war sein Weg. Das war ihm vorgezeichnet. »Das werde ich tun.«

»Danke«, erwiderte Bailan und drückte ihm zum Abschied die Hand, doch davon bekam Kuton kaum etwas mit. Er roch bereits den kalten Fels der Pfortenkammer, spürte das Gewand des Noviziats auf seiner Haut, sehnte sich nach einem einfachen, gehorsamen Leben in einer kargen Kammer, der Ordnung und Bewahrung des Wissens vergangener Epochen geweiht.


Bailan stürmte die Rampe ins Unterdeck hinab, als hätte er jedes Recht, hier zu sein, marschierte in den gläsernen Verschlag des Aufsehers und verlangte ohne Umschweife, Eintausendvier zu sprechen.

»Jetzt mal langsam, Junge«, brummte der haarige Obmann, ohne sich einen Fingerbreit aus seinem Sessel zu rühren. »Hier kann nicht jeder einfach hereinkommen und ...«

Bailan schnappte sich den Kommunikator, der auf dem Tisch lag, und streckte ihn dem Mann hin. »Mein Name ist Bailan«, sagte er. »Rufen Sie den Kommandanten an und fragen Sie ihn, ob ich kann oder nicht.«

Das war ein Bluff. Smeeth hatte gesagt, er halte es zwar für keine gute Idee, aber wenn Bailan unbedingt darauf bestehe, könne er Eintausendvier fragen, ob sie mitkommen wolle. Bloß war Smeeth nicht mehr Kommandant, sondern Dawill.

»Den Kommandanten?«, wiederholte der Aufseher, die Augen zu schmalen Schlitzen verengt.

»Genau.« Bailan hielt ihm das Gerät immer noch hin, und der Obmann nahm es.

»Das sollte ich wirklich tun«, meinte er drohend.

»Fragen Sie nach Bailan.« Das Herz schlug ihm vor Anspannung bis in den Hals.

Der Obmann stülpte die Lippen, betrachtete abwechselnd den Jungen und den Kommunikator und zog schließlich eine zerfledderte Liste hervor. »Wie war die Nummer?«

»Eintausendvier.«

Ein fleckiger Finger wanderte über vielfach durchgestrichene und ergänzte Einträge. »Sektor Grün. Sie putzt in den Gängen eins bis fünf.«

545

Bailan zwang sich ein Wort des Dankes ab, dann rannte er schon wieder. Sektor Grün, das waren die Versorgungsbereiche im unteren Hauptdeck, ganz hinten. Er fand sie dort, gemächlich die funkelnde Außenseite eines Wassertanks abwischend und sich dabei lachend mit einem anderen Tiganer unterhaltend, den Bailan noch nie gesehen hatte.

Sie schlang die Arme um sich, während er ihr alles erklärte, und blickte immer wieder nervös den Gang hinunter, als würde sie ihm überhaupt nur mit halbem Ohr zuhören.

»Wie stellst du dir das vor?«, fragte sie, ihre Arme noch enger schlingend. »Man wird mich nicht gehen lassen.«

»Wir fragen einfach niemanden. Du gehst mit mir zum oberen Hangar, und bis jemand etwas merkt, sind wir längst weg.«

»Du denkst dir das so einfach.«

»Es ist ja auch einfach.«

Eintausendvier streckte zögernd eine Hand aus, berührte die seine. »Ich war die erste Frau für dich, Bailan. Du denkst, es ist Liebe, was du für mich empfindest, aber glaub mir, das ist es nicht. Es ist einfach Begehren. Du willst mich mitnehmen, um nicht wieder ohne die Umarmung einer Frau zu sein.«

Darauf wusste Bailan nichts zu erwidern. Dass sie sich irrte? Dass es so nicht war? Sie würde es ihm nicht glauben, und wenn er ehrlich mit sich war, war er sich dessen selber nicht ganz sicher. »Aber . . .«, sagte er matt, »aber wenigstens würdest du frei sein.«

»Frei? Allein mit zwei Männern an Bord eines winzigen Schiffs, von dem niemand weiß, wohin es fliegt? Sei kein Narr, Bailan. Selbst du müsstest wissen, worauf es hinauslaufen würde.«

Er blickte sie an, ihre funkelnden Augen, ihr wunderbares Gesicht und wünschte sich, diesen Moment in seiner Erinnerung für alle Zeiten bewahren zu können. Er schluckte, fühlte seine Schultern mutlos herabsinken. »Dann heißt es, Abschied nehmen«, meinte er leise.

Sie nickte. »Leb wohl, Bailan. Denk manchmal an mich.«

»Bestimmt«, versprach er heiser.

Nun umarmte sie ihn endlich, ein bisschen nur, aber sie umarmte ihn, küsste ihn auf die Stirn, und dann standen sie eine Weile schweigend da. Bailan saugte ihren Geruch, den Duft ihres Haares, die Wärme ihrer Haut in sich auf und versuchte zu vergessen, dass sie einander wieder loslassen würden. »Ich würde«, flüsterte er, »gern an dich denken mit deinem wirklichen Namen.«

Sie sah ihn an, fast erschrocken, blinzelte, als müsse sie Tränen vertreiben. »Eawa«, sagte sie leise. »Mein Name ist Eawa.«

»Eawa«, wiederholte Bailan andächtig. »Ich werde dich nie vergessen, Eawa.«

»Ich dich auch nicht, Bailan«, erwiderte sie. Täuschte er sich, oder hatte sich da ein Zittern in ihre Stimme geschlichen? »Geh jetzt«, fuhr sie rau fort. »Man soll Abschiede nicht so lang hinziehen, dass einem die Tränen kommen.«

Dann ließ sie ihn los, gab ihm noch einen kleinen Schubs, drehte sich um und ging zurück in den Gang – zurück an ihre Arbeit –, ohne sich noch einmal umzusehen.


Dawill war überrascht, welchen Eindruck geballter Kraft die Rigg machte, startbereit und mit aktivierten Feldschirmen in den energetischen Verankerungen ruhend. Ein leises Summen erfüllte den Hangar, aber was für eines – vielstimmig, jede Faser des menschlichen Körpers anrührend, mächtig.

Der Mann, der ihm den Traum seines Lebens erfüllt hatte, wartete am unteren Ende der Rampe auf ihn. Und obwohl inzwischen so viel geschehen war, hatte Smeeth sich nicht ein bisschen verändert seit jenem Moment, als er ihnen aus dem geborgenen Wrack entgegengetreten war.

»Hat es noch Einwände dagegen gegeben, dass Sie die Gemächer des Kommandanten bezogen haben?«, wollte er wissen.

Muntak hatte geschnaubt. Hunot gab sich indigniert. Felmori hatte sich im Speiseraum demonstrativ weggesetzt. »Nein«, sagte Dawill. Damit würde er fertig werden.

Smeeth nickte mit dünnem Lächeln, als glaube er ihm kein Wort.

»Ich weiß natürlich nicht, was passiert, wenn sie dahinterkommen, dass Sie keineswegs das Recht hatten, mich als Kommandanten einzusetzen«, fügte Dawill hinzu.

Smeeth lächelte immer noch. »Dazu müssten sie das Flottenstatut lesen. Alle achttausend Artikel.« Er schüttelte den Kopf. »Diese Gefahr ist, glaube ich, vernachlässigbar gering.«

Hinter ihm öffnete sich zischend das Mannschott. Dawill drehte sich um und sah Bailan mit gesenktem Haupt hereinkommen. Der Junge ließ sich verabschieden und alles Gute wünschen, schien aber mit den Gedanken woanders zu sein, trollte sich schließlich die Rampe hinauf und verschwand im Schiff.

»Er wollte Ihnen ein Besatzungsmitglied entführen«, erklärte Smeeth. »Eine Niedere. Aber anscheinend war die Liebe nicht groß genug.«

»Allerhand«, meinte Dawill verblüfft.

»Er wird darüber hinwegkommen.«

Plötzlich bedauerte Dawill es, dass der Unsterbliche ging. Es hätte ihn beruhigt, einen Menschen wie ihn in der Nähe zu haben, den Rat von jemandem einholen zu können, der alles wusste, was Menschen wissen können, und alles schon einmal erlebt hatte in seinem unermesslichen Leben. »Was werden Sie tun?«, fragte er und kam sich im selben Moment töricht vor.

Vermutlich kannte Smeeth Menschenreiche, von denen sie noch nie etwas gehört hatten.

»Machen Sie sich um uns keine Sorgen«, erwiderte der Unsterbliche ruhig. »Die viel interessantere Frage ist, was *Sie* tun werden.«


Eawa. Dass sie ihm diesen Namen genannt hatte, den niemand hier an Bord kannte, unter dem sie selber nicht mehr von sich dachte, mit dem sie niemand mehr gerufen hatte, seit ihre Mutter gestorben war ...

Sie wischte über den Wassertank, an dem es längst nichts mehr zu wischen gab, aber es war so ruhig und bequem, hier zu stehen und mit dem weichen Lappen die immer gleichen Bewegungen zu machen. Sich in dem spiegelblanken Metall zu betrachten. Eawas Gesicht zu betrachten. Eawas Augen. Eawas Haar.

Zu dritt in einem Raumschiff. Also wirklich. So ahnungslos konnte doch niemand sein, oder? Zuerst würden sie ihr nach und nach alle lästigen Arbeiten aufbürden, das Putzen und Waschen und so weiter, alles eben, wofür es keine Maschinen gab. Weil sie eben immer die Niedere bleiben würde. Und früher oder später würden sie sich Eawa teilen, würden sie zu zweit beschlafen. War doch klar. Hatte sie doch alles bereits so oder ähnlich erlebt. Wie war es denn gewesen damals auf dem Frachter – fünf Freie Besatzung, alles Männer, drei Niedere im Unterdeck, alles Frauen? Freiwild waren sie gewesen.

Sie betrachtete ihr Gesicht, Eawas Gesicht, schmaler und schlanker als in Wirklichkeit, weil der Tank gekrümmt war. Dass sie ihm ihren Namen gesagt hatte ...

Klar, dass er sich verliebt hatte. Ein unerfahrener Junge aus einem Orden, der nichts erlebt hatte in seinem kurzen Leben. Da war sie nicht fair gewesen. Er hatte ihr gefallen, sonst hätte

549

sie es nicht gemacht, doch die Hauptsache war natürlich gewesen, dass sie einen von oben hatte mitbringen können. Die anderen Frauen waren geplatzt vor Neid, und dem ekligen Neunhundertdreiunddreißig, der sich unbeirrbar für ein Geschenk des Himmels an die Frauen von Tiga hielt, hatte sie es auch gezeigt.

Eawas Gesicht war schön. Eawas Augen flossen über von Tränen – wieso?

Weil er ihr Herz angerührt hatte, der verdammte Kerl. Weil er die hohe, feste Mauer eingerissen hatte, die sie in vielen harten Jahren errichtet hatte. Weil er sie geliebt hatte mit all der Unschuld, wie sie nur ein junges Herz aufbringt, das noch niemals verletzt wurde.

Und weil sie ihn zurückgewiesen hatte.

Sie ließ den Lappen fallen und begann zu rennen. Rannte hinaus auf den Hauptgang und nach vorn, hörte nicht auf die Schreie hinter sich, rannte nur, vielleicht war es noch nicht zu spät, rannte und hielt Ausschau nach Wegweisern, eine Treppe führte abwärts, was sie wunderte, aber sie nahm sie, drei Stufen auf einmal, und tatsächlich, da waren die rotweißen Markierungen, war eine Sicherheitsschleuse, aber geschlossen. Sie hieb auf die Öffnertaste, doch nichts rührte sich. Sie hieb noch einmal darauf, schluchzte, hieb noch einmal und noch einmal, und plötzlich packte sie jemand bei den Schultern und zog sie sanft fort. »Sie können da jetzt nicht hinein. Wir haben Vakuum.«

»Vakuum?«, echote sie und sah in ein weiches, freundliches Gesicht, ohne zu verstehen. Ohne verstehen zu *wollen*.

»Vorhin ist das Raumschiff des ehemaligen Kommandanten gestartet, Smeeth. Und jetzt verlegen wir das Beiboot aus dem Stirnhangar zurück.«

»Es ist gestartet.« Ein Schmerz, von dem sie nicht geglaubt hatte, dass er noch in ihr sein könnte, zerkrampfte ihr die Eingeweide, riss an ihrem Herzen, trieb ihr die Luft aus dem Leib. »Ich verstehe.«

Eawa wandte sich ab und ging den Weg zurück, den sie gekommen war, ihrer Strafe entgegen und dem Schmerz ihrer Erinnerungen.

Der junge Werkstattmann Adem sah der Tiganerin wie gebannt nach. Sie schien unendlich traurig zu sein, wie sie so davonging, und am liebsten wäre er ihr hinterhergelaufen, um sie zu trösten.


Dawill saß, endlich, im Sessel des Kommandanten. Einst war er überzeugt gewesen, der glücklichste Mensch des Universums zu sein an jenem Tag, an dem er in diesem Sessel Platz nehmen würde. Doch nun musste er feststellen, dass mit dem Wechsel der Position nur die Art der Qualen gewechselt hatte, nicht die Tatsache des Gequältseins an sich.

Sie verfolgten den Anflug der Rigg auf den Eintauchpunkt, den die MEGATAO für das Schiff des Unsterblichen berechnet hatte. Dessen letzte Worte waren es, die Dawill nicht aus dem Kopf gingen.

*Ab und zu – sehr selten – begegne ich einem Menschen, der imstande ist, einen Rat von jemandem wie mir anzunehmen. Sie, Kommandant Dawill, halte ich für so einen Menschen.*

Er hatte sich geschmeichelt gefühlt. Endlich anerkannt. Und hatte er sich nicht einen Moment zuvor noch gewünscht, den Rat Smeeths weiterhin einholen zu können?

*Das Reich des Sternenkaisers umspannt mehrere Galaxien, und es ist eine einzige Militärmaschine. Es gibt keine Kunst in diesem Reich, keinen Gesang, nichts Schönes oder Lebenswertes. Es gibt nur Waffen und Kriegsgerät, und alles ist einem einzigen Ziel unterworfen – der Eroberung.*

Das Hochgefühl, das ihn bis zu diesem Augenblick noch immer getragen hatte, war der Erinnerung an die Ortersignale gewichen, die sie kurz vor dem großen Sprung aufgefangen hatten. Der Beginn der Invasion, möglicherweise.

*Der Pantap kann nicht hoffen, die Angreifer zurückzuschlagen. Er hat nicht den Hauch einer Chance. Sie werden das Reich erobern und unterwerfen für eine Zeit, die selbst nach meinen Maßstäben lang dauern wird.*

Smeeth hatte leise und unaufdringlich gesprochen, aber seine Worte hatten in Dawill die Vorahnung von etwas Entsetzlichem wachwerden lassen.

Hunots Stimme drang durch die Erinnerungen. »Horizontkontakt. Er taucht ein.«

Gleich darauf verschwand der helle Punkt von den Schirmen. Der Unsterbliche war gegangen.

*Fliegen Sie nicht zurück. Sie sind in der glücklichen Lage, dass die MEGATAO spurlos verschwunden ist und niemand im Reich weiß, wo sie abgeblieben sein könnte. Niemand wird Sie finden. Suchen Sie sich irgendwo in dieser Galaxis einen angenehmen, bewohnbaren Planeten und lassen Sie sich nieder. Sie haben alles an Ausrüstung, was Sie brauchen, um eine wunderbare neue Welt zu errichten.*

»Vielleicht war es doch keine gute Idee, mich zum Kommandanten zu machen«, hatte Dawill dem Unsterblichen erwidert. »Ich bin es gewöhnt zu befehlen. Aber Entscheidungen zu treffen, zudem von derartiger Tragweite ...«

Smeeth hatte sanft genickt, voller Verständnis. »Darf ich Ihnen noch einen Vorschlag machen? Darf ich Ihnen erzählen, was ein Kommandant zu Zeiten der Republik getan hätte?«

*Informieren Sie die Mannschaft. Die gesamte Mannschaft. Jeden Freien, jeden Niederen, jeden Edlen. Legen Sie alles dar, was Sie wissen oder als gesichert annehmen. Lassen Sie die Leute darüber streiten, was getan werden soll. Und dann lassen Sie sie abstimmen.*

»Erhabener Kommandant, Eure Befehle?«, fragte Muntak ungewohnt friedfertig, geradezu zahm. Er schien sich danach zu sehnen, dass jemand entschied, was zu tun war.

»Setzt den Kurs in die Randzone fort«, hörte Dawill sich sagen. »Verständigt die Notwache. Ich setze eine offizielle Besprechung des Führungsstabes an für ein Gyr nach Eintauchen.«

Eine Entscheidung war zu treffen.

# CODA

Die Rigg donnerte durch den Hyperraum, und es fühlte sich leicht und elegant an, so, als wäre sie hier in ihrem eigentlichen Element. Sie würden, hatte Smeeth ihm erklärt, die Randzone ansteuern, einen Katapultpunkt suchen und in eine andere Galaxis springen, in der er etliche von Menschen besiedelte Welten kannte.

»Da gibt es einen Planeten, den ich *Welt der tausend Inseln* nenne. Alles Land besteht aus großen Schollen, die auf einer merkwürdigen morastigen Schicht treiben, die ständig im Fluss ist. Du gehst abends schlafen und weißt nicht, wer am nächsten Morgen dein Nachbar ist. Die Leute dort haben sehr interessante Methoden entwickelt, mit Fremden friedlich auszukommen, denn das mussten sie.« Smeeth hatte mit den Schultern gezuckt. »Oder wir finden irgendeine andere Welt. Es gibt überall Menschen, du wirst sehen.«

Der Sprung allerdings würde lange dauern. Zuerst galt es, einen Katapultpunkt zu finden, stabil und mit ruhiger Drift, da sie etliche Zehntage für den Anflug brauchen würden. Und mit einem kleinen, leichten Schiff wie der Rigg war es nun mal schwerer, Eintauchpunkte aufzuspüren.

Bailan bekam die ersten Lektionen des Pilotenkurses vorgesetzt, Theorie noch, Gravitationslehre, Impulsphysik, Mathematik des Hyperraums. Sie bereiteten sich ihre Mahlzeiten in der Bordküche zu, verbrachten viel Zeit in der Zentrale, und Smeeth berichtete von seinen zahllosen Erlebnissen und Abenteuern, die teilweise so unglaublich waren, dass Bailan sie für erfunden hielt. Ab und an unterwies Smeeth ihn in der Bedienung der verschiedenen Geräte. Wenn sie in der nächsten Sterneninsel austauchten, würde er die Rigg fliegen können, da war er zuversichtlich.

Der Unsterbliche hatte wieder seine Kabine unterhalb der Zentrale bezogen und es Bailan überlassen, sich eine im Wohnbereich auszusuchen. Bailan hatte sich für einen großen Raum in der Nähe der Waschräume entschieden, wwobei er so wenig persönliche Habseligkeiten besaß – im Prinzip nur seine alte Novizenkluft und die paar Kleidungsstücke, die er an Bord der MEGATAO bekommen hatte, dazu das Waschzeug, das ihm noch die Edle Vileena verschafft hatte –, dass die Kabine auch nach seinem Einzug noch immer unbewohnt aussah.

Eines Abends lag Bailan im Bett und war gerade am Einschlafen, als ihn ein merkwürdiges Geräusch wieder aufsitzen ließ. Ein seltsam beunruhigendes Schaben und Gluckern, das ihn aus dem Bett und hinaus auf den Gang trieb. Es kam aus dem Waschraum. Die Tür war offen, Smeeth stand am Waschbecken und bearbeitete seinen linken Unterarm mit Seife und Bürste.

Bailan verharrte schlaftrunken halb hinter dem Türrahmen, bis ihm endlich dämmerte, was er hier zu sehen bekam.

»Es war keine Tätowierung«, flüsterte er.

Smeeth sah hoch. Es war ihm nicht anzumerken, ob er überrascht war oder gar Bailan längst bemerkt hatte. »Nein«, sagte er.

»Und das war auch nicht wirklich der Planet des Ursprungs ...«

Smeeth schwieg, schrubbte weiter an seinem Arm herum. Die Seife auf der Bürste schäumte und verströmte einen Geruch nach den Blumen einer fremden Welt.

»Es war einfach irgendein Planet«, fuhr Bailan fort. »Ihr habt Euch irgendeinen Stern aus den Vermessungen ausgesucht und behauptet, das sei der Planet des Ursprungs.«

»Der Planet des Ursprungs ist eine Legende. Das ist alles, was man sagen kann.«

»Aber es muss ihn gegeben haben, oder?«

»Ja, sicher. Und? Das ist nur eine Frage der Wahrscheinlichkeit. Vielleicht hat es sogar mehrere *erste Samen* gegeben, wer weiß das schon? Wir sind nicht einmal fähig, die Welt ausfindig zu machen, auf der die Menschheit entstanden ist, dabei wäre das vergleichsweise einfach – was soll also die Suche nach einem Phantom wie *Hiden*? Und was wollen wir dort finden?«

»Gott.«

»Würdest du wirklich einen Gott kennen lernen wollen, der das Universum so unsinnig gestaltet hat, dass man Millionen von Lichtjahren reisen muss, um ihm zu begegnen? Auf einem Planeten zudem, dessen Position niemand kennt? Ich bitte dich.«

»Aber warum habt Ihr dann dieses ... Theater veranstaltet?«

Smeeth wusch die Seifenreste ab und griff in die gewärmten Trockenschnüre neben dem Becken. »Eftalan Quest war ein kranker, verzweifelter Mann, und er war besessen von seiner Suche. Er konnte Gott nur auf dem Planeten des Ursprungs begegnen – also war es nötig, dorthin zu fliegen.« Der Unsterbliche sah Bailan mit einem undeutbaren Gesichtsausdruck an. »Abgesehen davon war die Rigg noch nicht wieder einsatzfähig, *nay?*«

Dann ging er. Und Bailan blickte ihm nach und wurde dabei das Gefühl nicht los, dass Smeeth ihm etwas verschwiegen hatte – aber er hätte nicht sagen können, was.


*... doch wie auch immer wir die Aussagekraft und die Wahrscheinlichkeit von Legenden einstufen, ob wir sie für Märchen halten, für bloße Sagen oder für blumige Umschreibungen tatsächlicher Zusammenhänge – zumindest der Umstand, dass diese Geschichten über so lange Zeit hinweg erhalten, erinnert und weitergegeben werden, um in jeder Generation und jeder Kultur aufs Neue die Fantasie anzuregen, zeigt,*

welch mythische Kraft ihnen innewohnt, und beweist, dass sie uns auf einer Ebene berühren, die tief unter unserem wachen Bewusstsein verborgen liegt.

Denn so ist es: All diese Geschichten rühren an den Kern unserer Seele, erzählen uns von den Gründen und Bedingungen unserer Existenz. Alles Leben ist eins, flüstern sie uns zu, und: Auch der Fremde ist dein Bruder. Sie verheißen uns, dass das ganze Universum unsere Heimat sein kann. Auch wenn uns die Sterne gleichgültig scheinen und die Abgründe zwischen ihnen feindlich – sie scheinen nur so. In all unserer Flüchtigkeit sind wir doch ein Teil des Ganzen; mehr noch, das Ganze unternimmt enorme Anstrengungen, damit wir teilnehmen können an dem, was geschieht, damit wir anwesend sein können auf der Bühne, die es uns bereitet.

So war die Entdeckung der Verwandtschaft allen Lebens zwar erstaunlich, zugleich aber tröstlich. Im Zusammenwirken denkbar kalter, nüchterner Gesetzmäßigkeiten offenbarte sich uns eine Ahnung des Wunderbaren. Wir sind keine Fremdkörper. Das Unendliche ist nicht willens, ohne uns auszukommen. Obgleich es Myriaden von Möglichkeiten gäbe, unsere Existenz von vornherein unmöglich zu machen – gibt es uns doch. Das ist der Umstand, auf den uns all diese Geschichten aufmerksam machen wollen, und deswegen sind sie uns so kostbar.

Das Universum, sagen sie uns, ist Gott, und wir sind seine Träume.

*»Peter Hamiltons Fantasie kennt
keine Grenzen!«*

## SCIENCE FICTION WEEKLY

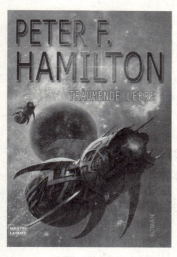

Peter F. Hamilton
TRÄUMENDE LEERE
Roman
496 Seiten
ISBN 978-3-404-28535-8

Auftakt der neuen COMMONWEALTH-Serie von Peter F. Hamilton!

Im Jahr 3580 lebt die Menschheit in über tausend Sonnensystemen. Eine mächtige Raumflotte beschützt sie vor jeder feindlichen Spezies. Selbst der Tod ist besiegt. Doch im Herzen der Galaxie liegt eine schwarze Welt. Und auf das, was von dort kommt, hat die Menschheit keine Antwort ...

»Hamiltons bislang bester Roman!« *Ken Follett*

---

Bastei Lübbe Taschenbuch

# WWW.LESEJURY.DE

## WERDEN SIE LESEJURYMITGLIED!

**Lesen** Sie unter www.lesejury.de die exklusiven Leseproben ausgewählter Taschenbücher

**Bewerten** Sie die Bücher anhand der Leseproben

**Gewinnen** Sie tolle Überraschungen